와일드카드 1

와일드카드

조지 R. R. 마틴 외 지음

김상훈 옮김

은행나무

나처럼 컬러 코믹스에 뿌리를 박고 자란 켄 켈러에게

1권 차례

2권 차례

편집자주(註)

〈와일드카드〉 시리즈는 픽션이며, 우리와 비슷한 역사를 가진 완전히 상상적인 세계를 무대로 하고 있다. 〈와일드카드〉에서 묘사되는 인물, 등장인물, 장소, 사건들은 허구이거나 허구적으로 사용되고 있으며, 실제 사건이나 장소, 실재하거나 실재했던 인물들과 유사한 점이 있다고 해도 순전한 우연의 일치임을 밝힌다. 이를테면 본서에 포함된 에세이나 기사나 기타 문장들은 완전한 허구이며, 실재하는 작가들을 묘사한다든지, 실제 작가들이 본서에 포함된 그런 에세이, 기사, 기타 문장들을 실제로 쓰거나 출간하거나 기고했다고 시사할 의도 또한 없다.

프롤로그

《격랑의 시대: 전후 시절의 구전 역사》에서 발췌

스터즈 터클(판테온, 1979)

허버트 L. 크랜스턴

훗날 영화 〈지구 최후의 날〉[*]에서 주인공 마이클 레니가 지구에 착
륙한 비행접시에서 나오는 장면을 보았을 때 나는 아내 쪽으로 몸을 기
울이고 이렇게 말했지. "저 친구 정말 외계에서 온 사절다워 보이지 않
아?" 예전부터 그 영화는 타키온의 도착에서 아이디어를 얻은 것이 아
닌가 하는 생각을 하긴 했는데, 알다시피 할리우드 영화라는 게 워낙 각
색을 많이 하잖아. 난 그 자리에 있었기 때문에 진짜가 어땠는지 잘 알
지만. 우선 그 친구가 착륙한 곳은 화이트샌즈[**]였지 워싱턴이 아니었
어. 로봇을 거느리고 나오지도 않았고, 우리 쪽에서 그 친구를 총으로
쏘지도 않았어. 나중에 무슨 일이 일어났는지를 감안하면, 쏴버리는 쪽
이 나았을지도 모르지만. 안 그래?

---

[*]   외계인의 지구 방문을 다룬 고전 SF 영화.

[**]   뉴멕시코주에 있는 미군의 미사일 시험 발사장. 1945년 7월 16일 세계 최초로 원
자폭탄 실험이 시행되었다.

그 친구가 타고 온 우주선은, 흠, 비행접시는 아니었어. 독일 애들한 테서 노획한, 베르너*의 V-2 로켓이라든지, 그의 설계도에 있던 달로켓 따위와는 전혀 닮은 구석이 없었지. 그건 공기역학의 모든 법칙에 저촉될 뿐만 아니라, 아인슈타인의 특수 상대성 원리에도 반하는 물건이었어.

밤에 착륙했는데, 선체 전체가 반짝거리는 조명으로 뒤덮여 있는 통에 정말이지 예쁘더군. 시험장 한복판에 통 하고 내려앉았는데, 로켓 이나 프로펠러나 로터는 고사하고 그 어떤 추진 장치도 찾아볼 수 없었 어. 우주선 외피는 산호나 구멍이 잔뜩 난 바위 같았고, 소용돌이무늬나 돌기 따위로 뒤덮여 있어서 마치 석회동굴에서라든지 심해에 잠수할 때나 보는 물체를 연상시키더군.

난 현장에 처음 도착한 지프차에 타고 있었어. 우리가 도착했을 때 타크**는 이미 우주선 밖에 나와 있더군. 영화에서 마이클 레니는 그 은 청색 우주복을 입고 있던 덕에 정말로 그럴듯해 보였지만, 타키온은 삼 총사 멤버하고 서커스 공연자를 반반씩 섞어놓은 듯한 모습이었어. 솔 직히 말하자면 지프차를 타고 현장으로 급히 가면서 우리 모두가 잔뜩 겁을 먹고 있었어. 우리 같은 로켓 전문가들이나 과학자들도 군바리들 못지않게 벌벌 떨고 있었지. 1939년에 머큐리 시어터에서 오슨 웰스가 화성인들이 뉴저지주에 쳐들어왔다는 라디오 드라마를 방송해서 모두 가 깜박 속아 넘어갔을 때의 일이 떠올랐는데, 이번에는 정말일지도 모 른다는 생각이 자꾸 들더라고. 하지만 스포트라이트가 우주선 앞에 서

---

*   베르너 폰 브라운. 독일 출신 미국 과학자. 나치 독일의 V-2 로켓을 개발하고 훗 날 NASA에서 아폴로계획의 로켓 개발을 주도했다.

**   타키온의 애칭.

있는 타키온을 환하게 비춘 다음에는 모두들 긴장을 풀었어. 전혀 무시무시한 느낌이 없었거든.

키는 작아서, 160~165센티미터 정도였어. 솔직히 말해서 우리보다 훨씬 더 겁을 먹은 기색이더라고. 부츠하고 이어진 녹색 타이츠에, 손목하고 옷깃에 여자 옷 같은 레이스 주름 장식이 달린 오렌지색 셔츠, 몸에 꽉 끼는 은빛 양단 조끼 같은 걸 입고 있었어. 윗옷은 레몬처럼 노랬고, 거기 달린 녹색 망토가 바람을 받고 뒤로 나부끼면서 발목을 감고 있었지. 머리에는 기다랗고 빨간 깃털이 달린 챙 넓은 모자를 쓰고 있었는데, 가까이 다가가서 자세히 보니 괴상한 모양을 한 뾰족한 깃펜에 가까웠어. 긴 머리카락이 어깨를 덮고 있었는데, 처음에 흘끗 보았을 땐 젊은 여자라고 착각했을 정도였지. 머리카락 자체도 묘해서, 광택이 있는 빨간색이었어. 마치 가느다란 구리철사 같은 느낌이랄까.

난 그런 것들을 도대체 어떻게 받아들여야 할지 전혀 감을 잡을 수 없었지만, 함께 있던 독일인 하나가 어쩐지 프랑스인 같아 보이지 않느냐고 말하는 걸 들었어.

우리가 도착하자마자 그 친구는 대담하게도 우리 지프차로 다가왔어. 한쪽 옆구리에 커다란 가방을 낀 채로 모래땅 위를 터덜터덜 걸어오더라고. 그러고는 자기 이름을 주절주절 늘어놓기 시작했는데, 곧 다른 지프차 네 대가 도착했을 때도 여전히 자기 이름을 말하는 중이었어. 묘한 악센트가 있긴 했지만 알고 보니 함께 일하던 독일인들 대다수보다 영어를 잘했어. 하지만 도착하자마자 10분이나 들여서 그 긴 이름을 늘어놓는 통에 처음에는 뭔 소리를 하는가 했지.

처음으로 그 친구한테 말을 건 인간은 나였어. 하느님께 맹세컨대 사실이야. 다른 작자들이 뭐라고 하든, 내가 1등이었던 게 맞아. 난 지프차에서 내려서 손을 내밀고 이렇게 말했지. "미국에 오신 걸 환영합니다." 그런 다음 자기소개를 하려고 했는데, 내가 그러기도 전에 대뜸 내 말을 가로막더니 이렇게 말하더군.

"뉴저지주 케이프메이 출신의 허브 크랜스턴. 로켓 과학자로군. 반갑네. 나도 과학자라네."

그 친구는 내가 아는 그 어떤 과학자와도 닮지 않았지만, 외계에서 왔다는 걸 감안해서 일단은 액면가 그대로 받아들이기로 했지. 어떻게 내 이름을 알고 있는지 더 궁금하기도 했고. 그래서 물어봤어.

그 친구는 조급한 기색으로 팔의 레이스 장식을 흔들면서 대답했어. "자네 마음을 읽었네. 그런 건 중요하지 않아. 시간이 없네, 크랜스턴. 그자들의 우주선이 박살 났어." 이 말을 할 때는 상당히 힘들어하는 기색이었어. 슬프고 괴로워하면서도 뭔가를 두려워하고 있는 느낌이랄까. 또 엄청나게 피곤해 보였어. 그런 다음에, 예의 구체(球體) 얘기를 하기 시작했어. 물론 지금은 그게 와일드카드* 바이러스가 들어 있던 구체라는 걸 모르는 사람이 없지만, 당시에는 무슨 소리를 하고 있는 건지 도통 이해하지 못했지. 하여튼 그걸 분실했는데, 당장 되찾을 필요가 있고, 우리를 위해서라도 그게 아직 부서지지 않았기를 희망한다고 하더군. 그리고 우리의 최고 지도자들과 얘기를 나누고 싶다고 했어. 내 마음에서 이름을 읽었는지, 베르너하고 아인슈타인 그리고 대통령 이름을 말하더라고. 대통령의 경우에는 "해리 S. 트루먼이라는 자네들의 대통령"이라고 말했지만 말이야. 그러고는 대뜸 지프차 뒷좌석에 올라타

---

* 카드 게임에서 어떤 카드로도 쓸 수 있는 자유 패를 가리키며, 나아가서는 예측 불가능한 인물이나 인자를 의미한다.

더니 이렇게 말했어. "그들을 만나게 해줘. 지금 당장."

라일 크로포드 켄트 교수

　어떤 의미에서 그 친구 이름을 지어준 사람은 나라네. 알다시피 조상 이름들을 딴 그 외계인 친구의 진짜 이름은 말도 안 될 정도로 길었으니까 말이야. 우리 중 몇 사람이 그걸 줄여보려고 했던 걸로 기억하네. 회의를 할 때 그 긴 이름에서 이런저런 부분만 골라서 부르는 식으로 말이야. 하지만 이건 그의 고향 행성인 타키스에서는 모종의 결례에 해당하는 행위라는 게 밝혀졌어. 그 친구는 우리가 이름을 부를 때마다 정정하더라고. 그것도 상당히 오만하게, 마치 나이 든 훈장이 어린 학생들에게 훈계하듯이 말이야. 흠, 그래도 호칭은 있어야 했지. 우선 신분을 나타내는 직함이 먼저였어. 대공을 자처했으니 '전하'라든지 뭐 그런 경칭을 쓸 수도 있었겠지. 하지만 미국인들은 그런 식으로 격식을 차리는 일에는 익숙하지 않아. 그 친구는 자기가 의사라고도 했어. 우리가 아는 의사 개념과 정확하게 일치한 건 아니었지만 말이야. 하여튼 유전학이나 생화학에 관해 풍부한 지식을 가지고 있는 건 사실이었고, 그게 전문 분야인 듯해 보였어. 우리 팀원들 대다수는 석박사 학위를 갖고 있었고 호칭에도 그걸 쓰고 있었으니까, 결국 그 친구를 '닥터'라고 부르게 된 건 자연스러운 귀결이었지.
　로켓 과학자들은 그 친구의 우주선, 특히 그 친구가 알려준 초광속 추진 방식에 집착했어. 유감스럽게도 타키스에서 온 우리 친구는 친척들보다 더 빨리 지구에 도착하려고 서두른 나머지 그 우주선의 항성 간

엔진을 완전히 태워먹었다고 하더군. 게다가 본인이 워낙 완강하게 거부한 바람에 민간인이든 군인이든 그 우주선에 들어가서 내부를 조사해본 사람은 없었어. 베르너나 그 밑의 독일인 과학자들은 결국 닥터 그 친구한테 직접 질문하는 수밖에 없었는데, 거의 강박적으로 그러는 느낌이더군. 내가 알기로는 이론물리학이나 우주항행 기술은 그의 전공 분야가 아니었어. 그래서 질문을 해도 모호한 대답밖에는 얻을 수 없었던 거야. 하지만 그 초광속 엔진이 그때까지만 해도 알려져 있지 않았던, 빛보다 빠른 입자를 이용하고 있다는 사실은 파악할 수 있었다네.

닥터가 알려준 그 입자에도 이름이 있었지만 그의 본명과 마찬가지로 발음하기가 불가능했어. 흐음, 나는 고등교육을 받았기 때문에 고전 그리스어에 관해서도 어느 정도 지식이 있었고, 내 입으로 말하긴 좀 뭣하긴 하지만 명명법에도 일가견이 있었어. 그 '타키온'이라는 조어를 만든 사람은 바로 나라네. 그런데 어떤 이유에서인지 군인들은 그걸 이름과 혼동했고, 닥터를 "타키온 그 친구"라고 부르기 시작했어. 이건 금세 유행했고, 결국 그 친구의 호칭이 '닥터 타키온'이 되어버리는 데는 얼마 시간이 걸리지도 않았어. 그 이름이 나중에 보도 매체를 통해서 일반에게 알려졌던 거지.

에드워드 라이드 대령
미 육군 정보부(퇴역)

내가 그 말을 해줬으면 좋겠지? 지금까지 나와 얘기한 기자 녀석들은 단 한 명의 예외도 없이 그 말을 듣기를 원하더라고. 좋아, 말해주지.

우리 군은 실패했어. 그 대가도 치렀고 말이야. 나중에 나를 포함해서 그 정보심문조에 속해 있던 모든 친구들이 군법회의에 회부되기 직전까지 갔다는 걸 아나? 정말이라네.

빌어먹을, 당시에 그러는 것 말고 달리 무슨 방법이 있었는지 모르겠군. 난 심문조의 책임자로서 해야 할 일을 했을 뿐이야.

그치에 관해 우리가 정말로 뭘 알고 있었느냐고? 그치가 자기 입으로 말한 것들이 전부야. 과학자들은 그치를 마치 아기 예수라도 되는 것처럼 떠받들었지만, 모름지기 군인이라면 좀 더 신중해야 하는 법이지. 정말로 이해하고 싶다면 우리 입장이 되어서 당시 상황이 어땠는지를 상상해보게나. 그치가 한 얘긴 황당무계하기 이를 데 없는 것이었고, 그걸 뒷받침할 증거를 단 하나도 내놓지 못하지 않나.

그래, 그 괴상하게 생긴 로켓기로 착륙했던 건 인정하네. 로켓은 달려 있지 않았지만 말이야. 매우 인상적이었다는 것도 인정해. 그치가 말했듯이, 그 기체를 타고 정말로 외우주에서 왔을지도 모른다는 생각이 들 정도로는 말이야. 하지만 안 그랬을 가능성도 있었어. 전쟁 중에 나치스가 진행하던 예의 비밀 프로젝트였을지도 모르잖아. 알다시피 전쟁 말기에 놈들은 제트기라든지 V-2 로켓을 실전에 투입했고, 원자폭탄까지 개발하던 중이었어. 그게 아니라면 러시아제였을 수도 있겠지. 만약 타키온이 자기 우주선을 우리가 조사하는 걸 허락해줬다면, 우리 과학자 팀은 그 출처가 어딘지 틀림없이 알아냈을 거야. 하지만 그치는 그 빌어먹을 물건 안으로 그 누구도 들여보내주지 않았고, 거기서 난 뭔가 수상쩍다는 느낌을 받았어. 뭐를 숨기려는 걸까? 하고 말이야.

그치는 자기가 타키스라는 행성에서 왔다고 했어. 흠, 나는 타키스라는 이름이 붙은 행성 따윈 들어본 적도 없어. 화성, 금성, 목성 이런 거야 물론 알고 있지. 몽고라든지 바숨도 행성이었고.* 하지만 타키스? 난 저명한 국내 천문학자들 10여 명에게 전화를 걸어서 그런 행성이 있느냐고 물어보았어. 영국 쪽 학자한테까지 한번 문의해보았지. 타키스라는 행성이 어디 있습니까? 하고 물어봤던 거야. 다들 타키스라는 행성은 존재하지 않습니다, 라고 대답하더군.

그치는 자기가 외계인이라고 주장했지? 그래서 직접 확인해보았다네. 철저하게 신체검사를 했던 거야. X-레이도 찍었고, 심리검사도 잔뜩 해봤어. 인간이더군. 어딜 어떻게 검사해봐도 인간이라는 결과가 나왔던 거야. 여분의 장기가 있는 것도 아니고, 피가 녹색인 것도 아니고, 손가락도 다섯 개, 발가락도 다섯 개인 데다가 불알 두 쪽에 물건 하나가 달린 어엿한 인간이었던 거야. 육체적으로는 자네나 나와 하등 다를 바가 없었어. 그뿐 아니라 그치는 우리한테 무려 **영어**로 말했다고. 하지만 **독일어**도 했다는 걸 잊지 말게. 거기에 러시아어, 프랑스어 그리고 지금은 생각나지 않는 몇몇 외국어도 할 줄 알았지. 내가 직접 한두 번의 심문을 녹음한 걸 언어학자한테 들려주니까, 그치의 발음엔 중앙유럽의 악센트가 있다고 하더군.

게다가 정신과의사들이 그치를 진찰하고 올린 보고서는 또 어땠는지 아나. 전형적인 편집증 증세라고 했다네. 그뿐 아니라 과대망상증에 정신분열증까지 아주 없는 게 없었지. 빌어먹을. 그치는 자기는 **외계**에서 온 **왕자**인데, 마법 같은 **초능력**을 갖고 있고 **혼자 힘으로** 이 지구를 지

---

*   몽고(Mongo)는 코믹스 시리즈인 〈플래시 고든〉의 무대가 되는 행성. 바숨(Barsoom)은 미국 작가 에드거 라이스 버로스의 고전 SF 〈화성〉 시리즈의 작중에서 화성을 뜻하는 현지어이다.

키러 왔다고 주장했다고. 자네 귀엔 이게 정상적으로 들리나?

그 마법 같은 초능력에 관해서도 할 말이 있네. 그 부분이 가장 맘에 걸렸다는 건 나도 인정해. 타키온 그자는 다른 사람의 마음을 읽을 수 있었을 뿐만 아니라, 묘한 표정으로 노려보는 것만으로도 책상 위로 뛰어오르게 하거나 바지를 벗게 만들 수도 있었어. 상대가 그걸 원하든 원하지 않든 말이야. 나도 매일 몇 시간 동안 그치와 함께 있으면서 결국 받아들이는 수밖에 없었어. 문제는 전쟁부*의 윗대가리들이 내가 보낸 보고서를 받아들이지 못했다는 점이겠지. 초능력이 아니라 무슨 속임수 같은 걸 써서 우리를 최면에 빠뜨렸다고 생각했던 거야. 우리 몸의 움직임을 관찰하고, 심리학 지식을 활용해서 마치 마음을 읽을 수 있다는 인상을 준 것에 불과하다는 식이지. 그래서 최면술 쇼 전문가를 파견해서 확인해보겠다고까지 했는데, 그러기 전에 일이 터져버렸던 거야.

타키온의 요구는 뭐 조촐했지. 대통령과 직접 담판해서, 전군에 동원령을 내려서 추락한 로켓기를 찾기만 하면 된다고 했으니까 말이야. 물론 총지휘관은 당연히 자기가 맡겠다고 했지. 그럴 능력이 있는 사람은 자기밖에는 없다나. 우리가 보유한 최고의 과학자들은 모두 자기 밑으로 들어와서 조수 노릇을 하고, 레이더에 제트기에 사냥개에 아예 들어본 적도 없는 괴상한 기계들을 내놓으라고 했어. 요구 안 한 것이 없을 정도였지. 게다가 다른 사람과 의논할 생각은 아예 없었어. 솔직히 말해서 동성애자 미용사 같은 옷차림을 하고 있는 주제에, 명령을 내리는 것만 보면 적어도 별 세 개는 단 장군이 아닌가 하는 생각이 들 지경이었네.

그치가 왜 그랬느냐고? 아, 맞아. 그치는 정말이지 근사한 얘길 들려

---

*   미국 국방부의 전신.

줬지. 그 타키스라는 행성은 20여 개의 유력 가문들의 지배를 받고 있다고 했어. 지구의 왕족 같은 거지만 그치들 모두가 마법의 힘을 가지고 있다는 점이 달랐지. 그래서 마법을 쓰지 못하는 일반 대중을 지배하고 있었던 거야. 이 가문들은 햇필드하고 매코이 가문*처럼 서로 아웅다웅하는 걸 낙으로 삼고 있었어. 타키온이 속한 가문의 경우에는 200년 동안 몰래 개발해온 비밀 병기를 가지고 있었어. 그치 말로는 숙주가 되는 생물의 유전자 구성과 상호작용하도록 특별 설계된 인공 바이러스라더군. 자기는 그걸 연구하던 팀의 일원이었다고 했어.

흠, 그래서 난 맞장구를 쳐주며 이렇게 물어봤지. 그 세균은 어떤 효과를 끼칩니까? 그러니까 그치는 이렇게 대답하더군 ─ **모든** 일을 한다네.

이론상으로 그 물건은 그치들의 정신감응력을 강화하고, 경우에 따라서는 새로운 힘까지 부여함으로써 거의 신과 같은 존재로까지 진화하게 해준다고 했어. 성공하기만 하면 타키온의 가문은 압도적인 우위에 설 수 있었지. 하지만 언제나 그런 결과가 나오는 건 아니었어. 이따금 성공하긴 했지만, 피험자를 죽이는 경우가 제일 많았다는군. 타키온은 그게 얼마나 치명적인 물건인지를 구구절절 설명해줬는데, 계속 듣고 있자니 나조차도 소름이 돋을 정도였어. 그래서 감염 시에는 어떤 증세가 있는지 물어봤어. 1946년에도 세균 병기는 어느 정도 알려져 있었으니까, 만에 하나 그치가 진실을 말하고 있을 경우에 대비해서 뭘 조심해야 하는지 알고 싶었던 거야.

구체적인 감염 증세에 관해서는 모르겠다는 대답이 돌아왔어. 온갖 증세가 존재하고, 감염된 이들 모두가 해당 개인에게 특화된 고유의 증

---

* 19세기 말 미국 남부에서 서로 유혈 항쟁을 벌인 유력 가문들이다.

세를 보인다고 했어. 자넨 세균이 그런 식으로 작용한다는 얘길 들어본 적이 있나? 난 없네.

그러더니 타키온은 그 물건이 이따금 사람들을 죽이는 대신에 기형으로 만든다는 얘기를 했어. 어떤 종류의 기형을 얘기하는 겁니까? 난 이렇게 물어봤지. 그러자 그치는 온갖 종류의 기형이라고 대답했어. 상당히 끔찍하게 들렸기 때문에, 왜 그치의 가문은 다른 라이벌 가문을 상대로 그걸 쓰지 않았느냐고 물어봤지. 그러자 그치는 그 바이러스는 가끔 제대로 효과를 발휘하기 때문이라고 대답하더군. 희생자들을 완전히 재구성해서 새로운 능력을 부여한다고 했어. 난 어떤 종류의 능력을 말하는 겁니까? 하고 물었지. 역시나 온갖 종류의 능력이라는 대답이 돌아오더군.

하여튼 놈들은 그걸 개발하는 데 성공했어. 하지만 새로운 능력을 줄지도 모르는 그것을 적에게 쓰고 싶지는 않았어. 한데 친족의 반이 몰살당할지도 모르는 물건을 자기들에게 쓸 수도 없는 노릇이었지. 그렇다고 포기하고 묻어둘 생각도 없었어. 그래서 우리한테 써보기로 했던 거지. 왜 우리냐고? 그치 말에 따르면 우리 인류는 타키스인들과 유전적으로 동일하기 때문이라고 했어. 그들이 아는 한 그런 종족은 인류가 유일했고, 그 바이러스는 타키스인의 유전자형에 효력을 끼치도록 설계되어 있었어. 인류가 동일 유전자형이라는 복권에 당첨된 이유가 뭐냐고? 타키스인 일부는 평행 진화한 거라고 주장했고, 다른 자들은 지구는 타키스의 잊힌 식민지라고 주장했다는군. 타키온 본인은 그 부분에 관해서는 잘 몰랐고, 신경도 쓰지 않았지만 말이야.

하지만 실험 시도에는 주목했어. 그건 '비열한' 짓이라고 생각했다는군. 그래서 항의했는데, 무시당했다나. 바이러스를 실은 우주선이 출발했어. 타키온은 혼자서라도 그 실험을 저지하려고 마음먹었지. 소형 우주선을 타고 동료들이 탄 우주선을 추격했는데, 그들보다 앞서 지구에 도착하려다가 그 빌어먹을 타키온 엔진을 다 태워먹었어. 하여튼 바이러스를 실은 우주선을 막으려고 하니까 친척 사이인데도 꺼지라는 대답을 들었고, 그 뒤로 모종의 우주 전투가 일어났지. 타키온의 우주선은 손상을 입었고, 바이러스를 실은 쪽은 대파되어서 추락했어. 어딘가 동쪽에 떨어지는 걸 봤다는군. 하지만 자기 우주선도 손상을 입은 탓에 끝까지 추적하지는 못했어. 그래서 우리 도움을 얻을 생각으로 화이트 샌즈에 착륙했던 거지.

나는 와이어 녹음기로 이 대화 전체를 녹음했어. 그런 다음 육군 정보부는 생화학, 의학, 세균전을 망라한 온갖 분야의 전문가들과 접촉했어. 완전히 무작위적이고 예측 불가능한 증상을 유발하는 외계의 바이러스라는 게 과연 존재할 수 있는지 자문을 구했던 거지. 그런 건 불가능하고, 말도 안 된다고 하더군. 어떤 작자는 H. G. 웰스의 소설에 나오는 것처럼 지구의 세균이 화성인들을 공격한다는 게 왜 말이 안 되는지 설명해주겠다면서 일장 연설을 하기까지 했어. 당연히 화성의 세균도 우리에겐 아무 영향을 못 끼칠 거라고 장담하더군. 무작위적인 증상 부분에 대해서는 전문가들 모두가 코웃음을 쳤고 말이야. 이런 마당에 우리가 뭘 할 수 있었겠나? 다들 화성 감기가 어쩌고 우주비행사 열병이 어쩌고 하면서 농담이나 하고 있었으니. 누군지는 모르겠지만 보고서에서 그걸 '와일드카드 바이러스'라고 부른 사람이 있었고, 다들 그 명칭을 쓰기 시작했어. 하지만 단 한 순간이라도 그런 물건이 실존한다고 믿은 사람은 없었어.

그렇게 안 좋은 상황이었는데, 타키온은 탈출을 시도해서 그 상황을 한층 더 악화시켰어. 그치는 성공하기 일보 직전까지 갔지만, 우리 아버지가 언제나 말했듯이 일보 직전까지만 가도 충분히 효력이 있는 건 말편자 놀이의 말편자나 수류탄밖에는 없으니까 말이야. 실은 펜타곤*에서도 자기 사람을 보내서 심문단에 참가시킨 상태였어. 웨인이라는 이름의 대령이었는데, 그 친구와 얘기하다가 꼭지가 열렸던 거지. 타키온은 웨인 대령의 마음을 지배했고, 연금당하고 있던 건물에서 웨인과 함께 당당하게 걸어 나왔던 거야. 경비병들이 수하할 때마다 웨인이 나서서 둘을 통과시키라는 명령을 내리는 식이었는데, 계급에 상응하는 특권을 행사했다고나 할까. 그러면서 웨인은 타키온을 워싱턴으로 직접 모셔 오라는 명령을 받았다고 둘러댔어. 그런 식으로 지프 한 대를 징발해서 우주선 앞까지 갔던 거지. 하지만 그 전에 보초 한 명이 내게 보고한 덕에, 나는 직속 부하들을 거기에 미리 대기시켜놓고 있었어. 웨인 대령이 무슨 말을 하든 무시하라는 명령을 받은 부하들을 말이야. 우리는 타키온을 다시 감금하고 엄중하게 감시했어. 아무리 마법 같은 힘을 갖고 있어도 그런 상황에서는 속수무책이었지. 그치는 한 사람의 마음을 지배해서 부릴 수 있었고, 정말로 노력한다면 서너 명까지도 그럴 수 있었지만, 우리 모두를 동시에 지배하지는 못했으니까 말이야. 그 무렵에는 그치가 어떤 수법을 쓰는지도 다들 알고 있었고.

탈출 시도 자체는 일견 멍청해 보였지만, 결과적으로 타키온은 그 덕에 그렇게도 조르던 아인슈타인과의 데이트 허가를 받아낼 수 있었어. 펜타곤은 타키온이 세계 최고의 최면술사일 뿐이라는 주장을 굽히지 않았지만 난 더 이상 그걸 믿지 않았고, 웨인 대령도 적극적으로 거

* 미국 국방부.

기에 반박했어. 과학자들도 점점 동요하고 있었고 말이야. 하여튼 웨인하고 나는 힘을 합쳐서 포로를 프린스턴대학으로 데려가도 좋다는 허가를 받아냈다네. 아인슈타인하고 얘기하게 해준다고 해서 무슨 해를 입는 것도 아니고, 좋은 결과가 나올 가능성조차도 있었어. 그치의 우주선은 우리가 압수했고, 본인에게서 알아낼 수 있는 건 모두 알아낸 상태였으니까 말이야. 아인슈타인은 세계 최고의 두뇌로 추앙받는 인물이었으니까 그 친구의 정체를 알려줄지도 모른다, 이렇게 생각했던 거지.

아직도 그 후에 일어난 일들은 모두 군부의 책임이라고 주장하는 사람들이 있지만, 그건 절대로 사실이 아냐. 사정을 모두 파악한 뒤에 이러쿵저러쿵 지적질을 하는 거야 쉽지. 하지만 당시 현장에 있었던 관계자로서 단언하는데, 그때 우리가 밟았던 절차는 모두 타당하고 분별 있는 것들이었어.

나를 정말로 화나게 하는 건 우리가 와일드카드 포자(胞子)가 들어 있는 그 빌어먹을 구체를 추적할 생각을 아예 하지 않았다는 주장이라네. 우린 실수를 저질렀을지도 모르지만 바보는 아니었기에 필요한 예방조치는 다 취해뒀다고. 미국 전체의 모든 군사기지는 마치 항해등이 잔뜩 달린 조가비같이 생긴 우주선이 추락하지는 않았는지 알아보라는 지령을 받고 있었어. 아무도 그걸 진지하게 받아들이지 않았다고 해서, 그게 내 잘못이야?

적어도 이거 하나만은 인정해줬으면 좋겠군. 그 일이 일어나서 아수라장이 되었을 때 타키온을 제트기에 태워서 두 시간 만에 뉴욕 시로 데려간 건 바로 나라네. 난 그치의 바로 뒷자리에 앉았는데, 빨간 머리를 한 그 겁쟁이 녀석은 도착할 때까지 한참을 울고 있더군. 나? 나는 제트보이(Jetboy)를 위해 기도했다네.

브로드웨이 상공 30분!

제트보이의 마지막 모험!

하워드 월드롭

　　뉴저지주 샌택의 보넘 항공 서비스는 항공기 이착륙이 불가능한 상태였다. 관제탑의 조그만 탐조등은 어둠 속에서 소용돌이치는 안개를 비추는 역할밖에는 하지 못했다.

　　23번 격납고 앞의 젖은 포장길에서 자동차 타이어 소리가 났다. 차 문이 열리더니 곧 닫혔고, '직원 전용'이라고 쓰인 문 앞으로 누군가가 걸어왔다. 문이 열렸다. 신문기자인 스쿠프* 스완슨이었다. 코닥 오토그래프 마크 2 카메라와, 플래시 전구와 필름이 든 백을 메고 있었다.

　　링컨 트레이너는 군이 잉여 장비로 방출한 P-40 전투기의 엔진으로부터 고개를 들었다. 공개 경매에 나온 전투기를 어떤 항공사 조종사가 293달러로 낙찰한 것을 맡아서 분해 점검하던 참이었다. 엔진 형태로 미루어 보건대 1940년에 '플라잉 타이거즈'**에서 쓰였던 기체가 틀림없었다. 작업대에 놓인 라디오에서는 야구 경기를 중계하고 있었

---

* 　　'특종'이라는 뜻의 별명.

** 　　2차 세계대전 당시 중화민국 소속으로 일본군과 싸운 미국인 조종사들의 의용
비행단.

다. 링크*는 라디오 소리를 낮췄다.

"잘 있었어, 링크?" 스쿠프가 말했다.

"여어."

"아직 연락 없어?"

"없을 거야. 어제 받은 전보에 오늘 밤에 도착할 거라고 쓰여 있었거든. 난 그걸로 충분해."

스쿠프는 작업대에 있던 스리토치스 성냥갑에서 꺼낸 성냥으로 캐멀 담배에 불을 붙였다. 격납고 안쪽에 붙어 있는 '화기 엄금'이라고 쓰인 표지를 향해 연기를 뿜는다. "어이, 이건 뭐야?" 그는 격납고 안쪽으로 걸어갔다. 길고 빨간 연장 날개 두 개와 날개 밑에 다는 형식의 1000리터들이 티어드롭형 연료탱크 두 개가 포장도 풀지 않은 채로 상자에 들어 있었다. "이것들은 언제 왔어?"

"어제 항공대가 샌프란시스코에서 여기로 보냈어. 오늘은 보비** 그 친구 앞으로 전보도 한 통 보냈고. 읽어보라고. 어차피 기사로 쓸 거잖아." 링크는 스쿠프에게 전쟁부에서 보낸 명령서를 건넸다.

수신인: 제트보이(로버트 NMI*** 톰린)

연락처: 보넘 항공 서비스

23번 격납고

뉴저지주 샌택

---

*   링컨의 애칭.

**   로버트의 애칭.

*** '미들네임 이니셜 없음(No middle initial)'의 약자.

1. 1946년 8월 12일 1200그리니치표준시를 기준해서, 귀관을 미합중국 육군항공대(USAAF)의 현역에서 해제한다.

2. 이로써 귀관의 항공기(모델-실험기)(인증 번호 JB-1)를 미합중국 육군항공대의 현역 임무로부터 퇴역시키고, 개인 소유 항공기로서 귀관에게 재배치한다. 향후 육군항공대나 전쟁부로부터의 물적 지원은 없다.

3. 복무, 표창 및 상훈 기록은 별도로 보내질 예정이다.

4. 육군 기록에 의하면 로버트 NMI 톰린은 조종사 면허를 획득하지 않았다. 민간항공위원회에 문의해서 강습을 받고 자격을 취득할 것을 추천한다.

5. 귀관의 미래에 맑은 하늘과 순풍이 함께하기를.

USAAF 참모총장

H. H. 아널드

(대리 작성)

참조: 대통령 명령 2호, 1941년 12월 8일

"조종사 면허가 없다는 게 무슨 소리야?" 스쿠프가 물었다. "그 친구 이력을 보려고 자료실을 뒤져봤는데, 자료 두께가 30센티나 되더라고. 염병할, 그 친구는 그 누구보다도 빨리, 멀리 날아가서 그 누구보다도 많은 적기를 격추했잖아—적기 500기를 격추하고, 적함 50여 척까지 침몰시켰다고! 근데 조종사 면허도 없이 그랬다는 거야?"

링크는 콧수염에 묻은 윤활유를 닦아냈다.

"응. 그렇게 비행기에 미친 아이는 본 적이 없어. 1939년에, 아직 열

두 살도 채 되지 않았을 무렵에 여기 일자리가 하나 있다는 얘길 들었나 봐. 그러자마자 고아원을 빠져나와서 새벽 4시에 여기 나타났지. 고아원에서 잡으러 왔지만, 물론 실버버그 교수는 고아원의 허락을 받아내서 그 애를 고용했지."

"실버버그라면, 나치 놈들에게 암살당한 제트기 제작자 얘기를 하는 거야?"

"응. 제트기 개발에선 그 누구보다도 앞서 있었지만, 괴짜도 그런 괴짜가 없었지. 그 기체를 조립한 건 나야. 보비 그 녀석하고 함께 직접 손으로 만들었지. 하지만 제트엔진 자체를 만든 건 실버버그야—정말이지 신기하고 기발한 물건이었지. 나치스하고 이탈리아인들 그리고 영국의 휘틀*이 제트엔진 개발을 시작하고 있었지. 그러던 중에 독일 놈들은 여기서 뭔가 일어나고 있다고 냄새를 맡았던 거야."

"그렇게 어린 친구가 어떻게 비행기 모는 법을 배웠어?"

"타고났다는 생각이 들어." 링컨이 말했다. "처음엔 여기서 내가 쇠를 구부리는 걸 도와주거나 뭐 그런 일을 하고 있었는데, 어느새 교수와 함께 시속 600킬로로 쌩쌩 날아다니더라고. 그것도 깜깜한 밤에, 초기 엔진을 단 시험기를 타고 말이야."

"기밀 사항인데, 어떻게 숨길 수 있었어?"

"아주 잘 숨기진 못했어. 스파이들이 여기로 왔으니까 말이야. 놈들은 실버버그 교수뿐만 아니라 제트기까지 훔쳐 가려고 했어. 그때 보비는 그걸 몰고 비행 중이었는데, 두 사람 모두 낌새를 채고 있었던 것 같아. 실버버그가 워낙 완강하게 저항한 탓에 나치 놈들은 그를 죽였어.

---

* 　　프랭크 휘틀. 영국 공군 장교, 기술자.

그 뒤로는 외교적으로 난리가 났었지. 당시 JB-1은 30구경 기관총 여섯 문만 탑재하고 있었는데, 교수가 어디서 그런 걸 손에 넣었는지는 모르겠어. 하여튼 그 녀석은 그걸로 스파이들을 잔뜩 태운 차를 박살 냈고, 덤으로 독일 대사관원들을 잔뜩 태우고 허드슨강을 달리던 쾌속정까지 박살 냈던 거야. 모두 외교 비자를 갖고 있던 녀석들을 말이야. 잠깐만." 링컨이 말을 멈췄다. "클리블랜드의 더블헤더가 끝나가. 블루 네트워크에서 생중계 중이야." 그는 작업대에 놓인 금속제 필코 라디오의 음량을 올렸다.

"……샌더스가 패펜퍼스에게, 거기서 볼스태드에게, 더블플레이입니다. 경기 끝났습니다. 이걸로 레드삭스와 클리블랜드의 승차는 두 게임 차로 줄어들었습니다. 잠시 후에ー" 링크는 라디오를 껐다. "5달러가 날아갔구먼. 어디까지 얘기했더라?"

"독일 놈들이 실버버그를 죽이고, 제트보이가 복수했다는 데까지. 그 후 캐나다로 간 것 맞지?"

"캐나다 왕립 공군에 비공식적으로 입대했어. 영국 본토 항공전에서 싸웠고, 그다음엔 중국으로 가서 '타이거즈'와 함께 일본 놈들하고 싸웠고, 진주만 기습 때는 다시 영국에 가 있었어."

"그때 루스벨트한테 임명장을 받은 거야?"

"아마 그랬을 거야. 알다시피 그 아이 경력은 진짜 특이해. 전쟁 전(全) 기간, 1939년부터 1945년까지 싸운 미국인은 그 녀석밖엔 없을 거야. 그런데 전쟁이 끝나자마자 태평양에서 행방불명이 됐던 거지. 1년 동안 다들 그 녀석이 죽었다고 생각하고 있었어. 그런데 지난달에 무인도에서 구조됐다는 소식이 들렸고, 지금 이렇게 돌아오고 있는 거지."

프로펠러식 비행기가 급강하할 때 내는 듯한 높고 가냘픈 소리가 들려왔다. 격납고 밖의 안개 낀 하늘에서 들려온 소리였다. 스쿠프는 세 대째의 캐멀 담배에 불을 붙였다.

"이렇게 안개가 짙은데 어떻게 착륙한 거지?"

"전천후 레이더를 탑재하고 있어—1943년에 독일군 야간 전투기 에서 떼어낸 거야. 한밤중에 서커스 천막 위에도 착륙시킬 수 있지."

그들은 출입문으로 갔다. 착륙등 두 개가 발하는 빛이 소용돌이치 는 안개를 꿰뚫었다. 착륙등 높이가 점점 낮아지며 활주로 끝까지 가더 니 방향을 바꿨고, 유도로를 따라 되돌아왔다.

회색 안개에 잠긴 활주로의 조명등 불빛을 받고 빨간 기체가 번득 였다. 쌍발 엔진이 달린 고익기(高翼機)가 두 사람을 향해 천천히 다가 오더니 멈췄다.

링크 트레이너는 3륜식 랜딩기어의 뒤쪽 바퀴들을 굄목으로 고정 했다. 방풍 유리로 이루어진 제트기의 기수 윗부분이 위로 올라가더니 뒤로 젖혀졌다. 제트기 좌우의 날개 접합부와 엔진 사이에는 20밀리 구 경 기관포의 포신이 각각 두 개씩 튀어나와 있었고, 조종석 가장자리에 서 왼쪽 아래 방향으로 75밀리포의 포문이 보였다.

제트기 꼬리의 방향타는 높고 가늘었고, 후방 승강타들은 민물송어 의 꼬리 같은 모양을 하고 있었다. 두 개의 후방 승강타 밑에는 후방 사 격용 기관총의 총구가 하나씩 튀어나와 있었다. 기체 마킹은 표준과는 다른 검은 원 안에 든 USAAF의 별 네 개와, 우익 윗부분과 좌익 아랫부 분, 그리고 방향타 아래에 있는 JB-1이라는 인증 번호들뿐이었다.

기수의 레이더 안테나들은 비엔나소시지를 꿰어서 굽는 도구를 닮 았다.

빨간 바지와 흰 셔츠 차림에 파란 헬멧과 고글을 착용한 청년이 조종석에서 나와 왼쪽에 늘어뜨린 줄사다리를 내려왔다.

열아홉 살이나 스무 살쯤 되어 보였다. 청년은 헬멧과 고글을 벗었다. 우중충한 갈색 곱슬머리에 녹갈색 눈을 가지고 있었고, 땅딸막한 체격이었다.

"링크." 그는 이렇게 말하고 통통한 기술자를 자기 쪽으로 끌어당기더니 꽉 껴안았고, 1분 동안이나 등을 두드렸다. 스쿠프는 재빨리 사진을 한 장 찍었다.

"보비, 네가 돌아와서 나도 정말 기뻐." 링크가 말했다.

"그 이름을 듣는 건 몇 년 만이군요. 다시 들으니까 나도 정말 좋아요."

"여기 이 친구는 스쿠프 스완슨이라고 해." 링크가 말했다. "이 친구가 널 또 유명인으로 만들어줄 거야."

"그보다 우선 자고 싶군요." 제트보이는 기자와 악수를 나눴다. "이 근처에 햄에그 먹을 수 있는 식당이 있나요?"

♣

대형 모터보트는 안개 속에서 부두에 접안했다. 항구에 있던 배 한 척이 밑바닥에 고인 물을 모두 배출하고 선수를 돌려 다시 남쪽을 향했다.

계류장에는 세 명의 사내가 와 있었다. 각각 프레드, 에드, 필모어라는 이름이었다. 양손으로 여행 가방을 쥔 사내 하나가 보트에서 내렸다. 필모어는 아래로 손을 내밀어 모터보트의 조종석에 있는 사내에게 5달러 지폐 한 장과 20달러 지폐 두 장을 건넸다. 그런 다음 보트에서 내린 사내의 여행 가방을 받아 들었다.

"닥터 토드*, 잘 다녀오셨습니까."

"잘 다녀왔네, 필모어." 토드는 헐렁한 양복 정장 차림이었고, 8월임에도 불구하고 코트를 입고 있었다. 모자를 깊숙이 눌러쓰고 있었는데, 창고의 희미한 조명을 받은 얼굴에서 뭔가 금속성 빛이 번득였다.

"여기 이 친구는 프레드, 그리고 이 친구는 에드입니다." 필모어가 말했다. "두 사람 모두 오늘 밤만 도와주려고 왔습니다."

"안녕하십니까." 프레드가 말했다.

"안녕하십니까." 에드가 말했다.

그들은 잠수함을 연상시키는 1946년형 머큐리를 향해 걸어갔다. 필모어와 닥터 토드가 차에 올라타는 동안 프레드와 에드는 짙게 안개가 낀 좌우의 골목을 감시하고 있었다. 잠시 후 프레드가 운전석에 앉았고, 에드는 조수석에 앉았다. 에드는 총신을 짧게 자른 10게이지 구경 산탄총을 쥐고 있었다.

"아무도 내가 오는 걸 기다리고 있지는 않아. 관심이 없거든." 닥터 토드가 말했다. "나한테 앙심을 품고 있던 작자들은 죽었거나, 전쟁 중에 조직을 합법화해서 떼돈을 벌었지. 난 이제 늙었고, 지쳤어. 그래서 이젠 시골로 은퇴해서 양봉을 하고, 경마나 주식 투자나 하면서 살 작정이야."

"뭔가 계획하고 있는 건 없습니까, 보스?"

"전혀 없어."

차가 가로등 아래를 지날 때 그는 고개를 돌렸다. 얼굴의 왼쪽 반이 없었다. 그 자리를 차지하고 있는 것은 턱에서 이마까지 이어지고, 콧구

---

*   '토드(Tod)'는 독일어로 '죽음'이라는 뜻이다.

멍에서 왼쪽 귀까지 완전히 덮은 매끄러운 금속판이었다.

"이젠 총도 못 쏴. 거리 감각이 옛날 같지 않아서 말이야."

"이상할 것도 없군요." 필모어가 말했다. "1943년에 무슨 일을 당하셨는지 압니다."

"로멜의 아프리카 군단이 와해되는 동안 이집트에서 그럭저럭 돈이 되는 일을 하고 있었지. 명목상으로는 중립국에 소속된 항공사를 써서 돈을 받고 사람들을 입출국시키는 일이었는데, 그건 그냥 부업에 불과했어. 그러던 중에 그놈의 잘난 조종사 녀석과 마주쳤던 거야."

"어떤 조종사입니까?"

"독일군이 제트기를 실전에 투입하기도 전에 제트기를 몰고 다니던 어린놈이었어."

"솔직히 말씀드리자면, 저는 전쟁에는 별로 신경을 안 썼습니다, 보스. 기껏해야 영토분쟁에 불과한 경우는 기사 제목밖에는 안 보거든요."

"나도 그랬어야 했어." 닥터 토드가 말했다. "그때 우린 튀니지에서 수송기를 몰고 나오던 참이었어. 상당히 중요한 인물들을 태우고 말이야. 갑자기 조종사가 절규하는가 싶더니 엄청난 폭발이 일어났어. 정신을 차리고 보니 다음 날 아침이었고, 난 다른 생존자 한 명과 함께 구명보트를 타고 지중해 한복판을 표류하고 있었어. 얼굴이 아프더군. 몸을 일으키니까 보트 바닥으로 뭔가 떨어지더라고. 내 왼쪽 눈알이었어. 나를 똑바로 올려다보고 있더군. 난 상황이 심각하다고 판단했어."

"제트기를 모는 어린놈이라고 하셨죠?" 에드가 물었다.

"응. 나중에 알았는데, 놈들이 우리 암호를 해독했던 거야. 그 녀석은 무려 1만 킬로미터를 날아와서 우리가 탄 수송기를 격추했다고 하더군."

"그걸 되갚아줄 생각은 없습니까?" 필모어가 물었다.

"아니. 오래전에 일어난 일이고, 그때 나의 이쪽 얼굴이 어떤 모습이었는지는 이제 거의 기억하지도 못해. 그 사건 덕에 좀 더 신중해야 한다는 교훈을 얻었지. 일종의 인격 수양이었다고 생각하고 잊기로 했어."

"그럼 이제 새로운 작업을 시작하실 계획은 없다, 이런 말씀이군요?"

"전혀 없어." 닥터 토드가 말했다.

"가끔은 그래보는 것도 나쁘지 않을 겁니다." 필모어가 말했다.

그들은 창밖을 지나가는 도시의 불빛을 바라보았다.

♠

그는 노크를 했다. 새로 산 갈색 양복 정장과 조끼가 어색하고 불편했다.

"열려 있으니 들어오세요." 여자 목소리가 말했다. 그 목소리가 작아지는가 싶더니, "잠깐만요"라는 말이 들려왔다.

제트보이는 복도에 면한 참나무 문을 열고 유리블록으로 만들어진 칸막이벽을 지나 방 안으로 들어갔다.

드레스를 머리와 팔에 반쯤 뒤집어쓴 아름다운 여성이 방 한복판에 서 있었다. 캐미솔과 가터벨트와 실크 스타킹을 착용하고 있다. 한 손으로 드레스를 아래로 끌어 내리는 중이었다.

제트보이는 아연실색한 표정으로 얼굴을 붉히며 다른 쪽으로 고개를 돌렸다.

"오." 여자가 말했다. "오! 난 또―근데 누구시죠?"

"나야, 벨린다. 로버트."

"로버트?"

"보비. 보비 톰린."

그녀는 잠시 그를 빤히 바라보았다. 이제 드레스를 완전히 입은 상태였지만 깍지 낀 손으로 앞쪽을 가리고 있었다.

"오, 보비." 그녀는 이렇게 말하고 다가와서 그를 포옹했고, 쪽 소리가 날 정도로 세게 그의 입에 키스했다.

6년 동안이나 기다리던 키스였다.

"보비, 다시 만나서 정말로 기뻐. 아까는―아까는 다른 사람을 기다리고 있었어. 그러니까―여자 친구들인데. 날 어떻게 찾아냈어?"

"흠, 쉽진 않았어."

벨린다는 한 걸음 뒤로 물러났다. "어디 얼굴 좀 보자."

그도 그녀를 바라보았다. 지난번에 보았을 때는 여전히 고아원에 사는 열네 살짜리 말괄량이 소녀였다. 머리카락은 우중충한 금발이었고, 몸도 비쩍 말라 있었다. 열한 살이었을 때는 주먹으로 그를 쳐서 반쯤 기절시킨 적도 있었다. 그보다 한 살 위였다.

그러던 중 그는 비행장에서 일자리를 얻어 고아원을 떠났고, 그 뒤에는 영국으로 가서 히틀러와 싸웠다. 미국이 참전한 뒤에는 시간이 날 때마다 그녀에게 편지를 썼다. 그녀는 곧 고아원을 떠나 위탁가정으로 보내졌다. 1944년에는 그가 보낸 편지가 '주거 변경―전송처 불명'이라는 도장이 찍힌 채로 반송되어 왔다. 그리고 그는 전쟁의 마지막 해였던 1945년에 무인도에 불시착해서 행방불명자가 되었다.

"많이 변했구나." 그는 말했다.

"너도 변했잖아."

"음."

"전쟁 중에는 신문을 열심히 읽었어. 편지를 보내려고 했지만 그 정도로는 너에게 연락이 닿을 것 같진 않아서. 나중에 네가 바다에서 행방불명이 되었다는 얘기를 듣고, 포기해버렸던 것 같아."

"흠, 행방불명이 된 건 맞지만, 결국 발견돼서 이렇게 돌아왔잖아. 어떻게 지냈어?"

"위탁가정에서 도망친 뒤에는 정말 잘 지냈지." 이렇게 말했을 때 그녀의 얼굴에 언뜻 고통스러운 표정이 떠올랐다. "거기서 빠져나왔을 때 내가 얼마나 기뻤는지는 상상도 못 할 거야. 아아, 보비. 정말 그런 곳만 아니었더라면 얼마나 좋았을까!" 그녀는 슬며시 울기 시작했다.

"어이." 그는 그녀의 양어깨에 손을 올려놓았다. "앉아봐. 너를 위해 가져온 게 있어."

"선물?"

"응." 그는 기름에 전, 때 묻은 종이 꾸러미를 그녀에게 건넸다. "전쟁이 끝나가던 마지막 2년 동안 줄곧 몸에 지니고 다녔어. 무인도에 불시착했을 때도 비행기 안에 있었고. 다시 포장할 시간이 없었어, 미안해."

그녀는 영국 푸줏간에서 쓰는 방습지를 뜯었다. 안에는《푸 모퉁이에 있는 집》과 《사납고 못된 토끼 이야기》가 들어 있었다.

"세상에." 벨린다가 말했다. "고마워."

그는, 야구 경기를 끝내고 녹초가 된 그녀가 돌아오자마자 먼지투성이의 고아원 커버롤 차림으로 독서실 바닥에 엎드려서 곰돌이 푸 그림책을 펼치고 있던 광경을 기억하고 있었다.

"곰돌이 푸 책은 거기 주인공으로 나오는 크리스토퍼 로빈 본인이 직접 사인을 해준 거야. 영국에 있었을 때 그가 공군기지에서 영국 공군 장교로 근무하고 있다는 얘기를 듣고 찾아갔지. 사인을 부탁했더니 자긴 그냥 공군 군인일 뿐이고 보통 아버지가 쓴 책에 사인 같은 건 하지 않는다고 하더군. 난 아무한테도 자랑하지 않겠다고 약속했어. 이 책을 찾느라고 서점이란 서점은 다 뒤졌다고 하니까, 그 친구도 이해하더라.

다른 한 권엔 더 많은 뒷얘기가 있어. 해 질 녘에 심각하게 손상을 입은 B-17 폭격기들을 호위하면서 돌아오는 중이었는데, 위를 올려다보니 독일 공군의 야간 전투기 두 대가 다가오고 있었어. 아마 영국군의 랭커스터 폭격기들이 영불해협을 건너오기 전에 잡으려고 순찰을 시작한 것 같았어.

간단히 말해서 난 그 두 대를 모두 격추했어. 작은 마을 근처에 추락하는 걸 봤는데, 내 비행기도 연료가 떨어진 탓에 긴급 착륙을 해야 했지. 난 끄트머리에 호수가 있는 상당히 편평한 양 목초지를 보고 거기에 착륙했어.

조종석에서 내려오니까 목초지 가장자리에 어떤 부인이 목양견 한 마리를 데리고 서 있었어. 산탄총을 들고 있더라. 그녀는 내 비행기의 엔진하고 마킹이 식별 가능한 거리까지 오더니 '사격 솜씨가 좋군요! 우리 집으로 와서 저녁을 좀 먹고 항공 사령부로 전화를 걸면 어때요?' 라고 말했어.

추락한 독일의 ME-110 전투기 두 대가 불타고 있는 게 멀리서 보였어.

'당신이 엄청나게 유명한 그 제트보이로군요. 어떤 활약을 했는지

소리* 신문에서도 많이 읽어봤어요. 난 힐리스 부인이랍니다.' 이렇게 말하고 그녀는 손을 내밀었어.

난 악수를 나누고 이렇게 말했지. '윌리엄 힐리스 부인? 그럼 여기가 소리 마을인가요?'

'그래요'라는 대답이 돌아왔어.

'그럼 바로 베아트릭스 포터** 그분이 아닙니까!'

'그렇다고도 할 수 있겠죠.'

벨린다, 처음엔 너덜너덜한 스웨터에 낡아빠진 드레스 차림의 통통한 할머니로밖에는 안 보였어. 하지만 맹세컨대 미소를 지으니까 잉글랜드 전체가 환하게 밝아지는 것처럼 보였어!"

벨린다는 책을 펼쳤다. 책 앞쪽의 백지에 이렇게 쓰여 있었다.

제트보이의 미국인 친구,
벨린다에게
윌리엄 힐리스 부인
('베아트릭스 포터')
으로부터
1943년 4월 12일

제트보이는 벨린다가 가져다준 커피를 들이켰다.

"온다는 친구들은 어디 있어?" 그가 물었다.

---

*   잉글랜드 북서부 컴브리아주의 에스웨이트 호반에 있는 작은 마을.

**   영국의 아동문학가. 〈피터 래빗〉 시리즈로 유명하다.

"어, 그이—그 사람들은 올 때가 됐어. 하지만 저기 복도에 있는 전화로 연락을 할까 생각하던 참이었어. 약속 시간을 바꾸면 돼. 느긋하게 앉아서 옛날 얘기를 하면 어떨까. 전화만 한 통 넣으면 돼."

"아니, 됐어. 이렇게 하자고. 주중에 다시 전화를 걸게. 네가 안 바쁜 날 밤에 만나자. 그런다면 즐거울 거야."

"물론 그럴게."

제트보이는 일어났다.

"책들을 선물해줘서 고마워. 내겐 정말로 큰 선물이야. 정말로."

"나도 너를 다시 볼 수 있어서 정말 기뻐, 비."

"고아원에서 나온 뒤에 그 이름으로 날 부른 사람은 네가 처음이야. 잊지 말고 전화 꼭 걸어줘야 해."

"물론이야." 그는 고개를 숙여 다시 그녀에게 입을 맞췄다.

그러고는 층계로 갔다. 아래층으로 내려가던 중에 브릴크림*과 올드 스파이스 냄새를 확 풍기고, 잔뜩 손을 본 주트슈트 차림의 사내—통이 넓고 밑단이 좁은 바지에 긴 상의, 아래로 늘어뜨린 시곗줄, 옷걸이만 한 나비넥타이를 착용하고, 머리를 뒤로 넘겨 빗은—와 마주쳤다. 사내는 휘파람으로 유행곡인 '떡대가 아냐, 움직임이 중요해'를 불며 계단을 두 단씩 밟고 올라갔다.

제트보이는 그 사내가 벨린다의 방문을 두드리는 소리를 들었다.

밖으로 나오자 비가 내리기 시작했다.

"멋지군. 완전 영화 같잖아." 제트보이가 말했다.

---

* 　　영국산 헤어크림.

◆

다음 날 밤은 무덤처럼 고요했다.

그러던 중 파인배런스* 지역의 모든 개들이 짖기 시작했다. 고양이들은 날카롭게 절규했다. 수천 그루의 나무에서 공황 상태에 빠진 새들이 일제히 날아올랐고, 어두컴컴한 밤하늘에서 빙빙 돌며 마구잡이로 날아다녔다.

미합중국 북동부에 있는 모든 라디오가 잡음의 직격을 받았다. 신품 텔레비전들이 섬광을 발하고, 소리가 절로 두 배로 커졌다. 9인치 화면의 듀몬트 TV 주위에 모여 있던 사람들은 느닷없는 소음과 눈부신 빛에 놀란 나머지 뒤로 펄쩍 물러났다. TV가 설치된 동부 해안의 모든 주택 거실이나 술집, 가전제품점 밖의 보도에서 같은 상황이 되풀이되었다.

푹푹 찌던 8월의 그날 밤, 밖에 나와 있던 사람들은 그보다 한층 더 극적인 광경을 목격했다. 한 줄기의 가느다란 빛이 고공에서 움직이며 점점 더 밝아지더니 계속 지상으로 내려왔던 것이다. 다음 순간 빛은 부풀어 오르며 한층 더 밝아지다가 청록색의 유성으로 변해 정지하는 것처럼 보였다. 다음 순간 이 유성은 100개의 눈부신 불꽃이 되어 쏟아져 내렸고, 별이 깜박이는 어두운 밤하늘 속으로 서서히 녹아 들어갔다.

몇 분 뒤에 그보다 작은 다른 불빛을 보았다는 사람들도 있었다. 그 빛은 공중에서 정지했다가 점점 희미해지면서 서쪽을 향해 빠르게 날아갔다고 했다. 그해 여름 동안 신문에는 스웨덴에서 목격된 '유령 로켓들'의 기사가 잔뜩 실렸다. 그런 황당무계한 얘기들이 유행하던 시절이

---

*   거친 사질 토양과 소나무 숲으로 유명한, 뉴저지주 연안의 광활한 수목지대.

었다.

기상국이나 육군항공대 기지에 전화를 걸어보면 아마 물병자리 델타 유성우의 일부였을 것이라는 대답이 돌아왔다.

파인배런스에 가 있던 누군가는 그것이 사실이 아님을 알고 있었지만, 남에게 그것을 알릴 기분이 아니었다.

♥

제트보이는 헐렁한 바지에 셔츠, 갈색 조종사 점퍼 차림으로 블랙웰 인쇄회사의 출입문을 열고 들어갔다. 문 위에 붙어 있는 선명한 빨간색과 파란색 간판에는 '코시 코믹스사'라고 쓰여 있었다.

그는 접수 데스크 앞으로 갔다.

"로버트 톰린입니다. 패럴 씨를 만나러 왔는데요."

비서는 금발의 마른 여성이었는데, 양끝이 치켜 올라간 안경을 쓰고 있는 탓에 마치 박쥐가 눈에 앉아 있는 것처럼 보였다. 그녀는 제트보이를 빤히 쳐다보았다. "패럴 씨는 1945년 겨울에 작고하셨는데요. 혹시 그때 군대에 계셨다거나 그런 건가요?"

"그런 겁니다."

"그럼 로보이 씨와 얘기하시겠어요? 그분이 패럴 씨의 후임자인데요."

"〈제트보이 코믹스〉 담당자라면 누구든 좋습니다."

건물 안쪽에 있는 인쇄기들이 돌기 시작하자 건물 전체가 덜덜 떨리기 시작했다. 사무실 벽에 붙여놓은 요란한 원색의 코믹스 표지들은 오직 **우리만이** 독자들을 만족시킬 수 있다고 선전하고 있었다.

"로버트 톰린이라는 분이 오셨는데요." 비서가 인터콤에 대고 말했다.

"**끼익 깍깍** 그런 이름 들어본 적도 없는데 **철푸덕**."

"용건이 뭐라고 하셨죠?" 비서가 물었다.

"제트보이가 만나고 싶어 한다고 전해주세요."

"아." 비서는 그를 쳐다보며 말했다. "못 알아뵈어서 죄송합니다."

"다들 그러죠."

♣

로보이는 완전히 피를 빨려 뼈만 남은 놈(gnome)*을 연상시키는 사내였다. 무성영화 시절 희극배우로 날렸던 해리 랭던 못지않게 창백해서, 마대 자루 밑에서 볕을 못 보고 자란 잡초를 연상케 했다.

"제트보이!" 그는 꼼지락거리는 굼벵이 같은 손을 내밀어 악수를 청했다. "지난주 신문에 특종기사가 뜰 때까진 다들 자네가 죽었다고 생각하고 있었네. 자네가 미국에서 진짜배기 영웅이 됐다는 걸 아나?"

"글쎄요, 실감 못 하고 있습니다."

"무슨 용건으로 왔나? 마침내 실물을 만나볼 수 있어서 기쁘지 않다는 건 아니지만, 요즘 엄청나게 바쁠 텐데."

"흐음, 우선 지난여름에 제가 행방불명이 되고 사망한 걸로 추정되었을 때 특허권 사용료하고 인세 수표가 제 계좌에 아예 입금되지 않은 걸 확인했습니다."

---

*   땅속에 산다는 난쟁이 요정.

"아니, 그게 정말이야? 아마 누군가가 권리를 주장할 때까지 법무 팀에서 그걸 제3자에게 위탁했거나 그랬던 게 아닐까. 당장 보내라고 하겠네."

"흐음, 이왕 온 김에 이 자리에서 당장 받고 싶은데요."

"뭐? 그게 가능한지 잘 모르겠는데. 너무 느닷없는 요구라서."

제트보이는 상대를 빤히 쳐다보았다.

"알았어, 알았다고. 회계 팀한테 얘기할게." 그는 수화기를 들고 소리를 지르듯이 통화했다.

"아, 참." 제트보이가 말했다. "내가 없는 사이에도 친구가 내 책들을 모아두었더군요. 지난 2년 동안의 소유권 고시하고 발행 부수를 확인했는데, 최근 〈제트보이 코믹스〉가 호당 50만 부씩 판매됐다는 걸 압니다."

로보이는 다시 전화에 대고 한참 동안 소리를 쳤다. 그는 수화기를 내려놓고 말했다. "좀 시간이 걸릴 거야. 또 뭐가 있나?"

"만화 내용이 맘에 들지 않습니다." 제트보이가 말했다.

"뭐가 맘에 안 든다는 거야? 한 달에 50만 부나 팔리는데!"

"우선 내 제트기 모양이 점점 총알을 닮아가고 있더군요. 게다가 황당하게도 날개를 후퇴익으로 그려놓았다고요!"

"친구, 지금은 원자력 시대야. 기수에서 옷걸이가 튀어나오고, 빨간 양 다리 같은 모양을 한 비행기는 요즘 애들 사이에선 인기가 없다네."

"흐음, 예나 지금이나 그 모양을 하고 있는데요. 색깔 얘기가 나왔으니까 말인데, 지난 세 권에서 왜 제 비행기를 얼어죽을 파란색으로 칠해놓으셨는지?"

"내가 그런 게 아냐! 난 빨간색에 대해 아무 이의도 없네. 하지만 블랙웰 씨는 피가 아니면 만화에 빨간색은 넣지 말라고 하더라고. 우리 사장은 미국 재향군인회의 거물이라서.*"

"기체는 반드시 정확한 모양과 정확한 색깔로 묘사되어야 한다고 전해주세요. 또 제가 보낸 전투 보고서도 받아 보셨을 텐데요. 패럴 씨가 이 자리에 앉아 있던 시절 〈제트보이〉는 비행기하고 공중전, 그리고 스파이 조직을 소탕하는 얘기를 다룬 만화였습니다—모두 실화였죠. 10쪽짜리 에피소드가 호당 두 편 이상 들어가는 일도 없었고."

"패럴이 이 자리에 앉아 있었을 때 〈제트보이〉는 한 달에 25만 부밖에 팔리지 않았잖나."

로보이가 이렇게 말하자, 제트보이는 또다시 상대를 빤히 쳐다보았다.

"이제 전쟁은 끝났으니 다들 새집을 사고, 눈이 튀어나올 정도로 참신한 오락을 원한다는 건 저도 압니다. 하지만 지난 18개월 동안의 과월호들을 보니 해도 너무한다는 생각이 들더군요…….

저는 '장의사'라는 이름의 악당과 싸운 적이 없고, '죽음의 산'이라는 장소에도 간 적이 없습니다. 게다가 이것들은 또 뭡니까! 빨간 해골? 구더기 씨? 블루토 교수? 해골에 촉수는 또 왜 이렇게 많이 나오죠? 쌍둥이 악당인 슈투름과 드랑 호엔촐레른? 팔꿈치 관절이 여섯 쌍이나 있는 고릴라를 닮은 절지 유인원은 또 뭡니까? 도대체 이런 것들은 다 어디서 튀어나온 거죠?"

"내가 아냐. 작가들이 만들어낸 거야. 하루 종일 벤제드린**에 절어

---

*　　빨간색은 공산주의를 상징하는 색깔이기도 하다.

**　　각성제인 암페타민의 상표명.

있는, 머리가 돈 친구들이지. 하지만 독자들이 보고 싶어 하는 건 바로 그런 것들이라고!"

"비행에 관한 글이나 진짜 하늘의 영웅들에 관한 기사는 다 어디로 갔나요? 호당 적어도 두 편은 실제 사건이나 실존 인물에 관한 기사를 싣는다는 계약조건 아니었나요?"

"그건 다시 확인해봐야겠군. 하지만 요즘 어린 독자들은 더 이상 그런 글을 읽고 싶어 하지 않는다는 점은 자네도 이해해줘야 해. 게네들이 원하는 건 괴물이나 우주선 따위야. 침대에서 읽다가 오줌을 지릴 정도로 박력 있는 걸 원하는 거지. 자네도 기억나지 않나? 자네도 어렸던 적이 있잖나!"

제트보이는 책상에서 연필을 집어 들었다. "전쟁이 시작됐을 때 저는 열세 살이었고, 진주만이 폭격당했을 땐 열다섯이었습니다. 6년 동안 줄곧 전쟁터에서 싸웠죠. 이따금 제겐 어린 시절은 없었다는 생각을 하곤 합니다."

로보이는 잠시 침묵했다가 다시 입을 열었다.

"이렇게 하면 어떨까. 책 내용에 관해 마음에 들지 않는 점을 모두 종이에 써서 우리한테 보내줘. 우리 법무 팀한테 그걸 검토하게 해서 해결책을 찾아보라고 할게. 알다시피 우린 실제 발매일 전에 세 호를 미리 인쇄해놓으니까, 자네 의견이 반영된 호가 나오는 건 추수감사절 즈음이 될 거야. 그보다 늦을 수도 있겠고."

제트보이는 한숨을 쉬었다. "이해합니다."

"난 정말로 자네가 만족하기를 바라. 〈제트보이〉는 내가 제일 좋아하는 만화니까 말이야. 아니, 진심일세. 다른 작품들은 단순한 일에 불과해. 빌어먹을, 일도 이런 일이 없지. 언제나 마감에 쫓기고, 술주정뱅이가 아니면 그보다 더한 놈들과 일해야 하고, 인쇄소도 지켜봐야 하고─이런 게 상상이 가나! 하지만 〈제트보이〉를 내는 건 좋아하네. 나한텐 특별한 작품이거든."

"흠, 고맙습니다."

"응, 응." 로보이는 손가락으로 책상을 두들겼다. "회계 팀은 왜 이렇게 시간이 걸려?"

"이중장부를 꺼내러 간 거 아닐까요."

"어이, 아냐! 우린 성실한 회사라고!" 로보이는 벌떡 일어섰다.

"농담입니다."

"오. 흠. 신문에서는 자네가 무인도나 뭐 그런 곳에 떨어져 있었다고 하더군. 많이 힘들었어?"

"흠, 외로웠죠. 물고기를 잡아서 먹는 일도 지겨웠고. 지독하게 따분했고, 아무것도 없는 상태였습니다. 아, 물건이 없었다는 게 아니라, 할 일이 없었다는 겁니다. 1945년 4월 29일부터 지난달까지 거기서 지냈으니까요.

이러다가 미쳐버리는 게 아닌가 생각했을 때도 있었습니다. 그러다가 아침에 문득 고개를 들었다가, 제 눈을 의심했습니다. 2킬로도 채 떨어지지 않은 곳에 미 해군함 릴럭턴트*가 정박해 있었던 겁니다. 제가 신호탄을 발사하자 그쪽에서 와서 구조해줬습니다. 한 달을 들여서 기체를 수리할 수 있는 곳까지 가서 좀 쉬다가 귀국했습니다. 돌아오니 정말 기쁘더군요."

---

*   연극과 영화로도 만들어진 토머스 헤이건의 자전적 소설 《미스터 로버츠》(1946)에 등장하는 미 해군 수송함.

"나도 알 것 같아. 그런데 그 무인도에는 동물이 많았나? 사자나 호랑이나 뭐 그런 것들이 있진 않았어?"

제트보이는 웃음을 터뜨렸다. "폭이 2킬로도 안 되고, 길이도 2.5킬로에 불과한 섬입니다. 새하고 쥐에 도마뱀이 좀 있었죠."

"도마뱀? 큰 도마뱀? 독이 있다든지?"

"아뇨. 조그만 것들이었습니다. 섬을 떠나기 전에 반은 제가 다 잡아먹은 것 같군요. 산소 호스를 가지고 새총을 만들었는데, 쓰다 보니 꽤 솜씨가 좋아졌거든요."

"하! 당연히 그랬겠지!"

문이 열리더니 잉크 얼룩이 묻은 셔츠를 입은 키가 큰 사내가 들어왔다.

"이 친구가 맞나?" 로보이가 물었다.

"한 번 봤을 뿐이지만, 본인처럼 보이는군요." 사내가 대답했다.

"그럼 됐군!" 로보이가 말했다.

"아뇨, 전 그것만으로는 안 됩니다." 회계사가 말했다. "일단 신분증명서를 보여주시고, 이 확인서에 서명을 해주셔야."

제트보이는 한숨을 쉬고 하라는 대로 했다. 그는 수표에 쓰인 금액을 보았다. 소수점 앞의 자릿수가 너무 적었다. 그는 수표를 접어 호주머니에 집어넣었다.

"다음번 수표를 받을 주소를 비서에게 남겨두고 가겠습니다. 문제점들을 지적한 편지는 다음 주 중에 보내드리죠."

"그렇게 해줘. 자넬 만나서 정말 반가웠네. 앞으로도 함께 이렇게 좋은 비즈니스 관계를 유지할 수 있기를 빌자고."

"으음, 고맙습니다." 제트보이는 회계사와 함께 방에서 나갔다.

로보이는 회전의자의 등받이에 등을 기댔다. 깍지 낀 손을 뒤통수에 대고 반대편 벽의 책장을 응시한다.

그러더니 갑자기 몸을 앞으로 홱 내밀며 수화기를 집어 들었고, 9를 돌려서 외선으로 연결했다. 〈제트보이 코믹스〉의 주임 작가에게 전화를 건다.

열두 번 신호가 간 뒤에 숙취에 시달리는 듯한 불분명한 목소리가 대답했다.

"로보이야. 귀를 씻고 잘 들어. 다음 호는 이렇게 하라고. 52쪽 특별판으로, 장편 하나를 넣어. 알았나? 제목은 '공룡섬의 제트보이'야! 기억했어? 원시인 여럿에 근사한 여자 한 명에 킹 렉스인가 뭔가 하는 공룡 한 마리를 등장시켜. 뭐라고? 맞아, 그거야. 티라노사우루스. 전쟁이 끝난 뒤에도 항복을 안 하고 버티고 있는 일본군 놈들을 좀 넣어도 되겠군. 맞아. 응, 사무라이가 들어가도 되겠군. 시대 설정? 서기 1100년쯤으로 날려 갔다고 하면 어때? 빌어먹을, 뭐래도 좋아. 뭐가 필요한지 정확하게 이해했으면 됐어.

마감이 뭐? 오늘은 화요일이군. 목요일 오후 5시까지 끝내라고. 알겠지? 우는소리 하지 마. 쉽게 150달러를 벌게 해주겠다니까! 그럼 그때 보자고."

로보이는 전화를 끊었다. 그런 다음 화가에게 전화를 걸어서 어떤 표지를 원하는지를 알렸다.

♠

에드와 프레드는 파인배런스에서 배달을 끝내고 돌아오는 중이었다.

7미터 길이의 덤프트럭을 몰고 있었다. 몇 분 전까지만 해도 뒤쪽의 짐칸에는 5세제곱미터 분량의 갓 혼합한 콘크리트가 실려 있었다. 여덟 시간 전에는 4세제곱미터의 물과 모래와 자갈과 시멘트와 비밀 성분이었던 것이었다.

비밀 성분은 주내(州內)에서 비과세로 비법인 사업을 할 경우 '절대 어기면 안 되는 5원칙' 중 세 개를 어긴 인물이었다.

그 인물은 다른 비즈니스맨들에 의해 건설 장비 도매상으로 연행되어서, 시멘트 믹서가 어떻게 작동하는지를 지근거리에서 몸소 체험했다.

그렇다고 에드와 프레드가 그 일에 관여했다는 뜻은 물론 아니다. 단지 한 시간 전에 전화를 받고 2천 달러를 줄 테니 숲으로 덤프트럭을 몰고 가달라는 의뢰를 받았을 뿐이었다.

숲속은 뉴욕에서 그리 멀리 떨어진 것이 아닌데도 컴컴했다. 인구 500명 이상의 도시가 200킬로미터 이내에 있다고는 믿기 힘들 정도였다.

덤프트럭의 전조등이 낡은 비행기 기체부터 황산이 들어 있던 유리병 더미에 이르기까지 온갖 폐기물이 잔뜩 쌓여 있는 도랑을 비췄다. 폐기물 일부는 갓 버린 느낌이었다. 연기를 뿜거나 불길이 이는 것들도 몇 개 있었다. 어떤 것들은 불이 붙지 않았는데도 어둠 속에서 빛을 내고 있었다. 덤프트럭은 녹은 금속이 부글거리고 펑펑거리는 웅덩이 옆을 천천히 지나갔다.

이윽고 그들은 다시 파인배런스의 깊은 숲속으로 돌아와서 바큇자국투성이의 지면 위를 덜컹덜컹 나아가기 시작했다.

"어이!" 에드가 고함을 질렀다. "멈춰!"

프레드는 브레이크를 밟고 시동을 껐다. "쌍! 도대체 왜 그래?"

"방금 지나온 거기! 클리블랜드만큼 커 보이는 네온빛 캐츠아이*

구슬을 밀고 있는 녀석을 봤어!”

“난 절대 안 돌아가.” 프레드가 말했다.

“어이! 그런 건 매일 볼 수 있는 물건이 아니라고.”

“염병할. 어이, 에드! 언젠가 너 때문에 우리 둘 다 뒈지게 될 거야!”

◆

그것은 구슬이 아니었다. 굳이 회중전등을 비추지 않아도 자기(磁氣) 지뢰가 아닌 것 또한 확실했다. 자체적으로 빛을 내고 있는 공 모양의 금속 용기였고, 그 표면에는 색색 가지 빛이 소용돌이치고 있었다. 용기는 그것을 밀고 있는 사내를 가릴 정도로 컸다.

“마치 네온빛 아르마딜로가 몸을 오그린 것처럼 보이는군.”

서부에 가본 적이 있는 프레드가 말했다.

그 물체 뒤에 있던 사내는 눈을 깜박였다. 회중전등 빛 때문에 이쪽이 보이지 않는 듯했다. 누더기 차림에 더러웠다. 턱수염은 담뱃진에 절었고, 헝클어진 쇠 수세미 같다.

두 사람은 가까이 다가갔다.

“내 거야!” 사내는 이렇게 내뱉으며 물체 앞으로 와서 양팔로 그것을 얼싸안았다.

“어이, 노인장, 흥분하지 말라고.” 에드가 말했다. “그거 뭐야?”

“내 팔자를 고쳐줄 수 있는 물건이야. 너희들 공군이야?”

“설마. 어디 좀 구경 좀 할까.”

---

*   고양이 눈을 연상시키는, 유백광을 발하는 보석.

사내는 돌멩이를 집어 들었다. "오지 마! 비행기 추락한 곳에서 내가 찾아낸 거야. 공군한테 이 원자폭탄을 가져다주고 큰돈을 벌 거야!"

"그렇게 생긴 원자폭탄은 한 번도 본 적이 없는데." 프레드가 말했다. "옆에 쓰여 있는 글을 보라고. 영어도 아니잖아."

"물론 아니지! 비밀 병기 같은 게 틀림없어. 그래서 놈들은 이렇게 괴상한 거죽을 씌워놓은 거야."

"놈들?"

"쓸데없는 말을 너무 많이 했군. 비켜."

프레드는 늙은 부랑자를 바라보았다. "들어보니 흥미롭군. 더 자세히 얘기해봐."

"비키라니까! 난 옥수수죽 통조림 하나를 뺏으려고 사람을 죽인 적도 있다고!"

프레드는 재킷에 손을 넣더니 배수관처럼 커다란 총구를 가진 권총을 꺼내 들었다.

"어젯밤에 추락했어." 노인은 황망한 눈으로 권총을 보며 말했다. "그 소리를 듣고 깼어. 밤하늘 전체가 환해져 있었어. 그래서 오늘 하루 종일 그걸 찾아보려고 했지. 숲에서 공군하고 주 방위군들이 우글거릴 거라고 생각했는데 아무도 안 오더군. 그러다가 어두워지기 직전에 발견했어. 완전히 박살이 나 있더군. 날개는 추락했을 때 완전히 뜯겨 나갔는지 없었어. 괴상한 옷을 입은 사람들의 시체가 사방에 널려 있더군. 여자도 있었어."

노인은 수치심에 잠시 고개를 숙이고 있었다. "하여튼 다들 죽어 있었어. 프로펠러나 그런 것들이 없는 걸 보니 제트기였나 봐. 그리고 비행기 잔해 속에 이 원자폭탄이 박혀 있었어. 공군한테 가져다주면 엄청난 사례금을 받을 거라고 생각했지. 내 친구 하나가 추락한 기상 관측 기구를 찾아서 가져다줬는데 1달러 25센트나 받았다고 하더라고. 이건 원자폭탄이니까 기구보다 100만 배는 더 중요할 게 틀림없어!"

프레드는 웃음을 터뜨렸다. "1달러 25센트라고? 그럼 10달러 줄게, 나한테 팔아."

"이건 100만 달러도 받을 수 있어!"

프레드는 엄지손가락으로 리볼버 권총의 공이치기를 젖혔다.

"50달러." 노인이 말했다.

"20달러."

"말도 안 되는 액수지만, 알았어."

♥

"이걸 어디 쓰려고?" 에드가 물었다.

"닥터 토드한테 가져갈 거야. 보스라면 어디 쓰는 물건인지 알 거야. 과학자 타입이잖아."

"진짜로 원자폭탄이면 어쩌려고?"

"흠, 원자폭탄에 이런 분무기 노즐이 달려 있을 것 같지는 않아. 아까 그 늙은이 말이 맞아. 정말로 원자폭탄을 분실했다면 이 숲에는 공군 애들이 득시글거리고 있어야 해. 염병할, 지금까지 실제로 폭발시킨 원자폭탄은 다섯 발밖에 없다고. 재고가 있다고 해봤자 10여 발이 고작일 걸. 그것들이 각각 어디 있는지 모를 리가 없잖아."

"흠, 기뢰 같지도 않군." 에드가 말했다. "이게 뭐라고 생각해?"

"뭐든 난 상관 안 해. 돈이 된다면 닥터 토드는 우리 몫을 챙겨줄 거야. 공정하니까 말이야."

"악당치고는 공정하지." 에드가 말했다.

두 사내는 폭소를 터뜨렸다. 문제의 물체는 덤프트럭의 짐칸에서 덜그럭거리며 굴러다니고 있었다.

♣

헌병들이 머리카락이 빨간 사내를 그의 연구실로 데려와서 소개했다.

"닥터, 자리에 앉게나." A. E.*는 담배 파이프에 불을 당겼다.

사내는 불편한 기색이었다. 육군 정보부에서 이틀 내내 심문을 받았으니 이상할 것도 없었다.

"화이트샌즈에서 무슨 일이 일어났는지 얘기를 들었네. 자네가 오직 나하고만 대화하겠다고 고집한 일도 말이야." 아인슈타인이 말했다. "자백제를 투여받았던 걸로 아는데, 아무 효과도 없었다고?"

"날 취하게 만드는 효과밖엔 없었지." 연구실 조명 아래에서 주황색과 노란색으로 보이는 머리카락을 가진 사내가 대답했다.

"취하긴 했지만 말을 하지는 않았다?"

"말을 하긴 했지만, 그 친구들이 듣고 싶어 하던 얘긴 아니었다네."

"매우 특이한 반응이로군."

"혈액의 화학적 특성이 달라서야."

아인슈타인은 한숨을 쉬고 프린스턴대학 연구실의 창문 밖을 내다

---

*   알베르트 아인슈타인의 머리글자.

보았다. "알았네. 그럼 얘기해줘. 자네 얘길 믿겠다는 건 아니지만, 적어도 귀를 기울일 용의는 있으니까 말이야."

"알았어." 사내는 대꾸하고 깊게 숨을 들이쉬었다. "진상은 이렇다네."

사내는 얘기를 시작했다. 처음에는 주의 깊게 단어를 골라가며 천천히 말했지만, 자신감이 쌓이면서 점점 더 빠른 어조로 말하기 시작했다. 그러면서 그의 영어에 본래의 악센트가 섞이기 시작했는데, 아인슈타인은 그것이 어느 언어의 악센트인지 도통 감을 잡을 수가 없었다. 스웨덴인에게 배운 피지섬 원주민의 영어처럼 괴상했다고나 할까. 아인슈타인은 얘기에 귀를 기울이며 파이프에 두 번 담배를 재웠고, 세 번째로 재웠을 때는 불을 붙이지 않은 채로 그냥 놓아두었다. 그는 의자에서 조금 몸을 내밀고 이따금 고개를 끄덕였다. 늦은 오후의 햇살을 받은 그의 백발이 마치 후광처럼 보인다.

사내는 얘기를 끝마쳤다.

아인슈타인은 그제야 파이프를 떠올리고 성냥으로 불을 붙였다. 깍지 낀 손으로 뒤통수를 감싼다. 스웨터의 왼쪽 팔꿈치 부분에 조그만 구멍이 나 있는 것이 보였다.

"그 친구들은 자네 말을 하나도 믿으려 하지 않을 걸세." 아인슈타인이 말했다.

"뭐래도 상관없어. 어떤 식으로든 행동에 나서주기만 하면 돼!" 사내가 말했다. "내 목적은 그걸 회수하는 거니까 말이야."

아인슈타인은 사내를 바라보았다. "만약 그들이 자네 말을 믿는다면, 이 모든 일은 결국 자네가 여기 온 이유를 무색하게 만드는 결과를 가져올 걸세. 자네라는 인물이 여기 와 있다는 사실로 인해서 말이야.

무슨 뜻인지 알겠나."

"달리 무슨 일을 할 수 있겠나? 내 우주선이 아직도 멀쩡하다면, 내가 직접 찾아 나섰을 거야. 하지만 멀쩡하지 않았기 때문에 차선책을 택했던 거야. 일부러 눈에 띄는 곳을 골라 착륙해서 당신을 만나게 해달라고 요구했잖아. 그럼 다른 과학자들이나 연구소들도……."

아인슈타인은 웃음을 터뜨렸다. "미안하네. 하지만 자넨 여기서 어떤 식으로 일 처리를 하는지 모르는 것 같군. 우리가 원하든 원하지 않든 군대와 정부는 이번 일에 개입할 걸세. 그러니까 처음부터 우리 입장이 최대한 반영되도록 노력하는 편이 나아. 문제는 뭔가 그들 귀에도 **그럴듯하게** 들리는 설명을 해주고, 그와 동시에 그 물체 수색에 나서도록 할 수 있는 명분을 제공해줘야 한다는 점일세.

일단 육군의 지인들에게 자네 얘기를 하고, 몇몇 친구들에게 전화를 걸어보겠네. 우리 인류는 얼마 전에 큰 규모의 세계대전을 치렀고, 전쟁의 혼란 속에서 많은 것들이 간과되거나 잊혔다네. 아마 그걸 써서 적당한 명분을 만들어낼 수 있을지도 몰라.

지금 가장 중요한 건, 공중전화로 그러는 편이 낫다는 점이야. 헌병들도 따라올 테니까, 작은 목소리로 그래야겠군. 그래서 말인데," 그는 어질러진 책장 구석에서 모자를 집어 들며 말했다. "아이스크림 좋아하나?"

"유당과 고체 상태의 당류를 빙점 바로 아래의 온도에서 응고시킨 혼합물을 말하는 건가?" 사내가 물었다.

"실물은 방금 한 설명보다 훨씬 낫다고 보증해줄 수 있네." 아인슈타인이 말했다. "게다가 아주 시원하지." 그들은 팔짱을 끼고 연구실을 나섰다.

♠

　제트보이는 흠집이 잔뜩 난 제트기의 동체 측면을 툭 쳤다. 그는 23번 격납고 안에 와 있었다. 링크가 기름에 찌든 걸레에 손을 닦으며 사무실에서 나왔다.

　"어떻게 됐어?"

　그가 물었다.

　"잘됐어요. 자서전을 내자고 하더군요. 봄에 출간하고, 대대적으로 선전할 거랍니다. 내가 마감에 맞춰 쓸 수 있다면 얘기지만."

　"이 제트기를 팔겠다는 결심은 여전해?" 정비공이 물었다. "이렇게 보내는 건 정말 아쉬운데."

　"흠, 내 인생의 그 부분은 이미 끝났으니까요. 다시는 하늘을 날고 싶지 않은 기분입니다. 당장은 여객기 승객조차도 되고 싶지 않아요."

　"정비는 어떻게 해놓을까?"

　제트보이는 제트기를 바라보았다.

　"이렇게 하면 되겠군요. 고(高)고도 연장 날개하고 보조 연료탱크들을 장착해주세요. 그럼 더 크고 화려하게 보일 테니. 박물관 같은 데서 사줄지도 모르니까, 우선은 그런 곳들에 제안해볼 작정입니다. 그게 잘 안 된다면, 신문에 매매 광고를 올리면 되겠죠. 개인이 사겠다고 나선다면 기관총 따위는 그때 떼어내면 그만이고. 일단 상태가 완전한지만 확인해줘요. 샌프란시스코에서 여기까지는 금방이었으니 그리 큰 부담을 받지도 않았고, 히컴*에서도 분해 수리를 잘해줬으니까 손볼 곳은 그리

＊　　하와이의 히컴 공군기지.

56

많지 않을 겁니다. 하여튼 필요하다고 생각하는 일은 모두 해주세요."

"알았어."

"뭔가 급한 일이 일어나지 않는다면 내일 전화할게요."

역사적 항공기 판매: 제트보이의 쌍발 제트기. 추력 540킬로그램의 엔진 2기, 고도 7600미터에서 최고 속도 시속 970킬로, 항속거리 1000킬로, 외장식 보조 연료탱크 장착 시 1600킬로(보조 연료탱크와 연장 날개 포함). 길이 9.4미터, 날개폭 10미터(연장 날개폭 15미터). 타당한 가격으로 조정 가능. 직접 보고 판단할 필요 있음. 뉴저지주 샌택의 보넘 항공 서비스 23번 격납고에서 전시 중.

제트보이는 서점의 전시창 앞에 서서 그곳에 피라미드처럼 쌓여 있는 신간들을 구경하고 있었다. 그것만 보아도 전시의 종이 배급제가 끝났다는 것을 알 수 있었다. 내년이면 그의 자서전도 이렇게 신간으로 나올 것이다. 만화책이 아니라 책을 통해서 그의 전쟁 경험을 직접 알릴 수 있는 것이다. 제대로 된 자서전을 써서, 다른 책들 사이에 묻히는 일이 없도록 하고 싶었다.

징집되어 군대에 갔던 이발사와 구두닦이들조차도 자기 무용담을 책으로 낸다는 얘기까지 있을 정도이니까 말이다.

전시창 하나에도 중령에서 소장에 이르는 장교들이 쓴 전쟁 회고록이 여섯 권이나 진열되어 있었다. (졸병 출신의 이발사들이 쓴 책은 실제로는 그리 많지 않은 것일까?)

다른 전시창을 점령하고 있는 20여 권의 전쟁소설들 일부는 그들이 쓴 것일지도 모르겠다.

서점 출입문 근처의 전시창은 잔뜩 쌓여 있는 두 권의 책이 점령하고 있었다. 전쟁소설이나 회고록이 아닌 최상위 베스트셀러 소설들이다. 한 권은 아벤젠이라는 작가(호손 아벤젠이라는 괴상한 이름만으로도 필명임을 알 수 있었다)가 쓴《메뚜기는 무겁게 짓누른다》*라는 책이었다. 다른 한 권은《호텔방에서 촛불 빛으로 꽃 기르기》**라는 책이었는데, 작가명이 '찰스 파인 애덤스 부인'이라니 겸손해도 너무 겸손하다는 생각이 든다. 보나 마나 난해해서 도무지 이해할 수 없는 시집 따위겠지만, 괴상한 것을 좋아하는 대중에 의해 과대평가된 것이 틀림없다. 취미는 논리만으로는 설명하기 힘들다고 하지 않는가.

제트보이는 가죽 재킷의 호주머니에 양손을 찔러 넣고 가장 가까운 영화관을 향해 걸어갔다.

♦

토드는 연구실에서 연기가 피어오르는 것을 보고 전화가 울리기를 기다렸다. 800미터 떨어진 건물이었고, 그 주위에서 사람들이 우왕좌왕하는 것이 보인다.

2주 동안은 아무 성과도 없었다. 실험을 해보기 위해 고용한 소켈드라는 이름의 과학자는 매일 결과를 보고해왔다. 그 물질을 원숭이, 개,

---

*   SF 작가 필립 K. 딕의 대체역사소설《높은 성의 사나이》(1962)의 작중에 등장하는 대체역사소설이며, 2차 세계대전에서 독일과 일본이 승리했다는 딕의 소설 내용과는 반대로 독일과 일본이 패배한 미래를 다루고 있다는 설정이다.

**   미국 작가 리처드 브라우티건의 소설《임신중절》(1971)에 등장하는 작중 소설.

쥐, 도마뱀, 뱀, 개구리, 곤충뿐만 아니라 물속에 있는 물고기에까지 투여해보았지만 아무 효과도 없었다. 소켈드 박사는 토드의 부하들이 20달러를 내고 거창한 용기에 든 불활성가스를 사 온 것은 아닌지 생각하기 시작했다.

폭발이 일어난 것은 몇 초 전의 일이었다. 토드는 기다렸다.

전화가 울렸다.

"토드—오, 실험실의 존스입니다. 지금—" 전화 회선이 잡음에 묻혔다. "아, 하느님 맙소사! 소켈드가—모두가—" 상대방의 수화기 근처에서 뭔가 쿵 하는 소리가 났다. "오오, 세상에……."

"진정해." 토드가 말했다. "다들 실험실 밖으로 안전하게 대피했나?"

"아, 예. 그…… **우웩.**" 전화를 통해 구토하는 소리가 들렸다.

토드는 기다렸다.

"죄송합니다, 닥터 토드. 실험실은 아직 봉쇄되어 있습니다. 화재는—밖의 풀밭이 조금 탄 정도입니다. 누군가가 버린 담배꽁초 탓인 것 같습니다."

"무슨 일이 일어났는지 설명해줘."

"저는 담배를 피우려고 밖에 나가 있었습니다. 그때 실험실 안에 있던 누군가가 사고를 낸 것 같습니다. 뭔가를 떨어뜨렸던가 해서. 저, 저도 잘은 모르겠습니다. 안에 있던 사람들은 거의 다 죽은 것 같습니다. 그랬으면 차라리 나왔을지도. 잘 모르겠군요. 뭔가—아, 저거, 저거. 누군가가 사무실 안에서 아직도 움직이고 있습니다. 여기서도 보입니다. 저기에—"

누군가가 전화 수화기를 집어 들었는지 딸깍하는 소리가 났다. 전화 소리가 작아졌다.

"토그. 토그." 사람인지 아닌지 모를 목소리가 말했다.

"지금 누구지?"

"토극―"

"소켈드?"

"거. 돠저. 돠저. 거."

물결 모양의 양철 지붕 위에 생오징어가 든 자루를 통째로 쏟아낸 듯한 소리가 들렸다. "돠저." 다음 순간 잡동사니가 가득한 책상 서랍 속에 젤리를 쏟아내는 듯한 소리가 났다.

총소리가 울려 퍼졌고, 수화기가 책상에 떨어졌다.

"방금―총으로―자기를―쐈습니다." 존스가 말했다.

"당장 거기로 가겠네." 토드가 말했다.

♥

정화 작업이 끝난 후 토드는 다시 사무실 안에 서 있었다. 현장은 바로 쳐다보기 힘들 정도였다. 금속 용기는 멀쩡했다. 어떻게 사고가 일어났든 간에 샘플에 의한 것이라는 점은 명백했다. 다른 실험동물들은 멀쩡했다. 영향을 받은 것은 인간들뿐이었다. 세 명은 즉사. 소켈드는 자살했다. 나머지 두 명은 그와 존스가 직접 죽여야 했다. 일곱 번째 인물은 행방불명이었지만, 문이나 창문을 통해 밖으로 나간 흔적은 없었다.

토드는 자기 책상의 의자에 앉아 오랫동안 깊은 생각에 잠겼다. 이윽고 그는 손을 뻗어 책상 위의 호출 버튼을 눌렀다.

"부르셨습니까, 닥터?"

필모어가 옆구리에 전보와 중개 주문서 따위를 잔뜩 끼고 방으로 들어왔다.

닥터 토드는 책상 금고를 열고 지폐를 세기 시작했다.

"필모어, 노스캐롤라이나주의 포트엘리자베스로 가서 B형 연식 기구 다섯 개를 구입해줘. 내가 자동차 세일즈맨인 걸로 해두면 되겠군. 3만 세제곱미터의 헬륨가스를 남펜실베이니아에 있는 우리 창고로 배달시키고. 무기고를 열고 완전한 목록을 만들어서 내게 줘―더 필요한 게 있으면 군대 방출품을 사면 돼. 맥 선장한테 연락해서, 아직도 그 화물선을 갖고 있는지 확인해줘. 우리 여권도 새로 만들어야겠군. 촐리 색스에게 연락해―스위스에 연락 상대가 필요하니까 말이야. 비행선 조종 면허가 있는 조종사도 필요하겠군. 잠수복하고 산소통도 필요해. 밸러스트로 쓸 펠릿도 2톤은 필요해. 폭격 조준기. 해도(海圖)도. 그리고 커피 한 잔 가져다줘."

"프레드가 비행선 조종 면허를 가지고 있습니다만."

필모어가 말했다.

"그 두 친구들은 정말이지 놀라움의 연속이구먼."

"그런데 보스, 이제 작업에서는 손을 씻었다고 하시지 않았습니까."

"필모어." 닥터 토드는 20년 동안 친구처럼 지내온 부하를 바라보았다. "필모어, 어떤 작업은 무조건 해야 경우가 있어. 우리가 그걸 원하든, 원하지 않든 말이야."

듀이는 마닐라만 제독님

듀이는 지난번 대선후보님

촉촉해진 눈으로 맹세하는 건 내 님

우리 서로 사랑해? 물론 사랑해!*

아파트 안뜰에서 아이들이 긴줄넘기를 하며 놀고 있었다. 학교에서 돌아오자마자 부리나케 시작하는 것을 아까 보았다.

처음에는 노랫소리가 신경에 거슬렸다. 제트보이는 타이프라이터 앞에서 일어나 창가로 갔다. 조용히 하라고 소리치는 대신, 그냥 그 광경을 바라본다.

어차피 글도 잘 써지지 않으니 상관없었다. 전쟁 중에 정보부 장교들에게 전과(戰果) 보고를 했을 때는 단순한 사실처럼 느꼈던 일들도 종이에 글로 쓰니 자기 자랑으로밖에는 보이지 않는 것이 문제였다.

ME-109 2기와 TA-152 1기로 이루어진 적 전투기 편대가 구름 속에서 나와, 대파된 B-24 리버레이터 폭격기로 접근했다. 폭격기는 독일군의 고사포탄을 맞고 심각한 손상을 입은 상태였다. 프로펠러 네 개 중 두 개는 페더링** 상태였고, 기체 상부의 회전식 기관총좌는 아예 사라져 있었다.

109 1기가 얕은 각도로 강하했는데, 아마 급횡전해서 폭격기의 아랫면을 올려 쏠 작정인 것 같았다.

나는 기체를 크게 선회시켜 접근하며 600미터 떨어진 곳에서 편차 사격을 가했다. 세 발 명중하는 것이 보였고, 그 직후 109는 공중 분해되었다.

---

*   마닐라만 해전의 영웅인 조지 듀이(Georgey Dewey)와 대선후보였던 토머스 듀이(Thomas Dewey)에 '눈가가 촉촉해졌다'는 뜻의 형용사 'dewy'를 빗댄 노래이다.

**   엔진 정지 시에 프로펠러의 각도를 진행 방향에 평행하게 함으로써 공기저항을 줄이는 방법.

TA-152는 나를 보자마자 급강하해서 요격에 나섰다. 109가 폭발한 순간 나는 속도를 늦추고 에어브레이크를 걸었다. 152는 내게서 50미터도 떨어지지 않은 곳을 스쳐 지나갔다. 깜짝 놀란 표정을 한 조종사 얼굴이 보였다. 그가 스쳐 지나갔을 때 나는 20밀리미터 기관포들을 짧게 한 번 연사했다. 152의 조종석 덮개 뒤쪽의 기체가 완전히 박살 나며 지상을 향해 비처럼 쏟아져 내렸다.

나는 기체를 급상승시켰다. 마지막으로 남은 109는 리버레이터 폭격기 후미를 따라오며 기관총과 기관포를 쏘아대고 있었다. 리버레이터의 후방 기총수는 전사했고, 적기의 고도가 높은 탓에 기체 하부의 기관총좌로는 조준각이 나오지 않았다. 폭격기의 조종사는 측면 기총수들이 후방의 109를 사격할 수 있도록 지그재그로 움직이고 있었지만, 아직도 사격 중인 것은 좌측면의 기관총뿐이었다.

나는 2킬로미터 이상 떨어진 곳에 있었지만 우측 상방으로 급상승한 다음 기수를 내렸고, 109가 조준기 앞을 스쳐 지나가기 직전 75밀리미터 포를 한 발 발사했다.

적 전투기의 중앙부가 완전히 소멸했다 ─그 사이로 프랑스의 대지가 보일 정도였다. 이 상황을 뭔가에 빗대어 묘사하자면, 펼친 우산 꼭지를 내려다보고 있던 중에 누군가가 갑자기 우산을 접은 모양새라고나 할까. 추락하는 ME-109 전투기는 마치 크리스마스 트리의 장식용 반짝이처럼 보였다.

그러자 몇 명 남아 있지 않던 B-24 폭격기의 기총수들이 낯선 내 제트기를 향해 발포했다. 나는 재빨리 내 IFF*를 발신했지만 폭격기

---

*   피아 식별 장치.

쪽의 수신기는 파손되어 작동하지 않는 듯했다.

훨씬 아래쪽에 두 개의 독일군 낙하산이 보였다. 처음에 격추한 두 적기의 조종사들은 탈출에 성공한 듯했다. 나는 기지로 귀환했다.

기체를 정비한 기술 요원들은 내가 75밀리미터 포탄을 단 한 발만 썼다는 사실을 확인했다. 20밀리미터 기관포탄의 경우는 불과 12발밖에 쓰지 않았다. 적기를 3기나 격추했는데도 말이다.

나중에 그 B-24 폭격기는 귀환 도중 결국 영불해협에 추락했다는 얘기를 들었다. 생존자는 없었다.

도대체 누가 이런 걸 읽고 싶어 한다는 거지? 제트보이는 생각했다. 전쟁은 이미 끝났다. 그런 마당에 《제트추진 소년》이라는 자서전을 낸다고 해서 정말로 읽고 싶어 하는 사람이 있을까? 〈제트보이 코믹스〉도 멍청이가 아닌 이상 이제 누가 읽으려고 할까?

솔직히 이 사회가 나 자신을 필요로 하는지도 의문이다. 이제 난 뭘 해야 할까? 범죄자들과 맞서 싸워야 하나? 은행 강도들을 잔뜩 태우고 도주 중인 차를 쫓아가며 기총소사를 하는 광경을 떠올린다. 정말이지 공평한 싸움이 아닌가. 지방 순회 에어쇼라도 할까? 아니다. 그런 건 후버* 때 이미 끝났다. 어차피 다시 비행기를 몰고 싶은 마음도 없다. 우편 배달기나 농약 살포기에 군용 비행기까지 계산에 넣더라도, 금년에 여객기를 타고 휴가를 떠나는 사람들의 수는 지난 43년 동안 하늘을 날았던 사람들의 수보다 더 많다.

그럼 나는 무엇을 할 수 있을까? 트러스트* 해체? 전쟁 중에 암거래

---

* 로버트 후버. 2차 세계대전에서 미국의 전투기 조종사로 활약했던 곡예 조종사.

로 폭리를 취한 자들을 적발할까? 내겐 정말로 막장 중의 막장에 해당하는 일일 것이다. 고아들을 굶기고 학대하면서 주에서 거액의 보조금을 뜯어내는 사악한 노인들을 벌할까? 아니, 그런 일에까지 내가 나설 필요는 없다. 〈아워 갱〉** 의 스팽키와 알팔파와 벅위트를 부르면 되니까 말이다.

**티스켓, 태스켓,
히틀러는 캐스켓***
이이니-미이니-무솔리니는
땅속 2미터!**

밖에서 아이들이 노래를 부른다. 지금은 두 줄의 줄넘기 줄을 반대편으로 돌리며 그 안에서 뛰는 더블더치 놀이를 하고 있었다. 애들은 너무 활발해서 탈이야. 그는 생각했다. 한동안 격하게 줄을 돌리는가 싶더니 다시 속도를 늦춘다.

**4미터 땅속의 던전에서
늙은 히틀러가 자는 던전에서
독일 애들이 그 발을 간질간질
4미터 땅속의 던전에서!**

*   기업합동에 의한 시장 독점.
**   1922년에서 1944년까지 이어진 코미디 단편영화 시리즈. 어린이들이 출연한다.
***   시신을 넣는 관.

제트보이는 창에서 등을 돌렸다. 다시 영화나 보러 가는 것이 제일 나을지도 모르겠다.

벨린다와 만난 이래 그는 읽고, 쓰고, 영화를 보는 것 말고는 한 일이 거의 없었다. 그가 무인도에서 생환하기 전에 마지막으로 영화를 본 것은 1944년 말 프랑스에 있었을 때였다. 병사들로 가득 찬 PX 영화관에서 B급 영화 두 편을 동시상영 해줬는데, 그래도 두 편 중에서는 1943년에 유나이티드 아티스츠가 제작하고 히틀러 역의 보비 왓슨과 제트보이가 가장 좋아하는 성격 배우인 프랭크 페일런이 출연하는 〈그 성가신 나치 놈〉이 나왔다. 함께 상영된 〈자이브 정션〉은 PRC 제작에 디키 무어 주연이었고, 몰트숍*에 날라리들이 모여 지르박을 추는 쓰레기 영화였다.

돈을 받고 아파트를 구하자마자 한 일은 가장 가까운 영화관을 찾는 일이었다. 거기서 그는 〈살인이라고 그가 말했다〉를 보았다. 괴팍한 촌뜨기들로 가득 찬 집에 관한 영화였는데, 주연은 프레드 맥머리와 마저리 메인이었고, 일란성쌍둥이 살인마인 버트와 머트 역할을 포터 홀이라는 배우 혼자서 맡고 있었다. "누가 버트고 누가 머트야?" 맥머리가 묻자 마저리 메인은 도낏자루를 집어 들고 쌍둥이 한 명의 등을 후려갈겼다. 그러자 도낏자루에 맞은 인물은 마치 인간을 희화한 인형처럼 꼿꼿이 선 채로 상반신만 앞으로 푹 꺾으며 쓰러졌다. "저게 머트야." 메인은 도낏자루를 장작더미에 던져놓고 말했다. "등이 괴상한 쪽이 머트야." 미친 인간들과 살인으로 점철된 영화였고, 제트보이가 본 영화 중에서 가장 재미있었다.

---

* 맥아 분유 음료를 파는 아이스크림 가게.

이 영화를 본 다음부터는 매일 영화를 보러 갔다. 하루에 영화관 세 곳을 다니며 여섯 편에서 여덟 편을 연달아 볼 때도 있었다. 제대한 육해군 장병들 다수와 마찬가지로, 그는 영화를 본다는 행위를 통해 민간인 생활에 적응하고 있었다.

레이 밀런드 주연에 프랭크 페일런이 또 나오는 〈잃어버린 주말〉도 보았는데, 페일런은 여기서 정신병원의 남자 간호사 역할을 맡고 있었다. 〈브루클린에서 자라는 나무〉. 윌리엄 파월이 알코올중독자를 열연한 〈그림자 없는 남자의 귀향〉. 〈브링 온 더 걸스〉. 프레드 앨런 주연의 〈이츠 인 더 백!〉. 〈인센디어리 블론드〉. 〈지 아이 조의 이야기〉(원작자인 종군기자 어니 파일은 1943년에 자기 칼럼에서 제트보이를 다룬 적이 있었다). 보리스 칼로프가 주연을 맡은 호러영화 〈죽은 자의 섬〉, 예술영화 상영관에서 본 신세대 이탈리아 영화 〈무방비 도시〉, 그리고 〈포스트맨은 벨을 두 번 울린다〉.

모노그램과 PRC와 리퍼블릭사에서 제작한 서부극과 범죄영화도 24시간 영업하는 변두리 영화관에서 보았다. 영화관에서 나온 지 10분 뒤에는 줄거리조차 기억나지 않고, 스타 배우가 전무한 데다가 주연들이 모두 병역 부적격 판정을 받을 듯한 몰골을 하고 있는 이 영화들은 전쟁 중에 제작된 동시상영용 영화의 두 번째에 해당됐기 때문에 상영 시간은 언제나 59분에 딱 맞춰져 있었다.

제트보이는 한숨을 쉬었다. 전쟁 중에 못 본 영화가 너무 많았고, 그밖에도 놓친 것들이 너무 많았다. 유럽 전승 기념일과 대일 전승 기념일에도 참가하지 못했다. 당시 그는 예의 무인도에 갇혀 있었기 때문이다. 그나마 이렇게 돌아올 수 있었던 것은 미 해군의 릴럭턴트함의 승조원들이 그를 구조한 덕이었다. 릴럭턴트함 승조원들의 말을 곧이곧대로 받아들이자면 그들 역시 전쟁도 영화도 못 본 사람들 같았지만 말이다.

그는 이번 가을에 공개될 예정인 많은 영화들에 큰 기대를 걸고 있었다. 다른 사람들과 마찬가지로 개봉되는 즉시 보고 싶었다. 고아원에 있던 시절에 그랬던 것처럼.

제트보이는 다시 타이프라이터 앞으로 가서 앉았다. 지금 일하지 않으면 이 책은 영원히 탈고할 수 없어. 영화는 밤에 보러 가기로 하자.

그는 1944년 7월 12일에 그가 겪었던 흥미진진한 일들에 관해 타이프하기 시작했다.

안뜰에서는 어머니들이 아버지가 퇴근하셨으니 와서 저녁 먹으라면서 아이들을 부르고 있었다. 어둑어둑해졌는데도 마지막까지 남아 노는 아이들 두 명이 긴줄넘기를 하면서 부르는 노래가 희미하게 들려온다.

히틀러, 히틀러 얼굴은 이렇게
무솔리니 인사는 이렇게
소냐 헤니 스케이트는 이렇게
베티 그레이블 실수는 이렇게!

백악관의 양복점 주인*은 최악의 하루를 보내고 있었다.

일의 시초는 오전 6시를 조금 지난 시각에 걸려온 전화였다. 국무부의 겁쟁이들이 터키에서 화급한 소문을 들었다고 했다. 소비에트군이

---

* 정계 입문 전에 양복점을 경영한 적이 있는, 제33대 미국 대통령 해리 S. 트루먼의 별명이다.

터키 국경에 전군을 집결시키고 있단다.

"흠." 직설적이기로 유명한 미주리주 출신 정치가는 말했다. "놈들이 빌어먹을 국경을 넘은 뒤에 다시 전화를 걸어. 그 전에 걸지는 말고."

그리고 이번에는 이런 소식이었다.

인디펜던스 시의 제1시민*은 집무실 문이 닫히는 것을 바라보았다. 마지막까지 보인 것은 아인슈타인의 구두 굽이었다. 저 구두는 새로 앞창을 댈 필요가 있다.

그는 의자에 깊숙이 앉아 알이 두꺼운 안경을 코 위로 올린 다음 눈가를 세게 문질렀다. 그런 다음 대통령은 책상에 팔꿈치를 딛고 양손 끝을 맞댔다. 책상 앞쪽에 놓인 작은 모형 쟁기를 바라본다. (대통령직을 물려받은 이래 대일 전승 기념일까지 줄곧 그 자리에 놓여 있었던 M-1 개런드 소총의 모형을 대체했다.) 책상 오른쪽 모퉁이에는 세 권의 책이 놓여 있었다—성경과 손때 묻은 유의어 사전과 사진으로 보는 미합중국의 역사였다. 책상에는 이런저런 비서들을 부르기 위한 버튼도 세 개 있었지만 그는 이것들을 결코 쓰지 않았다.

지금은 평시인데도 난 스무 곳에서 열 개는 되는 전쟁이 일어나지 않도록 악전고투하고 있어. 오만 가지 산업에서 파업이 임박한 부분은 정말이지 최악이고. 국민들은 자동차와 냉장고를 더 생산하라고 난리를 치고, 전쟁이나 전쟁 위기 따위엔 다들 나 못지않게 넌더리를 내고 있지.

이런 마당에 또 벌집을 쑤셔야 한다니. 총동원령을 내려서, 미합중국 전체를 오염시키고 인구의 반이나 그 이상을 죽일지도 모르는 세균 폭탄을 찾아야 한다니.

---

*   트루먼은 은퇴 후 고향인 미주리주 인디펜던스 시에서 여생을 보냈다.

차라리 곤봉이나 돌을 가지고 싸우던 시절이 더 나았을지도 모르겠군.

내가 빨리 인디펜던스 시 노스델라웨어 219번지의 우리 집으로 은퇴해야 나도 좋고 빌어먹을 미국에게도 좋지 않을까.

듀이 그 개자식이 또 대선에 출마하지만 않는다면 말이야. 옛날 링컨이 말했듯이, 그 자식이 대통령 의자에 앉는 꼴을 보느니 차라리 사슴뿔로 장식된 흔들의자를 삼키는 편이 낫다.

내가 이어받은 루스벨트 대통령의 남은 임기를 다 채운 뒤에도 이 자리에 앉아 있다면 전적으로 그런 이유에서이겠지.

이 빌어먹을 수색 명령을 빨리 내리면 내릴수록 2차 세계대전을 과거로 밀어 넣을 수 있을지도 모르겠군.

그는 전화 수화기를 들었다.

"수석 보좌관을 대줘."

"트루먼 소령입니다."

"소령, 난 자네 보스인 트루먼일세. 오스트랜더 장군과 통화해야겠네."

회선이 이어지기를 기다리는 동안 그는 창문의 환풍기(그는 에어컨 디서너를 싫어했다) 너머로 나무들을 응시했다. 하늘은 파랬지만, 여름이면 금세 황동색으로 변한다.

벽시계를 보았다. 동부 하절기 시간으로 10시 23분이다. 정말이지 이런 날이라니. 이런 해라니. 이런 세기라니.

"오스트랜더 장군입니다, 각하."

"장군, 또 건초 더미에서 바늘을 찾아야 하는 일이 발생했네……."

♣

2주 뒤에 이런 메시지가 도착했다.

9월 14일 2300 그리니치표준시까지 베른 시의 크레디트쉬스 은행의 계좌번호 43Z21에 2천만 달러를 입금하지 않는다면 주요 도시 하나를 파괴하겠다. 이 무기에 관해서는 부하들을 시켜 줄곧 찾고 있었으니 잘 알겠지만, 내가 그것을 가지고 있다. 처음 사용 시에는 첫 번째 도시에 반을 쓰겠다. 그럴 경우 두 번째 사용을 막고 싶으면 3천만 달러를 입금하라. 2천만 달러를 미리 입금한다면 그 무기를 사용하지 않고, 어디서 회수하면 되는지를 알릴 것을 약속한다.

미주리주 출신의 직설적인 사내는 전화 수화기를 집어 들었다.
"작전 전체를 최우선으로 설정하게. 내각을 소집하고, 합동참모회의를 열게. 그리고 오스트랜더 장군……."
"예, 각하?"
"그 소년 비행사를 부르는 게 낫겠어. 이름이 뭐였더라……?"
"제트보이 말씀이십니까? 더 이상 현역이 아닙니다만."
"그게 무슨 상관이 있나. 지금부터 현역이야!"
"예, 각하."

　레이더 화면에 그것이 처음 나타난 것은 1946년 9월 15일 화요일 오후 2시 24분의 일이었다.

　2시 31분에는 여전히 2만 미터 가까운 고도를 유지하며 도시를 향해 천천히 접근해오고 있었다.

　2시 41분에는 처음으로 공습경보가 울렸다. 뉴욕 시에서는 1945년 4월의 등화관제 훈련 이래 한 번도 쓰인 적이 없던 것이었다.

　2시 48분에 패닉이 시작되었다.

　민방위본부에 있는 누군가가 실수로 엉뚱한 스위치들을 누른 탓이었다. 병원과 경찰서와 소방서를 제외한 모든 곳들의 전력이 끊겼다. 지하철이 멈춰 섰다. 모든 기계들이 작동을 멈췄고, 신호등도 모두 꺼졌다. 전쟁이 끝난 뒤에 한 번도 점검한 적이 없었던 긴급 설비들의 반이 제대로 작동하지 않았다.

　거리는 인파로 꽉 찼다. 경찰관들이 황급히 나서서 교통정리를 해보려고 했다. 경찰관들 일부는 방독면을 지급받았을 때 공황 상태에 빠졌다. 전화가 먹통이 되었다. 교차로의 운전자들 사이에서 주먹다짐이 일어났다. 지하철 출구와 마천루의 층계에서 발밑에 깔려 짓밟히는 사람들이 속출했다.

　강을 건너는 다리들은 모두 꽉 막혔다.

　모순되는 명령들이 하달되었다. 시민들을 방공호로 들여보내라. 아니, 아니, 맨해튼섬 밖으로 완전히 피난시켜라. 같은 길모퉁이에 있는 경찰관 두 명은 군중을 향해 고래고래 고함을 지르며 서로 모순된 지시를 내리고 있었다. 대다수 사람들은 그냥 우뚝 서서 그런 광경을 바라볼 뿐이었다.

사람들의 주의는 곧 남동쪽 하늘에 떠 있는 무엇인가에 집중되었다. 작고 반짝거리는 물체.

고사포탄의 폭발이 하늘을 수놓았지만, 그 물체보다 3킬로미터나 아래쪽에서 그랬기 때문에 아무 효력도 없었다.

물체는 점점 더 가까이 다가왔다.

뉴저지주 쪽의 고사포들까지 대공 사격에 합세하자 진짜 패닉이 시작되었다.

시간은 오후 3시였다.

◆

"알고 보면 정말 쉬워." 닥터 토드는 이렇게 말하고 눈앞에 보물처럼 펼쳐진 맨해튼섬을 내려다보았다. 그는 필모어를 돌아보며 파이프 폭탄과 다이얼식 자물쇠를 합친 것 같아 보이는 긴 원통형 장치를 들어보였다. "내게 무슨 일이 일어난다면, 이 뇌관을 이 폭약들 사이의 구멍에 끼워놓기만 하면 돼." 그는 산스크리트 글자 비슷한 기호로 뒤덮인 둥그런 용기에 테이프로 고정해놓은 폭약들을 가리켰다. "다이얼을 숫자 500까지 돌린 다음에, 여기 이 레버를 잡아당기는 거야." 그는 폭탄창의 고정 걸쇠를 가리켰다. "그러면 무게가 있으니까 알아서 아래로 떨어질 거야. 폭격 조준기까지 단 건 내 실수야. 우리 목적은 정밀 조준 폭격이 아니니까 말이야."

그는 잠수용 헬멧의 격자 너머로 필모어를 보았다. 그들 모두가 잠수복을 입었고, 중앙 산소 공급기에 호스로 연결되어 있었다.

"물론 모두 헬멧을 쓰고 잠수복을 입은 채로 있어야 해. 이렇게 공기가 희박한 곳에서는 피가 끓어버리니까 말이야. 폭탄창 덮개가 열려 있는 몇 초 동안만 기압을 유지하면 되니까 잠수복만으로도 충분해."

"아무 문제도 없을 겁니다, 보스."

"나도 그렇게 생각해. 뉴욕 시를 폭격한 뒤에는 이 비행선으로 합류 지점까지 갈 거고, 밸러스트를 쏟고 착륙한 다음에 유럽을 향해 출발할 거야. 그 뒤에는 놈들도 기꺼이 우리에게 돈을 지불하겠지. 우리가 이 세균 무기를 여기서 통째로 다 써버렸다는 사실을 알 방법은 없으니까 말이야. 사망자가 700만 명쯤 나오면 우리가 농담을 하고 있는 게 아니라는 걸 충분히 이해해주겠지."

"저걸 좀 봐." 부조종석에 앉아 있는 에드가 말했다. "저기 아래쪽. 대공 포화야!"

"우리 고도는 얼마인가?" 닥터 토드가 물었다.

"정확히 1만 8천 미터입니다." 프레드가 말했다.

"표적까지의 거리는?"

에드는 측정을 해보고, 지도를 확인했다. "정면으로 26킬로미터 앞입니다. 정말이지 기류를 정확하게 읽으셨군요, 닥터 토드."

♥

그들은 워싱턴 D.C. 교외의 비행장으로 그를 보내서 대기시켰다. 그곳에 있으면 동부 해안의 대도시들 대부분이 항속거리 내에 들어오기 때문이다.

대기 중에는 책을 읽거나 잠을 잤고, 남은 시간에는 다른 조종사들과 전쟁 때 얘기를 하며 보냈다. 그러나 그들 대다수는 신참이었던 탓에 전쟁 막바지에나 싸워본 경험이 있을 뿐이었다.

대다수는 그와 마찬가지로 제트기 조종사였고, P-59 에어러코멧이나 P-80 슈팅스타 제트 전투기로 조종 훈련을 받았다. 대기실에 있는 조종사들 몇 명은 프로펠러 전투기인 P-51 비행 중대 출신이었다. 그래서 제트기 팀과 프로펠러 팀 사이에는 약간의 긴장 관계가 존재했다.

그러나 이들 모두가 신세대였다. 트루먼 대통령이 내년까지는 육군 항공대를 육군에서 분리시켜서 그냥 공군으로 편성할 것이라는 소문이 이미 돌고 있었다. 제트보이는 19세의 젊은 나이에 이미 시대에 뒤떨어진 인물이 되어버린 듯한 기분을 맛보았다.

"뭔가 새로운 걸 개발하고 있어." 조종사 하나가 말했다. "초음속의 벽을 돌파할 수 있는 기체라는데, 벨사(社)에서 그걸 맡았다는군."

"뮤록*에 있는 친구한테 들었는데 전익기**까지 개발 중이라는군. 순전히 제트로만 추진하는 버전이고, 최고 시속 800킬로미터로 2만 킬로미터까지 날아갈 수 있대. 승무원 열세 명에 간이침대가 일곱 개라서, 하루 하고도 반나절 동안 계속 날 수 있다는군!" 다른 조종사가 말했다.

"이번 비상대기는 왜 하는 건지 아는 사람 없어?" 소위 계급장을 단 아주 젊은 조종사가 불안한 표정으로 말했다. "러시아인들이 뭘 꾸미고 있기라도 한 건가?"

"우린 그리스로 전출될 거라고 하던데." 누군가가 말했다. "우조 술

---

*   캘리포니아주 남부 사막에 있는 공군기지. 1949년에 에드워즈 공군기지로 개명했다.

**   날개만 있는 형태의 비행기.

을 실컷 퍼마실 수 있겠군."

"감자 껍질로 만든 체코 보드카나 있으면 다행일걸. 운이 좋으면 크리스마스까진 돌아올 수 있을 거야."

제트보이는 상상했던 것 이상으로 자신이 비행사 대기실의 이런 잡담을 그리워하고 있었다는 사실을 깨달았다.

인터콤이 직직거리더니 경보가 울리기 시작했다. 제트보이는 손목시계를 보았다. 오후 2시 25분이다.

♣

제트보이는 전투기 조종사들끼리의 친근한 농담보다 더 그리워하던 것이 있다는 사실을 깨달았다. 그것은 바로 하늘을 나는 일이었다. 이제 모든 것들이 되살아나고 있었다. 어젯밤 워싱턴으로 제트기를 몰고 날아왔을 때는 단순한 이동에 불과했는데도 말이다.

그러나 지금은 달랐다. 다시 전시 상황이었다. 그에게는 항로가 있었다. 표적이 있었다. 달성해야 할 임무가 있었다.

그리고 지금은 해군의 실험적인 T-2 기밀복(氣密服)을 입고 있었다. 고무와 레이스만으로 이루어진, 거들 제조사의 꿈이라고 할 만한 물건이었고, 산소통들과 〈플래닛 코믹스〉에서 나올 법한 진짜 우주 헬멧까지 딸려 있었다. 그의 제트기에 장착된 고고도용 날개와 보조 연료탱크를 본 관계자들이 어젯밤 그에게 맞춰준 것이다.

"이걸 자네 몸에 맞추는 편이 낫겠군." 항공대의 상사는 이렇게 말했다.

"제 비행기의 조종석은 어차피 기밀(氣密)인데요." 제트보이는 대답했다.

"흠, 그렇다면 자네가 꼭 필요한 상황에서, 뭔가 잘못될 경우에 대비하기 위해서라고 해두지."

기밀복은 여전히 너무 꽉 끼었고, 아직 기밀 상태도 아니었다. 팔 부분은 고릴라도 입을 수 있을 정도로 굵었지만, 가슴은 침팬지 사이즈였다. "만에 하나 진짜 비상사태가 발생해서 그 물건이 부풀어 오른다면, 여분의 공간이 있다는 사실에 감사하게 될 거야." 상사가 말했다.

"알겠습니다, 보스." 제트보이가 말했다.

그들은 그의 복장에 맞춰 기밀복의 몸통은 흰색, 다리 부분은 빨간색으로 칠해주기까지 했다. 둥글고 투명한 플라스틱 헬멧은 파란 헬멧과 비행 고글을 쓴 채로 그대로 뒤집어썼다.

비행 중대의 다른 전투기들과 함께 상승하면서 이런 장비를 갖춰서 다행이라는 생각이 들었다. 그의 임무는 P-80 전투기 중대와 동행하면서 꼭 필요한 경우에만 적과 교전하는 것이었다. 그는 팀 플레이어라고 하기는 힘들었으므로 타당한 명령이었다.

전방의 하늘은 브론치노*가 그린 '비너스, 큐피드, 어리석음과 시간'의 배경 장막처럼 푸르렀고, 북쪽의 5분의 2는 구름에 덮여 있었다. 태양은 그의 왼쪽 어깨 너머에 위치해 있었다. 중대는 상승했다. 그는 날개를 흔들어 보였다. 그들은 엇갈린 전투 상자 대형으로 산개해서 탑재 무기를 시험 발사해보았다.

그의 20밀리미터 기관포가 **쾅 쾅 쾅 쾅** 발사되었다.

각각의 P-80기에 탑재된 50구경 기총들이 발사한 예광탄들이 호

---

*   16세기 이탈리아의 피렌체파 화가.

(弧)를 그리며 뻗어나갔다. 그들은 프로펠러 전투기들을 훨씬 뒤에 남겨두고 맨해튼으로 기수를 돌렸다.

♠

그들은 매 아래에서 화난 듯이 선회하는 벌 떼처럼 보였다.

하늘은 허리케인의 눈 주위에 쌓이는 적란운처럼 급상승하는 제트 전투기와 프로펠러 전투기들로 가득 차 있었다.

그 상공에 떠 있는 몽실몽실한 물체는 도시를 향해 천천히 움직이고 있었다. 허리케인의 눈에 해당하는 공간에서는 고사포탄이 쉴 새 없이 터지고 있었다. 제트보이는 유럽이나 일본 상공에서도 일찍이 이토록 치열한 대공 포화를 본 적이 없었다.

그러나 포탄이 터지는 고도가 너무 낮았다. 가장 높이 상승한 전투기들의 고도에 도달하는 것이 고작이었다.

관제소에서 무선 연락이 들어왔다. "클라크 게이블 사령부에서 모든 비행 중대에게. 표적의 고도는 1만 7천 미터이다……. 되풀이한다, 표적의 고도는 1만 7천 미터이다. 현재 시속 50킬로미터로 동북동으로 이동 중. 고사포로는 닿지 않는다."

"포격을 중지해줘." 비행 중대장이 말했다. "예측 사격이 가능한 고도까지 올라가보겠어. 호디액 중대, 나를 따라와."

제트보이는 높고 푸른 하늘을 올려다보았다. 물체는 여전히 천천히 이동하고 있었다.

"저기 뭐가 실려 있습니까?" 그는 클라크 게이블 사령부에게 물었다.

"사령부에서 제트보이에게. 모종의 폭탄이라는 얘기를 들었다. 그

고도에 도달한 걸로 미루어 볼 때 표적은 적어도 1만 5천 세제곱미터의 용적을 가진 비행선일 것으로 추정된다. 오버."

"지금부터 상승을 개시하겠어. 다른 전투기들이 표적에 도달하지 못한다면, 추적을 중지시켜줘."

무전기에서 잠시 침묵이 흘렀다. "로저."

머리 위에서 P-80 슈팅스타 전투기들이 은빛 십자가처럼 번득일 때 그는 기수를 올렸다.

"베이비, 슬슬 날아가자고."

◆

슈팅스타 전투기들이 희박한 대기 속에서 옆으로 미끄러지며 탈락하기 시작했다. 제트보이의 귀에 들리는 소리라고는 기밀복 내부에서 호흡하는 그 자신의 숨소리와 쌍발 엔진의 높다란 분사음뿐이었다.

"자, 우리 아기, 넌 할 수 있어!"

위에 보이던 물체는 대여섯 개의 연식 기구를 붙여서 급조한 비행선이며, 그 밑에 곤돌라가 매달려 있다는 사실을 이제 알 수 있었다. 곤돌라는 과거에는 어뢰정의 선각이었던 것처럼 보였다. 제트보이가 볼 수 있었던 것은 그것이 전부였다. 비행선 너머의 대기는 자주색이었고, 차가웠다. 그 위로 가면 우주공간밖에는 없다.

마지막까지 따라오던 P-80 한 대가 옆으로 미끄러지며 하늘의 파란 계단을 내려갔다. 몇 대는 두서없이 사격을 시도했다. 그중 일부는 전시에 폭격기 아래에서 요격 전투기들이 그랬던 것처럼 급횡전하면서 기수가 위를 향했을 때 발포했다. 그러나 예광탄들은 모두 비행선에 도달하지 못하고 아래로 떨어졌다.

P-80 한 대가 제어력을 잃고 3킬로미터나 낙하했다가 가까스로 수평비행에 들어갔다.

제트보이의 제트기가 항의하듯이 윙윙거렸다. 제대로 조종하기 힘들었다. 그는 다시 기수를 들어 올렸지만, 쉽지 않았다.

"다들 비키라고 해요." 그는 클라크 게이블 사령부에게 말했다.

"이제 좀 싸울 수 있는 공간이 생겼어." 그는 자기 비행기에게 말하고, 보조 연료탱크들을 떨어뜨렸다. 보조 연료탱크들이 폭탄처럼 뒤로 떨어져 나가며 기체가 가벼워진다. 그는 기관포 발사 버튼을 눌렀다. **쾅쾅쾅쾅**. 다시 쏘고, 또 쏘았다.

예광탄들이 호를 그리며 뻗어나가다가, 역시 표적에 미치지 못하고 아래로 떨어졌다. 그는 탄약이 떨어질 때까지 네 번 더 기관포들을 연사했다. 그런 다음에는 꼬리 부분의 50구경 2연장 기총을 쏘기 시작했지만, 100발에 불과한 탄약이 소진되는 데는 그리 오래 걸리지 않았다.

그는 기수를 홱 내리고 낚싯바늘을 떨쳐내려고 하는 연어처럼 횡전하는 동시에 얕은 각도로 급강하하면서 속도를 올렸다. 1분쯤 그 상태로 비행하다가 다시 기수를 올렸고, 길게 원을 그리듯이 JB-1을 상승시켰다.

"이제 좀 기분이 나아졌어?" 그는 물었다.

쌍발 엔진이 공기를 빨아들인다. 하중이 경감된 제트기는 위를 향해 홱 나아가기 시작했다.

아래에는 700만 명 인구의 맨해튼이 있다. 거기서 이쪽을 올려다보고, 자기들이 보고 있는 것이 살면서 마지막으로 보는 광경이 될지도 모른다는 사실을 곱씹고 있을지도 모르겠다. 원자력 시대에 산다는 것은 그런 것일지도 모르겠다. 언제나 위를 올려다보며 '이제 끝장인가?'라고 자문하는 삶.

제트보이는 부츠를 신은 발 한쪽을 아래로 뻗어 레버 하나를 위로 홱 들어 올렸다. 그러자 75밀리미터 포탄이 포미에 장전되었다. 한 손을 자동장전 바에 올려놓고, 조종 휠을 조금 더 잡아당겼다.

빨간 제트기는 면도날처럼 공기를 갈랐다.

다른 전투기들보다 훨씬 더 가까이 접근했지만, 그것만으로는 충분하지 않았다. 목적 달성을 위해서 그가 쓸 수 있는 포탄은 단 다섯 발뿐이다.

제트기는 상승하다가 희박한 공기 탓에 휘청거리기 시작했다. 마치 빨간 짐승이 길고 파란 태피스트리를 기어 올라가면서, 몸을 움직일 때마다 조금씩 미끄러지는 광경을 연상케 한다.

그는 기수를 들어 올렸다.

모든 것이 얼어붙은 채로, 다음 순간을 기다리고 있는 것처럼 느껴진다.

곤돌라에서 발사된 기관총 예광탄의 길고 가느다란 줄이 그를 향해 마치 연인처럼 손을 뻗쳐온다.

그는 사격을 개시했다.

프랜시스 V. ('수다쟁이 프랜시스') 오후이 순경의 진술
1946년 9월 15일 오후 6시 45분

저희들은 6번가에서 사람들이 패닉에 빠져서 싸우지 않도록 거리를 통제하는 중이었습니다. 그러다가 하늘에서 공중전이 벌어지니까 그걸 구경하느라고 다들 얌전해졌죠.

조류 관찰을 하러 나온 친구가 쌍안경을 들고 있길래 그걸 징발해서 거의 모든 걸 직접 목격했습니다. 제트기들은 별로 소용이 없었고, 바워리가(街)의 고사포들 역시 효과가 없었습니다. 전 지금도 육군에게 책임을 물어야 한다고 생각합니다. 방공 부대원들은 당황한 나머지 포탄의 신관을 조정하는 걸 잊었고, 그 탓에 브롱크스에 떨어진 포탄들이 터지면서 아파트 블록 하나가 통째로 날아가버렸다는 얘기를 들었으니까요.

하여튼 그 빨간 비행기, 제트보이의 그 비행기만은 계속 상승하면서 총알이 떨어질 때까지 사격을 한 것 같았는데, 그 기구 같은 물건에는 아무 피해도 입히지 못했습니다.

그때 소방차 한 대가 사이렌을 울리며 거리에 있던 제 곁으로 와서 멈춰 섰습니다. 관할 분서의 동료 경찰관들뿐만 아니라 의용 경찰들까지 모조리 거기 타고 있었는데, 경위님이 저도 타라고 외치더군요. 웨스트사이드에서 일어난 교통사고와 폭동에 대처하라는 명령을 받았다면서요.

그래서 저는 소방차에 올라탔는데, 그 와중에도 하늘에서 눈을 떼지 않고 무슨 일이 벌어지고 있는지 줄곧 지켜보았습니다.

웨스트사이드의 폭동은 거의 끝난 상태였습니다. 공습 사이렌은 여전히 울리고 있었지만 모두들 그냥 멍하니 서서 하늘을 올려다보고 있었습니다.

경위님이 사람들을 건물 안으로 들어가게 하라고 소리를 치더군요. 그래서 몇 사람을 문 안으로 밀어 넣은 다음에 다시 쌍안경으로 하늘을 관찰했습니다.

제트보이가 기구 몇 개를 터뜨린 건 틀림없습니다. (유탄포로 쐈다고 하더군요.) 그러자 비행선이 더 커진 것처럼 보였는데, 아래로 하강했기 때문에 그랬을 겁니다. 하지만 제트보이는 총알이 다 떨어지고 고도도 표적보다 낮았던 탓에 선회를 시작했습니다.

아, 아까 말하는 걸 잊었는데, 그 비행선을 닮은 물건에는 기관총이 잔뜩 달려 있었고 그걸 마치 독립기념일 불꽃놀이처럼 쉴 새 없이 쏘아대는 통에 제트보이의 비행기도 줄곧 그걸 맞고 있었습니다.

다음 순간 제트보이는 다시 비행기를 선회시켜서 돌아왔고, 기구에 달린, 그 뭐라더라, 곤돌라라고 불리는 물건과 직통으로 부딪쳤습니다. 아예 합쳐지는 것처럼 보이더군요. 곤돌라 옆에 그냥 박혔던 걸 감안하면, 실속(失速)에 가까울 정도로 느린 속도로 날고 있었던 것이 틀림없습니다.

그러자 그 기구를 닮은 물건도 아래로 하강하는 것처럼 보였습니다. 많이는 아니고 조금 내려온 거였지만. 다음 순간 하필 경위님이 제 쌍안경을 빼앗아 가서, 그때부터는 이마에 손을 올리고 최대한 눈을 떼지 않고 육안으로 관찰했습니다.

뭔가 번쩍하고 불타오르더군요. 폭발로 완전히 날아가버렸다고 생각하고 저는 자동차 아래로 뛰어들었는데, 다시 올려다보니 비행선은 여전히 하늘에 떠 있었습니다.

"위험해! 다들 건물 안으로 들어가!"

경위님이 이렇게 소리쳤습니다. 그러자 다들 또 패닉에 빠져서 차 아래로 들어가거나 창문으로 뛰어 들어갔습니다. 한동안은 〈스리 스투지스〉의 코미디가 따로 없을 정도였죠.

몇 분 뒤에 거리 전체에 빨간 비행기 조각이 비처럼 쏟아졌습니다. 허드슨 환승역 위에도 좀 떨어졌죠…….

사방이 온통 증기와 불길로 뒤덮여 있었다. 조종석은 계란처럼 깨졌고, 날개들은 모두 부채처럼 접혀버렸다. 제트보이는 기밀복의 캡스턴들이 부풀어 오르자 움찔했다. 공처럼 부풀어 오른 그의 모습은 필시 놀란 고양이처럼 보였을 것이다.

전투기의 날개와 충돌한 곤돌라의 측면 부분은 커튼처럼 반으로 갈라져 있었다. 곤돌라에서 산소가 새어 나오면서 박살 난 조종석이 눈 깜짝할 새에 성에로 뒤덮였다.

제트보이는 헬멧에 연결된 산소 호스를 뜯어냈다. 탈출용 산소통에는 5분간 호흡할 공기가 들어 있었다. 그는 제트기의 기수를 부여잡으려고 했지만 팔다리에 쇠로 된 굴레를 끼운 채로 몸부림치는 느낌이었다. 원래 이 기밀복을 입은 상태로 할 수 있는 일이라고는 조종석에서 사출된 후 낙하산의 D형 고리를 잡아당기는 것 정도다.

비행기는 케이블이 끊긴 화물 엘리베이터처럼 요동쳤다. 제트보이는 장갑을 낀 손으로 레이더 안테나 하나를 잡았지만, 다음 순간 안테나는 뚝 부러지며 박살 난 기수에서 떨어져 나왔다. 그는 다른 안테나를 부여잡았다.

도시는 20킬로미터 아래에 있었고, 고층건물들이 워낙 빽빽하게 밀집해 있는 탓에 먼 곳에 있는 고슴도치처럼 보였다. 쭈그러져 연료를 분출하고 있던 제트기 왼쪽 엔진이 떨어져 나가며 곤돌라 아래로 낙하했다. 그는 점점 작아지는 엔진을 바라보았다.

주위의 대기는 자두처럼 자줏빛을 띠고 있었고, 비행선의 거죽은 햇빛을 반사하며 하얗게 불타올랐다. 곤돌라의 양 측면은 싸구려 마분지처럼 구겨지고 찢어진 상태였다.

비행선 전체가 고래처럼 몸을 떨었다.

누군가가 금속 벽에 난 구멍에서 빨려 나오더니 제트보이의 머리 위를 넘어 낙하했다. 여러 개의 호스를 길게 끌고 있는 모습이 마치 문어 다리를 연상케 한다. 곤돌라 내부에서 폭발적인 감압이 일어나면서 온갖 파편들도 함께 빨려 나왔다.

제트기가 아래로 축 처졌다.

제트보이는 한 손을 갈가리 찢긴 곤돌라 측면에 쑤셔 넣고 지주를 찾아냈다.

낙하산의 고정용 하네스가 남아 있던 레이더 안테나에 걸리는 것을 느꼈다. 비행기가 뒤틀린다. 그 무게를 몸으로 느꼈다.

하네스의 릴리스 버클을 꽉 잡아당긴다. 하네스가 등과 사타구니를 조이며 낙하산 팩이 몸에서 뜯겨져 나갔다.

그의 제트기가 등이 부러진 뱀처럼 중간에서 둘로 꺾이더니 아래로 떨어졌다. 박살 난 조종석 위로 두 날개 끝이 맞닿은 모습은 마치 날개짓을 써서 날아오르려는 비둘기처럼 보였다. 다음 순간 기체가 옆으로 일그러지더니 산산조각 났다.

그 아래에 점처럼 보이는 것은 아까 곤돌라에서 떨어진 사내였다. 지상의 밝게 조명된 도시를 향해 추락하며 정원 살수기처럼 빙글빙글 돌고 있다.

제트보이는 발치 아래로 비행기가 추락하는 광경을 보았다. 그는 20킬로미터 상공의 허공에 손 하나로 대롱대롱 매달려 있었다.

왼손으로 오른쪽 손목을 꽉 잡고, 턱걸이를 하듯이 몸을 끌어 올려 한쪽 발을 곤돌라 측면에 난 구멍에 집어넣고 안으로 비집고 들어갔다.

곤돌라 안에는 두 명이 남아 있었다. 한 명은 조종석에 있었고, 다른 한 명은 곤돌라 한복판에 거치된 거대하고 둥근 물체 뒤에 서 있었다. 그 사내는 원통 하나를 물체에 난 작은 구멍에 끼워 넣으려는 참이었다. 곤돌라 한쪽 측면에는 박살 난 기관총좌가 있었다.

제트보이는 가슴에 찬 군용 38구경 리볼버로 손을 뻗쳤다. 손을 뻗치는 것 자체가 고통이었고, 신관(信管)을 쥐고 있는 사내를 향해 달려가려는 것도 고통이었다.

두 사내는 잠수복을 입고 있었다. 잔뜩 부풀어 있어서, 마치 내복 안에 10여 개의 비치볼을 쑤셔 넣은 듯한 몰골이다. 제트보이와 마찬가지로 느릿느릿 움직이고 있었다.

제트보이의 손이 38구경의 손잡이를 움켜잡았다. 권총집에서 권총을 획 잡아 뺀다.

권총이 손아귀에서 튀어 나가더니 천장에 부딪혔다가 그가 안으로 들어왔을 때 썼던 구멍을 통해 밖으로 날아가버렸다.

조종석에 앉아 있던 사내가 제트보이를 향해 한 발을 쏘았다. 제트보이는 신관을 들고 있는 다른 사내를 향해 몸을 날렸다.

제트보이가 잠수복을 입은 사내의 손목을 꽉 움켜잡은 순간 사내는 둥근 용기 측면에 원통형 신관을 삽입했다. 제트보이는 용기 전체가 경첩식 개폐문 위에 거치되어 있는 것을 보았다.

사내의 얼굴은 반쪽밖에는 없었다―제트보이는 잠수 헬멧의 격자 너머로 그 얼굴의 나머지 반이 매끄러운 금속으로 덮여 있는 것을 보았다.

사내는 양손으로 신관을 돌렸다.

갈가리 찢긴 조종석 천장을 통해 제트보이는 또 하나의 기구가 쪼그라드는 광경을 목격했다. 추락하는 듯한 감각. 그들은 도시를 향해 떨어지고 있었다.

제트보이는 양손으로 신관을 움켜잡았다. 비행선이 휘청하면서 두 사람의 헬멧이 쨍하고 맞부딪쳤다.

조종석에 있는 사내는 낙하산 하네스를 착용하며 측면 벽의 찢어진 부분을 향해 가고 있었다.

곤돌라가 또다시 진동하며 제트보이와 신관을 쥔 사내는 함께 넘어졌다. 육중한 잠수복을 입은 사내는 등 뒤의 개폐용 레버를 향해 힘겹게 손을 뻗쳤다.

제트보이는 사내의 양손을 움켜잡고 잡아당겼다.

두 사람은 용기를 껴안을 듯한 기세로 세게 충돌했다. 상대의 방호복과 폭약용 신관 위에서 서로의 손이 얽혔다.

사내는 또다시 레버를 향해 손을 뻗으려고 했다. 제트보이는 사내를 억지로 떼어냈다. 곤돌라가 기울면서 용기는 거대한 비치볼처럼 바닥을 굴러갔다.

제트보이는 잠수복을 입은 사내의 눈을 똑바로 들여다보았다. 사내는 두 발을 써서 용기를 폭탄 투하용 문 쪽으로 밀었다. 그러고는 다시 레버를 향해 손을 뻗쳤다.

제트보이는 사내가 돌린 것과는 반대 방향으로 신관을 반쯤 돌렸다.

잠수복을 입은 사내가 등 쪽으로 손을 돌리더니 45구경 자동권총을 꺼냈다. 두꺼운 장갑을 낀 손을 신관에서 홱 떼어내더니 권총 노리쇠를 잡아당겼다. 제트보이는 총구가 자신을 향하는 것을 보았다.

"죽어, 제트보이! 죽어!" 사내가 말했다.

방아쇠를 네 번 당겼다.

프랜시스 V. 오후이 순경의 진술
1946년 9월 15일 오후 6시 45분 (앞에서 계속)

그래서 금속 파편들이 더 이상 떨어지지 않는 걸 보고 다들 밖으로 뛰쳐나가서 하늘을 올려다보았습니다.

그 비행선 같은 물건 아래쪽에 흰 점이 하나 보이더군요. 저는 경위님이 들고 있던 쌍안경을 빼앗아서 눈에 갖다 댔습니다.

아니나 다를까, 낙하산이었습니다. 제트보이의 비행기가 비행선과 충돌했을 때 그 친구가 탈출한 거라면 좋겠다는 생각이 들더군요.

저는 그런 일에 관해 잘은 모르지만, 그렇게 높은 고도에서 낙하산을 미리 펼쳐버린다면 심각한 문제가 생긴다는 것쯤은 알고 있습니다.

그러던 중에 비행선이고 뭐고 한꺼번에 폭발하는 광경을 목격했습니다. 아까까지만 해도 공중에 떠 있었는데, 폭발하고 나서는 연기나 먼지만 떠다니고 있었다고 할까요.

주위에 있던 사람들이 일제히 환호하기 시작했습니다. 다들 제트보이가 해냈다고 생각했습니다—그 비행선이 맨해튼섬에 원자폭탄을 투하하기 전에 격추했다고 말입니다.

그러자 경위님이 저희들더러 모두 트럭에 올라타라고 말했습니다. 낙하산으로 탈출한 제트보이를 구조하러 가자고 말입니다.

저희는 트럭에 올라탔고, 제트보이가 착륙할 만한 곳을 찾아보려고 했습니다. 지나가면서 본 사람들 모두가 부서진 차나 불타는 물건들 사이에서 위를 올려다보면서 내려오는 낙하산을 향해 환호하고 있더군요.

소방차를 타고 10분쯤 달렸을 때 폭발이 일어났던 공중에 커다란 얼룩 같은 것이 보인다는 걸 깨달았습니다. 제트보이와 함께 날던 제트기들도 돌아와서 공중을 마구 누비고 있었고, 머스탱이나 선더저그*들도 보였습니다. 마치 에어쇼라도 벌어진 듯한 광경이었습니다.

다리 근처에 도착해보니 다른 사람들을 제치고 우리가 일등이었습니다. 그랬기에 다행이었죠. 강가로 가자마자 기슭에서 6미터밖에 떨어지지 않은 수면에 그 사내가 추락하는 걸 볼 수 있었으니. 돌처럼 가라앉더군요. 그 사내는 잠수복 같은 걸 입고 있었습니다. 우리는 헤엄을 쳐서 거기까지 갔는데, 저는 낙하산 일부를 움켜잡고, 소방수는 잠수복에 달린 호스를 잡아서 강기슭까지 끌어왔습니다.

하여튼 간에, 그자는 제트보이가 아니었습니다. 우리 경찰에는 이미 얼굴이 알려진 잔챙이 악당, 에드워드 '스무스 에디' 샤일로였던 겁니다.

게다가 상태가 아주 안 좋더군요. 저희는 소방차에서 렌치를 가져와서 그 녀석이 쓴 헬멧을 떼어냈는데, 얼굴이 순무 껍질처럼 불그죽죽했습니다. 지상으로 내려올 때까지 27분이나 걸렸

---

* 프로펠러식 전투폭격기인 P-47 선더볼트의 애칭.

던 탓입니다. 고공은 산소가 부족한 탓에 당연히 기절했고, 지독한 동상에 걸린 탓에 한쪽 발, 그리고 엄지를 제외한 왼쪽 손의 손가락을 모두 절단해야 했다고 들었습니다.

하지만 그 비행선이 폭발하기 전에 뛰어내린 덕에 목숨은 건진 거죠. 우린 다시 하늘을 올려다보고 제트보이의 낙하산 따위가 있는지 찾아보았지만 아무것도 없었고, 단지 그 안개 같은 커다란 얼룩과 그 주위를 난무하는 비행기들이 보일 뿐이었습니다.

우리는 샤일로를 병원으로 데려갔습니다.

이상, 제 보고를 마칩니다.

에드워드 '스무스 에디' 샤일로의 진술
1946년 9월 16일 (발췌)

……다섯 발 모두를 두 개의 가스 주머니에 명중시켰어. 그런 다음 자기 비행기로 우리 비행선을 그대로 들이받았던 거야. 벽이 날아갔어. 프레드하고 필모어는 낙하산도 없이 밖으로 튕겨 나갔지.

기압이 떨어지면서 잠수복이 지독하게 꽉 끼더군. 제대로 움직이지도 못할 것 같았어. 난 낙하산을 메려고 했는데, 닥터 토드가 신관을 쥐고 그 폭탄 같은 물건에 다가가는 게 보였어.

비행기가 곤돌라 옆구리에서 떨어져 나가는 걸 느꼈어. 정신을 차리고 보니 제트보이 그 녀석이 자기 비행기가 박혀 있던 구멍 앞에 서 있더군.

녀석이 총을 차고 있는 걸 보고 나도 내 권총을 뽑았어. 하지만 제트보이는 총을 흘리더니 그냥 닥터 토드한테 돌진하더군.

"놈을 막아, 막으라고!" 토드가 잠수복의 무전기로 소리쳤어. 난 한 발 쏘았지만 빗나갔고, 제트보이는 토드하고 폭탄을 덮쳤어. 내 일은 5분 전에 이미 끝났지만, 잔업수당 따위는 없다는 걸 깨달은 건 그때였어.

그래서 난 탈출을 시도했는데, 무전기에서 이를 북북 갈고, 고함을 지르는 소리가 들려왔어. 뒤에 남은 두 명이 싸우기 시작한 거지. 토드가 뭐라고 소리를 지르더니 45구경을 뽑았는데, 지금 형씨가 앉아 있는 곳보다 더 가까운 거리에서 제트보이한테 네 발 먹이는 걸 똑똑히 봤어. 두 명이 함께 쓰러진 순간, 난 곤돌라 옆구리에 난 구멍 밖으로 뛰쳐나갔지.

하지만 멍청하게도 낙하산 펼치는 줄을 너무 일찍 잡아당긴 탓에 낙하산은 제대로 펼쳐지지 않았고 공중에서 꼬여버렸어. 정신이 아득해졌는데, 기절하기 직전 머리 위에서 모든 게 폭발했어.

정신을 차리고 보니 여기 와 있더군. 이젠 신발 한 짝이 남아돌게 됐어. 무슨 얘긴지 알지?

······두 사람이 뭐라고 외치고 있었느냐고? 흐음, 대부분 똑똑히 알아들을 수 없었어. 어디 보자. 토드가 "놈을 막아! 막으라고!"라고 외쳤을 때 나는 한 발을 쏘았지. 그런 다음엔 벽에 난 구멍으로 돌진했어. 그때 두 사람은 고함을 지르고 있었는데, 내가 제트보이의 목소리를 들을 수 있었던 건 두 사람이 서로 헬멧을 쾅 부딪쳤을 때 토드의 잠수복 무전기를 통해서 들었던 게 전부야. 두 명 모두 격하게 숨을 몰아쉬는 소리가 들렸던 걸 감안하

면 꽤 자주 부딪쳤던 것 같아.

마침내 토드는 권총을 뽑아서 제트보이를 네 번 쏘았고, "죽
어, 제트보이! 죽어!"라고 외쳤어. 그러자마자 난 밖으로 점프했
는데, 그 뒤에도 한순간 더 싸움은 계속되었던 것 같아. 난 제트
보이가 이렇게 말하는 걸 들었어.

"난 아직 못 죽어. 난 아직 〈졸슨 스토리〉*도 못 봤다고."

♥

그날은 소설가 토머스 울프가 죽은 지 딱 8년이 되는 날이었지만,
그야말로 울프의 소설에 걸맞은 날이었다. 미국 전체와 북반구에서 여
름의 지배가 끝나고, 멕시코만과 태평양이 아니라 극지방과 캐나다의
기후가 영향을 끼치기 시작한 날이었다.

훗날 '아직 못 죽는 아이'인 제트보이의 기념비가 세워졌다. 역전
의 용사였던 이 19세 소년은 맨해튼을 날려버리려고 했던 광인을 단
신으로 저지했다. 이것은 사람들이 냉정을 되찾으면서 깨닫게 된 사실
이었다.

하지만 그 사실을 기억하기까지는 다소 시간이 걸렸다. 다니던 대
학으로 복귀하거나 새 냉장고를 사기까지 시간이 걸렸던 것과 마찬가
지로. 누구든 간에, 1946년 9월 15일 이전의 삶이 실제로 어땠는지를
기억해내기까지는 오랜 시간이 걸렸다.

하늘을 올려다보고, 제트보이가 침입해 온 비행선을 날려버리는 광

---

* 가수이자 배우인 알 존슨의 반생을 그린 미국의 뮤지컬 영화.

경을 목격한 뉴욕 시민들은 위험한 상황은 모두 끝났다고 생각했다.

이것은 8차선 고속도로로 기어 나간 뱀의 행동과 맞먹는 오판이었다.

— 대니얼 덱,

《고도(Godot)는 내 부조종사: 제트보이의 생애》,

리핀콧사(社), 1963년

까마득한 상공에서 옅은 안개가 곡선을 그리며 하강하기 시작했다.

그 일부는 제트기류를 타고 길게 꼬리를 끌며 동쪽으로 흘러갔다.

이런 기류 아래로 간 안개는 다시 하나로 뭉치면서 미류운처럼 꼬리를 드리운 상태로 지상의 도시를 향해 천천히 내려갔다. 꼬리끼리 합쳐지고, 다시 합쳐지는 것을 거듭하다가, 폭풍 앞의 토막구름처럼 산산조각 난다.

지상으로 하강한 구름은 모든 장소에서 가을비처럼 추적추적 내리기 시작했다.

슬리퍼

로저 젤라즈니

1. 긴 귀갓길

잠이 그의 적이 된 것은 열네 살 때의 일이었다. 그에게 잠은 어둡고 끔찍한 것이었고, 그는 다른 사람들이 죽음을 두려워하는 것처럼 잠을 두려워하게 되었다. 그러나 이것은 곧잘 불가사의한 형태를 취하는 것으로 알려져 있는 신경증의 그 어떤 증세와도 관련이 없었다. 일반적으로 말해서 신경증은 부조리한 요소를 갖기 마련이지만, 그가 느끼는 두려움은 특정 원인에서 비롯되었고 기하학 정리 못지않게 논리적으로 진행되었기 때문이다.

그의 인생에 부조리가 없었다는 얘기는 아니다. 사실, 그 반대에 가까웠다. 그러나 그의 증세는 그가 처한 상황의 결과이지 원인은 아니었다. 적어도 본인은 훗날 그렇게 스스로에게 말하곤 했다.

알기 쉽게 말해서 잠은 그의 독이자 네메시스였다. 할부로 경험하는 지옥이었다.

크로이드 크렌슨은 8학년까지 학교를 다녔고 결국 9학년 과정을 수료하지는 못했다. 이것은 전혀 그의 잘못이 아니었다. 그는 반에서 1등은 아니었지만 꼴찌도 아니었다. 평균적인 체격을 가진 평균적인 소년이었고, 주근깨가 많은 얼굴에 파란 눈, 곧은 갈색 머리카락을 가지고 있었다. 진짜 전쟁이 끝날 때까지는 친구들과 전쟁놀이를 하기를 즐겼고, 그 뒤로는 경관과 도둑으로 나뉘어 도둑잡기 놀이를 하는 경우가 더 많아졌다. 전쟁놀이를 할 때는 전투기 에이스인 제트보이 노릇을 할 순서가 오기를 조바심을 내며 기다렸다. 도둑잡기 놀이를 할 경우에는 대개 도둑이었다.

그는 9학년이 되었지만, 다른 많은 아이들과 마찬가지로 첫 달—1946년 9월—을 넘기지 못했다…….

♣

"뭘 보고 있는 거니?"

마스턴 선생님이 이렇게 질문했던 것을 기억하지만 그녀의 표정까지는 기억하지 못한다. 그 극적인 광경에서 도저히 눈을 뗄 수 없었기 때문이다. 학교가 끝나는 오후 3시가 눈앞에 다가오면, 수업 도중에도 자꾸 창밖을 흘끔거리게 되는 것은 드문 일이 아니다. 그러나 선생님에게 주의를 받은 학생이 재빨리 고개를 돌리고, 수업 끝나는 종이 울릴 때까지 집중하는 시늉이라도 하지 않는 경우는 드물다.

그러는 대신 그는 이렇게 대답했다. "비행선이요."

창밖이 잘 보이는 자리에 있던 세 명의 소년과 두 명의 소녀도 같은 방향을 보고 있는 것을 깨닫고 호기심을 느낀 마스턴 선생님은 교실을 가로질러 창가로 갔다. 멈춰 서서 하늘을 응시한다.

상당히 높은 고도에 떠 있는 대여섯 개의 조그만 비행선들이 보인다. 구름의 좁은 틈새에서 막 나오려는 참인데, 마치 서로 연결되어 있는 것처럼 움직이고 있었다. 그리고 기구들을 향해 빠르게 돌진하는 비행기 한 대가 보였다. 여전히 기억에 생생한 흑백 뉴스영화의 장면들이 뇌리에 잇달아 떠오른다. 비행기는 은빛 피라미 같은 비행선들을 실제로 공격하고 있는 것처럼 보였다.

마스턴 선생님은 잠시 그 광경을 바라보다가, 고개를 돌렸다.

"아, 별거 아냐." 그녀는 입을 열었다. "저건 단지 —"

다음 순간 사이렌 소리가 울려 퍼졌다. 마스턴 선생님은 무의식적으로 숨을 들이켜며 어깨 근육이 딱딱해지는 것을 느꼈다.

"공습경보야!" 가장 앞줄에 앉아 있던 샬럿이라는 이름의 소녀가 큰 소리로 말했다.

"아냐." 치아 교정기를 번득이며 지미 워커가 반론했다. "그런 건 이제 안 울려. 전쟁은 끝났잖아."

"예전에도 들어봐서 알아." 샬럿이 말했다. "등화관제를 할 때마다 —"

"하지만 지금은 전쟁을 하고 있지 않잖아." 보비 트렘슨이 말했다.

"다들 조용히 하렴." 마스턴 선생님이 말했다. "어쩌면 시험 삼아 울린 것일 수도 있어."

그러나 다시 창밖을 바라본 그녀는 뭉게구름이 시야를 가리기 직전, 하늘에서 조그만 불꽃이 번득이는 것을 보았다.

"다들 제자리에 앉아 있어." 몇몇 학생이 자리에서 일어나 창가 쪽으로 오는 것을 본 그녀가 말했다. "교무실로 가서 혹시 사전 예고 없이 무슨 훈련을 하고 있는지 확인해볼게. 곧 돌아올 거야. 너무 크게만 아니라면 서로 얘기를 나눠도 좋아."

그녀는 뒤로 문을 쾅 닫고 교실에서 나갔다. 크로이드는 뭉게구름을 계속 바라보며 다시 틈새가 나타나기를 기다렸다.

"저건 제트보이야." 그는 옆줄에 앉아 있는 보비 트렘슨에게 말했다.

"에이, 설마." 보비가 말했다. "저기서 날고 있다니 말이 돼? 전쟁은 끝났잖아."

"저건 제트기야. 뉴스영화에서 봤는데, 저것하고 똑같았어. 제트기는 제트보이 것이 최고이고."

"있지도 않은 얘길 만들어내지 마." 교실 뒤쪽에 앉아 있는 리자가 말했다.

크로이드는 어깨를 으쓱했다. "저기서 비행하고 있는 건 나쁜 놈이고, 제트보이가 그놈하고 싸우고 있는 거야. 불꽃이 튀는 걸 봤어. 사격하고 있는 거야."

사이렌은 계속 울려 퍼지고 있었다. 바깥쪽 도로에서 브레이크가 끼익 하는 소리가 나더니 자동차 경적이 짧게 울리면서 쿵 하고 충돌하는 소리가 났다.

"사고 났나 봐!" 보비가 외쳤다. 모든 아이들이 자리에서 벌떡 일어나서 창가로 갔다.

크로이드도 일어섰다. 아이들 탓에 시야가 가로막히는 것을 원하지 않았기 때문이지만, 창가 근처에 앉아 있었던 덕에 더 나은 장소를 확보할 수 있었다. 그러나 그는 사고 현장을 보는 대신 계속 하늘을 올려다보고 있었다.

"트렁크가 우그러졌어." 조 사르자노가 말했다.

"뭐라고?" 한 여자애가 물었다.

크로이드는 멀리서 쾅쾅 하는 소리를 들었다. 비행기는 더 이상 보이지 않았다.

"저거 무슨 소리야?" 보비가 물었다.

"고사포를 쏘아대는 소리야." 크로이드가 대답했다.

"말도 안 돼!"

"정체가 뭔지는 모르겠지만 아까 그것들을 격추하려고 저러는 거야."

"아, 그러세요. 영화에서 보는 것처럼 말이지."

구름이 다시 닫히기 시작했다. 그러나 그러기 직전 크로이드는 그 제트기를 흘끗 보았다. 비행선들과 정면충돌하는 코스로 돌진하고 있었던 것 같다. 더 자세히 보려고 했지만, 다음 순간 구름이 시야를 가로막았다.

"빌어먹을! 제트보이, 부탁해!" 그가 외쳤다.

보비가 웃음을 터뜨리자 크로이드는 보비를 세게 밀쳤다.

"야! 어딜 밀치고 그래!"

크로이드는 몸을 돌리고 보비를 마주 보았지만, 보비는 싸울 생각은 별로 없는 듯했다. 그러는 대신 다시 창밖을 내다보며 그쪽을 가리킨다.

"저 사람들은 왜 다 저렇게 뛰고 있는 거지?"

"나도 몰라."

"사고 때문인가?"

"그건 아냐."

"저것 좀 봐! 또 사고가 났어!"

급하게 모퉁이를 돈 파란색 스튜드베이커가 멈춰 서 있는 차 두 대를 피하려고 황급히 방향을 틀다가 반대편에서 오던 포드와 부딪쳤다. 두 대 모두 엉뚱한 방향을 향하며 멈춰 섰다. 다른 차들은 이것들을 피하려고 급제동을 걸며 멈춰 섰다. 경적 몇 개가 시끄럽게 울리기 시작했다. 시끄러운 사이렌 소리 속에서도 고사포의 둔탁한 발사음이 계속 들려왔다. 사람들은 이제 사고 현장을 보려고 발을 멈추지도 않고 보도 위를 마구 달려가고 있었다.

"또 전쟁이 났다고 생각해?" 샬럿이 물었다.

"모르겠어." 리오가 대꾸했다.

경찰 사이렌 소리에 갑자기 다른 소음이 섞였다.

"맙소사!" 보비가 말했다. "또 부딪치려고 해!"

그가 이 말을 채 끝맺기도 전에 폰티액 한 대가 달려와서 멈춰 선 차들 중 한 대의 뒤를 들이받았다. 세 쌍의 운전자들이 차 밖으로 나와서 서로 대치했다. 한 쌍은 화를 내는 기색이었지만 그 밖의 운전자들은 이따금 하늘을 가리키며 말을 나눌 뿐이었다. 잠시 후 그들 모두 그곳을 떠나 서둘러 보도를 나아갔다.

"이건 연습 따위가 아냐." 조가 말했다.

"나도 알아." 크로이드는 이렇게 대답하고 전투 현장을 가린 구름이 분홍색으로 물들어 있는 부분을 응시했다. "뭔가 아주 안 좋은 일이 벌어진 것 같아."

크로이드는 창가에서 물러섰다.

"집에 갈래." 그가 말했다.

"그러다간 선생님한테 야단맞을걸." 샬럿이 끼어들었다.

크로이드는 시계를 흘끗 보았다. "선생님이 돌아오기 전에 끝나는 종이 먼저 울릴걸. 지금 안 가면 저 일이 뭐든 간에 끝날 때까진 학교에 묶어두려고 할 거야. 그러기 전에 난 집에 가고 싶어."

크로이드는 몸을 돌리고 교실을 가로질러 문으로 갔다.

"나도 갈래." 조가 말했다.

"너희 둘 다 나중에 혼날 거야."

♠

그들은 복도를 나아갔다. 학교 현관에 도착할 무렵 복도 안쪽에서 어른 남자 목소리가 들려왔다. "거기 두 사람! 당장 돌아와!"

크로이드는 후다닥 달려가서 어깨로 커다란 녹색 현관문을 열었고, 계속 달렸다. 계단을 내려갔을 때는 조도 바싹 뒤에 붙어서 따라오고 있었다. 차도는 앞을 보아도 뒤를 보아도 버리고 간 차로 가득했다. 건물 옥상에는 사람들이 모여 있었고, 창가도 사람들투성이였다. 대다수는 하늘을 올려다보고 있었다.

크로이드는 보도를 따라 달리다가 오른쪽으로 방향을 틀었다. 그의 집은 여기서 남쪽으로 여섯 블록 내려간 80번가 근처에 있는 들쑥날쑥한 형태의 집합주택이었다. 조의 집은 그쪽으로 반쯤 갔다가 다시 동쪽을 향해 가야 하는 곳에 있었다.

길모퉁이에 도달하기도 전에 오른쪽 옆길에서 쏟아져 나온 사람들에게 가로막혔다. 그 일부는 북쪽으로 무작정 가려고 하고, 나머지는 남쪽을 향해 가는 통에 보도를 통해 전진하는 일 자체가 불가능해졌다. 두 소년 앞쪽에서 욕설과 주먹다짐을 하는 소리가 들려왔다.

조는 손을 뻗어 어떤 사내의 소매를 잡아당겼다. 사내는 화들짝 놀라며 팔을 뺐다가 아래를 내려다보았다.

"무슨 일이 일어났어요?" 조가 외쳤다.

"무슨 폭탄이 터졌대." 사내가 대답했다. "제트보이가 폭탄을 가진 놈들을 막으려고 했다는구나. 그러다가 모두 날아가버린 것 같아. 폭탄은 언제라도 터질 수 있어. 원자폭탄일지도 모르겠다."

"어디 떨어졌는데요?" 크로이드가 외쳤다.

사내는 북서쪽을 가리켰다.

"저쪽이야."

사내는 이렇게 말하자마자 인파에 생겨난 틈으로 들어가서 자취를 감췄다.

"크로이드, 저 차 위를 넘어가면 계속 앞으로 갈 수 있을 것 같아." 조가 말했다.

크로이드는 고개를 끄덕이고 친구 뒤를 따라 잿빛 다지 승용차의 아직도 따뜻한 엔진 덮개를 넘어갔다. 차에 있던 운전자가 화를 내며 욕을 했지만 차 주위를 인파가 에워싸고 있는 탓에 아예 문을 열 엄두를 내지 못했다. 반대쪽 문도 조금 열면 택시 범퍼에 가로막히는 탓에 소용이 없었다. 두 소년은 택시 주위를 돈 다음 다른 차 두 대를 같은 방법으로 넘어서 교차로 한복판을 통과했다.

다음 블록에서는 통행인의 수가 줄어든 덕에 전방에 상당히 넓은 트인 공간이 생겨난 것처럼 보였다. 그들은 그쪽을 향해 달려가다가 화들짝 멈춰 섰다.

한 사내가 보도에 누워 있었다. 경련하고 있다. 머리와 두 손이 엄청나게 부풀어 올랐을 뿐만 아니라 검붉게 물들어 있어서 거의 자줏빛으로 보일 정도였다. 그 사내의 모습을 본 순간 그의 코와 입에서 피가 쏟아져 나오기 시작했다. 귀에서도 피가 흘러나왔고, 눈에서도, 손톱 주위에서도 흘러나왔다.

"성모님!" 조는 뒤로 물러나며 성호를 그었다. "무슨 병에 걸린 걸까?"

"모르겠어. 너무 가까이 가지 마. 아까처럼 차를 넘어서 가자."

다음 길모퉁이에 도달하는 데는 10분이 걸렸다. 가던 도중에 그들은 고사포 쏘는 소리가 조금 전부터 들리지 않는다는 사실을 깨달았다. 공습 사이렌과 경찰의 사이렌과 자동차 경적 소리로 이루어진 소음은 여전히 귀가 아프게 계속되고 있었지만 말이다.

"연기 냄새가 나는데." 크로이드가 말했다.

"응, 연기 냄새야. 하지만 화재가 났다고 해도 소방차는 못 올 거야."

"이러다가 뉴욕 시 전체가 홀랑 타버리는 거 아냐."

"시내 전체가 다 이렇지는 않을지도 몰라."

"그럴 것 같진 않은데."

두 소년은 계속 앞으로 나아가다가 또다시 인파에 휘말렸고, 그대로 길모퉁이로 밀려갔다.

"이쪽으로 가려는 게 아니에요!" 크로이드가 외쳤다.

소용이 없었다. 주위 사람들도 몇 초 후에는 아예 발을 멈춰야 했기 때문이다.

"도로까지 기어가서 다시 차 위를 넘으면서 갈 수는 없을까?" 조가 물었다.

"일단 시도는 해보자."

그들은 성공했다. 문제는 아까보다 느리다는 점이었다. 다른 사람들도 같은 경로를 통해 아까 지나온 그 길모퉁이로 돌아가고 있었기 때문이다. 크로이드는 자동차 앞 유리 너머로 운전석에 앉아 있는 파충류의 얼굴을 목격했다. 파충류가 비늘로 덮인 두 손으로 축에서 아예 뽑혀 나온 운전대를 꽉 잡은 채로 천천히 옆으로 쓰러졌다. 고개를 돌려 그 광경을 외면한 크로이드는 북동쪽 건물들 너머에서 연기가 높게 피어오르는 것을 보았다.

가까스로 길모퉁이에 도착했지만 내려가서 발을 디딜 곳이 아예 없었다. 사람들은 옴짝달싹도 못 한 채로 몸을 흔들고 있을 뿐이었다. 이따금 절규하는 소리가 들려왔다. 크로이드는 울고 싶었지만, 그래봤자 아무 소용도 없다는 사실을 알고 있었다. 이를 악물고, 몸을 떨었다.

"이제 어떻게 할까?" 크로이드는 큰 소리로 조에게 말했다.

"오늘 여기서 밤을 새워야 한다면 빈 차의 유리를 깨고 들어가서 안에서 자는 수밖에 없겠지, 아마."

"난 집에 가고 싶어!"

"나도 가고 싶어. 일단 갈 수 있을 때까지 가보자."

그들은 거의 한 시간 가까이 조금씩 앞으로 나아갔지만 고작 한 블록을 더 갔을 뿐이었다. 두 소년이 자동차 지붕을 밟고 올라가면 운전자들은 화를 내며 고함을 지르고 창문을 두들겼다. 어떤 차들은 비어 있었다. 몇 대 안에는 도저히 쳐다볼 수 없는 것들이 들어 있었다. 인도로 가는 것은 이제 위험해 보였다. 인도를 가득 채운 인파의 움직임은 빠르고 시끄러웠으며, 이따금 짧은 싸움이 일어나며 수없이 많은 비명이 울려 퍼졌다. 쓰러져 꼼짝도 하지 않는 몇몇 사람들은 문간에 처박히거나 차도까지 밀려 나가 있었다. 공습 사이렌 소리가 멎었을 때 군중은 잠시 주저하며 침묵했다. 그러자 누군가가 확성기를 통해 말하는 소리가 들려왔다. 그러나 너무 멀어서 '다리'라는 말을 제외하면 알아들을 수가 없었다. 군중은 다시 공황 상태에 빠졌다.

크로이드는 앞쪽 길 반대편에 있는 건물에서 여자 한 명이 추락하는 것을 보았다. 그녀가 바닥에 부딪치기 전에 그는 눈을 돌려 외면했다. 공기에서는 여전히 연기 냄새가 났지만 인근에서 불이 난 기색은 없었다. 앞쪽의 인파 한복판에서 어떤 사람—남자인지 여자인지는 확실하지 않았다—이 갑자기 확 타오르자 사람들이 화들짝 놀라며 멈춰 서고, 뒤로 물러서는 광경이 눈에 들어왔다. 크로이드는 두 대의 자동차 사이의 차도로 내려가서 친구가 올 때까지 기다렸다가 입을 열었다.

"조, 무서워 죽겠어. 모든 게 잠잠해질 때까지 아예 차 밑으로 들어가서 숨어 있으면 어떨까."

"나도 그 생각은 해봤어. 하지만 불이 난 건물 잔해가 차 위로 떨어져서 불이 붙으면 어떻게 할 거야?"

"어떻게 하다니?"

"불이 연료탱크로 옮겨 붙으면 그 차는 폭발할 거고, 다른 차들도 이렇게 빽빽하게 붙어 있으니 결국은 줄줄이 폭죽처럼 모조리 터져버릴 걸."

"하느님 맙소사!"

"그러니까 계속 가는 수밖에 없어. 우리 집으로 가는 게 더 쉬워 보이면 함께 가도 좋아."

크로이드는 어떤 사내가 마치 춤을 추듯이 움직이며 자기 옷을 몸에서 뜯어내는 광경을 보았다. 그 직후 그의 모습이 변하기 시작했다. 차도 뒤편에서 누군가가 포효하기 시작했다. 유리가 깨지는 소리가 들려왔다.

30분쯤 지나자 인도 쪽의 통행은 현재 상황을 감안하면 정상적이라고 할 수 있는 수준으로 돌아왔다. 보도를 가득 메웠던 사람들은 각자의 목적지에 도달했든가, 아니면 여전히 한데 뭉친 채로 시내의 다른 지역으로 이동한 듯했다. 이제 사람들은 시체들 사이를 누비며 걷고 있었다.

창문 뒤의 얼굴들은 더 이상 보이지 않았다. 건물 옥상에서 구경하는 사람들도 없었다. 시끄러운 자동차 경적 소리도 이제는 가끔 울려 퍼질 뿐이었다. 두 소년은 길모퉁이에서 멈춰 섰다. 그들은 학교를 뛰쳐나온 후 지금까지 세 블록을 주파해서 길 반대편까지 와 있었다.

"난 여기서 꺾어서 가야 해." 조가 말했다. "우리 집에 갈래, 아니면 그냥 계속 너희 집으로 갈래?"

크로이드는 도로 앞을 바라보았다.

"아까보단 나아진 것 같아. 이대로도 갈 수 있을 것 같아."

"그럼 나중에 보자."

"응."

조는 서둘러 왼쪽으로 갔다. 크로이드는 친구의 뒷모습을 잠시 바라보다가 다시 앞으로 나아가기 시작했다. 훨씬 앞쪽의 건물 문간에서 어떤 사내가 절규하며 뛰쳐나왔다. 도로 한복판을 향해 가는 사내의 몸이 점점 커지면서 동작이 불안해졌다. 다음 순간 그는 폭발했다. 크로이드는 왼쪽에 있는 건물의 벽돌 벽에 등을 바싹 댄 채로 그 광경을 응시했다. 심장이 방망이질을 친다. 그러나 그 후 새로운 소동은 일어나지 않았다. 서쪽에서 다시 확성기 소리가 들려왔다. 이번에는 좀 더 뚜렷하게 들렸다. "……차든 사람이든 다리 통행이 금지됐습니다. 다리를 건너려고 하지 말고 모두 자택으로 돌아가십시오. 차든 사람이든 다리 통행이 금지……."

크로이드는 다시 전진하기 시작했다. 동쪽 어딘가에서 단 하나의 사이렌 소리가 들려왔다. 비행기 한 대가 저공비행으로 머리 위를 통과했다. 왼쪽 건물의 문간에 쭈그러든 시체 하나가 널려 있었다. 크로이드는 고개를 돌려 외면하고 더 빨리 걷기 시작했다. 도로 너머에서 연기를 목격하고 어디 불이 났는지를 알아보려고 했다. 그러나 연기는 출입문 계단에 앉은 채로 두 손으로 머리를 감싸 쥐고 있는 여자의 몸에서 피어오르고 있었다. 크로이드가 바라보는 동안에도 여자의 몸은 점점 쪼그라드는 것처럼 보였다. 다음 순간 그녀의 몸은 덜거덕하는 소리와 함께 왼쪽으로 쓰러졌다. 크로이드는 주먹을 꽉 쥐고 계속 나아갔다.

육군의 트럭 한 대가 앞쪽 옆길의 길모퉁이에서 나타났다. 크로이드는 그쪽으로 달려갔다. 조수석 쪽에 앉아 있던, 헬멧을 쓴 군인의 얼굴이 그를 향했다.

"너 왜 나와서 돌아다니고 있니?" 군인이 물었다.

"집으로 가는 중이에요."

"집이 어딘데?"

크로이드는 앞쪽을 가리키고 "두 블록 남았어요"라고 말했다.

"한눈팔지 말고 곧장 가렴." 군인이 말했다.

"무슨 일이 일어난 거죠?"

"계엄령이 선포됐어. 모든 시민은 실내에 머물러 있어야 해. 창문도 꼭 닫아놓는 편이 낫겠고."

"왜요?"

"뭔가 세균 폭탄 같은 게 폭발한 것 같아. 확실하게 아는 사람은 아무도 없지만."

"혹시 아까 제트보이가……."

"제트보이는 죽었어. 악당들을 막으려다가."

크로이드의 눈에 갑자기 눈물이 솟구쳤다.

"곧장 집으로 가."

트럭은 도로를 가로질러 서쪽으로 향했다. 크로이드도 도로 반대편으로 달려갔고, 보도에 도달하자 걸음을 늦췄다. 몸이 덜덜 떨리기 시작했다. 그제야 자동차 위로 기어 올라갔을 때 여러 번 부딪친 두 무릎이 아프다는 것을 깨달았다. 손으로 눈을 훔쳤다. 지독하게 추웠다. 그는 블록 중간께에서 발을 멈추고 몇 번 크게 하품을 했다. 피곤했다. 믿기 힘들 정도로 피곤했다. 다시 걷기 시작했지만, 일찍이 경험한 적이 없을 정도로 발이 무거웠다. 나무 밑에서 다시 멈춰 섰다. 머리 위에서 신음 소리가 들려왔다.

위를 올려다보고, 그것이 나무가 아님을 깨달았다. 높고 갈색인 데다가 땅에 뿌리를 박은 가느다란 물체였지만, 꼭대기 부근에 엄청나게 길쭉한 사람 얼굴이 달려 있었고, 신음 소리는 그 부근에서 나오고 있었다. 크로이드가 자리를 뜨려고 하자 가지 하나가 그의 어깨를 잡아당겼지만, 잡는 힘이 약한 탓에 몇 걸음 만에 뿌리칠 수 있었다. 크로이드는 훌쩍였다. 다음 길모퉁이는 몇 킬로미터나 떨어져 있는 것처럼 느껴졌고, 그 뒤로도 한 블록을 더 가야 한다…….

이제 크로이드는 잇달아 긴 하품을 하고 있었고, 변모한 세계도 더 이상 그를 놀라게 하지는 못했다. 인간이 아무 도움도 받지 않고 옆에서 날아다닌다고 해서 이상할 게 뭔가? 오른쪽에 있는 배수로에 인간 얼굴을 한 웅덩이가 있다고 해서 놀랄 필요가 어디 있단 말인가? 더 많은 시체들…… 뒤집힌 차…… 잿더미…… 바닥까지 늘어진 전화선…….

그는 길모퉁이를 향해 터벅터벅 걸어갔다. 가로등 기둥에 몸을 기댔다가 천천히 아래로 미끄러져서 등을 대고 앉았다.

눈을 감고 싶었다. 그러나 그것은 멍청한 짓이다. 집은 바로 저기가 아닌가. 조금만 더 가면 침대에서 잘 수 있다.

그는 가로등 기둥을 부여잡고 억지로 일어섰다. 이제 저 길만 건너면 된다…….

마침내 집이 있는 블록에 도착했다. 눈앞이 빙빙 돈다. 조금만 더 가면 된다. 저기 현관이 보인다…….

미닫이 창문이 삐걱거리며 열리는 소리가 들렸고, 머리 위에서 그의 이름을 부르는 소리가 들렸다. 위를 올려다보았다. 이웃에 사는 엘렌이라는 소녀가 그를 내려다보고 있었다.

"정말 안됐어. 너희 아빠가 돌아가셨어." 엘렌이 말했다.

울고 싶었지만 울 수가 없었다. 하품을 하느라고 모든 기력이 소진되었기 때문이다. 그는 현관문에 몸을 기대고 초인종을 울렸다. 집 열쇠가 들어 있는 바지 호주머니는 너무나도 멀게 느껴졌다…….

형인 칼이 현관문을 열어주자마자 그의 발치에 쓰러졌다. 몸을 일으킬 수가 없다.

"너무 피곤해." 그는 이렇게 말하고, 눈을 감았다.

2. 꿈 한복판에 있는 살인자

크로이드의 어린 시절은 자는 동안에, 그 '와일드카드 데이'의 첫날에 사라졌다. 4주 가까이 지난 후 잠에서 깨자 주위 세계와 마찬가지로 그도 변해 있었다. 키가 15센티미터나 자랐고, 상상을 초월할 정도로 힘이 세져 있었으며, 온몸이 빨간 잔털로 뒤덮여 있었다. 그뿐만이 아니었다. 욕실 거울을 바라보던 그는 이 잔털이 특이한 성질을 가지고 있다는 사실을 곧 깨달았다. 자기 모습이 보기 싫다고 생각한 그는 털이 빨간색이 아니면 좋았을 거라고 생각했는데, 그러자마자 털 색깔이 바래기 시작하는가 싶더니 곧 희끄무레한 금빛으로 바뀌었던 것이다. 피부 전체에 꼭 불쾌하지만은 않은 따끔따끔한 감각이 엄습했다.

너무나도 흥미로웠던 나머지 녹색으로 바뀌라고 생각했더니 정말로 그렇게 되었다. 역시 따끔따끔한 느낌을 받았는데, 처음과는 달리 진동파가 몸 전체를 훑고 지나가는 느낌이었다. 다음에는 또다시 희게 만들었다. 그러나 이번에는 엷은 금빛에서 멈추지 않았다. 더 엷게, 엷게. 새하얗게, 알비노처럼. 더 엷게…… 한계는 어디까지일까? 그의 모습이 희미해지기 시작했다. 거울에 비친 몸의 윤곽 너머로 등 뒤의 타일 벽이 보인다. 더 엷게…….

사라졌다.

얼굴 앞으로 두 손을 들었지만 아무것도 보이지 않았다. 그는 축축한 타월을 들어 올려 가슴에 갖다 댔다. 타월도 투명해져서 보이지 않게 되었다. 피부로 여전히 축축한 타월의 감촉을 느낄 수는 있었지만 말이다.

그는 다시 희끄무레한 금빛으로 복귀했다. 대외적으로는 가장 무난해 보였기 때문이다. 그런 다음 가장 헐렁한 진바지를 억지로 입고 녹색 플란넬 셔츠를 입었다. 셔츠 단추를 끝까지 채우지는 못했고, 바지 기장도 짧아서 정강이가 드러나 있었다. 그는 맨발로 조용히 계단을 내려가서 부엌으로 갔다. 배가 고파 미칠 지경이었다. 복도에 걸린 시계를 보니 새벽 3시에 가까웠다. 그는 어머니와 형과 누나 방을 들여다보았지만, 깊이 잠든 그들을 깨우지는 않았다.

빵 상자에 빵이 반 덩어리 들어 있었다. 그는 그것을 크게 찢어서 제대로 씹지도 않고 삼켰다. 허겁지겁 먹다가 손가락을 깨물었지만, 먹는 속도는 거의 변하지 않았다. 냉장고에 있던 고기 한 점과 치즈 한 조각도 먹었다. 우유도 1리터 마셨다. 조리대에 있던 사과 두 알을 먹으면서 찬장을 뒤져보았다. 크래커가 한 상자 있다. 그것들을 우적우적 씹어 먹으며 수색을 계속했다. 쿠키 여섯 개. 순식간에 먹어치운다. 피넛 버터 반병. 숟가락으로 모두 떠먹었다.

그게 다였다. 아무리 찾아보아도 더 이상 먹을 것이 없었다. 그러나 그는 여전히 엄청난 허기에 시달리고 있었다.

그제야 그는 자신이 한꺼번에 얼마나 많은 양의 음식을 먹어치웠는지를 깨달았다. 집에는 더 이상 먹을 것이 없었다. 그 미친 듯한 오후에 학교에서 가까스로 집으로 돌아왔을 때의 상황이 생각났다. 혹시 식량난이라면 어떻게 할까? 전쟁 때처럼 다시 배급제가 시행되고 있다면? 그런데도 그는 방금 가족의 몫을 다 먹어치웠던 것이다.

가족들뿐만 아니라 자기 자신을 위해서라도 식량을 더 입수할 필요가 있었다. 그는 도로에 면한 앞쪽 거실로 가서 창밖을 내다보았다. 거리에는 인적이 없었다. 학교에서 돌아오던 중에 들었던 계엄령은 어떻게 된 것일까. 그건 그렇고, 집으로 온 지 얼마나 지난 것일까? 그는 오랜 시간이 흘렀다는 느낌을 받았다.

현관문을 열고 시원한 밤공기를 느꼈다. 근처에 있는 헐벗은 가로수 가지들 사이로 아직 부서지지 않고 남은 가로등의 불빛이 비쳐온다. 사건이 일어났던 날 오후 가로수에는 잎사귀가 아직은 조금은 남아 있었던 것을 기억한다. 그는 복도 탁자에 있던 예비 열쇠를 집어 들고 밖으로 나간 다음 등 뒤로 현관문을 잠갔다. 현관 앞 돌계단은 차가워야 했지만 맨발인데도 그리 차갑게 느껴지지 않는다.

그는 퍼뜩 멈춰 섰고, 어둠 속으로 뒷걸음질 쳤다. 집 밖에 뭐가 있는지를 모른다는 사실에 두려움이 몰려왔기 때문이다.

양손을 들어 올려 가로등 불빛에 비춰본다.

110

"투명하게, 투명하게, 투명하게……."

양손이 희미해지며 빛을 투과시킬 정도가 되었다. 계속 희미해진다. 몸이 따끔따끔했다.

두 손이 사라지자 시선을 아래로 내렸다. 따끔따끔한 감각을 제외하면 그는 완전히 사라져 있었다.

잠시 후 그는 몸 안에 엄청난 에너지가 존재하는 것을 느끼면서 서둘러 거리를 나아갔다. 다음 블록에 있던, 나무를 닮은 묘한 존재는 사라져 있었다. 거리는 이제 차나 사람이 다닐 수 있도록 치워져 있었지만, 길가 배수로에는 상당한 양의 쓰레기가 쌓여 있었고 세워둔 차들 대다수는 어딘가 손상을 입은 상태였다. 그가 지나친 모든 건물은 적어도 창문 하나를 마분지나 판자로 막아놓은 것이 눈에 띄었다. 몇몇 가로수는 쪼개져서 그루터기만 남아 있었고, 다음 모퉁이에 있는 금속제 도로 표지는 한쪽으로 완전히 구부러져 있었다. 그는 자기 자신의 빠른 이동 속도에 놀라면서 길을 재촉했고, 마침내 학교 앞에 도달했다. 창문 유리창이 몇 개 사라진 것을 제외하면 학교 건물은 멀쩡해 보였다. 그는 계속 나아갔다.

식료품 가게 세 군데에 들렀지만, 모두 판자로 막혀 있었고 당분간 휴업한다는 표지가 붙어 있었다. 그는 세 번째 식료품 가게 안으로 침입했다. 창문의 판자는 그가 손으로 밀자 맥없이 부서졌다. 전등 스위치를 찾아내서 켰다. 몇 초 후 그는 전등을 껐다. 가게 안은 엉망진창이었다. 약탈당해 아무것도 남아 있지 않다.

그는 업타운 쪽으로 가며 완전히 타버려서 골조만 남은 건물들 몇 채를 지나쳤다. 그런 건물들 안에서 목소리들이 들려왔다. 한쪽은 거칠고 걸걸했고, 다른 한쪽은 새되고 높다란 목소리였다. 잠시 후 새하얀

빛이 번쩍하더니 비명이 울려 퍼졌다. 그와 동시에 벽돌 벽 일부가 무너지면서 그의 뒤쪽에 있는 인도 위로 벽돌이 쏟아져 내렸다. 딱히 무슨 일인지 확인해볼 생각은 들지 않았다. 하수구 격자 아래에서 목소리가 들려오는 경우도 종종 있었지만 역시 신경을 쓰지 않았다.

그날 밤 몇 킬로미터나 방황하던 중에 누군가가 자신을 미행하고 있다는 사실을 깨달은 것은 타임스스퀘어에 도착했을 때의 일이었다. 처음에는 그와 같은 방향으로 오고 있는 큰 개일 뿐이라고 생각했지만, 더 가까이 오자 개의 이목구비가 어딘가 인간을 연상시킨다는 사실을 깨달았다. 그는 멈춰 서서 그 개를 마주 보았다. 개는 3미터쯤 떨어진 곳에 앉더니 그를 응시했다.

"너도 그렇군." 개가 으르렁거리듯이 말했다.

"내가 보여?"

"아니. 냄새 덕이야."

"뭘 원해?"

"먹을 거."

"나도 마찬가지야."

"어디 있는지 알려줄게. 내 몫을 나눠주면."

"알았어. 알려줘."

개는 육군 트럭들이 주차해 있는 장소로 그를 안내했다. 줄이 쳐져서 차단된 구역이었다. 세어보니 열 대가 있었다. 군복을 입은 사람들이 그 사이에 서 있거나 앉아서 쉬고 있었다.

"저건 뭐 하고 있는 거야?" 크로이드가 물었다.

"그 얘긴 나중에. 왼쪽에서 네 번째 트럭에 식량 상자가 실려 있어."

그는 아무 문제 없이 경계선을 통과해서 트럭 짐칸으로 들어갔고,

상자들을 한 아름 안고 되돌아왔다. 그와 개 인간은 두 블록 떨어진 건물의 문간으로 가서 몸을 숨겼다. 크로이드는 자기 몸을 다시 보이도록 했고, 두 사람은 앉은 자리에서 음식을 실컷 먹었다.

그런 다음 그의 새로운 지인—그는 벤틀리라고 불러달라고 했다—은 제트보이가 죽은 후 크로이드가 잠에 빠져 있던 몇 주 동안에 일어난 일들을 그에게 알려주었다. 살아남은 뉴욕 시민들이 강 건너편의 뉴저지주로 몰려간 일, 폭동, 계엄령 선포, 타키스인들, 그리고 그들의 바이러스 탓에 1만 명이나 사망한 일 따위에 관해서 말이다. 그리고 변신한 생존자들에 관한 얘기도 해주었다. 운이 좋은 생존자도 있고, 운이 나쁜 생존자도 있다고 했다.

"넌 운이 좋은 쪽이야." 벤틀리가 결론을 내렸다.

"운이 좋다는 생각이 안 드는데." 크로이드가 말했다.

"적어도 아직 인간이잖아."

"흠, 넌 닥터 타키온한테 가서 진찰 안 받아봤어?"

"아니. 엄청나게 바쁘대. 하지만 나중에 가볼 거야."

"나도 가봐야겠군."

"글쎄."

"'글쎄'라니, 그게 무슨 뜻이야?"

"왜 바꾸고 싶은데? 넌 성공했잖아. 이제 넌 뭐든 원하는 걸 손에 넣을 수 있어."

"도둑질 얘길 하고 있는 거야?"

"지금은 워낙 어려운 시기잖아. 살아남으려면 뭐든 해야 해."

"그럴지도 모르겠군."

"너한테 맞는 옷들이 있어."

"어디에?"

"바로 저 길모퉁이 너머에."

"알았어."

벤틀리가 데려다준 옷 가게 뒷문을 뚫고 침입하는 것은 크로이드에게는 어려운 일이 아니었다. 그런 다음 그는 다시 투명해졌고, 또 먹을 것을 한 아름 안고 되돌아왔다. 벤틀리는 집으로 돌아가는 크로이드 뒤를 터벅터벅 따라왔다.

"따라가도 괜찮아?"

"안 돼."

"네가 어디 사는지 알고 싶어서 그래. 너한테도 도움이 되는 걸 많이 알려줄 수 있거든."

"도움이 된다고?"

"넌 나를 먹여 살려줄 수 있는 친구잖아. 서로 힘을 합치면 좋지 않을까?"

"알았어."

◆

그날 이후 크로이드는 가족들의 부양을 도맡았다. 형이나 누나는 그가 어디서 식량을 구해 오는지 묻지 않았고, 급기야 그가 밤마다 어딘가로 가서 일견 쉽게 손에 넣은 것처럼 보이는 돈을 가져다주어도 굳이 캐묻지 않았다. 아버지의 죽음을 슬퍼하는 나머지 넋이 나간 것처럼 보이는 어머니 역시 묻지 않았다. 그의 집 근처 어딘가에서 잘 곳을 찾은 벤틀리는 크로이드의 비즈니스 안내자이자 스승이 되었을 뿐만 아니라, 다른 문제들에 관해서도 친밀하게 조언을 해주었다.

"네가 말했던 그 의사를 한번 만나보는 편이 나을지도 모르겠어." 크로이드는 창고에서 꺼내 온 통조림 박스를 내려놓고 그 위에 걸터앉으며 말했다.

"타키온 얘길 하는 거야?" 벤틀리는 개답지 않은 동작으로 기지개를 켜며 물었다.

"응."

"뭐가 문젠데?"

"잠이 안 와. 이런 모습으로 깨어난 지 닷새나 됐는데 그 뒤로 한숨도 못 잤어."

"그래? 그게 어때서? 그 시간을 더 활용할 수 있으니 오히려 좋잖아."

"하지만 이젠 나도 몸이 피곤한데, 자려고 해도 잘 수 없어서 그래."

"때가 되면 잠이 올 거야. 그런 걸로 타키온한테 갈 필요는 없어. 설령 치료를 받는다고 해도 그걸로 효험을 보는 건 서너 명에 한 명이 고작이라더라."

"그걸 어떻게 알아?"

"나도 그치를 만나러 갔었거든."

"그래?"

크로이드는 사과 한 알을 먹었고, 잠시 후 "치료를 받을 생각이야?"라고 물었다.

"그럴 용기가 나면." 벤틀리는 대답했다. "누가 개로 여생을 보내고 싶겠어? 게다가 개로서도 난 별 볼 일 없잖아. 말이 나왔으니까 말인데, 가다가 애완동물 가게가 있으면 부수고 들어가서 벼룩 퇴치 목걸이를 하나 가져다줘."

"알았어. 그런데…… 혹시 내가 잠이 든다면, 예전처럼 오랫동안 잠에 빠질까?"

벤틀리는 사람처럼 어깨를 으쓱해보려고 하다가 포기했다.

"그걸 어떻게 알겠어?"

"그럼 누가 우리 가족을 돌보지? 또 너는 누가 돌보고?"

"뭔 얘긴지 알겠어. 네가 밤에 더 이상 나오지 않게 된다면 며칠 기다려보고, 그래도 안 나오면 치료를 받으러 갈게. 네 가족들을 위해서는 어느 정도 목돈을 마련해놓는 편이 낫겠다. 이런 상황도 언젠가는 나아질 거고, 돈은 언제든 쓸모가 있으니까 말이야."

"그러는 편이 낫겠네."

"넌 정말로 힘이 세잖아. 금고를 억지로 열 수도 있을 것 같아?"

"글쎄. 잘 모르겠어."

"오늘 집에 가면서 해보자. 괜찮은 장소를 하나 알아."

"알았어."

"……가루로 된 벼룩 약도 잊지 마."

새벽이 다가올 무렵 의자에 앉아 책을 읽으며 음식을 먹고 있는데, 참기 힘들 정도로 연달아 하품이 나오기 시작했다. 일어서자 팔다리가 아까와는 달리 왠지 무거웠다. 계단을 올라 칼 형의 방으로 갔다. 형이 잠에서 깰 때까지 몸을 흔들었다.

"으으응, 왜 그래, 크로이드?" 그가 물었다.

"졸려."

"그럼 자."

"오랜만에 자는 거야. 이번에 자면 또 오래 잘지도 몰라."

"아."

"그러니까 돈을 좀 갖고 왔어. 내 잠이 길어질 경우에 이 돈으로 모두를 돌봐줘."

크로이드는 칼의 서랍장으로 가서 맨 위쪽 서랍의 양말들 밑에 커다란 지폐 뭉치를 찔러 넣었다.

"어, 크로이드…… 너 어디서 그렇게 많은 돈을 얻었어?"

"형은 신경 쓰지 않아도 돼. 잠이나 자."

크로이드는 자기 방으로 가서 옷을 벗고 침대로 기어 들어갔다. 지독하게 추웠다.

♣

잠에서 깨어보니 창유리에 서리가 끼어 있었다. 창밖을 보니 하늘은 우중충했고 지면에는 눈이 쌓여 있었다. 창문틀에 올려놓은 그의 손은 폭이 넓고 가무잡잡했고, 손가락은 뭉뚝했다.

욕실로 가서 자기 몸을 점검해보았다. 키는 165센티미터로 단신이었지만 체격은 탄탄했고, 눈과 머리카락은 검었다. 다리 앞쪽과 팔 바깥쪽, 그리고 어깨와 등과 목덜미에 흉터를 연상시키는 길고 단단한 융기들이 생겨나 있었다. 15분쯤 더 점검해본 후, 손에 쥔 타월에 불이 붙을 정도까지 손의 온도를 올릴 수 있다는 사실을 알아냈다. 몸 전체가 시뻘겋게 빛날 때까지 전신의 온도를 올릴 수 있다는 사실을 깨닫기까지는 그로부터 몇 분도 채 걸리지 않았다. 한쪽 발로 욕실의 리놀륨 바닥을 발바닥 모양으로 태워먹었고, 다른 쪽 발이 깔개에 구멍을 냈다는 사실을 깨달았을 때는 잠시 낭패했지만 말이다.

주방으로 가니 이번에는 먹을 것이 잔뜩 있었다. 한 시간 넘게 쉴 새 없이 음식을 먹자 지독한 기아감은 사라졌다. 운동복 바지와 윗도리를 입으면서, 잠들 때마다 이런 식으로 체형이 바뀐다면 이런저런 옷들을 미리 마련해둬야겠다는 생각을 했다.

이번에는 식량을 약탈해 올 필요가 없었다. 바이러스가 방출된 후 엄청난 수의 사망자가 발생한 탓에 식량 창고의 재고에 여유가 생겼기 때문이다. 유통망이 정상화되면서 상점들도 다시 문을 열었다.

어머니는 대부분의 시간을 교회에서 보내고 있었고, 칼 형과 클로디아 누나는 최근 다시 열린 학교에 다니고 있었다. 크로이드는 자신이 복학할 수 없다는 사실을 받아들이고 있었다. 돈은 아직 충분했지만, 지난번에 잠들었을 때보다 아흐레나 더 잤다는 사실을 감안하면 현금을 지금보다 더 넉넉하게 확보해두는 편이 나을지도 몰랐다. 금고의 금속문을 뚫을 수 있을 정도로 손을 뜨겁게 만들 수 있을지 궁금했다. 지난번에 금고를 부쉈을 때는 엄청나게 고생했다. 벤틀리는 그것이 '깡통'에 불과하다고 장담했지만 실제로는 거의 포기하기 직전까지 가지 않았던가. 크로이드는 밖으로 나가서 아연 도금된 파이프 조각을 가지고 연습을 해보았다.

일에 관해서는 신중하게 계획하려고 했지만, 판단이 서툴렀다. 깨어난 주에 상당한 돈을 손을 넣기까지 무려 여덟 개의 금고를 털어야 했던 것이다. 대다수의 금고 안에는 서류밖에는 없었다. 침입할 때마다 경보가 울렸다는 사실도 알고 있었기 때문에 불안했다. 다시 잠들면 지문도 바뀌기를 기대하는 수밖에 없다. 크로이드는 최대한 빨리 일을 해치우려고 노력했고, 벤틀리가 돌아와주기를 고대했다. 그 개 인간이라면 이럴 경우 어떻게 해야 하는지 잘 알고 있으리라는 생각이 들었기 때문이다. 벤틀리 본인도 그의 원래 직업이 반드시 합법적인 것만은 아닌 뭔가와 관련되어 있었다는 사실을 몇 번 지나가듯이 언급한 적이 있었다.

시간은 크로이드가 희망했던 것보다 더 빨리 흘러갔다. 그는 어떤 변화에도 대응할 수 있도록 각양각색의 옷을 잔뜩 구입해놓았다. 밤이 되면 도시의 거리를 배회하며 아직도 남아 있는 파괴의 흔적들을 보고, 복구가 얼마나 진척되었는지를 확인했다. 뉴욕 시와 전 세계의 뉴스도 확인했다. 바이러스가 남긴 결과가 사방에 널려 있는 지금과 같은 상황에서, 외계에서 온 사내의 증언을 믿는 것은 어렵지 않았다. 탄환형 머리통에 물갈퀴 손을 가진 사내와 마주친 그는 어디로 가면 닥터 타키온을 만날 수 있는지 물었다. 그러자 그 사내는 주소와 전화번호를 가르쳐주었다. 크로이드는 그것을 메모한 쪽지를 지갑 안에 넣어두었지만 전화를 걸거나 직접 방문하지는 않았다. 만약 닥터 타키온이 그를 진찰한 후 문제없다면서 그를 치유해준다면? 현시점에서 가족을 먹여 살릴 수 있는 사람은 크로이드밖에는 없었다.

크로이드는 어느 날 또다시 강렬한 식욕을 느꼈고, 그의 육체가 또 다른 변화에 대비하고 있을지도 모른다고 판단했다. 이번에는 장래에 판단 재료로 쓸 수 있도록 몸이 변하는 느낌을 좀 더 신중하게 관찰하려고 마음먹었다. 오한을 느끼고, 파상적으로 졸리기 시작한 것은 그날 낮과 밤이 지나고 다음 날이 된 후 조금 지난 뒤의 일이었다. 그는 가족들에게 잘 자라는 메모를 남겨두었다. 참을 수 없을 정도로 졸리기 시작했을 때는 다들 외출 중이었기 때문이다. 침실 문을 잠가두는 것도 잊지 않았다. 지난번에 잠들었을 때는 가족들이 주기적으로 그의 상태를 관찰했고, 어떤 시점에 의사까지 불러왔다는 사실을 뒤늦게 알았기 때문이다. 크로이드의 병력을 전해 듣자마자, 사려 깊게도 그 여자 의사는 그냥 자게 놓아두라고 충고했다고 한다. 그러면서 잠에서 깬 뒤에는 닥터 타키온에게 진찰을 받아보라는 제안까지 했지만, 어머니는 의사가 써준 메모를 어디 두었는지 잊었다고 했다. 최근 들어 크렌슨 부인은 깜박하는 일이 무척 잦았다.

크로이드는 또 그 꿈을 꾸었고 ― 이번에는 **또** 그 꿈이라는 사실을 자각했다. 그리고 그 꿈을 기억한 것도 이번이 처음이었다. 이 불안감은, 학교에서 귀가했던 마지막 날 느꼈던 그 기분을 생각나게 한다. 그는 황혼에 물든, 텅 빈 것처럼 보이는 거리를 걷고 있었다. 등 뒤에서 인기척을 느끼고 뒤를 돌아보았다. 건물의 출입문에서, 창문에서, 자동차에서, 맨홀에서 사람들이 나오고 있었다. 그리고 그들 모두가 그를 응시하며, 그를 향해 오고 있었다. 그가 가던 길을 재촉하자 여러 사람이 내쉬는 한숨 같은 소리가 등 뒤에서 들려왔다. 다시 뒤돌아보자, 사람들 모두가 증오의 표정을 떠올린 채로 위협하듯이 그를 쫓고 있었다. 크로이드는 그들이 자기를 죽이려고 한다고 확신하고 달리기 시작했다. 그들이 쫓아온다…….

♠

잠에서 깨자 그는 끔찍한 모습으로 변해 있었고, 특별한 능력도 가지고 있지 않았다. 털이 없는 몸에 코는 돼지처럼 돌출해 있었고, 전신이 녹회색 비늘로 덮여 있었다. 비정상적으로 길쭉한 손가락에는 여분의 관절이 있었고, 노란 눈은 째진 것처럼 가늘었다. 너무 오랫동안 직립하고 있으면 넓적다리와 허리 부분이 쑤시는 탓에, 네발로 방 안을 기어 다니는 쪽이 훨씬 더 쉬웠다. 이런 상태에 놀라 큰 소리로 외치자 목소리에 뚜렷하게 쉭쉭거리는 듯한 치찰음이 섞여 있었다.

이른 아침이었고, 아래층에서 사람 목소리가 들렸다. 그가 방문을 열고 부르자 클로디아 누나와 칼 형이 황급히 그의 방 앞으로 왔다. 그는 방문만 빼꼼 열고 방 안에 머물렀다.

"크로이드! 괜찮아?" 칼이 물었다.

"그렇다고도 할 수 있고, 안 그렇다고도 할 수 있어." 그는 쉭쉭거리는 목소리로 대답했다. "몸은 괜찮아. 지금은 배고파 죽겠어. 음식을 가져다줘. 잔뜩."

"뭐가 문제야?" 클로디아 누나가 물었다. "왜 밖으로 안 나오는 거지?"

"나중에! 나중에 말할게. 일단 먹을 것부터 가져다줘!"

크로이드는 방에서 나가거나 가족들에게 모습을 보이는 것을 거부했다. 가족들은 그에게 음식과 잡지와 신문을 가져다주었다. 그는 라디오에 귀를 기울이고 네발로 방 안을 왔다 갔다 했다. 이번에 잠은 두려움의 대상이 아니라 되려 환영할 만한 것이었다. 크로이드는 침대에 누워 잠이 찾아오기를 고대했다. 그러나 그의 희망은 거의 1주 가까이 이뤄지지 않았다.

다음에 잠에서 깬 그는 자신이 180센티미터를 넘는 키에 흑발과 날씬한 몸, 말쑥한 이목구비를 가지고 있다는 사실을 알았다. 과거에 몇 번 변신했을 때 못지않게 힘이 셌지만, 잠시 후 그는 자신이 딱히 특별한 능력을 가지고 있지 않다는 결론을 내렸다―급하게 아래층 부엌으로 가려다가 층계에서 발을 헛디뎌서 굴러떨어지기 직전, 공중에 둥둥 떠서 사고를 피했을 때까지는 말이다.

한참 뒤에 그는 클로디아 누나가 쓴 쪽지가 방문에 붙어 있는 것을 발견했다. 전화번호와, 벤틀리의 연락처라는 설명이 쓰여 있었다. 그는 쪽지를 지갑에 집어넣었다. 그보다 먼저 전화를 걸어야 할 곳이 있다.

◆

닥터 타키온은 그를 올려다보고 희미한 미소를 떠올렸다.

"지금보다 나쁠 수도 있었으니 그나마 다행일세." 그가 말했다.

크로이드는 이 진단에 거의 웃음 지을 뻔했다.

"어떤 식으로 말입니까?"

"흠, 자넨 조커를 뽑을 수도 있었어."

"선생님, 그럼 전 도대체 뭘 뽑은 겁니까?"

"자네 증상은 지금까지 내가 보아온 것 중 가장 흥미로운 사례에 속해. 자네를 제외한 모든 감염자들의 경우, 바이러스는 그냥 갈 데까지 가서 당사자를 죽이거나, 아니면 변신시켰어. 그게 좋은 변신이든 나쁜 변신이든 간에 말이야. 하지만 자네의 경우는—흐음, 지구의 질병에 비유하자면 말라리아에 가장 가깝다고 해야겠군. 자네 몸에 잠복하고 있는 바이러스는 정기적으로 자네를 재감염시키는 것처럼 보이네."

"한번은 조커를 뽑은 적도 있습니다만……."

"응. 그리고 또 그런 일이 일어날 수도 있어. 하지만 다른 사람들과는 달리 그런 일이 일어나더라도 자넨 단지 기다리기만 하면 되네. 다시 잠을 자면 그만이니까 말일세."

"다시는 그런 괴물이 되고 싶지 않습니다. 혹시 그 부분만이라도 어떻게 해주실 수는 없을까요?"

"유감이지만 불가능해. 그건 자네 전체 증상의 일부이니까 말이야. 나는 단지 증상 전체를 치료할 수 있을 뿐이네."

"완치될 가능성은 3분의 1에서 4분의 1이죠?"

"누구한테서 그런 얘길 들었나?"

"벤틀리라는 이름의 조커한테서요. 개를 닮은 친구입니다."

"벤틀리는 내가 완치시킨 환자라네. 지금은 정상으로 돌아왔어. 사실, 여기서 퇴원한 지 얼마 되지도 않았지."

"정말입니까! 그래도 완치된 사람이 있다니 기쁘군요."

타키온은 고개를 돌려 그를 외면하더니, 잠시 후 "응"이라고 대답했다.

"그런데, 선생님."

"뭔가?"

"제가 잠들었을 때만 변신하는 것이 사실이라면, 계속 안 자고 깨어 있으면 변신을 안 해도 되지 않나요?"

"무슨 뜻인지 알겠네. 맞아. 흥분제를 쓴다면 어느 정도 늦추는 건 가능해. 혹시 외출 중에 잠기운이 몰려온다거나 한다면, 커피 한두 잔을 마시게. 그럼 카페인 덕에 아마 집에 갈 때까지는 깨어 있을 수 있을 거야."

"그것보다 좀 더 강한 것도 있지 않나요? 그보다는 더 오래 변신을 늦춰줄 수 있는?"

"응. 그보다 강력한 흥분제, 이를테면 암페타민 같은 게 있지. 하지만 과다 복용한다거나 너무 오랫동안 복용한다면 위험해질 수 있네."

"어떤 식으로 위험해진다는 건가요?"

"불안감, 조급증, 공격성 따위의 부작용이 있네. 그게 진행되면 나중엔 중독성 정신병이 되어서 망상, 환각, 편집증 따위에 시달리게 돼."

"미쳐버린다?"

"그래."

"흐음, 그런 상태에 가까워진다면 복용을 멈추면 그만이지 않나요?"

"그렇게 쉬운 일이 아냐."

"전 다시는 괴물이 되고 싶지 않습니다. 아니면—선생님은 이 얘긴 하시지 않았지만, 혼수상태에 빠진 채로 제가 그냥 죽어버릴 가능성도 있지 않나요?"

"그럴 가능성도 있네. 이건 정말 악랄한 바이러스이니까 말이야. 하지만 자넨 이미 몇 번의 발작을 극복했으니까, 자네 몸은 스스로 뭘 하는지를 알고 있다는 생각이 드는군. 나라면 그 부분을 지나치게 걱정하진 않겠네……."

"제가 우려하는 건 조커로 변신할지도 모른다는 부분입니다."

"그럴 가능성은 그냥 받아들이고 사는 수밖에 없네."

"알겠습니다. 감사합니다, 선생님."

"다음에 잠이 오는 걸 느낀다면 마운트 시나이 병원에 와주면 좋겠군. 자네가 변신하는 과정을 꼭 관찰하고 싶어."

"그러고 싶지는 않군요."

타키온은 알았다는 듯이 고개를 끄덕였다.

"그럼 잠에서 깬 직후라면 어떤가……?"

"생각해보겠습니다." 크로이드는 이렇게 대꾸하고 악수를 나눴다. "그건 그렇고, 선생님…… '암페타민'의 철자가 어떻게 되나요?"

♥

　그런 다음 크로이드는 사르자노 가족의 아파트에 들렀다. 9월 그날, 함께 학교에서 집으로 돌아온 이래, 친구인 조를 한 번도 만나지 않았기 때문이다. 먹고사는 문제가 워낙 급했던 탓에, 지금까지는 그럴 시간적 여유가 없었다.

　사르자노 부인이 현관문을 빼꼼 열고 그 사이로 그를 응시했다. 크로이드는 이름을 밝히고 왜 자기 모습이 바뀌었는지를 설명하려고 했지만, 조의 어머니는 여전히 문을 열어주려고 하지 않았다.

　"우리 조, 그 아이도 변했어." 그녀가 말했다.

　"어, 어떻게 변했는데요?"

　"그냥 변했어. 그게 다야. 변했어. 그냥 가줘."

　그녀는 현관문을 닫았다.

　다시 노크를 해보아도 대답은 없었다.

　크로이드는 집으로 돌아와서 스테이크를 세 장 구워 먹었다. 달리 할 일이 없었기 때문이다.

♣

　크로이드는 벤틀리를 찬찬히 뜯어보았다. 어딘가 여우를 연상시키는 이목구비에, 검은 머리와 침착하지 못한 눈빛을 가진 작은 몸집의 사내였다. 직접 실물을 보니, 개로 변신했을 때의 모습도 실제 모습을 상당히 닮았다는 느낌이 든다. 벤틀리 역시 이쪽을 빤히 쳐다보다가, 이내 입을 열었다. "크로이드, 정말로 너야?"

"응."

"일단 들어와 앉아. 맥주라도 마시라고. 피차 할 얘기가 많잖아."

벤틀리가 문 옆으로 비켜주자 크로이드는 요란하게 치장된 아파트 안으로 들어갔다.

"난 완전히 나아서 다시 일하기 시작했어. 경기는 최악이지만." 함께 자리에 앉은 뒤에 벤틀리가 말했다. "넌 어땠어?"

크로이드는 그가 경험한 변화와 능력, 그리고 타키온과 나눈 대화에 관해 얘기했다. 단 한 가지 밝히지 않은 것은 그의 진짜 나이였다. 지금까지는 변신한 뒤에는 언제나 성인 남성의 모습을 하고 있었다. 그런데 실은 어리다는 사실을 밝힌다면 벤틀리가 예전 같은 방식으로 자신을 신뢰하지는 않을지도 모른다는 두려움이 있었기 때문이다.

"그런 식으로 일을 한 건 잘못이었어." 자그마한 체구의 벤틀리는 담배에 불을 붙이고 콜록거리며 말했다. "무턱대고 일단 부닥쳐보는 건 결코 좋은 방법이 아냐. 네가 얻은 새로운 능력이 뭐든 간에, 거기 딱 맞는 식으로 미리 계획을 세워야 해. 자, 이번에는 하늘을 날 수 있다고 했지?"

"응."

"오케이. 마천루 높은 층에는 사람들이 매우 안전하다고 믿는 보관 장소들이 많아. 이번에는 그런 곳들을 노리자고. 알다시피 넌 그 누구보다도 유리한 위치에 있어. 설령 누군가가 널 본다고 해도, 문제가 되지 않으니까 말이야. 어차피 다음번에는 완전히 다른 모습이 될 테니……."

"그럼 암페타민도 얻을 수 있어?"

"얼마든지 얻어다 줄게. 내일 다시 와─같은 시간에, 같은 방송국으로.* 그때쯤이면 우리가 어떤 일을 할지 결정해놓았을 수도 있어. 알약도 준비해둘게."

"고마워, 벤틀리."

"천만에. 앞으로도 힘을 합쳐서 우리 부자가 돼보자."

♠

벤틀리는 훌륭한 계획을 세웠고, 사흘 후 크로이드는 예전에는 만져본 적도 없을 정도로 많은 돈을 집으로 가져왔다. 대부분은 가계를 관리하는 칼 형에게 건넸다.

"나가서 바람 좀 쐬자." 칼은 책장에 꽂힌 책들 뒤에 돈을 숨긴 후 의미심장한 눈초리로 어머니와 클로디아 누나가 함께 앉아 있는 거실 쪽을 눈짓해 보였다.

크로이드는 고개를 끄덕였다.

"응."

"최근 넌 훨씬 나이를 먹은 것처럼 느껴져." 몇 달 뒤면 열여덟 살이 되는 칼은 집 밖으로 나가자마자 말했다.

"나도 훨씬 나이를 먹은 느낌이야."

"어디서 그렇게 계속 돈을 가져오는지는 모르지만……."

"모르는 게 나아."

"그래. 나도 그걸로 먹고사니 불평할 생각은 없어. 그건 그렇고 이렇게 나온 건 엄마 얘기를 하기 위해서야. 상태가 점점 더 안 좋아지고 있

---

* '평소와 똑같은 식으로'라는 뜻의 구어 표현.

어. 아빠가 그렇게 갈가리 찢기는 걸 두 눈으로 보았으니……. 그 뒤로는 계속 나빠지기만 했어. 넌 지난번에 자고 있는 통에 상황이 얼마나 안 좋았는지 모를 거야. 자다가도 밤이 되면 그냥 일어나서 잠옷 가운 차림으로 그냥 밖으로 나갔던 적이 세 번이나 있었어. 2월이었는데, 맨발로! 그리고 마치 아빠를 찾는 것처럼 동네를 무작정 돌아다녔어. 다행히도 그때마다 엄마와 안면이 있는 사람이 보고 집으로 데려와주었어. 엄마는 자기를 데려다준 브랜트 부인한테 혹시 아빠가 어디 있는지 아느냐고 계속 묻더라고. 하여튼 내가 말하고 싶은 건, 엄마 상태가 점점 안 좋아지고 있다는 거야. 의사 두 명한테 이미 상담을 받아봤는데, 한동안은 요양원에 가 있는 편이 낫겠대. 클로디아도 나도 같은 의견이야. 하루 종일 엄마를 돌보고 있을 수도 없는 노릇이고, 잠깐 눈을 뗀 사이에 다칠 수도 있으니까 말이야. 클로디아도 이제 열여섯 살이 됐으니, 엄마 없이도 그럭저럭 생활하는 덴 지장이 없어. 하지만 그러려면 돈이 들어."

"돈은 내가 더 마련할게." 크로이드는 말했다.

◆

다음 날 벤틀리에게 연락해서 가까운 시일 내에 한 번 더 일을 해야겠다고 하자, 작은 체구의 사내는 흡족한 표정을 지었다. 크로이드는 한 번 일을 마치면 당장 다음 일에 착수하고 싶어 하지는 않았기 때문이다.

"하루 이틀 기다리면 뭔가 건수를 찾아내서 상세한 계획을 세울 수 있을 거야." 벤틀리가 말했다. "내 쪽에서 연락할게."

"알았어."

다음 날 크로이드는 식욕이 왕성해지는 것을 느꼈다. 자기도 모르게 자꾸 하품이 나왔다. 그래서 그는 알약을 하나 먹었다.

알약은 효과가 있었다. 사실, 효과가 있는 정도가 아니라 매우 상쾌했다. 일찍이 이 정도로 기분이 좋았던 적은 없다. 정말 오래간만에 모든 일이 술술 풀릴 것 같은 느낌이었다. 게다가 몸동작 하나하나가 지극히 유연하고 우아해진 느낌이다. 정신이 바싹 든 덕에 집중력도 높아졌다. 그리고 그 무엇보다도 중요한 것은 졸리지 않는다는 점이었다.

이런 기분은 가족 모두가 잠자리에 든 한밤중이 되어서야 스러지기 시작했다. 그래서 알약을 하나 더 먹었다. 약이 효과를 발휘하기 시작하자 크로이드는 너무나도 기분이 좋았던 덕분에 밖으로 뛰쳐나갔고, 도시 상공 높은 곳까지 날아 올라갔다. 도시의 휘황찬란한 불빛들과 까마득하게 높은 밤하늘에서 반짝이는 별빛들 사이에 가로놓인, 차가운 3월의 밤공기 속을 부유하며, 마치 이 모든 것들의 숨은 의미를 풀어줄 열쇠를 손에 넣은 것 같은 느낌을 맛보았다. 그러다가 문득 제트보이의 마지막 공중전을 머리에 떠올렸고, 제트보이의 비행기 파편이 떨어졌을 때 함께 불타버린 허드슨 터미널의 잔해 위로 날아갔다. 제트보이의 기념비를 이곳에 세울 계획에 관한 기사를 읽은 적이 있다. 추락했을 때 제트보이도 이런 기분이었을까?

그는 낮게 하강해서 건물들 사이를 날아다녔다—이따금 건물 옥상에서 쉬다가 다시 도약하고 추락했다가, 마지막 순간에 아슬아슬하게 다시 날아오르곤 했다. 바로 그런 일을 하고 있을 때 크로이드는 문간에서 두 사내가 그를 올려다보는 것을 목격했다. 왠지 이유 없이 기분이 나빴다. 그래서 집으로 돌아와서 청소를 하기 시작했다. 오래된 신문지와 잡지를 차곡차곡 쌓아서 노끈으로 묶었고, 쓰레기통을 비우고 바닥을 쓴 다음 대걸레로 닦았고, 싱크대 안에 있던 접시들을 모두 설거지했다. 거기서 나온 쓰레기 더미 네 개를 들고 이스트강 위까지 날아가서 버리고 왔다. 시의 쓰레기 수거 서비스는 아직 원상 복구되지 않았기 때문이다. 그런 다음 집 안에 있는 물건들의 먼지를 털기 시작했다. 동이 틀 무렵에는 은식기를 닦고 있었다. 그 일이 끝나자 모든 창문을 물로 닦았다.

그러던 중 느닷없이 힘이 빠지며 몸이 덜덜 떨리기 시작했다. 그는 이것이 무엇인지를 깨닫고 알약을 하나 또 삼킨 후 퍼컬레이터로 커피를 한 주전자 끓였다. 몇 분이 더 흘렀다. 아무리 자세를 바꿔보아도 편하게 가만히 앉아 있기 힘들었다. 손이 따끔따끔하는 것도 마음에 들지 않았다. 그래서 몇 번 물로 씻었지만 이 감각은 사라지지 않았다. 마침내 그는 알약을 하나 더 삼켰다. 탁상시계를 보고, 커피가 부글부글 끓는 소리에 귀를 기울였다. 커피가 다 끓은 순간, 따끔거리는 감각과 몸의 떨림이 사라지기 시작했다. 기분이 훨씬 더 나아졌다. 커피를 마시면서 문간에서 그를 올려다본 두 사내 생각을 했다. 그들은 그를 비웃고 있었을까? 그런 생각을 하자 갑작스레 분노가 치밀어 올랐다. 그들의 얼굴을 보거나 얼굴 표정을 확인하지도 않았는데 말이다. 감히 나를 감시하다니! 좀 더 시간 여유를 줬다면 나를 향해 돌을 던졌을 수도 있다…….

크로이드는 세차게 고개를 흔들었다. 왜 이런 멍청한 생각을 하는 것일까. 그들은 그냥 그를 목격한 것에 불과하지 않은가. 갑자기 밖으로 뛰쳐나가서 시내 전체를 누비거나, 또 날아다니고 싶다는 생각이 들었다. 그러나 그런다면 벤틀리의 전화를 받지 못할 수도 있다. 그는 방에서 왔다 갔다 하기 시작했다. 책이라도 읽으려고 했지만 평소와는 달리 집중력을 발휘할 수가 없었다. 마침내 참지 못하고 벤틀리에게 전화를 걸었다.

"뭔가 소식 없어?"

"아직은 없어, 크로이드. 왜 서두르지?"

"졸리기 시작했어. 무슨 뜻인지 알지?"

"어―그래. 또 그걸 먹었어?"

"응. 그럴 수밖에 없었어."

"오케이. 최대한 양을 줄여. 지금 두 건을 고려하고 있는데, 내일까지 어떤 식으로든 확답을 줄게. 그때 가서 안 하는 걸로 결정이 난다면 약을 끊고 침대로 직행해. 다음번에도 할 수 있으니까 말이야. 알겠지?"

"이번에 하고 싶어, 벤틀리."

"일단 내일 얘기하자고. 지금은 얌전하게 있어."

크로이드는 집 밖으로 나가서 걷기 시작했다. 흐린 날이었고, 땅에는 군데군데 눈과 얼음이 남아 있었다. 어제부터 음식을 아예 먹지 않았다는 사실이 퍼뜩 떠올랐다. 그의 평소 식욕을 감안하면 상태가 매우 안 좋다고 해야 할 것이다. 그 알약 때문이로군. 그는 판단했다. 그래서 식당에 가서 억지로라도 뭐든 먹어보려고 결심했다. 그러나 걷다 보니, 사람들 사이에 앉아 음식을 먹고 싶은 기분이 아니라는 사실을 깨달았다. 많은 사람들에 둘러싸여 있는 광경을 상상만 해도 불안해진다. 그렇다. 그냥 포장해 가기로 하자…….

작은 식당으로 들어가려고 했을 때 어떤 건물의 문간에서 누가 말을 걸어왔다. 크로이드는 그쪽을 향해 번개처럼 몸을 돌렸다. 너무나도 동작이 빨랐던 탓에, 그를 부른 사내가 한쪽 팔을 움찔 들어 올리며 뒤로 물러났을 정도였다.

"아냐……." 사내가 항의했다.

크로이드는 한 걸음 뒤로 물러서며 "미안해"라고 웅얼거렸다.

사내는 갈색 외투를 입고 외투 깃을 완전히 세우고 있었다. 챙이 달린 모자를 앞을 겨우 볼 수 있을 정도로만 깊숙이 눌러쓰고 있다. 고개도 줄곧 숙이고 있었다. 그럼에도 불구하고 크로이드는 상대가 갈고리 같은 부리와 번득이는 눈에 부자연스러울 정도로 반짝거리는 피부를 가지고 있다는 사실을 알아차렸다.

"한 가지 부탁이 있는데 들어줄 수 있을까?" 사내는 딱딱거리는 듯한 새된 목소리로 물었다.

"뭐를 원해?"

"먹을 거."

크로이드는 반사적으로 호주머니로 손을 뻗었다.

"아, 돈은 있어. 오해하지 말게. 단지 이런 모습이라서, 저 식당에 들어가서 서빙을 받을 수가 없어서 그래. 돈을 줄 테니 저기서 햄버거 두 개만 사다 주지 않겠나."

"나도 어차피 들어가려던 참이었어."

잠시 후 크로이드는 사내와 함께 벤치에 앉아 햄버거를 먹고 있었다. 그는 조커들에게 큰 흥미를 가지고 있었다. 부분적으로는 자신도 조커라는 사실을 알고 있었기 때문이다. 혹시 내가 흉측한 모습으로 잠에서 깨어났을 때 집에 아무도 없다면 어디서 음식을 찾아 먹을 수 있을까.

"보통 난 이런 업타운까진 오지 않아." 사내가 말했다. "하지만 오늘은 볼일이 있어서."

"평소에는 어디 사는데?"

"우리 중 다수는 바워리*에 살고 있지. 거기선 아무도 우릴 건드리지 않아. 돈을 내면 음식을 내주고 겉모습 따위에는 전혀 개의치 않는 식당들도 있고. 아예 신경을 안 쓴다고나 할까."

"건드린다면 — 당신을 공격하는 사람들이 있다는 얘기야?"

사내는 짧고 새된 웃음소리를 냈다.

"어이, 친구, 사람은 전혀 선한 존재가 아냐. 사람에 관해 정말로 잘 알게 된다면 말이야."

"돌아갈 때 함께 가줄게." 크로이드가 말했다.

"그건 좀 위험할 수도 있는데."

"난 괜찮아."

길을 가던 두 사람을 벤치에 앉아 있던 세 명의 사내들이 뚫어지게 바라본 것은 40번가에서의 일이었다. 크로이드는 불과 몇 블록 전에 알약을 두 개 더 먹은 참이었다. (정말로 몇 블록 전에 그랬던 것일까?) 새로 사귄 친구인 존 — 적어도 본인은 그렇게 불러달라고 했다 — 과 얘기를 나누면서 또 덜덜 떨고 싶지는 않았기 때문이다. 그래서 다음번 고비가 임박했을 경우에 대비해서 두 알을 더 먹었던 것인데, 크로이드는 벤치에 앉은 두 사내를 보자마자 그들이 자신과 존에 대해 뭔가 안 좋은 계획을 세우고 있다고 직감했다. 크로이드의 어깨에 힘이 들어갔다. 호주머니 속에서 양쪽 주먹을 꽉 쥔다.

"**꼬끼오오.**" 사내 하나가 이렇게 말하는 것을 듣고 크로이드는 그쪽으로 몸을 돌리려고 했지만, 존은 그의 팔에 손을 얹고 말했다. "됐어."

그들은 계속 걸어갔다. 세 사내가 벤치에서 일어나더니 그들 뒤를 따라오기 시작했다.

---

*   맨해튼 남부의 싸구려 술집과 하숙집 등으로 유명한 거리.

"**키리키리**." 한 사내가 또 말했다.

"**꽤액, 꽤액**." 다른 사내가 말했다.

다음 순간 담배꽁초가 크로이드 머리 위로 날아와서 앞의 지면에 떨어졌다.

"야, 이 괴물 좋아하는 변태 새끼야!"

뒤에서 누군가가 그의 어깨를 잡았다.

크로이드는 손을 뻗어 그 손을 잡고 꽉 쥐었다. 손에서 뼈가 우드득거리는 소리가 났고, 사내는 비명을 지르기 시작했다. 손을 놓은 크로이드가 사내의 뺨을 후려갈겨 보도에 때려눕히자 비명은 갑자기 멈췄다. 다음 사내가 크로이드의 얼굴을 향해 펀치를 날렸다. 크로이드는 재빨리 손으로 그 팔을 쳐냈고, 사내는 균형을 잃고 비틀거리다가 크로이드와 정면에서 맞닥뜨렸다. 그러자 크로이드는 왼손을 뻗어 사내의 양쪽 옷깃을 한꺼번에 움켜잡았고, 빨랫감을 짜듯이 비틀어서 사내의 몸을 지면에서 60센티미터 위까지 들어 올린 다음 그들이 서 있던 곳 근처의 벽돌 벽을 향해 힘껏 패대기쳤다. 사내는 땅바닥에 쓰러져서 꼼짝도 하지 않았다.

마지막으로 남은 사내는 나이프를 뽑아 들고 악문 이 사이로 크로이드를 향해 욕설을 내뱉고 있었다. 크로이드는 사내가 바싹 다가올 때까지 기다렸다가 120센티미터 높이의 공중으로 떠올라서 그 얼굴을 걷어찼다. 사내는 뒤로 넘어졌고, 그대로 보도에 쓰러졌다. 크로이드는 사내 위로 떠오른 다음 그 배로 떨어졌다. 길바닥에 떨어진 나이프를 도랑 안으로 차 넣고, 등을 돌리고 다시 존과 함께 걷기 시작한다.

"자네 에이스로군." 잠시 후 존이 말했다.

"언제나 그런 건 아냐." 크로이드는 대답했다. "이따금 조커일 때도 있거든. 잠을 잘 때마다 변신해.”

“그 작자들을 그 정도로 거칠게 다룰 필요는 없었는데.”

“맞는 얘기야. 그보다 훨씬 더 거칠게 다뤘을 수도 있었으니까 말이야. 앞으로도 계속 이런 식이라면 우린 서로를 도와야 하지 않을까.”

“그렇군. 고맙네.”

“있잖아, 아까 말한 아무도 우리를 건드리지 않는다는 바워리의 식당들이 어딘지 알려줬으면 좋겠어. 나도 언젠가는 거기 신세를 져야 할지도 모르거든.”

“응, 알려줄게.”

“크로이드 크렌슨. 철자는 C-r-e-n-s-o-n이야. 이걸 기억해주겠어? 나중에 다시 만날 때는 지금과는 다른 모습일 거라서 그래.”

“기억해두겠네.”

존은 동네 술집 몇 곳을 크로이드에게 보여주었고, 조커들이 숙박하는 장소 몇 군데도 알려주었다. 그러면서 마주친 여섯 명의 조커들에게도 소개했는데, 그들 모두가 추악하게 변형된 모습을 하고 있었다. 자기가 도마뱀이었던 때를 떠올린 크로이드는 그들 모두의 발이나 꼬리 등을 잡고 악수를 나눴고, 뭔가 필요한 것이 있는지를 물었다. 그러나 그들은 고개를 가로젓고 그를 빤히 쳐다볼 뿐이었다. 아무래도 지금 모습이 불리하게 작용하는 듯하다.

“잘 있어.”

그는 작별 인사를 하고 공중으로 날아올라 그곳을 떠났다.

♥

이스트강을 따라 북쪽으로 올라가면서, 바이러스에 감염되지 않고 살아남은 일반인들이 그를 감시하면서 덮칠 기회만 노리고 있을지도 모른다는 두려움이 점점 더 강해졌다. 지금 이 순간에도, 누군가가 망원 조준경을 장착한 라이플로 비행 중인 그를 조준하고 있을지도 모른다……

더 빨리 날기 시작했다. 마음 한구석으로는 자신이 말도 안 되는 걱정을 하고 있다는 사실을 알고 있었다. 그러나 그냥 무시하기에는 이 감정은 너무 강했다. 그는 길모퉁이에 착륙해서 자기 집의 현관문으로 달려갔고, 문을 열고 들어갔다. 서둘러 2층으로 올라가서 침실에 들어간 후 문을 잠갔다.

그는 침대를 응시했다. 몸을 뻗고 눕고 싶었다. 그러나 여기서 자버린다면 어떻게 될까? 그런다면 끝장이다. 그를 둘러싼 세계가 끝나는 것이나 마찬가지다. 그는 라디오를 켜고 방을 왔다 갔다 하기 시작했다. 긴 밤이 될 것이다……

다음 날 벤틀리가 전화를 걸어 근사한 건수가 하나 있긴 하지만 조금 위험하다고 말하자 크로이드는 상관없다고 대답했다. 이번 금고는 그의 강화된 힘으로도 부술 수 없을 정도로 견고하기 때문에 폭약을 가지고 갈 필요가 있다는 얘기였다. 그렇다면 그때까지 폭약을 다루는 법을 배울 필요가 있다. 그것 말고도, 무장 경비원이 지키고 있을 가능성도 있었다……

♣

경비원을 죽일 생각은 없었지만, 그런 식으로 총을 뽑아 들고 달려오는 것을 보고 겁에 질렸던 탓에 어쩔 수 없었다. 신관이 터지는 시간도 잘못 계산한 듯하다. 폭약은 예정보다 빨리 폭발했고, 그때 날아온 금속 파편에 맞아 왼손의 검지와 중지가 잘려 나가는 부상을 입었다. 그러나 그는 부상한 손을 손수건으로 싸매고 돈을 꺼낸 다음 탈출했다.

돈을 반으로 나눠 가진 직후, 어렴풋하게나마 벤틀리가 이렇게 말한 기억이 난다. "하느님 맙소사, 크로이드! 집에 가서 나을 때까지 푹 자!" 그러자 크로이드는 공중으로 떠올라서 올바른 방향을 향해 날아가기 시작했지만, 도중에 아래에 있던 빵집을 부수고 들어가서 허겁지겁 빵 세 덩어리를 먹은 뒤에야 비행을 다시 할 수 있었다. 머리가 핑핑 돈다. 호주머니 속에 암페타민 알약들이 아직 남아 있었지만, 그것을 먹는다는 생각만 해도 배 속이 뒤틀리는 느낌이 왔다.

일부러 걸쇠를 잠그지 않은 침실 창문을 열고 방으로 기어 들어갔다. 비틀거리며 복도를 지나 칼의 방으로 갔고, 자고 있는 그의 몸 위에 돈 자루를 던져놓았다. 그런 다음 몸을 덜덜 떨며 자기 방으로 돌아온 다음 문을 잠갔다. 라디오를 켰다. 욕실로 가서 다친 손을 씻고 싶었지만, 그러기에는 욕실은 너무나도 멀게 느껴졌다. 그대로 침대에 쓰러졌고, 일어나지 않았다.

♠

그는 황혼에 물든, 텅 빈 것처럼 보이는 거리를 걷고 있었다. 등 뒤에서

인기척을 느끼고 뒤를 돌아보았다. 건물의 출입문에서, 창문에서, 자동차에서, 맨홀에서 사람들이 나오고 있었다. 그리고 그들 모두가 그를 응시하며, 그를 향해 오고 있었다. 그가 가던 길을 재촉하자 여러 사람이 내쉬는 한숨 같은 소리가 등 뒤에서 들려왔다. 다시 뒤돌아보자, 사람들 모두가 얼굴에 증오의 표정을 떠올린 채로 그를 향해 달려오고 있었다. 그는 몸을 돌려 그들을 마주 보았고, 가장 가까운 곳까지 온 사내를 움켜잡고 목을 졸랐다. 다른 사람들은 발을 멈추고 뒤로 물러섰다. 그는 다른 사내의 머리통을 박살냈다. 군중은 몸을 돌려 도망치기 시작했다. 그는 그들을 쫓아가서……

3. 가고일의 날

크로이드가 6월에 잠에서 깨자, 어머니는 요양원에 입원해 있었고, 형은 고등학교를 졸업했고, 누나는 약혼한 상태였다. 그리고 그는 자기 목소리를 내는 방식을 조절함으로써 실질적으로 어떤 물체든 부스러뜨리거나 파괴할 수 있는 능력을 가지고 있었다. 그러기 전에, 그의 어휘력으로는 설명할 길이 없는 일종의 공명 피드백을 통해 해당 물체의 적절한 진동수를 파악할 필요가 있었지만 말이다. 그리고 이번에는 키가 크고 마른 체구에 머리가 검었고, 얼굴 혈색이 안 좋았다. 잘려 나간 손가락들은 다시 자라 있었다.

또 혼자 틀어박혀야 하는 날이 올 것을 예견한 그는 다시 한번 벤틀리에게 연락해서 이번 각성 기간 중에 큰 건수 하나를 처리할 수 있도록 미리 준비 작업에 들어갔다. 피로를 이기지 못하고 다시 잠에 빠져들기 전에 빨리 끝낼 작정이었다. 그는 지난번에 잠들기 직전의 악몽 같았던 며칠을 돌이켜보았고, 다시는 알약을 먹지 않겠다고 결심했다.

이번에는 계획에 한층 더 주의를 기울였고, 벤틀리가 줄담배를 피우며 일련의 세부 사항을 설명했을 때도 예전보다는 나은 질문을 할 수 있었다. 부모님 양쪽을 잃고 누나의 결혼이 임박했다는 사실에 인간관계의 일시성을 의식하게 되었다. 벤틀리도 언제까지나 있어주지는 않을 것이다.

경보 시스템을 파괴하고 은행 금고로 이어지는 출입문을 부수어서 침입에 성공했지만, 그 전에 적절한 진동수를 탐색하려다가 세 블록 안에 있는 모든 건물들의 창문을 박살 내버린 것은 예상 밖의 사고였다. 그럼에도 불구하고 그는 대량의 현금을 가지고 도망칠 수 있었다. 이번에는 시내 반대편 은행에 있는 안전 금고를 대여해서 그가 챙긴 몫의 상당 부분을 보관해두었다. 최근 들어 칼 형이 새로 산 차를 몰고 다닌다는 사실을 알고, 왠지 못마땅했기 때문이다.

그는 그리니치빌리지, 미드타운, 모닝사이드하이츠, 어퍼이스트사이드, 바워리에 숙소를 하나씩 마련했고, 1년 치의 임대료를 미리 지불했다. 열쇠 뭉치는 체인으로 목에 걸었고, 대여금고 열쇠도 거기 포함시켰다. 잠이 찾아올 경우, 어디 있든 간에 재빨리 들어가 잘 수 있는 장소가 필요했다. 아파트 두 곳에는 가구가 딸려 있었고, 다른 네 곳에는 매트리스와 라디오를 가져다 놓았다. 지금은 은신처를 마련하는 것이 급선무였다. 그 밖의 소모품은 나중에 마련하면 된다. 지난번에 잠에서 깨어나자, 수면 중에 바깥세상에서 일어났던 몇 가지 중요 사건들이 머리에 들어 있었는데, 줄곧 켜놓았던 라디오의 뉴스 방송을 무의식중에 듣고 있었다는 식으로밖에는 달리 설명할 도리가 없었다. 그래서 다음번에도 라디오를 켜놓겠다고 결심했다.

새로운 은신처들의 위치를 정하고, 임대하고, 비품을 갖추는 데는 사흘이 걸렸다. 마지막에 빌린 아파트는 바워리에 있었는데, 그때는 존을 찾아가서 신원을 밝히고 함께 저녁 식사를 했다. 그러면서 조커를 괴롭히는 불량배 무리에 관한 이런저런 얘기를 듣자 마음이 우울해졌다. 그날 저녁, 배고픔과 오한과 졸음이 찾아오자 그는 각성한 상태로 동네를 순찰하기 위해 알약을 하나 삼켰다. 한두 알 정도는 문제가 되지 않는다.

　　그날 밤에 문제의 갱들은 나타나지 않았지만, 다음번에는 조커로 깨어날 수도 있다는 사실에 크로이드는 낙담하고 있었다. 그래서 조금이라도 잠을 연기하기 위해 아침 식사와 함께 두 알을 더 삼켰고, 그 직후 발작적으로 에너지가 솟구치자 은신처들에 물건을 들이기로 했다. 그날 저녁, 마지막 밤에 시내에 나가기 위해 세 알을 더 먹었다. 그가 42번가를 따라 걸으며 노래를 부르자 각각의 건물을 지나칠 때마다 창문들이 모조리 박살 났고, 몇 킬로미터 안의 모든 개들이 미친 듯이 짖어댔으며, 극초단파를 듣는 능력을 가진 조커 두 명과 에이스 한 명이 수면을 방해받았다. 크로이드의 노래 탓에 두통에 시달린 '박쥐 귀' 브래니건—2주 뒤에 '머슬즈' 빈센지가 뉴욕 시경에게 사살당했던 날, 빈센지가 내던진 석상에 깔려 목숨을 잃은 바로 그 에이스—은 범인을 잡아 두들겨 패려고 길가로 나왔다가, 어느새 크로이드에게 술 몇 잔을 사주고 '골웨이만'*의 부드러운 극초단파 버전을 불러달라고 부탁하고 있었다.

　　다음 날 오후 브로드웨이에서 크로이드는 어떤 택시 운전사가 그를

---

*　　　아일랜드 골웨이만의 아름다움을 노래한 빙 크로스비의 히트곡.

향해 내뱉은 욕설에 대한 답례로 택시를 일련의 진동수에 노출시켰고, 택시는 결국 분해되어버렸다. 그런 다음, 그런 일을 하던 크로이드를 향해 경적을 울림으로써 크로이드의 적임을 증명한 다른 운전자들에게도 그 힘을 발산했다. 그 결과 발생한 교통마비를 본 그는 와일드카드 데이 당일에 학교 밖으로 나왔을 때 보았던 광경을 퍼뜩 떠올렸고, 그제야 몸을 돌려 도망쳤다.

8월 초의 어느 날, 모닝사이드하이츠의 아파트에서 깨어난 그는 이곳에 어떻게 왔는지를 천천히 되새겨보고, 앞으로는 그 알약을 먹지 않겠다고 스스로에게 다짐했다. 뒤틀린 양팔에 생긴 종양들을 보고, 그 다짐을 지키는 것이 어렵지 않으리라는 사실을 알았다. 이번에는 최대한 빨리 다시 잠들고 싶었다. 창밖을 보니 밤이어서 다행이었다. 바워리까지 걸어가려면 한참 걸리기 때문이다.

◆

9월 중순의 어느 수요일에 잠에서 깨어보니, 머리카락 색은 거무스름한 금발이었고, 중키에 보통 체격, 피부색도 보통이었다. 와일드카드 증후군 특유의 특징도 눈에 띄지 않았다. 그는 지금까지의 경험에 입각해서 숨은 능력을 보여줄 공산이 큰, 일련의 단순한 테스트를 해보았다. 그러나 딱히 특별한 능력 따위를 발견하지는 못했다.

그는 의아해하면서 미리 준비해둔 옷가지 중 가장 잘 맞는 것들을 입고 평소처럼 아침을 먹으러 나갔다. 가는 도중에 산 신문 몇 종류를 읽으면서 스크램블드에그, 와플, 팬케이크를 몇 접시씩 잇달아 먹어치웠다. 집 밖으로 나왔을 때는 새벽이라서 쌀쌀했지만, 다이너*에서 나왔을 때는 10시 가까이 되어 있었고, 햇살도 따스했다.

지하철을 타고 미드타운까지 가서 괜찮아 보이는 첫 번째 옷 가게에 들어가 완전히 새로운 옷들로 갈아입었다. 길가에서 파는 핫도그를 두 개 사서 먹으면서 지하철역으로 걸어갔다.

70번가에서 내린 그는 가장 가까운 델리카트슨에 들어갔고, 감자 팬케이크를 곁들인 콘드비프 샌드위치 두 개를 먹어치웠다. 그가 '나는 시간을 끌고 있는 걸까?'라고 자문한 것은 바로 그때였다. 원한다면 하루 종일 여기 죽치고 앉아서 음식을 먹을 수도 있다. 배 속에서 용광로가 활활 불타오르며 음식을 차례로 소화시키고 있는 느낌이다.

결국 자리에서 일어나서 음식값을 치르고 가게에서 나왔다. 걸어서 돌아가기로 하자. 이마를 긁적이며, 그사이 몇 달이나 흘렀는지 궁금증을 느꼈다. 칼 형과 클로디아 누나를 만나 확인해볼 때가 됐다. 어머니 상태가 어떤지도 알아봐야 한다. 또 돈이 필요한 가족이 있는지도 알아봐야 한다.

♥

현관문 앞으로 온 크로이드는 열쇠를 쥔 채로 동작을 멈췄다. 호주머니에 집 열쇠를 다시 집어넣고 노크했다. 잠시 후 칼이 문을 열었다.

"누구세요?"

"나야. 크로이드."

"크로이드! 맙소사! 어서 들어와! 누군지 몰라보겠네. 이게 얼마 만

---

*　　북미 등지에서 아침 식사나 간편식 등을 제공하는 작은 식당.

이지?"

"상당히 오래된 것 같아."

크로이드는 집 안으로 들어갔다.

"다들 잘 지내?" 그가 물었다.

"엄마는 여전하셔. 하지만 의사들이 너무 기대하지는 말라고 했던 거 알지?"

"응. 엄마 치료비가 더 필요해?"

"다음 달까진 필요 없어. 하지만 그때 2천 달러쯤 필요해질 거야."

크로이드는 돈 봉투를 건넸다.

"내가 직접 가서 엄마를 만난다고 해도 이렇게 달라졌으니 못 알아보시겠네."

칼은 고개를 가로저었다.

"크로이드, 설령 네가 옛날 그대로의 모습이라고 해도 제대로 알아보시지 못할 수도 있어."

"아."

"뭐 좀 먹을래?"

"응. 그럴까."

칼과 함께 주방으로 갔다.

"로스트비프가 잔뜩 있어. 샌드위치로 만들어 먹으면 맛있을 거야."

"좋지. 장사는 어때?"

"아, 이제 자리를 잡으려는 참이야. 처음보다는 상황이 좋아졌다고나 할까."

"잘됐네. 클로디아 누나는?"

"때 맞춰 잘 와줬어. 어디로 청첩장을 보낼지 몰라서 고민하고 있었거든."

"청첩장?"

"이번 토요일에 결혼해."

"뉴저지에서 왔다는 그 남자하고?"

"응. 샘. 약혼했던 그 친구가 맞아. 가업을 물려받았다더라. 돈도 잘
벌고."

"결혼식 장소가 어디야?"

"리지우드*에서 할 거야. 나하고 차편으로 같이 가자."

"알았어. 결혼 선물로는 뭘 주면 좋아할 것 같아?"

"목록을 받아놓은 게 있어. 가져올게."

"알았어."

♣

그날 오후 외출한 크로이드는 현금으로 듀몬트사의 16인치 텔레비
전 세트를 사서 리지우드에 배달되도록 했다. 그런 다음 벤틀리를 만났
지만, 이번에는 딱히 특별한 능력을 찾지 못했다는 점을 감안해서 상대
가 제안한 약간 위험해 보이는 일을 거절했다. 처음부터 거절할 작정이
었으므로 크로이드의 입장에서는 편리한 핑계였다. 누나의 결혼식이
며칠 앞으로 닥쳐온 상황에서, 혹시 그런 일에 손을 댔다가 실패해, 물
리적이거나 법적인 위험에 직면하고 싶지는 않았기 때문이다.

그는 벤틀리와 함께 이탈리아 레스토랑으로 가서 저녁을 먹었다.

*   뉴저지주 동북부의 도시.

그런 다음 키안티 와인 한 병을 사이에 두고 몇 시간 동안이나 일이나 앞날에 관해 잡담을 했다. 벤틀리는 크로이드에게, 장기적인 관점에서 자산을 늘려, 언젠가는 건실한 사업가가 될 필요성에 관해 역설했다. 벤틀리 본인도 아직은 그런 위치에 도달하지는 못했지만 말이다.

벤틀리와 헤어진 뒤에는 거의 밤새도록 여기저기를 돌아다니며 연습 삼아 건물의 약점을 찾아보거나, 변해버린 가족들에 관해 곰곰이 생각하면서 시간을 보냈다. 자정을 조금 넘긴 시각에 센트럴파크 웨스트를 지나고 있을 때 그는 가슴이 심하게 가려운 것을 자각했다. 가려움은 곧 전신으로 퍼졌다. 1분 뒤에는 아예 멈춰 서서 격하게 몸을 긁어야 했을 정도였다. 그렇지 않아도 지금은 알레르기가 다발하는 시기였다. 혹시 이번에 새롭게 변신했을 때 그런 체질까지 획득했고, 센트럴파크에 있는 무엇인가에 반응한 것일까.

그는 갈림길이 나오자마자 서쪽으로 발을 돌렸고, 최대한 빨리 공원 구역에서 벗어났다. 10분쯤 지나자 가려움증은 줄어들었고, 반시간 뒤에는 완전히 사라졌다. 그러나 두 손과 얼굴이 마치 완전히 튼 듯한 느낌이다.

새벽 4시경에 그는 타임스스퀘어 근처에 있는, 24시간 영업하는 다이너에 들렀고, 누군가가 부스석에 두고 간 〈타임〉을 읽으며 느리지만 착실하게 주문한 음식을 먹어치웠다. 의학 기사 섹션에서 조커들의 자살률에 관한 기사를 읽자 극도로 우울해졌다. 기사에서 인용된 발언들은 지인들 다수에게서 크로이드가 직접 들은 이야기들을 연상시켰다. 기자가 인터뷰한 사람들 중에는 실제로 그의 지인들이 포함되어 있을지도 모른다는 생각이 들 정도였다. 크로이드는 그런 그들이 느끼는 감정을 너무나도 잘 이해할 수 있었지만, 완전히 공감할 수는 없었다. 그 어떤 흉측한 조커카드를 뽑더라도, 다음 기회에는 언제나 새로운 와일드카드를 뽑을 수 있다는 사실을 알고 있었기 때문이다. 그리고 그럴 경우에는 대개 에이스를 뽑기 마련이라는 사실도.

자리에서 일어서자 온몸의 관절이 삐걱거렸고, 어깨뼈 사이에 찌르는 듯한 통증을 느꼈다. 발도 퉁퉁 부은 느낌이다.

그는 열에 들뜬 듯한 상태로 동이 트기 직전 집으로 돌아왔다. 욕실에 들어가서 물에 적신 수건을 이마에 갖다 댔다. 거울을 보니 얼굴도 부어 있는 것처럼 보였다. 그는 칼과 클로디아가 방에서 나와 돌아다니는 소리가 들릴 때까지 침실의 큰 안락의자에 앉아 있었다. 1층에서 함께 아침 식사를 하기 위해 의자에서 일어서자, 팔다리가 마치 납처럼 무거웠다. 계단을 내려갈 때는 온몸의 관절이 삐걱거렸다.

주방으로 들어가자 금발에 날씬한 몸을 가진 클로디아 누나가 그를 포옹했다. 그런 다음 그의 새로운 얼굴을 찬찬히 들여다본다.

"크로이드, 너 피곤해 보여." 그녀가 말했다.

"그런 소린 하지 마." 그는 대꾸했다. "이렇게 빨리 피곤해질 수는 없어. 누나 결혼식까지 이틀밖에 안 남았잖아. 꼭 참석할 거야."

"하지만 넌 잠을 안 자도 쉴 수는 있잖아. 안 그래?"

크로이드는 고개를 끄덕였다.

"그럼 무리하지 말고 쉬어. 힘들다는 거 잘 알아……. 자, 일단 먹자."

모두가 커피를 홀짝이고 있을 때 칼이 물었다. "내 사무실에 와서 어떤지 구경할래?"

"나중에 가볼게." 크로이드는 대꾸했다. "오늘은 볼일이 있어서."

"알았어. 그럼 내일이라도 가자."

"가급적 그럴게."

잠시 후 칼은 자리를 떴다. 클로디아는 크로이드의 잔에 커피를 또 따라주었다.

"요즘은 거의 볼 수가 없구나." 그녀가 말했다.

"응. 흠, 누나도 알잖아. 나는 잠을 자야 하고 ― 때로는 몇 달이나 그럴 때가 있어. 잠에서 깨면 언제나 보기 좋은 모습을 하고 있는 것도 아니고. 안 그럴 때도 급하게 돈을 벌어야 할 때가 많고."

"칼도 나도 고맙게 생각하고 있어." 클로디아가 말했다. "받아들이기는 쉽지가 않지만 말이야. 막내는 넌데, 지금은 다 자란 어른 같아 보이잖아. 행동도 어른 같고. 넌 어린 시절을 완전히 경험하지 못했는데도."

크로이드는 미소 지었다.

"그럼 누난 뭔데 ― 할머닌가? 열일곱 살밖에 안 됐는데, 벌써 결혼을 하다니."

클로디아는 미소 지었다.

"그이는 좋은 사람이야, 크로이드. 나 행복하게 살 자신 있어."

"잘됐어. 나도 그러길 바라. 그런데 나한테 연락을 할 필요가 있을 때에 대비해서 메시지를 남겨둘 수 있는 주소를 하나 알려줄게. 언제나 그 즉시 대답을 할 수 있는 건 아니지만 말이야."

"이해해. 그런데 넌 도대체 어디서 무슨 일을 하는 거야?"

"이런저런 일들을 하다가 그만뒀다가 했지. 지금은 새 일을 찾고 있는 중이고. 이번에는 누나 결혼식에도 참석해야 하니까 무리하고 있진 않아. 그건 그렇고, 신랑은 어떤 사람이야?"

"오, 아주 건실하고 집안도 좋아. 프린스턴대학을 나왔고, 군대에서는 대위였대."

"유럽 전선? 아니면 태평양 전선에 있었나?"

"워싱턴에 있었어."

"아, 연줄이 든든한가 보네."

클로디아는 고개를 끄덕이고 "유서 깊은 가문 출신이야"라고 말했다.

"흐음…… 잘됐네. 누나가 행복하길 바라는 거 알지?"

그러자 클로디아는 자리에서 일어나 다시 그를 포옹했다.

"우리 막내가 없어서 적적했단다."

"나도 누나가 보고 싶었어."

"나도 슬슬 나가서 볼일을 봐야 되니까, 이따 보자."

"응."

"오늘은 무리하지 마."

누나가 주방에서 나가자 그는 최대한 크게 기지개를 켜며 어깨의 통증을 완화해보려고 했다. 그러자 셔츠의 등이 우두둑 찢어졌다. 복도에 걸린 거울을 보았다. 양어깨가 어제보다 더 떡 벌어져 있었다. 사실, 몸 전체의 폭이 더 넓어지고, 건장해졌다. 방으로 돌아간 그는 옷을 모두 벗었다. 상반신 대부분은 빨간 두드러기로 뒤덮여 있었다. 단지 바라보는 것만으로도 북북 긁고 싶을 정도였지만, 억지로 참았다. 긁는 대신 그는 욕조에 더운물을 채우고 한참 동안 몸을 담그고 있었다. 욕조에서 나오자 물 높이가 눈에 띄게 낮아져 있었다. 욕조 거울에 몸을 비춰보니 아까보다 한층 더 덩치가 커진 것처럼 보였다. 혹시 피부를 통해 욕조의 물 일부를 흡수해버린 것일까? 어쨌든 간에 피부의 염증은 완전히 사라진 듯했다. 심하게 부어 있던 부분들은 여전히 거칠고 우둘투둘한 상태였지만 말이다.

지금보다 몸집이 컸던 시기에 입다가 남겨둔 옷으로 갈아입었다.

그런 다음 집 밖으로 나가서 지하철을 타고 어제 방문했던 옷 가게로 갔다. 그곳에서 다시 완전히 새로운 옷들을 사서 갈아입고 돌아왔다. 지하철 객차가 덜커덕거리고 흔들릴 때 어딘가 속이 울렁거리는 느낌을 받았다. 손이 마르고 우둘투둘한 상태라는 것을 깨달았다. 두 손을 비비자 피부 표면의 각질이 비듬처럼 떨어져 내렸다.

지하철역에서 나와 사르자노 가족의 아파트 건물까지 걸어갔다. 현관문을 연 여자는 조의 어머니인 로즈가 아니었다.

"무슨 일이죠?" 그녀가 물었다.

"조 사르자노를 찾아왔습니다만."

"그런 사람 안 살아요. 우리가 이사 오기 전에 살던 사람인 것 같네요."

"그럼 어디로 이사 갔는지 모르세요?"

"몰라요. 건물 관리인한테 물어보면 어때요? 알고 있을지도 모르니."

그녀는 문을 닫았다.

관리인이 산다는 아파트의 호수로 가서 노크했지만 대답은 없었다. 그래서 몸이 무겁고 퉁퉁 부은 느낌에 시달리며 그냥 집으로 돌아왔다. 두 번째로 하품이 나왔을 때 갑자기 두려움이 몰려왔다. 잠이 들기에는 시기적으로 너무 이르지 않은가. 이번 변신은 평소에 비해 당황스러울 정도로 달랐다.

가스레인지에 새로 탄 커피 주전자를 올려놓고 끓을 때까지 주방을 서성거렸다. 잠에서 깰 때마다 언제나 특별한 능력을 얻는다는 보장은 없었지만, 한 가지 확실한 것은 몸이 변화한다는 사실이었다. 바이러스에 감염된 이래 그가 경험했던 모든 변신들에 관해 생각해보았다. 조커도 에이스도 아니고, 그냥 보통 사람으로 변신한 것은 이번이 처음인 듯하다. 하지만……

반쯤 무의식적으로 오른쪽 넓적다리를 계속 긁고 있었다는 사실을 깨달은 것은 뜨거운 커피를 따른 잔을 들고 식탁에 앉았을 때의 일이었다. 양손을 비비자 각질이 또 풀풀 날렸다. 두툼해진 허리둘레를 내려다보았다. 지금까지 경험한 콕콕 찌르는 듯한 통증과 우두둑거리는 관절과 피로감에 관해 생각해보았다. 이번에 그가 **완전히** 정상은 아니라는 사실은 명백해 보였지만, 정확히 뭐가 비정상인지에 대해서는 확신이 없었다. 닥터 타키온에게 가면 도움을 주지 않을까? 그게 아니라면, 적어도 지금 무슨 일이 일어나고 있는지 조금이라도 설명해줄 수 있지는 않을까?

기억에 새겨둔 번호로 전화를 걸었다. 전화를 받은 여자는 쾌활한 목소리로 타키온은 외출 중이지만 오후에는 돌아올 거라고 대답했다. 크로이드의 이름을 받아 적은 그녀는 그가 누군지 알아차린 기색이었고, 3시에 병원으로 오라고 했다.

크로이드는 한 주전자 분량의 커피를 모두 마셨다. 자리에 앉아 마지막 잔을 들이켜던 중에도 가려움증은 착실하게 전신으로 퍼져나가고 있었다. 2층 방으로 올라가서 다시 욕조에 더운물을 채웠다. 물이 차는 동안 옷을 벗고 자기 몸을 관찰했다. 이제 온몸의 피부는 두 손과 마찬가지로 바싹 마르고 각질로 뒤덮인 상태였다. 몸 어디를 문지르든 각질이 눈처럼 휘날릴 정도였다.

한참 동안 욕조에 몸을 담그고 있었다. 따뜻하고 촉촉해서 기분이 좋았다. 잠시 후 그는 등을 기대고 눈을 감았다. 아주 좋아……

그러다가 퍼뜩 상체를 일으켜 앉았다. 깜박 졸았던 듯하다. 거의 잠들기 직전이었다. 그는 때수건을 집어 들고 세차게 자기 몸을 문지르기 시작했다. 단지 죽은 피부를 제거할 목적에서만은 아니었다. 그러고는 욕조의 물이 빠지는 동안 타월로 몸 구석구석의 물기를 닦고, 서둘러 침실로 갔다. 옷장 서랍 안쪽에 있던 알약들을 찾아내서 두 알을 삼켰다. 지금 그의 몸이 그를 상대로 펼치고 있는 게임이 무엇이든 간에, 잠이 그의 적이라는 점은 명명백백했기 때문이다.

다시 욕실로 돌아가서 욕조를 청소한 후 옷을 입었다. 잠시 팔다리를 뻗고 침대에 눕는다면 좋은 기분일 것이다. 클로디아 누나가 제안했듯이, 좀 쉬는 것이다. 그러나 그럴 수 없다는 사실을 그는 알고 있었다.

♠

타키온은 혈액 샘플을 채취한 후 기계에 넣었다. 처음 채혈하려고 했을 때 주사기 바늘은 피부로 조금만 들어가다가 멈췄다. 세 번째 주삿바늘을 잔뜩 힘을 주고 찌른 뒤에야 바늘이 피하층을 뚫고 들어가서 피를 뽑을 수 있었다.

기계에서 결과가 나올 때까지 타키온은 맨눈으로 그를 검사했다.

"잠에서 깼을 때 혹시 앞니들이 길어져 있었나?" 그는 크로이드의 입안을 들여다보며 물었다.

"이를 닦았을 때는 정상으로 보였습니다." 크로이드가 대답했다. "길어지기라도 했나요?"

"직접 보게."

타키온은 작은 거울을 건넸다. 크로이드는 거울을 응시했다. 앞니 길이는 2.5센티에 달했고, 날카로워 보였다.

"새로운 변화로군요. 언제 이렇게 됐는지는 모르겠습니다."

타키온은 해머록을 거는 요령으로 크로이드의 왼쪽 팔을 등 뒤로 잡아당겼고, 튀어나온 어깨뼈 아래를 손가락으로 눌렀다. 크로이드는 비명을 질렀다.

"그렇게 많이 아팠나?" 타키온이 물었다.

"하느님 맙소사!" 크로이드가 말했다. "뭐가 어떻게 된 겁니까? 등 어딘가가 부러진 건가요?"

의사는 고개를 가로저었다. 그는 현미경으로 크로이드의 몸에서 나온 각질 일부를 관찰했다. 그런 다음에는 크로이드의 발을 관찰했다.

"잠에서 깨어났을 때 발의 폭이 이렇게 넓었나?"

"아뇨. 선생님, 도대체 무슨 일이 일어나고 있는 겁니까?"

"1분쯤 있으면 내 기계가 혈액 검사를 끝낼 테니 기다리게. 자넨 과거에 서너 번쯤 이 병원을 방문했지……."

"예."

"다행히도 자넨 잠에서 깬 직후에 여기 왔던 적이 한 번 있었어. 각성한 지 대략 여섯 시간 뒤에 온 적도 한 번 있었고. 전자였을 때 자네 몸에 있는 아주 특이한 호르몬의 수치가 매우 높은 걸 발견했는데, 나는 그 호르몬이 변화 과정 자체와 관계가 있는 것일지도 모른다고 생각했네. 후자의 경우, 그러니까 각성한 지 여섯 시간 지났을 때도 자네의 몸에는 여전히 그 호르몬의 흔적이 남아 있었지만, 수치가 아주 낮았어. 호르몬의 존재를 뚜렷하게 확인할 수 있었던 건 이 두 경우뿐이었네."

"그래서요?"

"이번 혈액 검사에서 내 흥미를 끄는 주요한 결과는 그 호르몬의 존재 여부일세. 아! 뭔가 결과가 나온 것 같군."

일련의 기묘한 기호들이 작은 기계에 딸린 스크린에서 번득였다.

"그래. 맞아. 바로 이거야." 타키온은 스크린을 들여다보며 말했다. "지금 자네의 혈액에 있는 그 호르몬 수치는 무척 높네―각성 직후에 관찰했던 것보다 더 높아. 흐음, 자네 또 암페타민을 섭취하고 있었군."

"달리 방법이 없었습니다. 토요일까지는 깨어 있어야 하는데, 졸려오기 시작했으니까요. 이 빌어먹을 호르몬이 도대체 뭘 의미하는지 알기 쉽게 설명해주시겠습니까?"

"호르몬이 남아 있다는 건 자네의 몸 내부에서 여전히 변신 과정이 진행 중이라는 사실을 의미하네. 어떤 이유로 인해 자네는 변신이 끝나기 전에 잠에서 깼어. 평소에는 일정한 주기에 맞춰 진행되는 것처럼 보이지만, 이번에는 그러는 도중에 중단된 거야."

"왜요?"

타키온은 어깨를 으쓱해 보였다. 지난번에 크로이드와 만난 뒤에 새로 배운 제스처처럼 보인다.

"변신 자체가 촉발했을지도 모르는 수많은 생화학적 이벤트 탓이라고 해야겠지. 자네가 각성했을 무렵에 진행 중이던 또 다른 변화의 부작용으로 인해, 아마 뇌에 어떤 자극을 받은 탓이라고 생각하네만. 문제의 변화가 무엇이었든 간에 그건 완료됐어―하지만 나머지 과정이 아직 완료되지 않았던 거야. 그래서 지금 자네 육체는 그 과정을 마칠 때까지 자네를 다시 잠들게 하려는 중이라네."

"바꿔 말해서, 너무 일찍 잠에서 깨어났다는 얘깁니까?"

"응."

"그럼 어떻게 해야 할까요?"

"당장 약을 끊게. 잠을 자. 변화가 완료되도록 놔두는 거야."

"그럴 수가 없습니다. 이틀은 더 깨어 있어야 하거든요—아니, 정확하게는 하루 하고 반나절만 견디면 됩니다."

"아무래도 자네 육체는 거기 저항할 거라는 생각이 드는군. 전에도 얘기했듯이, 자네 육체는 자기가 뭘 하고 있는지를 알고 있는 것 같아. 그걸 훌쩍 넘을 정도로 오래 깨어 있으려고 한다면, 위험할 수도 있네."

"어떤 종류의 위험을 얘기하시는 겁니까? 나를 죽일지도 모른다는 뜻인가요? 아니면 그냥 불편하게 한다든지?"

"크로이드, 그건 나도 모르겠네. 자네 상태는 유일무이하니까 말이야. 변신 과정은 매번 달랐잖나. 이 경우 유일하게 믿을 수 있는 건, 자네 육체가 바이러스에 대해 어떤 식으로 순응했든 간에, 또 자네 내부에 있는 것이 무엇이든 간에, 힘든 변신 과정을 매번 무사히 넘길 수 있게 해 줬다는 사실이야. 자네가 부자연스러운 수단을 써서 억지로 깨어 있으려고 한다면, 자네가 싸워야 할 상대는 바로 그것이라는 걸 알아야 해."

"암페타민을 써서 잠을 쫓은 적은 예전에도 여러 번 있었는데요."

"응. 하지만 그때 자네는 단지 변신 과정의 개시를 늦췄을 뿐이야. 통상적으로 변신 과정은 자네 뇌가 화학적으로 수면 상태에 들기 전에는 시작되지 않네. 하지만 이번 경우 변신은 이미 시작되었고, 자네 몸의 호르몬 수치도 그게 계속되리라는 걸 알리고 있네. 그럴 경우 자네에게 무슨 일이 일어날지는 나도 모르겠네. 원래는 에이스여야 하는 것이 조커 상태로 이행할지도 모르고, 정말로 긴 혼수상태에 빠질 수도 있어. 그런 걸 예측하는 건 불가능하네."

크로이드는 벗어둔 셔츠로 손을 뻗쳤다.

"결과를 알게 되면 알려드리겠습니다." 그는 말했다.

◆

크로이드는 평소와는 달리 별로 걷고 싶지 않았다. 그래서 다시 지하철을 탔다. 또다시 구토감이 몰려왔고, 이번에는 두통까지 딸려왔다. 양어깨의 통증이 여전히 심했다. 그는 지하철에서 내린 후 역 근처의 드러그스토어에 들러 아스피린 한 병을 샀다.

집에 가기 전에 사르자노 가족이 살았던 아파트 건물에 들렀다. 이번에는 관리인을 만날 수 있었지만, 도움을 얻지는 못했다. 조의 가족은 이사하면서도 새 주소를 남겨놓지 않았기 때문이다. 크로이드는 관리인의 현관문을 나서며 옆의 벽에 걸려 있던 거울을 흘끗 보았다. 그는 푸석푸석한 눈과 짙은 다크서클을 보고 충격을 받았고, 이제는 눈까지 욱신거린다는 사실을 깨달았다.

집으로 돌아왔다. 좋은 레스토랑으로 가서 함께 저녁을 먹자고 클로디아와 칼에게 약속했기 때문에 컨디션을 최대한 끌어 올릴 필요가 있다. 그래서 욕실로 돌아가서 다시 옷을 벗었다. 엄청나게 덩치가 커졌고, 아예 터질 듯한 느낌이었다. 그제야 퍼뜩 깨달았다. 타키온에게 모든 증상을 설명하면서도, 잠에서 깬 이래 단 한 번도 대소변을 보지 않았다는 사실을 빼먹고 말하지 않았다. 그의 육체는 지금까지 먹거나 마신 모든 것들을 어떤 식으로든 이용하고 있는 듯했다. 체중계 위에 올라가보았지만 눈금은 140킬로그램까지밖에 없었고 그의 체중은 그것을 초과하고 있었다. 그는 아스피린 세 알을 삼켰고, 약이 빨리 효과를 발휘하기를 고대했다. 팔을 긁적이자 길쭉한 살이 떨어져 나왔다. 통증은 없었고, 피도 나오지 않았다. 몸의 다른 부분들을 좀 더 살살 긁자 각질이 계속 떨어져 나왔다. 샤워를 한 다음 짐승처럼 날카로워진 이를 닦았다. 머리를 빗자 머리카락이 뭉텅이로 빠졌다. 빗는 것을 중지했다. 한 순간 울고 싶었지만, 걷잡을 수 없이 쏟아져 나오는 하품 탓에 그런 감정은 잊었다. 방으로 가서 암페타민을 두 알 더 먹었다. 그러자 약의 적정 복용량을 계산하려면 몸의 크기도 감안할 필요가 있다는 얘기를 어딘가에서 들은 적이 있다는 사실이 문득 떠올랐다. 그래서 만일의 경우를 위해 한 알을 더 먹었다.

♥

크로이드는 조명이 어두운 레스토랑을 골랐다. 그는 웨이터에게 슬쩍 팁을 건넸고, 다른 손님들 대다수의 시야에서 차단된 뒤쪽 부스석으로 안내받았다.

"크로이드, 너 정말로 — 안 좋아 보여." 레스토랑으로 출발하기 전 집에 돌아온 클로디아는 이렇게 말했었다.

"알아. 오후에 의사를 만나고 왔거든."

"그래서 뭐래?"

"결혼식이 끝나자마자 실컷 자야 한대."

"크로이드, 결혼식에 참석 못 해도 난 괜찮아. 네 건강이 더 중요하 잖아."

"그럴 수는 없어. 난 괜찮을 거야."

스스로도 완전히 이해하지 못하는 이 마음을 어떻게 그녀에게 설명 해야 할까? 이번 행사는 크로이드에게는 가장 좋아하는 가족의 결혼식 이상의 것이며, 이 의식을 계기로 그는 가족과 결별하고 다시는 교류할 생각이 없다고 말해야 할까? 이것을 계기로 그의 과거는 일단락되고,

크나큰 미지의 미래가 시작된다고 말할까?

　그러는 대신, 그는 먹는 일에 열중했다. 식욕은 여전했고 음식은 특히 맛이 있었다. 칼은 식사를 마친 뒤에도 동생의 그런 모습을 마치 관음증에 빠진 사람처럼 한참 바라보고 있었다. 크로이드는 두꺼운 안심 스테이크 2인분을 더 먹어치웠다. 그러던 중 잠깐 손을 멈춘 것도, 웨이터에게 롤빵 바구니를 더 가져다 달라고 주문하기 위해서였다.

　마침내 자리에서 일어나자 크로이드의 팔다리 관절들은 또다시 삐걱거렸다.

　집으로 돌아온 후, 욱신거리는 몸을 힘들게 움직여 침대에 앉았다. 아스피린은 아무 소용도 없었다. 옷이 또 꽉 조이는 느낌이었기 때문에 모두 벗어 던졌다. 이제 피부를 긁으면 각질만 날리는 것이 아니라 아예 그 부분이 통째로 떨어져 나왔다. 그러나 떨어져 나온 피부는 희뿌옇게 말라 있었고, 피도 전혀 나지 않았다. 얼굴이 그렇게 창백해 보이는 것도 전혀 이상할 게 없었다. 특히 크게 피부가 뜯겨 나온 가슴 부분 안쪽에 뭔가 딱딱한 잿빛의 물체가 보였다. 무엇인지는 알 수 없었지만, 보기만 해도 두려움이 몰려왔다.

　결국은 늦은 시각이었음에도 불구하고 벤틀리에게 전화를 걸었다. 그의 상태를 아는 누군가와 얘기를 나누고 싶었다. 그리고 대부분의 경우 벤틀리는 좋은 충고를 해준다.

　벤틀리는 한참 동안 벨이 울린 뒤에야 응답했다. 크로이드는 자초지종을 설명했다.

　"내 의견을 듣고 싶어?" 이윽고 벤틀리가 말했다. "의사 선생의 말이 맞아. 끝날 때까지 푹 자라고."

　"그럴 수는 없어. 아직은 안 돼. 앞으로 하루 하고 조금만 더 견디면 된다고. 그런 다음에는 문제없어. 그때까진 안 자고 참을 수 있지만, 몸이 너무 아프고 겉모습도—"

"알았어, 알았다고. 그럼 이렇게 하자. 내일 아침 10시에 우리 집으로 와. 지금은 밤중이라 아무 일도 해줄 수 없어. 하지만 아침이 되자마자 아는 친구한테 연락해서 정말로 강력한 진통제를 구해줄게. 너도 직접 만나봐야겠어. 네 겉모습을 좀 눈에 띄지 않게 만드는 방법이 있을지도 몰라."

"알았어. 고마워, 벤틀리. 잊지 않을게."

"별거 아니니 괜찮아. 다 이해해. 내가 개로 있었을 때도 다르지 않았어. 잘 자."

"잘 자."

♣

두 시간 후, 격렬한 복통이 엄습했다. 그 뒤로 설사를 했다. 게다가 방광이 파열할 듯한 느낌이었다. 이런 증세는 밤새도록 계속되었다. 새벽 3시 30분에 체중계로 재어보니 125킬로그램으로 줄어 있었다. 6시에 다시 재니 110킬로그램이었다. 심한 설사도 계속되었다. 그나마 나왔던 것은 그쪽에 정신이 팔리는 통에 간지럼증과 어깨와 관절의 통증을 잠시나마 잊을 수 있다는 점이었다. 게다가 그 덕택에 더 이상 암페타민을 먹지 않아도 깨어 있을 수 있었다.

아침 8시에는 98킬로그램이었다. 칼이 부르러 왔을 때 마침내 그는 식욕을 느끼지 않는다는 사실을 자각했다. 묘하게도 허리둘레는 전혀 줄어들지 않았다. 전체적인 몸의 구조도 어제와 동일했다. 피부색만은 알비노에 맞먹을 정도로 창백해졌지만 말이다. 여기에 이까지 길고 날카로운 탓에, 그의 외모는 이제 뚱뚱한 흡혈귀나 다름없었다.

9시가 되자 벤틀리에게 가는 대신에 전화를 걸었다. 여전히 화장실을 들락거리며 심하게 설사를 하고 있었기 때문이다. 크로이드는 설사 탓에 약을 받으러 갈 수 없다고 설명했다. 벤틀리는 지인에게서 진통제를 받는 즉시 직접 가지고 오겠다고 말했다. 칼과 클로디아는 이미 외출한 뒤였다. 크로이드는 아침 내내 복통이 심하다는 핑계를 대고 칼과 클로디아와 직접 얼굴을 맞대는 것을 피했다. 그의 체중은 90킬로그램까지 줄어 있었다.

벤틀리가 온 것은 11시가 가까워질 무렵이었다. 그 무렵 크로이드는 9킬로그램 더 빠져 있었고, 아랫배를 긁다가 커다란 살점이 떨어져 나간 상태였다. 그 밑에 노출된 체조직은 잿빛이었고, 비늘로 뒤덮여 있었다.

"하느님 맙소사!" 벤틀리는 크로이드를 보자마자 말했다.

"응."

"군데군데 대머리가 되어 있어."

"알아."

"가발을 가져다줄게. 또 내가 아는 여자에게도 부탁해야겠어. 미용사인데, 피부에 바를 크림 같은 걸 받아 올게. 좀 더 정상적인 피부색에 가까워지도록 말이야. 결혼식장에서도 짙은 선글라스를 쓰는 편이 나을지 모르겠다. 점안액을 넣은 탓이라고 설명해. 허리도 많이 굽은 것 같아. 언제부터 그랬어?"

"그런지도 몰랐어. 뭐랄까, 딴 데 정신이 팔려서 말이야."

벤틀리가 어깨뼈 사이의 혹을 툭 치자 크로이드는 비명을 올렸다.

"미안해. 당장 진통제 알약을 먹는 편이 나을지도 모르겠네."

“응.”

“식장에는 아주 큰 외투를 입고 갈 필요가 있어. 사이즈가 어떻게 돼?”

“지금은—모르겠어.”

“상관없어. 창고 가득히 외투를 보관하고 있는 친구를 아니까 말이야. 일단 10여 벌 보내줄게.”

“벤틀리, 화장실에 가야겠어. 또 속이 안 좋아서.”

“응. 일단 약을 먹고 좀 쉬어둬.”

오후 2시가 되자 크로이드의 체중은 70킬로그램으로 줄어 있었다. 진통제는 아주 잘 들었고, 그 덕에 정말로 오랜만에 몸의 통증이 사라졌다. 유감스럽게도 졸음도 함께 온 탓에 또 암페타민을 먹어야 했다. 그나마 긍정적인 면을 찾는다면 이런 일이 시작된 이래 처음으로 기분이 좋아졌다는 사실이랄까. 약 기운 덕이라는 사실은 그도 알고 있었지만 말이다.

3시 반에 외투 무더기가 집으로 배달되었을 때 그의 체중은 60킬로그램이었다. 아주 가뿐한 기분이었다. 어딘가 몸 깊숙한 곳에서 그의 혈액이 노래를 부르고 있었다. 그는 몸에 딱 맞는 외투를 찾아냈고, 그것을 들고 자기 방으로 올라갔다. 남은 외투들은 소파 위에 널린 채로 내버려두었다. 오후 4시에 미용사—키가 크고 껌을 딱딱 씹는 금발 여자였다—가 도착했다. 그녀는 빗질로 크로이드의 머리카락 대부분을 뽑아버렸고, 남은 것들은 면도로 민 다음 가발을 씌워주었다. 그런 다음 화장품을 어떻게 쓰면 되는지를 일일이 설명해주며 얼굴에 분장을 해주었다. 날카로운 이를 드러내지 않도록 가급적 입을 닫고 있으라는 충고도 잊지 않았다. 그녀의 작업에 만족한 크로이드는 그녀에게 100달러를 건넸다. 그러자 그녀는 다른 서비스도 해줄 수 있다고 제안했지만, 또다시 배 속이 꾸르륵거리는 통에 잘 가라고 인사하는 수밖에 없었다.

오후 6시가 되자 배 속 사정도 좀 나아졌다. 이 무렵 체중은 53킬로 그램으로 줄어 있었고, 기분도 여전히 좋았다. 마침내 가려움증도 멎었지만, 그 전에 긁었던 가슴과 팔뚝과 넓적다리의 피부는 이미 다 떨어져 나간 후였다.

집에 돌아온 칼이 2층을 향해 외쳤다. "이 외투들은 도대체 뭐야?"

"설명하자면 길어." 크로이드는 대답했다. "원한다면 그냥 가져도 돼."

"어이, 이거 다 캐시미어잖아!"

"응."

"이건 나한테 맞겠는데."

"맘에 들면 입어."

"기분은 어때?"

"나아졌어. 고마워."

그날 저녁 힘이 되돌아오고 있는 것을 느낀 그는 평소처럼 긴 산책에 나섰다. 시험 삼아 주차된 자동차의 앞부분을 높이 들어 올려보았다. 맞다. 회복되고 있는 느낌이다. 가발을 쓰고 얼굴에 분장을 한 지금 그는 살이 찐 평범한 사내처럼 보였다. 입을 다물고 있는 한은 말이다. 조금만 더 시간 여유가 있었다면 치과로 가서 날카로운 이도 손볼 수 있을 텐데. 그날 밤이나 다음 날 아침에는 아무것도 먹지 않았다. 옆통수에 묘한 압력이 느껴지기는 했지만, 진통제를 한 알 먹자 두통으로까지 발전하지는 않았다.

♠

    칼과 함께 리지우드로 출발하기 전에, 크로이드는 다시 한번 욕조에 몸을 푹 담갔다. 피부가 더 떨어져 나왔지만 상관없었다. 누덕누덕한 몸은 옷으로 감추면 그만이다. 적어도 얼굴 피부는 아직 멀쩡했다. 그는 신중하게 분장을 한 다음 가발 위치를 조정했다. 옷을 모두 입고 선글라스를 끼니, 어떤 행사에 참석하더라도 창피하지 않겠다는 생각이 들었다. 혹처럼 부풀어 오른 등도 외투로 상당 부분 가릴 수 있었다.

    아침 공기는 상쾌했지만 하늘은 흐렸다. 장이 계속 꾸르륵거리던 문제도 이제는 해결된 듯했다. 예방책으로 진통제를 한 알 더 먹었지만, 실제로 가라앉힐 통증이 있는지 없는지도 확실하지 않았다. 그런 고로 암페타민을 한 알 더 먹었다. 하지만 걱정할 필요는 없었다. 조금 신경이 곤두서기는 했지만, 기분은 좋았기 때문이다.

    차가 터널을 지날 때 그는 자신이 무심코 두 손을 비비고 있다는 사실을 깨달았다. 곤혹스럽게도 왼쪽 손등에서 커다란 피부 조각이 떨어져 나왔다. 그러나 이조차도 큰 문제는 되지 않았다. 잊지 않고 장갑을 가지고 왔기 때문이다.

    터널 내부의 기압 차이 탓인지 아닌지는 모르겠지만 또다시 머리가 욱신거리기 시작했다. 그렇다고 고통스럽거나 한 것은 아니었고, 단지 두 귀와 관자놀이 근처에 강한 압력 같은 것을 느낄 뿐이었다. 등 위쪽도 욱신거렸고, 안에서 무엇인가가 움직이는 듯한 느낌을 받았다. 그가 입술을 깨물자 입술 조각이 떨어져 나왔다. 그는 욕설을 내뱉었다.

    "왜 그래?" 칼이 물었다.

    "아무것도 아냐."

적어도 피는 나지 않았다.

"아직도 몸이 아프면 집으로 돌아가자. 결혼식장에서 쓰러지기라도 한다면 큰일이잖아. 특히 샘의 가족들처럼 좀 따분한 사람들 앞에서는 말이야."

"괜찮아."

좀 어지러웠다. 몸 내부의 여러 부분에서 압력이 느껴졌다. 약으로 얻은 힘이 진짜 힘을 뒤덮었다. 모든 것이 완벽하게 흘러가고 있는 듯한 기분이다. 그는 손가락으로 무릎을 톡톡 치며 콧노래를 불렀다.

"……그 외투들은 꽤 비싸 보이던데." 칼이 말하고 있었다. "전부 새 거였어."

"어딘가에 팔고 돈을 가져도 좋아."

"장물이야?"

"아마 그렇겠지."

"조직에 들어간 거야, 크로이드?"

"아니. 하지만 그쪽 사람들을 좀 알지."

"다른 사람들한텐 발설하지 않을게."

"그래줘."

"그런데 지금 네 모습이 좀 그런 사람들처럼 보인다는 거 알아? 검은 외투에 선글라스까지 꼈으니……."

크로이드는 대답하지 않았다. 그는 자기 자신의 몸에 귀를 기울이고 있었고, 그의 몸은 등에서 무엇인가가 빠져나오고 있음을 그에게 알리고 있었다. 그는 좌석 등받이에 등을 대고 문질렀다. 그러자 기분이 좀 나아졌다.

샘의 부모인 윌리엄과 마샤 켄들—머리가 희끗희끗하고 조금 살이 찐, 다부진 느낌의 남성과 곱게 나이 든 금발 여성—에게 소개받았을 때, 크로이드는 다짐했던 대로 입을 열지 않고 미소 지었고, 몇 마디 말을 건넬 때도 입술을 거의 움직이지 않았다. 그들은 그를 찬찬히 뜯어보는 것처럼 보였다. 크로이드는 그들이 뭔가 더 말하고 싶어 한다는 것을 확신했지만, 다른 사람들도 신랑 부모와 인사를 나누려고 기다리고 있었기 때문에 결국 간단히 인사만 나누고 끝났다.

마지막에 윌리엄은 "피로연에서 얘기를 좀 나누세"라고 말했지만 말이다.

크로이드는 한숨을 쉬며 자리를 떴다. 일단은 합격이다. 피로연에 참석할 생각은 없었다. 예식이 끝나는 즉시 택시를 타고 맨해튼으로 돌아가서, 몇 시간 뒤에는 곯아떨어질 예정이었다. 그가 잠에서 깨기 전에 샘과 클로디아는 아마 바하마에 가 있을 것이다.

뉴어크*에 사는 사촌 형 마이클을 보고 자기도 모르게 가서 인사할 뻔했다. 염병할. 그만두자. 그런다면 일단 왜 이런 모습인지를 설명해야 하는데, 그럴 가치는 없었다. 그는 교회 예배당 안으로 들어갔고, 앞쪽 신도석의 오른쪽 자리로 안내받았다. 칼은 클로디아를 신랑에게 인도하는 역할을 맡고 있었다. 크로이드도 신부의 가족이었지만 오늘 너무 늦게 일어난 탓에 안내인 역할을 떠맡을 필요는 없었다. 적어도 그 부분은 타이밍을 잘 맞췄다고 해야 할 것이다.

좌석에 앉아 예식이 시작되기를 기다리면서 크로이드는 제단의 장식, 좌우의 스테인드글라스, 꽃꽂이 장식 등을 바라보았다. 다른 하객들도 예배당으로 들어와서 지정받은 자리에 앉았다. 크로이드는 자신

---

* 뉴저지주 동북부에 있는 도시.

이 땀을 흘리고 있다는 사실을 자각했다. 주위를 흘끗 둘러본다. 외투를 입고 있는 사람은 그밖에 없었다. 다른 하객들이 묘하게 생각하지는 않을까. 땀이 흐르는 통에 분장이 지워지지는 않았을까. 그는 외투 단추를 모두 끄르고 앞을 열어두었다.

땀은 계속 흘렀고, 두 발이 욱신거리기 시작했다. 마침내 그는 몸을 수그리고 구두끈을 헐겁게 고쳐 맸다. 그러자 셔츠의 등이 찢어지는 소리가 들렸다. 어깨 근처에서 뭔가 다른 것이 한층 더 헐거워진 듯한 느낌이 왔다. 그는 피부가 또 벗겨진 것이라고 추측했다. 허리를 펴자 찌르는 듯한 통증을 느꼈다. 허리를 완전히 펴고 신도석 등받이에 댈 수가 없었다. 등의 혹은 더 커진 것처럼 느껴졌고, 조금이라도 압력을 가하면 아팠다. 그래서 그는 마치 기도를 올리듯이 몸을 앞으로 조금 수그린 자세를 취했다. 오르간 주자가 연주를 시작했다. 하객들이 더 들어와서 자리에 앉았다. 안내인 한 사람이 나이 든 커플을 그가 앉은 신도석 앞쪽으로 안내하면서 묘한 표정으로 그를 보았다.

곧 모든 하객이 자리에 앉았고, 크로이드는 계속해서 땀을 흘렸다. 땀은 옆구리에서 다리로 줄줄 흘러내렸고, 그 땀을 흡수한 옷은 얼룩덜룩해지다가 급기야는 완전히 젖었다. 외투에서 팔을 빼내고 그냥 어깨에 걸쳐놓는다면 조금은 시원해질지도 모른다는 생각이 들었다. 이것은 실수였다. 힘겹게 팔을 빼내려다가 옷 여기저기가 또 찢어지는 소리를 들었기 때문이다. 왼쪽 구두가 갑자기 터지더니 잿빛 발가락이 구두 옆으로 튀어나왔다. 그 소리를 듣고 몇몇 하객들이 이쪽을 흘끗 보았다. 얼굴을 붉힐 수가 없어서 차라리 다행이었다.

열기 탓인지, 아니면 뭔가 심리적인 이유에서인지는 모르겠지만, 또 몸이 가려워지기 시작했다. 그런 것은 중요하지 않다. 이유가 뭐든 간에, 그가 느낀 것은 진짜 가려움증이었기 때문이다. 호주머니에 진통제와 암페타민 정제가 들어 있었지만, 피부 염증을 가라앉히는 약은 없었다. 그는 두 손을 단단히 깍지 꼈다. 기도를 하려는 것이 아니라, 긁고 싶은 것을 참기 위해서였다―짧은 기도를 올리기도 했지만 말이다. 딱 기도하기 좋은 환경이 아닌가. 그러나 기도는 효과가 없었다.

땀방울이 알알이 맺힌 속눈썹 사이로 사제가 들어오는 것이 보였다. 저 사내는 왜 저런 눈으로 나를 쳐다보는 것일까. 마치 성공회 교도가 아닌 사람이 자기 교회 안에서 땀을 흘리는 것을 못마땅해하는 듯한 표정이었다. 크로이드는 이를 악물었다. 예전처럼 투명해지는 능력이 있다면 얼마나 좋을까. 그럼 몇 분 동안 모습을 감추고 미친 듯이 몸을 긁은 다음 은근슬쩍 제자리로 돌아와 앉았을 텐데.

멘델스존의 '결혼행진곡'이 연주되는 동안 그는 순전히 의지력만으로 꼼짝 않고 앉아 있었다. 그 뒤에 사제가 한 말들은 제대로 알아들을 수 없었지만, 이제 그는 예식이 완전히 끝날 때까지 줄곧 이렇게 앉아 있을 수 없으리라고 확신하고 있었다. 그가 지금 당장 자리를 뜬다면 어떻게 될까. 클로디아는 체면을 구길까? 반면 이대로 자리에 머물러 있는다면, 클로디아가 체면을 구기리라는 점에는 의심의 여지가 없었다. 따라서 일찍 떠나는 것을 정당화하려면 그럴 정도로 아파 보일 필요가 있다. 그러나 그러는 경우에도 앞으로 몇 년 동안이나 사람들의 입에 오르내릴 불상사가 되어버린다면? ("신부의 남동생이 식장을 뛰쳐나갔는데…….") 조금 더 오래 앉아 있는 편이 나을지도 모른다.

등에서 어떤 움직임이 있었다. 외투가 꿈틀거리는 것을 느꼈다. 등 뒤에서 여자들이 헉하고 숨을 내쉬는 소리가 들렸다. 이런 와중에 움직이는 것은 두려웠다. 하지만―

도저히 참을 수 없을 정도로 가려워졌다. 그는 몸을 긁기 위해 깍지 낀 손을 풀었지만, 마지막으로 저항하려다가 자기도 모르게 앞쪽 신도석의 등받이를 움켜잡았다. 끔찍하게도 나무 등받이는 큰 소리를 내며 그의 손아귀 안에서 박살 났다.

긴 침묵이 흘렀다.

사제가 그를 응시하고 있었다. 클로디아와 샘도 몸을 이쪽으로 돌리고 그를 응시하고 있었다. 2미터 길이의 부러진 등받이를 쥐고, 날카로운 이빨을 보이지 않으려고 미소조차도 짓지 못하는 상태로 앉아 있는 그를.

등받이를 떨어뜨리고 양팔로 자기 몸을 감쌌다. 외투가 미끄러져 내리자 등 뒤에서 비명 소리가 들려왔다. 그는 혼신의 힘을 다해 양 옆구리에 손가락을 박아 넣고 교차시키듯이 몸통을 긁었다.

옷들이 찢어지는 소리가 들리며 피부가 정수리까지 한꺼번에 뜯겨나가는 것을 느꼈다. 오른쪽으로 가발이 굴러떨어지는 것이 보였다. 그는 옷과 피부를 뜯어내서 내던지고 다시 몸을 긁었다. 강하게. 뒤쪽에서 누군가가 절규했다. 울기 시작한 클로디아의 얼굴에 떠올라 있던 표정을 그는 결코 잊지 못할 것이다. 그러나 멈추는 것은 이제 불가능했다. 박쥐를 닮은 거대한 날개를 활짝 펼치고, 뾰족하게 튀어나온 두 귀를 해방하고, 검은 비늘로 뒤덮인 몸에서 옷과 살점의 잔해를 완전히 떨궈내야 했기 때문이다.

사제가 다시 뭐라고 말하기 시작했는데, 악령을 쫓는 기도문처럼 들렸다. 비명 소리와 빠르게 달려가는 발소리들이 들려왔다. 모든 하객이 몰려들고 있는 출입문을 통해 여기서 빠져나갈 수는 없다는 사실을 그는 알고 있었다. 그래서 그는 공중으로 도약해서 몇 번 선회함으로써 새로 자라난 날개의 감촉을 파악했다. 그런 다음 왼쪽 팔뚝으로 눈을 가리고, 오른쪽 벽의 스테인드글라스를 뚫고 나갔다.

날개를 퍼덕여 맨해튼으로 날아가면서, 앞으로 오랫동안 인척들을 볼 일은 없겠다고 생각했다. 칼도 한동안은 결혼하지 않기를 빌었다. 문득 그 자신도 언제 짝을 만날 수 있을지 궁금해졌다……

상승기류를 타고 날아오르자 산들바람이 그의 주위에서 흐느꼈다. 흘끗 뒤를 돌아보니 혼란에 빠진 개미집 같은 예배당이 눈에 들어왔다. 그는 계속 날았다.

증인

월터 존 윌리엄스

제트보이가 죽었을 때 나는 낮에 극장에서 〈졸슨 스토리〉를 보고 있었다. 요즘 연기력이 뛰어나다고 칭찬이 자자한 래리 파크스를 보고 싶었기 때문이다. 나는 주의 깊게 그의 연기를 관찰하고, 마음에 새겨두었다.

신출내기 배우들은 으레 하는 일이다.

영화가 끝났지만 느긋한 기분이었던 데다가 앞으로 몇 시간은 딱히 할 일이 없었고, 래리 파크스의 연기를 다시 보고 싶기도 했다. 그래서 같은 영화를 또 보았다. 그러나 반쯤 보았을 무렵 스르르 잠이 들었고, 잠에서 깨어났을 때는 엔딩에서 다시 한번 나오는 영화 제목이 스크린에 떠오르는 참이었다. 영화관 안에는 나밖에 없었다.

영화관 로비로 나가자 여성 안내원들의 모습은 사라져 있었고, 문도 모두 잠겨 있었다. 퇴근하면서 영사기사에게 알리지 않고 그냥 나가버린 듯했다. 나는 크게 개의치 않고 맑고 상쾌한 가을 오후 속으로 나갔다가, 세컨드애비뉴가 텅 비어 있는 것을 보았다.

세컨드애비뉴가 텅 비는 경우는 절대로 없다.

뉴스 가판대들은 닫혀 있었다. 몇 대 안 되는 차들은 모두 주차되어 있고, 영화관의 간판은 모두 불이 꺼져 있었다. 멀리서 화난 듯이 울려

대는 자동차 경적 소리가 들렸고, 그 위에서 고성능 비행기 엔진이 우르 릉거리는 소리가 들려왔다. 어딘가에서 악취가 풍겨온다.

뉴욕 시는 공습을 받은 도시가 가끔 그렇듯이 으스스한 느낌을 주었다. 완전히 인적이 끊기고, 그 뒤에는 하릴없는 기다림과 불안감만이 남아 있달까. 나는 전쟁 중에 공습을 (보통 공습을 당하는 입장에서) 몇 번 경험한 적이 있는데, 이런 분위기는 전혀 마음에 들지 않았다. 나는 영화관에서 한 블록 반밖에 떨어져 있지 않은 나의 아파트 건물을 향해 걷기 시작했다.

30미터쯤 걸어갔을 때 악취의 원인이 무엇인지를 알아차렸다. 보도에 괴어 있는 불그스름한 웅덩이에서 풍겨오는 냄새였다. 몇 리터는 되어 보이는, 묘하게 울긋불긋한 분홍색 아이스크림이 녹아서 배수로로 흘러내리는 광경을 연상시킨다.

다가가서 자세히 보았다. 웅덩이 속에 뼈 몇 개가 잠겨 있었다. 인간의 턱뼈, 정강이뼈 일부, 안와뼈. 이것들이 녹으면서 엷은 분홍색 거품이 일고 있었다.

웅덩이 바닥에는 옷이 있었다. 여성 안내원의 제복이다. 배수로에 떨어져 있는 그녀의 회중전등은 금속 부분이 뼈들과 함께 녹고 있었다.

아드레날린이 확 분비되며 위가 뒤집힐 듯한 느낌을 받았다. 나는 달리기 시작했다.

아파트로 돌아왔을 무렵에는 일종의 비상사태가 일어났다고 짐작하고 정보를 얻기 위해 라디오를 켰다. 필코 라디오의 진공관이 따뜻해지는 동안 나는 혹시 통조림 같은 것이 있나 보려고 찬장을 뒤졌다—캠벨 수프 통조림이 달랑 두 개 남아 있을 뿐이었다. 손이 부들부들 떨리는 통에 깡통 하나를 아래로 떨어뜨렸다. 통조림은 얼음을 쓰는 구식 냉장고 뒤에 있는 사이드보드 위로 떨어졌다. 그것을 주우려고 냉장고 측면을 밀자 갑자기 주위의 빛이 마치 변화하는 듯한 느낌이 오더니 냉장고가 방 너머까지 날아갔다. 조금만 더 힘이 들어가 있었더라면 아마 벽을 뚫어버렸을 것이다. 얼음 녹은 물을 받으려고 냉장고 밑에 놓아둔 납작한 프라이팬이 뒤집어지면서 주방 바닥이 물투성이가 되었다.

수프 깡통을 집어 들었다. 두 손은 여전히 부들부들 떨리고 있었다. 냉장고를 원위치로 돌려놓았다. 깃털처럼 가벼웠다. 주위의 빛은 계속 괴상하게 변화했다. 나는 냉장고를 한 손으로 들어 올릴 수 있었다.

마침내 라디오의 진공관이 작동했고, 나는 예의 바이러스에 관해 알게 되었다. 몸이 아픈 사람은 뉴욕 시 곳곳에 주 방위군이 설치한 비상 야전병원으로 오라고 했다. 야전병원은 내가 사는 아파트 근처의 워싱턴스퀘어 공원에도 하나 설치되어 있었다.

딱히 아픈 곳은 없었다. 그런 반면, 냉장고를 마치 공깃돌처럼 던질 수 있다는 사실 역시 정상이라고는 할 수는 없었다. 나는 걸어서 워싱턴스퀘어 공원으로 갔다. 사방이 부상자들 천지였다―그중 일부는 그냥 거리에 누워 있었다. 똑바로 보기 힘들었다. 전쟁 중에 내가 목격했던 그 어떤 광경보다 비참했기 때문이다. 의사들은 내가 건강하고 자기 힘으로 돌아다닐 수 있는 한 당장 치료가 필요한 환자로 분류하지는 않을 것이다. 게다가 어떤 식으로든 도움을 받으려면 며칠은 기다려야 할 것이 뻔했다. 그래서 나는 책임자로 보이는 사람에게 가서 육군에서 복무한 적이 있는데, 뭔가 도울 수 있는 일이 없느냐고 물었다. 혹시 무슨 증상이 나타나서 죽게 되더라도 병원 옆에서 죽는 편이 낫겠다고 판단했기 때문이다.

의사들은 내게 취사장을 설치하는 걸 도와달라고 했다. 사람들은 눈앞에서 비명을 지르고 죽어가며 변신했지만, 의사들은 아무 도움도 줄 수 없었다. 부상자들에게 음식을 먹이는 것밖에는 달리 할 수 있는 일이 없었다.

나는 주 방위군의 군용 2.5톤 트럭으로 가서 식량이 든 나무 상자들을 집어 올리기 시작했다. 상자 하나의 무게는 20킬로그램쯤 되었는데, 나는 짐칸에 있던 상자 여섯 개를 겹쳐 쌓은 다음 한 손에 들고 취사장으로 가져갔다. 빛에 대한 나의 감각은 계속 묘하게 변하고 있었다. 트럭의 짐칸을 비우는 데는 2분밖에 걸리지 않았다. 다른 군용트럭이 공원을 가로지르려다가 진창에 빠진 것을 본 나는 트럭을 통째로 들어 올려 가려던 곳에 가져다 놓았다. 그런 다음 그 트럭의 짐을 모두 꺼냈고, 의사들에게 또 뭔가 시킬 일이 없는지 물었다.

묘한 광채가 내 주위를 에워싸고 있었다. 사람들에게 들은 바에 의하면 내가 괴력을 발휘할 때면 밝은 금빛의 후광이 내 몸을 에워싼다고 한다. 나 자신이 발산하는 광휘를 통해 바깥 세계를 바라보기 때문에 빛이 변화하는 것처럼 느끼는 것이다.

그 사실에 관해 그리 깊게 생각하지는 않았다. 주위 광경은 처참하기 그지없었고, 그런 상황이 며칠 동안이나 계속되었기 때문이다. 블랙 퀸 카드나 조커를 뽑은 사람들은 변신하면서 죽거나 조커가 되었다. 뉴욕 시 전체에 계엄령이 선포되었다. 전쟁 때와 하등 다르지 않았다. 도시 밖으로 통하는 대교들 위에서 최초의 폭동이 일어난 이래, 소요 사태는 발생하지 않았다. 지난 4년간 이 도시는 등화관제와 야간 통행금지와 군의 순찰을 감수하며 살아왔고, 달리 선택의 여지가 없던 시민들 역시 전시의 행동 방식으로 쉽게 복귀했던 것이다. 항간에 떠도는 소문은 화성인의 침략, 사고에 의한 독가스 방출, 나치스 잔당이나 스탈린에 의한 세균전 등 도저히 믿기 힘든 것들이었다. 그것만으로도 모자랐는지, 몇천 명에 달하는 시민은 제트보이의 유령이 비행기도 타지 않고 맨해튼 거리 위를 날아다닌 것을 직접 목격했다고 맹세했다. 나는 야전병원에서 무거운 짐을 옮기는 일을 계속했다. 타키온을 만난 것도 그곳이었다.

그는 직접 개발한, 바이러스 감염 증상 일부를 완화할 수 있을지도 모른다는 실험 혈청을 가져다주려고 들렀다고 했다. 그를 보자마자 나는 이렇게 생각했다. 맙소사, 이 머리가 돈 작자는 또 뭔가. 주 방위군의 삼엄한 경계선을 뚫고, 넬리 할멈이 만들어준 마법의 약을 가져왔다고 말하기라도 할 참일까. 타키온은 금속성 광택이 있는, 길고 빨간 머리카락을 어깨까지 늘어뜨린 비쩍 마른 사내였다. 머리 색깔은 자연적인 것이라고는 도저히 믿기 힘들었다. 복장은 마치 극장가에 있는 구세군 센터에서 받아 온 듯한 느낌이었다. 뮤직밴드의 리더가 즐겨 입을 듯한 밝은 주황색 재킷, 빨간 하버드 스웨터, 깃털이 달린 로빈 후드 모자, 헐렁한 플러스포스 반바지에 아가일 양말, 거기에 뚜쟁이도 창피해할 것 같은 투톤 컬러의 구두를 착용하고 있었다. 타키온은 주사기를 잔뜩 올려놓은 트레이를 들고 침대에서 침대로 옮겨 다니며, 각 환자의 증세를 관찰하고 팔에 주사를 놓아주고 있었다. 나는 들고 있던 엑스레이 기계를 내려놓고 그가 환자들에게 해를 끼치는 것을 막을 작정으로 그쪽으로 달려갔다.

다음 순간 나는 그의 뒤를 따라오는 사람들 중에 삼성장군과 이 야전병원의 총책임자인 주 방위군 대령, 그리고 아치볼드 홈스 씨가 끼어 있다는 사실을 깨달았다. 나는 루스벨트 대통령의 측근이자 농무부에서 일하던 홈스 씨를 한눈에 알아보았다. 2차 세계대전 종식 후 그는 유럽 부흥을 위한 대규모 구호단체를 이끌고 있었지만, 바이러스 역병이 돌기 시작하자마자 트루먼 대통령이 그를 뉴욕 시로 파견했던 것이다. 나는 쭈뼛거리며 근처에 있던 간호사 뒤쪽으로 가서 이게 도대체 무슨 상황인지를 물었다.

"신종 치료법을 시험해보고 있는 거예요. 저 닥터 타크인가 뭐라는 사람이 가져온."

저 사람의 치료법이라고요?" 나는 되물었다.

"그래요." 간호사는 눈을 가늘게 뜨고 그를 보았다. "다른 행성 출신이래요."

나는 그가 착용한 플러스포스 바지와 로빈 후드 모자를 쳐다보며 "설마"라고 말했다.

"아니, 정말이에요. 외계인이 맞아요."

가까이서 자세히 보니 괴상한 보라색 눈 밑에 다크서클이 생겨 있었다. 중압감에 시달리는 기색이 역력했다. 타키온은 그 재앙이 일어난 이래 밤낮으로 일하고 있었던 것이다. 여기 있는 모든 의사들과, 나를 제외한 그 밖의 모든 사람들과 마찬가지로 말이다. 나는 하루에 몇 시간 밖에는 잠을 자지 않았음에도 불구하고 계속 원기 왕성한 상태였다.

주 방위군 대령이 나를 쳐다보고 말했다. "저쪽은 또 다른 케이스인데, 잭 브론이라는 친구입니다."

타키온은 나를 올려다보았다. "자네는 어떤 증세야?" 그가 물었다. 어딘가 중부 유럽인을 연상시키는 악센트가 섞인 굵은 목소리였다.

"저는 힘이 세졌습니다. 트럭을 들어 올릴 수 있습니다. 그럴 때는 몸에서 금빛 광채가 납니다."

타키온은 흥분한 기색이었다. "생체 역장(力場)인가. 흥미로워. 나중에 자네를 진찰해보고 싶군. 물론……" 그의 얼굴에 언뜻 불쾌한 기색이 스쳐 갔다. "······현재의 위기 상황이 끝난 뒤에 말이야."

"물론입니다, 닥터. 원하시는 대로 하겠습니다."

그는 다음 침대로 이동했다. 구호단체 책임자인 홈스 씨는 따라가지 않고 그냥 그 자리에서 담배 물부리를 만지작거리며 나를 바라보았다.

나는 허리춤에 양쪽 엄지를 꽂아 넣고 상대에게 유능한 인상을 주려고 노력했다. "홈스 씨, 뭔가 제가 도울 수 있는 일이 있을까요?"

그는 조금 놀란 기색이었다. "내 이름을 알고 있군?"

"1933년에 노스다코타주 페이엣에 오셨을 때에 뵈었습니다. 뉴딜 정책이 시행된 직후예요. 그때는 농무부에 계셨죠."

"오래전 일이야. 뉴욕 시에서는 무슨 일을 하고 있었나, 브론?"

"극장들이 문을 닫을 때까지는 배우였습니다."

"아." 그는 고개를 끄덕였다. "곧 다시 문을 열 걸세. 닥터 타키온에 의하면 문제의 바이러스는 전염성이 없다고 했어."

"그럼 사람들도 좀 안심하겠군요."

그는 병원 천막의 출입문 쪽을 흘끗 보았다. "나가서 담배 한 대 피우자고."

"좋습니다." 그를 따라 밖으로 나간 나는 손을 털고는 그가 은제 담뱃갑에서 꺼낸, 개인용으로 특별히 블렌딩된 담배를 한 대 받아 들었다. 그는 자신과 나의 담배에 불을 붙인 다음 성냥 너머로 나를 보았다.

"이번 비상사태가 끝나면 자네를 상대로 몇 가지 테스트를 해보고 싶군. 단지 자네가 어떤 능력을 갖고 있는지 알아보고 싶어."

나는 어깨를 으쓱했다. "그러죠. 그런데 무슨 특별한 이유라도?"

"자네에게 일을 맡길 수 있을지도 몰라. 세계를 무대로 하는 일을."

무엇인가가 나와 태양 사이의 공간을 지나갔다. 고개를 든 나는 목덜미가 서늘해지는 것을 느꼈다.

검은 제트보이의 유령이 하늘을 날고 있었다. 하얀 조종사용 스카프가 바람에 나부끼는 것이 보였다.

◆

나는 노스다코타주에서 태어났다. 1924년이라는 힘든 시기에 말이다. 은행들에 문제가 생기고, 과잉생산으로 농산물 가격은 떨어져 있었다. 대공황이 시작되자 상황은 최악으로 치달았다. 곡물 가격이 폭락한 탓에 농부들 일부는 수확한 곡물을 글자 그대로 돈을 주고 치워야 했다. 법원에서는 거의 매주 농장이 경매에 부쳐졌다―5만 달러의 가치가 있는 농장들이 불과 몇백 달러에 팔리는 일도 부지기수였다. 읍내의 메인 스트리트에 늘어선 가게들의 반이 문을 닫았다.

농부들이 곡물 가격을 올리기 위해 출시를 거부하는 '농장 휴일' 운동이 맹위를 떨치던 시절이었다. 나는 한밤중에 일어나서, 몰래 곡물을 파는 사람이 나오지 않도록 밤새 도로를 순찰하던 아버지와 사촌들에게 커피와 음식을 가져다주곤 했다. 누군가가 곡물을 싣고 오면, 그들은 트럭을 멈춰 세우고 내용물을 모두 바닥에 쏟아버렸다. 소를 실은 트럭이 오면 소들을 그 자리에서 쏘아 죽이고 길가에서 그대로 썩게 내버려두었다. 가격이 폭락한 밀을 대량으로 구입해서 떼돈을 번 지방 유력자들 일부가, 예의 조그만 모자를 쓰고 도끼 자루로 무장한 미국 재향군인회 출신의 용역들을 보내서 농부들의 동맹파업을 깨보려고 한 적이 있었다―그러자 그 지역 전체가 궐기했고, 재향군인들은 죽도록 얻어맞고 도시로 줄행랑쳤다.

보수적인 독일계 농민들의 무리가 갑자기 급진주의자 뺨치는 언행을 보이기 시작했다. F.D.R.*은 우리 가족이 처음으로 투표한 민주당 후보였다.

내가 아치볼드 홈스를 처음 본 것은 열한 살 때의 일이었다. 그는 농무부 장관인 헨리 윌리스의 분쟁 조정역으로 일하고 있었고, 내 고향인 페이엣에 온 것은 농부들에게 이런저런 자문을 해주기 위해서였다. 아마 가격 조정이나 생산량 조절이라든지, 우리 가족의 농장이 경매에 나오지 않도록 도와준 뉴딜의 농장 보존 정책 따위를 설명하려고 왔을 터이다. 그는 도착하자마자 법원 건물로 올라가는 계단 위에서 짧은 연설을 했고, 어떤 이유에서인지 그것은 내 기억에 뚜렷하게 남았다.

당시에도 매우 인상적인 사내였다. 옷을 잘 차려입었고, 아직 마흔도 안 되었지만 반백의 머리를 하고 있었으며, F.D.R.과 마찬가지로 담배 물부리에 끼운 담배를 피웠다. R 발음을 왠지 조금 상스럽게 발음하는 그의 타이드워터**식 발음은 내 귀에는 묘하게 들렸다. 그가 방문한 직후부터 경제 상황은 점점 나아졌다.

훗날 친한 사이가 된 뒤에도 그는 언제나 홈스 씨였다. 내가 그를 그냥 이름으로 부르는 광경은 상상조차 할 수 없었다.

내가 고향을 떠나 뉴욕 시까지 온 것도 아마 홈스 씨의 방문이 계기로 작용했는지도 모르겠다. 페이엣 밖에는 무엇인가 새로운 것이, 노스다코타식 사고방식과는 다른 무엇이 있다고 느꼈기 때문이다. 우리 가족의 방식을 따르자면 나는 나 자신의 농장을 손에 넣어야 했고, 고향

---

*   미국의 제32대 대통령인 프랭클린 델러노 루스벨트의 머리글자를 딴 애칭.

**   버지니아주의 해안지대.

처녀와 결혼해서 애를 잔뜩 낳고, 주일에는 교회로 가서 목사가 지옥불에 관해 설교하는 것을 듣고, 주중에는 은행을 살찌우기 위해 열심히 밭에서 일해야 마땅했다.

그것이야말로 인생의 전부라는 식의 생각에 나는 반발했다. 순전히 본능적으로 고향 밖에는 다른 종류의 삶이 기다리고 있음을 직감했기 때문인지도 모르겠다. 나는 그런 삶의 일부가 되고 싶었다.

나는 키가 크고 어깨가 넓은 금발 청년으로 성장했다. 커다란 손은 미식축구 공을 잡기에 딱 알맞았고, 훗날 내 홍보 에이전트가 "남자답게 잘생겼다"고 표현한 외모를 하고 있었다. 학교에서는 미식축구 선수로 활약했고, 수업 시간에는 졸았고, 길고 어두운 겨울이 오면 지역 극장이나 야외극에 배우로 출연했다. 영어나 독일어로 진행되는 아마추어 연극은 상당히 많았고, 나는 그 양쪽에 참가했다. 나는 주로 빅토리아시대의 멜로드라마나 역사 스펙터클의 배역을 맡아 호평을 받았다.

여자들한테도 인기가 있었다. 잘생기고 누가 봐도 번듯한 고향 청년이었고, 농부와 결혼해야 한다면 여자들 모두가 나와 결혼하기를 원했다. 나는 그 누구와도 특별한 관계가 되지 않도록 주의했지만 말이다. 워치포켓*에는 언제나 콘돔을 넣고 다녔고, 적어도 서너 명의 여자애들과 동시에 사귀고 있다는 소문이 나도록 노력했다. 어른들이 나를 위해 준비해놓은 덫에 빠질 생각은 추호도 없었다.

우리 모두가 애국자였다. 그 지방에서는 당연한 일이었다. 가혹한 풍토에서는 애국심이 절로 함양되는 법이다. 딱히 야단법석을 떨거나 하는 일 없이 애국심은 단지 모든 것의 일부로서 그곳에 존재했다.

---

* 　청바지 등의 앞 호주머니 안쪽에 부착된, 회중시계용의 조그만 호주머니.

내가 속한 미식축구 팀은 꽤 좋은 성적을 올렸기 때문에 노스다코타주에서 빠져나갈 수 있는 길이 보이기 시작했다. 고등학교의 졸업이 가까워올 무렵 미네소타대학에서 장학금을 주겠다는 제의가 들어왔다.

그러나 대학에는 결국 가지 않았다. 그러는 대신 1942년 5월에 졸업식을 마친 다음 날, 군의 신병 모집소로 가서 보병으로 지원했다.

뭐 크게 자랑하거나 할 만한 일은 아니었다. 같은 반의 남자 학우 모두가 나와 함께 지원했기 때문이다.

나는 이탈리아 전선에서 싸우던 제5사단에 배속됐고, 말단 보병으로 개고생을 했다. 매일 비가 내렸지만 비를 피할 곳 따위는 없었고, 어디로 어떻게 움직이더라도 앞의 언덕에서 몸을 숨기고 차이스 쌍안경으로 줄곧 우리를 감시하고 있는 독일군의 눈을 피할 수는 없었다. 발견당한 뒤에는 예외 없이 독일군의 88밀리미터 포탄이 쐐액 하고 날아오는 끔찍한 소리가 들려왔다……. 나는 24시간 내내 겁에 질려 있었다. 이따금 용감하게 싸울 때도 있었지만 비 오듯 쏟아지는 포탄을 피해 땅에 납작 엎드려 있는 경우가 대부분이었다. 그런 전쟁터에서 살아남을 가능성은 거의 없었다. 베트남전쟁과는 달리 정해진 파병 기간도 없었다. 말단 소총수는 전쟁이 끝날 때까지 줄곧 전선에 머무르는 수밖에 없었다. 그게 아니라면, 전사하거나 전선 복귀가 불가능할 정도의 중상을 입을 때까지 말이다. 나는 이것들을 피할 수 없는 운명으로 받아들이고 내가 할 수 있는 일을 했다. 마지막에는 상사로 진급했고, 청동훈장 하나에 퍼플하트* 세 개를 받았다. 그러나 내 입장에서 훈장이나 진급 따위는 큰 의미가 없었다. 솔직히 젖지 않은 양말을 어디서 입수할지 알아

* 전투 중에 부상을 입으면 받는 미군의 전상(戰傷) 훈장.

내는 일이 더 중요했기 때문이다.

　같은 부대에서 친하게 지낸 마틴 코조코프스키라는 사내의 아버지는 뉴욕 시에 사는, 그리 유명하다고는 할 수 없는 연극 제작자였다. 어느 날 저녁 그와 함께 지독한 맛이 나는 레드와인 한 병을 나눠 마시며 담배 한 대―흡연은 내가 육군에서 배운 것들 중 하나다―를 나눠 피우고 있을 때, 내가 고향인 노스다코타주에서 연극배우 노릇을 했다는 얘기를 했다. 그러자 마틴은 알딸딸한 선의가 갑자기 솟구쳐 나오는 것을 느끼고 이렇게 말했다.

　"염병할, 전쟁이 끝나면 너도 뉴욕으로 와. 나하고 우리 아버지가 너를 무대에 세워줄게."

　무의미한 공상이었다. 그 시점에서는, 살아서 고향으로 돌아갈 수 있을 것이라고 진심으로 믿고 있던 사람은 아무도 없었기 때문이다. 그러나 이 말은 기억에 남았고, 우리는 나중에도 그런 얘기를 했다. 그리고 시간이 흐르자 이것은 사실이 되었다. 가끔은 이런 식으로 실현되는 꿈도 있는 법이다.

　유럽 전승 기념일 후 제대한 나는 뉴욕 시로 갔고, 코조코프스키의 아버지는 내게 몇몇 단역을 주었다. 그러는 한편 나는 이런저런 아르바이트를 하며 생계를 꾸려갔는데, 농사나 전쟁에 비하면 모두 쉬웠다. 당시 연극계는 열성적이고 지적이며 립스틱을 바르지 않는―당시 여자가 립스틱을 바르지 않는 것은 대담한 행위로 간주되고 있었다―젊은 여성들로 가득했고, 그들이 아무이나 피란델로나 정신분석에 관해 하는 이야기에 귀를 기울여주면 나를 자기들 집으로 데려가곤 했다. 무엇보다 좋았던 것은 그들이 결혼해서 작은 농부들을 낳고 싶어 하지 않았다는 점이었다. 평화로운 시대의 방식이 점점 되돌아오고 있었다. 노스다코타의 기억은 사라져가기 시작했다. 시간이 좀 흐르자 전쟁도 내 인생에 완전히 나쁜 영향만 끼친 것은 아닐지도 모른다는 생각이 들기 시작했다.

물론 이것은 착각에 불과했다. 여전히 밤에 자다가 88밀리미터 포탄이 귓가를 스쳐 가는 환청을 듣고 잠에서 깨기 일쑤였기 때문이다. 나는 오장육부가 뒤틀리는 공포를 맛보았고, 종아리의 오래된 흉터가 욱신거리는 것을 느꼈다. 포탄 구덩이 속에서 목덜미로 진흙이 흘러내리는 것을 느끼며 누워 있었을 때의 일이 떠올랐다. 모르핀이 통증을 없애주기를 기다리며 하늘을 올려다본 나는 은빛 선더볼트 전투기 편대가 뭉툭한 날개로 햇빛을 반사하며 날아가는 것을 보았다. 아무리 높은 산이라도 내가 지프차에서 땅으로 뛰어내리는 것보다 훨씬 더 쉽게 뛰어넘을 수 있는 비행기들. 지혈대로 출혈을 틀어막으며 모르핀과 응급 수액을 가진 위생병이 오기를 기다리면서, 천하태평하게 하늘을 가로지르는 전투기 조종사들에 대한 분노와 질투가 치밀어 올랐던 것을 기억한다. 나는 다짐했다. 혹시 나중에 지상에서 저 새끼들을 한 명이라도 만난다면, 반드시 앙갚음을 해주겠노라고…….

♥

홈스 씨는 내가 정확히 얼마나 힘이 센지 알아보기 위한 테스트를 시작했다. 유례를 볼 수 없을 정도로 힘이 센 것이 아니라, 상상을 초월할 정도로 힘이 세다는 사실이 곧 판명되었다. 단단히 버티고 서 있을 수만 있으면 나는 40톤까지 들어 올릴 수 있었다. 기관총탄을 가슴에 쏘아도 총탄 쪽이 납작해졌다. 20밀리미터 구경의 철갑탄을 맞으면 운동

에너지 탓에 쓰러지기는 하지만, 멀쩡한 상태로 다시 일어설 수 있었다.

담당자들은 20밀리미터보다 더 큰 구경부터는 두려워서 차마 시험해보지 못했다. 나도 동감이었다. 큼지막한 기관총탄에 불과한 20밀리미터 기관포탄이 아니라 **진짜** 포탄에 맞는다면 나는 오트밀 죽이 되어버릴 공산이 컸다.

나의 힘에도 한계는 있었다. 몇 시간이나 힘을 쓰면 피곤해졌다. 약해지고, 총알을 맞아도 아픔을 느끼기 시작한다. 그러면 힘 쓰기를 중단하고 쉬는 수밖에 없었다.

생체 역장이라는 타키온의 추측은 맞았다. 내가 힘을 쓸 때는 후광처럼 보이는 금빛 광휘가 내 몸 전체를 에워싼다. 엄밀하게 말해서 나는 그것을 통제하지는 못했다─누군가가 몰래 내 등을 향해 총을 쏘면, 역장은 자동적으로 발생했다. 내가 피로를 느끼면 광휘는 희미해지기 시작한다.

역장을 필요로 할 경우, 그것이 사라질 정도로 피곤해지는 상황에 빠진 적은 한 번도 없었다. 실제로 그렇게 된다면 무슨 일이 일어날지 두려웠기 때문이다. 그래서 필요할 때는 언제나 충분한 휴식을 취할 수 있도록 주의했다.

최종 테스트 결과가 도착하자 홈스 씨는 파크애비뉴사우스에 있는 자기 아파트로 나를 불렀다. 건물의 5층 전체를 차지하는 엄청나게 넓은 아파트였지만 방들 다수는 한동안 쓰지 않은 느낌이 역력했다. 홈스 씨의 아내는 1940년에 췌장암으로 사망했고, 그 이후 그는 사교 생활을 거의 하지 않았다. 외동딸은 뉴욕에서 멀리 떨어진 학교에 다니기 때문에 집에 없었다.

홈스 씨는 내게 술과 담배를 권하며 파시즘에 관한 나의 의견을 물었고, 그것에 대해 내가 어떤 일을 할 수 있을 것 같냐고 물었다. 나는 완고하기 짝이 없던 나치의 친위대 장교들과 공수부대원들을 머리에 떠올렸고, 지구에서 가장 강한 사내가 된 지금, 내가 그런 자들에 대해 무슨 일을 할 수 있을지를 생각해보았다.

"상당히 유능한 병사가 될 수 있을 것 같습니다."

내가 이렇게 대답하자 그는 희미한 미소를 떠올렸다. "브론, 그럼 자네는 다시 병사가 **되고 싶나?**"

나는 그 즉시 그가 하고자 하는 말이 무엇인지 알아차렸다. 지금은 비상사태였다. 전 세계에서 악이 날뛰고 있었다. 그리고 나는 그것에 대해 무엇인가를 할 수 있었다. 지금 내 앞에 앉아 있는 사내는 프랭클린 델러노 루스벨트의 오른팔이라고 불리던 사내였고, 루스벨트는 내 관점에서는 하느님의 오른팔이었던 사내였다. 그리고 그런 인물이 지금 내게 행동에 나서라고 요청하고 있는 것이다.

물론 나는 자원했다. 결심하는 데는 3초도 채 걸리지 않았을 것이다.

홈스 씨는 나와 악수를 나눴다. 그런 다음 또 다른 질문을 던졌다.

"흑인과 함께 일하는 것에 대해서는 어떻게 생각하나?"

내가 상관없다는 듯이 어깨를 으쓱하자 그는 미소 지었다. "좋아. 그렇다면 제트보이의 유령을 자네에게 소개해줘야 하겠군."

나는 이 말에 어안이 벙벙한 표정을 지었던 듯하다. 그의 미소가 커졌다. "실제로는 얼 샌더슨이란 친구라네. 상당한 걸물이지."

묘하게도 나는 이 이름을 알고 있었다. "럿거스대학 야구팀에 있던 친구 말입니까? 정말 뛰어난 선수였죠."

홈스 씨는 깜짝 놀란 기색이었다. 스포츠에는 그리 관심이 없었던 듯하다. "오. 직접 만나보면 그 이상의 인물임을 알게 될 걸세."

♣

얼 샌더슨 주니어는 뉴욕 시 할렘에서 태어나, 나와는 전혀 다른 삶을 살아왔다. 그는 나보다 열한 살 위였고, 어쩌면 그 때문에 나는 결코 그를 따라잡지 못했던 것인지도 모르겠다.

철도의 객실 담당 짐꾼이었던 그의 아버지는 프레더릭 더글러스와 윌리엄 듀보이스*를 존경했고, 독학으로 많은 지식을 쌓은, 머리가 좋은 사람이었다. '미국 흑인 지위 향상 협회(NAACP)'의 전신인 나이아가라 운동의 창립 멤버였고, 나중에는 미국 최초의 흑인 노동조합인 '침대차 짐꾼 동지회'도 창립했다. 강인하고 똑똑한 인물이었고, 당시 언제 어디로 불씨가 튈지 모를 정도로 불안정했던, 할렘의 터줏대감이나 다름없는 사내였다.

아들인 얼 주니어는 뛰어난 재능을 가진 젊은이였고, 아버지는 아들에게 그런 재능을 헛되이 쓰지 말라고 충고했다. 얼은 고등학교에서 학업과 운동 양쪽으로 최고의 성적을 거뒀고, 1930년에 폴 로브슨**의 뒤를 이어 럿거스대학에 입학했을 때는 장학금을 얼마든지 골라서 받을 수 있었을 정도였다.

대학에 입학하고 2년째 되던 해에 그는 공산당에 입당했다. 나중에 나와 알게 된 후 그 얘기가 나오자 그는 그것만이 유일하게 합리적인 선택이었다는 식으로 술회했다.

---

* 전자는 미국의 흑인 저술가이자 노예제 폐지론자이며, 후자는 미국의 흑인 사회학자, 사상가이다.

** 미국의 흑인 오페라가수, 작가, 민권운동가, 운동선수.

"당시 대공황은 악화일로를 걷고 있었어. 경찰은 미국 곳곳에서 노조원들에게 발포하고 있었고, 백인들도 흑인들만큼 가난하다는 게 어떤 건지를 몸으로 체험하고 있었지. 당시 러시아에 관해 얻을 수 있었던 정보라곤 풀가동되고 있는 공장들의 사진들뿐이었는데, 이곳 미국에서는 공장들이 줄줄이 문을 닫고 노동자들은 굶주리는 상황이었어. 그래서 난 혁명은 시간문제라고 생각했던 거야. 미국 공산당은 친노조 단체 중에서도 흑백 평등을 주장하던 유일한 단체였어. '흑인도 백인도 함께 단결해서 싸우자'라는 구호를 내세우고 있었는데, 내겐 옳은 말로 들렸지. 그 친구들은 인종의 벽 따위엔 전혀 구애받지 않았어—단지 내 눈을 똑바로 바라보고, '동지'라고 불러줬던 거야. 그런 대우를 받은 건 예나 지금이나 그때뿐이었어."

1931년에 얼이 공산당에 입당했을 당시 이것들은 충분히 타당하고 좋은 이유들이었다. 그리고 훗날 이런 이유들은 얄궂게도 우리 모두를 파멸로 몰아넣게 된다.

얼 샌더슨이 왜 릴리언과 결혼했는지는 모르겠지만, 릴리언이 오래전부터 얼을 쫓아다녔다는 사실은 잘 알고 있었다. "잭." 릴리언은 내게 이렇게 말한 적이 있다. "그이는 그냥 **빛이 났어.**"

릴리언 애벗이 얼을 만난 것은 그가 고등학교 2학년이었을 때였다. 그때 처음 만난 이래, 그녀는 잠시라도 틈이 나면 얼과 함께 시간을 보냈다. 얼에게 신문을 사주고, 자기 용돈을 써가며 얼이 극장 공연을 관람할 수 있도록 해주고, 급진적인 모임에 함께 참가했다. 얼이 럿거스대학을 최우등으로 졸업하고 나서 몇 주 뒤에 그녀는 그와 결혼했다.

"얼한테는 선택의 여지를 아예 안 줬어." 그녀는 내게 이렇게 말했다. "내 입에서 결혼 얘기를 안 들으려면 나와 결혼하는 수밖에 없었거든."

물론 두 사람 모두 자기들 앞에 무엇이 기다리고 있는지 모르고 있었다. 얼은 자기 자신보다 훨씬 큰 사회문제에 몰두하고 있었고, 혁명이 임박했다고 믿고 있었다. 그런 힘든 시절, 릴리언에게 조금이라도 행복해질 기회를 주고 싶었는지도 모르겠다. 얼이 결혼에 동의한다고 해서 잃을 것은 없었다.

릴리언은 거의 모든 것을 잃었지만 말이다.

결혼한 지 두 달이 되었을 때 얼은 소비에트연방으로 가는 배에 몸을 실었다. 레닌대학에 1년간 유학해서 어엿한 코민테른 요원이 될 목적으로 말이다. 릴리언은 고향에 남아 어머니 가게에서 일했다. 공산당 회합에도 꼬박꼬박 참석했지만, 얼이 빠진 회합은 왠지 활력이 없는 느낌이었다. 딱히 내키지 않으면서도, 혁명가의 아내가 되는 법을 배우고 있었다고나 할까.

러시아에서 1년을 유학하고 돌아온 얼은 법학 학위를 따기 위해 컬럼비아대학에 진학했다. 릴리언은 그가 졸업해서 A. 필립 랜돌프*와 '침대차 짐꾼 동지회'의 법률 자문으로 취임할 때까지 그를 내조했다. '동지회'는 미국에서 가장 급진적인 노동조합 중 하나였으므로, 얼의 아버지도 뿌듯해했을 것이다.

미국 경제가 대공황에서 조금씩 회복하면서 혁명은 결국 일어나지 않으리라는 사실을 깨달은 때문인지 얼은 공산당에 대한 열의가 수그러들었다. 세상을 떠들썩하게 했던 제너럴 모터스의 파업은 얼이 러시아에서 혁명가가 되는 법을 배우고 있을 무렵 노동총연맹에 유리한 방

---

*   미국의 흑인 정치가, 사회주의 노동운동가.

향으로 해결되었다. '침대차 짐꾼 동지회'는 1938년에 풀먼사(社)로부터 합법 노조로 인정받았고, 그때까지 줄곧 무급 봉사자로 일했던 랜돌프는 마침내 봉급을 받기 시작했다. 얼은 노동조합과 랜돌프와 관련된 일을 처리하느라고 많은 시간을 빼앗겼고, 공산당의 회합에도 참석하지 않을 때가 많아졌다.

나치스와 소련이 불가침조약을 체결하자 얼은 분노하며 공산당에서 탈당했다. 파시스트들과 동거하는 것은 그의 스타일이 아니었기 때문이다.

나중에 얼에게 들은 바로는, 백인들 입장에서 대공황은 진주만 공격 이후 국내의 군수공장들이 대규모로 직원을 고용하기 시작했을 때 끝났다고 한다. 그러나 그때도 흑인들은 거의 일자리를 얻지 못했다. 이런 차별에 대해 랜돌프와 그의 지지자들은 울화통을 터뜨렸다. 랜돌프는 전쟁이 한참 격화되던 시절임에도 불구하고 철도 파업을 하고 워싱턴에서 항의 행진을 벌이겠다고 위협했다. F.D.R.은 직속 해결사인 아치볼드 홈스를 파견해서 사태 해결을 시도했다. 이것은 정부 계약 사업에서 인종에 입각한 고용 차별을 금지한 대통령 행정명령 8802호로 결실을 맺었다. 이것은 흑인민권운동의 역사에 남는 기념비적인 법률이었고, 얼의 경력에서도 가장 위대한 성공 사례로 꼽힌다. 얼은 곧잘 이것을 그의 인생에서 가장 자랑스러운 업적으로 언급하곤 했다.

행정명령 8802호가 시행된 지 1주 뒤에 얼의 징병 등급이 현역 1급을 의미하는 1-A로 바뀌었다. 얼이 철도 노동조합에서 일한다는 사실도 그를 보호해주지는 못했다. 정부가 보복에 나섰던 것이다.

얼은 육군항공대에 지원하기로 결심했다. 예전부터 줄곧 비행기 조종사가 되고 싶었기 때문이다.

조종사가 되기에는 나이가 많았지만, 여전히 운동선수의 몸을 유지하고 있었던 덕에 무사히 신검을 통과할 수 있었다. 군의 인사 기록에서 그는 섣부른 반파시스트 성향(Premature Anti-Fascist)을 의미하는 PAF로 분류되어 있었다. 미국이 참전하기 전인 1941년 이전에 이미 히틀러를 싫어했을 정도로, 신뢰할 수 없는 정치 성향을 가진 작자들을 의미하는 공식 용어이다.

얼은 흑인 부대인 제332전투비행전대에 배치되었다. 흑인 조종사 선발 과정이 너무나도 엄격했던 덕분에 이 부대는 전직 교수, 목사, 의사, 변호사투성이가 되어버렸다. 그리고 이 우수한 지원자들은 조종사로서도 1급의 반사신경을 보여줬던 것이다. 해외에 파병된 비행전대 중에서 흑인 조종사를 원하는 부대는 단 하나도 없었기에 이 부대는 몇 달간이나 훈련에 훈련을 거듭하면서 터스키기*에 머물렀다. 결과적으로 그들은 표준적인 전투비행전대에 비해 무려 세 배에 달하는 훈련을 받았고, 최종적으로 이탈리아 비행기지들로 파견된 후에는 '고독한 독수리들'이라고 불리며 유럽 전역(戰域)에서 폭발적인 활약을 펼쳤다.

그들은 선더볼트 전투폭격기를 몰고 독일과 발칸 제국(諸國)의 상공을 날았고, 제332전대가 수행한 임무 중에는 가장 힘든 표적의 파괴도 포함되어 있었다. 출격 횟수가 1만 5천 회에 달했음에도 불구하고, 그들이 호위한 폭격기들 중에서 루프트바페**에게 격추당한 것은 **단 1기도 없었다**. 이 소문이 퍼지자 현지의 폭격기 전대들은 폭격에 나설 때마다 제332전대를 지명해서 호위를 맡기기 시작했다.

---

*　　앨라배마주 동부의 도시. 인구의 95퍼센트 이상이 흑인이다.

**　　나치스 시대의 독일 공군.

제332전대의 최우수 조종사들 중 한 명이었던 얼 샌더슨은 53기의 '미확인' 격추 기록을 세우고 종전을 맞았다. 격추 수가 미확인인 것은 흑인 비행대대들은 기록을 남기지 않았기 때문이다─군부는 흑인 조종사들의 총 격추 수가 백인 조종사들의 기록을 넘는 것을 염려했다. 그 염려는 옳았다. 53기라는 얼의 격추 수는 제트보이를 제외한 모든 미국인 전투기 조종사를 능가했기 때문이다. 제트보이 역시 대다수의 기준을 훌쩍 넘겨버린 강력한 예외 중 한 사람이었다.

제트보이가 죽은 날, 얼은 지독한 독감에 걸렸다고 생각하면서 퇴근했고, 다음 날 잠에서 깼을 때는 흑인 에이스가 되어 있었다.

그는 시속 800킬로미터의 속도로 하늘을 날 수 있었다. 명백하게 의지력만으로 말이다. 타키온은 이 능력을 '텔레키네시스(염력) 투사'라고 불렀다.

얼의 육체는 상당히 강인하기도 했다. 나만큼 강인하지는 않았지만, 총탄을 튕겨낼 정도로는 강인했다. 그러나 포탄에 맞으면 다칠 수 있었고, 또 나는 그가 공중에서 다른 비행기와 충돌할 가능성을 크게 우려하고 있다는 사실을 알고 있었다.

그리고 그는 전방에 역장을 투사할 수 있었다. 앞길을 막는 그 어떤 물체도 쓸어버릴 수 있는 일종의 충격파였다. 천둥처럼 꽝 하는 소리가 울리면, 사람이든 차량이든 벽이든 간에 30미터 너머로 튕겨 나갔다.

얼은 바깥 세계에 그 사실을 알리기 전에 2주 동안 자신의 능력을 시험해보았다. 군대 시절 썼던 비행사 헬멧과 검은 비행용 가죽점퍼와 부츠 차림으로 뉴욕 시 상공을 날아다녔던 것이다. 얼이 마침내 그 사실을 공표했을 때, 홈스 씨는 가장 먼저 전화를 걸어온 사람들 중 한 사람이었다.

♠

나는 홈스 씨와 합류한 당일에 얼을 만났다. 그때는 이미 홈스 씨의 아파트에 남는 방 하나로 이사했고, 아파트 열쇠도 받은 뒤였다. 출세했다고나 할까.

나는 보자마자 그를 알아보았고, 홈스 씨가 소개하기도 전에 "얼 샌더슨"이라고 말했다. 나는 얼과 악수를 나눴다. "럿거스에서 뛰었을 때 신문 기사를 읽은 적이 있습니다."

"기억력이 좋은가 보군." 얼은 태연한 어조로 말했다.

우리는 자리에 앉았고, 홈스 씨는 우리 두 사람, 그리고 나중에 그가 채용하기를 희망하고 있는 사람들에게 어떤 일을 맡길 작정인지를 정식으로 설명했다. 얼은 와일드카드 바이러스에 감염된 후 유용한 초능력을 획득한 사람들을 의미하는 '에이스'와, 대조적으로 육체가 흉측하게 변형된 사람들을 의미하는 '조커'라는 단어에 대해 강한 거부반응을 보였다. 얼은 이런 표현들이 바이러스 감염자들에게 싫든 좋든 일종의 계급 체계를 강요한다고 느꼈고, 모종의 사회적 피라미드 꼭대기에 우리를 올려놓고 싶지 않았기 때문이다. 홈스 씨가 우리 팀에게 붙여준 공식적인 이름은 '민주주의를 지키는 이능자들(Exotics for Democracy)', 약칭 EFD였다. 우리는 유럽과 아시아를 재건하고 파시즘과 불관용에 대한 투쟁을 이어간다는 미국의 전후 이상을 고무하고, 그것을 체화한 존재가 되어야 했다.

전쟁이 끝난 지금, 미합중국은 새로운 황금시대를 만들어내고, 그것을 외부 세계와 공유할 작정이었다. 그리고 우리는 그런 노력의 상징이 될 것이다.

아주 좋은 생각처럼 들렸기 때문에 나는 여기에 동참하기로 했다.

얼의 경우는 나만큼 쉽지는 않았다. 홈스는 이미 얼과 얘기를 나누고, 다저스의 감독 브랜치 리키가 훗날 미국 최초의 흑인 메이저리거 재키 로빈슨에게 요구했던 것과 같은 종류의 거래를 원했던 것이다. 얼은 국내 정치에서 완전히 손을 떼야 했다. 스탈린이나 마르크시즘과는 완전히 결별했으며 이제는 혁명이 아닌 평화적인 개혁을 지지한다고 선언할 필요가 있었다. 얼은 스스로의 감정을 통제함으로써 미국 사회의 흑인이라면 피해 갈 수 없는 분노와 인종차별과 은근무례한 태도를 참고 견딜 뿐만 아니라, 그 과정에서 자제력을 발휘함으로써 보복에 나서지 않아야 했다.

이런 결정을 내리기까지 상당히 고뇌했다는 사실을 훗날 본인에게서 들었다. 그 무렵 얼은 자신이 어떤 힘을 가지고 있으며, 중요한 사건이 벌어지는 장소에 그냥 가 있는 것만으로도 그 사건의 추이를 바꿀 수 있다는 사실을 알고 있었기 때문이다. 인종차별 철폐 회합에 참가한 사람이 주 방위군 몇 개 중대를 박살 낼 능력을 가지고 있다면, 남부 주의 경찰들도 그 회합을 강제해산하지는 못할 것이다. 파업 현장에 용역을 대거 투입하더라도 그의 충격파 앞에서는 바람 앞의 지푸라기나 마찬가지다. 만약 그가 흑인 출입이 금지된 레스토랑에 들어가서 죽치고 앉아 있는다면, 미 해병대의 전 병력을 동원하더라도 그를 쫓아낼 수는 없다. 건물 전체를 파괴하지 않는 한은 말이다.

그러나 만약 얼이 자기 힘을 그런 식으로 쓴다면, 그 대가를 치르는 사람은 얼 샌더슨 본인이 아님을 홈스 씨는 지적했다. 만약 얼 샌더슨이 노골적인 차별 행위에 대해 폭력적으로 대응하는 광경이 목격된다면, 미국 전체에서 죄 없는 흑인들이 참나무 줄기에 목매달리는 상황이 벌어질 것이다.

결국 얼은 홈스 씨가 원하는 조건을 지키겠다고 확약했다. 그리고 바로 그다음 날, 우리 두 사람은 역사의 많은 부분을 직접 만들어내는 일에 착수했다.

◆

EFD는 미국 정부의 일부였던 적이 한 번도 없었다. 홈스 씨는 미 국무부와 협의하기는 했지만, 그는 자기 돈으로 얼과 나에게 봉급을 지급했고, 내가 사는 곳도 그의 아파트였다.

최초의 임무는 페론을 처리하는 일이었다. 페론은 부정선거를 통해 아르헨티나의 대통령으로 당선되었는데, 스스로를 남미판 무솔리니로 격상시키고, 아르헨티나를 파시스트와 전쟁범죄자들의 도피처로 제공하고 있었다. '민주주의를 지키는 이능자들'인 우리는 이런 상황을 바로잡기 위해 남쪽으로 날아갔다.

돌이켜 생각해보면, 정말로 그럴 작정이었다는 사실 자체가 놀라울 따름이다. 우리가 전복시키려고 결심한 것은 외국, 그것도 대국(大國)의 합헌 정부였지만, 우리는 그 사실에 전혀 의문을 품지 않았다……. 얼조차도 아무 의문도 제기하지 않고 순순히 계획에 따랐다. 유럽에서 몇 년 동안이나 파시스트를 상대로 싸우다가 최근 돌아온 우리는 남미로 가서 파시스트들을 박살 낸다는 계획도 그와 별반 다르지 않다고 생각했던 것이다.

출발 시에 새로운 멤버가 한 명 합류했다. 데이비드 하스틴은 말주변만으로 비행기 좌석을 확보한 듯한 인상을 주는, 브루클린 출신의 유대인 체스 내기꾼을 연상시키는 인물이었다. 뉴욕 전역에서 볼 수 있는, 엄청나게 빠른 말투로 홍수 보험이라든지 중고 타이어, 캐시미어 못지 않게 부드러운 기적의 섬유로 만들어진 맞춤 양복 따위를 사도록 만드는 곱슬머리 청년들을 연상케 하는 작자가 갑자기 EFD의 일원이 되어 이러쿵저러쿵 지시를 내리기 시작했던 것이다. 그러나 누구든 그를 좋아할 수밖에 없었고, 무조건 그의 말에 동의하는 수밖에 없었다.

데이비드가 이능자라는 점은 명백했다. 그는 다른 사람으로 하여금 그 자신과 세계에 대한 친애의 정을 품게 만드는 페로몬을 발산했다. 이 페로몬은 친밀하고 암시를 받기 쉬운 분위기를 만들어낸다. 알바니아의 스탈린주의자도 하스틴에게 설득당하면 물구나무를 선 채로 미국 국가를 부르게 할 수 있었다. 적어도 하스틴 본인과, 그가 발산한 페로몬이 방 안에 남아 있는 동안은 말이다. 예의 알바니아인 스탈린주의자가 제정신으로 돌아온다면, 당장 스스로를 고발하고 총살시켜달라고 간절히 바랄 것이 뻔했지만 말이다.

우리는 데이비드의 능력을 비밀에 부치기로 했고, 대신 그는 라디오 연속극의 '섀도'처럼 일종의 은밀한 슈퍼맨이며, 우리의 정찰 요원이라는 소문을 퍼뜨렸다. 실제로는 여러 사람이 모인 회의에 슬쩍 끼어 들어가서 우리 의견에 동의하게 만들었을 뿐이지만 말이다. 상당히 효과적인 방법이었다.

페론은 취임한 지 4개월밖에 안 된 탓에 아직 권력 기반을 완전히 굳힌 상태가 아니었다. 우리가 그를 축출한 쿠데타를 준비하는 데는 2주가 걸렸다. 하스틴과 홈스 씨가 아르헨티나군의 고급장교 회의에 참석하면, 대령들은 얼마 지나지도 않아 페론의 머리를 갖다 바치겠다고 맹세하곤 했다. 설령 나중에 마음이 흔들리더라도, 공석에서 자기 명예를 걸고 한 약속을 어기는 것은 불가능했다.

거사일 아침, 나 자신의 한계를 실감하게 한 사건이 있었다. 육군 시절 곧잘 읽었던 코믹스에서, 슈퍼맨이 도망치는 악당들의 차 앞으로 뛰어들자 차가 튕겨 나가는 장면이 있었다.

나는 아르헨티나에서 똑같은 일을 시도했다. 페론주의자인 소령이 부대 지휘소로 가는 걸 막으려고 그가 모는 벤츠 앞으로 뛰어들었던 것이다. 60미터나 튕겨 나가서 후안 페론 본인의 조각상에 격돌한 사람은 차가 아닌 나였지만 말이다.

문제는 내가 자동차보다 무겁지 않다는 점이었다. 물체끼리 충돌할 때 밀려나는 것은 운동량이 더 적은 물체이고, 질량은 운동량을 규정하는 요소다. 더 가벼운 물체가 아무리 **힘이 세더라도** 운동량과는 무관한 것이다.

이런 일을 겪고 좀 더 현명해진 나는 페론의 조각상을 대좌에서 뜯어내서 소령이 탄 차를 향해 던졌다. 그걸로 해결됐다.

에이스에게 필요한 지식 중에서는 코믹스를 읽는 것으로는 얻을 수 없는 것들이 몇 개 있다. 코믹스의 에이스들이 탱크의 포를 움켜잡고 프레첼처럼 매듭을 짓는 장면을 읽은 적이 있었다.

사실 그러는 것은 가능하다. 그러나 그러기 위해서는 지렛대처럼 받침점이 필요하다. 어떤 물체를 밀기 위해서는, 뭔가 견고한 물체 위에 단단히 발을 딛고 서 있어야 한다는 뜻이다. 내 입장에서는 차라리 탱크 밑으로 뛰어 들어가서 차체를 뒤집어버리는 쪽이 훨씬 더 쉬웠다. 그런 다음 반대쪽으로 달려가서 포신을 어깨에 댄 채로 감싸 안고, 확 잡아당기는 것이다. 그런다면 내 어깨를 지레의 받침점 삼아서 포신을 내 몸에 감을 수 있다.

이것은 내가 급할 경우에 하는 일이다. 시간 여유가 있다면 탱크 바닥에 주먹으로 큰 구멍을 내고 안으로 들어가서 갈가리 찢어놓는 쪽을 선호한다.

본론에서 벗어났다. 페론 얘기로 돌아가자.

반드시 처리해야 하는 중요한 일들이 두 가지 있었다. 우리는 충성심이 강한 페론주의자 일부와는 결국 접촉하지 못했고, 그중 한 명은 부에노스아이레스 외곽의 담으로 둘러싸인 기지에 주둔하고 있는 기갑대대의 지휘관이었다. 쿠데타를 일으킨 날 밤, 나는 탱크 한 대를 들어 올려 기지 출입문 앞에 옆으로 세워놓았다. 그런 다음에는 그 탱크에 어깨를 대고 버티고 서서, 다른 탱크들이 그 탱크를 억지로 밀고 나오려다가 충격으로 모조리 고물이 되어버릴 때까지 기다리기만 하면 됐다.

얼은 페론의 공군을 무력화했다. 활주로에 주기 중인 전투기들 뒤를 날아다니며 꼬리날개의 안정판을 찢어발기는 것으로 충분했다.

민주주의의 승리였다. 페론과 그의 금발 매춘부는 포르투갈로 망명했다.

나는 몇 시간 휴식을 취하기로 했다. 득의양양한 중산계급 시민들이 무리를 지어 거리로 몰려나와 승리를 자축하는 동안, 나는 프랑스 대사의 딸과 함께 호텔 방에 있었다. 창밖에서 들려오는 군중의 환성에 귀를 기울이며, 혀로는 샴페인과 니콜레트의 맛을 만끽했다. 하늘을 나는 것보다 이게 더 낫다.

우리의 이미지는 이 원정을 통해 형성되었다. 보통 나는 오래된 육군 전투복을 입고 있었고, 대다수 사람들은 그 모습으로 나를 기억했다. 얼은 기장을 떼어낸 육군항공대의 황갈색 장교복에 부츠와 헬멧과 고글과 스카프를 착용하고 있었고, 상의 위에는 예전과 마찬가지로 위

팔에 제332전대의 부대 마크가 부착된 조종사용 가죽점퍼를 걸쳤다. 하늘을 날고 있지 않는 경우 그는 바지 뒷주머니에 넣고 다니는 검은 베레모를 헬멧 대신 쓰고 다녔다. 사람들 앞에 모습을 드러내야 할 경우, 얼과 나는 누구든 쉽게 우리를 알아볼 수 있도록 군복 차림으로 와달라는 부탁을 종종 받곤 했다. 대중은 평소 우리가 다른 사람들과 마찬가지로 양복에 넥타이를 매고 다닌다는 사실을 아예 이해하지 못하는 듯했다.

♥

얼과 함께했던 시간은 주로 전투에 참가했을 때였고, 바로 그 이유에서 우리는 막역한 친구 사이가 되었다. 함께 싸우는 전우와는 누구든 금세 친구가 되기 마련이다. 나는 내가 살아온 삶, 전쟁 경험, 여자들에 관해 이야기했다. 그는 나보다는 좀 말을 아꼈다. 아마 흑인인 그가 백인 여자들과 사귄 얘기를 하면 내가 어떻게 받아들일지 확신이 없었기 때문인지도 모르겠다. 하지만 우리가 북부 이탈리아에서 나치당 고관이었던 마르틴 보어만의 행방을 쫓고 있었을 때, 얼은 오를레나 골도니에 관한 모든 얘기를 털어놓았다.

"아침이 되면 그녀의 스타킹을 붓으로 그려주곤 했어." 얼이 말했다. "다리에 화장을 해서, 마치 실크 스타킹을 신고 있는 것처럼 보이게 하는 거야. 아이라이너를 써서 다리 뒤쪽에 솔기까지 그려 넣어야 했지." 얼은 미소 지었다. "그런 페인트칠이라면 언제든 대환영이었지."

"왜 진짜 스타킹을 선물하지 않은 건데?" 나는 물었다. 미군 병사라면 전선에서도 나일론 스타킹을 쉽게 손에 넣을 수 있었다. 고향에 있는 친구나 친척들에게 편지로 보내달라고 부탁하면 그만이었기 때문이다.

"잔뜩 선물했어." 얼은 어깨를 으쓱했다. "하지만 레나는 자기 동지들에게 금세 다 나눠줘버리더라고."

얼은 레나의 사진을 가지고 있지 않았다. 릴리언이 보면 곤란하기 때문이다. 그러나 나는 나중에 영화에서 그녀를 보았다. 영화사가 베로니카 레이크*에 대한 유럽의 대답이라는 식으로 그녀를 홍보하던 시절에 말이다. 헝클어진 금발, 넓은 어깨, 허스키한 목소리. 베로니카 레이크의 은막 페르소나는 서늘했지만, 골도니는 뜨거웠다. 영화에서는 진짜 실크 스타킹을 신고 있었지만 그것에 감싸인 다리 역시 진짜였다. 그래서 그녀의 출연 영화에서는 (욕을 먹지 않을 거라고 감독이 판단한 범위 내에서) 틈만 나면 레나의 각선미를 강조했다. 얼은 그녀의 다리에 분장을 해주면서 얼마나 즐거웠을까 하고 생각했던 기억이 있다.

두 사람이 만난 것은 레나가 나폴리에서 흑인 병사들이 입장을 허가받았던 몇 안 되는 클럽에서 카바레 가수로 있던 시절의 일이었다. 암시장 상인이기도 했던 열여덟 살의 레나는 이탈리아 공산주의자들을 위해 운반책으로 일한 적도 있었다. 그녀를 보자마자 얼은 평소의 신중한 행동거지를 벗어던졌다. 전 생애를 통틀어서 얼이 자기 욕구에 탐닉한 것은 아마 이때가 유일했을지도 모른다. 그는 위험을 무릅쓰고 대담한 행동에 나서기 시작했다. 밤이 되면 몰래 기지에서 빠져나와서 헌병 순찰대를 요리조리 피해가며 그녀를 만나러 갔고, 새벽이 되면 몰래 돌아와서 루마니아의 부쿠레슈티나 플로이에슈티로의 출격에 대비하는 식이었다……

---

* 1940년대 말에 누아르 영화로 인기를 끈 미국 여배우.

"물론 영원히 계속되지는 않으리라는 걸 우린 알고 있었어." 얼은 말했다. "늦든 빠르든 전쟁은 끝나리라는 걸 알고 있었지." 얼의 눈은 먼 곳을 바라보고 있는 듯한 느낌이었다. 마음의 상처를 기억하는 눈. 그가 레나와의 이별을 얼마나 힘들어했는지를 알 수 있었다. "두 사람 모두 성인답게 대처했다고나 할까." 긴 한숨. "그래서 서로에게 작별을 고했고, 난 제대해서 고향에서 다시 노동조합 일을 시작했어. 그 이후로는 한 번도 만난 적이 없고." 얼은 고개를 설레설레 저었다. "지금은 영화배우를 하고 있다는군. 난 한 편도 안 봤지만."

다음 날 우리는 보어만을 사로잡았다. 나는 보어만이 뒤집어쓴 수도승의 두건을 움켜잡고 그의 이가 딱딱거릴 때까지 마구 흔들었다. 우리는 연합군의 전범재판소 대표에게 보어만을 넘겼고, 자체적으로 며칠 휴가를 갖기로 했다.

얼은 일찍이 본 적이 없을 정도로 신경이 곤두서 있는 기색이었다. 전화를 걸기 위해 모습을 감추는 일도 잦았다. 기자들은 언제나 우리를 따라다녔는데, 얼은 카메라의 섬광전구가 터질 때마다 화들짝 놀라기까지 했다. 휴가 첫날, 밤이 되자 그는 나와 함께 빌린 호텔방에서 사라졌다. 그는 사흘 동안 모습을 보이지 않았다.

보통 이런 식의 행동을 보이는 쪽은 언제나 여자와 시간을 보낼 궁리를 하는 나였다. 그래서 나는 얼의 그런 행동에 허를 찔렸다.

그는 로마 북쪽의 작은 호텔에서 레나와 함께 주말을 보냈다. 나는 월요일 아침에 받아 본 이탈리아 신문에서 두 사람이 함께 찍힌 사진을 보았다. 어떻게 그랬는지는 모르겠지만, 기자들에게 정보가 샌 듯했다. 릴리언이 이 소식을 들었는지, 들었다면 무슨 생각을 하고 있을지 궁금했다. 얼은 잔뜩 찌푸린 얼굴을 하고, 월요일 정오 가까이가 되어서야 돌아왔다. 인도행 비행기 탑승 시각에 아슬아슬하게 맞춰 온 듯했다. 그는 캘커타로 가서 간디를 만날 예정이었다. 인도로 간 얼은 신전 계단에서 어떤 광신자가 마하트마 간디를 향해 쏜 총탄을 몸으로 막아냈고―그 덕에 신문들 1면은 갑자기 인도 얘기로 가득 찼다. 이탈리아에서 며칠 전 일어난 일은 까맣게 잊은 듯했다. 얼이 릴리언에게 어떻게 변명했는지는 모른다.

얼이 무슨 말을 했든 간에, 릴리언은 믿어주었을 거라고 생각한다. 그녀는 언제나 얼이 하는 말을 믿었기에.

♣

영광에 찬 나날이었다. 남미로 가는 탈출 경로를 차단당한 탓에, 나치스 전범들은 발견당하기 쉬운 유럽에 머무는 수밖에 없었다. 이탈리아의 수도원에 은신 중이던 보어만을 찾아낸 후, 얼과 나는 바바리아의 농장 건물 다락에서 요제프 멩겔레*를 끄집어냈다. 오스트리아에서는 아돌프 아이히만**을 잡기 직전까지 갔지만 패닉에 빠진 아이히만이 순찰 중이던 소련군의 품으로 뛰어든 탓에 놓쳤다. 러시아인들은 그 즉시 아이히만을 총살했지만 말이다. 데이비드 하스틴은 외교관 여권으로 마드리드의 에스코리알 왕궁으로 들어가서 에스파냐의 독재자인 프란시스코 프랑코를 직접 설득했고, 그 결과 프랑코는 라디오로 생중계

---

* 나치스 친위대의 군의관. 아우슈비츠 강제수용소에서 수감자들을 상대로 생체 실험을 한 것으로 악명이 높다.

** 나치스 친위대 장교. 유대인 박해 정책의 실무 책임자.

된 연설에서 은퇴 선언을 하고 총선거를 약속했다. 데이비드는 망명길에 오른 프랑코의 비행기에 동승해서 스위스 도착 때까지 줄곧 그의 곁을 지켰다. 그 직후 포르투갈도 총선거 실시를 발표했기 때문에 페론은 새로운 망명처를 찾아 중국 난징으로 가야 했다. 그곳에서 그는 장제스 총통의 군사 보좌관이 되었다. 몇십 명이나 되는 나치스 전범들이 앞다투어 이베리아반도를 탈출하기 시작했고, 나치 사냥꾼들은 이들 다수를 체포했다.

나는 돈을 많이 벌었다. 홈스 씨에게서 받는 봉급은 얼마 되지 않았지만, 체스터필드 담배 광고를 찍고 〈라이프〉에 체험 기사를 팔아서 거금을 벌었던 것이다. 강연 요청도 많이 들어와서, 홈스 씨가 나를 위해 연설문 작성자를 따로 고용해주었을 정도였다. 파크애비뉴에 있는 그의 아파트의 반은 내 것이나 다름없었고, 내가 원한다면 식당에서 식사 대금을 지불할 필요조차 없었다. 내 이름을 달고 나온 대필 기사들, 이를테면 「나는 왜 관용의 정신을 믿는가」라든지 「나에게 미국이 의미하는 것」 「우리에게는 왜 UN이 필요한가」 따위가 잡지에 게재될 때마다 나는 두둑한 보수를 받았다. 할리우드의 배우 스카우터들도 엄청난 액수를 제시하며 장기계약을 제안해왔지만, 아직은 관심이 없다고 거절했다. 전 세계를 돌아다니는 일이 더 매력적으로 느껴졌기 때문이다.

내 방에 너무나도 많은 젊은 여자들이 찾아오는 통에 아파트의 거주자 조합에서는 아예 회전문을 설치하면 어떻겠느냐는 소리가 나올 정도였다.

신문들은 얼을 제332전대의 별칭인 '고독한 독수리들'에 빗대서 '검은 독수리' 즉 '블랙이글'이라고 부르기 시작했다. 그는 이 별명을 별로 좋아하지 않았지만 말이다. 데이비드 하스틴의 능력에 관해 아는 소수의 사람들은 그를 '특사(Envoy)'라고 불렀다. 물론 나는 '골든보이(Golden Boy)'였다. 난 그 별명이 딱히 싫거나 하지는 않았다.

EFD는 블라이스 스탠호프 밴 렌셀러를 새로운 멤버로 맞아들였고, 신문들은 그녀를 '브레인 트러스트(Brain Trust)'*라고 부르기 시작했다. 블라이스는 아담한 체구에 예의 바른 보스턴 상류계급 출신의 여성이었고, 순혈 경주마 못지않게 예민했으며, 쓰레기라고 소문난 뉴욕주 하원의원과 결혼해서 낳은 아이가 셋 있었다. 그녀는 어느 정도 시간이 흐른 뒤에야 퍼뜩 깨닫게 되는 아름다움의 소유자였고, 일단 그 사실을 자각하면 왜 진작에 깨닫지 못했는지 의아해하는 경우가 다반사였다. 블라이스 본인은 자신이 얼마나 사랑스러운지를 전혀 모르고 있었다고 생각한다.

그리고 그녀는 타인의 마음을 흡수할 수 있었다. 기억, 능력 따위를 모두.

블라이스는 나보다 열 살쯤 연상이었지만 나는 개의치 않았고, 얼마 지나지도 않아 나는 그녀에게 추파를 던지기 시작했다. 내가 많은 여자들과 사귄다는 사실은 주지의 사실이었기 때문에, 만약 그녀가 나에 관해 조금이라도 알고 있었던 것이 사실이라면(나의 마음은 흡수할 정도로 중요하지는 않았기 때문에 몰랐을 가능성도 있지만) 그녀는 그런 나를 처음부터 진지하게 받아들이지 않았던 듯하다.

결국 끔찍한 남편인 헨리가 블라이스를 집에서 쫓아냈고, 그녀는 머물 곳을 찾기 위해 우리 아파트를 찾아왔다. 홈스 씨는 부재중이었고 나는 그의 20년 묵은 브랜디를 몇 잔 마시고 알딸딸한 상태였던 탓에,

---

*   두뇌 집단. 원래는 정치인 등을 보좌하는 전문가 그룹을 의미한다.

그런 그녀에게 즉각 침대를 빌려주겠다고 제안했다—그러니까, 내 침대를 말이다. 그녀는 내게 불같이 화를 내고 아파트를 뛰쳐나갔다.

자업자득이긴 했지만 빌어먹을, 내 제안을 설마 살림을 차리자는 뜻으로 받아들일 줄은 몰랐다. 그 정도는 상식이 아니던가.

상식이 없기는 나도 마찬가지였지만 말이다. 1947년 당시, 대다수 사람은 불장난을 하기보다는 결혼하는 쪽을 택했다. 나는 예외였다. 게다가 블라이스는 불장난 상대로 삼기에는 너무 예민했다—평소에도 머릿속에 잔뜩 차 있는 지식 탓에 신경쇠약으로 쓰러지기 직전인데, 하필 결혼 생활이 파탄 난 날 밤에 다코타주 출신의 촌놈한테 몸을 맡긴다는 건 논외였다.

곧 블라이스는 타키온과 함께 살기 시작했다. 나 대신 다른 행성에서 온 외계인을 택하다니 자존심이 상하는 얘기였지만, 타키온과는 상당히 친해졌던 터라 양단이나 새틴 옷을 입는 것이 취미인 친구이긴 해도 괜찮겠다고 판단했다. 타키온이 블라이스를 행복하게 해준다면 나도 전혀 이의가 없었다. 블라이스 같은 인텔리 여성을 설득해서 동거에 골인하다니, 타키온도 뭔가 그럴 만한 미점(美點)을 갖고 있는 것이리라.

'에이스'라는 표현이 일반화된 것은 블라이스가 EFD에 합류한 직후였기 때문에 우리는 어느새 '포 에이스(Four Aces)'라고 불리고 있었다. 홈스 씨는 '민주주의의 숨겨놓은 에이스카드' 내지는 '다섯 번째 에이스'였다. 우리는 정의의 사도였고, 모두가 그 사실을 알고 있었다.

믿기 힘들 정도로 많은 찬사가 우리에게 쏟아졌다. 대중은 우리가 잘못을 저지르는 것 자체를 허락하지 않았다. 최악의 인종차별주의자들조차도 얼 샌더슨을 '우리의 유색인 비행사'라고 찬양했으니 말 다 했다. 얼이 인종 분리 정책에 대한 의견을 말하거나 홈스 씨가 포퓰리즘에 관해 말하면 사람들은 귀를 기울였다.

얼은 의도적으로 자기 이미지를 조작하고 있었다고 생각한다. 머리가 좋았고, 언론의 실태에 대해서도 잘 알고 있었다. 그가 그토록 내키지 않아 했던 홈스 씨와의 약속은 결과적으로 옳았다는 것이 밝혀졌다. 그는 흑인 영웅의 이미지를 의도적으로 빚어냈고, 세속의 더러움에 물들지 않은 희망의 상징으로 만들었다. 운동선수, 학자, 노조 지도자, 전쟁 영웅, 가정에 충실한 남편이자 에이스. 그는 흑인으로서는 처음으로 〈타임〉의 표지에 올랐고, 〈라이프〉에도 실렸다. 얼은 과거에 흑인들의 이상이었던 폴 로브슨을 대체했다. 로브슨은 쓴웃음을 지으며 "나는 날지 못하지만, 얼 샌더슨은 노래를 못 부르잖아"라고 말하며 그 사실을 인정했다고 한다.

여담이지만 로브슨의 그 지적은 틀렸다.

얼은 일찍이 경험한 적이 없을 정도로 높은 곳을 날고 있었다. 사람들이 떠받들던 우상에서 의외의 결점을 찾아낼 경우, 무슨 일이 일어나는지 까맣게 모르는 채로.

♠

포 에이스가 처음으로 실패를 맛본 것은 이듬해인 1948년의 일이었다. 체코슬로바키아에서 공산주의자들이 정권을 탈취하기 직전인 상황에서 우리는 비행기를 타고 부랴부랴 독일까지 날아갔지만, 거기서 작전이 취소되었다는 통고를 받았다. 국무성에 있는 누군가가 우리가 처리하기에는 상황이 너무 복잡하다고 판단하고, 홈스 씨에게 개입하지 말아달라고 요청했던 것이다. 나중에 들은 소문에 의하면 정부는 비밀 작전을 위해 자체적인 에이스 부대를 편성하고 있었고, 그들을 우리 대신 파견했다가 모든 걸 엉망진창으로 만들어놓았다고 한다. 사실인지 아닌지는 모르겠지만 말이다.

체코슬로바키아 소동이 있은 지 두 달 뒤에, 우리는 민주주의를 위해 10억 명쯤 되는 사람들을 지켜주러 중국으로 파견되었다.

도착 당시에는 잘 몰랐지만 우리 편은 이미 진 상태였다. 신문 기사만 보면 전황은 여전히 만회 가능한 것처럼 느껴졌다—총사령관인 장제스 총통의 국민당은 여전히 주요 도시들을 장악하고 있었고, 장 총통이 천재라는 것은 온 세상이 다 알고 있었기 때문이다. 천재가 아니라면 헨리 루스* 씨가 〈타임〉의 '올해의 인물'로 그를 두 번이나 선정했을 리가 없지 않은가.

반면에 공산주의자들은 비가 오든 날이 개든 여름이든 겨울이든 간에, 매일 38킬로미터라는 착실한 속도로 중국 남부를 향해 진군하며 토지 해방을 계속하고 있었다. 그 무엇도 그들을 막을 수는 없었다—적어도 장 총통은 그럴 것 같지 않았다.

우리가 파견되었을 때 장제스는 총통직에서 사임한 상태였다. 그는 자신이 얼마나 필수 불가결한 인물인지를 모든 사람에게 증명해 보이기 위해서 이따금 사임하는 버릇이 있었다. 그래서 우리 포 에이스가 만난, 국민당의 새로운 주석은 천(陳)이라는 사내였는데, 구국의 기치를 내세우며 극적으로 재등장하는 버릇이 있는 주석에게 언제 쫓겨날지 몰라 좌불안석인 기색이 역력했다.

<hr />

* 〈타임〉 〈라이프〉 〈포춘〉 등을 창간한 미국의 거물 출판인.

당시 미국 정부는 중국 북부와 만주를 공산주의자들에게 내줄 수 있다는 입장이었다. 어차피 대도시들을 제외하면 국민당이 상실한 지역이었기 때문이다. 그런 다음 중국을 남북으로 분할함으로써 총통에게 남부를 확보해준다는 심산이었다. 그런다면 국민당은 중국 남부에서 확고하게 입지를 다지면서 장래의 영토 재탈환 계획을 세울 수 있고, 공산당도 싸우지 않고 북부의 도시들을 손에 넣을 수 있다.

우리 모두―포 에이스와 홈스 씨―가 회담 장소에 모였다. 블라이스의 경우는 과학 고문이라는 명목으로 합류했기 때문에 위생과 관개와 예방접종 따위에 관해 강연해야 했다. 마오쩌둥도 와 있었고, 저우언라이와 천 주석도 와 있었다. 불참한 장 총통은 뚱한 얼굴로 광둥에 있는 휘하 부대 천막에 처박혀 있었기 때문에 오지 않았다. 인민해방군은 만주의 선양을 포위 공격하고 있었고, 그 밖의 병력은 린뱌오의 지휘하에 하루에 38킬로미터의 속도로 착실하게 남진을 계속하고 있었다.

얼과 나는 별로 할 일이 없었다. 우리는 참관인 자격으로 와 있었고, 우리가 본 것은 대부분 회담에 참석한 대표들이었다. 국민당 대표들은 깜짝 놀랄 정도로 예의 바른 태도에 복장도 세련되었고, 종종걸음으로 심부름까지 하는 제복 차림의 하인들까지 거느리고 있었다. 자기들끼리 응대하는 광경은 마치 느리고 우아한 미뉴에트춤을 연상케했다.

인민해방군 대표들은 군인다워 보였다. 머리 좋고 자긍심에 가득 차 있으며 절도 있는 실로 군인다운 군인이었고, 흰 장갑을 끼고 점잔이나 빼는 국민당 인사들과는 딴판이었다. 인민해방군은 전쟁을 잘 알고 있었고, 지는 것에 익숙하지 않았다. 나는 한눈에 그 사실을 알 수 있었다.

그것은 충격으로 다가왔다. 내가 중국에 관해 아는 것이라고는 펄벅 여사의 소설에서 읽은 것이 전부였다. 소설, 그리고 장 총통이 천재라고 장담하는 신문 기사들이 전부다.

"**이 친구들**이 싸우고 있는 게 **저 친구들**이란 말이야?"

나는 얼에게 물었다.

"**저 친구들** — 얼은 국민당 대표들을 보며 말했다 — 은 그 누구하고도 싸우고 있지 않아. 싸우기는커녕 숨을 곳을 찾아서 줄행랑을 칠 작정으로 있어. 바로 그게 문제의 일부라고나 할까."

"이런 상황은 마음에 들지 않는데." 나는 말했다.

얼은 조금 슬픈 표정으로 "나도 그래"라고 대꾸하고 침을 뱉었다. "국민당 간부들은 줄곧 농부들에게서 토지를 훔쳐왔어. 공산주의자들은 그 토지를 농부들에게 돌려주고 있는 중이고, 그 덕에 민중의 지지를 얻고 있지. 하지만 일단 전쟁에서 이긴 뒤에는 다시 빼앗아 갈 거야. 바로 스탈린이 그랬던 것처럼."

얼은 역사에 밝았다. 나는 신문밖에는 안 읽지만 말이다.

홈스 씨가 2주 동안 물밑 교섭을 통해 협상 기반을 굳힌 후, 데이비드 하스틴이 회담장으로 들어왔다. 곧 천과 마오는 동창회에서 만난 옛 친구들처럼 서로를 향해 만면에 웃음을 떠올렸고, 그 후 진행된 마라톤 협상에서 중국은 정식으로 남북으로 분할되었다. 국민당과 인민해방군은 화해하고 무기를 내려놓으라는 명령을 받았다.

이것은 단 며칠 만에 물거품이 되었지만 말이다. 장제스 총통이 전직 대령인 페론에게 우리의 배신행위에 관한 얘기를 들었다는 점에는 의심의 여지가 없었다. 장 총통이 우리의 협상 결과를 맹비난했고, 구국의 기치를 내세우며 돌아왔기 때문이다. 린뱌오 역시 결코 남진을 멈추지 않았다. 엄청난 규모의 전투가 몇 번 있은 후에, 신문들이 보장했던

장 총통의 천재성도 결국 미 해군 함대가 지키는 타이완섬으로 도망치면서 초라한 결말을 맞이했다―또 짐을 싸서 이사해야 했던 후안 페론과 그의 금발 매춘부와 나란히.

홈스 씨는 분할 협정서를 지니고 항공편으로 태평양을 넘어 귀국하던 중에 내게 이렇게 말한 적이 있다. 그가 등을 돌린 순간 합의가 무너지기 시작하고 홍콩과 마닐라와 오아후와 샌프란시스코에서 모여 협정 체결에 환호하던 군중의 규모도 점점 작아지는 것을 보며, 종이 쪽지에 불과한 히틀러와의 약속에 그토록 집착하던 네빌 체임벌린* 생각이 자꾸 떠오른다고 말이다. 그토록 소리 높여 외치던 '유럽의 평화'가 결과적으로 더 큰 전쟁의 피해를 초래한 탓에 이제 체임벌린은 역사의 호구 취급을 받고 있었다. 선의에서 비롯된 행동이지만 희망이 너무 컸던 나머지 자기보다 배신에 훨씬 익숙한 인간들을 과도하게 신뢰했던 사내의 슬픈 예라고나 할까.

홈스 씨도 이와 다르지 않았다. 그는 민주주의와 진보주의와 공정함과 인종 간 통합이라는 이상을 실현하기 위해 살아왔지만, 일하는 동안에 그의 주위 세계가 변하고 있다는 사실을 깨닫지 못했던 것이다. 그리고 그런 세계와 함께 변화하지 못했던 탓에, 이제 세계는 그를 분쇄하려 하고 있었다.

이 시점에서 대중의 의견은 아직 우리를 용서하는 쪽으로 기울어 있었지만, 우리가 그들을 실망시켰다는 사실은 잊지 않았다. 그래서 예전에 비해 그들의 환호는 조금 덜 열성적이었다.

---

*   2차 세계대전 초기의 영국 총리. 나치스 독일에 대한 유화정책으로 전쟁에 제대로 대처하지 못했다는 비난을 받으며 사임했다.

아마 우리 포 에이스의 시대는 이미 끝나 있었던 것인지도 모른다. 거물 전쟁범죄자들은 다 잡혔고, 파시즘은 패주 중이었으며, 우리는 체코슬로바키아와 중국에서 우리의 한계를 실감했다.

스탈린이 베를린을 봉쇄했을 때 얼과 나는 항공편으로 현지로 갔다. 나는 다시 전투복을 입었고, 얼도 예의 가죽점퍼 차림이었다. 그는 러시아인들이 서베를린 주위에 쳐놓은 철조망 상공을 순찰했고, 육군은 내게 전용 지프와 운전사를 빌려주었다. 결국 스탈린은 봉쇄를 풀었다.

그러나 우리의 활동은 점점 개별적인 것이 되어가고 있었다. 블라이스는 전 세계 과학 회의에 참석했고, 대부분의 시간을 타키온과 함께 보냈다. 얼은 흑인민권운동 시위에 참가하고, 나라 전체를 돌아다니며 연설을 했다. 홈스 씨와 데이비드 하스틴은 대통령 선거가 열리는 해에 헨리 월리스의 입후보를 지원했다.

나는 얼과 함께 흑인 민권 단체인 전미 도시 연맹의 회합에서 연설을 했고, 홈스 씨를 돕기 위해 헨리 월리스에 관해 지지 발언을 몇 번 했으며, 크라이슬러의 최신형 모델을 운전하고 미국의 정신에 관해 강연해 큰돈을 벌었다.

대선이 끝난 후 나는 할리우드로 가서 루이스 메이어* 밑에서 배우로 일하기 시작했다. 내가 제안받은 보수는 상상을 초월할 정도의 거액이었고, 홈스 씨의 아파트에서 놀고먹는 일에도 싫증이 나던 참이었다. 어차피 곧 돌아오리라고 생각했기 때문에 가구나 물건 대부분은 아파트에 그대로 남겨두었다.

---

* 　미국의 거물 영화 제작자, 메트로골드윈메이어(MGM) 스튜디오의 공동 창립자.

나는 주급 1만 달러를 받았고, 에이전트와 회계사와 걸려오는 전화를 받아줄 비서와 전담 홍보 담당을 얻었다. 이 시점에서 내가 해야 할 일이라고는 연기와 춤 레슨을 받는 것밖에는 없었다. 당장 일을 할 필요가 없었던 것은 내가 나올 영화의 대본에 문제가 있어서였다. 지금까지 각본가들은 금발의 슈퍼맨이 주인공으로 활약하는 각본을 쓴 적이 없었기 때문이다.

마침내 완성된 각본은 우리가 아르헨티나에서 했던 모험에 느슨하게 기반한 것이었고, '골든보이'라는 제목이었다. 이 제목을 사용하기 위해 그들은 클리퍼드 오데츠*에게 거금을 지불했다. 훗날 오데츠와 내게 무슨 일이 일어났는지를 감안하면, 상당히 얄궂은 인연이라고 해야 할 것이다.

처음 받아 본 각본은 전혀 내 마음에 들지 않았다. 내가 주인공이라는 점에는 전혀 이의가 없었다. 작중 이름도 내 본명인 잭 브론(Jack Braun)과 그리 다르지 않은 존 브라운(John Brown)이었다. 그러나 유대인인 하스틴의 캐릭터는 몬태나주의 개신교 목사 아들로 바뀌어 있었고, 아치볼드 홈스는 버지니아주 출신의 정치가가 아니라 FBI 요원이 되어 있었다. 최악이었던 것은 얼 샌더슨의 캐릭터였다―그는 하찮은 단역이었고, 흑인 졸개나 다름없는 역할로 단지 몇 장면에만 등장할 뿐이었다. 그러고는 주인공인 존 브라운에게 명령을 받고 싹싹하게 "예스, 서"라고 대답하며 경례를 붙이는 게 전부였다. 나는 그걸 지적하려고 영화사에 전화를 걸었다. 내게 돌아온 대답은 이랬다.

"너무 많은 장면에 등장시킬 수는 없어. 그런다면 남부판에서 제대

---

*　미국의 진보적 극작가, 영화 각본가. 〈골든보이〉(1937)는 그의 대표 희곡이다.

로 삭제할 수가 없거든."

나는 총제작자에게 그게 무슨 뜻이냐고 되물었다.

"남부의 주들에서 개봉하는 영화엔 유색인종이 나오면 안 돼. 안 그러면 영화관에서 아예 상영을 안 하거든. 그래서 우린 깜둥이들이 나오는 장면이 몽땅 삭제된 남부판을 개봉하는 걸 전제로 각본을 쓴다고."

나는 경악했다. 그런 일들이 자행되고 있다는 사실을 까맣게 몰랐기 때문이다. "내가 NAACP*하고 전미 도시 연맹에 초빙받아서 강연한 적이 있다는 걸 모릅니까? 〈뉴스위크〉에 메리 매클라우드 베순**과 함께 실린 적도 있단 말입니다. 그런 마당에, 이런 영화에 얼굴을 내밀 수는 없습니다."

수화기에서 들려오는 목소리가 험악해졌다. "브론, 계약서를 잘 읽어보게. 자네에겐 각본을 결정할 권리 따윈 없어."

"각본을 결정하겠다는 얘기가 아닙니다. 단지 내 인생사의 어떤 사실들을 인정해주는 각본을 원할 뿐입니다. 만약 이 각본대로 간다면, 난 사람들의 신용을 잃게 됩니다. 내 **이미지**가 개판이 된다는 뜻입니다!"

대화가 말싸움으로 변한 후 나는 제작자에게 몇 가지 위협을 했고, 제작자도 나를 위협했다. 내 회계사가 내게 전화를 걸더니 주급 1만 달러의 지급이 멈춘다면 어떤 일이 일어나는지를 설명했고, 내 에이전트는 내게 이번 건에 대해 반대할 그 어떤 권리도 없다고 말했다.

마침내 나는 얼에게 전화를 걸어서 상황을 설명했다. "자네 방금 **얼마**를 벌고 있다고 했어?" 얼이 물었다.

---

*   미국 흑인 지위 향상 협회.

**   미국의 흑인 여성 교육자, 공직자, 민권운동가.

나는 액수를 다시 말했다.

"이봐." 얼이 말했다. "할리우드에서 뭘 하든 그건 자네 맘이야. 하지만 자넨 거기서는 신인이고, 그치들에게는 미지의 상품이라고 할 수 있지. 인권을 위해 싸우는 쪽을 택한다면 좋은 일이지. 하지만 자리를 박차고 나온다면 자넨 나나 전미 도시 연맹에게 아무 도움도 되지 않아. 그러니까 영화계에 그냥 머무르면서 어느 정도 영향력을 획득하고, 그 뒤에 그걸 쓰라고. 혹시 죄책감을 느끼고 있는 거라면 NAACP는 언제든 그 주급 1만 달러의 일부를 유익하게 쓸 수 있다는 걸 기억해."

그래서 그렇게 되었다. 영화사와 접촉한 나의 에이전트는 각본 변경 시에 내 의견을 참조한다는 암묵적인 합의를 이끌어냈다. 나는 FBI를 각본에서 삭제시키는 데 성공했고, 그 결과 영화에서 홈스는 정부 기관과는 무관한 인물이 되었다. 그리고 샌더슨의 인물상을 좀 더 흥미로운 것으로 만들기 위해 노력했다.

무편집 상태의 러시프린트들을 보았는데, 상당히 괜찮았다. 내 연기도 마음에 들었다. 적어도 긴장하지 않고 느긋하게 보였고, 돌진해오는 벤츠 정면에 버티고 서서 가슴으로 튕겨내는 장면까지 구경할 수 있었다. 물론 특수효과였다.

영화가 완성되었고, 나는 스리 마티니 런치*의 술기운이 채 가시지도 않은 상태에서 쫑파티로 돌입했다. 사흘 후 티후아나**에서 머리가 깨질 듯한 두통에 시달리며 깨어난 나는 내가 뭔가 멍청한 짓을 저질렀다는 의구심을 떨칠 수가 없었다. 나와 같은 베개를 베고 있던 아담한

---

*   회사 경비로 제공되는, 술을 곁들인 호화로운 비즈니스 점심.

**   캘리포니아와 인접한 멕시코의 국경도시.

금발 미녀가 사정을 설명해주었다. 그녀와 나는 조금 전에 결혼했다고 한다. 그녀가 욕실로 간 사이에 결혼증명서를 읽고 나서야 그녀의 이름 이 킴 울프임을 확인했다. 킴은 조지아주 출신의 신인 여배우였고, 6년 동안이나 빛을 못 보고 할리우드 주변을 배회 중이라고 했다.

아스피린 몇 알을 삼키고 테킬라 몇 잔을 들이켜자 결혼도 그리 나 쁜 아이디어가 아니라는 생각이 들었다. 이제 새로운 일도 시작했겠다, 슬슬 자리를 잡고 정착할 시기가 되었는지도 모르겠다.

나는 로널드 콜먼*이 소유했던, 베벌리힐스의 서밋드라이브에 있 는 영국 컨트리하우스풍 저택을 사들였고, 킴과 함께 이사했다. 각자의 비서와 킴의 미용사와 각자의 운전사와 저택에 상주하는 두 명의 하녀 를 거느리고 말이다⋯⋯. 나는 갑자기 이들에게 봉급을 주는 고용주가 되어 있었지만, 이들이 도대체 어디서 나타났는지는 도무지 감을 잡을 수가 없었다.

차기작은 〈리켄배커** 스토리〉였다. 감독은 빅터 플레밍이었고, 퍼 싱 장군 역할은 프레드릭 마치가, 내가 사랑에 빠질 예정인 간호사는 준 앨리슨이 맡았다. 독일군의 전투기 에이스인 폰 리히트호펜 역할은 그 많은 배우들 중에서 하필이면 듀이 마틴***이 맡았는데, 바로 내가 이 독일 기사의 심장에 미제 총탄을 잔뜩 쏘아 넣는다는 줄거리였다―진 짜 리히트호펜은 누군가 다른 사람에게 격추당했다는 사실 따위는 완

---

*   영국 출신의 미국 배우.

**   1차 세계대전의 미 육군 전투기 에이스, 사업가.

***   미국 배우. 2차 세계대전의 태평양 전선에서 미군 전투기 조종사로 활약하다가
          격추당해 종전 시까지 전쟁 포로로 있었다.

전히 무시당했다. 영화는 막대한 예산과 몇백 명의 엑스트라들을 동원해서 아일랜드에서 촬영될 예정이었다. 나는 스턴트 일부를 직접 하고 싶었기 때문에 비행기 조종법을 배우겠다고 고집했다. 얼에게 국제전화를 걸어서 그 얘기를 했다.

"어이. 드디어 나도 하늘을 나는 법을 배웠어."

"아무래도 시골 출신이라서 좀 오래 걸렸나 보군."

"빅터 플레밍이 나를 에이스로 만들어줄 거야."

"잭." 얼은 재밌다는 듯이 말했다. "자넨 **이미** 에이스잖아."

나는 말문이 막혔다. 최근 들어 눈코 뜰 새 없이 바빴던 통에 나를 스타로 만들어준 것은 MGM이 아니라는 사실을 까맣게 잊고 있었던 듯하다. "한 방 먹었군." 나는 말했다.

"뉴욕을 좀 더 자주 방문하면 어때." 얼이 말했다. "현실 세계에서 무슨 일이 일어나고 있는지를 파악하기 위해서라도 말이야."

"응. 그렇게. 하늘을 나는 얘기도 하자고."

"좋지."

아일랜드로 가는 길에 뉴욕에 들러서 사흘간 머물렀다. 킴은 동행하지 않았다―내 덕택에 영화 출연 제안이 들어왔고, 일시적으로 워너 브라더스로 소속을 옮겨 촬영을 하고 있었기 때문이다. 어차피 그녀는 전형적인 남부인이라서 처음으로 얼을 만났을 때 정말로 불편해하는 기색이 역력했기 때문에 나로서도 그녀가 없는 편이 나았다.

아일랜드에서는 일곱 달을 머물렀다. 워낙 날씨가 나빠서 영원히 여기서 영화를 찍어야 하는 것이 아닌가 하는 생각이 들 정도였다. 킴과는 런던에서 두 번 만나서 1주씩을 함께 지냈지만, 그 외의 시간에는 혼자였다. 나는 나름대로 절조를 지켰다. 바꿔 말하자면, 어떤 여자와도 두 번 이상은 잇달아서 자지 않았다는 뜻이다. 비행기 조종 실력도 상당 수준에 도달한 덕에 스턴트 조종사들에게 실제로 몇 번 칭찬을 들었을 정도였다.

캘리포니아로 돌아온 뒤에는 팜스프링스에서 킴과 함께 2주를 보냈다. 〈골든보이〉는 두 달 뒤에 개봉될 예정이었다. 팜스프링스에서의 휴가 마지막 날, 내가 수영장에서 올라온 바로 그 순간, 양복과 넥타이 차림의 의회 보좌관이 땀을 뻘뻘 흘리며 다가오더니 내게 분홍색 쪽지를 건넸다.

소환장이었다. 나는 화요일 오전 일찍 하원 비미(非美) 활동 위원회[*]에 출두하라고 명령받았다. 바로 내일 말이다.

◆

가장 먼저 느낀 감정은 짜증이었다. 이 HUAC이라는 위원회가 엉뚱한 잭 브론을 지명했다는 점은 명백해 보였다. 그래서 MGM 영화사에 전화를 걸어 법무 팀에 있는 누군가와 얘기를 했다. 그의 대답은 나를 놀라게 했다. "아, 언젠가는 소환장이 날아올 거라고 생각했습니다."

"어이, 잠깐 기다려. 어떻게 그걸 알았는데?"

---

[*] House Un-American Activities Committee. 약칭 HUAC. 미국의 민주주의 원칙에 어긋나는 파괴적 활동을 조사할 목적으로 1938년 미 하원에 설치되었고, 1975년에 완전히 폐지된 위원회. 냉전이 본격적으로 시작된 1940년대에서 1950년대에 걸쳐 매카시즘 신봉자들에게 미국 영화계의 좌파 및 자유주의자들에 대한 초법적인 탄압 수단으로 악용되었으며, HUAC에 대한 협조를 거부해서 블랙리스트에 오른 할리우드 인사들은 10년 가까이 해당 업계에서 실질적으로 배제되었다.

짧고 불편한 침묵이 흘렀다. "우리는 FBI와 협력하는 방침이라서. 하여튼 워싱턴에 우리 변호사 한 명을 파견할 테니 만나십쇼. 위원회에서는 아는 대로 말하면 다음 주에는 캘리포니아로 돌아올 수 있을 겁니다."

"어이. FBI가 이번 일하고 무슨 관계가 있다는 거야? 또 왜 내게 이 얘기를 미리 해주지 않은 거지? 그런데 그 빌어먹을 위원회는 도대체 내가 뭘 알고 있다고 생각하고 있는 거야?"

"중국에 관한 일이라고 들었습니다. 적어도 조사관들이 우리한테 한 질문은 그런 것들이었습니다."

나는 수화기를 쾅 내려놓고 홈스 씨에게 전화를 걸었다. 그와 얼과 데이비드는 오늘 나보다 이른 시각에 소환장을 받았고, 그 이래 줄곧 나한테 연락을 취하려고 했지만 팜스프링스에서 휴가를 보내고 있던 나와는 연락이 닿지 않았다는 것이 판명되었다.

"놈들은 포 에이스를 파멸시킬 작정이야, 시골 친구." 얼이 말했다. "당장 동부로 가는 첫 비행기를 타는 편이 나을 거야. 우린 머리를 맞대고 얘길 나눠야 해."

내가 항공편을 예약한 후, 흰 테니스복 차림의 킴이 들어왔다. 방금 레슨을 받고 돌아온 듯했다. 나는 땀에 젖었을 때 그녀만큼 멋져 보이는 여자를 알지 못한다.

"무슨 문제가 생겼어?" 그녀가 묻자, 나는 대답하는 대신 분홍색 쪽지를 가리켰다.

킴의 반응이 너무나도 즉각적이어서 나는 깜짝 놀랐다. "'할리우드 텐'*처럼 행동하면 절대 안 돼." 그녀는 재빨리 말했다. "그 사람들은 서로 상의한 뒤에 강경하게 저항하는 쪽을 택했는데, 그 뒤로는 아무도 일을 얻지 못했잖아." 그녀는 전화기로 손을 뻗쳤다. "영화사에 전화를 걸어서 변호사를 구해달라고 해야겠어."

나는 수화기를 집어 든 킴이 다이얼을 돌리는 광경을 바라보았다. 차가운 손이 내 목덜미를 훑는 느낌.

"도대체 무슨 영문인지 모르겠군."

그러나 나는 알고 있었다. 그때도 이미 알고 있었다. 무시무시할 정도로 정확하고 뚜렷하게 말이다. 당시에는 내가 할 수 있는 선택들이 이토록 명명백백하지만 않았으면 얼마나 좋을까, 라는 생각밖에는 나지 않았지만 말이다.

♥

내 경우, 할리우드를 엄습한 '공포'는 늦게 찾아왔다. HUAC이 할리우드를 표적으로 삼아 할리우드 텐을 소환한 것은 1947년의 일이었다. 이 위원회의 목적은 할리우드 영화산업에 대한 공산주의자들의 침투 상황을 조사하기 위한 것이었는데, 이것은 누가 봐도 말도 안 되는 생각이었다. MGM의 메이어 씨나 워너 브라더스의 워너 형제 같은 거물들의 명시적인 인지와 승인 없이는 그 어떤 공산주의자도 할리우드 영화에 정치선전 따위를 끼워놓을 수는 없기 때문이다. 할리우드 텐의 경우는 모두 현직이나 전직 공산주의자였는데, 그들과 그들의 변호사들은 모두 언론과 결사의 자유를 규정한 미국 수정헌법 제1조에 입각해서 변

---

* 1947년에 HUAC에 증인으로 소환된 할리우드 영화계 인사들 중 공산당원들과의 관계에 관한 질문을 거부하면서 의회모욕죄로 기소당해 실형을 선고받은 열 명을 의미한다.

호를 진행한다는 데 합의했다.

위원회는 데이지 꽃밭에 난입한 버펄로 떼처럼 이들을 짓밟았다. '텐'은 협조를 거부했다는 이유로 의회모욕죄로 고발당했고, 열 사람은 몇 년에 걸친 항고심에서 모두 패소한 뒤에 모두 투옥되었다.

'텐'은 미국 수정헌법 제1조가 자기들을 보호해줄 것이라고 믿었고, 의회모욕죄는 길어봤자 몇 주 안에 법원에서 기각될 것이라고 생각했다. 그러나 예상과 달리 그들은 몇 년이나 상고를 계속하다가 결국 감방으로 가야 했고, 그동안은 아무런 일거리도 얻지 못했다.

블랙리스트는 이런 환경 속에서 탄생했다. 나의 그리운 옛 친구들, 도끼 자루로 무장한 미국 재향군인회에 의해서 말이다. 대공황 시절 농촌인 내 고향에서 벌어진 농장 휴일 운동을 폭력으로 저지하려다가 실패한 이래, 이들은 도끼 자루보다는 좀 더 섬세한 전술을 습득했다. 공산주의자인 것으로 알려졌거나 의심받는 사람들의 목록을 공표함으로써, 고용주가 이 목록에 실린 인물을 고용하는 것을 원천적으로 차단했던 것이다. 그럼에도 고용을 강행할 경우에는 고용주 역시 용의선상에 오르고, 급기야는 본인이 블랙리스트에 오를 가능성까지 있었다.

HUAC이 소환한 사람들 중에서 법에 규정된 범죄를 저지른 사람은 단 한 명도 없었고, 이들은 법원에서도 범죄 피의자로 기소당하지는 않았다. 그러는 대신, 그들은 범죄 행위가 아니라 결사의 자유를 누렸다는 이유로 조사받고 있었던 것이다. HUAC에게는 그들을 조사할 헌법적인 권한이 없었고, 블랙리스트는 불법이었으며, 위원회에서 제시된 증거들은 대부분 풍문에 불과했고, 법원에서는 증거로 채택될 수 없는 종류의 것들이었다. 그러나 그런 사실은 모두 도외시되었다. 그런 일이 실제로 일어났던 것이다.

이런 일이 있은 후 HUAC은 한동안 조용했는데, 위원장이었던 J. 파넬 토머스가 급여 횡령죄로 감방에 간 탓도 있었고, 할리우드 텐의 상고가 법원에서 여전히 심의 중이었던 탓도 있었다. 그러나 HUAC은 할리우드를 표적으로 삼았을 때 일반 대중의 엄청난 관심을 받았다는 사실에 단단히 맛을 들였고, 대중 역시 로젠버그 부부 간첩 사건이나 앨저 히스 사건*에 촉발되어 광란 상태에 빠져 있었다. 그래서 그들은 또 다른 센세이셔널한 조사를 시작할 시기가 왔다고 판단했다.

HUAC의 새 위원장으로 취임한 조지아주 하원의원 존 S. 우드는 지구에서 가장 큰 사냥감을 잡기로 마음먹었다.

우리를.

♣

워싱턴 공항에 도착한 나를 MGM에서 보내준 변호사가 맞이했다. "홈스 씨나 샌더슨 씨와는 연락하지 않을 것을 충고하네." 그가 말했다.

"그런 말도 안 되는 소리가 어디 있습니까."

"그 친구들은 자네에게 수정헌법 제1조나 제5조를 근거로 한 변호를 채택하도록 유도하려고 할 거야." 변호사가 말했다. "수정헌법 제1조를 쓴 변호는 효과가 없다고 봐야 해―그것들은 상고심에서 모조리 기각되었으니까 말이야. 수정헌법 제5조는 자기한테 불리한 증언을 거부

---

* 공산주의자였던 로젠버그 부부는 소련에 원자폭탄 관련 기밀을 넘겼다는 죄목으로 기소되어 1953년에 사형당했고, 변호사 출신의 고위공직자였던 히스는 소련을 위해 스파이 활동을 했다는 죄목으로 1950년에 유죄판결을 받고 3년 반 동안 복역했다.

할 권리인데, 자네가 정말로 뭔가 불법적인 일을 저지르지 않은 이상은 쓸 수가 없네. 법정에서 자네가 정말로 유죄라는 **인상**을 줄 작정이 아니라면 말이야."

"일도 할 수 없게 돼, 잭." 킴이 말했다. "MGM은 당신 영화를 개봉조차 하지 않을 거야. 그런다면 재향군인회가 전국의 극장에서 피켓 시위를 벌일 게 뻔하니까 말이야."

"내가 증언한다고 해서 일할 수 있으리라는 보장이 어디 있어?" 나는 반문했다. "빌어먹을, 단지 거기 **소환**당한 것만으로도 블랙리스트에 오르는 판인데?"

"메이어 씨한테서 언질을 받았는데, 위원회와 협조한다면 자네와의 계약을 앞으로도 계속 유지할 거라고 하셨네." 변호사가 말했다.

나는 고개를 가로저었다. "오늘 밤 홈스 씨와 얘기를 나눌 작정입니다." 나는 두 사람을 향해 히죽 웃어 보였다. "염병할, 우리가 에이스라는 걸 잊었습니까. 조지아 깡촌에서 온 하원의원 나부랭이도 이길 수 없다면, 우린 에이스로서 일할 **자격**이 없다고요."

그런 연유로 나는 스태틀러 호텔에서 홈스 씨와 얼과 데이비드를 만났다. 킴은 내가 분별력을 잃었다면서 따라오지 않았다.

초장부터 의견 차이가 있었다. 얼은 하원 비미 활동 위원회에겐 애당초 우리를 소환할 권리가 없다면서 그냥 협조를 거부해야 한다고 주장했다. 홈스 씨는 무작정 싸움을 포기할 수는 없고, 우리는 전혀 숨길 것이 없으므로 위원회 앞에서 스스로를 변호해야 한다고 주장했다. 그러자 얼은 법을 무시한 캥거루 법정은 논리적인 변호를 할 수 있는 장소가 아니라고 반박했다. 데이비드는 단지 위원회에 그의 페로몬을 조금 떨궈주고 싶어 했다. "염병할." 나는 말했다. "난 수정헌법 제1조를 쓰겠어. 언론과 결사의 자유는 어떤 미국인이라도 이해하는 거잖아."

첨언하자면 나는 단 한 순간도 내가 한 말을 믿지 않았다. 단지 뭔가 낙관적인 발언을 하고 싶었을 뿐이었다.

나는 첫날에 청문회로 불려 가지는 않았다. 나는 데이비드와 얼과 함께 의사당 로비에서 대기했다. 내가 초조하게 입술을 깨물며 왔다 갔다 하는 동안 홈스 씨와 그의 변호사는 마치 사악한 산성(酸性)의 조류가 몰려와서 우리 뼈의 살을 발라 가는 것을 막으려는 크누트 대왕*처럼 의연한 태도로 앉아 있었다. 데이비드는 예의 방법을 써서 수위를 설득해 안으로 들어가려고 했지만, 결국은 성공하지 못했다. 바깥쪽 수위들은 기꺼이 그를 통과시켜줄 용의가 있었지만, 그의 페로몬에 노출되지 않은 위원회실 내부의 수위들은 계속 그의 입실을 거부했기 때문이다.

보도 관계자들은 물론 입실을 허가받고 있었다. HUAC은 뉴스영화 카메라 앞에서 자기들의 도덕성을 과시하는 행위를 즐겼고, 뉴스영화를 찍는 쪽에서도 이 광대놀음을 성대하게 보도하는 것으로 보답했기 때문이다.

홈스 씨가 나올 때까지는 안에서 무슨 일이 벌어지고 있는지를 모르고 있었다. 힘들게 한 발씩 내디디며 걸어오는 그는 마치 방금 심장발작을 일으킨 사람 같아 보였다. 얼굴은 납빛이었고, 두 손을 부들부들 떨고 있었으며, 변호사의 팔에 몸을 기대고 있었다. 단 몇 시간 만에 20년은

---

*   12세기에 잉글랜드와 노르웨이와 덴마크를 통치한 덴마크 출신의 왕. 자신에게 아첨하는 신하들을 깨우치려고 밀물이 들어오는 바닷가에 왕좌를 가져다 놓고 밀물더러 멈추라고 명령했다는 일화가 있다. 세속적인 왕권은 자연력으로 대표되는 신의 권능 앞에서는 티끌에 불과하다는 점을 증명하기 위한 행동이었지만, 후세에는 종종 정반대의 맥락에서 잘못 인용된다.

늙은 것처럼 보였다. 얼과 데이비드는 그를 향해 달려갔지만, 나는 단지 사람들에게 부축을 받으며 복도를 나아가는 그의 모습을 겁에 질린 눈으로 응시했을 뿐이었다.

'공포'가 마침내 내 목덜미를 움켜잡았다.

♠

얼과 블라이스는 홈스 씨를 차에 태웠고, 얼은 MGM에서 보내준 내 리무진이 올 때까지 기다렸다가 뒷좌석에 우리 부부와 함께 올라탔다. 킴은 뿌루퉁한 얼굴로 얼과 몸이 닿지 않도록 구석에 웅크리고 있었고, 인사를 하는 것조차 거부했다.

"음, 내 생각이 옳았어." 얼이 말했다. "그 자식들에게는 애당초 협조를 하지 말았어야 했어."

나는 여전히 복도에서 목격한 광경을 잊지 못해 망연자실한 상태였다. "도대체 놈들이 왜 이런 짓을 하는지 모르겠어."

얼은 쓴웃음이 섞인 표정으로 나를 보았다. "하여튼 시골 친구들이란," 그는 체념한 듯한 어조로 말하고는 고개를 설레설레 저었다. "삽으로 머리통을 후려갈겨야 겨우 주의를 기울이는 것 같아."

킴은 콧방귀를 뀌었다. 얼은 아무 내색도 하지 않았다.

"시골 친구, 놈들은 권력에 굶주려 있다네." 얼은 말했다. "루스벨트하고 트루먼이 오랫동안 대통령직을 맡으면서 20년 가까이 권력에서 멀어져 있었거든. 놈들은 그걸 되찾을 작정이고, 그걸 위해서 일부러 집단 히스테리를 조장하고 있는 거야. 포 에이스를 뜯어보면 뭐가 보이나? 흑인 공산주의자, 유대인 진보주의자, 루스벨트파 자유주의자, 부도덕하게도 남자와 동거 중인 여자. 거기에 타키온까지 끌어온다면 미국만 전복시키려는 게 아니라 우리 염색체까지 뒤엎으려고 하는 외계인까지 있어. 우리 못지않게 강력한, 미지의 에이스들이 존재할 수도 있지. 그들 모두가 무시무시한 초능력을 가졌는데, 그들이 무슨 꿍꿍이속으로 있는지 누가 알겠나? 게다가 그들은 정부의 통제를 받고 있지도 않고 모종의 자유주의적인 정치 안건을 따르고 있을 것이 뻔하기 때문에, 그 위원회에 소속된 정치가들 대다수의 세력 기반을 위협하고 있다고 믿는 거야.

내가 보기에 정부는 이제 자체적인 에이스 능력자들을 보유하고 있어. 우리가 들어본 적이 없는 친구들을 말이야. 따라서 이젠 우리를 해고해도 상관없어—우린 너무 독립적인 데다가 정치적으로도 부적절하기 때문이지. 중국과 체코슬로바키아에서의 활동을 조사한다든가 다른 에이스들의 이름을 대라는 요구는 핑계에 불과해. 여기서 중요한 건, 놈들이 우리를 공개적으로 굴복시킨다면, 그 누구도 굴복시킬 수 있다는 걸 증명할 수 있다는 점이야. 그런다면 앞으로 한 세대는 공포정치가 계속될 거야. 그런 상황에선 그 누구도, 대통령조차도 안전할 수 없어."

나는 고개를 설레설레 흔들었다. 얼이 한 말을 귀로 듣기는 했지만, 뇌가 그 의미를 받아들이지 못하는 상태였다. "그럼 우린 어떤 일을 해야 할까?" 나는 물었다.

얼은 내 눈을 똑바로 바라보았다. "아무 일도 할 수 없어, 시골 친구."

나는 고개를 돌렸다.

◆

그날 밤 MGM의 변호사는 홈스 청문회의 녹음 기록을 내게 들려주었다. 홈스 씨와 그의 변호사인 크랜머—고향인 버지니아주에서도 가족끼리 친하게 지내던 옛 친구라고 했다—라는 이름의 사내는 워싱턴 정가의 방식이나 법률이 시행되는 방식에 대해 익숙했다. 질서 바른 법 절차에 입각해서, 위원회의 신사들이 증인석에 선 신사들에게 정중하게 질문할 것이라고 지레짐작했던 것이다.

그들의 기대는 현실과는 완전히 동떨어져 있었다. 위원회는 홈스 씨에게 입을 열 기회를 거의 주지 않았다. 그러는 대신 위원들은 새된 소리로 그를 규탄했고, 악의에 찬 빈정거림과 풍문으로 가득 찬 근거 없는 비난으로 시종일관했던 것이다. 그들은 홈스 씨가 대답하는 것조차도 허락하지 않았다.

나는 의사록의 사본을 건네받았다. 그 일부는 이런 식이었다.

랜킨 의원: 지금 우리 위원회 앞에 버티고 서 있는 저 혐오스러운 뉴딜파의 사내를 보십시오. 본드가*에서 맞춘 비싼 양복을 차려 입고 퇴폐적인 담배 물부리를 입에 문 저 모습을 흘끗 보기만 해도, 본 의원의 미국적이고 기독교적인 모든 부분이 큰 소리로 반발하는 것을 느낍니다. 뉴딜파라니! 그 저주받은 뉴딜의 이상은 마치 암처럼 저자의 몸 전체에 침투해 있는 걸 아시겠습니까. 본인은 그걸 보고 이렇게 외치고 싶습니다. "당신은 우리 미국이

---

*　　런던의 고급 상점가.

왜 잘못됐는지를 보여주는 살아 있는 증거야. 그러니 당신 같은 뉴딜 사회주의자는 당장 우리 나라를 떠나 고향인 중공으로 돌아가라고! 중국에 가면 다들 당신의 배신에 환호하고, 대환영해 줄 테니까 말이야."

위원장: 존경하는 의원님, 발언 시간이 끝났습니다.

랜킨 의원: 감사합니다, 위원장님.

위원장: 닉슨[*] 의원님?

닉슨 의원: 당신이 중국으로 여행하기 전에 미리 상의했다는 국무부 사람들의 이름은 무엇입니까?

증인: 제가 접촉했던 사람들은 성실하게 직무를 수행하던 미국의 공직자들이었다는 사실을 의원님들께 말씀드리고 싶습니다만……

닉슨 의원: 본 위원회는 그들의 이력에는 관심이 없습니다. 알고 싶은 건 단지 그들의 이름입니다.

의사록은 이런 식으로 계속 이어졌고, 그 길이는 무려 80쪽에 달했다. 의사록에 의하면 홈스 씨는 장제스 총통의 뒤통수를 치고 빨갱이들이 중국을 뺏도록 내버려두었다고 한다. 그가 과거에 민주당 대선후보로 지지했던 헨리 월리스^{**}와 마찬가지로 입만 진보인 데다가 공산

---

*   리처드 닉슨. 훗날 미국의 제37대 대통령으로 선출되어 1969년에서 1974년까지 재직하다가 워터게이트 사건으로 사임한다.

**   미국의 진보 정치가. 민주당 루스벨트 정권에서 부통령, 농무 장관, 상무 장관 등을 지냈지만 과도하게 진보주의적인 언행으로 당내 보수파의 격한 반발을 샀고, 높은 지지율에도 불구하고 당내 부통령 지명에서도 해리 S. 트루먼에게 졌다.

주의에 대해 관대하다는 비난도 받았다. 미시시피주의 존 랜킨 하원의원—아마 HUAC에서도 가장 기괴한 견해의 소유자—는 홈스 씨가 구세주 예수 그리스도를 십자가에 못 박은 유대인-빨갱이 비밀결사의 일원이라고 규탄했다. 캘리포니아주의 리처드 닉슨 하원의원은 이름을 대라고 계속 다그쳤다. 홈스 씨가 상의했던 국무부 공직자들이 누군지 알아내서, 스파이 행위로 투옥된 앨저 히스에게 했던 것과 똑같은 일을 하고 싶었던 것이다. 홈스 씨는 그 누구의 이름도 말하지 않고 수정헌법 제1조를 내세웠다. 위원회가 독선적이기 짝이 없는 의분을 분출하며 벌떡 일어선 것은 바로 그때였다. 그들은 홈스 씨를 몇 시간 동안이나 혹독하게 규탄했고, 다음 날에는 그를 의회모욕죄로 처벌하기 위해 고발장을 발송했다. 홈스 씨의 교도소행은 결정된 것이나 마찬가지였다.

그는 감옥에 갇히게 될 것이다. 그 어떤 범죄도 저지르지 않았는데도.

♥

"하느님 맙소사. 얼하고 데이비드를 만나러 가야겠어."

"브론, 그러지 말라고 난 이미 자네에게 충고했네만."

"그런 건 개한테나 줘버려. 계획을 세워야 해."

"자기, 제발 변호사님 말대로 해줘."

"개한테나 줘버리라고." 술잔이 술병에 딸각 닿는 소리. "틀림없이 빠져나갈 방법이 있을 거야."

♣

홈스 씨의 호텔 스위트룸으로 갔더니 그는 진정제를 투여받고 침대에서 잠들어 있었다. 블라이스와 타키온도 소환장을 받았고, 내일 도착할 것이라고 얼이 말했다. 우리는 영문을 알 수 없었다. 블라이스는 정치적 결정에는 단 한 번도 관여한 적이 없었고, 타키온은 미국이나 중국의 정치와는 아무 관련이 없는 인물이었기 때문이다.

데이비드는 다음 날 아침에 소환되었다. 그는 씩 웃으며 청문회장으로 들어갔다. 우리를 대신해서 앙갚음을 해줄 작정이었던 것이다.

랜킨 의원: 뉴욕에서 온 저 유대인 신사에게, 인종에 입각한 편견과 맞닥뜨리는 일은 없을 것이라는 점을 보장하고 싶습니다. 기독교 정신의 근본 원칙을 믿고 따르는 사람이라면, 본 의원은 가톨릭교도이든 개신교도이든 간에 존경과 신뢰를 표할 용의가 있으니까요.
증인: 방금 말씀하신 '유대인 신사'라는 표현에 대해 위원회에게 항의하고 싶습니다만?
랜킨 의원: 증인은 유대인이라고 말한 것에 대해 항의하는 겁니까, 아니면 신사라고 말한 것에 항의하는 겁니까? 도대체 무슨 얘기를 하고 싶은 건지?

시작은 이렇게 위태위태했지만, 데이비드의 페로몬들은 곧 방 전체에 퍼지기 시작했다. 위원들로 하여금 손에 손을 잡고 원무를 추며 '하바 나길라'*를 합창하게 할 정도까지는 아니었지만, 그들은 상냥하기 짝이 없는 태도로 소환 자체를 취소하고, 청문회를 중지하고, 포 에이스를 애국자로 칭송하는 결의안을 작성하고, 홈스 씨에게 위원회의 행동을 사죄하는 편지를 보내고, 할리우드 텐에 대한 의회모욕죄 기소를 취하하겠다는 데 동의했다. 뉴스영화를 찍는 카메라들 앞에서 장장 몇 시간 동안이나 줄곧 그런 식으로 스스로를 웃음거리로 만들도록 유도했던 것이다. 존 랜킨은 데이비드를 "우리 미국의 꼬마 히브** 친구"라고 부르기까지 했는데, 사실 이것은 그로서는 매우 큰 칭찬이었다. 왈츠를 추듯 가벼운 발걸음으로 청문회장에서 걸어 나온 데이비드는 숫제 입이 귀에 걸려 있었다. 우리는 앞다투어 그의 등을 두드리고 스태틀러 호텔로 돌아가서 자축연을 열었다.

샴페인을 세 병째 땄을 때 호텔의 보안 담당자가 우리 방문을 열더니 의회 보좌관들이 들어와서 새로운 소환장들을 건넸다. 라디오를 켜자 존 우드 위원장의 연설이 생중계되고 있었다. 그는 데이비드가 청문회장에서 어떻게 "공산 러시아의 파블로프 연구소에서 시험하고 있는 것과 같은 종류의 마인드컨트롤 기술"을 썼는지 설명했고, 이런 치명적인 정신 공격에 대해 철저하게 조사할 것이라고 약속했다.

나는 침대에 앉아 손에 쥔 샴페인 잔 속에서 떠오르는 거품들을 응시했다.

'공포'가 또다시 찾아왔다.

---

*   20세기에 만들어진 히브리어 민요.

**   유대인의 멸칭.

♠

　블라이스는 다음 날 아침 의회 청문회장으로 들어갔다. 두 손을 떨고 있었다. 데이비드도 따라 들어가려고 했지만 방독면을 쓴 복도의 수위들에게 쫓겨났다.

　의회 건물 밖에는 화학전 표지를 단 군용트럭들이 세워져 있었다. 나중에 들었는데, 만약 우리가 억지로 탈출하려고 한다면 우리에게 포스진 독가스를 쓸 작정이었다고 한다.

　청문회장에서는 기밀식 유리 부스를 설치하는 중이었다. 데이비드는 그곳에 갇힌 채로 마이크를 통해 증언할 예정이었다. 마이크의 조작 스위치는 존 우드가 쥐고 있게 된다.

　HUAC이 우리 못지않게 동요하고 있다는 점은 명백했다. 자꾸 앞뒤가 안 맞는 질문을 했기 때문이다. 그들은 블라이스에게 중국 일에 관해 물었는데, 그녀는 과학기술 쪽을 전담했기 때문에 정치적 결정에 관해서는 아무런 대답도 해줄 수 없었다. 그런 다음 그들은 블라이스의 능력의 성질에 관해 질문했고, 그녀가 정확히 어떻게 다른 사람들의 마음을 흡수하고, 그것을 가지고 어떤 일을 하는지를 물었다. 위원들의 태도는 의외로 상당히 정중했다. 헨리 밴 렌셀러는 여전히 보수파의 현역 하원의원이기도 했고, 그 아내더러 혹시 당신이 남편의 정신을 좌지우지하고 있느냐는 식의 질문을 하는 것은 동업자끼리의 예의가 아니었기 때문이다.

　그들은 블라이스를 내보내고 타키온을 불렀다. 그는 복숭앗빛 외투를 입고 장식 술이 달린 헤시안 부츠를 신고 있었다. 타키온은 변호사의 충고를 줄곧 무시해왔고, 내키지는 않지만 귀족의 책무를 다하기 위해 우매한 아랫것들의 오해를 정정하려고 왔다는 식의 태도를 숨기려 하지도 않았다.

타키온은 완전히 의표를 찔렸고, 위원회는 그를 갈가리 찢어놓았다. 외계인인 그를 불법체류자라고 규탄했고, 와일드카드 바이러스를 살포한 책임자라면서 지르밟았다. 그것만으로도 모자랐는지, 타키온이 치료한 에이스들은 미국인들의 마음을 조종하라는 조 스탈린 아저씨의 지령을 받고 침투한 사악한 잠입자일 가능성도 있으니 모조리 이름을 대라고 윽박지르기까지 했다. 타키온은 거부했다.

그들은 타키온을 강제 추방했다.

◆

데이비드 하스틴은 다음 날 화학 전용 보호의를 입은 해병대원들을 줄줄이 대동하고 청문회장으로 들어갔다. 그가 유리 부스 안으로 들어가자 위원들은 홈스 씨에게 그랬던 것처럼 그를 맹렬하게 공격했다. 마이크 버튼을 쥔 존 우드 하원의원은 데이비드에게 아예 발언 기회를 주지 않았고, 랜킨 의원이 공중의 면전에서 데이비드를 아예 대놓고 지저분한 유대인 놈이라고 불렀을 때조차도 대답하지 못하게 했다. 마침내 발언 기회가 주어지자 데이비드는 위원회를 나치스 무리라고 비난했다. 이 발언은 우드 하원의원에게는 의회에 대한 모욕처럼 들린 듯했다.

청문회가 끝날 무렵에는 데이비드도 감옥행이 확정되었다.

주말에 의회는 휴회였다. 얼과 나는 다음 주 월요일에 출두할 예정이었다.

♥

금요일 밤 우리는 홈스 씨의 스위트룸에 죽치고 앉아 라디오 방송에 귀를 기울였다. 나쁜 소식밖에는 없었다. 미국 재향군인회는 전국에서 HUAC을 지지하는 시위를 조직하고 있었다. 미 국내에서 에이스의 능력을 가진 것으로 알려진 사람들에게 무더기로 소환장이 발부되고 있었다. 그러나 기형적인 조커들은 뉴스 영상에는 전혀 어울리지 않는다는 이유로 단 한 명도 소환되지 않았다. 에이전트가 남긴 메시지를 보니 내가 광고 모델로 출연한 크라이슬러사에서는 차를 돌려달라고 했고, 체스터필드 담배 회사 사람들에게서는 우려가 담긴 연락을 받았다고 했다.

나는 스카치위스키 한 병을 마셨다. 블라이스와 타키온은 어딘가에 숨어 있었다. 데이비드와 홈스 씨는 좀비나 다름없는 상태였고, 움푹 팬 눈으로 내면의 고뇌를 응시하며 꼼짝도 않고 방구석에 앉아 있었다. 딱히 할 말이 없었다. 얼을 제외하면. "난 수정헌법 제1조로 갈 거야. 놈들은 엿이나 먹으라고 해. 만약 나를 감옥에 가두려고 한다면, 스위스로 날아가겠어."

나는 술잔을 응시했다. "얼, 난 날지 못하는데."

"물론 자넨 날 수 있어, 시골 친구. 자네 입으로 그렇게 말했잖아."

"빌어먹을, 난 못 난다고! 혼자 있게 내버려둬."

더 이상 견딜 수가 없었기에, 한 병을 또 끄집어내서 침대로 갔다. 킴은 나와 얘기를 나누고 싶어 했지만 나는 그냥 등을 돌리고 자는 척했다.

♣

"예, 메이어 씨."

"잭? 정말이지 최악이로군, 잭. 정말 최악이야."

"예, 최악이 맞습니다. 그 개자식들 탓입니다, 메이어 씨. 놈들은 우리를 파멸시킬 작정입니다."

"잭, 그냥 변호사가 하라는 대로 하게. 자넨 괜찮을 거야. 용기 있는 행동에 나서게."

"용기?" 웃음소리. "**용기 있는 행동이요?**"

"그게 올바른 행동일세, 잭. 자넨 영웅이잖나. 그치들은 자넬 건드리지 못해. 그냥 자네가 아는 걸 말하기만 하면 돼. 그런다면 미국은 자네를 지지할 거야."

"나더러 쥐새끼 같은 밀고자가 되라는 말씀이군요."

"잭, 잭. 부탁이니 그런 식의 표현을 쓰지 말게. 내가 자네에게 원하는 건 애국적인 행동이야. 옳은 행동. 난 자네가 영웅이 되기를 원해. 그리고 우리 메트로에는 언제나 영웅이 있을 자리가 있다는 걸 알아줬으면 하네."

"메이어 씨, 쥐새끼 같은 밀고자가 주연한 영화를 보려고 표를 사는 사람이 몇 명이나 될 것 같습니까? 몇 명이나 될까요?"

"변호사한테 수화기를 넘기게, 잭. 그 친구와 얘기해야겠어. 자넨 얌전히 있으면서 변호사가 하라는 대로 하게."

"그런 충고 따윈 개한테나 줘버리십쇼."

"잭. 나더러 어떻게 하라는 말인가? 변호사와 얘기하게 해줘."

♠

얼은 내 침실 창문 밖에 떠 있었다. 비행사용 헬멧 위의 고글에 묻은 빗방울이 반짝였다. 킴은 그를 노려보다가 방에서 나갔다. 나는 침대에서 나와 창가로 가서 창문을 열었다. 얼은 그대로 날아 들어와서 카펫 위에 우뚝 섰고, 담배에 불을 붙였다.

"잭, 별로 상태가 좋아 보이지 않는군."

"숙취 때문이야, 얼."

그는 접어놓은 〈워싱턴 스타〉를 호주머니에서 꺼냈다. "여기 실린 기사를 읽으면 정신이 번쩍 들 거야. 이 신문 읽었어?"

"아니. 아무것도 안 읽었어."

얼은 신문을 펼쳤다. 1면 머리기사의 제목은 「스탈린이 포 에이스에게 지지를 표명」이었다.

나는 침대에 앉아 위스키병으로 손을 뻗쳤다. "하느님 맙소사."

얼은 신문을 바닥에 던졌다. "그치는 우리가 몰락하기를 원해. 그치가 베를린을 손에 못 넣도록 막은 건 다름 아닌 우리잖아. 우리를 사랑할 이유 따위는 전혀 없지. 소련 내의 와일드카드 능력자들을 박해하고 있다고 들었어."

"개자식. 개자식." 나는 눈을 감았다. 눈꺼풀 뒤쪽에서 여러 색채가 맥박 친다. "담배 좀 줄래?" 나는 물었다. 얼은 내게 담배를 건네고 전쟁 때 쓰던 지포로 불을 붙여주었다. 나는 침대 위에서 몸을 젖히고 수염 때문에 꺼끌꺼끌한 턱을 문질렀다.

"내가 보기엔 이렇게 될 것 같아." 얼이 말했다. "앞으로 우린 힘든 10년을 보내야 할 거야. 어쩌면 이 나라를 떠나 있어야 할지도 모르지."

그는 고개를 설레설레 저었다. "그러고 나서 다시 영웅 대접을 받게 될 거야. 적어도 그 정도는 걸릴 걸 각오해야 해."

"사람 기분을 띄워주는 방법을 정말 잘 알고 있구먼."

얼은 웃음을 터뜨렸다. 담배 맛은 고약했다. 나는 스카치로 그 맛을 씻어냈다.

얼의 얼굴에서 미소가 사라졌다. 그는 고개를 설레설레 흔들었다. "우리가 출두한 뒤에 소환당하는 사람들이 문제야—내가 안됐다고 생각하는 건 바로 그 사람들이지. 앞으로 이 나라에서는 몇 년 동안이나 마녀사냥이 계속될 거야." 그는 다시 고개를 흔들었다. "NAACP에서 내 변호사 비용을 대주고 있어. 하지만 그냥 돌려보낼까 생각 중이야. 난 어떤 조직도 나와 관련된 것처럼 보이는 걸 원하지 않아. 나중에 나 때문에 더 힘들어질지도 모르니."

"메이어하고 전화를 했어."

"메이어라." 얼은 얼굴을 찡그렸다. "'텐'이 청문회장에 불려 가기 전에 그런 영화사 수장들이 굴복하지 않고 나섰더라면 좋았을 텐데. 그치들이 조금이라도 기골 있게 행동했더라면 이런 일은 아예 일어나지도 않았을 거야." 그는 나를 똑바로 보았다. "자네도 새 변호사를 얻는 편이 나을 거야. 수정헌법 제5조를 택할 생각이 아니라면 말이야." 그는 이마를 찡그렸다. "제5조라면 금세 끝나지. 그치들이 자네 이름을 물을 때 자네가 대답하지 않겠다고 말하면 그만이니까. 그럼 그냥 거기서 끝이야."

"그럼 변호사가 있든 없든 무슨 차이가 있어?"

"날카로운 지적이로군." 얼은 쓴웃음을 지었다. "맞아. 아무 차이도 없어. 안 그래? 우리가 무슨 말이나 행동을 하든 간에, 어차피 위원회는 자기들이 원하는 대로 할 거니까 말이야."

"응. 다 끝났어."

얼의 시선이 나를 향하며 그의 얼굴에 떠오른 쓴웃음이 부드러운 미소로 바뀌었다. 바로 그 순간, 나는 릴리언이 말했던 그를 에워싼 광채를 보았다. 지금 내 눈앞에 서 있는 인물은 지금까지 몸 바쳐 일해왔던 모든 것을 잃기 직전이었다. 흑인민권운동과 반파시즘 운동, 반제국주의 운동, 노동운동, 그가 소중히 여기던 그 밖의 모든 소중한 것들을 짓밟는 무기로 이용당하고, 그의 이름은 절대 악으로 간주되고, 그와 조금이라도 관계를 맺었던 사람들 모두가 곧 같은 일을 당하리라는 사실을 그는 알고 있었다……. 그런데도 그는 이 모든 것들을 어떤 식으로든 받아들이고 있었다. 물론 그 사실을 슬퍼하고는 있었지만, 그 내면은 여전히 굳건했다. 애당초 '공포'는 그를 아예 건드리지도 못했다. 그는 위원회를 두려워하지 않았고, 오명을 뒤집어쓰거나 현재의 지위와 평판을 잃는 것도 두려워하지 않았다. 자기 인생의 한 순간, 자신의 신념에 헌신했던 것을 후회하지 않았던 것이다.

"다 끝났다고?" 이렇게 말한 그의 눈은 이글이글 불타오르고 있었다. "염병할. 어이, 잭." 그는 웃음을 터뜨렸다. "그건 끝나지 않았어. 일개 위원회의 청문회는 전쟁이 아냐. 우린 에이스야. 놈들은 그것까지 빼앗아 갈 수는 없어. 안 그래?"

"응. 그건 그렇겠지."

"숙취가 나을 수 있게 난 가보는 편이 낫겠군." 얼은 창가로 갔다. "어차피 아침 운동 시간이기도 하고."

"나중에 보자고."

얼은 창턱 위로 한쪽 발을 내밀며 엄지를 척 들어 보였다. "잘 있게,

시골 친구."

"자네도."

창문을 닫기 위해 침대에서 나가자마자 가랑비는 폭우로 변했다. 창문 너머로 거리를 내려다보았다. 사람들은 비를 피하려고 우왕좌왕 하고 있었다.

♦

"잭, 얼은 **진짜로** 공산주의자였잖아. 몇 년 동안이나 당원이었던 데 다가 모스크바로 유학까지 갔다 왔어. 달링, 제발 내 말에 귀를 기울여 줘." 킴은 이제 간청하고 있었다. "**당신은 그를 도울 수 없어.** 당신이 뭘 하 든 얼은 십자가에 못 박힐 거라고."

"혼자 십자가에 못 박히는 게 아니라는 걸 보여줄 수는 있어."

"멋지군. 정말로 멋져. 내가 결혼한 남자가 순교자였다니. 설명해줄 래? 수정헌법 제5조를 선택하면 당신 친구들한테 어떤 도움이 되는지? 홈스는 어차피 공인으로서의 삶은 끝났어. 데이비드는 제 발로 감옥에 걸어 들어간 거나 마찬가지고. 타키온은 국외추방이야. 그리고 얼의 운 이 다한 건 누가 봐도 명백해. 당신은 그 사람들을 대신해서 십자가를 져줄 수조차 없다고."

"아까 나보고 빈정댄다고 하던 사람 어디 갔지?"

그녀는 이제 고함을 지르고 있었다. "**그 술병을 내려놓고 내 말에 귀를 기울여주지 않을래?** 나라가 당신에게 그럴 걸 원하고 있다고! 이게 올바 른 일이야!"

더 이상 견딜 수가 없었기 때문에 추운 2월의 오후에 나는 산책에 나섰다. 하루 종일 아무것도 먹지 않고 위스키 한 병을 들이켠 상태였다. 걷는 내 옆으로 차들이 쌩쌩 지나갔고, 부슬부슬 떨어지는 빗방울은 내 얼굴을 흘러내려 캘리포니아용의 얇은 재킷을 흠뻑 적셨지만, 그런 것들에는 아예 신경이 쓰이지 않았다. 내 머리에는 오직 그들의 얼굴밖에는 떠오르지 않았다. 우드와 랜킨과 프랜시스 케이스의 얼굴. 증오에 찬 눈초리와 끊임없이 이어지는 빈정거림. 곧 나는 국회의사당을 향해 뛰어가기 시작했다. 위원들을 찾아서 박살을 낼 작정으로. 다짜고짜 붙잡아서 머리를 쾅 맞부딪게 하고, 공포에 질려 알아들을 수 없는 소리를 지르며 도망치게 만들 것이다. 염병할, 아르헨티나에 민주주의를 가져다준 사람은 다름 아닌 내가 아니던가. 그렇다면 워싱턴에도 같은 방법을 적용할 수 있을 것이다.

국회의사당은 어둠에 잠겨 있었다. 차가운 비가 대리석을 흘러내리며 번득였다. 아무도 없었다. 나는 열린 문이 없나 하고 의사당 주위를 돌아다니다가, 결국은 옆문 하나를 그대로 뚫고 들어가서 위원회실로 직행했다. 문을 홱 열고 안으로 들어간다.

물론 텅 비어 있었다. 그런데 왜 그리 놀랐는지는 나도 모르겠다. 방 안에는 스포트라이트 몇 개가 켜져 있을 뿐이었다. 데이비드의 유리 부스는 부드러운 불빛을 받고 마치 수정 조각처럼 반짝이고 있었다. 카메라와 라디오 장비도 제자리에 놓여 있었다. 위원장의 망치는 놋쇠와 광택제로 번득이고 있었다. 고요한 침묵이 깔린 방 안에서 얼간이처럼 우뚝 서 있다가, 어느새 분노가 스러진 것을 깨달았다.

눈에 띈 의자에 앉아 내가 여기서 뭘 하고 있었는지를 떠올려보려고 했다. 포 에이스가 끝장났다는 것은 명백했다. 우리는 법과 예절의 구속을 받고 있었지만 그 위원회는 그렇지 않았다. 우리가 그들과 싸울 수 있는 유일한 방법은 법을 어기는 것이었다. 그 우쭐해하는 얼굴들 앞에서 감연히 일어나서 청문회장을 박살 내고, 대경실색한 하원의원들이 책상 아래로 숨어 들어가는 광경을 비웃는 식으로 말이다. 만약 우리가 그런 일을 한다면 우리는 우리가 싸우던 존재가 되어버린다. 공포와 폭력을 마음대로 휘두르는 초법적인 무력 집단이 되는 것이다. 그 결과 위원회가 우리의 진짜 모습이라고 주장하던 그대로의 존재가 되어버린다. 그러면 상황은 한층 더 악화될 뿐이다.

포 에이스의 몰락은 이미 결정되었고, 그 무엇도 그것을 막을 수는 없다.

국회의사당의 계단을 내려오면서 나는 완전히 명석해진 상태였다. 아무리 술을 퍼마셔도, 술은 내가 이미 아는 것을 잊게 할 수 없고, 내가 처한 상황을 끔찍할 정도로 명명백백하게 직시하는 것을 막지도 못한다.

나는 알고 있었다. 예전부터 줄곧 알고 있었다. 그래서 더는 그 사실을 모르는 척할 수도 없었다.

♥

다음 날 아침 나는 한쪽에 킴을, 반대쪽에는 변호사를 대동하고 의사당 로비로 걸어 들어갔다. 얼은 핸드백을 꼭 쥔 릴리언과 함께 로비에 와 있었다.

나는 그들을 똑바로 바라볼 수가 없었다. 그래서 그냥 그들 곁을 지나쳤다. 방독면을 쓴 해병대원들이 문을 열어주자 나는 청문회장으로 들어가서 위원회에게 우호적인 증인으로서 증언을 하겠다고 선언했다.

♣

훗날 위원회는 우호적 증인에 관한 절차를 마련했다. 우선 증인과 위원회만 참석하는 비공개 청문회를 한 번 연다. 이것은 일종의 총연습에 가까웠고, 무슨 얘기가 나오고 어떤 정보가 전개되는지를 각 참석자가 숙지함으로써, 공개 청문회가 매끄럽게 진행되도록 하기 위한 것이었다. 내가 증언했을 때는 이런 절차가 생겨나기 전이었으므로 모든 것이 좀 거칠게 진행되었다.

나는 스포트라이트를 받으며 진땀을 흘렸고, 겁에 질린 탓에 제대로 말을 하지도 못했다. 내 눈에 보이는 것이라고는 방 너머에서 나를 응시하는 아홉 쌍의 조그맣고 사악한 눈들이었고, 귀에 들리는 것이라고는 스피커를 통해 마치 신의 목소리처럼 울려 퍼지는 그들의 목소리뿐이었다.

우드 하원의원이 먼저 질문을 함으로써 청문회를 시작했다. 그는 대뜸 내가 누구인지를 물었고, 거주지와 직업을 물었다. 그런 다음 얼을 시작으로 내 교우 관계에 관한 질문을 시작했다. 곧 그의 질의 시간이 끝나자 그는 커니 하원의원에게 나를 넘겼다.

"당신은 샌더슨 씨가 과거에 공산당원이었던 적이 있다는 사실을 알고 있었습니까?"

내가 그 질문을 제대로 듣지도 못한 탓에 커니는 같은 질문을 되풀이해야 했다.

"예? 아. 본인에게 들었습니다. 예."

"혹시 지금도 공산당원인지 압니까?"

"나치스하고 소비에트가 협정을 맺었을 때 탈당한 것으로 알고 있습니다."

"그게 1939년의 일인가요."

"그 나치스-소비에트 협정이 1939년에 맺어진 거라면 아마 그럴 겁니다." 애당초 나와는 인연이 없는 연출 기법 따위는 이미 깨끗하게 머리에서 날아간 지 오래였다. 나는 넥타이를 만지작거리며 마이크에 대고 웅얼거렸고, 땀을 흘렸다. 그 아홉 쌍의 눈을 쳐다보고 싶지 않았다.

"나치스-소비에트 불가침조약이 맺어진 이래 샌더슨 씨가 공산당과 어떤 식으로든 관계를 맺고 있었는지의 여부를 압니까?"

"모릅니다."

그러자 그 질문이 왔다. "공산당이나 공산당과 연계된 집단에 소속된 사람의 이름을 당신에게 언급한 적은 없습니까?"

나는 머리에 처음 떠오른 것을 입 밖에 냈다. 생각 따위는 아예 하지도 않았다.

"이탈리아에서 어떤 여자 얘기를 했던 것 같습니다. 전쟁 때 알던 여자입니다. 이름은 레나 골도니였던 걸로 기억합니다. 지금은 배우입니다."

아홉 쌍의 눈은 깜박이지도 않았다. 그러나 나는 그들의 얼굴에 떠오른 희미한 미소를 볼 수 있었다. 한쪽 눈가로 갑자기 몸을 수그리고 메모장에 뭔가를 쓰기 시작하는 기자들의 모습도 눈에 들어왔다.

"그 이름의 철자를 가르쳐주시겠습니까?"

♠

이렇게 해서 얼의 관에는 못이 박혔다. 그때까지만 해도, 어떤 비난을 받든 간에 얼은 적어도 자기 원칙에 충실하게 행동했다는 사실을 부정당한 적은 없었다. 그러나 그가 아내인 릴리언에 대해 부정을 저질렀다는 사실은 다른 배신도 하지 않았겠느냐는 식의 논리로 이어졌다. 이를테면 국가에 대한 배신 말이다. 나는 단 몇 마디만으로 그를 파괴했지만, 당시에는 내가 뭘 하고 있는지도 까맣게 모르고 있었다.

나는 계속 주절거렸다. 빨리 이것을 끝내고 싶다는 일념에서 머릿속에 떠오른 것을 무조건 말했다. 나는 미국을 사랑하며, 내가 민주당 대선후보인 헨리 월리스를 지지하는 연설을 했던 것도 실은 홈스 씨를 기쁘게 하려는 목적밖에는 없었으며, 지금 생각해보면 어리석은 짓이었다. 나는 미국 남부의 삶의 방식을 바꾸고 싶지 않다. 왜냐하면 남부의 방식은 좋은 방식이기 때문이다. 〈바람과 함께 사라지다〉는 두 번이나 보았는데 정말로 훌륭한 영화였다. 흑인민권운동가인 메리 매클라우드 베슌과 함께 사진을 찍은 것은 그녀가 단지 얼의 친구였기 때문이다. 이런 식이었다. 이윽고 벨드 하원의원이 질의를 이어받았다.

"현재 미 국내에 거주하는 이른바 에이스들의 이름을 압니까?"

"아니, 모릅니다. 이미 이 위원회에 소환받은 사람들을 제외하면 말입니다."

"혹시 얼 샌더슨이 그런 사람들의 이름을 알고 있다고 생각합니까?"

"모르겠습니다."

"그에게서 아무 말도 못 들었다는 뜻입니까?"

나는 물을 한 모금 마셨다. 도대체 얼마나 더 이런 질문을 되풀이할 작정일까? "그가 다른 에이스들의 이름을 알고 있는 것이 사실이라 해도, 내 앞에서 그것에 관해 말한 적은 한 번도 없습니다."

"하스틴 씨가 그런 사람들의 이름을 알고 있다고 생각합니까?"

같은 질문이 계속되었다. "모릅니다."

"닥터 타키온은 그런 사람들의 이름을 알고 있다고 생각합니까?"

그들은 이미 이 부분을 처리해놓고 있었다. 나는 단지 그들이 아는 것을 확인해주었을 뿐이다. "그는 바이러스에 감염된 사람들을 많이 치료했습니다. 그러니까 그런 이름들을 알고 있을 수도 있겠죠. 하지만 내게는 아무 이름도 말한 적이 없습니다."

"밴 렌셀러 부인은 다른 에이스들의 존재를 알고 있습니까?"

고개를 가로저으려다가 퍼뜩 어떤 생각이 떠올랐다. 나는 더듬거리며 말했다. "모릅니다. 그녀 본인은 모를 겁니다."

벨드는 질문을 이어갔다. "홈스 씨는—" 그가 이렇게 운을 뗐을 때, 내가 방금 한 대답에서 닉슨이 뭔가 낌새를 챘다. 그는 잠시 질의에 끼어들고 싶다면서 벨드의 양해를 구했다. 이들 중 머리가 좋은 사람이 닉슨이라는 점에는 의심의 여지가 없었다. 열의에 찬, 다람쥐를 연상시키는 젊은 얼굴이 마이크 너머로 나를 뚫어지게 바라보았다.

"증인은 방금 한 대답을 좀 더 명확하게 설명해주시겠습니까?"

나는 충격으로 얼어붙었다. 물을 한 잔 더 마시고 어떻게 하면 여기서 빠져나갈 수 있을지 생각해보았다. 아무 생각도 떠오르지 않았다. 나는 닉슨에게 방금 한 질문을 되풀이해달라고 말했다. 그는 질문을 되풀이했다. 그가 말을 끝내기도 전에 내 입에서 대답이 흘러나왔다.

"밴 렌셀러 부인은 닥터 타키온의 마음을 흡수했습니다. 따라서 그가 아는 이름들을 그녀도 모두 알고 있을 겁니다."

여기서 묘한 것은 이때까지만 해도 그들이 블라이스와 타키온의 그런 관계에 관해 모르고 있었다는 사실이었다. 다코타주 출신의 젊은 촌놈이 그들을 위해 일일이 퍼즐 조각을 맞춰준 뒤에야 깨달았던 것이다.

차라리 내 손으로 그녀를 쏘아 죽이는 편이 나았을지도 모른다. 그러는 쪽이 고통이 덜했을 테니까.

◆

우드 위원장은 내 증언이 끝나자 나를 치하했다. HUAC 위원장이 고맙다고 말했다면 그들이 보는 한 나는 문제가 없으며, 다른 사람들도 사회적으로 천민의 낙인을 찍히는 일 없이 나와 교류할 수 있다는 뜻이다. 바꿔 말해서, 나는 미합중국에서 직업을 가지고 얼마든지 일할 수 있었다.

나는 한쪽에는 내 변호사, 다른 쪽에는 킴을 대동하고 청문회장에서 걸어 나왔다. 친구들과는 아예 눈을 마주치지 않았다. 한 시간도 채 안 되어서 나는 캘리포니아로 가는 비행기 좌석에 앉아 있었다.

서밋드라이브에 있는 내 저택에 도착하니 영화계에서 일하며 생긴 지인들로부터 축하 화환이 잔뜩 도착해 있었다. 전국에서 나의 용감한 행위와 애국심을 칭양하는 전보가 몰려들었다. 미국 재향군인회에서 보낸 것들이 특히 눈에 띄었다.

한편, 워싱턴에 있는 얼은 수정헌법 제5조를 선택하고 있었다.

♥

위원회는 수정헌법 제5조를 선택하겠다는 말에 귀를 기울이고 그냥 얼을 놓아주지는 않았다. 그러는 대신 잇달아 악의적인 질문을 퍼부었고, 질문을 하나 할 때마다 그로 하여금 제5조를 선택하게 했던 것이다. 당신은 공산주의자입니까? 얼은 수정헌법 제5조로 대답했다. 당신은 소비에트연방정부의 요원입니까? 수정헌법 제5조. 당신은 소비에트의 스파이들과 교류했습니까? 수정헌법 제5조. 당신은 레나 골도니를 압니까? 제5조. 레나 골도니는 당신의 정부였습니까? 제5조. 레나 골도니는 소비에트의 요원이었습니까? 제5조.

릴리언은 얼 바로 뒤의 의자에 앉아 있었다. 핸드백을 꽉 움켜쥐고, 아무 말도 하지 않고 레나의 이름이 잇달아 거론되는 것을 듣고 있었다.

마침내 얼의 인내심도 바닥났다. 그는 앞으로 몸을 내밀었다. 분노로 얼굴이 딱딱하게 굳어 있었다.

"너희들 같은 파시스트 놈들 앞에서 죄를 인정하느니 차라리 아무 일도 안 하는 게 낫겠어!"

그가 이렇게 외치자마자 위원회는 방금 발언을 했다는 사실에 의해 얼이 수정헌법 제5조를 포기했다고 선언했고, 또다시 같은 질문들을 되풀이했다. 얼이 분노로 부들부들 몸을 떨면서 자신이 한 발언은 수정헌법 제5조를 다른 말로 바꾸어 표현한 것에 불과하며, 앞으로도 계속 대답하는 것을 거부하겠다고 선언하자 그들은 의회모욕죄를 인용했다.

얼은 홈스 씨와 데이비드처럼 감방행이 결정되었다.

그날 밤 NAACP 관계자들이 얼과 만났다. 그들은 얼더러 흑인민권운동에서 손을 떼라고 지시했다. 얼 탓에 민권운동의 대의명분이 50년은 후퇴했으니, 앞으로는 관여하지 말아달라는 얘기였다.

우상은 추락했다. 얼은 자기 자신의 이미지를 초인이자 완전무결한 영웅으로 만들었지만, 내가 레나에 관해 한번 언급하자마자 대중은 얼 샌더슨이 인간이었다는 사실을 갑자기 깨달은 듯했다. 그들은 그것을 빌미로 얼을 비난했고, 애당초 그를 믿었던 자기들의 순진함과 갑작스러운 신뢰의 상실까지 그의 탓으로 돌렸다. 옛날이었다면 돌로 쳐 죽였거나 근처에 있는 사과나무에 목매달아 죽였겠지만, 궁극적으로는 그들이 한 일이 더 나빴다.

그들은 얼을 살려두었던 것이다.

얼은 자신이 끝장났고, 걸어 다니는 시체나 다름없다는 사실을 알고 있었다. 적에게 그와 그가 가진 모든 신념들을 짓밟을 무기를 준 꼴이었다. 얼은 그가 그토록 신중하게 빚어낸 영웅의 이미지를 박살 냈고, 그를 믿었던 모든 사람들이 가졌던 희망을 짓밟았다……. 그는 죽는 날까지 이런 사실을 곱씹으며 살아갔고, 그 사실은 그를 마비시켰다. 아직 젊은 나이였지만 불구가 된 것이나 마찬가지였고, 예전처럼 높이, 멀리 나는 일도 없었다.

다음 날 HUAC은 블라이스를 소환했다. 그때 무슨 일이 일어났는지는 생각조차도 하기 싫다.

♣

〈골든보이〉는 청문회가 끝나고 두 달 뒤에 개봉했다. 시사회장에서 킴과 함께 앉아서 그 영화를 감상한 나는 영화가 시작되자마자 그것이 끔찍하게 잘못되었다는 사실을 깨달았다.

얼 샌더슨이 등장하는 장면은 아예 잘려 나가고 없었다. 아치볼드 홈스 역을 맡은 등장인물은 FBI 요원은 아니었지만 독립적으로 활동하는 것도 아니었고, 새로 생긴 정보기관인 CIA 소속이었다. 누군가가 새로 촬영한 장면들이 잔뜩 삽입되어 있었다. 남미의 파시스트 정권은 동유럽의 공산주의 정권으로 바뀌었지만, 문제의 정권을 움직이는 가무잡잡한 사내들은 모두 스페인어 악센트로 말했다. 원판에서 등장인물들이 '나치'라고 말한 장면은 모조리 '빨갱이'로 재더빙되었는데, 더빙 자체가 너무 시끄럽고 질이 떨어지는 탓에 부자연스럽기 짝이 없었다.

시사회 후 열린 축하연에 참석한 나는 망연자실한 상태로 연회장을 돌아다녔다. 모두가 나는 정말로 뛰어난 배우이며, 영화도 정말 걸작이라고 입을 모아 칭찬했다. 영화 포스터에는 **잭 브론—미국이 신뢰할 수 있는 영웅!**이라는 문구가 쓰여 있었다. 나는 토하고 싶었다.

나는 일찌감치 연회장을 떠나서 침대로 직행했다.

그 뒤로 나는 주당 1만 달러씩 벌었지만 영화는 흥행에서 참패했다. 차기작인 〈리켄배커 스토리〉는 대히트할 것이 틀림없다는 말을 들었지만 각본 단계에서 차질을 빚었다. 처음 참가했던 두 명의 각본가가 HUAC 청문회로 소환되었지만, 다른 사람들의 이름을 대지 않고 협력을 거부했기 때문에 블랙리스트에 올랐던 탓이었다. 나는 울고 싶었다.

할리우드 텐의 상고가 모두 기각된 후 위원회가 소환한 다음 배우는 래리 파크스*로, 와일드카드 바이러스가 뉴욕 시를 강타했을 때 내가 보고 있던 영화의 주연이다. 그는 다른 사람들의 이름을 댔지만, 처음부터 열성적으로 그러지는 않았던 탓에 완전히 배우 생명이 끊겼다.

나는 이런 일에서 빠져나올 수 없는 것 같았다. 파티에 참석해도 나와 얘기를 나누지 않으려는 사람들이 있었다. 이따금 귀에 들어오는 대화에는 '유다** 에이스'라든지 '골든 랫***' '우호적 증인'이라는 단어가 섞여 있었다. 마치 이름이나 제목처럼 말이다.

---

* 　　 미국의 인기배우. 과거에 공산당원이었음을 반강제적으로 인정했다.

** 　　 제자였으면서도 예수를 배반한 이스가리옷 유다를 가리킨다.

*** 　　 '랫(rat)'은. 영어로 '쥐, 밀고자'를 의미한다.

나는 기분 전환을 위해 재규어 스포츠카를 샀다.

그러던 중에 북한군이 38선을 넘어 침공했고, 미군은 남한의 대전에서 위기에 처했다. 당시 나는 주중에 두 번 연기 레슨을 받는 것을 제외하면 하는 일이 없었다.

나는 워싱턴에 직접 전화를 걸었다. 그들은 내게 중령 계급을 부여하고 특별기 편으로 나를 한국으로 보냈다.

MGM 스튜디오는 이것을 최고의 홍보 기회로 보았다.

나는 벨사(社)에서 개발한 초기의 헬리콥터 1기를 할당받았는데, 루이지애나의 늪지대가 고향인 조종사는 아무래도 무의식적으로 죽음을 동경하고 있는 듯했다. 기체의 측면 패널에는 슈퍼맨처럼 한쪽 무릎과 한쪽 팔을 앞으로 내밀고 있는 나의 캐리커처가 그려져 있었다.

나는 헬기로 북한군 전선 뒤에 착륙해서 그들을 쳐부수기만 하면 됐다. 아주 간단한 일이었다.

나는 탱크 부대를 통째로 박살 내곤 했다. 아군에게 발견된 대포는 모조리 프레첼처럼 매듭을 지어놓았다. 나는 네 명의 북한군 장성을 포로로 잡았고, 북한군에게 포로로 잡힌 윌리엄 딘 소장*을 구출했다. 산허리를 지나던 수송부대를 통째로 아래로 밀어 떨어뜨린 적도 있다. 나는 냉혹했고, 결연했으며, 분노하고 있었다. 그리고 나는 미국인들의 생명을 구하고 있었다. 그야말로 적임자였다.

〈라이프〉의 표지에도 등장했다. 클린트 이스트우드처럼 절제된 미소를 띠고, 머리 위로 T-34 탱크를 들어 올리고 있는 사진이다. 탱크 포

---

* 한국전쟁 초기에 미군 제24사단 사단장으로 최전선에서 싸우다가 포로로 잡혔고, 휴전협정이 체결된 후 포로 교환으로 판문점을 통해 귀환했다.

탑에는 대경실색한 표정의 북한군이 타고 있었다. 나는 유성처럼 빛을 발하고 있었다. 이 사진의 제목은 '부산의 슈퍼스타'였는데, 슈퍼스타는 당시에는 아직 새로운 단어였다.

나는 내가 하는 일에 큰 자부심을 느끼고 있었다.

미국에서 개봉된 〈리켄배커 이야기〉는 히트했다. 모든 사람들이 기대했던 것만큼 크게 히트 치지는 않았지만, 이 영화는 멋진 스펙터클을 제공했고 많은 돈을 긁어모았다. 주연 스타에 대해서 관객들은 좀 모호한 감정을 느끼는 것 같았지만 말이다. 〈라이프〉의 표지 모델로 등장했음에도 불구하고 어떤 사람들은 나를 영웅으로 보는 것에 대해 저항감을 느끼는 듯했다.

MGM은 〈골든보이〉를 재개봉했다. 또 흥행에서 참패했다.

나는 크게 개의치 않았다. 당시 나는 부산 교두보를 지키고 있었다. 최전선에서 미군 장병들과 함께 있었다. 대개 포격을 받고 있었고, 잘 때는 천막에서 자고 식사는 군용 통조림으로 해결했으며, 마치 빌 몰딘*이 그린 만평의 등장인물을 연상케 하는 후줄근한 몰골을 하고 있었다. 중령치고는 특이한 행동이었다고 해야 할 것이다. 다른 장교들은 내가 그러는 것을 싫어했지만, 딘 소장은 나를 지지했고(그는 장군이면서도 바주카포로 북한군 탱크를 직접 쏘면서 분투한 적이 있었다) 나는 사병들 사이에서도 인기가 좋았다.

그들은 트루먼 대통령이 내게 의회 명예 훈장**을 수여할 수 있도

---

*　　미 육군 하사 출신의 만평가. 2차 세계대전의 미군 생활을 묘사한 풍자화로 퓰리처상을 수상했다.

**　　미군의 최고 무공훈장이다.

록 항공편으로 나를 미군 기지가 있는 남태평양의 웨이크섬에 보냈다. 맥아더 장군도 나와 같은 비행기에 탔는데, 줄곧 뭔가 다른 일에 정신이 팔린 듯한 기색이었고, 나와는 아예 말을 나누려고조차 하지 않았다. 맥아더는 깜짝 놀랄 정도로 늙어 보였고, 거의 죽을 때가 다 된 노인을 떠올리게 했다. 그는 나를 좋아하지 않았던 것 같다.

1주 후 우리는 부산의 적 포위망을 뚫었고, 맥아더는 제10군단을 인천에 상륙시켰다. 북한군은 패주했다.

닷새 후 나는 캘리포니아로 돌아왔다. 육군 당국은 상당히 무뚝뚝하게 내가 더는 봉사할 필요가 없다고 통고했다. 맥아더가 뒤에서 손을 쓴 것이 거의 확실해 보였다. 그는 한반도에서 슈퍼스타가 되고 싶어 했고, 그 명예를 다른 사람들과 나눠 가질 생각은 추호도 없었다. 그리고 그 무렵에는 이미 나 말고도 다른 에이스들―조용하게 명령받은 일만 수행하는 익명의 에이스들―이 미국을 위해 일하고 있었다고 생각한다.

나는 전쟁터를 떠나고 싶지 않았다. 그래서 한동안은, 특히 맥아더가 중공군의 반격을 받고 박살 난 뒤에는, 계속 워싱턴 당국에 전화를 걸어 내가 어떤 새로운 방식으로 그들을 도울 수 있는지 제안했다. 나라면 그때 큰 골칫거리였던 만주의 적 비행장들을 습격할 수 있다. 아니면 반격의 첨병으로도 나설 수 있다. 이런 식이었다. 당국자들은 매우 예의 바르게 내 얘기에 귀를 기울였지만, 그들이 나를 원하지 않는다는 점은 명백했다.

그러나 CIA에게서는 연락이 왔다. 디엔비엔푸*가 함락된 후 그들은 나를 인도차이나반도로 보내서 바오다이**를 제거하고 싶어 했다. 그러나 이 계획은 조잡해 보였다. 우선 그들은 바오다이를 제거한 후 그 자리를 누구 또는 무엇으로 대체할지에 대해 제대로 된 계획조차도 가지고 있지 않았다. 그냥 막연하게 '현지의 반공 자유주의 세력'이 궐기해서 권력을 인수해줄 것을 기대하고 있었던 것이다. 이 작전을 맡은 CIA 책임자는 뉴욕 매디슨애비뉴의 광고업자들이나 쓰는 업계 용어를 남발함으로써 베트남이나 그가 상대해야 할 사람들에 관한 지식이 전무하다는 것을 감추려는 기색이 역력했다.

나는 그들의 제안을 거절했다. 그 일 이후로 나와 미 연방정부와의 관계는 4월마다 세금을 납부하는 것을 제외하면 완전히 끊겼다.

♠

내가 한국에 있는 동안 할리우드 텐의 상고가 모두 기각되었다. 데이비드와 홈스 씨는 감옥에 수감되었다. 데이비드는 3년을 복역했지만, 홈스 씨는 단지 여섯 달만 복역한 후 건강 문제를 이유로 석방되었다. 블라이스에게 무슨 일이 일어났는지는 다들 알고 있을 것이다.

얼은 유럽으로 날아가서 스위스에서 모습을 나타냈고, 미합중국 국적을 버리고 자신은 세계시민이 되었음을 선언했다. 한 달 뒤에 얼은 파리에 있는 오를레나 골도니의 아파트에서 그녀와 동거하고 있었다. 그 무렵 그녀는 대스타가 되어 있었다. 아마 얼은 더 이상 자기들의 관계를

---

* 　인도차이나전쟁에서 프랑스군이 점령했던 베트남 북서부의 도시. 격전 끝에 1954년 북베트남군에게 함락된 후 프랑스군이 식민지였던 베트남에서 철수하는 결정적 계기가 되었다.

** 　베트남의 마지막 황제이자 정치가. 인도차이나전쟁이 끝난 후 프랑스의 지원을 받고 남베트남의 국가 원수가 되었다가 국민투표에서 미국의 지원을 받는 총리 응오딘지엠에게 패해 프랑스로 망명했다.

감추는 것은 무의미하므로 차라리 과시하려고 생각했던 것인지도 모르겠다.

릴리언은 계속 뉴욕에 머물렀다. 얼이 그녀에게 생활비를 보냈을지도 모르지만, 나는 그 부분에 대해서는 아는 바가 없다.

◆

1950년대 중반 페론은 예의 금발로 염색한 정부와 함께 아르헨티나로 귀환했다. '공포'가 남쪽에서도 시작되었다.

나는 계속 영화를 찍었다. 그러나 어떤 이유인지는 모르겠지만 단 한 편도 성공하지 못했다. MGM은 나의 이미지에 문제가 있다면서 궁시렁거렸다.

사람들은 내가 영웅이라는 사실을 믿지 못했다. 나 역시 믿지 못했고, 그 사실은 나의 연기에 영향을 끼쳤다. 〈리켄배커 스토리〉를 찍었을 때는 확신하고 있었지만, 그 영화 뒤로는 아무것도 존재하지 않았다.

킴의 배우 활동은 순조롭게 궤도에 올랐고, 나는 그녀의 얼굴을 거의 보지 못했다. 그러던 중 그녀가 고용한 사립탐정은 내게 분장을 해준다는 명목으로 매일 아침 저택으로 출근하던 여성 피부관리사와 내가 침대에서 뒹굴고 있는 사진을 찍는 데 성공했다. 이혼소송을 건 킴은 하녀들과 정원사와 운전기사들이 딸린 서밋드라이브의 저택과 나의 재산 대부분을 손에 넣었고, 내게 남겨진 것은 말리부 해변에 있는 조그만 집과 차고에 있는 재규어뿐이었다. 내가 그곳에서 연 파티는 몇 주나 계속되곤 했다.

그 뒤로 두 번 더 결혼했는데, 가장 오래 지속된 결혼도 8개월 만에 끝났다. 내가 번 돈 나머지는 그걸로 모두 탕진했다. MGM은 계약 해지에 동의했고, 나는 워너 브라더스로 이적했다. 내가 찍는 영화의 질은 악화일로를 걸었다. 실질적으로 똑같은 내용의 서부극을 여섯 번이나 되풀이해서 찍었던 적도 있다.

결국은 현실을 받아들이는 수밖에 없었다. 영화배우로서의 내 경력은 몇 년 전에 이미 끝났고, 나는 빈털터리였다. 나는 텔레비전 연속극에 관한 아이디어 하나를 가지고 NBC 방송국에 취직했다.

〈유인원 타잔〉은 4년 동안 방영되었다. 거기서 나는 연출가로 일했고, 드라마에서는 침팬지의 조역 역할을 맡았다. 나는 처음이자 마지막 금발 타잔이었다. 나는 이 드라마로 점수를 많이 땄고, 여생을 먹고살기에 충분한 돈을 얻었다.

그 후에는 할리우드의 모든 전직 배우가 하는 일을 본받아 부동산 업계에 투신했다. 한동안은 캘리포니아에서 배우들에게 집을 팔았고, 그 뒤에 회사를 설립해서 아파트와 쇼핑센터를 짓기 시작했다. 나는 언제나 내 돈이 아닌 다른 사람들의 돈을 투자받아 사업을 진행했다. 또 파산할 생각은 추호도 없었다. 중서부 소도시들에 있는 쇼핑센터의 반은 내가 지은 것이다.

그렇게 해서 거액을 벌었다. 더 이상 돈이 필요 없게 된 뒤에도 말이다. 나는 계속해서 돈을 벌었다. 그것 말고는 별로 할 일이 없었다.

닉슨이 대통령으로 선출되었을 때는 끔찍했다. 사람들이 어떻게 그런 사내를 신뢰할 수 있는지 나는 도무지 이해할 수 없었다.

홈스 씨는 감옥에서 석방된 후 〈뉴리퍼블릭〉의 편집장이 되었다. 그는 1955년에 폐암으로 사망했다. 가문의 재산은 외동딸이 이어받았다. 내가 두고 온 옷들은 아직도 그의 옷장 안에 남아 있는지도 모르겠다.

얼이 미국을 떠난 지 2주 뒤에 폴 로브슨과 윌리엄 듀보이스가 미국 공산당에 가입했고, 뉴욕 시의 헤럴드스퀘어에서 열린 공개 행사에서 당원증을 교부받았다. 그들은 HUAC이 얼에게 한 처사를 항의하기 위해 공개적으로 공산당에 가입한다고 선언했다.

HUAC은 다수의 흑인들을 청문회장에 소환했다. 메이저리거인 재키 로빈슨까지 소환당해서 우호적인 증인으로서 증언했다. 백인 증인들과는 달리 흑인 증인들은 결코 다른 사람의 이름을 대라는 요구를 받지 않았다. HUAC은 더 이상 흑인 순교자들을 만들어내고 싶어 하지 않았기 때문이다. 그러는 대신 흑인 증인들은 샌더슨과 로브슨과 듀보이스의 견해를 비난할 것을 요구받았다. 대다수는 그 요구에 응했다.

1950년대와 1960년대의 대부분의 기간 동안 얼이 무엇을 하고 있는지를 파악하는 것은 쉽지 않았다. 그는 파리와 로마에서 레나 골도니와 조용히 살았다. 그녀는 대스타였고 활발한 정치 활동을 펼쳤지만, 얼은 거의 모습을 보이지 않았다.

얼이 숨어 있었던 것은 아니라고 생각한다. 그냥 타인의 눈에 띄지 않았을 뿐이다. 이 두 가지는 엄연히 다르다.

그러나 풍문은 들려왔다. 그가 아프리카에서 벌어지는 이런저런 독립운동의 현장에서 목격되었다든지, 알제리에서 프랑스군과 OAS*를 상대로 싸웠다든지 하는 식의 소문이었다. 그 점에 관해 질문을 받으면 얼은 자신의 행동을 인정하거나 부정하지도 않고 대답을 거부했다. 좌파 인사들과 조직들은 얼을 포섭하려고 했지만, 얼이 공개적으로 이들

---

* 비밀군사조직(Organisation de l'armée secrète)의 약칭. 드골의 알제리 식민지 포기 정책에 반발해서 1961년에 결성된 프랑스의 극우 테러 단체이다.

을 지지한 적은 없다시피 했다. 아마 나와 마찬가지로 다른 사람들에게 이용당하는 것을 원하지 않았던 것인지도 모른다. 그러는 동시에 외부의 운동에 직접 관여함으로써 대의명분에 상처를 입히는 것을 두려워하고 있었을 수도 있다.

결국 얼이 말했던 것처럼 공포정치의 시대는 끝났다. 내가 타잔 역할을 맡아 밀림의 덩굴을 타고 다니고 있을 무렵, 대통령 당선자 존 F. 케네디와 동생 로버트 케네디는 영화관 앞에 줄지어 선 미국 재향군인회의 항의 피켓 라인 앞을 지나 할리우드 텐이었던 돌턴 트럼보가 각본을 쓴 영화 〈스파르타쿠스〉를 관람함으로써 블랙리스트의 숨통을 끊었다.

은신하고 있던 에이스들도 공중 앞에 모습을 드러내기 시작했다. 그러나 그들은 가면으로 얼굴을 가리고 가명을 쓰고 있었다. 내가 전쟁 중에 읽고 멍청하다고 생각했던 만화책의 슈퍼히어로들처럼 말이다. 그러나 이제 그것은 멍청한 행동이 아니었다. 그들은 위험을 무릅쓸 생각이 없었다. '공포'는 언제든 또다시 찾아올 수도 있기 때문이다.

우리 포 에이스에 관한 책들도 쓰였다. 나는 인터뷰 요청을 모두 거절했다. 이따금 공적인 장소에서 질문을 받는 경우도 있었는데, 그럴 때면 나는 그냥 쌀쌀맞게 "지금은 그런 얘기를 하고 싶지 않습니다"라고 대답했다. 나 자신의 수정헌법 제5조라고나 할까.

1960년대 들어 미국 국내에서 흑인민권운동이 치열해지기 시작하자 얼은 토론토로 온 다음 캐나다 국경에서 대기했다. 거기서 그는 흑인 지도자들과 언론인들과 얘기를 나눴는데, 주제는 민권운동으로 한정되었다.

그러나 그 무렵 얼은 별로 중요하지 않은 존재가 되어 있었다. 신세대 흑인 지도자들은 그의 추억을 들먹이거나 그의 연설문을 인용했고,

또 블랙팬서* 당원들은 얼의 가죽점퍼와 부츠와 베레모를 모방했다. 그러나 상징이 아닌 피와 살을 가진 인간으로 그가 계속 존재한다는 사실을 껄끄러워하는 사람이 많았다. 민권운동 측에서는 자기 의견을 크고 뚜렷하게 말하는 열정적이고 살아 있는 사내보다는 어떤 목적을 위해서도 이용할 수 있는 죽은 순교자 쪽을 선호했기 때문이다.

아마 얼도 국경을 넘어 남쪽으로 오라는 요청을 받았을 때 그 사실을 감지했는지도 모르겠다. 출입국 관리소 직원들은 아마 그의 미국 입국을 허락했을 것이다. 그러나 그는 너무 오래 주저했고, 닉슨이 대통령으로 당선되는 사태를 맞았다. 얼은 HUAC의 전 위원이 통치하는 나라에 입국할 생각은 추호도 없었다.

1970년대가 되자 얼은 파리에 있는 레나의 아파트에 완전히 눌러 앉았다. 엘드리지 클리버처럼 해외로 망명한 블랙팬서 당원들은 얼에게 연대 투쟁을 요청했지만 성공하지 못했다.

레나는 1975년에 열차 충돌 사고로 사망했다. 그녀는 얼에게 유산 전체를 남겼다.

얼은 이따금 인터뷰에 응하곤 했다. 나는 그것들을 찾아 읽어보았다. 한 인터뷰어에 의하면, 얼이 인터뷰에 응하는 조건으로 나에 관한 질문을 하지 않는다는 것이 있었다고 한다. 그는 특정 기억들이 자연스럽게 죽는 것을 원한 것인지도 모르겠다. 나는 그런 그에게 고맙다는 말을 하고 싶었다.

거의 전설에 가까운 일화가 하나 있다. 1965년에 앨라배마주 셀마에서 투표권 쟁취를 위한 행진에 참가한 사람들이 퍼뜨린 것인데……

---

*　　미국의 좌파 흑인 민족주의 단체. 1960년대에는 폭력 투쟁을 옹호했다.

경찰관들이 최루가스와 곤봉과 개들을 써서 시위대 속으로 돌입하고, 시위대가 대거 몰려온 백인 경찰관들의 공격 앞에서 무너지기 시작했을 때, 시위 참가자들의 일부는 하늘에서 어떤 사내가 나는 것을 보았다고 맹세했다. 비행사용 점퍼와 헬멧을 쓴 흑인 사내였는데, 그냥 하늘에 둥둥 떠 있다가 사라졌다고 했다. 아무런 행동에도 나서지 못했는데, 에이스의 능력을 행사하면 대의명분에 도움이 될지, 아니면 해가 될지를 판단하지 못했던 것이다. 민권운동의 전환점이 된 그런 중요한 순간에도 과거의 마법은 돌아오지 않았다. 그 일이 있은 후 얼에게는 아무것도 남지 않았다. 훗날 뇌일혈로 세상을 떠나 마침내 하늘 위에서 그를 기다리던 그 무엇을 만나러 갈 때까지, 카페에 앉아 파이프를 피우고 신문을 읽으며 하루를 보내는 것이 그의 삶의 전부였다.

♥

　지금도 이따금 그 일이 끝났고, 사람들이 정말로 망각했는지 궁금해지곤 한다. 그러나 에이스들은 이제 삶의 일부이자 배경의 일부가 되었고, 전 세계 사람들은 에이스들의 신화를 들으며 자라났다. 포 에이스와 그들을 배신한 에이스에 관한 이야기를 말이다. 유다 에이스에 관해서는 모르는 사람이 없다. 그가 어떻게 생겼는지도 포함해서.
　낙관적이었던 시기에 나는 업무차 뉴욕 시에 들른 적이 있다. 나는 엠파이어스테이트 빌딩 꼭대기에 위치한, 신예 에이스들의 사교장인 '에이스 하이(Aces High)' 레스토랑을 방문했다. 문간에서 나를 맞아준 것은 레스토랑의 오너이자 셰프인 하이럼 워체스터였다. 하이럼은 신원이 들통 날 때까지는 '팻맨(Fat Man)'이라는 별명으로 스스로를 부르던 에이스였다. 하이럼을 보자마자 나는 그가 나를 알아보았으며, 내가 큰 실수를 저지르고 있다는 사실을 깨달았다.

하이럼은 충분히 정중하게 나를 대했다. 그 부분은 나도 인정하지만, 그가 나를 보며 떠올린 미소는 누가 보아도 억지웃음이었다. 하이럼은 다른 사람들에게 안 보이는 어둑어둑한 구석 자리로 나를 안내했다. 나는 술과 연어 스테이크를 주문했다.

가져온 요리 접시를 보니 스테이크는 가지런하게 배열된 10센트 백동화들로 둘러싸여 있었다. 몇 개나 되는지 세어보았다. 은전 서른 닢.*

나는 그대로 일어서서 레스토랑에서 나왔다. 그러는 중에도 나에게 못 박힌 하이럼의 시선을 줄곧 느낄 수 있었다. 나는 다시는 그곳에 가지 않았다.

나는 도저히 하이럼을 비난할 수가 없었다.

♣

〈유인원 타잔〉을 제작하던 무렵 사람들은 내가 나이에 비해 젊어 보인다고 평하곤 했다. 훗날 내가 부동산 매매와 건축 사업에 종사했을 때는 새로 택한 직업이 정말 적성에 잘 맞는 듯하다는 얘기를 수도 없이 들었다. 나는 정말로 젊어 보였기 때문이다.

지금 거울을 들여다보면, 오디션을 받으려고 뉴욕 거리를 바쁘게 돌아다니던 시절의 청년이 나를 바라보고 있다. 세월이 흘러도 내 얼굴

---

*   신약성서에는 예수의 제자인 이스가리옷 유다가 예수를 배신하며 은전 서른 닢에 팔아넘겼다는 기술이 있다.

에는 주름이 하나도 없고, 육체적으로도 아무 영향도 받지 않았다. 지금 내 나이는 쉰다섯이지만, 스물두 살로 보인다. 나는 아예 나이를 먹지 않는 것인지도 모르겠다.

여전히 내가 더러운 밀고자라는 기분을 떨칠 수 없다. 그러나 나는 단지 나라의 명을 받들었을 뿐이다.

어쩌면 나는 영원히 유다 에이스로 남아 있어야 하는 것인지도 모른다.

이따금 다시 에이스가 되어 가면과 특별 의상을 착용하면 아무도 나를 알아보지 못할지도 모른다고 몽상하곤 한다. 그리고 '머슬맨'이라든지 '비치보이'라든지 '블론드자이언트' 뭐 이런 이름으로, 밖으로 나가 세계를 구하는 것이다. 적어도 그 일부라도 말이다.

그러나 이러다가도, 그건 아니야, 라고 스스로에게 답한다. 나는 전성기를 경험했고, 그것은 이미 과거의 일이 되었다. 게다가 충분한 기회가 있었음에도 불구하고 나는 끝내 절개를 지키지 못했다. 얼도, 그 누구도 지켜주지 못했다.

그때 은전 서른 닢을 챙겨 왔어야 했다. 내게 그럴 자격이 있다는 것은 부정할 길이 없는 사실이므로.

실추의 의식

멀린다 M. 스노드그래스

바람에 날린 신문지가 뇌이쉬르센[*]의 손바닥만 한 공원의 시든 잔디밭 위를 날아가다가 데스탱 제독의 동상 밑동에 걸려 멈췄다. 신문지가 발작하듯이 파닥거리는 모습은 마치 기진맥진한 동물이 멈춰 서서 가쁜 숨을 돌리는 광경을 연상케 한다. 다음 순간 12월의 차가운 바람이 다시 불어오며 신문지를 날려 보냈다.

공원 한복판에 있는 철제 벤치에 늘어져 있던 사내는 엄청난 선택에 직면한 듯한 태도로 날아오는 신문지를 바라보았다. 그러더니 오랜 세월을 술꾼으로 살아온 인간 특유의 과할 정도로 신중한 동작으로, 한쪽 발을 뻗어 신문지를 잡아 눌렀다.

몸을 수그리고 너덜너덜해진 신문지를 집었을 때 허벅지 사이에 끼워 넣은 술병이 넘어지면서 레드와인이 그의 다리를 따라 흘러내렸다. 그의 입에서 몇 가지의 유럽 언어로 된 욕설이 잇달아 쏟아져 나왔다. 욕설 사이사이에는 마치 노래를 부르는 듯한 묘한 단어가 이따금 섞여 있었다. 그는 술병 뚜껑을 닫고 점점 커지는 바지의 얼룩을 커다란 자줏

---

[*]   프랑스 파리 서부의 자치체.

빛 손수건으로 닦아냈다. 그런 다음 신문─〈헤럴드 트리뷴〉의 파리판이었다─을 집어 들고 읽기 시작했다. 엷은 연보라색 눈이 마치 단어를 집어삼킬 듯한 기세로 빠르게 기사들을 훑어본다.

J. 로버트 오펜하이머[*]는 공산당 동조자인 동시에 반역죄를 저질렀을 가능성을 근거로 기소당했다. 원자력 위원회와 가까운 소식통에 의하면 오펜하이머의 기밀 접근 권한을 취소하고, 그를 위원장직에서 해임하는 절차가 진행 중이라고 한다.

사내는 경련하듯이 신문지를 구겼고, 벤치에 등을 기댄 후 눈을 감았다.

"죽일 놈들. 다들 지옥에나 떨어져버려." 그는 영어로 속삭였다.

마치 이 말에 대답하기라도 하듯이 배 속에서 커다랗게 꾸르륵거리는 소리가 났다. 그는 짜증스러운 듯이 얼굴을 찌푸렸고, 싸구려 레드와인을 길게 들이켰다. 시큼한 액체가 혀 뒤로 넘어가자 텅 빈 위 속을 타는 듯한 따스함이 직격했다. 꾸르륵거리는 소리가 사라졌다. 사내는 한숨을 쉬었다.

사내는 거대한 놋쇠 단추들과 여러 겹의 숄더 케이프로 장식된 엷은 분홍색의 커다란 외투를 망토처럼 어깨에 걸치고 있었다. 외투 아래에는 하늘색 재킷과 딱 맞는 파란 바지를 입고 있었다. 바지 자락은 무릎까지 올라오는 낡아빠진 가죽 부츠 안에 쑤셔 넣었다. 재킷 안에 받쳐 입은

---

[*]   미국의 물리학자. 맨해튼 계획을 지휘, 세계 최초의 원자폭탄을 만들었지만, 냉전 시의 좌파 탄압으로 인해 공직에서 추방당했다.

베스트는 외투나 바지보다 한층 더 짙은 파란색이었고, 기발한 도안이 금실과 은실로 자수되어 있었다. 그가 착용한 모든 의류는 얼룩이 진 데다가 구깃구깃했고, 흰 실크 셔츠에는 덧대고 기운 자국들이 있었다. 사내 곁의 벤치에는 바이올린과 활이 놓여 있었고, 빈 악기 케이스는 (보란 듯이 열린 채로) 발치의 지면에 놓여 있었다. 낡아빠진 여행 가방이 벤치 아래에 처박혀 있었고, 그 옆에는 빨간 가죽 숄더백이 하나 놓여 있었다. 숄더백 한복판에는 긴 잎사귀 하나, 달 두 개와 별 하나, 가느다란 수술용 메스가 우아한 조화를 이룬 금박 문장이 양각되어 있었다.

바람이 다시 불어오며 나뭇가지들을 뒤흔들고 어깨까지 내려오는 사내의 헝클어진 곱슬머리를 흐트러뜨렸다. 머리카락과 눈썹은 금속성의 붉은색이었고, 뺨에 난 다박나룻 역시 머리카락과 같은 기묘한 붉은색이었다. 신문지가 그의 손 아래에서 퍼득거리자 그는 눈을 뜨고 그것을 보았다. 호기심이 분노를 이겼다. 사내는 신문지를 탁 하고 흔들어 폈고, 다시 읽기 시작했다.

브레인 트러스트 사망
'브레인 트러스트'라는 별명으로도 알려진 블라이스 밴 렌셀러가 어제 위티어 요양소에서 사망했다. 악명 높은 포 에이스의 일원이었던 그녀가 하원 비미 활동 위원회의 청문회에 출석한 직후, 남편인 헨리 밴 렌셀러는 그녀를 위티어 요양소에 입원시켰고⋯⋯

눈물이 솟구치며 글자가 흐릿해졌다. 천천히 눈에 고인 물기는 곧 한 방울의 눈물이 되어 그의 길고 좁다란 콧잔등을 타고 또르르 굴러떨어졌다. 우습게도 눈물방울은 코끝에서 멈췄지만, 사내는 그것을 닦아

내려는 기색을 보이지 않았다. 그는 얼어붙은 상태였고, 고통과는 아무 상관도 없는 끔찍한 정체 상태에 사로잡혀 있었다. 고통은 나중에 찾아올 것이다. 지금 그가 느끼는 것은 거대한 공허함뿐이었다.

진작에 깨달았어야 했어. 감지했어야 했어. 그는 생각했다. 무릎에 신문지를 올려놓고, 날씬한 검지로 문제의 기사를 부드럽게 어루만졌다. 마치 연인의 뺨을 애무하는 사내처럼. 그러면서도 머리 한편으로는 신문에 중국이나 아치볼드 홈스, 포 에이스, 그리고 바이러스에 관한 기사가 더 실려 있다는 사실을 멍하니 자각했다.

그리고 이 모든 기사는 틀렸어! 그는 속으로 거칠게 내뱉었다. 신문지를 쥔 손이 경련하면서 경직됐다.

그는 재빨리 신문지를 펴고 다시 쓰다듬기 시작했다. 그녀가 편하게 갔는지 궁금했다. 그녀를 그 우중충한 독방에서 나오게 해서, 병원으로 데리고 왔다면…….

♠

넓은 병실에서는 땀과 공포와 배설물의 악취와, 역겨울 정도로 달콤한 썩은 내가 풍겼다. 그리고 이 모든 냄새 위로 코를 찌르는 소독약 냄새가 충만해 있었다. 땀과 공포의 냄새 대부분은 병실 한복판에 모여 마치 길을 잃은 양처럼 옹송그리고 있는 세 명의 젊은 레지던트들에게서 나오고 있었다. 남쪽 벽에 있는 침대 하나는 장막으로 다른 환자들과 격리되어 있었지만, 이 얄팍한 차단막 하나로는 그 뒤에서 들려오는 비인간적인 신음 소리까지 차단하지는 못했다.

근처에 있는 침대에서는 중년 여자가 성무일도서 위로 몸을 수그리고 저녁 기도를 올리고 있었다. 가느다란 손가락에는 진주 묵주가 매달려 있었고, 주기적으로 종이 위에 핏방울이 떨어지는 것이 보였다. 그런 일이 일어날 때마다 그녀는 재빨리 기도문을 외우며 피를 닦아냈다. 만약 그녀의 그치지 않는 출혈이 진짜 성흔* 부위에 한정되어 있었다면 그녀는 성인으로 인정되었을지도 모르지만, 피는 몸의 모든 구멍에서 나오고 있었다. 두 귀에서 흐르는 피는 그녀의 머리카락에 엉겨 붙고 환자 가운의 어깨를 적셨다. 입, 코, 눈, 항문…… 모든 곳이 마찬가지였다. 어느 날 밤 병원 라운지에서 짧은 휴식을 취하던 의사 한 명이 그녀에게 마리아 출혈 수녀님이라는 별명을 붙여 동료들의 웃음을 유발했는데, 이런 잔인한 농담이 그럭저럭 묵과될 수 있었던 것은 그들이 과로로 쓰러지기 직전이었기 때문이다. 맨해턴 지구의 모든 의료 종사자들은 1946년 9월 15일의 와일드카드 데이 이래 거의 쉬지도 못하고 병원에서 근무했고, 이런 상황이 다섯 달이나 이어지고 있는 통에 최근 들어 그 악영향이 나타나고 있었다.

그 옆의 환자는 예전에는 잘생겼을 것으로 짐작되는 흑인 남성이었는데, 소금물을 채운 욕조에 둥둥 떠 있었다. 이틀 전 그는 또다시 탈피하기 시작했고, 피부는 이제 잔해밖에는 남아 있지 않았다. 외부 공기에 그대로 노출된 근육들이 시뻘겋게 번득이며 감염증 증세를 보였기 때문에, 타키온은 그를 화상 환자처럼 치료하라고 지시했다. 환자는 예전에도 한 번 이런 탈피를 겪고도 살아남은 적이 있었다. 이번에도 살아남을 수 있을지는 의문이었지만 말이다.

---

*   예수의 몸에 남은 못 자국과 같은 상처이며, 이따금 성자들에게도 나타나는 것으로 알려져 있다.

타키온은 음울한 표정을 한 의사들을 이끌고 차단막 쪽으로 다가 갔다.

"자네들도 우리와 합류하지 않겠나?" 그의 부드럽고 낮은 목소리에는 중앙유럽이나 스칸디나비아의 언어를 연상케 하는 묘하게 음악적인 억양이 섞여 있었다. 레지던트들은 마지못한 기색으로 느릿느릿 다가왔다.

무표정한 간호사가 차단막을 잡아당기자 침대에 누운 앙상한 노인이 모습을 드러냈다. 노인은 필사적인 눈으로 의사들을 올려다보았다. 입술 사이에서 낮고 끔찍한 신음이 흘러나온다.

"이건 흥미로운 케이스입니다." 맨델이 진찰 기록부를 들어 올리며 말했다. "기이하게도 바이러스는 이 환자 몸 안의 모든 빈 공간을 꽉 채워서 틀어막고 있습니다. 며칠 뒤면 폐는 공기를 빨아들일 수 없고, 심장도 제대로 기능할 수 없을 겁니다……."

"그럼 왜 그걸 끝내주지 않는 건가?" 타키온은 노인의 손을 잡았고, 노인이 동의한다는 듯이 그의 손을 꼭 쥔 것을 확인했다.

"지금 뭘 제안하시는 겁니까?" 맨델은 목소리를 낮춰 다급하게 따져 물었다.

타키온은 한 단어씩 또렷하게 발음했다. "아무 일도 해줄 수 없잖나. 이런 느린 죽음에서 해방해주는 편이 환자를 위하는 것이 아닌가?"

"당신 세계에서는 도대체 뭘 의술이라고 부르는지는 모르겠지만—아니, 당신들이 만들어낸 이 지옥에서 온 바이러스를 보면 대충 짐작이 갑니다만—우리 지구에서 의사는 환자를 살해하지 않습니다."

타크는 분노로 턱이 딱딱해지는 것을 느꼈다. "개나 고양이는 안락사시키면서, 같은 인간에게는 고통을 정말로 없애주는 유일한 약을 주는 걸 거부하고, 고통에 찬 죽음을 억지로 경험하게 한다는 건가. 오…… 다들 지옥에나 떨어져버려!"

그가 백의를 뒤로 넘기자 울금색 양단으로 짠 호화로운 사복이 드러났다. 그가 침대 가장자리에 앉자 노인은 그를 향해 필사적으로 손을 뻗었다. 타키온은 노인의 손을 꽉 잡았다. 노인의 마음속으로 들어가는 일은 쉬웠다.

죽게, 죽게 해줘. 흘러 들어온 노인의 사고는 희미한 고통과 공포가 어려 있었지만, 침착한 확신에서 비롯된 것이었다.

그럴 수가 없습니다. 의사들이 허락을 안 해줘서. 하지만 그 대신 꿈을 드리겠습니다. 타키온은 재빨리 행동에 나섰고, 노인 마음의 고통 중추와 추론 중추를 차단했다. 이 행위는, 타키온의 마음속에서는 빛을 발하는 은백색의 에너지 블록을 쌓아 만든 벽으로 시각화되어 있었다. 그는 노인의 쾌락 중추를 활성화해서 본인이 자아낸 꿈속으로 흘러 들어갈 수 있도록 해주었다. 타키온이 방금 구축한 벽은 일시적인 것이라서 며칠밖에는 지속되지 못한다. 그러나 그것으로 충분했다―그 전에 이 조커는 죽을 것이기 때문이다.

일어서서 노인의 평화로운 얼굴을 내려다보았다.

"무슨 일을 한 겁니까?" 맨델이 힐문했다.

타키온은 고압적인 눈으로 의사를 흘끗 보고, "타키스의 지옥에서 가져온 마법을 약간 썼을 뿐이네"라고 대답했다.

레지던트들에게 거만하게 고개를 까딱해 보이고, 병실에서 나왔다. 병원 복도의 벽을 따라 침대가 줄줄이 놓여 있었고, 그 사이의 좁은 통로를 잡역부가 조심스럽게 나아가고 있었다. 셜리 다셰트가 간호사 대기실에서 손짓으로 그를 불렀다. 그녀와 그는 타키스인과 인간의 성행위의 차이점과 유사점을 함께 탐구하면서 즐거운 저녁 시간을 보낸 적이 몇 번 있었다. 그러나 오늘 밤 그는 흘끗 미소를 지어 보이는 것이 고작이었고, 그러면서 자기 육체 역시 그녀에게 전혀 반응하지 않는다는 사실에 막연한 불안감을 느꼈다. 좀 휴식을 취할 필요가 있는지도 모르겠다. "무슨 일이야?"

"보너스 선생님이 상의하고 싶다고 했어. 담당한 여성 환자가 쇼크 상태에 빠졌고, 가끔 히스테리 발작을 일으키는데, 육체적으로는 아무 문제도 없기 때문에 자기 생각으로는—"

"내 분야일지도 모른다는 얘기로군." **하느님, 제발 그녀가 또 다른 조커가 아니었으면 좋겠습니다.** 그는 속으로 신음을 흘렸다. **또 괴물이 된 사람을 보고 싶지는 않습니다.** "어디 있는데?"

"223호실."

피로가 근육을 따라 부들거리며 신경을 핥는 것을 느낄 수 있었다. 그런 피로 바로 뒤를 절망과 자기 연민이 바싹 따르고 있었다. 그는 작게 욕설을 내뱉고 주먹으로 탁자를 내리쳤다. 셜리가 움찔하며 물러났다.

"타크? 괜찮아?" 뺨에 갖다 댄 그녀의 손이 시원했다.

"응. 괜찮아." 그는 억지로 등을 펴고 다리에 힘을 줬고, 복도를 따라 나아갔다.

타키온이 병실 문을 열자 보너스는 다른 의사와 머리를 맞대고 상의하는 중이었다. 보너스는 타키온을 보고 얼굴을 찌푸렸지만, 침대에 묶여 있는 여성 환자가 찢어질 듯한 비명을 올리며 활처럼 몸을 젖히자 기꺼이 타키온에게 환자를 맡길 의향이 있는 것처럼 보였다. 타크는 그녀 옆으로 껑충 다가가서 그녀의 이마에 살며시 손을 얹고 그녀의 마음에 합류했다.

하느님 맙소사! 선거에서 이기는 건 라일리일까? 그 자식이 돈을 잔뜩 쏟아부은 건 주지의 사실이지. 승리를 돈으로 산 거지만, 압승까지 사도록 놔둘 생각은 없어. 엄마, 무서워……. 살을 에는 듯이 추운 겨울 아침, 얼음 위를 지치고 나아가는 스케이트 날이 쉭쉭거리는 소리……. 그녀의 손을 꼭 잡은 손…… 이 손이 아닌데. 헨리는 어디 있지? 이럴 때 나를 내버려두고 가다니…… 몇 시간이나 더 이래야 하는 걸까…… 당연히 여기 와 있어야 하는데……. 또 진통이 오고 있다. 안 돼. 들리지 않아. 엄마…… 헨리…… 아파!

타키온은 비틀거리며 물러났고, 병실 안의 서랍장에 몸을 기대고 헐떡였다.

"하느님 맙소사. 닥터 타키온, 괜찮으십니까?" 보너스가 그의 팔에 손을 갖다 댔다.

"안 괜찮…… 아니, 괜찮네…… '이상(理想)'의 이름으로 맹세컨대." 타키온은 신중하게 몸을 일으켰다. 여성 환자의 고통스러웠던 첫 번째 출산의 기억에 공명했던 그의 몸이 여전히 욱신거린다. 하지만 도대체 그 두 번째 인격은 어디서 온 것일까? 차갑고 냉혹한 **사내**의 인격은?

보너스의 손을 뿌리치고 다시 여자 곁으로 가서 침대 가장자리에 앉았다. 이번에는 좀 더 신중하게, 진정과 강화를 위한 준비 운동을 재빨리 시행한 다음 텔레파시 능력을 최대한 발휘해서 진입했다. 그녀의 가냘픈 정신적 방어망은 이런 맹공격 앞에서 힘없이 무너졌고, 그녀 마음의 소용돌이가 그를 빨아들이기 전에 그는 그녀의 마음을 꽉 움켜잡았다.

꽃처럼, 산들바람에도 휘날리며 떨리는 얇디얇은 벨벳 천처럼…….

타키온은 이런 정신 공유의 거의 관능적인 즐거움에서 억지로 빠져나와 다시 당면한 작업을 재개했다. 완전한 통제권을 얻은 그는 재빨리 그녀의 마음속을 훑었다. 거기서 그가 발견한 것은 와일드카드 전설의 새로운 전환점에 해당하는 것이었다.

바이러스 확산 초기에는 주로 죽음이 지배했다. 맨해튼 지역에서만 2만 명 가까운 사망자가 나왔다. 그중 1만 명은 바이러스의 작용으로, 나머지 1만 명은 폭동과 약탈과 주 방위군의 진압에 의한 것이었다. 그런 다음 조커들이 발생했다. 바이러스와 당사자의 정신 구조가 결합함으로써 태어난 추악한 괴물들. 그리고 마지막으로는 에이스들이 나타났다. 타키온은 그중 약 서른 명을 만났다. 특이한 초능력을 가진 실로 매력적인 사람들―이들은 예의 실험이 성공했다는 살아 있는 증거였다. 타키온의 동료들은 끔찍한 대가에도 불구하고 결국 초인들을 만들어냈던 것이다. 그리고 지금 그의 눈앞에 있는 여성은 에이스들 중에서도 유일무이한 힘을 가진 존재였다.

그는 숙달한 기수가 말고삐를 살짝 쥐듯이 단 한 줄의 가느다란 통제력만을 남긴 채로 그녀의 마음속에서 빠져나왔다.

"그렇군. 선생 말이 옳았어. 이 여성은 내가 담당하는 분야의 환자가 맞아."

보너스는 완전무결한 혼란에 빠진 기색으로 두 손을 흔들며 물었다. "하지만 어떻게…… 그러니까, 보통은…… 테스트 같은 걸 해보지 않나요?" 그는 힘없이 말을 맺었다.

타크는 긴장을 풀고, 혼란에 빠진 동료 의사에게 씩 웃어 보였다. "방금 해보았네. 그리고 실로 놀라운 결과를 얻었지. 이 여성은 어떤 식으로든 자기 남편의 지식과 기억을 모조리 흡수했던 거야." 새로운 생각이 떠오르며 그의 미소가 사라졌다. "아무래도 누군가를 이 환자의 집으로 보내서, 마음이 없는 껍데기만 남은 불쌍한 헨리가 침실 안을 배회하고 있지는 않는지 확인하는 편이 나을지도 모르겠군. 이 환자는 남편을 완전히 흡수해버렸을 가능성도 있으니까 말이야. 물론 정신적으로 그랬다는 뜻이지만."

보너스는 동요하는 기색이 역력했다. 그는 병실 밖으로 나갔다. 함께 있던 의사도 그를 따라 나갔다.

타키온은 그들의 존재와 헨리 밴 렌셀러의 운명을 머릿속에서 털어내고, 침대에 누워 있는 여자에게 마음을 집중했다. 그녀의 마음과 정신은 부스러진 얼음처럼 갈라져 있었다. 따라서 그녀의 인격이 스트레스를 견디지 못하고 박살 남으로써 완전한 광기에 빠져드는 것을 막기 위해서는 긴급하게 보수 작업을 할 필요가 있었다. 나중에는 좀 더 항구적인 정신 구조를 세울 생각이었지만, 아무리 잘하더라도 결국은 누덕누덕한 조각보에 불과할 것이다. 박살 난 마음을 수리하는 일에 천부적인 재능을 가진 그의 아버지라면 완벽하게 치료해줄 수 있었을 것이다. 그러나 아버지가 있는 곳은 머나먼 타키스 행성이었다. 따라서 그녀는 그보다 떨어지는 타크의 능력에 의존하는 수밖에 없었다.

"자, 괜찮아." 그는 여자를 침대에 묶어놓은 시트의 매듭을 풀며 중얼거렸다. "이러면 좀 더 편해질 거야. 그다음엔 당신이 완전히 미쳐버리는 걸 막아줄 정신 통제법 몇 가지를 가르쳐줄게."

그는 다시 완전한 정신 결합에 들어갔다. 자신에게 일어난 엄청난 변화를 이해하지 못하는 그녀의 마음은 혼란된 상태로 그의 마음 아래에서 파닥였다.

난 미쳤어…… 그런 일이 일어났을 리가 없어…… 난 미쳤어.

아니, 그건 바이러스 탓이야…….

그이가 정말로 거기 있는데…… 못 견디겠어.

그럼 견디지 마. 자, 여기하고 여기를 이렇게 해서 경로를 바꾸고, 아래쪽 깊숙한 곳에 그를 집어넣으면 돼.

싫어! 완전히 밖으로 쫓아내줘!

그건 불가능해. 통제만이 유일한 해답이야.

병실 전체가 마치 백열한 불길처럼 갑자기 솟구치더니, 정교한 우리로 변하며 '헨리' 주위를 에워쌌다.

놀라움과 평온함이 찾아왔지만, 타키온은 이것이 아직 불완전하다는 사실을 알고 있었다. 이 정신의 감옥은 그의 힘 덕택에 지속되는 것이지 그녀가 정말로 이 상황을 이해해서 그런 것은 아니기 때문이다. 그녀가 온전한 정신을 유지하고 싶다면 자기 힘으로 이런 감옥을 만들어내는 법을 터득해야 한다. 그는 물러났다. 그녀 몸에서 뻣뻣함이 사라졌고, 호흡도 좀 더 규칙적으로 변했다. 타키온은 살짝 닫은 입술 사이로 춤곡의 멜로디를 휘파람으로 불며 그녀를 해방하는 작업을 재개했다.

이 병실에 불려 온 후 처음으로 환자를 볼—정말로 바라볼—여유가 생겼다. 그녀의 마음은 이미 그를 기쁘게 했고, 그녀의 몸은 그의 심장을 쾅쾅 뛰게 만들었다. 어깨 길이의 흑발이 베개를 지나 가슴까지 흘러내리고 있었고, 이것은 샴페인색의 얇은 새틴 잠옷 가운과 석고 조각처럼 새하얀 피부와 완벽한 대조를 이루고 있었다. 뺨 위에서 길고 새까만 속눈썹이 경련하더니 위로 올라갔고, 깊디깊은 암청색의 눈동자가 드러났다.

그녀는 생각에 잠긴 눈으로 몇 초 동안 그를 응시하다가 물었다. "난 당신이 누군지 알아. 아니, 아는 게 맞아? 당신 얼굴은 모르겠지만…… 난…… 당신을 느껴." 그녀는 혼란을 견디지 못하겠다는 듯이 눈을 감았다.

그녀의 이마에서 머리카락을 걷어주면서 그는 대답했다. "나는 닥터 타키온이야. 맞아, 당신은 나를 알아. 아까 우리는 마음을 공유했거든."

"마음…… **마음**. 난 헨리의 마음에 닿았지만, 그건 정말로 끔찍했어, 정말로!" 그녀는 상체를 벌떡 일으켰고, 겁에 질린 작은 동물처럼 몸을 떨며 앉아 있었다. "그이는 정말로 끔찍하고 부도덕한 짓들을 저질렀는데, 난 전혀 모르고 있었어. 난 그이가—" 그녀는 마구 쏟아져 나오는 말들을 억지로 끊었고, 그의 팔을 움켜잡았다. "난 이제 그이와 함께 살아야 해. 그이에게서는 결코 자유로워질 수 없어. 선택할 때 좀 더 신중해야 했는데…… 내가 보기에는, 상대방의 눈 뒤에 무엇이 있는지 모르는 편이 차라리 낫다고 생각하지만." 그녀는 이마를 찌푸린 채로 잠시 눈을 감았다. 갑자기 그녀의 긴 속눈썹이 위로 올라가더니 손톱들이 타키온의 이두근을 깊게 파고들었다. "난 당신 마음이 좋아." 그녀는 말했다.

"고마워. 나도 내가 놀랄 정도로 비범한 마음을 가지고 있다고 어느 정도는 보장해줄 수 있어. 아니, 당신이 만나게 될 마음 중에서는 솔직히 최고라고 해야 할지도 모르겠군."

블라이스는 웃었다. 섬세한 이목구비에 어울리지 않는 낮고 허스키한 목소리였다. 그도 그녀의 뺨에 핏기가 돌아오는 것을 보고 기뻐하며 함께 웃었다.

"내가 조우하게 될 **유일한** 마음이라고 해야 하지 않을까. 사람들한테 자만심이 강하다는 얘기 듣지 않아?" 그녀는 좀 더 스스럼없는 어조로 말했고, 베개에 등을 기댔다.

"아니, 자만심이 강하지는 않아. 오만하고, 때로는 오만불손하기까지 하지만, 결코 자만하지는 않아. 보시다시피 이런 얼굴을 가지고서는 자만할 수가 없어서.”

“흠, 글쎄.” 그녀는 손을 뻗어 손가락으로 타키온의 뺨을 부드럽게 쓰다듬었다. “난 멋진 얼굴이라고 생각해.” 타키온은 다소곳하게 뒤로 몸을 뺐다. 실은 전혀 그러고 싶지 않았지만 말이다. 그녀는 그의 이런 행동에 상처를 입은 듯한 기색으로 다시 몸을 움츠렸다.

“블라이스, 난 당신 남편 상태를 확인하려고 사람을 보냈어.” 타키온이 이렇게 말하자 그녀는 고개를 돌리고 베개에 뺨을 묻었다. “당신 남편에 관해 알게 된 일들 때문에 더럽혀진 느낌을 받고 있다는 건 잘 알지만, 일단 그 친구가 무사하다는 걸 확인할 필요가 있었어.” 타키온이 침대에서 일어나자 블라이스는 그를 향해 두 손을 뻗었다. 타키온은 그녀의 가냘픈 손을 잡고 어루만졌다.

“난 그이에게 돌아갈 수 없어. 절대로!”

“그런 종류의 결정은 날이 밝은 뒤에 내리면 돼.” 타키온은 달래듯이 말했다. “지금은 일단 잠을 자둬.”

“당신은 나를 제정신으로 돌아오게 해줬어.”

“감사는 오히려 내가 해야.” 타키온은 최대한 정중하게 절했고, 그녀의 부드러운 손목 안쪽에 입술을 갖다 댔다. 따지고 보면 부도덕한 행동이었지만, 그나마 자제심이 남아 있어서 다행이었다.

“내일도 꼭 와야 해.”

“침대까지 아침 식사를 가져와서, 이 병원에서 따뜻한 죽이라고 불리는 끔찍한 음식을 숟가락으로 직접 떠먹여줄게. 그러면서 나의 탁월한 마음과 멋진 얼굴에 관한 얘기를 더 해줘.”

“나한테도 그런 말을 해준다고 약속한다면.”

“그 부분은 전혀 걱정할 필요 없어.”

◆

　그들은 극히 가벼운 정신 접촉으로 연결된 상태에서 은백색의 바다 위를 떠다니고 있었다. 따스하고 모성적인 동시에 관능적인 감각. 타키온은 자신의 육체가 몇 달 만에 경험한 진정한 정신 공유에 반응하는 것을 희미하게 깨달았다. 그는 당면한 치료 세션 쪽으로 억지로 주의를 돌렸다. 감방은 배회하는 반딧불이처럼 그들 사이에서 떠다니고 있었다.

다시 한번.

못 하겠어. 힘들어.

해야 해. 자, 다시 해봐.

　반딧불이는 다시 제멋대로 날면서 정신적 감방을 이루는 복잡한 선들과 나선들의 윤곽을 그리기 시작했다. 암흑 덩어리가 악취를 풍기는 진흙의 조류처럼 밖으로 튀어나오더니 감방을 산산조각 냈다. 타키온은 재빨리 자기 육체로 돌아왔고, 픽 쓰러져서 병원 옥상 테라스의 콘크리트 바닥에 얼굴을 부딪치기 직전이었던 블라이스의 몸을 가까스로 부축했다.

　그의 마음은 혹사당한 탓에 욱신거렸다. "당신은 **반드시** 그자를 잡아넣어야 해."

　"못 하겠어. 그이는 나를 증오하고, 파멸시키고 싶어 해." 블라이스의 대답에는 이따금 오열이 섞여 있었다.

　"다시 한번 해보자."

　"싫어!"

　타키온은 한쪽 팔을 그녀 어깨에 두르고, 다른 쪽 손으로 그녀의 가냘픈 두 손을 꽉 잡았다. "나도 함께 있을 거야. 그자가 당신을 건드리지 못하게."

블라이스는 깊은 숨을 들이켜고 세차게 고개를 끄덕였다. "알았어. 준비됐어."

두 사람은 중단되었던 작업을 재개했다. 타키온은 이번에는 좀 더 가까이서 밀접하게 연결된 상태를 유지했다. 그러던 중 힘의 소용돌이가 갑자기 그의 마음을 빨아들이며 그녀의 마음 한층 더 깊은 곳으로 끌어당기는 것을 느꼈다. 강간당하고, 침략당하고, 빼앗기는 느낌. 그는 접촉을 끊고 비틀거리며 옥상을 가로질렀다. 가까스로 정신을 차리고 주위를 돌아보니, 그는 콘크리트 화분에서 슬픈 듯이 축 늘어져 있는 작은 버드나무를 마치 연인을 포옹하듯이 꽉 껴안고 있었다. 블라이스는 두 손으로 얼굴을 가리고 처연하게 흐느끼고 있었다.

모피 깃이 달린 검은 모직 디오르 외투를 걸치고 울고 있는 그녀는 말도 안 되게 어리고 연약한 느낌을 주었다. 새까만 외투 색깔은 그녀의 창백한 피부를 한층 더 돋보이게 했고, 꼭 끼는 높은 깃은 마치 혁명 직후 실종되었던 러시아 공주를 떠올리게 했다. 그녀의 명백한 고뇌를 직접 목격하자 아까 느꼈던 불쾌함도 수그러들었다.

"미안해. 정말 미안해. 그럴 생각이 아니었어. 단지 당신과 더 가까워지고 싶었을 뿐인데."

"괜찮아." 타키온은 그녀의 뺨에 몇 번 가볍게 입을 맞추며 달랬다. "우리 두 사람 모두 지쳐 있어. 내일 다시 시도해보자."

그들은 그렇게 했다. 매일 그렇게 연습하자, 블라이스는 주말이 끝날 무렵에는 이 반갑지 않은 정신적 승객을 확실하게 통제할 수 있게 되었다. 헨리 밴 렌셀러는 여전히 병원에는 직접 오지 않았다. 그러는 대신 다소곳한 태도의 흑인 하녀가 블라이스의 옷을 가지고 왔다. 타키온

입장에서는 오히려 그러는 쪽이 나았다. 블라이스의 남편이 아내에게 마음을 흡수당했으면서도 아무 해도 입지 않았다는 사실은 만족스러웠지만, 블라이스를 통해 밴 렌셀러 하원의원의 마음에 직접 접촉하는 경험은 전혀 그렇지 못했기 때문이다. 사실 타키온은 그를 질투하고 있었다. 밴 렌셀러는 블라이스의 몸과 마음과 영혼에 대한 소유권을 가지고 있었고, 타키온은 바로 그런 자리를 자신이 대신할 수 있기를 갈망하고 있었다. 타키온이라면 모든 명예와 사랑을 담아 블라이스를 자신의 **제나미리**로 삼고, 그녀를 앞으로도 줄곧 안전하게 지켜줄 수 있었기 때문이다. 그러나 그런 꿈이 결실을 맺을 가능성은 없었다. 그녀는 다른 사내 것이었기 때문이다.

어느 날 저녁 좀 늦게 병실을 찾아가자 블라이스는 침대에서 책을 읽고 있었다. 타키온은 긴 줄기를 가진 서른 송이의 분홍 장미 다발을 안고 있었다. 그는 그녀가 웃음을 터뜨리며 말리는 것에도 아랑곳 않고 향기로운 꽃들로 그녀의 몸을 덮었다. 완전히 덮은 뒤에, 그녀 곁에 드러눕는다.

"정말 못됐어! 이러다가 장미 가시에 찔리기라도 하면……."

"모두 뽑아놓았어."

"정말이지 돌았군. 얼마나 오래 걸렸어?"

"몇 시간 걸렸지."

"그보다 유익한 일을 하면서 시간을 보낼 수는 없었어?"

타키온은 몸을 돌려 그녀를 껴안았다. "맹세컨대 환자들을 돌볼 시간을 쓰지는 않았어. 새벽 이른 시각에 했거든." 타키온은 그녀의 귀를 깨작였고, 그녀가 그를 밀치지 않자 입으로 장소를 옮겼다. 입술을 가볍게 스치며 달달함과 약속을 맛본다. 그의 목덜미에 두른 그녀의 팔에 힘이 들어가자 타키온은 흥분이 전신을 꿰뚫는 것을 느꼈다. "나하고 잘래?" 그녀의 입술에 대고 속삭인다.

"여자들한텐 다 이런 식으로 말해?"

"설마." 그녀의 목소리에 섞인 웃음기에 뜨끔했던 그는 큰 소리로 부정했다. 상체를 일으켜 앉은 다음, 자신의 어두운 장밋빛 코트에서 꽃잎을 떨어낸다.

그녀는 몇 송이의 장미에서 꽃잎을 뜯어내며 말했다. "소문이 자자하던데. 보너스 선생님 말에 의하면 이 병실이 있는 층에서 근무하는 모든 간호사들하고 잤다면서."

"보너스 그 늙은이는 오지랖도 넓지. 게다가 그건 사실이 아냐. 간호사들 모두가 미인은 아니니까 말이야."

"그렇다면 자긴 잤다는 거로군." 블라이스는 가시를 뽑은 장미 줄기로 규탄하듯이 그를 가리켰다.

"여자들하고 자는 걸 좋아한다는 건 인정하지만, 당신 경우는 달라."

블라이스는 한 손으로 눈을 가리고 자리에 누웠다. "오, 하느님 제발. 그런 말은 예전에도 들은 적이 있어."

"어디서?" 타키온은 갑자기 호기심을 느끼고 물었다. 그녀가 헨리 얘기를 하고 있음을 직감했기 때문이다.

"리비에라*에서. 그땐 나도 어렸고 지금보다 훨씬 더 어리석었어."

타키온은 그녀에게 바싹 몸을 갖다 대고 말했다. "아, 얘기해줘."

코를 장미로 얻어맞았다. "싫어. 타키스 행성에서 어떻게 여자를 유

---

*   프랑스 지중해 연안의 휴양지.

혹하는지나 얘기해봐.”

“난 춤을 추면서 유혹하는 쪽을 선호해.”

“왜 춤을 춰?”

“그쪽이 훨씬 더 로맨틱하잖아.”

블라이스는 침대 커버를 홱 젖히더니 호박색 실내복을 걸쳤다. “어떻게 하는지 가르쳐줘.” 그녀는 팔을 활짝 벌리며 명령했다.

타키온은 그녀의 허리에 팔을 두르고, 왼손으로 그녀의 오른손을 잡았다. “'유혹'이라는 제목의 왈츠를 가르쳐주지. 아주 아름다운 왈츠야.”

“그 이름에 걸맞은?”

“일단 춤을 춰본 다음에 감상을 말해줘.”

타키온은 약간 높은 바리톤으로 허밍을 하면서 일일이 움직임을 지시했고, 그녀와 함께 복잡한 춤을 췄다.

“세상에! 당신 세계의 춤은 다 이렇게 복잡해?”

“응. 우리가 얼마나 머리가 좋고 우아한지를 자랑하기 위한 춤이거든.”

“다시 한번 가르쳐줘. 이번에는 허밍만 해주면 돼. 기본 스텝은 터득했으니까, 혹시 내가 틀리면 그냥 밀쳐.”

“자기 레이디와 춤을 추는 신사답게 내가 **이끌어주지**.”

한쪽 팔을 내밀어 그녀를 회전시키면서, 웃고 있는 그녀의 푸른 눈을 들여다보았을 때, 화난 듯이 “험” 하는 소리가 두 사람만의 순간을 깨뜨렸다. 블라이스는 숨을 훅 들이켜고, 그제야 자신이 남의 눈에 얼마나 파렴치해 보이는지 깨달은 듯했다. 맨발에, 풀린 머리카락이 어깨 위에서 물결치고, 안이 다 비치는 얇은 레이스 실내복은 어깨와 가슴 윗부분을 너무나도 많이 드러내고 있었다. 그녀는 황급히 침대로 돌아가서 누웠고, 턱 밑까지 침대 커버를 끌어 올렸다.

"아치볼드." 블라이스는 새된 소리로 말했다.

"홈스 씨." 타키온도 정신을 차리고 손을 내밀었다.

버지니아 출신의 사내는 그것을 무시했고, 이마를 찌푸리고 외계인을 바라보았다. 아치볼드 홈스는 트루먼 대통령의 지시로 맨해튼에서의 구호 활동 조정자 역할을 맡고 있었고, 타키온은 대참사가 발생한 직후 몇 주 동안 그와 함께 연단에 올라 긴급 기자 회견을 몇 번인가 연 적이 있었다. 지금은 그때에 비해 훨씬 덜 우호적으로 보였지만 말이다.

홈스는 침대로 다가가서 블라이스의 정수리에 아버지처럼 입을 맞췄다. "뉴욕을 떠나 있었는데, 돌아와보니 네가 아프다는 얘기를 들었어. 그리 심각한 건 아니지?"

"괜찮아요." 그녀는 웃음을 터뜨렸지만, 약간 새되고 긴장된 느낌이 역력했다. "난 **에이스**가 되어버렸어요. 정말 놀랍지 않아요?"

"에이스라고! 그럼 네 능력은—" 홈스는 느닷없이 말을 끊고 타키온을 빤히 바라보았다. "부탁하고 싶은 일이 있는데, 나하고 여기 내 대녀 둘이서만 얘기를 나누게 해주겠나?"

"물론입니다. 블라이스, 내일 아침에 봐."

♥

일곱 시간 후 그가 병실로 돌아가보니 블라이스는 사라지고 없었다. 접수처에 물어보니 퇴원했다고 했다. 블라이스가(家)의 오래된 친구인 아치볼드 홈스가 한 시간쯤 전에 그녀를 데려갔다는 얘기였다. 한 순간 그녀가 있는 펜트하우스를 찾아가볼까 하는 생각이 떠올랐지만, 문제만 일으킬 것 같아서 포기했다. 블라이스는 헨리 밴 렌셀러의 아내였고, 그 무엇도 그 사실을 바꿀 수는 없었기 때문이다. 타키온은 별거 아니라는 식으로 스스로를 설득했고, 예전에 점찍어둔, 산부인과 병동의 젊은 여성 간호사의 뒤꽁무니를 다시 쫓기 시작했다.

블라이스 일은 잊으려고 했지만, 무의식중에 그의 뺨을 어루만지던 그녀의 손가락 감촉이나 짙은 푸른색 눈, 향수 냄새, 그리고 그 무엇보다도 그녀의 마음을 떠올릴 때가 있었다. 아름답고 상냥한 그녀 마음의 추억은 그의 뇌리를 떠나지 않았다. 정신적인 맹인들 사이에서 타키온은 매우 고립된 느낌을 받고 있었기 때문이다. 여기서는 사람을 만날 때마다 텔레파시로 의사소통을 하지는 않기 때문에, 그녀와의 교류는 지구에 온 이래 그가 처음으로 맛본 **진짜** 정신 접촉이었다. 타키온은 한숨을 내쉬었고, 다시 그녀를 볼 수 있기를 희망했다.

♣

타키온은 센트럴파크 근처에 있는, 브라운스톤 주택을 개조한 원룸 아파트를 빌려 살고 있었다. 1947년 8월, 후텁지근한 일요일 오후에 그는 실크 셔츠와 사각 팬티 차림으로 방을 돌아다니고 있었다. 조금이라도 바람이 들어오도록 창문은 모두 열려 있었고, 가스레인지에 올려놓은 금속 찻주전자는 날카롭게 삑삑거리고 있었으며, 레코드플레이어에서는 베르디의 '라트라비아타'가 커다랗게 울려 퍼지고 있었다. 음량을 최대한 올려놓은 것은 아래층에 사는 이웃이 빙 크로스비의 앨범에 중독된 나머지 '달빛이 당신에게 어울려'를 되풀이해서 듣고 있다는 사실에 기인했다. 아래층에 사는 제리가 현재의 여자 친구를 만난 곳이 햇살이 내리쬐는 코니아일랜드가 아니어서 유감이었다. 아무래도 제리의 음악 취향은 그가 애인을 처음 만난 시각과 장소에 좌우되는 듯하다.

외계인 의사가 치자꽃 한 송이를 집어 들고 유리 수반 어디에 꽂을까 잠시 고민하고 있을 때, 노크 소리가 들렸다.

"알았어, 제리." 그는 문을 향해 달려가며 고함쳤다. "소리를 줄여줄게. 그쪽에서도 그놈의 빙을 땅에 파묻어준다면 말이지만. 그러니까 이제 휴전하고 노래가 아닌 그냥 음악을 틀면 어떨까? 글렌 밀러라든지 뭐 그런 걸로 말이야. 단지 그놈의 언청이* 가수 녀석의 노래만 안 틀면 돼."

그는 문을 홱 열었고, 놀란 나머지 입을 떡 벌렸다. "소리를 줄인다는 건 좋은 생각인 것 같아." 블라이스 밴 렌셀러가 말했다.

그는 몇 초 동안 그녀를 빤히 바라보다가 손을 아래로 내려 셔츠 자락을 슬며시 아래로 잡아당겼다. 블라이스는 미소 지었다. 타키온은 그녀가 웃을 때 보조개가 생긴다는 사실을 깨달았다. 왜 진즉에 알아차리지 못했을까? 블라이스의 얼굴은 그의 마음에 영원히 각인되어 있다고 생각했는데. 블라이스는 그의 얼굴 앞에서 손을 흔들어 보였다.

"안녕하세요. 나 기억하시나요?" 농담하는 듯한 어조였지만, 지독하게 겁에 질린 듯한 기색이었다.

"무, 물론이지. 들어와."

---

* 구순열의 멸칭. 타키온의 악의 섞인 농담은 크로스비가 크게 히트한 '화이트 크리스마스'와 관련해서, "구개열이 있는 갈까마귀라도 부를 수 있는 [쉬운] 노래"라고 농담한 것에 기인한다.

블라이스는 움직이지 않았다. "여행 가방을 가지고 왔어."

"그렇군."

"집에서 쫓겨났어."

"그래도 난 환영이야…… 여행 가방이고 뭐고 다 포함해서."

"난 당신이…… 뭐랄까, 궁지에 몰린 느낌을 받는 걸 원하지 않아."

타키온은 블라이스의 귀 뒤에 치자꽃을 꽂아주고 여행 가방을 받아 든 뒤에 그녀를 아파트 안으로 이끌었다. 복숭앗빛 실크 드레스의 주름 장식들이 그의 다리를 스치자 정전기가 일며 털들이 곤두섰다. 타키온은 여성 패션에 일가견이 있었기 때문에 이 드레스가 디오르의 오리지 널임을 알아차렸다. 발목까지 오는 스커트는 시폰 속치마 몇 장으로 부풀어 있었다. 그의 두 손만으로도 허리둘레를 잴 수 있을지도 모른다는 생각이 들 정도로 잘록한 허리. 상체의 보디스는 두 개의 가느다란 끈으로 지탱되고 있었고, 등은 거의 다 드러나 있었다. 흰 피부 밑에서 어깨뼈가 움직이는 모습이 마음에 든다. 그가 입고 있는, 꼭 끼는 사각팬티속에서도 그것에 호응하는 듯한 움직임이 있었다.

당황한 나머지 그는 옷장으로 달려갔다. "바지 좀 입고 올게. 홍차물이 끓었어. 그리고 저 레코드 좀 꺼줘."

"홍차에는 우유를 넣어, 아니면 레몬을 넣어?"

"둘 다 넣지 않아. 얼음에 부어 마셔. 목말라 죽겠거든." 타키온은 셔츠를 바지에 집어넣으며 터벅터벅 방을 가로질렀다.

"날씨가 정말 좋은데."

"날씨가 정말 좋긴 하지만 **덥잖아**. 내 고향 행성은 지구보다 훨씬 시원하다고."

블라이스는 눈을 깜박이며 시선을 돌렸고, 자기 머리카락 한 올을 잡아당겼다. "당신이 외계인이라는 건 알지만, 그렇게 대놓고 그 얘기를 하니 기분이 묘해."

"그럼 그 얘긴 하지 말자." 타키온은 부산하게 홍차를 따르며 슬쩍 그녀를 곁눈질했다. "얼마 전에 집에서 쫓겨난 여자치고는 아주 침착해 보여." 잠시 후 그는 말했다.

"택시 뒷좌석에서 엄청 울고불고 난리가 아니었어." 블라이스는 슬픈 미소를 떠올렸다. "그 운전사도 정말 안됐어. 무슨 정신병자가 탄 줄 알았을 테니. 특히 그―" 블라이스는 갑자기 말을 끊었고, 그 대신 홍차 잔을 받아 들며 그의 탐색하는 듯한 시선을 피했다.

"불만이 있는 건 물론 아니지만, 당신은 왜…… 그러니까……."

"여기 왔느냐고?" 블라이스는 천천히 방을 가로질러 레코드플레이어 앞으로 가서 음량을 낮췄다. "이건 가장 슬픈 부분이야."

타키온은 음악에 억지로 주의를 돌렸고, 그것이 비올레타와 알프레도의 이별 장면임을 깨달았다. "어…… 맞아, 그런 장면이지."

블라이스는 몸을 홱 돌려 그를 마주 보았다. 뭔가에 홀린 듯한 눈이었다. "내가 당신에게 온 건 얼은 자기 대의명분이나 행진이나 파업이나 사회 활동 따위에 푹 빠져 있었기 때문이야. 데이비드, 불쌍한 데이비드는 연상인 데다가 툭하면 히스테리에 빠지는 여자를 집에 들인다는 생각만으로도 두려워서 벌벌 떨겠지. 아치볼드는 헨리와의 관계를 회복하고 집에 남으라고 나를 설득했을 것이 뻔해―다행히도 내가 아치볼드의 아파트에 들렀을 때는 부재중이었지만. 하지만 잭은 있었고, 잭은 나를…… 으음, 너무 과하게 원했다고 해야 하나."

타키온은 성가신 각다귀들의 괴롭힘을 받고 있는 종마처럼 고개를 세차게 흔들었다. "블라이스, 지금 말한 그 사람들은 대체 누구야?"

"아니, 어떻게 그렇게 아무것도 모를 수가 있지?" 블라이스는 타키온을 놀리며 짐짓 극적인 포즈를 취해 보였다. 너무나도 극적이었던 탓에 오히려 자조하는 듯한 인상을 줬다. "그 유명한 포 에이스지 누구겠어." 블라이스는 갑자기 몸을 떨기 시작했다. 갑자기 찻잔 가장자리로 홍차가 튀었다.

타키온은 블라이스에게 달려가서 찻잔을 받아 들고 그녀를 안아주었다. 그녀의 눈물에 그의 셔츠가 따뜻하고 축축하게 얼룩지는 것을 느끼며 그녀의 마음을 향해 손을 뻗쳤지만, 그녀는 그것을 감지한 듯했고, 세차게 그를 밀쳐냈다.

"하지 마. 내가 뭘 했는지를 설명할 때까지는 안 돼. 지금 그런다면 엄청난 충격을 받게 될 게 뻔하니까 말이야." 타키온은 그녀가 핸드백에서 수놓인 손수건을 꺼내 코를 팽 하고 풀고 눈물을 찍어낼 때까지 기다렸다. 다시 고개를 들었을 때 그녀는 침착한 표정을 짓고 있었다. 그는 그녀의 품위와 자제력에 감탄했다. "아마 당신은 내가 전형적으로 산만한 여자라고 생각하고 있겠지. 흠, 더는 따분하게 안 할게. 처음부터 논리정연하게 설명해줄 수 있어."

"작별 인사도 없이 퇴원했었지." 타키온이 끼어들었다.

"아치볼드는 그게 최선이라고 생각했어. 그가 아버지처럼 위엄 있게 명령하면 난 아예 싫다는 말을 못 하고." 그녀의 입이 살짝 일그러졌다. "그 어떤 상황에서도 그랬지. 내가 무슨 일을 할 수 있는지를 알고, 아치볼드는 내가 위대한 재능을 선물 받았다고 했어. 값을 매길 수 없을 정도로 귀중한 지식을 보존할 수 있는 능력을 말이야. 그러고는 자기 그룹에 합류하라고 강하게 권고했어."

타키온은 손가락으로 딱 하는 소리를 냈다. "얼 샌더슨과 잭 브론이로군."

"맞아."

그는 벌떡 일어나서 방 안을 돌아다녔다. "아르헨티나에서 일어난 정변 같은 것, 그리고 멩겔레와 아이히만의 체포에 관여했어. 하지만 아까 '포' 에이스라고 하지 않았어?"

"세 번째는 데이비드 하스틴, 특사라는 별명으로도 알려져 있지."

"그 친구는 나도 알아. 치료는 몇 번밖에…… 아니, 됐어, 얘기를 계속해."

"그리고 나." 그녀는 소녀처럼 수줍게 미소 지었다. "브레인 트러스트."

타키온은 소파에 털썩 앉아 그녀를 응시했다. "아치볼드 그 친구는…… 아니, **당신**은 무슨 일을 했어?"

"아치볼드가 제안하는 대로 내 능력을 썼어. 상대성이론이나 로켓 기술, 핵물리학, 생화학 따위에 관해 하고 싶은 질문이 있어?"

"국내를 돌아다니면서 다른 사람들의 정신을 흡수했던 거로군." 타키온은 이렇게 말한 후, 폭발했다. "도대체 당신 마음속엔 어떤 작자들이 들어 있는 거지?"

블라이스는 타키온 옆자리에 앉았다. "아인슈타인, 조너스 소크*, 폰 브라운, 오펜하이머, 텔러―그리고 물론 헨리가 있지. 마지막 인물은 잊고 싶지만 말이야." 블라이스는 미소 지었다. "그리고 문제는 바로 그거였어. 헨리는 머릿속에 노벨상 수상자를 몇 명씩 넣고 다니는 아내를 쾌히 받아들이지 못했거든. 게다가 아내인 내가 뒤가 켕기는 자기 비

---

* 미국의 바이러스 학자. 세계 최초로 소아마비 백신을 개발했다.

밀을 모두 알고 있다는 건 어불성설이었지. 그래서 오늘 아침 나를 집에서 쫓아낸 거야. 어린 자식들만 없었다면 나도 크게 개의치 않았겠지만, 그이가 아이들에게 어머니인 나에 대해 무슨 얘기를 할지 모르고, 또— 아, 정말이지." 그녀는 속삭였고, 주먹으로 자기 무릎을 쳤다. "난 **절대** 다시 안 울어. 하여튼 간에, 앞으로 뭘 해야 할지 생각해보려고 했어. 잭으로부터 겨우 자유로워져서 택시 뒷자리에서 엉엉 울고 있을 때, 문득 당신 생각이 떠올랐던 거야." 갑자기 타키온은 블라이스가 독일어로 말하고 있다는 사실을 깨달았다. 그는 입을 꽉 다물고, 혀를 입천장에 꽉 갖다 대고 구역질을 억누르려고 했다. "바보 같은 얘길지도 모르지만, 어떤 관점에서 난 이 세상 누구보다도 당신에게 더 가깝다는 느낌을 받아. 당신이 이 행성 출신이 아니라는 걸 생각하면 정말 묘한 얘기지만."

블라이스의 얼굴에 떠오른 미소는 반은 그리스 신화의 사이렌, 반은 모나리자를 연상케 하는 것이었지만, 타키온은 이 미소에 육체적, 감정적으로 반응하지 않았다. 혐오감과 분노가 너무나도 강했기 때문이다. "가끔은 지구인들이 도저히 이해가 안 될 때가 있어! 그 바이러스에 어떤 위험이 내포되어 있는지 아예 생각해본 적도 없어?"

"없어. 어떻게 그럴 수 있겠어?" 블라이스가 끼어들었다. "헨리는 사건 발생 몇 시간 만에 우리 가족을 뉴욕 밖으로 데리고 나왔고, 위험이 끝났다고 판단한 뒤에야 다시 집으로 돌아왔어." 블라이스는 다시 영어로 말하고 있었다.

"흠, 그런데 그건 오판이었다, 이거군. 안 그래?"

"맞아. 하지만 그건 내 잘못이 아니잖아!"

"당신 잘못이라고는 안 했어!"

"그럼 도대체 뭣 때문에 그렇게 화가 나 있는 거야?"

"홈스." 타키온은 내뱉었다. "당신은 그자를 아버지 같은 존재라고 하지만, 그자가 정말로 당신을 아꼈다면 그런 미친 행동을 하라고 독려하진 않았을걸."

"뭐가 그렇게 미쳤다는 거야? 난 젊고, 내가 흡수한 사람들 다수는 늙었잖아. 난 값을 매길 수 없을 정도로 귀중한 지식을 보존했을 뿐이야."

"당신이 미쳐버릴 위험을 무릅쓰고 말이지."

"하지만 당신은 그걸 다루는 법을 내게 가르쳐줬ㅡ"

"당신은 지구인이야! 높은 수준의 정신 조작이 주는 스트레스를 견딜 수 있게 해주는 훈련을 아예 안 받았다고. 당신 남편의 인격에서 당신의 인격을 분리하기 위해 내가 병원에서 알려준 테크닉은 땜질 처방에 불과하고, 도저히 강하다고는 할 수 없는 것이었어."

"그럼 내가 알아야 하는 걸 가르쳐줘. 아예 낫게 해주든가."

블라이스의 도전적인 말투에 그는 퍼뜩 입을 다물었다. "내 능력으로는…… 적어도 지금은 무리야. 그 바이러스는 끔찍할 정도로 복잡하고, 치료를 시도해도 계속 거기 대항하는 변종을 만들어내니까……." 타키온은 어깨를 으쓱했다. "와일드카드에게 승리하려면 몇 년, 몇십 년이 걸릴 수도 있어. 난 혼자 일해야 하니까 말이야."

"그럼 잭에게 돌아가야겠네." 블라이스는 여행 가방을 집어 들고 휘적휘적 현관문을 향해 갔다. 무거운 가방 탓에 휘청거리는 그녀의 모습은 의연함과 코미디가 뒤섞인 묘한 절박감을 풍겼다. "설령 내가 미쳐버린다고 해도, 아치볼드가 유능한 정신과의사를 찾아줄 거야. 어쨌든 난 포 에이스의 일원이니까."

"기다려…… 그냥 가면 안 돼."

"그럼 가르쳐줄 거야?"

타키온은 엄지와 중지로 눈 가장자리를 지그시 누른 다음, 콧날을 잡고 꽉 눌렀다. "시도는 해볼게." 여행 가방이 방바닥에 떨어졌다. 그녀가 천천히 다가오자 타키온은 다른 쪽 손으로 가까이 오지 말라는 시늉을 했다. "미리 말해둘 것이 하나 더 있어. 난 성자가 아니고, 당신들의 수도승도 아냐." 그는 주렴으로 가려진, 그의 침대가 놓인 벽감을 가리켰다. "언젠가는 당신을 원하게 될 거야."

"그럼 지금 그래도 상관없겠네?" 블라이스는 타키온의 손을 밀어내고 바싹 몸을 밀착시켰다. 딱히 풍만한 몸은 아니었다. 사실, 빈약하다고 해도 될 정도였다. 그러나 그녀가 손으로 그의 얼굴을 감싸고 그의 입술을 자기 입술로 끌어당기자 그런 생각들은 씻은 듯이 사라졌다.

♠

"오늘은 정말 멋진 날이었어." 타키온은 만족한 듯이 한숨을 쉰 다음 손으로 자기 얼굴을 문질렀고, 양말과 속옷을 벗었다.

욕실에 서서 얼굴에 크림을 바르던 블라이스는 거울 속의 그를 향해 미소 지었다. "지구인 남자가 지금 당신이 한 말을 들었더라면 다들 미쳐도 단단히 미쳤다고 할 거야. 대다수의 남자는 여덟 살, 다섯 살, 세 살배기 아이와 함께 하루를 보내는 걸 전혀 즐거운 일이라고 생각하지 않거든."

"지구인 남자들은 멍청하군." 타키온은 잠시 허공을 응시하며 타키스에 살던 시절, 친척 어린아이들이 끈적한 손으로 선물할 과자가 들어 있는 그의 호주머니를 뒤졌을 때의 감촉을 머리에 떠올렸다. **또 와서 놀**

아주겠다고 맹세하고 자리를 떴을 때, 뺨을 비벼오던 부드럽고 토실토실한 아기 뺨의 감촉.

그는 과거의 기억을 뒤로 밀어 넣었고, 블라이스가 그를 뚫어지게 바라보고 있는 것을 깨달았다. "고향이 그리워?"

"그냥 옛날 생각을 했을 뿐이야."

"그립구나."

"어린아이들은 기쁨이고, 즐거움이지." 타키온은 블라이스가 또 같은 얘기를 꺼내기 전에 서둘러 말했다. 헤어브러시를 집어 들고 긴 머리를 빗는다. "사실, 난 당신 아이들하고 놀면서 혹시 요정이 바꿔치기한 아이들은 아닌가, 아니면 당신이 결혼 초기부터 헨리 그 인간 모르게 바람을 피운 게 아닌가 하는 생각을 했을 정도야."

여섯 달 전에 블라이스가 집에서 쫓겨났을 때, 밴 렌셀러는 별거 중인 아내가 그들의 집인 아파트 최상층의 펜트하우스로 아예 들어오지 못하게 하라고 하인들에게 명했다. 따라서 블라이스는 자기 아이들을 만날 수 없게 되었다. 그러나 타키온은 신속하게 그 문제를 해결했다. 그와 블라이스는 매주 하원의원이 집을 떠나 있을 때를 골라서 펜트하우스로 갔다. 타키온에게 마음을 조작당한 하인들이 문을 열어주면, 두 사람은 블라이스의 아들인 헨리 주니어와 브랜던, 딸인 플러와 몇 시간씩 놀아주곤 했다. 그런 다음에는 타키온이 유모와 가정부에게 그들이 왔다는 사실을 기억에서 지우라고 명령하고 집에서 나오면 그만이었다. 혐오스러운 헨리를 그런 식으로 조롱할 수 있다는 사실에 타키온은 큰 만족감을 느꼈다. 진짜로 복수하려면 그런 식으로 그들이 헨리의 권위에 도전했다는 사실을 헨리 본인도 알아야 했지만 말이다.

타키온은 빗을 던져놓고, 석간신문을 집어 들고 침대로 기어 들어갔다. 1면에는 얼이 간디를 구한 공적으로 훈장을 받는 사진이 실려 있었다. 얼 뒤에는 잭과 홈스가 서 있었다. 나이 든 홈스는 우쭐한 표정이었지만, 잭은 어딘가 불편한 기색이었다. "어제 축하연 사진이 실려 있군. 하지만 뭘 이렇게 야단스럽게 축하를 해야 하는 건지 아직도 이해 못 하겠어. 그냥 암살 시도였을 뿐이잖아."

"우리 지구인은 암살에 대해 당신처럼 태연하게 받아들이지 못해." 블라이스는 플란넬 잠옷 가운을 뒤집어쓰면서 웅얼거렸다.

"알아. 하지만 여전히 기분이 묘하군." 타키온은 몸을 옆으로 돌린 다음 턱을 괴었다. "지구로 오기 전까지 내가 경호원들 없이는 **어디에도** 안 갔다는 걸 알아?"

블라이스가 올라오자 낡은 침대가 조금 삐걱거렸다. "끔찍도 해라."

"우린 그런 일에 익숙했어. 내 계층에서 암살은 생활양식이나 마찬가지였거든. 귀족 가문들은 더 높은 지위에 오르려고 그런 식으로 경쟁을 벌이지. 내가 스무 살이 됐을 무렵 난 이미 열네 명의 직계가족을 암살로 잃었어."

"직계라면 정확히 누가 포함되었던 거야?"

"우리 어머니도…… 그렇게 죽었다고 생각해. 어머니가 여자들이 살던 구획의 층계 계단 아래에서 쓰러진 채로 발견되었을 때 난 네 살에 불과했지. 난 어머니의 죽음의 배후에는 고모인 사비나가 있다고 줄곧 의심해왔지만, 증거가 없었어."

"불쌍한 우리 아기." 블라이스는 양손으로 그의 뺨을 감쌌다. "어머니를 조금이라도 기억해?"

"가끔가다가 문득 떠오르는 정도야. 실크나 레이스가 스치는 소리라든지 향수 냄새 같은 게 대부분이지. 그리고 금빛 구름 같았던 어머니

288

의 머리카락도 기억이 나."

블라이스는 몸을 굴려 그에게 등을 갖다 댔다. 바싹 밀착한 탓에 엉덩이가 그의 사타구니에 닿았다. "타키스하고 지구 사이에서 크게 차이가 나는 건 또 뭐가 있어?" 블라이스가 화제를 돌리려고 한다는 것은 명백했고, 타키온은 그런 그녀에게 고마움을 느꼈다. 그가 버리고 온 가족에 관해 얘기하는 건 언제나 그를 슬프게 하고 향수를 느끼게 했기 때문이다.

"우선 여자들이 생각나는군."

"지구인 여자가 더 좋아, 아니면 더 나빠?"

"그냥 다를 뿐이야. 아이를 낳을 수 있는 연령에 달하면 당신들은 그냥 맘대로 돌아다니지. 하지만 타키스에서는 그렇게 행동하는 건 절대로 불가능해. 임신한 여자가 혹시 암살당하기라도 하면 몇십 년에 걸친 신중한 계획이 물거품이 될 수 있거든."

"그건 정말 끔찍하다고 생각해."

"그리고 우린 섹스를 죄악과 동일시하지 않아. 우리에게 섹스가 죄가 되는 경우는 미리 세워둔 계획을 무절제한 생식 행위로 뒤집어엎었을 때야. 하지만 쾌락으로서의 섹스는 전혀 다른 문제이지. 이를테면 우린 하층계급—귀족들과는 달리 정신 능력을 갖고 있지 않은 계급에서 젊고 매력적인 남녀를 뽑아서 유력 귀족 가문의 남녀에게 봉사하는 훈련을 받게 하지."

"당신하고 같은 계급의 여자들은 아예 못 만난다는 얘기야?"

"설마. 서른 살이 될 때까지는 귀족 계급의 남녀도 함께 훈련을 받고 공부하면서 성장해. 그러다가 귀족 여성은 아이를 낳을 수 있는 연령에 달하면, 안전을 위해서 은둔 생활에 들어가게 돼. 그래도 가족 모임이 있을 때는 만날 수 있어. 무도회라든지 사냥, 피크닉 따위에서 말이야. 모두 담으로 에워싸인 영지 안에서 진행되긴 하지만.”

“어린 남자애들은 여성 구획에 사는 어머니와는 언제까지 함께 살 수 있어?”

“열세 살이 될 때까지는 모두 함께 살지.”

“그 뒤로는 다시는 못 보는 거야?”

“설마. 자기 어머니인데 왜 못 보겠어!”

“그렇게 변명할 필요는 없어. 내겐 그냥 너무 이질적으로 느껴져서 그래.”

“그건 그렇겠지.” 타키온은 블라이스의 가운 자락을 들어 올리며 그녀의 다리를 어루만졌다.

“섹스 장난감 역할을 하는 하인들이라.” 그가 그녀의 몸을 애무하는 동안 그녀는 생각에 잠긴 기색이었다. 딱딱해진 그의 남근을 어루만진다. “좋은 아이디어 같아.”

“내 섹스 장난감이 되고 싶어?”

“이미 그런 거라고 생각하고 있었는데.”

♦

타키온이 잠에서 깬 것은 한기를 느꼈기 때문이었다. 몸을 일으켜 앉았다가, 곁에 블라이스가 없다는 사실을 깨달았다. 침대 커버가 무엇에 끌린 듯이 방바닥에 떨어져 있다. 그는 침실 입구를 가린 주렴 밖에서 목소리들이 들려온다는 사실을 깨달았다. 건물 주위로 몰아친 강풍이 창문의 금 간 곳이나 틈새를 찾아 헤매며 날카롭게 포효하고 있었다.

목덜미의 털이 곤두섰지만, 이것은 한기와는 관계가 없었다. 주렴 밖에서 들려오는 굵은 후음이, 그가 어린 시절 들었던 귀신 얘기—곱게 죽지 못한 조상의 유령이 돌아와서 직계 후손들의 육체에 빙의한다는—를 떠올리게 했던 탓이다. 타키온은 몸을 부르르 떨고는 주렴을 밀치고 밖으로 나갔다. 주렴이 짤랑거리며 등 뒤로 넘어간 직후 그는 블라이스가 거실 한복판에 서서 자기 자신을 상대로 격렬한 논쟁을 벌이고 있는 광경을 목격했다.

"내 말이 옳아, 오피*, 우리가 개발해야 하는 건—"

"아냐! 그건 이미 결론이 났잖아. 우리가 최우선으로 개발해야 하는 건 기폭장치야. 그놈의 수소폭탄 때문에 곁길로 새면 안 돼."

타키온은 잠시 공포로 얼어붙었다. 블라이스가 피곤하거나 스트레스를 받았을 때 이런 일이 일어난 적은 있었지만, 이 정도로 심했던 적은 없었다. 그녀를 아예 잃지 않으려면 당장 그녀를 찾아내야 한다는 사실을 그는 알고 있었다. 타키온은 억지로 몸을 움직여 두 걸음 만에 블라이스 곁으로 갔고, 그녀의 몸을 꽉 껴안고 그 마음속으로 손을 뻗쳤다. 그러자마자 공포를 못 이기고 물러날 뻔했다. 블라이스의 마음속은 서로 충돌하는 인격들이 소용돌이치는 악몽과도 같은 세계였기 때문이다. 이 인격들이 서로 싸우며 패권을 다투는 동안, 블라이스는 자기 마음 한복판에서 속수무책으로 끌려다니고 있었다. 타키온은 그녀를 향해 돌진했지만 헨리에게 가로막혔다. 타키온은 사납게 헨리를 밀치고 그가 만들어낸 정신 보호 구획 안으로 블라이스를 끌어 넣었다. 다른 여섯 명의 인격은 타키온과 블라이스 주위를 빙빙 돌며 보호막을 부수려

----

* 　　오펜하이머의 애칭.

고 했다. 블라이스와 힘을 합친 타키온은 텔러와 오펜하이머를 각자의 구획으로 쫓아냈다. 아인슈타인은 알아들을 수 없는 말을 중얼거리며 물러났다. 소크는 단지 당혹해하는 기색이었다.

블라이스는 축 늘어지며 타키온에게 몸을 기댔다. 느닷없는 무게가 더해진 탓에, 이미 녹초가 된 그의 육체는 더 이상 견디지 못했다. 무릎이 푹 꺾이면서, 나무 마루에 세게 엉덩방아를 찧는다. 블라이스는 그의 무릎 위에 누워 있었다. 집 밖의 거리에서 우유 배달원이 배달하는 소리가 들렸다. 타키온은 블라이스의 정신적 균형을 되찾기까지 몇 시간이나 걸렸다는 사실을 깨달았다.

"아치볼드, 이 나쁜 자식." 타키온은 중얼거렸다. 이런 욕만으로는 모자랐다. 그녀를 돕기 위한 그의 능력이 모자라는 것처럼.

♥

"그건 별로 좋은 수가 아닙니다." 데이비드 하스틴이 중얼거리자, 타키온의 손이 공중에서 얼어붙었다. "나이트 쪽이 낫습니다." 타키스인은 고개를 끄덕이고 재빨리 체스 말을 움직였다. 그러고는 자신이 방금 둔 수에 관해 고찰하다가 아연실색한 표정을 지었다.

"이런 사기꾼이 있나! 어떻게 그런 치사한 술수를!"

하스틴은 어쩔 수 없다는 듯이 양손을 펼쳐 보이며 달래는 듯한 투로 말했다. "난 단지 제안을 했을 뿐입니다." 나직하고, 약간 억울해하는 듯한 목소리였지만, 짙은 갈색의 눈은 장난스럽게 반짝이고 있었다.

타키온은 끙 하는 소리를 내고 꿈지럭거리다가 소파에 등을 기댔다. "자네 같은 위치에 있는 인물이 자기 능력을 이토록 비열한 방식으로 악용한다는 사실이 자못 걱정스럽군. 자넨 다른 에이스들에게 본을 보여야 하는 입장이 아닌가."

데이비드는 씩 웃고, 음료가 든 잔에 손을 뻗쳤다. "그건 공인으로서의 얼굴입니다. 다른 사람도 아닌 내 창조주와 함께 있는데, 평소의 게으르고 자유분방한 나로 돌아간다고 해서 비난받을 건더기는 없지 않을까요."

"난 자네가 안 그랬으면 좋겠어."

타크가 이렇게 대꾸하고 가급적 잊고 싶은 마음속의 풍경을 응시하는 동안, 긴장된 침묵이 흘렀다. 데이비드는 무엇인가에 몰두한 듯한 모습으로 휴대용 체스판을 거의 눈에 보이지 않을 정도로 조금 왼쪽으로 움직였다.

"미안합니다."

"괜찮아." 타키온은 청년에게 온화한 미소를 지어 보였다. "체스나 계속 두자고."

데이비드는 고개를 끄덕이고 체스판 위로 검은 곱슬머리를 숙였다. 타키온은 아이리시커피를 한 모금 홀짝였고, 따스한 액체를 잠시 입에 머금었다가 삼켰다. 데이비드의 장난스러운 말에 과잉 반응한 것이 창피했다. 사실 데이비드에게는 전혀 악의가 없었다.

데이비드를 처음 만난 것은 1947년 초, 병원에서의 일이었다. 와일드카드 데이 당일, 하스틴은 노천카페에서 체스를 두고 있었다. 그때는 아무 증상도 발현하지 않았지만, 몇 달 후 그는 몸부림치고 경련하면서 병원으로 이송되었다. 타키온은 이 진지해 보이는 잘생긴 청년이 또 하나의 얼굴 없는 희생자가 될지도 모른다고 우려했지만, 모든 사람의 예상과 달리 데이비드 하스틴은 회복했다. 검사를 해본 결과 데이비드의 몸이 강력한 페로몬들을 발산한다는 사실이 판명되었다. 어떤 수준에서도 그가 하는 말에 저항할 수 없을 정도로 강력한 설득력을 가진 페로몬이었다. 데이비드는 아치볼드 홈스에게 포 에이스의 일원으로 발탁되었고, 그에게 매료된 보도 매체들에 의해 특사라는 별명을 얻었다. 데이비드는 특유의 경탄할 만한 카리스마를 발휘해서 파업을 해결하고, 국가 간의 조약을 체결하고, 세계 지도자들의 중재자로 활약했다.

타키온은 모든 남성 에이스들 중에서 데이비드를 가장 좋아했다. 체스 두는 것을 배운 것도 데이비드가 지도해준 덕이었다. 그런 데이비드가 타키온에게 지지 않으려고 자기 능력을 쓰는 상황으로까지 몰렸다는 사실은 타키온의 체스 실력이 일취월장했으며, 또 그만큼 데이비드의 지도가 뛰어났다는 사실을 보여주는 증거라고 할 수 있었다. 외계인은 미소 지었고, 상대의 정신적인 간섭을 되갚아주려고 마음먹었다.

타키온은 신중하게 탐침을 넣어서 상대의 정신 방어 아래로 슬쩍 들어갔고, 데이비드의 탁월한 정신이 가능한 수들을 저울질하고 평가하는 광경을 바라보았다. 데이비드는 결정을 내렸지만, 그가 그것을 실행에 옮기기 직전, 타키온은 그것을 날카롭게 비틀어 삭제하고 다른 결정을 그 자리에 집어넣었다.

"체크."

데이비드는 체스판을 빤히 내려다보다가, 고함을 지르며 그것을 뒤집더니 방바닥에 내팽개쳤다. 타키온은 소파 위로 기어 올라가서 쿠션에 얼굴을 묻고 폭소를 터뜨렸다.

"아까 **날더러** 사기꾼이라고 해놓고선. 난 내 능력을 통제할 수 없는데, 그런 식으로 치사하게! 사람 머릿속에 들어와서……."

열쇠로 자물쇠를 돌리는 소리가 나더니 블라이스가 큰 소리로 말했다. "아니, 애들도 아니고. 뭘 가지고 그렇게 싸우는 거야?"

"사기를 쳤어." 두 사내는 서로를 가리키며 동시에 말했다.

타키온은 블라이스를 껴안았다. "몸이 다 얼었잖아. 뜨거운 홍차를 끓여줄게. 회의는 어땠어?"

"그리 나쁘진 않았어." 블라이스는 털모자를 벗고 은백색 털에서 눈을 털어냈다. "베르너가 기관지염으로 앓아누운 상태라서, 내가 조언해주니까 고마워하더라고." 그녀는 몸을 내밀어 데이비드의 가무잡잡한 뺨에 가볍게 입을 맞췄다. "잘 있었어? 러시아는 어땠어?"

"음산했습니다." 데이비드는 방바닥에 떨어진 체스 말들을 줍기 시작했다. "뭔가 공평하지 않다는 생각이 드는군요."

"뭐가?" 블라이스는 소파에 외투를 던져놓고 진흙투성이의 부츠를 벗었다. 은빛 여우 털 아래에 발을 슬쩍 집어넣고, 소파의 쿠션에 몸을 기댄다.

"얼은 이탈리아에서 보어만을 붙잡았고, 인도에서는 힌두 광신자에게서 간디를 구했죠. 그런데 당신은 구지레한 모텔에 묵으면서 로켓 공학 회의에나 참석해야 하지 않습니까."

"그냥 앉아서 얘기만 하는 것도 일이야. 잘 알면서. 게다가 데이비드 너도 상당히 각광을 받은 적이 있잖아. 아르헨티나 기억 안 나?"

"그건 1년도 더 된 일이고, 거기서 내가 한 것이라곤 얼하고 잭이 길거리에서 파쇼들에게 겁을 주는 동안 페론주의자들을 설득했던 일뿐입니다. 그리고 그 뒤에는 누가 언론의 각광을 받았을까요? 우리? 그럴 리가요. 이 업계에서 두각을 나타내려면 눈이 **번쩍** 뜨이는 일을 해야."

"그런데 그 업계라는 게 도대체 뭐야?" 타키온은 김이 피어오르는 머그잔을 블라이스에게 건네며 끼어들었다.

데이비드가 구부정한 양어깨를 수그리며 머리를 내미는 모습은 호기심 많은 새를 연상시켰다. "완전히 재앙적인 상황에서 뭔가를 건져내는 일입니다. 우리 능력을 써서 인류가 처한 상황을 개선한다고나 할까요."

"그런 시도는 언제나 그런 식으로 시작되지만, 거기서 끝날 것 같나? 초월적인 힘을 가진 종족은—나도 그 일원이니까 말하는 건데—그냥 내키는 대로 원하는 걸 빼앗고, 나머지는 어떻게 되든 신경 쓰지 않는 법이야. 내 고향인 타키스에서 정신적인 초능력을 발현하기 시작한 극소수의 그룹은 그 즉시 근친교배를 시작했지. 다른 사람들에게 그런 힘이 새어 나가지 않게 하려고 말이야. 그 결과 능력자들은 전 인구의 8퍼센트에 불과한데도 행성 전체를 지배하게 되었다네."

"우린 그러지 않을 겁니다." 그러나 이런 대답과는 딴판으로 하스틴의 쓰디쓴 웃음소리는 자조에 가까웠다.

"나도 그랬으면 좋겠군. 하지만 난 인류의 에이스가 기껏해야 몇십 명에 불과하고, 아치볼드가 모든 에이스들을 이 민주주의를 위한 위대한 군대로 끌어들이지 않았다는 사실 쪽이 더 안심이 돼." 민주주의 운운했을 때 타키온의 엷은 입술은 조금 뒤틀렸다.

블라이스는 팔을 뻗어 그의 앞머리를 걷어냈다. "그게 마음에 안 들어?"

"걱정이 돼."

"왜?"

"당신과 데이비드는 세간의 주목을 받지 않는다는 걸 오히려 고맙게 여겨야 한다고 생각해. 가진 자들에 대한 못 가진 자들의 분노는 쉽게 해소될 수 있는 게 아니고, 당신들 인류는 낯선 존재를 불신과 적의로 대하는 전통이 있어. 그리고 에이스는 낯선 걸 훌쩍 뛰어넘는 이질적인 존재야. 당신들의 성스러운 책 중 하나에도 쓰여 있지 않아? 너는 마녀를 살려두지 말라*였던가?"

"하지만 우린 그들과 다르지 않은 보통 사람이잖아." 블라이스가 반박했다.

"아니, 더 이상은…… 보통 사람이라고 할 수는 없어. 그리고 다른 사람들은 그 사실을 결코 잊지 않아. 내가 아는 에이스는 서른일곱 명인데, 실제로는 그보다 훨씬 더 많을지도 몰라. 조커들과는 달리 에이스는 겉모습만 보고서는 알 수 없으니까 말이야. 국가적 규모의 히스테리는 특히 독성이 강하고 빨리 자라는 잡초나 마찬가지야. 사람들은 모든 장소에서 공산주의자들을 보고, 그런 불신감이 그들이 두려워하는 또 다른 소수집단으로 전이되는 건 시간문제야―이를테면 눈에 보이지도 않고, 은밀하고, 엄청난 능력을 가진 한 무리의 에이스들처럼 말이야."

"그건 너무 과민반응인 것 같은데."

"그럴까? 지금 열리고 있는 HUAC 청문회를 예로 들어볼까." 타키온은 신문지 더미를 가리켰다. "이틀 전에 연방 배심원단은 앨저 히스를 위증죄로 기소했어. 이런 것은 건전하고 안정된 국가에서는 벌어질 수 없는 일이지. 게다가 이건 당신들이 부활을 축하하는 달에 벌어졌어."

"아니, 부활은 부활절에 축하하고, 지금은 첫 탄생을 축하하는 달입니다." 데이비드의 서투른 농담은 방 안을 가득 메운 무거운 침묵 속으로 가라앉았다. 그 정적을 깬 것은 바람에 날린 눈이 창문을 때리는 소

---

*   출애굽기 22장 18절. "너는 무당을 살려두지 말라."

리뿐이었다.

하스틴은 한숨을 쉬고 기지개를 켰다. "정말이지 다들 왜 이리 음침한 건지. 밖에서 저녁을 먹고, 연주회 같은 델 가면 어떨까요? 새치모*가 업타운에서 연주한다던데."

타키온은 고개를 가로저었다. "난 병원에 가봐야 해."

"아니, 지금?" 블라이스가 울 듯한 목소리로 되물었다.

"달링, 꼭 가봐야 해."

"그럼 나도 같이 갈래."

"아니, 그건 바보 같은 짓이야. 데이비드하고 밖에서 저녁 먹고 와."

"싫어." 블라이스는 고집 센 표정으로 입을 꼭 다물었다. "내 도움이 필요하지 않다면, 적어도 당신하고 함께 있기라도 할래."

타키온은 그녀가 부츠를 다시 신기 시작하자 눈을 굴리며 탄식했다.

"정말 고집이 세군요." 데이비드가 커피 탁자 아래에서 방바닥에 구른 체스 말을 찾으며 말했다. "말싸움을 해봤자 소용이 없다는 건 주지의 사실이지만."

"그런 말은 나처럼 **함께** 살아본 뒤에 하라고."

섬세한 필박스 모자**가 갑자기 힘이 들어간 그녀의 손 아래에서 우그러졌다. "믿어줘. 우린 그 문제를 해결할 수 있어."

"그 얘긴 됐어." 타키온은 경고하듯이 말했다.

"그 못마땅해하는 아버지 같은 말투로 나한테 말하지 마! 난 어린애가 아니고, 고립된 채로 사는 타키스 행성의 여자들도 아냐."

---

*   루이 암스트롱의 애칭.

**   챙이 없고 짧은, 여성용 원통형 모자.

"내 고향 여성이었다면 좀 더 다소곳하게 행동했겠지. 그리고 어린
애 운운했는데, 지금 당신 행동이 어린애 같은 건 맞아―그것도 응석받
이 어린애. 그 문제에 관해서 우린 이미 얘기를 나눴고, 난 절대로 그럴
생각이 없어."

"얘기를 **안** 나눴다고 해야 하지 않을까. 당신은 내가 말을 꺼내기만
해도 가로막고, 그 얘기를 하는 것 자체를 거부하고, 또―"

"병원에 가봐야 해." 타키온은 현관을 향해 갔다.

"봤지?" 블라이스는 거북한 표정을 한 데이비드를 향해 말했다. "내
말을 가로막은 게 아니라면, 방금 뭘 한 거라고 생각해?"

데이비드는 어깨를 으쓱하고, 휴대용 체스 세트를 모양이 낡아서
볼품이 없어진 코듀로이 재킷의 호주머니에 쑤셔 넣었다. 달변인 그도
이번만은 말문이 막힌 기색이었다.

"데이비드, 미안하지만 내 **제나미리**와 밖에서 저녁을 먹고 와주지
않겠나. 집으로 돌아올 때는 지금보다 나은 기분이 될 수 있도록 말이
야."

블라이스는 애원하는 듯한 눈으로 데이비드를 보았지만, 타키온은
현관 앞에서 초연한 표정으로 그들 쪽을 바라보았을 뿐이었다.

"두 분이 함께 밖으로 나가서, 눈을 맞으며 낭만적인 산책을 하면 어
떨까요. 그러면서 충분히 얘기를 나누고, 느지막하게 저녁 식사를 하고,
사랑을 나눔으로써 다툼을 끝내는 겁니다. 그 문제가 뭐든 간에 그렇게
심각한 건 아니잖습니까."

"맞는 말이야." 블라이스는 중얼거렸다. 마음을 편하게 하는 페로몬
이 전신을 에워싸면서 몸의 긴장이 풀리는 것을 알 수 있었다.

데이비드는 타키온의 등을 밀어 현관 밖으로 나가게 했다. 그런 다

음 블라이스의 손을 잡고 타키온의 손에 꼭 쥐여주고, 그 위에서 마치 축복하는 듯한 손짓을 했다. "자, 성도들이여, 이제 나가보고, 더 이상 죄를 짓지 말도록." 데이비드는 두 사람을 따라 거리로 나갔고, 그의 능력의 진정 효과가 사라지기 전에 지하철역을 향해 줄행랑쳤다.

♣

"자, 이제 왜 당신이 나와 함께 일하는 걸 원하지 않는지 알겠어?"

달은 구름의 치맛단 아래로 슬쩍 들어가는 데 성공했고, 쌓인 눈 위로 쏟아지는 희끄무레한 달빛 덕에 도시는 거의 깨끗해 보였다. 두 사람은 센트럴파크 가장자리에 함께 서 있었다. 블라이스가 진지한 표정으로 그의 얼굴을 올려다보자, 두 사람의 흰 입김이 공중에서 뒤섞였다.

"당신이 나를 보호하고, 안전한 곳에 놓아두고 싶어 한다는 건 알아. 하지만 그럴 필요까지는 없어. 오늘 밤 병원에서 당신이 일하는 걸 본 지금은……." 블라이스는 잠시 주저하며, 다음에 할 발언을 누그러뜨리기 위한 단어를 찾는 기색이었다. "그런 일에는 당신보다는 내가 더 잘 대처할 수 있을 것 같아. 타크, 당신은 당신 환자들을 소중하게 여기고 있어. 하지만 당신은 그들의 기형적인 몸이나 비정상적인 정신을…… 흐음, 혐오하잖아."

타키온은 움찔했다. "블라이스, 난 정말로 부끄러워. 설마 내 환자들도 그걸 알고 느낀다고 생각해?"

"아냐, 아냐, 내 사랑." 블라이스는 그녀의 어린 자식을 달래듯이 그의 머리카락을 쓰다듬었다. "내가 그걸 알아차린 건 오직 내가 당신하고 가깝기 때문이야. 환자들은 당신의 동정적인 태도를 볼 뿐이야."

"'이상'의 이름으로 맹세컨대, 난 그런 혐오감을 억누르려고 노력했어. 하지만 난 일찍이 그토록 끔찍한 존재들을 본 적이 없었어." 타키온은 그를 쓰다듬으며 달래는 그녀의 손을 뿌리치고 인도에서 왔다 갔다 하기 시작했다. "우리 타키스에서는 기형을 용납하지 않아. 유력한 귀족 가문들은 그런 존재가 태어나는 즉시 죽여." 희미한 소리가 나는 것을 듣고 타키온은 몸을 돌려 블라이스를 마주 보았다. 그녀는 장갑을 낀 손으로 입을 틀어막고 있었다. 크게 뜬 두 눈이 근처의 가로등 빛을 받고 웅덩이처럼 번득인다. "이제 내가 괴물이라는 걸 알아버렸군."

　"당신 행성의 문화는 괴물 같다고 생각해. 어떤 장애가 있든 간에 모든 자식은 절대로 포기할 수 없는 소중한 존재잖아."

　"우리 누나도 그렇게 생각했지. 그리고 우리의 괴물 같은 문화는 그런 그녀를 파멸시켰어."

　"누나 얘기를 해줘."

　타키온은 눈에 덮인 공원 벤치 위에 무의미한 그림을 그리기 시작했다. "자들란 누나는 장녀였고 나보다 서른 살쯤 나이가 많았지만, 우린 아주 가까웠어. 귀족 가문들끼리의 보기 드문 휴전 기간 중에 다른 가문으로 시집을 갔지. 그렇게 해서 낳은 첫째 아이는 장애가 있던 탓에 살해당했어. 자들란 누나는 그 충격에서 결국 헤어나지 못했고, 결국 몇 달 뒤에 자살했지." 그는 손으로 벤치 위를 쓸어 그림을 지웠다. 블라이스는 그 손을 잡아 올렸고, 장갑 낀 손으로 차가워진 손가락들을 비볐다. "그 사건 이래 난 우리 타키스 사회의 구조 자체에 관해 고민하게 됐어. 그러던 중에 그 바이러스를 지구에 퍼뜨려서 실지 실험을 해보자는 결정이 내려졌는데, 그게 마침내 나를 촉발해서 행동에 나서도록 만들었던 거야. 난 더 이상 방관자로 남아 있을 수가 없었어."

"당신의 누나는 특별했고, 다른 사람들과는 달랐던 것 같아. 당신처럼."

"내 사촌이 말하기로는 우리 센나리 가문의 혈통 탓이라는군. 격세유전되는 열성형질이라는 게 그 녀석 의견이었는데, 애당초 계승되었으면 안 되는 거였다고 하더군. 하지만 이런 가계의 내력 따위를 얘기해봤자 당신에겐 횡설수설일 거야. 당신도 추워서 이를 딱딱거리고 있잖아. 자, 집으로 가서 몸을 덥히자고."

"아니, 일단 이 얘기부터 끝내야 해." 타키온은 못 알아들은 척했다. "난 당신을 도울 수 있어. 그러니까 나와 그걸 공유해야 해. 당신의 마음을 내게 줘."

"안 돼. 그러면 당신 마음속에 여덟 개나 되는 인격이 동거하게 되잖아. 너무 많아."

"그건 내가 알아서 판단할 일이야. 일곱 개인 지금도 별문제 없이 잘 대처하고 있잖아."

타키온이 대놓고 콧방귀를 뀌자 블라이스는 화난 표정으로 얼어붙었다. "지난 2월에 텔러하고 오펜하이머가 수소폭탄을 가지고 논쟁을 벌이는 걸 내가 목격했을 때처럼 말이야? 그때 당신은 방 한복판에서 좀비처럼 그냥 서 있었을 뿐인데도?"

"이번엔 다를 거야. 당신은 내가 사랑하는 사람이고, 당신의 마음은 내겐 아무 해가 안 돼. 그리고 그건 당신 일에만 도움이 되는 게 아냐…… 내가 당신의 기억과 지식을 공유한다면 당신도 더 이상 고독에 시달리지 않을 거야."

"당신이 우리 집에 온 뒤로 난 고독을 느낀 적이 없는데."

"거짓말. 난 당신이 가끔 멍하게 허공을 응시하는 걸 봤고, 내가 안

듣는다고 생각할 때 그 바이올린으로 슬픈 음악을 연주하는 것도 들었어. 조금이라도 당신 고향의 일부를 느낄 수 있도록 나와 공유해줘." 블라이스는 손으로 그의 입을 가렸다. "싫다고 하지 마."

그래서 그는 블라이스의 말대로 설득당하기로 했다. 블라이스의 주장을 조금이라도 받아들였다기보다는, 그녀에 대한 그의 사랑에서 비롯된 측면이 컸지만 말이다. 그리고 그날 밤 늦게 그녀의 두 다리가 그의 허리를 감싸고, 그녀의 손톱이 땀으로 젖은 그의 등을 할퀴고, 그가 격렬하게 방출했던 순간, 그녀는 마음을 뻗쳐 그의 마음을 빨아들였다.

오장육부가 뒤틀리는 듯한 끔찍한 **침탈, 절취, 상실**의 감각. 그러나 이것은 한순간으로 끝났고, 그는 그녀 마음의 거울에서 두 개의 심상을 보았다. 사랑이 가득하고 여성적이고 부드러운 감촉의 블라이스와, 섬뜩할 정도로 익숙하고 전자와 마찬가지로 사랑이 가득한 **그**의 심상을.

♠

"천하에 몹쓸 놈들 같으니라고!" 타키온은 좁은 대기실 안을 왔다 갔다 하다가 뒤로 홱 돌아서더니 프레스콧 퀸을 향해 검지를 쑥 내밀었다. "우리를 이런 식으로 소환한다는 건 언어도단일 뿐만 아니라 부도덕한 행위야. 도대체 무슨 권리로 집에 있는 우리를 강제소환할 수 있단 말인가? 그것만으로도 모자라서, 두 시간—**단 두 시간!**—내에 워싱턴으로 오라고 명령해?"

퀸은 담배 파이프를 뻑뻑 빨았다. "법과 관습에 의한 권리라네. 그치들은 하원의원이고, 그 위원회는 증인들을 소환해서 조사할 권한을 가지고 있거든." 변호사인 퀸은 검은 조끼 앞을 가로지르는 회중시계의 사슬—파이 카파 베타회*의 기념 메달까지 딸려 있는—이 팽팽해질 정도로 두둑하게 배가 나온, 덩치 큰 노인이었다.

"그럼 당장 우리를 증인으로 부르든지 뭘 하든지 해서 이런 농담을 끝내야 하는 게 아닌가. 그렇게 부랴부랴 여기 도착해보니, 청문회가 연기되었다는 소리나 하고, 이제야 겨우 시작되나 싶더니 청문회장 앞에서 무려 **세 시간**이나 마냥 기다리게 하고 있어."

퀸은 끙 하는 소리를 내고 북슬북슬한 흰 눈썹을 문질렀다. "젊은 친구, 이게 오래 기다린 거라고 생각한다면, 아직도 미 연방정부에 관해서 배울 게 많군."

"타크, 앉아서 커피라도 마셔." 블라이스가 말했다. 검은 니트 드레스에 베일을 드리운 모자와 장갑 차림의 그녀는 안색은 창백해도 침착한 기색이었다.

데이비드 하스틴이 어슬렁거리며 대기실로 들어오자 청문회실 앞에서 보초를 선 두 명의 해병대원이 긴장했고, 경계의 눈초리로 그를 주시했다. "하느님, 감사합니다. 이 광기와 악몽 속에서도 그나마 온전한 사람들을 만났군요."

"아아, 데이비드, 달링." 블라이스는 열에 들뜬 듯한 모습으로 그의 어깨를 부여잡았다. "괜찮아? 어제는 정말 끔찍하지 않았어?"

"아니, 아주 멋졌습니다…… 나치스 같은 랜킨 그 자식이 나를 '뉴욕에서 온 유대인 신사'라고 계속 불렀던 걸 제외하면 말입니다. 중국에 관해 질문하더군요. 그래서 우린 마오쩌둥과 장제스가 평화 합의를

---

* 　　 미국 대학의 우등생들로 이루어진 명예 학술 단체.

타결 지을 수 있도록 최선을 다했다고 대답했죠. 물론 그치들은 내 말에 동의했습니다. 그런 다음 난 청문회 자체를 해산하면 어떻겠느냐고 제안했고, 그치들은 즐겁게 박수를 치면서 거기 동의했습니다. 그런 다음—"

"그런 다음 청문회장에서 걸어 나온 거로군." 타키온이 끼어들었다.

"예." 데이비드는 검은 머리를 떨구고 깍지 낀 손을 응시했다. "이제는 유리 부스를 설치하고 있더군요. 나는 다시 불려 갈 겁니다. 염병할!"

건방진 태도의 보조 인턴이 대기실로 들어오더니 블라이스 밴 렌셀러 부인을 호출했다. 그녀는 움찔하며 핸드백을 바닥에 떨어뜨렸다. 타키온은 그것을 집어 들고 그녀의 뺨에 자기 뺨을 갖다 댔다.

"평온함을 잊지 마, 내 사랑. 당신은 혼자 있을 때도 그자들에게 충분히 맞서고도 남는다는 걸 기억해. 다른 부분들까지 합치면 어떨지는 말할 나위도 없고. 그리고 절대로 잊지 마. **나도** 함께라는 걸."

블라이스는 희미하게 미소 지었다. 퀸은 그녀의 팔을 잡고 청문회장으로 이끌었다. 타키온의 눈에 그들의 등, 카메라들, 그리고 여기저기 놓인 탁자들이 텔레비전 카메라용 조명등이 발하는 강렬한 백열광에 휩싸여 있는 광경이 흘끗 비쳤다. 다음 순간 청문회장의 문은 쿵 소리를 내며 닫혔다.

"한판 하시렵니까?" 데이비드가 물었다.

"응. 좋지."

"내키지 않는 건 아니죠? 그 대신 증언 준비를 하는 편이 나을지도?"

"무슨 증언? 난 중국에 관해서 아무것도 몰라."

"언제 소환받았습니까?" 데이비드는 능숙한 손길로 체스판에 말들을 늘어놓으며 물었다.

"어제 오후 1시쯤에."

"정말이지 거지 같은 상황이군요." 데이비드는 특사라는 별명에 어울리지 않는 거친 말투로 내뱉고, 자기 퀸 앞의 폰을 d4 위치에 사납게 내려놓았다.

블라이스와 퀸이 돌아왔을 때 그들은 여전히 게임을 하는 중이었다. 타키온이 갑작스럽게 일어난 탓에 체스판이 튕겨 나갔지만, 데이비드는 그런 그를 탓하지 않았다. 블라이스는 죽은 사람처럼 창백한 얼굴을 하고 몸을 떨고 있었다.

"놈들이 무슨 짓을 한 거야?" 타키온이 거친 목소리로 물었다. 블라이스는 대답하지 않고, 단지 그의 품 안에서 상처 입은 동물처럼 몸을 떨었을 뿐이었다.

"닥터 타키온, 이번 건은 중국 문제의 범위를 좀 벗어나는 것 같군. 자네와 얘기를 나누고 싶네."

"잠깐 기다려." 타키온은 고개를 숙이고 블라이스의 관자놀이에 입술을 갖다 댔다. 그곳에서 맥박이 뛰는 것을 알 수 있었다. 그는 재빨리 그녀의 방어망 아래로 들어가서 그녀의 마음속으로 차분한 조류를 흘려보냈다. 블라이스는 마지막으로 한 번 몸을 부르르 떨더니 긴장을 풀었고, 그가 입은 엷은 분홍색 외투의 옷깃을 꽉 움켜잡고 있던 손에서 힘을 뺐다. "내 사랑, 데이비드와 함께 앉아 있어. 난 퀸 씨와 잠깐 얘기를 나눠야 하거든." 타키온은 지금 마치 아랫사람 대하듯이 그녀에게 명령하고 있다는 사실을 자각하고 있었다. 그러나 스트레스는 각인각색의 인격들을 분리해놓기 위해 블라이스가 자기 마음속에 구축한 섬세한 정신 구조를 왜곡시킬 수 있었고, 그가 방금 잠깐 그곳에 침입해서 봤을 때 그녀의 정신 구조물은 침식당하고 있었다.

변호사는 그를 옆으로 데려갔다. "중국은 듣기 좋은 구실에 불과했네, 닥터. 지금 청문회에서 문제 삼고 있는 건 바이러스 그 자체야. 저 위원회는 아무래도 에이스들이 체제 전복을 노리는 집단이라는 생각에 사로잡힌 것 같아. 아마 이 나라 전체의 분위기를 반영하고 있는 건지도 모르겠군."

"닥터 타키온." 보조 인턴이 호명했다. 퀸은 손을 아래로 휙 내리치며 잠깐 기다리라는 시늉을 했다.

"말도 안 돼!"

"말이 되든 안 되든 간에, 이제 난 자네가 왜 여기로 불려 왔는지를 이해했네. 나는 자네더러 수정헌법 제5조를 택하라고 충고하고 싶네."

"바꿔 말해서?"

"그 어떤 질문에도 대답하기를 거부하라는 뜻일세. 거기엔 자네 이름도 포함돼. 자기 이름을 밝힌다면 그건 자기에게 불리한 증언을 거부할 수 있는 수정헌법 제5조의 권리를 포기한 걸로 간주될 수 있기 때문이네."

타키온은 키가 작았지만 최대한 허리를 펴고 우뚝 섰다. "퀸, 나는 그 작자들을 두려워하지 않고, 속수무책으로 앉아서 침묵으로 나 자신을 규탄할 생각도 없네. 당장 이 우매한 행위를 끝내버리겠어!"

청문회실은 조명등, 의자, 탁자, 사람들, 그리고 뱀처럼 구불구불 바닥을 지나가는 케이블들로 이루어진 장애물 코스를 방불케 했다. 한번은 거기 발이 걸려 비틀거리다가 욕설을 중얼거리며 몸을 일으키기까지 했다. 한순간 청문회실이 사라지더니, 바닥은 쪽모이 장식이 되어 있고 천장에는 샹들리에가 매달린 일카잠 가문의 호화로운 무도회장이 뇌리에 떠올랐다. 무도곡 '당혹한 왕자들'의 복잡한 동작 도중에 망연자실한 표정으로 우뚝 서 있는 그를 향해 가족과 친구들이 킥킥 웃는 소리가 들린다. 그가 실수한 탓에 군무는 느닷없이 중단된 상태였고, 사촌인 자브의 비음 섞인 목소리가 그가 정확히 어떤 스텝을 틀렸는지를 무자비할 정도로 정확하게 지적하는 소리가 음악 너머로 들려온다. 얼굴로 피가 몰리며 뺨이 뜨거워졌고, 윗입술에 땀방울이 일렬로 맺혔다. 타키온은 손수건을 꺼내서 입술의 땀을 닦다가, 이토록 불쾌한 것은 전적으로 이런 과거의 기억들 탓만은 아니라는 사실을 깨달았다. 텔레비전 카메라용 조명등 탓에 청문회장 안이 찌는 듯이 더웠기 때문이다.

타키온이 곧은 등받이가 달린 딱딱한 나무 의자에 앉았을 때, 데이비드를 가두기 위해 설치 중인 유리 상자의 뼈대가 눈에 들어왔다. 왠지 그것은 반쯤 짓다가 만 건축용 비계처럼 불길한 느낌을 주었다. 타키온은 감히 그와 그의 **제나미리**를 심판하겠다며 소환장을 보낸 아홉 명의 사내들에게 재빨리 시선을 돌렸다. 짐짓 엄숙한 얼굴로 거들먹거리는 표정이 돋보인다는 점을 제외하면 딱히 특별할 것이 없는 평범한 사내들이었다. 몸에 잘 맞지 않는 검은 양복을 차려입은 중년 사내나 노인들로밖에는 보이지 않는다는 뜻이다. 타키온은 귀족적인 경멸의 표정을 떠올렸고, 등받이에 등을 대고 느긋하게 앉음으로써 사내들의 권력을 대놓고 조롱했다.

"적절한 복장에 관해서 내가 했던 충고에 자네가 귀를 기울여줬다면 좋았을 텐데." 퀸이 서류 가방을 열며 중얼거렸다.

"옷을 잘 차려입고 오라고 하지 않나. 그래서 그렇게 했을 따름이네."

퀸은 엷은 분홍색의 연미복과 바지, 녹색과 금색 수를 놓은 조끼, 금빛 장식 술이 달린, 무릎까지 오는 부드러운 가죽 장화를 훑어보았다.

"검은색이 나왔어."

"난 일반 노동자가 아냐."

"본 위원회를 위해 증인은 이름을 말해주십시오." 우드 위원장이 서류에서 눈을 떼지 않은 채로 말했다.

타키온은 마이크 쪽으로 고개를 기울이며 말했다. "난 당신들의 행성에서는 닥터 타키온이라는 이름으로 알려져 있습니다."

"풀네임을 본명으로 말해주십시오."

"정말로 그걸 듣고 싶습니까?"

"정말로 듣고 싶지 않으면 그런 요청을 했겠습니까?" 우드는 성마른 어조로 대꾸했다.

"그쪽이 원한다면." 희미한 미소를 떠올리며 외계인은 그의 완전한 족보를 읊기 시작했다. "티시안 브란트 트사라 세크 할리마 세크 라그나르 세크 오미안. 우리 모계의 족보는 이렇게 끝납니다. 자그룰 씨족에서 시집을 온 오미안 가문은 일카잠 씨족에서는 비교적 신참에 해당합니다. 우리 외조부는 타즈 브란트 파라다 세크 아무라트 세크 레다 세크 샤흐리아르 세크 낙시나였습니다. 우리 외증조부의 이름은 바코누르 브란트 센나리―"

"됐습니다." 우드는 황급히 말하고 탁자 너머의 동료들을 흘끗 보았다. "이 청문회의 목적을 감안해서 **농 드 플륌***을 채택하는 것이 어떻겠습니까?"

"**농 드 게르****." 타키온은 상냥하게 상대방의 실수를 정정했고, 우드

---

*　　　nom de plume. 프랑스어로 '필명'을 의미한다.

**　　nom de guerre. 프랑스어로 '가명'을 뜻한다.

의 얼굴이 짜증으로 붉게 물드는 광경을 내심 즐겼다.

그런 다음 증인은 어디 살며 어디서 일하는가 하는 식의 무의미하며 두서없는 질문이 이어졌다. 이윽고 미시시피주 하원의원 존 랜킨이 몸을 내밀었다. "닥터 타키온, 본 의원이 이해하기로는 당신은 미 합중국의 시민이 아닌 걸로 알고 있습니다만."

타키온은 황망한 눈으로 퀸을 쳐다보았다. 청문회장에 모인 기자들 사이에서 킥킥거리며 웃는 소리가 들려오자 랜킨은 그쪽을 쏘아보았다.

"예, 아닙니다."

"그럼 당신은 에일리언*이 맞군요." 흡족해하는 투가 역력했다.

"부인할 길이 없는 사실입니다." 타키온은 느린 말투로 대꾸했다. 태연하게 의자 등받이에 등을 기대고, 목에 맨 크라바트의 접힌 부분을 만지작거리기 시작한다.

사우스다코타주 하원의원인 케이스가 입을 열었다. "그렇다면 증인은 미국에 불법 입국했습니까, 불법 입국하지 않았습니까?"

"화이트샌즈 실험장에서는 출입국 관리사무소가 눈에 띄지 않았고, 한편 이쪽에서도 굳이 묻지 않았습니다. 당시에는 그보다 훨씬 더 급박한 용건이 있어서."

"하지만 그 이후로도 미국 시민권을 신청하지 않은 겁니까?"

의자가 뒤로 끌리는 소리와 함께 타키온은 벌떡 일어섰다. "'이상'의 이름으로, 부디 내게 인내심을 내려주소서. 이건 부조리해. 난 당신 나라의 시민이 되고 싶은 생각이 없어. 이 행성 자체에는 매력을 느끼고 있고, 설령 내 우주선에 초공간 항행 능력이 다시 생기더라도, 난 나

---

* 　법률상의 '외국인'을 의미하지만, 그와 동시에 '외계인'이라는 뜻도 된다.

를 필요로 하는 환자들을 돌보기 위해서라도 여기 남을 거야. 그래서 내 겐 이 무지몽매한 법정을 즐겁게 해줄 목적으로 짖거나 재주를 피워줄 시간 여유도, 용의도 없어. 그래서 부탁하는데, 그런 장난은 당신들끼리 하고, 난 그냥 내 일을 할 수 있도록 내버려―"

퀸은 타키온을 억지로 의자에 앉히고, 손으로 마이크를 덮었다. "계 속 그런 식으로 나가다간 자넨 곧 연방 교도소의 담장 안에서 세상을 바 라보게 될 거야." 퀸은 날카롭게 내뱉었다. "그러니까 일단 받아들이라 고! 저 사내들이 자네를 좌지우지할 수 있는 권력과 수단을 가지고 있다 는 사실을 말이야. 그러니까 당장 저자들에게 사과하고, 이런 참담한 상 황에서 그나마 뭘 건져낼 수 있을지 알아보자고."

타키온은 변호사의 말에 따랐지만 억지로 그러는 투가 역력했다. 질의가 계속되었지만, 문제의 핵심을 처음으로 건드린 것은 캘리포니 아주 하원의원 닉슨이었다.

"닥터, 그토록 많은 사람을 죽게 만든 바이러스는 당신의 가문 것이 었다고 들었습니다. 그게 사실입니까?"

"사실입니다."

"다시 한번 말씀해주시겠습니까?"

타키온은 헛기침을 하고, 아까보다 더 잘 들리도록 말했다. "사실입 니다."

"그래서 당신은 지구로 와서―"

"그 바이러스가 살포되는 걸 막으려고 했습니다."

"타키온, 그런 주장을 뒷받침할 증거는 어디 있습니까?" 랜킨이 끼 어들었다.

"내 우주선의 항해일지를 보면 다른 우주선 승무원들과의 대화가 자세하게 나와 있습니다."

"그 항해일지를 가져올 수 있습니까?" 다시 닉슨이 발언했다.

"그건 내 우주선 안에 있습니다."

의원 보좌관 한 명이 연단으로 뛰어오르더니 닉슨과 서둘러 뭔가를 의논했다. "보고서에는 당신의 우주선은 안으로 들어가려는 우리의 모든 시도를 거부했다고 나와 있습니다만."

"그러라고 명령받았으니까요."

"그럼 우주선을 개방해서 공군이 항해일지를 가지고 나오도록 할 용의가 있습니까?"

"없습니다." 타키온과 닉슨은 한참 동안 서로를 응시했다. 타키온이 입을 열었다. "내 우주선을 내게 되돌려준 다음, 내가 항해일지를 가지고 나오게 해줄 용의는 없습니까?"

"없습니다."

타키온은 의자에 다시 털썩 앉더니 어깨를 으쓱했다. "흐음, 어차피 있어도 당신들에겐 별 소용이 없을 겁니다. 우린 영어로 대화하지 않았으니."

"그럼 다른 외계인들은 어떻습니까? 그들에게 질문하는 방법은 없을까요?" 이렇게 발언한 랜킨의 입은 마치 뭔가 특히 불쾌하고 더러운 일을 생각하고 있는 것처럼 뒤틀렸다.

"유감이지만 그들 모두가 죽었습니다." 타키온의 목소리는 들릴락 말락 할 정도로 낮았다. 여전히 그 사건의 죄책감을 억누르지 못하고 고뇌하는 기색이었다. "나는 그들의 결의를 오판했고, 그들의 우주선은 내가 발사한 포획 빔에 저항하다가 대기권 안에서 산산조각 났습니다."

"실로 편의적인 결말이군요. 너무나도 편의적이라고 느껴져서 하는 말인데, 혹시 처음부터 그럴 계획은 아니었는지?"

"바이러스가 살포된 건 제트보이가 실패한 탓입니다."

"그런 중상모략으로 위대한 미국인 영웅의 이름을 더럽힐 생각은 하지 마!" 랜킨이 마치 악행을 규탄하는 남부의 광신적인 설교자를 떠올리게 하는 어조로 외쳤다. "본 의원은 이 위원회와 국가 앞에서 이렇게 주장합니다. 이자가 지구에 남아 있는 건 그 사악한 실험의 효과를 연구하기 위해서라고. 다른 외계인들이 가미카제처럼 기꺼이 죽음을 택한 건 이자가 우리 눈에 영웅처럼 비치도록 하기 위해서이고, 우리 사회의 존경받는 일원으로 살아갈 수 있도록 하기 위해서라고. 하지만 이자의 정체는 체제 전복을 꾀하는 외계인이고, 위험천만한 능력들을 써서 이 위대한 나라를 무너뜨리려는—"

"아냐!" 타키온은 벌떡 일어나서 탁자에 양손을 짚고 심문자들을 향해 상체를 내밀었다. "1946년에 일어났던 그 사건을 나만큼 후회하는 사람은 없습니다. 예, 내가 실패한 건 사실입니다. 그들이 탄 우주선을 저지하지 못했고, 바이러스가 든 구를 찾지도 못했고, 위험이 임박했다는 사실을 당국자들이 받아들이도록 설득하지 못했고, 제트보이를 구하지도 못했습니다. 그리고 나는 그런 실패를 곱씹으면서 남은 삶을 살아가야 합니다! 내가 할 수 있는 일이라고는 나 자신을 제공하는 것밖에는 없습니다……. 나의 능력을, 바이러스를 치료하면서 얻은 나의 경험을 여러분에게 제공함으로써, 나의 실패를 조금이라도 보상해보려고—미안합니다…… 정말 미안합니다." 타키온은 말을 잇지 못하고 헐떡였고, 힘겨운 표정으로 퀸이 건네준 물잔의 물을 벌컥벌컥 들이켰다.

청문회장 안의 거의 손에 잡을 수 있을 듯한 열기는 타키온의 몸을 친친 감으며 허파 속의 공기를 앗아 갔다. 머리가 어질어질하다. 타키온은 기절하지 않으려고 정신을 집중했고, 호주머니에서 손수건을 꺼내 눈가를 훔쳤다. 그리고 그 즉시 자신이 또 다른 실수를 저질렀다는 사실을 깨달았다. 이 사회의 남성들은 감정을 억누르도록 교육을 받는다. 그리고 그는 방금 그런 금기를 깨뜨렸던 것이다. 그는 무너지듯이 털썩 의자에 앉았다.

"닥터 타키온, 당신이 정말로 그렇게 자신의 과오를 뉘우치고 있다면, 본 위원회 앞에서 그걸 행동을 보여주십시오. 내가 요구하는 건 당신이 직접 치료했거나 간접적으로 들어본 적이 있는 소위 '에이스들'의 완전한 목록입니다. 그자들의 이름…… 가능하다면 주소, 그리고—"

"거부합니다."

"당신 나라를 돕는 일인데도 말입니까."

"이건 내 나라가 아니고, 난 당신들의 마녀사냥을 도울 생각도 없습니다."

"닥터, 당신은 미국에 불법체류하고 있습니다. 따라서 당신을 해외로 추방하는 것이 이 나라의 국익에 부응할 수도 있습니다. 따라서 내가 당신이라면 아주 신중하게 생각한 다음에 대답하겠습니다."

"더 이상의 생각은 필요 없습니다……. 나는 내 환자들을 배신할 생각이 없습니다."

"그렇다면 본 위원회도 이 증인에 대해서 더 이상 질문할 것이 없습니다."

◆

　국회의사당의 정문에서 그들은 이목구비가 날카로운 창백한 사내와 마주쳤다.

　블라이스는 작게 숨을 들이켜며 타키온의 팔을 움켜잡았다.

　"여어, 헨리." 퀸이 툭 내뱉자, 타키온은 눈앞의 사내야말로 과거 2년 반 동안 그와 같은 침대를 쓰면서 함께 산 여인의 남편임을 깨달았다.

　헨리는 낯익은 느낌을 주었다. 타키온이 텔레파시나 육체를 통해 블라이스와 결합할 때마다 헨리의 인격과 다퉜기 때문이리라. 물론 지금 헨리의 인격은 먼지투성이의 다락방에 방치된 잡동사니처럼 그녀 마음속의 외진 구석으로 추방된 상태였지만, 마음 자체는 여전히 그곳에 있었다. 그리고 그것은 선량한 마음이 아니었다.

　"블라이스."

　"헨리."

　헨리는 차가운 눈으로 타키온을 쏘아보았다. "우리 둘만 있게 해주게. 아내와 얘기를 나눠야 해."

　"아냐. 제발 부탁이야. 나를 두고 가지 마." 타키온은 그녀의 손가락이 그의 외투를 잡아당기는 것을 느꼈고, 외투의 주름이 완전히 구겨지기 전에 신중하게 그녀의 손을 떼어낸 다음 양손으로 따스하게 감싸 잡았다.

　"물론 그럴 생각은 없어."

　하원의원이 타키온의 어깨를 움켜잡고 밀쳤다. 이것은 오판이었다. 몸집은 작아도 타키온은 타키스 행성에서 가장 뛰어난 호신술의 달인 중 한 사람에게서 직접 교습을 받았기 때문이다. 따라서 타키온이 보인

반응은 의식적이라기보다는 거의 반사적인 움직임에 가까웠다. 무술 특유의 정교한 동작 따위와는 무관했고, 단지 무릎으로 헨리 밴 렌셀러의 낭심을 걸어차고는 상대가 허리를 푹 꺾자 주먹으로 얼굴을 후려갈겼을 뿐이었다. 하원의원은 도끼에 찍힌 것처럼 쿵 쓰러졌다. 타키온은 피부가 벗겨진 손가락 관절을 입으로 빨았다.

블라이스는 초점이 맞지 않는 파란 눈으로 바닥에 쓰러져 있는 남편을 황망하게 내려다보았다. 퀸은 백발의 제우스처럼 오만상을 찌푸리고 있었다. 몇몇 사람들이 쓰러진 하원의원을 돕기 위해 달려오자, 퀸은 재빨리 평상심을 되찾고 일행을 독촉해서 계단을 내려갔다.

"상당히 치사한 수를 쓰더군." 퀸은 팔을 흔들어 지나가던 택시를 세우며 우르릉거리듯이 말했다. "남자의 불알을 걸어차는 건 도저히 정정당당한 수단이라고는 할 수 없어."

"난 정정당당함에는 관심이 없어. 싸우는 건 이기기 위해서고, 이기지 못하면 죽는 수밖에 없어."

"그런 교육을 받았다니, 자넨 정말이지 기이한 세계에서 온 것 같군." 퀸은 또다시 끙 하는 소리를 냈다. "그렇지 않아도 골칫거리가 산적한 판인데, 그런 짓까지 했으니 헨리는 틀림없이 공갈 폭행죄로 자넬 고소할 걸세."

"프레스콧, 계속 우리 변호사로 일해줘요." 타키온의 어깨에 머리를 기대고 있던 블라이스가 고개를 들며 말했다. 그녀는 택시 뒷좌석에서 두 사내 사이에 꼭 낀 채로 앉아 있었고, 타키온은 여전히 그녀가 약하게 몸을 떠는 것을 느꼈다.

"이혼소송을 제기하는 걸 고려해보는 편이 나을지도 몰라. 왜 진즉에 그러지 않았는지 모르겠지만."

"아이들 때문이에요. 헨리와 이혼하면 다시는 아이들을 볼 수 없다는 걸 난 알아요."

"흐음, 어쨌든 고려해보게."

"지금 어디로 가고 있는 거지?"

"메이플라워. 좋은 호텔이야. 자네 맘에도 들 걸세."

"역으로 가자고. 난 집으로 가고 싶어."

"안 그러는 편이 낫다고 조언하고 싶군. 이 뱃속에서 우러나온 직감인데, 이번 일은 아직 끝나지 않았네. 그리고 내 배는 절대로 틀리는 법이 없어."

"우린 이미 증언을 하고 나왔잖나."

"하지만 잭과 얼은 아직 증언을 시작하지도 않았어. 하스틴도 다시 증언을 해야 하고, 그럴 경우 자네들을 또 소환할 필요가 생길지도 몰라. 그러니까 끝났다고 섣부르게 환호하지 말고 계속 워싱턴에 머물면서 사태를 주시하자고. 내 직감이 옳다면 집에 갔다가 또 돌아오는 수고를 덜 수 있어."

타키온은 마지못해 동의했고, 택시 좌석에 등을 기대고 창밖을 흘러가는 도시의 모습을 바라보았다.

일요일 밤이 되자 타키온은 워싱턴 D.C.에, 메이플라워 호텔에, 퀸의 절망적이고 암담한 예언에 진심으로 넌더리를 내고 있었다. 블라이스는 타키온과 함께 짧고 멋진 휴가를 보내고 있다는 환상을 유지하려고 노력했고, 그를 억지로 밖으로 데리고 나가서 대리석 건물들과 무의미한 석상들을 구경시켰다. 그러나 그녀의 꿈 세계는 금요일 늦은 시간에 데이비드가 의회모욕죄로 고발당하고 사건이 대배심으로 환송되었다는 소식이 들려오며 산산조각 났다.

젊은 데이비드는 호텔 스위트룸에 웅크리고 앉아, 기소장 따위가 발부될 리가 없다는 자신감과 유죄판결을 받고 투옥될 것이라는 두려움 사이를 왕복하고 있었다. 청문회 마지막 날, 그가 위원회를 지독하게 매도했다는 사실―그는 위원회를 히틀러의 선택받은 엘리트에 비교하기까지 했다―을 감안하면, 후자가 현실이 될 공산이 커 보였다. 여론도 너그럽지 않았다. 타키온은 한편으로는 위원회에 대해 더 심한 복수를 획책하려고 하는 데이비드를 말리고, 다른 한편으로는 모국어인 영어를 완전히 잊고 거의 독일어로만 말하기 시작한 블라이스를 달래느라고 정신이 없었다.

대거 몰려와서 질문을 퍼붓는 기자들에게 포위되어 실질적으로 호텔방에 연금된 상태나 마찬가지라는 점도 전혀 도움이 되지 않았다. 룸서비스로 가장하고 스위트룸에 들어오려고 한 기자의 머리 위에 블라이스가 주전자째로 뜨거운 커피를 부은 뒤에도 기자들은 단념하지 않았다. 타키온 일행이 농성하고 있는 방에 입장을 허락받은 사람은 퀸밖에 없었지만, 지치지도 않고 전적으로 비관적인 전망만 늘어놓는 탓에 타키온은 노변호사를 창문 밖으로 내던지고 싶어졌을 정도였다.

여명의 빛이 동쪽 하늘을 물들이기 시작할 무렵, 타키온은 옆에 꼭 붙어서 자고 있는 블라이스의 규칙적인 심장 고동과 숨소리에 귀를 기울이고 있었다. 지난밤 미친 듯이 길게 사랑을 나눴을 때, 블라이스는 마치 타키온과의 접촉이 끊기는 것을 두려워하는 것처럼 보였다. 다양한 인격들 사이에서 대량의 누출을 발견했다는 사실도 그를 동요시켰다. 타키온은 블라이스가 새로운 정신 구조물에 집중할 수 있도록 도우려고 했지만, 그녀가 감정적으로 너무 분열되어 있는 탓에 실패했다. 마음의 균형을 되찾으려면 휴식을 취하고 스트레스를 피하는 수밖에 없었다. 타키온은 청문회가 있든 없든 간에 날이 밝는 즉시 워싱턴을 떠나려고 마음먹었다.

그날 오후 1시에 스위트룸의 문을 맹렬하게 두드리는 소리를 듣고 그는 화들짝 놀라며 침대에서 뛰쳐나왔다. 정신이 없는 바람에 미처 잠옷 가운을 걸칠 생각조차도 하지 못하고, 허리에 침대보를 대충 감은 모습으로 비틀거리며 문으로 갔다. 퀸이었다. 그리고 변호사의 얼굴 표정 때문에 타키온의 마음에 여전히 남아 있던 잠기운이 완전히 가셨다.

"뭐야? 무슨 일이 일어난 거지?"

"최악의 상황이 일어났네. 브론 때문에 자네들 모두 망했어."

"뭐?"

"자기가 우호적 증인임을 선언했네. 자기가 살려고 자네들을 이리 떼에게 던져준 꼴이야." 이 말을 듣고 타키온은 의자에 털썩 주저앉았다. "그게 전부가 아냐. 그자들은 블라이스를 재소환했네."

"언제 가야 해? 왜?"

"내일 얼이 증언한 직후에. 잭이 아주 시원하게 까발렸거든. 블라이스는 폰 브라운과 아인슈타인과 그 밖의 과학자들뿐만 아니라 **자네**의 사고와 기억까지 가지고 있다는 사실을 말이야. 그치들은 다른 에이스들의 이름을 알고 싶어 하고, 자네에게서 그걸 알아낼 수 없다면 그녀에게서라도 억지로 알아낼 작정이야."

"블라이스는 거부할걸."

"그럼 감옥에 갈 수 있어."

"아냐…… 설마 그럴 리가 없어…… 여자한테까지 그런 짓을 할 리가."

변호사는 고개를 설레설레 저었을 뿐이었다.

"뭐든 **해줘**. 당신은 변호사잖아. 증언을 먼저 거부한 건 나니까, 나를 감옥에 보내라고 해."

"다른 방도도 있네."

"무슨?"

"그자들이 원하는 걸 줘."

"아니, 그런 건 방도가 아냐. 블라이스가 청문회장에 다시 서는 일은 없어야 해."

노인은 굵은 한숨을 쉬고 머리를 벅벅 긁었고, 그 탓에 그의 흰 머리카락은 잔뜩 골이 난 고슴도치의 바늘처럼 비쭉비쭉 섰다.

"오케이. 최선을 다해보겠네."

그것만으로는 부족했다. 화요일 아침, 그들은 다시 국회의사당에 와 있었다. 얼은 당당하게 청문회장으로 걸어 들어가서 수정헌법 제5조를 내세워 증언을 거부했고, 지독한 경멸의 표정을 감추려고 하지도 않고 걸어 나왔다. 얼은 백인들의 정부에서 그 무엇도 기대하지 않았고, 그런 그의 기대는 틀리지 않았다. 그리고 이제는 블라이스 차례였다. 청문회장으로 들어가는 문 앞에서 두 명의 젊은 해병대원들이 타키온을 저지하려고 했다. 엉뚱한 사람들에게 화풀이를 하는 것은 잘못이라는 사실은 그도 알고 있었다. 그러나 그들이 타키온을 블라이스에게서 떼어내려고 시도하자 그의 자제심도 마침내 바닥이 났다. 타키온은 무자비하게 그들의 정신을 제어했고, 잠들라고 명령했다. 문을 열고 청문회장에 들어갔을 때 해병대원들은 문간에서 코를 골며 자고 있었다. 이런 능력의 발현을 직접 목격하고 강한 인상을 받았는지, 몇몇 관계자들은 재빨리 기자단에게 할당된 방 뒤쪽의 좌석으로 그를 안내했다. 블라이스 곁에 계속 있고 싶었던 그는 항의하려고 했지만, 이번에는 퀸이 반대했다.

"안 돼. 저기서 블라이스와 함께 앉아 있다면 황소 앞에서 빨간 깃발을 흔드는 거나 마찬가지일세. 내가 그녀 곁에 있으면서 돕겠네."

"법적인 도움만 필요한 게 아냐. 블라이스의 마음은…… 지금은 아주 취약한 상태야." 타키온은 턱으로 랜킨을 가리켰다. "맘대로 공격하도록 놔두지 말게."

"노력하겠네."

"달링." 타키온의 품 안에서 그녀의 어깨는 가냘프고 앙상하게 느껴졌다. 고개를 들고 그를 올려다본 블라이스의 눈은 창백한 얼굴에 생겨난 두 개의 검은 멍처럼 보였다. "잊지 마. 그들의 안전과 자유는 당신에게 달렸어. 그러니까 제발 아무 얘기도 하지 말아 줘."

"걱정 마. 얘기 안 할 거야." 이렇게 대답한 블라이스의 얼굴에서 과거의 기백이 언뜻 드러났다. "그 사람들은 나의 환자이기도 해."

타키온은 퀸의 팔에 살짝 손을 얹은 채로 연단을 향해 나아가는 블라이스의 모습을 바라보았고, 공포가 엄습하는 것을 느꼈다. 그녀에게 달려가서 다시 한번 껴안아주고 싶었다. 이것은 평소에 거의 발현되는 법이 없는 그의 예지 능력에서 비롯된 직감일까, 아니면 단순한 마음의 갈등에서 비롯된 감정일까?

"자, 밴 렌셀러 부인, 우선 이런저런 일들의 시간 관계를 확실하게 해두지 않겠습니까?" 랜킨이 말했다.

"좋습니다."

"자, 그럼 당신은 자신에게 이런 능력이 있다는 걸 언제 발견했습니까?"

"1947년 2월입니다."

"그럼 당신의 남편인 헨리 밴 렌셀러 하원의원을 집에 남겨두고 가출한 것은 언제입니까?" 랜킨은 '하원의원'이라는 단어를 특히 강조하면서, 동료 의원들의 반응을 확인하려는 듯이 재빨리 좌우를 둘러보았다.

"저는 가출하지 않았습니다. 남편이 저를 집에서 쫓아낸 겁니다."

"그가 그랬던 건 당신이 다른 사내, 그것도 인류조차도 아닌 사내와 바람을 피우고 있다는 사실을 알아차렸기 때문은 아니었습니까?"

"아닙니다!" 블라이스가 외쳤다.

"이의 있습니다!" 퀸이 동시에 외쳤다. "이건 이혼소송이 아니라—"

"퀸 씨, 당신은 이의를 제기할 근거를 갖고 있지 않습니다. 그리고 본 위원회가 과거에 변호인들의 배경을 조사할 필요가 있다고 종종 판단했다는 사실을 지적하고 싶군요. 왜 당신 같은 사람들이 이 이 나라의 적들을 변호하려고 하는지 궁금증을 느꼈기 때문입니다."

"왜냐하면 영미법의 법 원리에 따르면 피고는 연방정부의 강력한 권력에 대한 방패막이가 되어줄 사람을 필요로 하기 때문—"

"감사합니다, 퀸 씨. 하지만 본 위원회는 법리학적인 설명을 필요로 하지는 않는다고 생각합니다." 우드 하원의원이 끼어들었다. "랜킨 씨, 계속해주십시오."

"감사합니다. 그 점은 잠시 접어두기로 하겠습니다. 자, 그럼 묻겠는데, 당신이 이른바 포 에이스의 일원이 된 것은 언제입니까?"

"3월이었다고 생각합니다."

"1947년 3월 말입니까?"

"예. 아치볼드는 내가 이 능력을 사용하면 어떻게 귀중한 지식을 보존할 수 있는지를 알려주었고, 몇몇 과학자들과 접촉했습니다. 그들은 거기 동의했고, 나는—"

"그들의 마음을 빨아내기 시작했던 거로군요."

"그런 식으로 작동하지는 않습니다."

"다른 사내의 지식과 능력을 마치 흡혈귀처럼 빨아먹는다니, 어쩐지 혐오스럽지는 않습니까? 일종의 사기라고 할 수도 있겠군요. 당신은 그들처럼 위대한 정신을 가지고 태어난 것도 아니고, 그런 지위에 도달하기 위해 연구하거나 노력하지도 않았습니다. 당신은 단지 그것들을 훔친 것에 불과하지 않습니까."

"그 사람들은 동의했습니다. 나는 당사자의 허가 없이는 결코 그런 일을 하지 않습니다."

"그렇다면 밴 렌셀러 하원의원도 당신에게 그걸 허가해줬단 말입니까?"

타키온은 그녀의 목소리에 울음이 섞이는 것을 들었다. "그건 달라요. 나는 그걸 이해하지 못했고…… 제어하지 못했으니까." 그녀는 장갑 낀 손에 얼굴을 파묻었다.

"그럼 그 뒤로 어떻게 됐는지 말해봅시다. 당신이 남편과 자식들을 버리고 간 시점까지 얘기했던가요." 랜킨은 다른 위원들을 의식했는지 규탄보다는 대화를 나누는 듯한 어조로 말했다. "여성이 자연이 정해준 역할을 스스로 저버리고 그런 식으로 나대는 쪽을 택하다니 믿기 힘든 일입니다. 흠, 지금 그런 얘기를 해봤자 의미가 없긴 하지만—"

"나는 남편과 자식을 버리지 않았습니다." 블라이스가 끼어들었다.

랜킨은 그녀의 항의를 무시했다. "그건 해석하기 나름이겠고. 자, 언제 그랬습니까?"

블라이스는 절망한 표정으로 쓰러지듯이 의자에 앉았다. "1947년, 8월 23일."

"그럼 1947년 8월 23일 이래 당신은 어디에 살고 있습니까?" 그녀는 의자에 앉은 채로 아무 말도 하지 않았다. "자, 자, 밴 렌셀러 부인. 당신은 이 위원회 앞에서 질문에 대답하겠다고 동의하지 않았습니까? 지금 와서 그 동의를 철회할 수는 없습니다."

"센트럴파크 웨스트 117번지에 살고 있습니다."

"그건 누구의 아파트 주소입니까?"

"닥터 타키온의 아파트입니다." 블라이스는 속삭였다. 그러자 그때까지만 해도 조용하던 기자들 사이에서 웅성거리는 소리가 들려왔다. 타키온과 그녀는 워낙 세간의 이목을 피하며 살아왔기에 그들이 어디서 누구와 사는지를 아는 사람은 다른 세 명의 에이스들과 아치볼드밖에는 없었다.

"그렇다면 남편의 마음에 침입해서 그것을 훔친 다음에 당신은 집을 나왔고, 당신에게 그런 능력을 준 바이러스를 창조한 당사자인 다른 행성의 비(非)인간와 부적절한 동거 생활을 시작했다, 이거로군요. 뭔가 너무 아귀가 잘 들어맞는다는 생각이 들지 않습니까." 랜킨은 책상 앞으로 몸을 내밀고 그녀를 향해 큰 소리로 말했다. "자, 마담, 내가 하는 말에 똑똑히 귀를 기울이십시오. 당신은 지금 워낙 위험한 상황에 놓여 있기 때문에 그러는 편이 당신을 위해서도 이로울 겁니다. 당신은 타키온의 마음과 기억을 흡수했습니까?"

"그의…… 예."

"그리고 그와 함께 일했습니까?"

"예." 들릴락 말락 한 목소리.

"그렇다면 당신은 아치볼드 홈스가 미국의 충실한 동맹국들을 전복하기 위한 도구로 쓰기 위해서 포 에이스를 결성했다는 사실을 인정합니까?"

블라이스는 의자 위에서 몸을 홱 돌렸다. 등받이의 위쪽 가로대를 필사적으로 움켜잡고, 초점을 잃은 두 눈으로 사람이 가득 찬 방 안 여기저기를 둘러본다. 얼굴 근육이 마치 다른 얼굴로 변신하려는 듯이 뒤틀리고, 마음으로는 거의 정신적인 백색소음에 가까운 것을 발산하고 있었다. 그 소음이 타키온의 머리를 뚫고 들어오자 그의 정신 방어막이 반사적으로 작동하며 그것을 저지했다.

"밴 렌셀러 부인, 내 말을 듣고 있습니까? 다시 말하는데, 그러는 편이 신상에 이로울 겁니다. 아무래도 당신과 당신의 흡혈 능력은 우리 미국에 대한 위협이라는 생각이 드는군요. 당신이 불법적으로 취득한 지식을 이 나라의 적에게 팔아넘기기 전에 감옥에 가두는 편이 나을지도 모르겠습니다."

블라이스는 너무나도 심하게 떨고 있었기 때문에 아직도 의자 위에 똑바로 앉아 있을 수 있다는 사실이 기적처럼 느껴질 정도였다. 눈물이 계속 뺨을 흘러내렸다. 타키온은 벌떡 일어서서 방해가 되는 사람들을 헤치고 앞으로 나아가기 시작했다. "안 돼, 안 돼, 제발…… 그러지 마. 날 그냥 내버려둬." 블라이스는 자신을 지키려는 듯이 양팔로 몸을 감쌌고, 앞뒤로 몸을 흔들기 시작했다.

"그렇다면 그자들의 이름을 대란 말이야!"

"알았어…… 알았어요." 랜킨은 마이크에서 얼굴을 떼고 다시 의자에 앉았고, 앞에 놓인 메모장을 만족스러운 듯이 펜으로 톡톡 두드리기 시작했다. "크로이드란 사람이 있었는데……."

　타키온은 시간이 팽창하고, 늘어나고, 거의 정지하는 것처럼 느꼈다. 블라이스가 있는 곳까지 가려면 여전히 몇 줄은 되는 사람들을 헤치고 가야 했다. 영겁처럼 길게 느껴진 이 순간, 그는 결정을 내렸다. 그의 마음은 번개처럼 앞으로 뻗어나갔고, 표본 상자의 나비를 핀으로 찌르듯이 그녀의 마음을 꿰뚫었다. 그녀는 흠칫하며 말을 멈췄고, **악악 하는 식의** 작고 묘한 신음을 발하기 시작했다. 타키온 입장에서는 눈송이나 특별히 섬세한 형태의 유리 조각을 맨손으로 잡는 것이나 다름없는 행위였다. 그는 자신이 움켜잡은 그녀의 정신 구조 전체가 파편화하는 것을 느꼈고, **블라이스**는 핑핑 돌며 영혼 깊숙한 곳에 있는 어둡고 무시무시한 동굴 속으로 빨려 들어갔다. 자유를 얻은 다른 일곱 개의 인격들은 걷잡을 수 없이 날뛰기 시작했다. 킥킥 웃고, 강연을 하고, 가식적으로 행동하고, 고래고래 고함을 지르는 그들은 그녀의 중추신경계를 따라 질주하는 것처럼 보였고, 그녀의 몸을 미쳐버린 꼭두각시 인형처럼 마구 경련시켰다. 그녀의 입에서 말들이 폭발하듯이 쏟아져 나왔다. 수학 공식, 독일어로 하는 강연, 텔러와 오펜하이머 사이에서 현재진행형으로 벌어지는 논쟁, 선거의 유세 연설, 타키스어 단어들 따위가 잡탕처럼 뒤섞이며 소용돌이쳤다.

　블라이스의 마음이 무너지는 것을 느낀 순간, 타키온은 그녀를 놓아주었지만, 이미 때가 늦어 있었다. 타키온은 의자와 사람들을 무작정 밀어젖히고 블라이스 곁으로 가서 그녀를 끌어안았다. 청문회장은 완전한 혼란에 빠져 있었다. 위원장인 우드는 나무망치로 계속 책상을 때렸고 기자들은 소리를 지르며 서로를 거칠게 밀쳤지만, 블라이스의 미친 듯한 독백이 이 모든 소음을 압도했다. 타키온은 블라이스를 움켜잡고, 또다시 그녀의 마음속으로 억지로 침입해서 망각 너머로 그녀를 데려갔다. 블라이스가 그의 품 안에서 축 늘어지자, 청문회장 안에는 섬뜩한 정적이 맴돌았다.

"이 위원회는 이 증인에게 더 이상 할 질문이 없다고 받아들여도 좋겠습니까?" 타키온은 악문 이 사이로 쥐어짜듯이 말했다. 손으로 만질 수 있을 정도로 강렬한 증오를 온몸에서 발산하며. 아홉 명의 위원들은 불편한 기색으로 뒤척였다. 이윽고 닉슨이 거의 들리지 않을 정도로 작은 목소리로 말했다.

"예, 더 이상 질문은 없습니다."

♣

몇 시간 후 타키온은 무릎 위에 블라이스를 눕히고 좌우로 흔들며, 타키스 행성의 갓난 친척 동생들에게 그랬던 것처럼 나직하게 자장가를 불러주고 있었다. 블라이스를 다시 제정신으로 돌아오게 하려고 온갖 애를 쓴 탓에 머리가 박살 난 것처럼 지끈거렸다. 그러나 그의 노력은 아무런 효과도 보지 못했다. 다시 무력한 어린아이로 돌아온 기분이었다. 융단 위에서 발을 마구 구르고, 네 살배기처럼 목이 터져라 고함을 지르고 싶었다. 아버지의 모습이 떠오르며 그를 괴롭혔다. 크고 단단하며 억세 보이는 아버지는 바로 이런 종류의 정신병 치료에 최적화된 훈련과 천부적인 재능을 갖추고 있었다. 그러나 그의 아버지는 몇백 광년이나 떨어진 고향 행성에 있었다. 행방이 묘연해진 자기 후계자가 도대체 어디 갔는지도 모르는 채로.

느닷없이 현관문을 두드리는 소리가 들렸다. 그는 축 늘어진 채로 아무 반응도 없는 블라이스의 몸을 왼쪽 팔로 껴안고 비틀거리며 현관문으로 갔다. 문을 열자마자 흠칫 뒤로 물러서서, 불타는 듯한 눈으로 두 명의 경찰관과 붕대를 친친 감은 채로 그 뒤에 서 있는 사내를 응시한다. 헨리 밴 렌셀러는 멍이 든 얼굴을 들어 올리고 타키온을 응시했다.

"내 아내의 입원 명령서야. 순순히 넘겨줘."

"아니…… 안 돼. 당신은 이해 못 해. 오직 나만이 그녀를 도울 수 있어. 아직 필요한 구조물을 못 만들었지만, 틀림없이 만들 수 있어. 조금만 더 노력하면 돼."

덩치 큰 경찰관들이 들어오더니 부드럽지만 가차 없는 태도로 그의 품에서 그녀를 앗아 갔다. 타키온은 층계를 내려가는 그들 뒤를 비틀거리며 따라갔다. 블라이스는 경찰관 한 명의 팔에서 축 늘어져 있었다. 밴 렌셀러는 그녀에게 손을 대려고 하지 않았다.

"조금만 더 시간을 주면 돼." 타키온은 울고 있었다. "제발, 조금만 더 시간을 줘."

발의 힘이 풀리며 그는 힘없이 바닥에 쓰러졌고, 층계 난간의 마지막 기둥에 매달리다시피 하며 바깥문이 닫히는 광경을 바라보고 있었다.

♠

블라이스가 요양병원에 입원한 후 타키온은 단 한 번 그녀를 보았을 뿐이었다. 국외추방 명령에 대한 상고는 법원에서 느리게 진행 중이었다. 그 결말이 어떻게 될지를 예감한 그는 차편으로 뉴욕주 북부에 위치한 사립 요양병원으로 갔다.

병실에 들어가는 허가는 받지 못했다. 정신 통제력을 썼다면 마음대로 들어갈 수도 있었겠지만, 그 끔찍한 날 이래 타고난 능력이 아예 발현되지 않았기 때문이다. 그래서 그는 육중한 병실 문에 달린 조그만 창문을 통해, 더 이상 알아볼 수도 없는 여성을 바라보았다. 그녀는 일그러진 얼굴 주위로 마녀처럼 헝클어진 머리카락을 늘어뜨린 채로, 조그만 방 안을 계속 돌아다니며 눈에 보이지 않는 청중을 향해 강의를 하고 있었다. 목소리는 낮고 거칠었다. 계속 남자 목소리를 내려는 통에 성대에 손상을 입은 것이 명백했다.

자기도 모르게 텔레파시를 발동시켜서 마음을 뻗어보았지만, 그녀의 마음을 점령한 혼돈과 접촉하자마자 비틀거리며 뒤로 물러났다. 그보다 더 끔찍했던 것은 그녀의 마음속 깊숙이 숨겨진 어떤 곳에서, 도와달라고 절규하는 블라이스의 극히 미약한 목소리를 들었다는 사실이었다. 그가 느낀 죄책감은 너무나도 강렬했기에, 화장실에서 몇 분 동안이나 쉬지도 않고 토했을 정도였다. 마치 그 행위가 그의 영혼을 정화해주기라도 한다는 것처럼.

5주 후 타키온은 리버풀행 여객선에 강제로 몸을 실었다.

◆

"르 포브르*."

두 어린 딸을 거느린 통통한 중년 여성이 벤치 위에서 축 늘어져 있는 남자를 내려다보며 동정 어린 어조로 말했다. 핸드백을 뒤지더니 동

---

* 프랑스어로 '가난한 사람' 또는 '불쌍한 사람'이라는 뜻.

전을 하나 꺼내 든다. 동전이 바이올린 케이스 안에 덜그럭 떨어졌다. 그녀가 어린 딸들을 데리고 벤치 앞을 떠나자 타키온은 지저분한 엄지와 검지로 동전을 집어 들었다. 액수는 적지만 이걸로 와인 한 병을 또 살 수 있고, 하룻밤의 망각을 살 수 있다.

　일어서서 바이올린을 케이스에 집어넣고, 의사 가방도 집어 들었다. 접은 신문지는 셔츠 안에 쑤셔 넣었다. 밤이 되면 추위를 막는 데 도움이 될 것이다. 그는 갈지자로 몇 걸음을 걷다가, 휘청하고 발을 헛디디며 멈춰 섰다. 바이올린 케이스와 의사 가방을 한쪽 손으로 옮겨 쥔 다음 다른 손으로 신문지를 끄집어내서 마지막으로 다시 한번 기사 제목을 읽어보았다. 차가운 동풍이 또 불어오더니 다급하게 신문을 잡아당긴다. 그가 손을 놓자 신문지는 홱 날아가버렸다. 그는 뒤를 돌아보지 않았고, 벤치의 무쇠 다리에 걸린 채로 쓸쓸하게 펄럭거리는 신문지에도 눈길을 주지 않고 그대로 걸음을 재촉했다. 밤은 추울지도 모르지만, 와인이 추위를 막아주리라.

막간 1

「붉은 에이스들, 검은 시대」에서 발췌

엘리자베스 H. 크로프턴

〈뉴리퍼블릭〉, 1977년 5월 호

1950년에 웨스트버지니아주 휠링에서 했던 그 유명한 연설에서, "지금 본인이 손에 들고 있는 것은 현재 미합중국 내에서 비밀리에 거주하면서 일하고 있는 와일드카드 57명의 목록입니다"라고 선언한 순간부터, 조지프 R. 매카시 상원의원이 HUAC의 얼굴 없는 위원들을 대체하고 1950년대 초의 미국을 휩쓴 반(反)와일드카드 히스테리의 지도자로 등극했다는 점에는 의심의 여지가 없다.

분명히 HUAC 전체가 아치볼드 홈스가 창시한 '민주주의를 지키는 이능자들', 일명 포 에이스를 실추시키고 파멸시켰다는 공적이 있다고 주장할 수는 있을 것이다. 전후의 번영기에 활약했던 포 에이스는 와일드카드 바이러스가 미국에 초래한 재앙의 가장 가시적인 살아 있는 상징이었다. (물론 한 명의 에이스당 열 명 이상의 조커들이 존재한 것은 사실이지만, 이 시기에 조커는 흑인이나 동성애자나 기형을 가진 사람들과 마찬가지로 눈에 보이지 않는 존재였고, 그들이 아예 존재하지 않는 편을 선호하는 사회에 의해 완전히 무시당했다.) 포 에이스가 추락했을 때, 많은 사람들은 이제 그런 서커스는 끝났다고 느꼈다. 그러나 이것은 큰 오판이었다. 그 사건은 시작에 불과했고, 조 매카시는 새로운 서커스의 감독이었다.

매카시가 사주하고 이끈 '붉은 에이스' 사냥은 HUAC의 성과에 맞먹을 만한 크고 극적인 승리를 올리지는 못했지만, 궁극적으로 매카시의 활동은 훨씬 더 많은 사람들에게 영향을 끼쳤고, 단명했던 HUAC의 승리에 비하면 지속적이었다. '상원 에이스 자원 근로 위원회(The Senate Committee on Ace Resources and Endeavor)', 약칭 SCARE는 1952년에 매카시의 에이스 사냥을 위한 토론회로서 탄생했지만, 궁극적으로는 상원의 조사위원회 조직의 항구적인 일부가 되었다. 세월이 흐르자 SCARE도 HUAC과 마찬가지로 과거의 편린에 불과한 유명무실한 조직이 되었고, 몇십 년 후에는 허버트 험프리, 조지프 몬토야, 그레그 하트먼 같은 위원장들 아래에서 전혀 다른 종류의 입법기관으로 진화하게 된다. 그러나 매카시의 SCARE는 이 약칭에 내포된 의미를 고스란히 체화한 듯한 조직이었다.[*] 1952년에서 1956년 사이에 SCARE가 강제 소환한 남녀는 200명을 넘었는데, 대부분의 소환 근거는 익명의 정보 제공자들로부터 와일드카드 능력을 발휘하는 광경을 목격했다는 제보를 받았다는 식으로 빈약하기 짝이 없는 것이었다.

이것이야말로 현대의 마녀사냥이었고, 17세기 말 세일럼의 마녀재판에 회부되었던 그들의 정신적인 조상들과 마찬가지로, 에이스라는 죄목 아닌 죄목으로 테일거너 조[**] 앞에 끌려온 에이스들은 스스로 무죄임을 증명하는 일에 애를 먹었다. 당신이 하늘을 날 수 없다는 사실을

---

[*]   'scare'는 영어로 '공포' 또는 '겁주다'라는 뜻도 된다.

[**]   Tail-Gunner Joe. 2차 세계대전에 해병대 정보장교로 참전, 급강하 폭격기의 후방 기총좌에 가끔 편승했던 조 매카시를 비꼬는 별명.

어떻게 **증명**하란 말인가? SCARE의 희생양이 된 사람들 중에서 그 질문에 만족할 만한 대답을 할 수 있었던 사람은 아무도 없었다. 그리고 증언이 만족스럽지 못했다는 판정을 받은 사람들에게는 언제나 블랙리스트가 기다리고 있었다.

가장 비참한 운명을 맞이한 것은 실제로 와일드카드 바이러스에 감염되었고, 자신들이 에이스의 능력을 가지고 있다고 위원회 앞에서 공개적으로 인정한 사람들이었다. 이들 중에서도 가장 가슴 아픈 케이스는 티모시 위긴스, 공연 시에는 '미스터 레인보'라는 예명으로 불리던 사내의 경우였다. 1953년에 소환된 위긴스는 매카시에게 "나 같은 사람이 에이스라면, 듀스*는 정말 안됐군요"라고 말했다. 그리고 이 순간부터 '듀스'라는 단어는 사소하거나 아무 쓸모도 없는 와일드카드 능력을 가진 에이스를 가리키는 단어로 정착했다. 통통한 몸매에 근시안을 가진 48세의 엔터테이너 위긴스의 경우에는 이만큼 잘 들어맞는 표현도 없었을 것이다. 그의 와일드카드 능력이란 피부 색깔을 바꾸는 능력이었기 때문이다. 그러나 그의 이 능력은 그를 소규모 리조트 호텔 체인인 캐츠킬에서 제공하는 쇼에서 무려 서열 2위라는 까마득하게 높은 지위까지 출세하게 해주었다. 위긴스의 특기는 우쿨렐레를 뜯으며 떨리는 팔세토 가성으로 '빨갛고 빨간 개똥지빠귀'라든지 '텍사스의 노란 장미'나 '와일드카드 블루스'를 부르면서 곡에 맞는 색깔로 피부색을 바꾸는 것이었다. 그러나 에이스였든 듀스였든 간에, 매카시나 SCARE는 미스터 레인보에 대해서도 아무런 자비심을 보이지 않았다. 블랙리스트에 올라 출연 계약을 할 수 없게 된 위긴스는 청문회에서 증언을 한 지

---

*   순서상 에이스 뒤에 오는, 숫자 2가 쓰여진 트럼프 카드.

14개월도 채 안 되어서 브롱크스에 있는 딸의 아파트에서 목을 맸다.

　다른 희생자들은 위긴스만큼 극적이지는 않았어도 삶이 엉망이 되고 파괴당했다는 점에서는 다르지 않았다. 그들은 블랙리스트에 오른 탓에 일자리와 경력을 잃었고, 친구들과 배우자도 잃었고, 십중팔구 이혼을 당하면서 자식들의 양육권까지 잃었다. SCARE의 조사 활동이 극에 달했던 시기에 적어도 22명의 에이스들의 신원이 드러났다. (매카시 본인은 이 두 배에 달하는 에이스들을 몸소 '폭로'했다고 주장했지만, 이 숫자는 물리적 증거가 전무한 상태에서 고발당한 사람의 '능력'이 단지 제3자의 진술과 정황증거에 의해 인지된 경우까지 포함하고 있다.) 이들 중에는 밤에 잘 때 공중 부양하는 퀸스의 주부라든지 욕조의 찬물에 손을 집어넣으면 단 7분 만에 펄펄 끓게 만들 수 있는 부두 노동자, 양서류의 특징을 가진 필라델피아의 교사(그녀는 평소에 옷으로 아가미를 감추고 지냈지만, 현명하지 못하게도 물에 빠진 아이를 구하려다가 그 사실을 들켰다고 한다) 등이 포함되어 있었고, 심지어는 자기 마음대로 몸에 털을 자라게 할 수 있는 경탄할 만한 능력을 가진, 배가 불룩 나온 이탈리아 출신의 청과물상까지 있었다.

　SCARE가 이토록 많은 와일드카드 능력자들을 조사하는 과정에서, 사소한 능력밖에는 없는 듀스들 사이에서 진짜 에이스들을 찾아낸 것은 필연적인 결과였다. 그중 한 명인 로런스 헤이그는 텔레파시 능력을 가진 주식 중개인이었는데, 그가 에이스임을 고백했을 때는 월스트리트가 공황에 빠졌다. 위호컨*의 이른바 '팬서 우먼'으로 알려진 여자는 뉴스영화 카메라 앞에서 실제로 변신해 보임으로써 전국의 영화 관객

---

*　　뉴저지주 허드슨카운티 북부의 도시.

들을 질겁하게 했다. 그러나 이들도 뉴욕 시의 다이아몬드 센터를 약탈하다가 호주머니에 보석과 암페타민 정제를 잔뜩 넣은 채로 체포당한 수수께끼의 사내에 비하면 아무것도 아니었다. 이 무명의 에이스는 보통 사람보다 네 배는 빠른 반사신경을 이용해서 번개처럼 움직였을 뿐만 아니라 깜짝 놀랄 만한 괴력과 권총탄 정도는 쉽게 튕겨내는 견고함까지 갖추고 있었다. 블록 너머로 경찰차를 내던지고 10여 명의 경찰관을 병원으로 보낸 후 최루가스 공격을 받고 나서야 마침내 제압당했을 정도였다. SCARE는 그 즉시 소환장을 발부했지만, 신원 미상의 이 사내는 증인대에 서기 전에 혼수상태에 가까운 깊은 잠에 빠졌다. 매카시는 분통을 터뜨렸지만 이 사내를 깨우는 것은 불가능했다. 여덟 달 후, 경비가 삼엄하기로 유명한 교도소 내부의 특별히 보강된 감방 안에 수용되어 있던 사내의 모습이 홀연히 사라졌다. 그 현장을 목격하고 경악한 모범수의 증언에 의하면, 사내는 감방 벽을 그대로 통과해서 걸어 나갔다고 한다. 그러나 모범수가 묘사한 그 사내의 외모는 사라진 죄수와는 일치하지 않았다.

매카시의 가장 영속적인 업적—그것을 업적이라고 부를 수 있다면 말이지만—은 이른바 '와일드카드법'이라고 불리는 일련의 법령을 통과시켰다는 사실이다. 첫 번째는 1954년에 제정된 '이능자 능력 통제법'이었다. 이 법은 와일드카드 능력을 발현하는 사람이라면 누구든 그 즉시 연방정부에 등록할 것을 요구했다. 등록하지 않는 에이스는 10년 이하의 징역에 처할 수 있었다. 그다음에 제정된 '특별징집법'은 등록된 에이스들을 징집해서 정부 기관을 위해 무기한 종사할 수 있도록 하는 권한을 선발징병국에게 부여했다. 이 새로운 법들을 준수한 에이스들은 1950년대 말 실제로 육군과 FBI와 비밀경호국 등의 다양한 국가기

관에 징집되었다는 소문이 끊이지 않지만, 이것이 사실이라면 에이스들을 채용한 기관들은 그들의 이름 및 능력과, 그런 요원들이 존재한다는 사실 자체를 완전히 비밀에 부친 것이 틀림없다.

사실, 특별징집법의 효력이 존속되었던 22년 내내 이 법에 의해 공개적으로 징집된 에이스는 단 두 명밖에는 없다. 그중 한 명인 로런스 헤이그는 주식 조작 혐의로 기소되었다가 기소 취하와 동시에 정부 직원이 되면서 자취를 감췄다. 다른 한 사람, 특사라는 별명으로 불리던 데이비드 하스틴의 경우는 훗날 전국지들의 머리기사를 장식하면서 유명세를 떨쳤다. 포 에이스의 카리스마적 협상가로 활약하던 하스틴은 HUAC 청문회에서 의회모욕죄로 고발당한 후 실형을 살았고, 출소한 지 1년도 채 지나지 않아 징집 통지서를 발부받았다. 그러나 하스틴은 선발징병국에 출두하지 않았고, 1955년 초에 세상에서 완전히 자취를 감췄다. FBI는 미국 전역에서 대대적인 추적에 나섰지만, 매카시 본인이 "미국에서 가장 위험한 용공주의자"라고 부르기까지 한 하스틴의 행방은커녕 흔적조차도 찾지 못했다.

'와일드카드법'은 매카시의 가장 큰 승리였지만, 아이러니하게도 이 법들의 통과는 그의 몰락의 씨앗이 되었다고 할 수 있다. 대대적으로 선전한 이 법안들이 마침내 의회를 통과하자, 국내 분위기에 변화가 왔던 것이다. 매카시는 대중을 향해 미국을 몰래 좀먹고 있는 숨은 에이스들에 대처하기 위해 이 법들이 필요하다고 거듭해서 강조했다. 그래서 국가는 이 주장에 부응했고, 법들을 통과시킴으로써 문제를 해결했다. 그러니 이제 그것으로 충분하지 않은가?

이듬해 매카시는 '외계 질병 봉쇄법'을 의회에 상정했는데, 이것은 조커뿐만 아니라 에이스 전원을 포함한 모든 와일드카드의 희생자들에게 불임수술을 받을 것을 요구하는 법안이었다. 그러나 매카시의 가장 충실한 지지자들조차도 이것에는 난색을 표했고, 결국 이 법안이 하원과 상원 투표에서 압도적인 표차로 부결되면서 매카시는 큰 패배를 맛보았다.

매카시는 다시 한번 보도 매체의 주목을 한 몸에 받고 헤드라인을 탈환하고 싶은 일념에서 경솔하게도 SCARE로 하여금 육군을 조사하라고 주장했다. 특별징집법이 발효되기 몇 년 전에 이미 군에 의해 극비리에 채용되었다는 소문이 있는 '비장의 에이스들(Aces in the Hole)'을 찾아내자는 것이 이 주장의 요지였다. 그러나 매카시의 육군 청문회가 진행되면서 매카시에 대한 여론은 극적으로 악화되었고, 이것은 결국 매카시에 대한 상원의 공개 견책안 결의로 이어졌다.

1955년 초에는 매카시가 아이젠하워를 누르고 1956년의 공화당 대통령 후보로 지명될 정도로 유력한 정치인이라고 생각하는 사람들이 많았다. 그러나 1956년 대선이 시작될 무렵의 정치 환경은 예전과는 완전히 달라져 있었고, 매카시의 이름은 아예 거론조차도 되지 않았다.

1957년 4월 28일, 매카시는 메릴랜드주 베세즈다에 위치한 해군 병원에 입원했다. 지지자들을 잃고 파멸한 이 사내는 자신을 배신했다고 생각하는 사람들을 병상에서도 끊임없이 비난했다. 죽기 직전에는 자신의 몰락은 모두 특사 하스틴의 소행이라고 주장했다. 하스틴이 국내를 동분서주하면서, 사악한 외계인의 마인드컨트롤 능력으로 자신에 대한 악평을 퍼뜨린 탓이라는 것이다.

조 매카시가 5월 2일에 사망하자 미국은 애도를 표하는 대신 어깨를 으쓱했을 뿐이었다. 그러나 그의 사후에도 그가 남긴 유산인 SCARE, 와일드카드법, 공포 분위기 등은 여전히 존속되었다. 설령 하스틴이 암약한 것이 사실이라고 해도, 그 사실을 과시하기 위해 그가 다시 세상에 모습을 드러내는 일은 없었다. 그 시절의 에이스들 대다수와 마찬가지로, 그는 계속 숨어 지내는 쪽을 택했던 것이다.

캡틴 캐소드와 비밀 에이스

마이클 캐서트

실내. 성층권 제트기-조종실-낮

엔진이 우르릉거리며 울프 조커가 제트기의 기수를 급격하게 돌린다. 캐소드는 양손을 결박당한 상태다.

마티(화면 밖에서)

캡틴! 산소가 떨어지고 있습니다!

조종석의 울프 조커가 뒤를 돌아보며 비웃는다.

울프 조커

자, 선택해, 캡틴. 암호를 내놓으라고. 안 그러면 네 친구들 셋 모두 마지막 숨을 쉬게 될 거야!

캡틴 캐소드

그러면 조커 너도 죽어!

울프 조커

성층권 제트기의 기수를 산으로 향하게 하고 난 낙하산으로
탈출하면 그만이야.

캡틴 캐소드

그렇게 대답할 줄 알았어. 조커들은 처음부터 겁쟁이들이라
는 걸 알고 있었지.

울프 조커

지금 와서 모욕하는 건가, 캐소드. 그건 무의미하고…… 사실
도 아냐.

울프 조커가 자기 얼굴을 뜯어낸다. 물론 진짜 얼굴이 아니라 가
면이었다. 그 뒤에서…… 콧수염을 기른, 캐소드의 타키스인 적
수 '로완 메르카도'의 뻐기는 듯한 얼굴이 드러난다.

캡틴 캐소드

메르카도! 역시 네놈이었군.

카를 폰 캄펜은 대본을 닫고 제목이 안 보이도록 책상에 내려놓았
다. 1956년 8월의 월요일 이른 아침이었다. 〈캡틴 캐소드〉의 사무실이
있는 리퍼블릭 스튜디오—샌타모니카산맥에 인접한 샌퍼넌도밸리에
위치한—바깥의 온도는 이미 섭씨 32도에 육박하고 있었고, 나중에는
38도까지 올라갈 공산이 컸다. 작동 중인 에어컨은 시끄러운 소리에 비

해 그리 시원하지 않았다.

그러나 스튜디오 구석에 있는 그의 사무실 안에서, 카를은 오싹하는 한기를 느꼈다.

〈캡틴 캐소드〉의 대본이 〈맥베스〉 수준에 도달해 있을 필요는 없다. H. G. 웰스의 경이로운 개념들도 필요 없었다. 〈해군의 헬켓들〉*처럼 박력 있을 필요도 없었다.

하지만 이 가면을 쓴 악당이라는 구닥다리 설정은 도대체 뭔가? 이 대본을 쓴 윌리 레이**는 도대체 무슨 생각을 한 걸까?

카를은 의자에서 일어나 기지개를 켰다. 점점 쌓이기만 하는 긴장을 풀기 위한 것만이 아니라, 주위의 기하학적인 단조로움을 깨려는 목적도 있었다. 모름지기 사무실은 본인의 심적인 풍경만큼이나 간결하고 정확해야 한다는 것이 그의 지론이었다. 그래서 그의 사무실에 있는 물건이라고는 단순한 디자인의 책상과 의자, 대본 초안에 관한 메모를 작성하기 위한 타이프라이터, 6주 분량의 〈캡틴 캐소드〉 대본이 보관된 서류 캐비닛뿐이었다. 그 이외의 물건은 일체 없었다.

카를은 희끄무레한 금발과 파란 눈을 가진 작은 체구의 사내였고, 언뜻 보면 아리아 인종의 완벽한 표본처럼 보였다. 운동과는 인연이 없는 탓에 구부정하게 굽은 어깨와, 그보다 한층 더 눈에 띄는 절름거리는 다리―이것은 전쟁 중에 페네뮌데***에 있다가 연합군의 폭격으로 입은

---

* 태평양전쟁을 소재로 한 잠수함 영화. 로널드 레이건 주연으로 1957년에 개봉되었다.

** 독일 출신의 미국인 과학 저술가. 우주비행에 관한 대중서로 유명했다.

*** 나치스 독일의 미사일 연구소 및 공장이 있던, 독일 동북부의 마을.

캡틴 캐소드와 비밀 에이스 341

부상의 후유증이었다―를 제외하면 말이다.

전화벨이 울리자 그는 안도했다. 조수인 애비게일이었다.

"세트장에서 연락이 왔어요." 그녀가 말했다. 카를은 그녀가 말을 잇기도 전에 무슨 얘기를 들을지 알고 있었다. "브랜트가 또 늦는다네요." 브랜트 브루어. 드라마 주역인 캡틴 캐소드 역할을 맡은 배우다.

카를은 서랍에서 여러 개 있는 검은 선글라스 중 하나를 끄집어낸 다음, 애비게일이 수화기를 미처 내려놓기도 전에 사무실에서 나와서 그녀 앞에 우뚝 섰다. "솔 그린한테 전화를 걸어서 폰 캄펜 씨가 언짢아한다고 전해줘." 그린은 브루어의 에이전트였다. 그러나 카를은 그런 전화를 걸어서 항의해봤자 무의미하다는 사실을 알고 있었다. 배경에 광고주가 없는 에이전트는 드물었기 때문이다. 그러나 경고를 하면 브루어도 어느 정도는 정신을 차릴지 모른다.

"폰 캄펜 씨는 켈로그사(社)의 해럴드 댄 씨가 9시에 세트장에 도착할 예정이라는 걸 알면 한층 더 언짢아하실 것 같네요." 댄은 시리얼 제조사인 켈로그의 선임 기획자였고, 〈캡틴 캐소드〉의 독점 스폰서가 되고 싶어 하고 있었다. 그런다면 시리즈의 예산은 두 배로 늘어나고…… 드라마 지분을 가진 카를에게도 거액이 들어올 것이다.

"시간을 끌어." 카를은 말했다. 화가 치민 탓에 거의 폭발하기 직전이었다. 그는 애비게일의 책상에 놓인 〈헤럴드〉 조간을 집어 들었다. 그 즉시 그는 1면 톱기사에 주목했다. 그리피스파크 천문대 근처에서 돌로 변한 시체가 발견되었다는 기사였다.

"아, 메두사 킬러가 또 일을 저질렀군." 메두사 킬러는 석 달 전에 시작된, 일련의 끔찍한 살인사건 범인의 별명이었다. 희생자는 모두 조커였고, 메두사의 희생자들처럼 모두 돌로 변해 있었기 때문이다. "아침에 해가 뜨듯이 규칙적으로 말이야."

"카를, 정말 사악하군요."

"이런 경우는 '시니컬'하다고 해야 옳지 않을까." 아무래도 카를은 애비게일보다 더 영어를 더 잘하는 체하는 데 재미를 붙인 듯하다. 그녀는 동부의 대학에서 학위를 땄을 정도로 우수한 비서였기 때문이다.

"사악한 게 맞으니 정정할 생각은 없어요." 애비게일은 흑발에 호리호리한 몸을 가진 스물다섯 살의 젊은 여성이었다. 잘난 체하기 좋아하는 남성 기자들로 가득 찬 뉴스실에서 유일한 여성 기자로 분투하는 그녀의 모습을 상상하는 것은 어렵지 않았다. 카를은 그녀의 낭랑한 목소리를 좋아했을 뿐만 아니라 비즈니스 관행을 대수롭게 여기지 않는 꾸밈없는 태도를 신선하다고 느끼고 있었다. 이를테면 비서가 자기 상사의 퍼스트네임을 부르는 것은 금지되어 있지만, 그녀는 그를 줄곧 카를이라고 불렀다. "이번 살인하고 통상적인 조커 살인사건과의 유일한 차이는 희생자들이 젊은 여자가 아닌 남자들이라는 사실이겠죠."

"보나 마나 다들 배우겠지." 카를은 쓰디쓴 어조로 내뱉었다. "범인은 프로듀서겠고." 그는 애비게일에게 잘 있으라는 듯이 미소 지었고, 검은 선글라스를 꼈다. "방금 자네가 말한 것처럼…… 사악한!"

♥

카를은 스스로를 너무 위악적으로 바라보고 있었다. 특유의 거친 독일식 유머는 잔혹한 전쟁을 경험하면서 한층 더 신랄해졌지만, 그는 힘없는 약자들을 동정했기 때문이다.

이를테면 와일드카드 바이러스에 감염되었다는 사실을 애써 숨기며 살아가는 약자들 말이다. 그는 자기 능력을 가리키는 이름까지 고안했다. 그것도 모국어인 독일어로. 독일어로 '초점'을 의미하는 포쿠스(fokus)는 그에게 강화된 시력이라는 능력을 선물했다. 이것은 먼 곳에 있는 물체를 확대해서 볼 수 있는 능력이었고, 종종 시야에 들어온 물체를 그대로 투과해서 그 너머를 보는 것조차 가능하게 했다. 이것은 단지 육체적인 능력이 아니라 일종의 정신 상태에 가까웠고, 그것을 발휘하는 순간 시간은 느려지곤 했다.

그는 아직도 이 능력을 완전히 제어하지 못해 악전고투하고 있었다.

뜨거운 아스팔트 길을 가로지르면서 밸리 북단에 위치한 산들을 흘끗 보았을 때 포쿠스가 발동했다. 갑자기 멀리 있던 윌슨산—천문대와 라디오 및 텔레비전 송신탑들이 자리 잡은 곳이다—이 마치 눈앞에 있는 것처럼 클로즈업되었다.

눈을 한 번 깜박이자 지름이 2.5미터에 달하는 거대한 반사망원경이 거치된 흰색 관측 돔이 보이고…… 벽의 페인트칠이 벗겨진 곳까지 알 수 있었다. 다시 눈을 깜박이자, KNX 라디오국의 송신탑이 눈에 들어왔다……. 빨간 안전등 하나의 불이 나가 있다.

그는 포쿠스를 구사할 때 거의 성적인 만족감을 느끼곤 했다. 물론 혼자일 때만 이 힘을 쓸 수 있지만 그 부분은 쉽게 받아들일 수 있었다. 포쿠스가 발동하기 위해서는 특별한 환경이 필요했기 때문이다. 이를테면 가깝든 멀든 간에 일단 눈을 끄는 표적이 있어야 했다.

카를이 돋보이는 이유는 와일드카드 능력 덕분이 아니었다. 딱 한 가지 특징을 제외하면 말이다. 원래는 파란색인 눈이 지금은 시뻘겋게 불타오르고 있었다. 그런 연유로 그는 여러 개의 검은 선글라스를 언제나 손이 닿는 곳에 놓아두고 있었다. 다른 사람들이 겉멋만 들었다고 아무리 놀려도 카를은 개의치 않았다.

카를 폰 캄펜에게 검은 선글라스는 그의 독일 악센트만큼이나 확고부동한 트레이드마크였다. 이따금 그는 1956년의 할리우드에서는 어느 쪽이 그에게 더 강력한 핸디캡으로 작용하는 것인지 자문하곤 했다. 에이스라는 사실일까, 아니면 과거에 히틀러를 위해 일했다는 사실일까?

♣

방음 처리가 된 촬영장 건물로 발을 들여놓으면서 그는 사람을 유혹하는 듯한 어둑어둑한 동굴로 들어가는 기분을 느꼈다. 그 덕에 한순간이나마 만성적인 예산 걱정과 보스인 프레더릭 지브*의 압력을 잊을 수 있었다.

선글라스도 벗을 수 있었다.

카를이 촬영소에 들어온 것을 처음 알아차린 사람은 유진 올커위츠였다. 둥실둥실하게 살찌고, 툭하면 취해 있는 이 배우는 정상인이면서도 캡틴 캐소드의 조수이자 개의 얼굴을 한 조커인 터크 역할을 맡고 있었다. "아, 총통 각하가 오셨군! **비 게츠?***" 올커위츠는 이렇게 덧붙이고, 카를의 등을 철썩 내리쳤다.

"그걸 알아보려고 온 거야." 카를은 올커위츠를 좋아하지 않았다. 브루어에 비하면 올커위츠는 완전무결한 프로였다. 그는 언제나 약속

---

*   미국의 TV 프로듀서, 제작자. 연속극의 아버지로 불린다.

**   '어떻게 지내?'라는 뜻의 독일어 인사.

시간을 엄수했고, 대사를 틀리거나 잊는 일도 전무했다. 문제는 올커위츠가 자신이 맡은 단역을 너무나도 진지하게 받아들인다는 점이었다. 의상을 담당하는 여자에게 들은 바로는, 올커위츠는 촬영이 끝난 뒤에도 개 얼굴을 본뜬 고무 가면을 곧잘 집으로 가져간다고 했다. 집에서 리허설을 하면서 자기 역할에 몰입하고 싶어서라는 이유를 대고 그러기는 했지만…….

"첫 번째 장면에서 브랜트를 빼고 촬영하고 있었어." 올커위츠가 말했다. "우리가 나오는 장면을 모두 찍었지. 안 그래, 베이비?"

'베이비'는 '노라' 역할을 맡은 여배우 도티 도일을 향한 것이었다. 도티는 조각상 같은 몸매에 파란 눈을 가진 미녀였고, 그녀의 눈부신 각선미는 〈캡틴 캐소드〉의 성층권 제트기 승무원의 제복을 입고 있는 내내 화면에 노출되곤 했다. 카를은 나중에 의상 디자이너를 만나 칭찬을 해주려고 마음먹었다. 성인을 상대로 한 연속극에서는 물의를 빚을 정도로 짧은 치마 길이도 아동극이라면 은근슬쩍 넘어갈 수 있다는 사실을 잘 알고 있는 것이 틀림없다.

"진, 난 당신 베이비가 아냐." 도티는 올커위츠 쪽을 바라보지도 않은 채로 말했고, 카를 앞을 가로막고 섰다. "앞으로도 주연 없이 이렇게 찍어야 한다면 제대로 된 결과물을 내는 건 불가능해요."

도티는 언제나 이런 식이었다 ─ 박식하고, 냉정하고, 사무적이다. 카를의 부모가 북유럽 공주님 같은 도티를 만났더라면 아들의 배우자로 맞아들이고 싶어서 안달했을 것이다.

카를은 대도구들 주위를 돌아 무대세트 앞으로 갔다. 무대기술자들이 캡틴 캐소드의 성층권 제트기의 제어반을 떼는 동안 조명은 꺼져 있었다. "카를, 도티 말이 맞아." 감독인 마셜 코색이 사면초가에 몰린 듯한 표정으로 말했다. "못 찍고 남은 부분은 모두 캐소드가 등장하는 장면들이야."

코색은 일이 잘 풀릴 때도 불안해하는 성격이었다. 〈캡틴 캐소드〉로 오기 전에는 서부극인 〈홉얼롱 캐시디〉의 감독을 맡고 있었다. 카를은 억지웃음을 지어 보였다. "마셜, 우린 더 나쁜 상황에 빠졌을 수도 있어. 적어도 서부극에서처럼 말들을 다루지는 않아도 되잖아."

"말들은 언제나 필요할 때에 와줬어. 설령 한두 놈이 빠지더라도 언제든 새 말을 데려오면 그만이야. 아무도 못 알아차리니까."

바로 그 순간, 제작 조수가 황급히 그들 앞을 지나가며 "왔습니다!"라고 외쳤고, 멈추지 않고 그대로 어딘가로 갔다. 앞으로 대폭발이 일어나리라는 것을 잽싸게 눈치채고 유탄을 맞지 않으려는 것이다. 조수와 마찬가지로 자기방어 본능을 자극받은 코색은 오줌이 마려우니 화장실에 갔다 오겠다고 선언했다.

카를은 시시각각 다가오는 충돌의 시간에 대비해서 단단히 마음을 먹었다. 그러나 갑작스러운 광량의 변화에 눈이 적응한 뒤에 잘 보니 새로 온 사람은 캡틴 캐소드 역할을 맡은 브랜트 브루어가 아니라 켈로그사의 해럴드 댄이었다.

댄은 가무잡잡한 피부를 가진 마흔 가까운 건장한 사내였고, 대머리가 되는 중이었다. 그리고 그는 카를이 지금까지 보아온, 배우가 아닌 일반인들 중에서는 가장 새하얀 이를 가지고 있었다. 사실, 댄은 대화하면서 문장 하나를 끝마칠 때마다 흰 이를 드러내고 미소 짓는 버릇이 있었다. 이가 새하얗게 번득일 때마다 혹시 초 단위로 수당을 받는 것이 아닌지 의심이 들 지경이었다.

카를은 댄을 올커위츠와 도티에게 소개했다. 캡틴 캐소드의 여자 친구를 처음 본 댄의 눈빛이 달라졌다. "시리얼 상자엔 바로 당신 사진을 넣어야 할 것 같다는 생각이 드는군요."

"다리하고 가슴을 노출해서 콘플레이크가 왕창 팔린다면야 거부할 이유가 없죠."

이것보다 더 아슬아슬한 농담이 나오기 전에, 카를은 누군가가 이렇게 말하는 것을 들었다.

"당신들, 하라는 일은 안 하고 뭘 하고 있는 거야? 불후의 텔레비전 드라마를 찍어야 하는 거 아니었어?"

브랜트 브루어였다. 몇백만 명에 달하는 미국 어린이들에게는 타키스인들과 그들의 맹우인 악의 조커들을 응징하는 정의의 사도 캡틴 캐소드로 알려진 이 사내는 어둠 속에서 성큼성큼 걸어 나오더니 세트 한복판으로 갔다. 두 손을 허리에 대고 그 자리에 우뚝 선 그의 모습은 힘과 정의와 미국적 가치의 화신이라고 해도 믿을 수 있을 정도였다. 몸에 딱 맞는 감청색 비행복 차림인 그의 가슴에는 알파벳 C자와 번개로 이루어진 문양이 선명하게 새겨져 있었다. 카를은 아무리 화가 치민 상태에서도 캡틴의 이런 모습을 볼 때마다 빨리 컬러 방송이 상용화되기를 갈망하곤 했다.

그게 불가능하다면, 포쿠스를 발동한 그의 눈에서 파괴 광선을 쏘는 능력이라도 좋다. "브랜트, 자네 두 시간이나 늦게 왔어."

"트레일러에서 나오려고 해도 머리하고 분장을 맡은 젊은 여성이 나를 놓아주지를 않더라고." 이렇게 말하며 브루어는 댄 못지않게 새하얀 미소를 떠올렸지만, 댄과는 달리 완전히 자연스러운 미소라고 해야 할 것이다. 카를은 머리와 분장을 담당한 여성 스태프가 이 스타 배우에게 홀딱 반해 있다는 사실을 의심하지 않았다—제작 팀에 있는 여성들 대다수가 그에게 반해 있었다. 보나 마나 일부 남자들도 그럴 것이 뻔했다.

"자넨 매일 촬영할 때마다 몇 시간씩 지각했어. 그것 때문에 다들 죽을 지경이야."

"그래도 못 찍은 장면은 없잖아, 카를."

"일단 자네를 **빼고** 찍은 장면들투성이잖아! 처음부터 자넬 넣고 찍은 것들에 비하면 질이 떨어져도 한참 떨어진다는 걸 모르나."

그러자 브루어는 보라는 듯이 대본을 획획 흔들었다. "이런 것의 질이 어떻게 좋아질 수가 있어? 내가 하는 연기라곤 이 의상을 입고 가면을 쓴 멍청이들을 속여 넘기는 일이 전부야. 놈들을 총으로 쏘지도 못하고, 해치 밖으로 내던질 수도 없어. 내가 할 수 있는 일이라곤 놈들을 야단치고, 시금치를 남기지 말고 먹으라고 타이르는 것뿐이야." 말다툼이 이어지면서 브루어는 무의식중에 고향인 루이지애나주의 케이준* 사투리로 말하기 시작했다. 카를의 독일어 억양이 점점 더 억세진 것과 마찬가지로 말이다. 두 사람이 서로의 말을 알아듣는 것이 놀라울 정도였다.

"우리 시청자는 어린이들이잖아. 현실에서 싫도록 폭력을 목격하는데 드라마에서까지 그래야 하겠나."

"아이들한테 그런 망상은 도움이 되지 않아. 카를, 우리 대본을 정말로 읽은 거 맞아?" 반항적이던 브랜트의 표정이 동정적으로 바뀌었다. "극적인…… 단순화 따윈 잊어. 이 대본에 나오는 식의 에이스나 조커 묘사가 미국 어린이들에게 도움이 된다고 생각해? 말이 나온 김에, 진 올커위츠에게 개 가면을 씌우느니 차라리 진짜 조커를—"

"그만해둬!" 카를은 브루어가 언제나 그랬듯이 논쟁의 초점을 와일

---

*   루이지애나에 정착한 프랑스계 이민의 후손들이 쓰는 프랑스 고어의 한 형태.

드카드 바이러스 감염자들에 대한 할리우드의 비겁한 태도로 옮김으로써 자기 잘못을 희석하려고 한다고 느꼈다. "우리가 진짜 조커들을 쓸 수 없다는 건 자네도 알잖아. 도대체 똑같은 얘기를 몇 번이나 더 해야 해? 우리 드라마의 설정은 탄탄해. 자넨 그 일부든가 일부가 아냐. 앞으로 또 촬영에 늦는다면 자넨 해고야."

"캡틴 캐소드를 해고한 사내로 역사에 남고 싶다, 이건가?"

카를은 캐소드의 의상 가슴 부분을 손가락으로 튕겼다. "캡틴 캐소드는 누구든 이 의상을 입은 사내를 부르는 말이야!"

그러자 브루어의 표정이 이번에는 따스함과 영원한 우정이 담긴 표정으로 바뀌었다. "당신이 보스야." 그는 마치 같은 편을 찾아보려는 듯이 주위를 둘러보다가, 감독인 코섁을 찾아냈다. "자, 드라마를 찍겠다는 거야, 안 찍겠다는 거야?"

카를은 말다툼을 하며 너무나도 화가 난 탓에 잠시 뒤에야 등 뒤에서 누군가가 손뼉을 치고 있다는 사실을 깨달았다─댄이었다. "폰 캄펜 씨, 이 드라마는 금광이나 다름없다는 걸 아십니까."

"시청률이 꽤 높죠."

"앞으로도 높을 겁니다. 하지만 정말로 큰돈을 벌어주는 건 매일 오후 텔레비전 앞에 죽치고 앉아 있는 어린이들이 아니라, 그 어린이들이 부모를 졸라 사는 상품들입니다. 캡틴 캐소드 만화책이나 장난감, 캡틴 캐소드…… 잠옷, 헬멧, 성층권 제트기 모형, 캡틴 캐소드 인형들 따위 말입니다."

"아침에 먹는 시리얼도 좋겠군요."

"주연배우를 잘 통제하는 편이 나을 겁니다." 댄의 얼굴에는 웃음기가 없었다.

♠

어떤 조치를 취하기 전에 카를은 일단 다음 주에 방영될 5회 분량의 〈캡틴 캐소드〉에 쓰일 배경음악을 만들기 위한 녹음 세션을 참고 견뎌야 했다.

물론 이 절차를 녹음 세션이라고 부르는 것에는 어폐가 있었다. 드라마의 모든 음악은 이미 녹음되어 있는 기존 자료를 이용했기 때문이다. 따라서 사운드스포팅은 기계적이었고, 악당이 등장하는 장면이나 가짜 클라이맥스는 언제나 똑같은 신파조의 가락이 할당되었다. 이런 식의 반복적인 음악을 듣는 것은 카를에게는 벌레에 쏘이는 것이나 마찬가지였다. 크게 아픈 건 아니지만, 너무 빈번한 데다가 짜증을 유발한다는 점에서 똑같다.

겨우 더빙실에서 나왔을 때 카를은 그에게 필요한 인물을 보았다. "잭!"

'유다 에이스'라는 별명으로 유명한 잭 브론이었다. 최근에는 프레더릭 지브가 직접 프로듀싱한 〈유인원 타잔〉의 주연을 맡아 활약 중인데, 카키색 바지에 흰 셔츠를 입은 그는 기이할 정도로 젊어 보였다. 물론 와일드카드 바이러스의 영향이리라. "여어, 카를. 캡틴 드라마는 잘돼가?" 이렇게 말하며 히죽거리는 것을 보아 하니 브랜트의 만성적인 지각에 관해 잘 알고 있는 것이 틀림없었다. 리퍼블릭 스튜디오에는 브론의 친구들이 여전히 잔뜩 남아 있다.

"잭, 그렇지 않아도 자네와 그 얘길 하고 싶었어."

브론의 눈이 가늘어졌다. "카를, 나를 캐스팅한다는 건 미친 짓이야. 내 입으로 말하는 것도 좀 그렇긴 하지만, '그 에이스'는 지금도 여전히 주홍글자나 마찬가지라는 걸 잊으면 안 돼.”

“알아. 어차피 지금 와서 주연을 바꾸는 건 너무 비싸게 먹히니까 말이야. 난 브랜트 브루어가 왜 매번 촬영에 지각하는지를 알고 싶어.”

“난 〈타잔〉을 찍느라고 너무 바빠서 그 친구 일까지는 신경을 못 썼는데.”

“자넨 여기서 일어나는 모든 일들을 속속들이 알고 있지 않나.”

“살아남으려면 그 방법밖에는 없다고! 직접 부대끼면서 그걸 터득해야 했던 사내의 말이니 믿어.”

“그러니까 가르쳐줘.”

“자넨 자기 앞가림은 잘하고 있다더군.”

카를은 대답하는 대신 팔짱을 꼈을 뿐이었다. 배우들을 많이 상대해본 덕에 상대의 반응이 연기라는 사실을 금세 알아챌 수 있었다. 오늘의 연기 제목은 ‘잭 브론, 심드렁한 할리우드 인사이더’였다.

오래 계속되지는 않았다. 브론은 명함 하나를 꺼내 들었다. “오케이. 자네가 만나볼 사람은 에디슨 힐이라는 사내야. 오후 2시 이후에 이 주소로 가면 언제든 만날 수 있지.”

카를은 명함 뒤에 인쇄된 이름을 읽었다. “‘동물원’ 클럽. 샌타모니카 부두. 이 힐이라는 사내는 술주정뱅이라든지 동성애자 뭐 그런 거야?” 유원지가 있는 샌타모니카 부두는 동성애자들이 모이는 것으로 악명이 높은 곳이었고, 샌타모니카 시의 소규모 조커 인구가 즐겨 모이는 곳이기도 했다.

“내가 아는 한은 어느 쪽도 아냐. 칵테일을 한잔 사줬다고 자네 얼굴을 후려갈기지는 않겠지만. 하여튼 이런저런 정보에 빠삭하고, 필요한 정보를 어디서 찾으면 되는지를 아는 친구지. 동물원은 그 친구 사무실

같은 곳이라고 생각하면 돼."

카를은 브론을 만날 때마다 자기도 에이스임을 상대에게 알리고 싶다는 유혹을 느끼지 않은 적이 없었다. 물론 그런 생각을 하자마자 그것이 얼마나 헛된 제스처인지를 깨닫고 입을 다물었지만 말이다.

"있잖아, 잭, 언젠가는, 이 모든…… 미친 상황도 끝날 거야. 그때가 오면 함께 일해보자고."

브론은 본심에서 우러나온 따스함과 시니컬한 회의주의가 뒤섞인 미소를 떠올렸다. "그런 날이 온다면 정말 멋질 거야. 안 그래?"

◆

카를은 동물원 클럽을 못 보고 거의 지나칠 뻔했다. 샌타모니카 부두 어귀에 있는 악명 높은 회전목마 바로 옆이었고, 유원지 게임 노점, 음식 가판대, 프리크쇼* 따위로 둘러싸여 있었다. 이 가게들을 소유하고 운영하는 사람들 거의 모두가 조커였다. 클럽 내부는 어둑어둑하고 비좁았고, 시큼해진 맥주와 오래된 톱밥 냄새를 풍겼다. 클럽의 조그만 무대에서는 여성 조커 댄서가 금속 조각으로 뒤덮인 브래지어의 장식 술들을 빙빙 돌리면서 음악에 맞춰 격렬하게 엉덩이를 흔들어대고 있었다.

"난 오래전부터 이곳을 들락거렸지." 힐이 말했다. "아무 장식도 하지 않은 미인들을 은근히 좋아하거든." 날씬한 체격의 힐은 B급 영화의 조연으로 딱 어울릴 법한 그럭저럭 잘생긴 얼굴에 딕 파월**풍의 가느

---

*   돈을 받고 기형인 사람이나 동물을 보여주는 가게.

다란 콧수염까지 기르고 있었다. 악센트를 들어보니 로스앤젤레스보다 훨씬 동쪽에서 자란 듯했다.

"여기 있는 일부…… 사람들은 정말 놀랍군." 카를이 대꾸했다.

"계속 보다 보면 점점 애착이 생긴다고나 할까." 힐이 말했다. 손님들로 붐비는 황금시간대와는 거리가 먼 오후 중반이어서, 동물원의 내부 역시 거의 비어 있다시피 했다. 그럼에도 무대에서 춤추고 있는 댄서는 어떤 기준에서 보더라도 엄청난 미인이었다. 브래지어를 벗어 던졌을 때 카를은 그녀의 젖꼭지가 있어야 할 곳에 입이 있다는 사실을 깨달았지만 말이다. 끈 팬티 안쪽이 어떨지에 관해서는 생각하고 싶지도 않았다. "여기 와 있지 않을 때는 뭘 하나?" 카를은 물었다. 예의 바른 호기심의 발로라기보다는 타고난 신중함에서 나온 질문이었다.

"탐정 일을 한다고 할 수 있겠지." 힐은 대답했고, 이내 이렇게 덧붙였다. "고스트라이터로 대필을 하거나 연설문을 쓰기도 해. 이런저런 잡문도 쓰고. 펄프 잡지에 탐정소설도 기고하지."

"좋은 돈벌이가 되는가 보군?"

"펄프 잡지에 실리는 단편들은 고료가 꽤 세지. 하지만 원래는 해군에 있었어, 전쟁 전에. 그러다가 폐에 결절이 있는 게 발견되어서 본토에서 제대했네."

"전쟁이 터진 뒤에 다시 해군에 복귀하지는 않았고?"

"당국에 여러 번 지원했지만 받아주지를 않더군." 힐은 술잔을 내려놓고 손깍지를 꼈다. "그건 그렇고, 무슨 도움을 받고 싶어?"

**   미국 배우. 최초로 필립 말로 소설을 각색한 누아르 영화 〈안녕, 내 사랑(Murder, My Sweet)〉(1944)의 주연을 맡아 인기를 끌었다.

카를은 브랜트 브루어와의 문제를 자세히 설명했다.

"빨갱이일지도 모른다고 생각하는 거야?"

"그럴 것 같진 않군." 카를은 할리우드의 진짜 공산주의자들과 안면이 있었다. 브랜트 브루어는 그들과는 전혀 달랐다.

"그럼 동성애자?"

카를은 잘 모르겠다는 듯이 두 손을 벌려 보이고 "흠, 일단 배우이긴 하니까"라고 말했다. 바꿔 말해서, 할리우드에서 동성애자일 가능성은 언제나 존재한다는 뜻이다.

"오케이. 그 부분은 염두에 두고 있겠네." 힐은 자연스러운 동작으로 좌우를 흘끗 보았다. 그는 다시 입을 열었지만, 그의 목소리는 카를이 가까스로 알아들었을 정도로 나직했다. "마지막 가능성으로는 와일드카드가 남아 있어."

"그런 징후는 못 봤지만, 알았네……."

"일당 20달러에 비용은 별도야. 착수금은 40달러. 보통은 그 반액을 받지만, 와일드카드에 관련된 사건일 경우에는……." 힐은 이렇게 말하며 동물원 안에 있는 사람들을 가리켰다.

"좋아." 카를은 주의 깊게 10달러 지폐 네 장을 센 다음 힐에게 건넸다.

"완전한 보고서를 보내겠네. 브루어가 어디 사는지, 평소에는 어떻게 시간을 보내는지, 어떤 일을 하고, 또 누구와 그러는지를 알려주지. 내용은 탐탁지 않더라도 글의 스타일은 마음에 들 거야."

그들은 다음 날 아침 8시에 프랭클린애비뉴와 웨스턴애비뉴의 교차점에 있는 커피숍에서 만나기로 했다. 힐이 카를과 당장 연락을 취할 필요가 생긴다면, 카를의 사무실에 전화를 걸어서 '에드워즈'라는 이름을 댈 예정이었다. 반대로 카를이 힐에게 연락하고 싶으면 전화 응답 서

비스에 전화를 걸어 메시지를 남기기로 했다.

힐은 모자를 집어 들고 미끄러지듯이 스툴에서 내려왔고, 커프스와 옷깃의 매무새를 다듬고 페도라 모자의 각도를 조절했다. 그런 다음 카를에게 두 손가락을 모자챙에 대며 경례하는 시늉까지 해 보이고 클럽에서 나갔다.

♥

드라마 촬영은 오후 7시에 끝났다. 브루어가 지각한 탓에 원래 스케줄을 한 시간 초과했고, 스태프들은 야근을 해야 한다. 그러나 켈로그사의 댄이 언제 어디서 또 튀어나올지 몰랐기 때문에 카를은 더 이상의 대립을 피했고, 애비게일에게 부탁해서 택시를 불렀다.

그는 할리우드를 내려다보는 언덕에 자리 잡은 복층주택에 살고 있었다. 다른 층에 사는 집주인의 이름은 에스텔 블레어였다. 그녀는 무성영화 시절 배우로 활약하다가 유성영화가 도입되면서 부득이하게 은퇴했고, 그 후 와일드카드에 감염된 탓에 영원히 복귀를 단념해야 했다. 바이러스는 에스텔을 투명인간으로 만들었다. 소녀 같은 목소리를 지닌 그녀는 얄따란 외투와 실내화가 없다면 그 자리에 있는지 없는지도 알 수 없는, 유령에 가까운 존재였다.

카를은 무성영화 배우 시절 에스텔의 사진을 본 적이 있었다. 금발에 다리가 길고 도톰한 입술을 가진 신여성 같은 미녀였다. 오십대가 된 지금, 실제로는 어떤 모습을 하고 있을지 궁금했다.

본인은 자기가 어떤 모습인지 알고 있을까?

에스텔은 성격이 괴팍한 것으로 악명이 높았지만, 카를만은 예외였다. 그녀—더 정확히 말하자면, 그녀의 실내 가운—는 택시에서 내린 그를 문간에서 맞았다. "너무 과로하는 거 아니야?" 그녀가 말했다. "저녁은 먹었어?"

"응, 스튜디오에서 먹고 왔지." 이것은 사실이 아니었지만 에스텔에게는 확실하게 못을 박아둬야 했다. 꼼짝없이 저녁 식사 초대에 응했다가, 눈에 보이던 음식이 에스텔의 입으로 들어가서 사라지면 도대체 어디로 가는지를 정말로 확인하고 싶지는 않았기 때문이다.

카를은 느닷없이 공중에 출현한 자기 우편물을 받아 들고 집 안으로 들어갔다.

거실 가구는 스튜디오에 있는 카를의 사무실 못지않게 검소했다. 소파 하나와 낮은 탁자에 의자 몇 개가 전부였다. 거실 너머의 침실 역시 크게 다르지 않았고, 주방도 마찬가지였다.

하루에 두 번 택시를 타는 것을 제외하면, 프로듀서라는 지위를 가진 카를이 스스로에게 허락한 유일한 사치는 시판되는 텔레비전 중 가장 큰, 제니스의 17인치 X2552 콘솔 모델이었다. 〈캡틴 캐소드〉의 최종 편집본이 나오면, 카를은 실제 시청자들과 눈높이를 맞추기 위해 이 텔레비전과 같거나 한층 더 작은 크기의 화면으로 보는 것을 잊지 않았다.

보통은 거실에 들어오자마자 제니스의 스위치를 켜는 것이 카를의 습관이었다. 텔레비전은 그의 돈벌이 수단이었을 뿐만 아니라, 대부분의 밤을 함께 보내는 친구였기 때문이다.

그러나 텔레비전을 켜기 전에 우편물에 허브 크랜스턴이 보낸 편지가 섞여 있는 것을 보았다. 크랜스턴은 화이트샌즈 실험장의 전직 작전 본부장이자 처음으로 닥터 타키온과 맞대면한 인간이다. 편지를 뜯어 보니 그가 오늘 밤 로스앤젤레스에 와 있고, 8시에 무소 레스토랑에서 저녁을 먹고 있을 거라는 내용이었다.

카를은 손목시계를 흘끗 보았다. 저녁 8시 30분. 그러나 무소 레스토랑은 도로를 조금만 더 내려가면 되는 가까운 곳에 있었다.

그는 택시를 불렀다.

♣

"앗, 헤어* 캄펜이 납시었군."

카를은 레스토랑 뒷문으로 들어와서 허브 크랜스턴의 모습을 찾아 실내를 훑어보고 있던 중이었다. 모두 부스석이라서 지인의 모습을 찾기는 쉽지 않았다. 로켓 과학자는 카운터석에 앉아 있었고, 그의 앞에는 두둑한 미트로프 정식의 잔해인 듯한 것이 담긴 접시가 놓여 있었다. 칵테일도 서너 잔 걸친 듯하다. "방금 편지를 보고 왔어."

"저녁은 먹었나?"

"응."

"흐음, 난 여기 분위기가 아주 맘에 들긴 하지만, 실은 샌타모니카의 조커들에 관해 워낙 이런저런 얘길 많이 들어서 흥미를 느끼고 있다네."

"차라리 '조커랜드'라는 간판을 붙이는 편이 나을지도 모르겠군." 이렇게 대꾸하고 몇 초 지난 뒤에야 카를은 크랜스턴이 정말로 그 부두를 방문해서 조커들의 적나라한 이면을 구경하고 싶어 한다는 사실을 깨달았다. 예전의 카를이라면 주저했을 것이다. 그런 일에 무지하기도 했고, 혐오감도 만만치 않았기 때문이다. 카를은 지금까지 부두를 몇 번

---

* 영어의 '미스터(Mister)'에 해당하는 독일어 호칭.

구경해본 적이 있었지만, 몇 번만으로도 충분했다. 빙빙 도는 회전목마를 타고, 지나가는 사내들에게 추파를 던지는 조커 매춘부들. 싸구려 기념품과 튀김을 파는 노점들 뒤의 끔찍한 얼굴들. 조커 갱단 멤버들끼리의 칼부림. 기형, 절망감, 마약이 갯내음과 윤활유와 썩은 생선 냄새와 뒤섞여 있는 곳.

그러나 오늘 밤에는 예전과는 다른 점이 두 가지 있었다. 카를은 정말로 크랜스턴과 얘기를 나누고 싶었고…… 조커 클럽도 하나 알고 있었다.

♠

동물원 클럽처럼 일생에 한 번 갈까 말까 한 곳을 하루에 두 번씩이나 방문하니 기분이 묘했다.

밤의 샌타모니카 부두는 형형색색의 조명과 회전목마에서 쏟아져 나오는 음악 때문인지 낮보다는 매력적으로 느껴졌다. 정상인 군중이 조커들과 뒤섞여 아이스크림 샌드위치와 핫도그를 먹고, 게임 노점과 술집과 프리크쇼 가게를 배회하고 있다.

동물원 클럽 안에서 춤을 추고 있는 조커 댄서들은 낮에 보았던 댄서보다 왠지 더 매력적이었다. 그냥 머릿수가 늘고 다양해졌기 때문인지도 모르겠다.

"이거야말로 '이그조틱 댄서'*라는 표현에 새로운 의미를 부여하는 광경이로군." 크랜스턴이 말했다. 그는 말장난하기를 좋아했다. 화이트

---

*　'이국적인 무희'라는 뜻으로, 스트립댄서를 완곡하게 부르는 말이다.

샌즈에 근무하던 시절 카를의 영어 실력은 아직 초보적이었기 때문에 크랜스턴의 입에서 나오는 말장난 대부분을 이해하지 못했다. 이제는 싫어도 귀에 들어오지만 말이다.

주중인데도 클럽 안은 손님으로 붐비고 있었다. 적어도 카를이 보기에는 그랬다는 뜻이다. 샌타모니카 부두나 밤의 유흥은 그의 전문 분야가 아니었다.

지금 무대에서 춤추고 있는 3인조는 '아메리칸 걸스'라는 이름이었는데, 이름 그대로였다. 그들이 입은, 성조기를 모티프로 한 무대의상 아래의 피부색은 순서대로 빨간색, 하얀색, 파란색이었기 때문이다. 그러던 중 얼룩무늬 털가죽에 살랑거리는 꼬리까지 딸린, 암고양이를 연상케 하는 모습을 한 여성 조커 하나가 카를과 크랜스턴이 앉아 있는 탁자로 왔다. "나하고 함께 놀래요?"

크랜스턴은 손짓으로 여자를 쫓아내고 직장 얘기를 하기 시작했다. "톰린 기지 쪽에서 마침내 성과를 내기 시작했어."

"아직도 타키온의 비밀을 해석하는 중이야? 타키스 우주선을 역설계한다든지?"

"설마, 그럴 리가 있나! 하기야 라이트 기지 쪽에서는 그것밖에는 할 일이 없을 테니…… 그치들은 그냥 그렇게 시간을 낭비하게 내버려두자고!" 술기운이 돈 데다가 클럽 내부의 소음이 워낙 컸던 탓에 크랜스턴의 목소리는 숫제 고함에 가까웠다. 자기도 창피했는지 잠시 후 그는 좀 더 낮은 목소리로 말을 이었다. "카를, 우린 자체적으로 우주선을 설계하고 금속 자재를 가공하기 시작했어. 하늘을 주시하고 있으라고. 곧 지구에서 만들어진 물건이 하늘을 나는 걸 볼 수 있을 테니." 크랜스턴은 술은 한 모금 더 마시더니 미소 지었다. "자네의 그 조그만 성충권 제트기처럼 말이야."

"축하하네."

"화이트샌즈 시절의 친구들도 합류하기로 했어. 윌리 레이까지." 레이는 전쟁이 시작되기 전에 독일을 떠나 미국으로 이주했고, 로켓에 관한 대중서를 여러 권 썼다. 그래서 카를도 〈캡틴 캐소드〉의 각본가로 그를 스카우트했던 것이다. "우리에게 정말로 필요한 사람은 바로 자네야, 카를. 거기 있었던 친구들 중에서도 자네가 가장 유망했잖아."

"자네 많이 취했나 보군. 방금 얘기한 '친구들' 중에는 폰 브라운, 루돌프, 도른베르거*를 위시해서 수많은—"

"과학자로서의 업적을 얘기한 게 아냐. 자네가 학교를 졸업하자마자 페네뮌데로 직행했다는 건 다들 알아. 염병할, **베이비**가 착륙한 후 제대로 된 연구를 진행한 사람은 아무도 없다고."

타키온을 태운 행성 타키스의 우주선 '베이비'가 화이트샌즈에 착륙했을 때, 크랜스턴과 폰 브라운과 전직 나치스 기술자 몇 명은 상부의 명령으로 타키온을 만났다. 그러나 카를을 위시한 다른 로켓 기술자들은 현장과는 차단된 상태에서 매일 유연체조를 하고 영어를 배우며 보고서를 쓰는 일에 몰두하고 있었다.

"혹시 윌리한테 부탁이라도 받은 거야?"

크랜스턴은 어깨를 으쓱했다. "일단 요청은 해보라더군."

"윌리는 나한테 미리 귀띔을 해줬어야 했어."

"그랬더라면 이렇게 느닷없이 찾아와서 자네를 놀라게 할 수도 없

---

*   나치스 독일의 육군 장성, 로켓 과학자. V-2 페네뮌데의 사령관으로 복무하다가
      종전 후 미국으로 건너가서 로켓 개발에 종사했다.

었을걸!"크랜스턴은 히죽 웃었다. 술기운이 오르면서 점점 감상적으로 변하고 있었다. 카를은 상대가 평소에도 술을 많이 마신다는 사실을 떠올렸다. "우리 두 사람도 운이 좋았지…… 둘 다 와일드카드에도 감염 안 됐고 멀쩡하잖아."

"응."

물론 폰 캄펜은 와일드카드에 **감염되었지만** 말이다. 1947년에 그는 발터 도른베르거를 따라 미국으로 와서 뉴욕 버펄로에 위치한 벨 항공사에 취직했다. 거기서 거의 건조될 가망이 없어 보이는 폭격기의 설계에 종사하며 따분하기 짝이 없는 나날을 보내던 중 그는 독감 — 적어도 그는 독감이라고 믿고 싶어 했다 — 에 걸려 앓아누웠다. 카를은 며칠 동안 섬망 상태에 빠져 고열에 시달렸고, 가까스로 회복하고 나니 시력이 변해 있었다. 예전에는 거의 장님에 가까울 정도로 심한 근시였는데, 이제는 거의 현미경 못지않게 미세한 것들을 보거나, 최고 수준의 광학망원경처럼 먼 곳을 뚜렷하게 볼 수 있었던 것이다.

그는 포쿠스를 손에 넣었던 것이다.

포쿠스에는 부작용이 하나 있었다. 포쿠스를 발현한 후 몇 분 동안 카를의 눈은 마치 악마처럼 새빨갛게 이글거렸다. 처음에는 그냥 일시적인 효과일 거라고 생각했다……. 그러나 2주 동안이나 이 새로운 '능력'을 완전히 터득하기 위해 악전고투한 결과, 카를은 이 현상이 항구적일 가능성이 크다는 사실을 깨달았다. 이것은 그가 에이스임을 알리는 표징이었다. 카를이 검은 선글라스를 끼기 시작한 것은 이때부터였다.

벨 항공사가 떠맡긴 직무에 넌더리를 내고, 버펄로에는 한층 더 넌더리를 낸 카를은 평생의 꿈을 실현해보기로 했다. 유명 영화감독이자 세계 최초로 로켓이 등장하는 영화 〈달의 여인〉을 찍은 프리츠 랑에게 편지를 보냈던 것이다. 오스트리아에서 태어난 랑은 발터 도른베르거의 친구였고, 카를 폰 캄펜 같은 버림받은 독일인 로켓 기술자들을 동정하고 있었다. 랑은 혹시 카를이 로스앤젤레스로 오면 추천서를 써주겠다고 약속했던 적도 있었다…….

카를은 소지품을 모두 챙겨 그다음 주에 할리우드로 갔다. 그는 카메라 촬영에 큰 도움이 되는 포커스 능력을 써서 TV 업계에 자리를 잡았고, 촬영기사 조수에서 촬영기사로, 촬영감독에서 라인 프로듀서로 순조롭게 승진한 후 마침내 프로듀서 자격으로 〈캡틴 캐소드〉의 제작과 연출을 맡기에 이르렀다.

카를이 방금 한 거짓말에 크랜스턴이 어떻게 반응했는지를 확인하기도 전에 암고양이를 닮은 조커가 되돌아왔다. "한잔하니까 이제 기분이 좋아지지 않았어요?" 그녀는 크랜스턴의 무릎 위에 슬쩍 앉으며 물었다.

크랜스턴도 좀 더 기분이 풀린 듯이 "아가씨도 참 집요하구먼"이라고 대꾸했다.

"무슨 단어인지 너무 거창해서 모르겠네요. 너무 어려워." 그녀가 크랜스턴의 귀를 살짝 물자 그는 좋아서 어쩔 줄 모르는 기색이 역력했다. "하지만 난 크고 거창한 게 좋아."

카를도 암고양이 조커의 장난스러운 태도가 싫지 않았다. 그녀도 그것을 감지한 듯했다. "아저씨처럼 잘생긴 남자가 혼자 있는 건 너무 심심하지 않나요. 여기서 누군가 사귀고 싶은 사람 있어요?"

"고맙지만 지금은 아냐."

여성 조커는 가르랑거리며 웃었다. "아, 아저씬 수줍음이 많구나. 하여튼 간에, 아저씨들 직업이 뭐예요?"

"저 친구는 로켓 과학자야." 카를은 암고양이의 주의를 크랜스턴에게 돌리려고 이렇게 말했다.

크랜스턴도 지지 않으려는 듯이 말했다. "거기 그 친구는 〈캡틴 캐소드〉의 프로듀서이고."

카를은 크랜스턴을 당장이라도 요절내고 싶었다. 조커 클럽에서 농담 따먹기를 하는 것 가지고 뭐라고 할 생각은 없다―하지만 진짜 신원을 밝히다니 어불성설이 아닌가.

그러나 암고양이는 기쁜 기색이었다. "그럼 브랜트하고 진도 알겠네요!"

"잘 알지." 카를은 놀란 기색을 보이지 않으려고 노력하며 말했다. "아가씨도 알아?"

"물론이죠! 진은 나한테 출연 자리를 알아봐주겠다고 했어요! 터크한테도 여자 친구가 있는 게 낫다고 생각하지 않아요? 고양이하고 개니까 아이들도 좋아할 거고. 게다가 난 분장할 필요도 없으니 돈도 절약되고!" 그녀는 가르랑거리듯이 웃었다. "실은 여기서 일하는 건 집세를 내기 위해서예요. 정말은 배우라고요."

물론 그럴 것이다. 어떤 종류의 배우를 말하는지도 카를은 알고 있었다. 조커가 나오는 포르노 영화가 점점 인기를 끌고 있다는 얘기를 최근 들은 적이 있었다. "그 친구들이 여기 단골인 줄은 몰랐네." 카를이 말했다. "얼마나 자주 오는데?" 카를은 포커스를 써서 그녀의 예쁘장한 고양이 얼굴에 시선을 집중했고…… 고양이 수염에 맺힌 땀방울이 반짝이는 것을 확인했고…… 한쪽 눈썹이 올라가고…… 입이 조금 열리는 것을 확인했다. 정상인의 경우 이것은 명백히 망설임에 해당한다.

또는 두려움일 수도 있었다.

암고양이는 너무 많은 얘기를 해버렸고, 갑자기 그 사실을 깨달은 것처럼 보였다.

"'단골'이라고 할 정도는 아녜요. 단지…… 우연히 만났을 뿐이에요. 이제 가볼게요." 그녀는 크랜스턴의 무릎 위에서 내려왔다.

크랜스턴도 전혀 아쉬운 기색이 아니었고, "어차피 내일은 모하비 사막까지 한참을 운전하고 가야 해"라고 말했다.

"그런 상태로는 랭커심까지만 갈 수 있어도 다행일걸."

카를은 크랜스턴과 함께 부두 끄트머리까지 가서 줄지어 대기 중인 택시에 올라탔다. 옛 동료를 루스벨트 호텔에 내려주고, 택시 기사에게 할리우드 블루버드를 따라 가워가(街)로 가달라고 말했다. 택시가 목적지에 도착하자 그는 내려서 걷기 시작했다. 가워가에서 세닉가까지는 직선으로 2킬로도 채 되지 않고, 거기서 동쪽의 비치우드드라이브에 있는 집을 향해 몇 블록만 더 걸어가면 된다. 술기운을 떨쳐낼 시간이 필요했다. 생각할 시간도.

그는 지금 하는 일을 계속할 수도 있었다. 판에 박은 듯한 아동용 TV 드라마의 에피소드를 대량으로 찍어내는 일 말이다. 그 드라마가 죽으면 또 다음 드라마를 연출하고, 그게 죽으면 또 다음 드라마를 연출하면 그만이다. **그가** 죽을 때까지 말이다. 아니, 유행에 뒤떨어져 도태된다는, 제작자 입장에서는 죽음보다 더한 운명과 마주할 가능성도 있다. 지금 그가 가진 〈캡틴 캐소드〉의 지분을 켈로그사에 팔아 큰돈을 벌고, 은퇴해서 유유자적하게 여생을 보내는 방법도 있다. 악당 에이스들이 파란 의상을 입은 멍청이 주인공에게 당하는 식의 유치한 이야기와 완전히 결별할 수 있는 것이다.

혹은 크랜스턴의 제안을 받아들여 천직이라 할 수 있는 로켓 개발로 돌아갈 수도 있다.

그러나 우선 브랜트 브루어의 문제를 해결하지 않으면 어떤 선택도 할 수 없었다.

그가 제작한 드라마의 주연배우가 조커 술집에 들락거리고 있다. 아침에 지각하는 일이 점점 잦아지고 있다는 것은 그걸로 설명될 수 있을지도 모른다. 하지만 왜 진 올커위츠와 함께 다녀야 하는 것일까? 카를이 아는 한 그 두 사람은 같이 드라마를 찍는 동료 배우 이상도 이하도 아니었다. 또 올커위츠는 단 한 번도 지각한 적이 없지 않은가.

그는 가워가와 프랭클린애비뉴가 교차하는 모퉁이에 멈춰 섰고, 공중전화 부스로 들어갔다. 에디슨 힐에게 급히 만나자는 전갈을 남기기 위해서.

◆

다음 날 아침 8시 30분이 되어서도 카를은 여전히 프랭클린애비뉴와 웨스턴애비뉴의 교차점에 있는 커피숍에 앉아 있었다. 어젯밤 긴 산책을 하며 자신감을 얻은 그는 오늘 아침에도— 햇볕을 쬐며 운동하면 숙취도 좀 완화되리라는 계산도 있었다 — 걸어서 약속 장소까지 왔다. 에디슨 힐에게서 한시라도 빨리 조사 결과를 듣고 싶었기 때문이다.

그러나 에디슨 힐은 약속 장소에 나타나지 않았다.

결국은 메두사 킬러에 관한 〈헤럴드〉의 후속 기사를 읽으며 마냥 기다리는 수밖에 없었다. 지난 20개월 동안 그런 식의 살인이 일곱 번 일어났다. 희생자들 모두 남자였고, 모두 25세에서 50세 사이의 조커들이었다. 부랑자나 마약중독자나 남창 따위의, 범죄에 취약한 계층도 전혀 아니었다. 희생자들은 조커가 되긴 했지만 기본적으로 견실한 직업을 가진 시민들이었다. 퇴역 군인, 변호사, 회계사, 사무원, 기계공, 글렌데일에서 주유소를 운영하는 사내, 그리고 카드를 뒤집었을 때 조커 패를 받고 실직한 소방수 한 명과 교사 두 명까지 있었다. (그 어떤 부모도 자식들이 조커 교사와 함께 있는 것을 원하지 않는다.)

이런 정보는 카를과는 직접적인 상관이 없는 것이었다. 그는 잘생기고 매력적이며 신비스러운 브랜트 브루어에 관해 알고 싶었다……. 카를의 미래를 여는 열쇠를 쥐고 있는 사내에 관해 말이다.

9시가 되자 그는 기다리는 것을 포기하고 카운터에 1달러 지폐를 올려놓은 다음 택시를 불렀다. 조커 술집에서 처음 만난 사내에게 이미 40달러나 줘버렸다! 다음번에 잭 브론과 마주치면 잊지 말고 불평을 해야겠다.

카를 폰 캄펜은 얼간이 노릇을 하는 것을 정말로 싫어했다.

♥

평소처럼 스튜디오 정문에서 내렸다가, 주차장에서 애비게일이 기다리는 것을 보고 깜짝 놀랐다. 그는 검은 렌즈 너머로 그녀를 훑어보았다. "왜 사무실에 앉아 있지 않은 거야?"

"솔 그린이 사무실에서 기다리고 있어서요."

"그렇다면 보나 마나—"

"브랜트가 또 지각이에요."

카를은 머리가 지끈거리기 시작하는 것을 자각했다. 이번에는 어제 먹은 술 탓을 할 수도 없었다. "그보다 더 나은 뉴스는 없을까."

"어젯밤 실버레이크에서 또 다른 남자 시체가 발견됐다네요. 카를, 그 남자는 돌로 변해 있었다고 했어요."

"만약 솔 그린이 내게 잔소리라도 한다면, 실버레이크에서 바싹 군 은 상태로 발견될걸. 날 보려면 촬영장으로 오라고 해."

카를은 자기 사무실에서 거구의 에이전트와 맞대면하고 싶지는 않 았다. 촬영이 지연되었다고 비난을 받을까 걱정하고 있는 코색을 안심 시켜줄 필요도 있었다.

아니나 다를까 브랜트 브루어의 주차 공간은 여전히 비어 있었지 만, 그 옆에는 검게 반짝거리는 투도어의 허드슨 할리우드가 주차되어 있었다. 카를도 이런 종류의 차를 살 것이다……. 차를 산다면 말이다. 허드슨은 솔 그린의 차였다.

그리고 문제의 솔 그린은 재주를 부리듯이 카를과 동시에 스튜디오 에 도착했다. "오늘 날씨도 또 펄펄 끓겠군." 그린이 말했다.

가장 기분이 좋을 때에도 카를은 그린이 하는 종류의 무의미한 잡 담을 견디지 못했다. "왜 자네 클라이언트한테 안 가고 여기로 온 거 야?"

"브랜트에게 개인적인 문제가 생겼어. 의학상의 문제."

"병원에 입원했다는 건가."

"아직은 아냐. 생명에는 별지장이 없지만—"

"—배우 경력에 큰 지장이 온 거로군."

그린은 카를의 팔꿈치를 잡더니 몇 걸음 떨어진 곳까지 억지로 데 려갔다. "카를, 자네와 나는 친했던 적이 한 번도 없었지."

"사실대로 말하자면 불구대천의 적이 된 지 얼마 안 됐다고 해야겠 지."

"하지만 우리 업계는 친구 사이의 친분을 바탕으로 돌아가는 업계 잖아. 서로 아무리 성격이 안 맞는 것처럼 보여도."

"솔, 자네 내 친구가 되고 싶은 거야? 도대체 무슨 소리를 하고 싶은 거지?"

"내 얘기가 아냐. 하지만…… 카를, 자넨 배우들을 얼마나 잘 이해하고 있어?"

"내가 비싼 돈을 지불하면, 그치들은 제때 출근해서 카메라 앞에서 자기 대사를 읊어. 그것 말고 또 알아야 하는 게 있어?"

거구의 에이전트는 어린애의 잘못을 타이르듯이 설레설레 고개를 흔들었다. "최고의 배우들은 내면이 텅 비어 있어서, 열정이든 패션이든 간에 눈에 띄는 것에 쉽게 사로잡히는 법이라네. 그래서 그렇게 연기를 잘하는 거야―아예 다른 사람이 되는 거지."

"그래서 브랜트 브루어는 만성적으로 행동이 느려터진 누군가에게 매료되기라도 했다는 거야?"

"아니. 내가 말하고 싶은 건, 브랜트가…… 우리의 이해를 필요로 한다는 사실이야. 사고의 유연함이랄까."

"솔, 우린 이틀에 한 번씩 촬영 시간을 재조정하고 있어. 자네의 그 배우 이론을 해럴드 댄에게 얘기해봤어? 우리의 새로운 광고 스폰서께서는 제때 찍지도 못하는 드라마에 대해서 그렇게까지 이해심을 발휘해줄 것 같진 않은데. 문제의 드라마가 아예 존재하지도 않는 경우에는 말할 나위도 없고!"

"켈로그사를 여기 끌어들일 필요는 없잖아. 돈에만 관심이 있는 작자들이야."

"그럼 자넨 뭔데? 이타주의자?"

"난 브랜트 브루어의 친구라네. 그리고 난 자네의 친구가 될 수도 있는 사람으로서 이렇게 부탁하고 있어. 뒤로 물러나달라고." 그린은 카를에게 바싹 고개를 갖다 댔다. 전혀 친숙한 태도가 아니었다. "미행을 멈춰."

"자네하고 할 얘기는 다 했어, 솔." 카를은 방음 스튜디오의 출입문으로 손을 뻗쳤다. 진즉 문을 열지 않았던 유일한 이유는 카메라 촬영이 진행 중이라는 것을 알리는 빨간 경고등이 켜져 있었기 때문이었다.

"그럼 카를, 자네는 어떻게 하고 싶어? 자네의…… 사생활이 만천하에 알려지기에는 아직 좋은 시기가 아니라는 생각이 들지 않아? 그런다면 자네의 경력은 어떻게 되겠나?"

카를은 에이전트를 빤히 쳐다보았다. "나를 협박할 생각은 하지 마."

그러자 그린은 미소를 지으며 양손을 펼쳐 보였다. "난 단지 친구 입장에서 충고를 했을 뿐이야." 그는 몸을 돌리면서 어깨 너머로 말했다. "그건 그렇고, 자넨 정말 선글라스가 잘 어울리는군."

카를은 그의 피난처인 어두운 촬영 세트로 도망치듯이 들어갔다. 손이 부들부들 떨렸고, 속에서 신물이 치밀어 올랐다.

솔 그린은 카를의 비밀을 알고 있었다.

♣

브루어가 점심시간 직전에 모습을 드러냈을 때, 카를은 아무도 들어오지 말라는 지시를 내린 상태로 자기 사무실에 틀어박혀 있었다. 공기에서 연기 냄새가 났다. 나지막한 산을 더 올라간 곳에서 화재가 난 것이 틀림없다. 멀리서 사이렌 소리가 들려왔다. 이 모든 것은 카를을 한층 더 불안하게 만들었다.

그러나 지금은 사립 탐정인 에디슨 힐을 좀 더 선의를 가지고 바라볼 수 있게 되었다. 적어도 사기꾼이라는 판단은 보류하기로 했다. 잭 브론이 사기꾼을 추천했을 리는 없으니까 말이다.

그는 충동적으로 에디슨 힐의 집 주소와 전화번호를 찾아보라고 애비게일에게 지시했다. 마냥 기다리는 것은 그의 취미가 아니었다.

그런 다음 〈캡틴 캐소드〉 다음 회의 대본을 읽는 일에 몰두해보려고 했다. 그러나 브루어와 그린 그리고 켈로그사에 대한 고민과, 최신 대본의 평범하기 짝이 없는 내용과, 사람의 마음을 마비시키는 듯한 에어컨 소음 앞에서 그의 그런 시도는 헛되이 끝났다. 남은 것은 좌절과 불만뿐이었다.

카를은 그와 브랜트 브루어와의 관계에 대해 곰곰이 생각해보았다. 처음 본 브루어는 단지 8×11인치 크기의 사진 속의 얼굴에 불과했다. 사진에 딸려 온 짧은 목록에는 브로드웨이 무대에서 조연으로 시작해서 텔레비전 생방송에 출연한 경력과 더불어, 지브가 프로듀싱한 다른 텔레비전 시리즈에서 단역으로 몇 번 출연했다고 쓰여 있었다. 검은 머리에 파란 눈을 가진 브루어는 슈퍼히어로로 역할에 딱 맞아 보였다. 그리고 몇 번 이어진 오디션을 통해서 목소리 역시 슈퍼히어로로답다는 사실을 증명했다.

에이전트인 솔 그린을 통해 출연 계약을 할 때까지 카를과 브루어는 말을 나눠본 일조차 없었다. 두 번의 시즌에 걸쳐 각각 백 편이 넘는 15분 길이의 저예산 에피소드들을 찍는다는 고된 제작 스케줄 탓에, 주연배우임에도 그 이상의 교유를 하는 것 자체가 불가능했다. 카를과 브루어는 결코 친구 사이였던 적이 없었다 — 같이 식사를 하거나 술을 한 잔 마신 적조차 없다. 유일한 사교적인 접촉은 공휴일에 이따금 열린 파티로 한정되었다.

다른 출연 배우들에 대해서는 더 아는 게 없었다. 올커위츠 역시 솔 그린이 관리하는 배우였다. 오디션 때도 이미 개 가면을 쓰고 작중 역할을 연기해 보였던 것이 생각난다.

여배우인 도티 도일의 경우는 개인적으로도 좀 더 잘 알고 지냈더라면 하는 생각도 없지는 않았지만, 카를의 에이스 능력은 연애엔 쥐약이었다. 카를의 포쿠스는 통상적인 성적 욕구를 관음증 쪽으로 전환하는 경향이 있었기 때문이다. 게다가 카를은 프로듀서가 배역을 미끼로 여배우를 유혹하는 것처럼 보이는 상황 자체를 혐오했다.

거의 오후 5시가 되었는데 아직 점심도 안 먹었다는 사실을 퍼뜩 깨닫고, 바깥쪽 사무실로 어슬렁거리며 나갔다. 에디슨 힐의 집 주소와 전화번호가 쓰인 쪽지를 제외하면 사무실에는 아무도 없었다. 쪽지에는 애비게일의 글씨로 "걸어봤는데 없는 번호라고 나오네요"라는 글이 덧붙여져 있었다.

애비게일의 의자가 비어 있는 것을 보고 짜증이 치밀어 올랐지만, 퍼뜩 두 가지 기억이 떠올랐다. 병원 예약이 잡혀 있던 애비게일에게 일찍 퇴근해도 좋다고 말한 사람은 다름 아닌 카를 자신이며, 현재 그를 괴롭히는 불안의 원천은 에디슨 힐을 둘러싼 상황에서 비롯되었다는 점이었다.

독일식 전통에 입각해서, 그는 직접 행동에 나서려고 마음먹었다.

♠

힐의 집 주소는 룩아웃마운틴 8777번지였다. 흥미로운 우연의 일치다. 10년 전 카를이 할리우드로 왔을 때 프리츠 랑도 룩아웃마운틴에 살고 있었다. 에디슨의 집은 〈캡틴 캐소드〉의 촬영 스튜디오에서 8킬로미터도 채 떨어지지 않는 곳에 있었다.

그러나 그곳에 도달하기까지는 한 시간 넘게 걸렸다. 로럴캐니언 남쪽을 지나는 길이 멀홀랜드드라이브를 가득 메운 소방차들로 꽉 막혀 있었기 때문이다.

카를의 택시 기사는 다른 길로 가자고 제안했고, 우드로윌슨드라이브를 통해 북쪽으로 우회한 다음 다시 로럴캐니언으로 남하했다.

로럴캐니언과 룩아웃마운틴의 교차점 역시 소방차들로 막혀 있었지만 좁은 도로로 빠지는 방법으로 통과하는 것은 가능했다.

그러나 몇 번 더 그렇게 우회한 후 카를이 탄 택시는 로스앤젤레스 시경의 순찰차 세 대라는 궁극적인 장애물에 가로막혔다. "여기서부터는 더 이상 갈 수 없습니다." 경찰관 하나가 카를에게 말했다.

"여기 주민입니다만." 카를은 거짓말하는 것을 싫어했지만, 지금은 힐의 집으로 꼭 가야 했다.

"저쪽에 산다면 보험사에 전화를 거는 편이 나을 겁니다……. 산불로 이미 집 네 채가 타버렸고, 아직 불씨를 완전히 잡지도 못했으니까요."

카를은 선글라스를 벗고 도로 너머를 응시했다. 어린아이들을 위해 나무 위에 짓는 오두막을 연상케 하는, 이 지역 특유의 길쭉한 소형 주택 몇 채가 불에 그을리거나 아예 타버린 것을 알 수 있었다. 야산의 나무들은 그루터기만 남아 연기를 뿜고 있었고, 도로 표지판조차도 검게 그을려 있었다. "하지만 로럴에 소방차들이 와 있던데."

경찰관은 카를을 빤히 쳐다보았다. "돌아가시는 편이 낫습니다. 연기는 눈에 좋지 않으니까요."

카를은 계속 경찰관을 설득해보려고 했지만, 택시 기사가 조바심을 내기 시작했다. 결국 택시는 몇몇 경찰관들의 감시를 받으며 3점 방향 전환을 한 다음, 왔던 길로 되돌아가기 시작했다. "여기서 내릴게요." 길은 돈 택시가 경찰관들의 시야에서 벗어나자마자 카를이 말했다.

택시 요금을 치른 다음, 그는 에디슨 힐의 집이었던 곳을 향해 걸어서 되돌아가기 시작했다.

그물처럼 뒤얽힌 옆길로 빠져 경찰의 장애물을 우회한 뒤에는 룩아웃마운틴을 옆에 끼고 계속 올라갈 수 있었다. 카를은 아직 불타지 않은 나무들 사이를 빠져나와, 목적지를 내려다볼 수 있는 곳에 섰다.

룩아웃마운틴 8777번지였던 집의 잔해 위쪽에 위치한 야산 사면에 묘한 물체가 있는 것이 눈에 들어왔다⋯⋯. 돌덩어리처럼 보이는 그 물체는 포쿠스를 통해 보니 공포에 질려 몸을 움츠리고 있는 인간 남자의 석상처럼 보였다⋯⋯. 가느다란 콧수염을 기른 남자였다.

◆

로럴캐니언을 내려가서 할리우드 대로를 지나 (이렇게 서쪽에는 개인 주택들밖에는 없었다) 선셋 대로로 이어지는 길고 숨 막히는 길을 마침내 주파했다. 거기서 슈와브 약국*에 들러 택시를 불렀다.

택시를 타고 동쪽에 있는 자택으로 가던 도중에, 택시 기사에게 그냥 북쪽으로 차를 돌려 톰린 공군기지로 가자고 하면 어떨까 하는 생각이 들었다.

카를 폰 캄펜은 할리우드라면 이제 신물이 났다.

복층 주택으로 이어지는 계단을 오르며 재스민꽃의 짙은 향기를 맡았다. 로럴캐니언의 연기와 재와는 천양지차였다. 시원한 공기를 들이마시니 힘이 났다. 카를은 멈춰 서서 뒤를 돌아보았다. 그러면서 무심코 포쿠스를 다시 발동했다가, 폭포수처럼 쏟아져 들어오는 가깝고 먼 곳의 이미지들의 세례를 받았다. 전화선 위에 앉아 있는 개똥지빠귀. 근처에 사는 어린아이가 좁은 뒤뜰에서 찬 공이 공중을 가르는 모습. 비치우드드라이브 쪽으로 더 간 곳에 있는 누군가가 내뿜은 한 줄기의 담배 연기. 가로등 주위를 구름처럼 에워싼 나방들. 언덕배기에 웅크리고 있는 코요테 한 마리. 이 모든 것들이 띠처럼 갈라진 콘크리트와 나무들과 배관들과 질주하는 자동차들이 만들어낸 흐릿한 줄들로 이어져 있었다.

설령 솔 그린이나 브랜트 브루어의 정체가 메두사 킬러로 판명된다고 해도, 카를은 그보다 더 큰 역경과도 마주한 적이 있었다. 과거에 그는 로켓을 건조했고, 영국 공군의 폭격에서 살아남았으며, 와일드카드 바이러스에 감염된 뒤에도 살아남았다. 나중에는 이렇게 할리우드의 프로듀서까지 되지 않았는가!

따라서 브랜트 브루어를 통제할 방법도 반드시 찾을 수 있을 것이다.

현관문까지 반쯤 갔을 때 누군가가 그를 꽉 잡았다. 카를의 팔꿈치 위쪽을 누군가의 손이, **눈에 보이지 않는** 손이 붙들고 있다. "되돌아가."

---

*   1930년대에서 1950년대에 걸쳐 할리우드 스타와 영화 관계자들이 자주 찾았던 것으로 유명한 약국 겸 식당.

에스텔 블레어가 말했다.

어디 있을지 모를 습격자의 모습을 찾아보면서 자연스럽게 뒤를 돌아보는 것은 쉽지 않았다. 카를은 등에 카를이나 총알을 맞지 않고 무사히 보도로 내려간 뒤에야 잠시 숨을 돌릴 수 있었다.

"에스텔……."

"당신 바로 뒤에 있어."

"무슨 일이 일어난 거야?"

"남자 두 명인데, 사나워 보이는 데다가 이 더위에 옷을 잔뜩 껴입고 있었어. 한 시간쯤 전에 집 주위를 슬금슬금 돌아다니더라고. 난 그 소리를 듣고 슬쩍 몸을 감췄어. 무슨 뜻인지 알지."

카를은 지금도 비치우드드라이브 길모퉁이에 있는 청과상을 향해 가는 중이었다. 그곳에 가면 통행인들도 있으므로 좀 더 안전하다. "무슨 뜻인지 알겠어."

"당신이 오면 집 안으로 따라 들어갈 작정인 것 같았어. 한 명은 총을 가지고 있었고."

시동을 거는 소리가 들렸다. 잠시 후 허드슨 할리우드 한 대가 카를의 집에 면한 도로를 지나 빠른 속도로 남쪽의 비치우드드라이브로 빠져나갔다.

차 안에는 모자와 외투 차림의 사내 두 명이 타고 있었다. 그중 한 명은 솔 그린이라고 해도 이상할 것이 없는 거구였다.

"카를, 당신 뭔가 트러블에 휘말린 거야?"

"그래 보이는군." 다 타버린 채로 시꺼먼 골조만 남은 에디슨 힐의 자택을 보았을 때는 욕지기가 나고 불안감을 느꼈지만…… 지금 그가 느끼고 있는 것은 순수한 공포였다. 힐을 죽인 자가 누구든 간에, 그와 카를과의 관계를 눈치챈 것이 틀림없었다.

"그렇게 만날 선글라스를 끼고 있는 탓에 못 보고 놓친 건지도 몰라."

"그럴지도 모르겠군." 에스텔이 그의 비밀을 알고 있을 가능성도 없지는 않았다. 지난 3년 동안 그를 몰래 엿보았을 수도 있다. 하필이면 포쿠스가 전혀 먹히지 않는 유일한 인물을 집주인으로 선택한 카를도 얄궂기는 마찬가지이지만 말이다.

"흐음, 지금은 고인이 됐지만, 내 고향인 아이오와에 살던 우리 아버지는 성가신 작자들을 다루는 방법을 하나 알고 있었어. '남이 너를 해하기 전에 선수를 칠지어다'가 말버릇이었지."

"에스텔." 카를이 말했다. "나도 그 말에 전적으로 동감이야."

♥

브랜트 브루어는 드렉셀애비뉴에 살고 있었다. 미라클마일 북쪽이고, 노점과 식당으로 유명한 파머스마켓이나 길모어필드 야구장에서도 그리 멀지 않았다.

택시가 멈춰 선 길모어필드에서는 할리우드 스타들이 마이너리그 야구 시합을 하고 있는 중이었다. 여기서 브루어의 집까지는 네 블록만 걸어가면 된다. 그러는 동안 계속 줄어들기만 하는 그의 선택지에 관해 좀 더 고민해보기로 하자.

해가 지고 있었다. 밤이 되면 후텁지근한 날씨도 좀 시원해질 것이다. 대기 중의 희뿌연 연무는 사라지지 않고 며칠은 더 남아 있겠지만 말이다. 그나마 오늘 밤은 달이 없어서 다행이었다. 페네뮌데에서 부상을 입었던 그 끔찍한 날에는 보름달이 떴는데, 영국 공군의 폭격기들은 그 덕에 더 정확하게 폭격할 수 있었다.

브루어의 저택은 2층 건물이었지만 아주 큰 편은 아니었다. 넓은 부지는 철제 울타리로 둘러싸인 탓에 거리에서는 거의 보이지 않았다.

카를은 울타리로 슬쩍 다가간 후 포쿠스를 써서 철제 봉들과 그 너머의 관목들 사이를 응시했다. 반원형 차도에 주차된 자동차들 사이에 솔 그린의 허드슨 할리우드가 있는 것을 확인했다. 그는 포쿠스를 통해 벽의 페인트가 벗겨진 부분과 보도의 갈라진 틈을 가로지르려고 악전고투하는 귀뚜라미의 모습을 보았다.

딱히 눈에 띄는 장애물은 없었다. 딱히 무기로 삼을 만한 물건도 없었지만 말이다.

카를은 계획을 하나 가지고 있었다. 〈캡틴 캐소드〉에나 나올 법한 계획을. 윌리 레이에게 직접 이 무용담을 얘기해줄 수 있을 때까지 살아남을 수 있기를 바랄 따름이다.

브랜트 집 주위의 조용한 동네를 마지막으로 흘끗 보고, 정문 게이트를 열고 현관을 향해 걸어갔다. 카를은 집 안에서 웃음소리와 음악 소리가 들려온다는 것을 깨닫고 흠칫하며 뒷걸음질 쳤다. 지금이라도 이 계획 전체를 포기할 수 있다……. 앞으로 30분 동안 대본대로 진행되는지의 여부에 따라, 저 사람들 역시 위험에 처할 수도 있다.

그냥 모든 것을 내던지고 싶은 유혹도 있었다. 켈로그사의 계약서에 서명을 하고 브루어에게서 아예 손을 떼는 것이다. 그럼 브루어 일을 걱정해야 하는 것은 카를이 아닌 시리얼 회사다.

아니다. 브루어는 단지 카를의 인생을 혼돈에 빠뜨린 것이 아니었다―브루어와 솔 그린이 에디슨 힐을 살해한 것은 거의 확실했다. 게다가 힐만 죽였을 리가 없다. 그들은 괴물이었고, 〈캡틴 캐소드〉에 등장하는 만화적인 조커 악당들의 현실 버전이었다. 그런 자들이 암약하도록 놓아두는 것은 어불성설이다―

카를은 현관문을 두드렸다. 잠시 후 진 올커위츠가 깜짝 놀란 표정으로 문을 열었다. 엄밀하게 말하자면 올커위츠는 가면을 뒤집어쓰고 있었으므로 문을 연 것은 터크라고 해야 하겠지만.

반쯤 예상하고 있긴 했지만, 카를은 주인공인 캡틴의 조수가 단지 카메라 앞에서만 그 역할을 연기하지 않는다는 사실을 깨닫고 충격을 받았다. "이 장면에서 난 '**구텐 아벤트**'*라고 해야 하나?" 카를이 말했다. "아니면 이렇게 소리 지를까? 도대체 자네 여기서 뭘 하고 있지? 그 가면은 왜 쓰고 있는 거야?"

"조커 년들한테 잘 보이려고." 올커위츠는 고무 가면 아래에서 미소지으며 말했다. "총통 각하, 조커 여자들은 장난 아니랍니다. 게다가 고마워하기까지 하죠." 올커위츠는 마치 도움을 구하려는 듯이 고개를 돌렸다. 잔뜩 화난 얼굴을 한 솔 그린이 파티 중인 인파를 헤치고 이쪽으로 오고 있었다.

"자네 미쳤나?" 그린은 대뜸 말했다.

"솔, 자넨 날 보고 싶어 했잖아. 내 집까지 찾아왔을 정도로!" 카를은 그가 다른 할리우드 인종들과 마찬가지로 이 구닥다리 농담을 잘 알고 있다는 것을 알리려는 듯이 씩 웃어 보였다.

그린은 결국 "브랜트!"라고 외치는 수밖에 없었다.

브루어는 손님 무리를 헤치고 이쪽으로 왔다. 손님들은 모두 조커

---

*   영어의 '굿 이브닝(good evening)'에 해당하는 독일어 저녁 인사.

였다. 그것도 다채롭기 짝이 없었다! 도마뱀 여자. 온통 비늘로 덮인 몸에 다리가 달린 존재. 머리에서 더듬이가 두 개 튀어나온 것을 제외하면 완벽하게 정상인 남자. 카를이 동물원 클럽에서 만난 암고양이도 있었다. 그녀는 마치 참나무를 깎아 만든 것처럼 보이는 얼굴을 가진 뚱뚱한 사내의 무릎 위에서 꼼지락거리고 있었다.

그 밖에도 대여섯 명의 조커들이 있었다. 이 파티는 노아의 방주와는 정반대였다. 그 어떤 조커도 자신과 짝을 이루는 완벽한 상대 따위와 함께 있지는 않았기 때문이다. 카를은 마치 동물원 클럽으로 다시 돌아간 듯한 느낌을 받았다. 프렌치프라이 냄새와 건물 바로 옆에서 돌아가는 회전목마에서 흘러나오는 싸구려 음악이 없다는 점을 제외하면 말이다. 여기서는 자수 장식이 된 양탄자, 요란스럽게 장식된 양단 소파, 벽에 걸린 싼티 나는 예술 사진, 빅터 축음기 따위가 그것들을 대신하고 있었다. "텔레비전이 안 보이네." 브루어가 앞으로 오자 카를은 말했다. "자네 연기는 뭘로 보나?"

"단 한 번도 본 적이 없다면 믿겠어?"

최근 들어 카를이 들은 충격적인 얘기들 중에서도 이것은 가히 챔피언급이라고 할 수 있었다. 도대체 어떤 종류의 배우가 TV 화면을 통해 자기 모습을 볼 기회를 일부러 걷어찬단 말인가?

"흠, 매일 밤 이토록 다채로운 친구들을 만나 노는데, 굳이 흑백텔레비전을 보고 싶겠어?" 브루어가 말했다. 카를이 실존 인물 뺨치는 매력을 풍기는 노라—몸에 꼭 맞는 분홍색 드레스 차림에 머리카락을 금빛 새 둥지처럼 말아 올리고, 핏빛 입술에 열대의 바다처럼 새파란 눈을 가진 인형 같은 모습의—가 와 있다는 사실을 깨달은 것은 그때였다. 카를은 이토록 섹시한 도티 도일을 일찍이 본 적이 없었다. 카를의 가장

은밀하고 수치스러운 성적 환상 속에서도 이 정도는 아니었다.

도티는 카를을 향해 고개를 까닥하더니 턱으로 거실 구석을 가리켰다. 해럴드 댄은 그들을 보며 미소 지었고, 카를을 향해 손에 쥔 술잔을 기울여 보이며 건배하는 시늉을 했다. 카를이 켈로그사에서 온 이 사내를 보는 것은 며칠 만이었다. 댄의 좌우에 밀착한 댄서들은 동물원 클럽에서 본 아메리칸 걸들이었다. 왼팔은 파랑, 오른팔은 빨강이다.

카를은 브루어와 그린에게 몸을 돌렸다. "자네들이 뭔가 축하하고 있다는 건 알겠군." 혹시 에이전트와 주연배우가 몰래 결탁해서 〈캡틴 캐소드〉의 지분을 훔치기 위한 전형적인 할리우드식의 뒷거래를 하고 있는 것을, 살인을 하고 다닌다고 오해한 것일까?

브루어가 대답하기 전에 그린과 올커위츠가 다가와서 카를의 좌우 팔꿈치를 부여잡았다. "카를, 어디 딴 데로 가서 얘기 좀 할까?"

손님들 사이로 반강제로 끌려 나가던 카를은 도티와 눈이 마주치자 말했다. "당장 여기서 나가. 다른 사람들도 모두 데리고 나가. 이유를 물으면…… 경찰이 오고 있다고 해. 가택수색을 하려고!"

"아." 그녀가 말했다.

♣

세 명은 서재에 와 있었다. 닫힌 서재 문 밖에서는 올커위츠가 파수를 보고 있었다. "자넨 미치광이든가, 아니면 세상에서 가장 용감한 사내야." 그린이 말했다.

"양쪽 다 될 수는 없는 건가?"

브루어는 자기 에이전트를 보며 말했다. "솔—"

"입 닥쳐, 브랜트!" 그린은 카를을 마주 보았다. "카를, 자넨 사실 좀 멍청해. 그러니까 로켓 과학자치고는 멍청하다는 뜻이야."

"아무리 멍청해도 그게 할리우드에서는 사형선고를 의미하는지는 몰랐어. 그게 사실이라면 거리는 이미 텅텅 비어—"

그린은 손등으로 카를의 뺨을 후려갈겼다. 이 느닷없는 폭거에 카를은 아팠던 만큼이나 크게 놀랐다. "우리가 좋아서 이러는 줄 알아? 자기가 얼마나 운이 좋은지 모르지? 네 에이스 능력은 실제로 너를 돕잖아!"

"솔, 그만해둬!"

브랜트는 정말로 동요한 기색이었다. 그는 거구의 에이전트의 팔을 잡고 카를에게서 살짝 떼어냈다.

"도대체 자네 둘은 뭐지?" 카를은 피 맛을 느끼며 혀끝으로 흔들리는 이를 찾아냈다. "무슨 팀이라도 짜고 있는 거야?"

브루어는 속마음을 감출 수 있을 정도로 좋은 배우가 아니었다. "우린 서로가 필요해. 솔은 그들을 석화시켜. 난 옆에서 그걸 빨아들이고." 그는 뚱한 표정을 한 거구의 파트너를 돌아보았다. "우리가 서로를 찾아낼 수 있어서 정말 다행이야."

"브랜트……." 그린의 얼굴은 땀으로 젖어 있었다.

"솔, 카를에겐 알 권리가 있어!" 브루어는 고백을 할 기회가 주어졌다는 사실에 도리어 안도하는 것처럼 보였다. "우리에게 돈을 잔뜩 벌게 해줬잖아!"

"아니, 아동용 TV 드라마의 스타하고 4류 에이전트가 그렇게 많이 벌었어?" 카를은 그린을 도발하고 싶은 유혹을 참을 수가 없었다. "희생자들한테서 뭘 빨아들이지는 모르겠지만, 거기서도 10퍼센트만 받는 건가?"

그린은 또 카를을 손등으로 치려는 듯이 팔을 들어 올렸지만, 브루어가 말렸다. "그러지 마, 솔!" 브루어는 에이전트와 카를 사이에 끼어들며 말했다. "한번 마약에 중독되면 절대로 못 빠져나온다 어쩌고 하는 얘기는 들어봤지? 난 이 습관을 떨쳐낼 수만 있다면 지금 당장이라도 헤로인중독자가 될 용의가 있어." 브루어는 손가락으로 이마의 땀을 닦아냈다. "그리고 날씨가 더우면 내 욕구는 더 악화돼."

"하지만 뭘 흡수한다는 거야? 피라든지 뼈 같은 건가⋯⋯."

그러자 그린이 거칠게 웃었다. "얘기해주라고. 이자는 알 권리가 있다며!"

놀랍게도 브랜트는 수치심에 사로잡힌 기색이었고⋯⋯ 제대로 말을 잇지 못했다. "솔이 그들의 몸을 변하게 하면, 난 그들의 영혼을 흡수해. 그들의⋯⋯ 인격을 말이야. 그때까진 난 카메라 앞에서 영웅 역할을 정말로 연기할 수가 없어. 다른 사람의 인격을 흡수할 때까지는 진짜 인간 노릇을 하지 못하는 거야."

공포로 반쯤 마비된 상태가 아니었다면 카를은 브랜트의 이 고백을 듣고 웃음을 터뜨렸을지도 모른다. 알고 보니 브랜트 브루어는 궁극적인 에이스 배우, 글자 그대로 빈 그릇이었단 말인가. 비록 한순간이긴 했지만 카를은 브루어에게 연민의 정을 느꼈다. 그린의 경우조차도 마찬가지다. 세상 사람들 모두가 와일드카드 바이러스의 육체적인 대가가 뭔지 알고 있다고 주장한다. 그러나 정신적인 대가에 관해서는 어떤가? 타키스인들이 만들어낸 그 바이러스는 인간의 뇌에 도대체 어떤 왜곡과 고뇌를 강요한 것일까?

다음 순간 솔 그린이 뒤에서 양팔로 카를을 부여잡았다. 카를은 이 강철과 같은 포옹을 뿌리칠 수 없다는 사실을 알고 있었다. "자네 친구인 힐은 알고 보니 영웅이더군. 그리고 자네도 영웅이 되려고 결심했다, 이거지." 카를은 몸이 무거워지고, 뻑뻑해지는 느낌을 맛보았다. 돌로 변하고 있는 것일까? "아까 내가 말했듯이, 자넨 멍청해, 카를."

카를은 호주머니에 한쪽 손을 쑤셔 넣었다. "냄새를 맡아봐!" 카를은 억지로 입을 움직여 말했다. "이건 가스 냄새야. 지금 실내에는 가스로 가득 차 있어. 그리고 이 집을 달까지 날려 보내려면, 불만 붙이면 돼." 그는 호주머니에서 가까스로 라이터를 꺼내 들었다.

브랜트는 걱정스러운 표정이었다. "솔, 조심해……!"

그러나 솔 그린은 씩 웃더니 외쳤다. "진!"

문이 열리며 올커위츠가 들어왔다. 한쪽 옆구리에 꿈틀거리는 사람 모양의 담요 꾸러미를 끼고 있었다. 그는 꾸러미를 방바닥에 던지고 그 위에 앉았다.

카를을 껴안은 그린의 팔은 미동도 하지 않았다. "카를, 우린 자네의 투명한 친구를 볼 수 없을지도 모르지만, 진은 정상인치고는 코가 좋아서 아주 냄새를 잘 맡지. 그걸 이용해서 이 여자를 찾아낸 거야."

방바닥의 꾸러미가 꿈틀거리는 동안 브랜트 브루어는 카를의 굳어가는 손에서 라이터를 살짝 빼앗았다. "걱정하지 마, 에스텔." 카를은 말했다. 그녀까지 잡혔다. 이제 끝장이다…….

브랜트는 깜짝 놀란 기색이었다. "그게 자네 계획이었어? 이 집으로 그냥 걸어 들어와서 가스 폭발로 모든 걸 날려버리겠다?"

"내 계획은……" 카를은 그린의 품에서 빠져나오려고 헛된 몸부림을 계속하며 말했다. "……여기로 걸어 들어와서 자네들을 설득하는 거였어! 물론 다른 사람들에게 그랬던 것처럼 나를 죽일 수도 있겠지. 하지만 내가 죽는다면 그냥 단순한 조커 살인사건으로 간주되지는 않을 거야. 난 독일인이라고! 게다가 난 자네의 프로듀서야. 그리고 **에이스야**.

그런 나를 누가 대체할 것 같아? 나보다 한층 더 못되고 강한 자겠지. 그리고 그런 일이 일어난 뒤에 자네 두 사람이 얼마나 오래 살아남을 수 있을 것 같아? 그러느니 차라리…… 포기하고 마음의 평화를 얻는 편이 낫지 않아?"

카를은 스스로에게 말을 걸고 있는 듯한 기분이었다. 뿌리를 박은 것처럼 꼼짝도 못 하겠고, 몸이 무겁고, 피부가 딱딱해지고 있다. 그는 포쿠스를 발동시켜보려고 했지만 실패했다.

이제 그가 할 수 있는 일이라고는 눈을 감고 죽는 일밖에는—

서재 문이 갑자기 확 열렸다. 뭔가 소란스러운 소리가 들리더니, 그린이 외쳤다. "브랜트!"

카를은 눈을 떴다. 서재에는 그와 에스텔만 있었다. 그녀를 감싸고 있던 담요는 이미 바닥에 떨어져 있었다. "움직일 수 있겠어?" 에스텔이 말했다.

"응." 카를은 대답했지만, 쉽지 않았다. 마치 몇 시간 동안이나 똑같은 자세로 꼼짝 않고 앉아 있었던 것처럼 발과 다리뿐만 아니라 엉덩이까지 마비된 것처럼 감각이 없었다.

"당장 여기서 나가야 해!"

카를은 고통을 참으며, 눈에 보이지 않는 데다가 그리 큰 도움이 되지 않는 에스텔의 부축에 몸을 맡겼고, 억지로 발을 디디며 복도를 지나 거실로 들어갔다.

도티와 댄과 그 밖의 조커 파티 손님들은 눈치를 채고 이미 내뺀 듯했다. 거실에는 세 사람—브랜트 브루어, 솔 그린, 유진 올커비츠밖에는 남아 있지 않았기 때문이다. 브루어는 층계 위에서 라이터를 높이 치켜들고 있었고, 그린은 그런 브루어를 잡으려고 하는 것처럼 보였다. 그러자 브루어는 정말로 매일 밤 방영되는 〈캡틴 캐소드〉에서 볼 수 있는 특유의 주인공 포즈를 취했다. "그걸 내려놔, 브랜트!"

솔이 이렇게 외치자, 여전히 개 가면을 쓰고 있던 올커위츠가 이 두 사내 사이를 가로막았다. "오지 마, 솔!"

카를은 황급히 현관문까지 갔고, 8월의 뜨거운 밤공기 속으로 돌진했다. 몸이 말을 안 듣는 통에 계속 비틀거리면서도, 에스텔과 함께 최대한 집에서 떨어져야 한다는 일념으로 필사적으로 나아갔다. 저택 정문에 도달했을 때, 썩은 목재가 딱 하고 부러지는 듯한 소리가 들리면서—

섬광이 번쩍하더니 저택 전체가 폭발했다. 거인의 손이 카를을 철썩 때리며 주차된 차에 대고 내동댕이쳤다.

폭발로 귀가 멀고, 두 손과 무릎에 시뻘건 찰과상을 입은 카를이 자동차 곁에 웅크리고 있을 때, 저택 위로 불덩이가 솟구쳤다.

카를은 몸을 일으켰다. 공기 자체가 활활 불타오르는 듯했지만 억지로 고개를 돌려 주위를 둘러본다. "에스텔!"

"여기야, 달링!" 목소리는 등 뒤에서 들려왔다. "몸이 별로 안 좋아……."

카를은 무엇인가가 잔디밭에 털썩 넘어지는 소리를 들었다. 그는 허리를 굽히고 눈에 보이지 않는 여자를 부드럽게 안아 올린다는 쉽지 않은 일에 착수했다.

그런 그의 등 뒤에서 브랜트 브루어의 저택은 완전히 불길에 휩싸여 있었다. 폭발의 위력이 너무나도 강했던 탓에 2층이 이미 1층 위로 무너져 있는 상태였다. 소방관들이 오더라도 무의미하다. 그들이 도착할 무렵이면 재밖에는 남아 있지 않을 것이므로.

♠

2주 후, 카를 폰 캄펜이 톰린 공군기지로 가기 위해 탄 버스가 팜데일 북쪽에서 주유를 하기 위해 잠시 멈췄다.

카를은 버스에서 내렸고, 그린의 메두사 능력의 영향으로 여전히 뻣뻣한 느낌이 가시지 않는 두 다리의 근육을 풀어보려고 버스 주위를 거닐었다. 그러던 중에 주유 담당 직원이 읽고 있던 신문의 1면 기사 제목이 눈에 띄었다.

지브 TV에서 새로운 〈캡틴 캐소드〉 방영 개시
〈바람과 함께 사라지다〉와 〈지상에서 영원으로〉에 출연한
조지 리브스 주연

켈로그사의 제안은 브랜트 브루어의 죽음과 함께 없던 일이 되었다. 상관없다. 해럴드 댄은 미시간행 첫 항공편을 잡아타고 로스앤젤레스를 떠났다. 그 파티에서 뭘 하고 있었느냐는 불편한 질문을 받기 전에 줄행랑친 것이 틀림없었다. 카를은 개의치 않았다. 어차피 그는 할리우드를 떠났기 때문이다. 신품이나 다름없는 제니스 TV도 에스텔에게 선물하고 오지 않았던가. 그녀의 은혜를 갚으려면 그 정도로는 턱도 없었다. 에스텔은 카를의 목숨을 구해줬을 뿐만 아니라, 브랜트 브루어가 자살한 이유를 카를이 이해할 수 있도록 도와준 고마운 은인이었다.

"조커라는 것만으로도 견디기 힘들잖아." 당시 에스텔은 이렇게 설명했다. "알다시피 조커들은 자살율도 엄청나게 높고. 하지만 배우는 그 어떤 사람들보다도 자신감을 결여한 인종이야. 자기가 왜 인기가 있고 왜 성공했는지를 전혀 이해 못 하고, 단지 인기가 있다는 사실만을 인지한다고나 할까. 게다가 한물가면 그런 인기조차 사라지기 마련이야. 브랜트 브루어는 '캡틴 캐소드' 역이야말로 자신이 도달할 수 있는 최고봉임을 실감했던 게 틀림없어. 그런 와중에 당신에게 진상이 들통났으니, 모든 게 끝장났다고 느꼈던 거지."

카를 폰 캄펜은 다시 검은 선글라스를 끼고, 미래를 응시했다.

파워스

데이비드 D. 러빈

1960년 5월 2일 월요일 오전 9시 35분, 프란치셰크 '프랭크' 마예프스키의 사무실 문을 느닷없이 노크하는 소리가 들렸다. 프랭크의 책상이 문에서 가장 가까웠다. 노크에 대답하기 전에 그는 담배를 비벼 껐다. "잠깐 기다리세요." 그는 말했다.

프랭크의 서류 대부분은 다루는 분야에 따라 각기 다른 색깔로 구분된 서류철 안에 든 상태로 책상 가장자리에 맞춰 깔끔하게 놓여 있었다. 그는 보안 규정에 따라 검토 중이던 서류를 해당 서류철에 집어넣었고, 같은 사무실에서 일하는 두 명의 동료 쪽을 흘끗 보며 그들도 같은 일을 했는지를 확인했다. 봄날의 이른 시각이었지만, 창문이 없는 사무실 내부는 워싱턴 특유의 열기로 이미 후덥지근했다. 잉여 군수품인 잿빛 서류 캐비닛들과, 녹색과 흰색 격자무늬의 상처투성이 리놀륨 바닥과, 가장자리에 몇십 년에 걸친 담뱃불 자국이 잔뜩 나 있는 군함색 책상들 위로, 눈이 아플 정도로 새하얀 형광등 불빛이 내리쬐고 있다. 사무실 안쪽 벽에 나란히 놓인 네 개의 육중한 금고들에는 규정대로 녹색의 '열림' 카드가 붙어 있었다. 금고 문은 닫혀 있지만, 근무시간인 지금 금고의 자물쇠 자체는 열려 있다는 뜻이다.

프랭크는 소비에트연방의 폭격기 생산량에 관한 정보 판단서를 작성하던 중이었다. 그의 책상에 놓인 서류철들에는 러시아어, 독일어, 폴란드어, 영어로 쓰인 문서가 들어 있었다. 뉴스 기사, 감청한 전보 내용, 현지의 첩보 담당자가 휘하 요원들이 알아낸 사실들을 요약해놓은 보고서 따위였다. 현지에서 보내온 첩보가 가장 신선하고 흥미로웠지만, 이것은 가장 미심쩍은 정보이기도 했다. 설령 보고서에 나열된 사실들이 의도적으로 흘린 역정보가 아니라고 해도, 착각이나 잘못된 해석의 결과물일 수 있었고, 돈이나 스릴에 굶주린 현지 요원들에 의해 완전히 날조된 정보일 수도 있기 때문이다. 이 업계에서 확실한 것은 아무것도 없었고, 프랭크가 지금 작성 중인 문서가 보고서가 아닌 '판단서'라고 불리는 것도 바로 그 때문이었지만, 유능한 분석가라면 주어진 정보를 주의 깊게 상호 비교함으로써 진상에 관해 극히 개연성이 높은 추측을 할 수 있었다.

문을 연 사람은 로버트 에이머리 주니어였다. 키가 크고 마른 체구에, 프랭크와는 달리 머리카락이 모두 남아 있었다. "누군가 했는데, 이리 반가울 데가!" 프랭크는 로버트와 악수를 나누며 말했다. 프랭크를 CIA로 스카웃한 장본인인 로버트는 CIA 부국장으로 승진하기 전에는 프랭크의 직속상관이었다. 그는 한 손에 '극비'라는 딱지가 붙은 빨간 서류철을 들고 있었다.

"프랭크, 자네와 얘기를 좀 해야겠어. 우리 둘이서만. 함께 가세."

프랭크는 마른 침을 꿀꺽 삼켰다. 그는 당혹감을 감추기 위해 금속 테 안경을 벗어서 손수건으로 닦았다.

트래버틴 석재가 깔린 탓에 발소리가 뚜벅뚜벅 울려 퍼지는 복도를 나아가며, 프랭크는 옆구리로 식은땀이 흘러내리는 것을 자각했다. 후

덥지근한 날씨이긴 했지만 이렇게 땀을 많이 흘릴 정도로 무덥지는 않은데도 말이다. 평소의 업무 패턴이 어긋난 것이 우려스러웠고, 상사의 주목을 받고 있다는 사실은 한층 더 우려스러웠다. 10여 년 동안이나 그토록 두려워하던 날이 마침내 온 것일까?

로버트는 프랭크가 지나친 적조차 없는 금고실로 프랭크를 안내한 후 바깥쪽의 육중한 방음문을 닫았다. 두 사람이 금고실 앞의 대기 공간 대부분을 차지하는 작은 탁자에 앉은 후, 로버트는 담배 한 개비를 내밀었다. 말보로는 프랭크에게는 너무 독했지만, 긴장을 풀려고 기꺼이 받아들었다.

로버트는 CIA의 문장이 인쇄된 육중한 유리 재떨이에 대고 담배를 톡톡 친 다음 서류철에서 서류 한 장을 꺼냈다. "여기 서명하게."

"이, 이게 뭡니까?" 프랭크는 와이셔츠 깃 아래에서 맥박이 빨라지는 것을 자각했다.

"자네를 새로운 작전 부문으로 입실시켜야 해서 말이야."

여기서 '입실'이란 기밀정보가 포함된 어떤 독립 작전 부문에 대한 보안 접근권을 직원에게 부여하는 과정을 의미했다. 서류에는 해당 작전에 관한 간략한 설명—소비에트연방의 영공에 고공비행으로 침투해서 정찰 사진을 찍어 오는 프로젝트였다—과, 기밀 누설 시 받는 처벌에 관한 통상적인 서약이 포함되어 있었다. 이 작전에 포함된 어떤 정보라도 허락 없이 누출할 경우, 최대 종신형을 포함한 형벌을 받을 수 있다는 사실을 받아들인다는 식이다. 로버트는 서류 끄트머리에 프랭크의 이름과 생년월일과 사회보장번호를 이미 기입해놓았다. 프랭크는 안도하며 서류에 서명했다.

왜 그의 보안 등급을 올려주는지는 알 수 없었지만, 그 이유가 무엇이든 간에 적어도 그의 비밀이 노출된 것은 아니었기 때문이다.

자신도 서류에 서명한 후 서류철에 넣은 로버트는 금고실 서랍에서 또 다른 서류철을 꺼냈다. "'아쿠아톤(AQUATONE)'에 온 걸 환영하네." 각 작전 부문은 암호명으로 불렸고, 'AQ'라는 접두사는 그것이 특정 기술과 관련된 정보 자산임을 의미했다.

로버트는 서류철에서 8×10인치 크기의 사진을 꺼내더니 작은 탁자 위로 밀었다. "이 정보는 어떤 상황에서도 이 방 밖으로 나가면 안 되네. 아쿠아톤은 우리의 극비 작전 중에서도 가장 비밀스러운 거야." '아쿠아톤 일급비밀'이라는 도장이 찍힌 사진은 비행기의 사진이었다. 극도로 특이한 비행기였다. 날개는 기형적으로 보일 정도로 길고 가늘었고, 동체는 시가를 연상시킬 정도로 홀쭉했다. 동체 뒷부분에 제트 배기구가 달려 있는 것만 제외하면 글라이더라고 해도 무리가 없을 정도였다. 비행기 전체가 검게 도장되어 있었고, 어떤 표지나 휘장도 찾아볼 수 없었다. "이건 록히드 U-2라네." 로버트가 말했다. "최대 상승 고도는 2만 미터, 최고 속도는 시속 900킬로미터에 달하는 데다가, 연료 보급 없이 여덟 시간까지 비행이 가능해. 우린 거의 5년 동안이나 이걸 써서 러시아 영공에서 정찰비행을 수행했네."

프랭크는 담뱃재가 떨어지려는 것을 퍼뜩 깨닫고 재떨이에 떨었다. "그렇게 높은 고도에서 어떤 종류의 사진을 얻는단 말입니까?" 고도 2만 미터는 실질적으로 외우주나 마찬가지다.

로버트는 음울한 미소를 떠올렸다. "아주 훌륭한 사진들이지. 소련은 이 정찰기를 막을 물건을 갖고 있지 않아." 로버트는 프랭크의 눈을 똑바로 쳐다보았다. "적어도 우린 그렇게 생각하고 있었다네. 하지만 지난 일요일에 U-2 1기가 귀환하지 않았어." 그는 서류철을 프랭크에게 건넸다.

　프랭크는 담배를 재떨이에 올려놓고 서류철 안의 서류들을 읽었다. 모두 '아쿠아톤 일급비밀'이라는 도장이 찍혀 있었다. 문제의 U-2기는 파키스탄의 페샤와르에서 이륙했고, 스탈린그라드와 아르한겔스크와 무르만스크 상공을 날면서 대륙간탄도탄 발사 시설이 건조되고 있다는 증거를 찾고 있었다. 완전한 무선 침묵을 유지하면서 말이다. 그러나 이 기체는 착륙 예정지인 노르웨이의 보되에 24시간이 넘도록 나타나지 않았기 때문에 실종되었다고 판단하는 수밖에 없었다. "무슨 일이 일어난 겁니까?"

　"모르겠네. 그건 아주 다루기 힘든 비행기라서, 기계 고장일 수도 있고, 조종사 실수일 수도 있어." 서류철의 마지막 종이는 또 다른 사진이었다. 구식 코르셋을 연상시키는 레이스가 부착된 비행복 차림의 잘난 척하는 느낌을 주는 사내. "그 친구가 조종사야. 프랜시스 게리 파워스라는 이름이고, 우리 CIA 소속이지. U-2기 조종사들하고 보조 요원들은 모두 CIA 직원이라네."

　조종사는 단단해 보이는 턱과 검은 눈을 가지고 있었다. 프랭크의 아들보다 나이가 조금 위일까. 서른 살쯤 되어 보인다.

　"그게 소련 어딘가에서 추락했다는 건 알아. 그리고 자네의 임무는 소련인들이 뭘 알고 있는지를 알아내는 거야. 소련인들은 그걸 격추했을까? 그게 아니라면 추락했다는 사실을 알기는 할까? 혹시 그 잔해를 찾아냈다든지? 찾아냈다면, 그걸 가지고 뭘 알아냈을까? U-2기는 물론 자동 파괴 장치를 갖추고 있지만, 그 장치가 고장 났을 가능성도 있네."

　"조종사의 경우는 어떻습니까?"

가혹하고 냉정한 시선. "쿠라레* 독침을 소지하고 있네." 로버트는 생각에 잠긴 표정으로 담배를 빨았고, 코로 연기를 뿜었다. "하지만 비행기가 그렇게 높은 고도를 유지하면서, 그렇게 멀리까지 날아가려면…… 프랭크, U-2기는 기본적으로는 화장지로 만들어진 거나 다름없다네. 추락한다면, 조종사가 생존할 확률은 100만분의 1에 가까워."

　프랭크는 재떨이에 놓아둔 자기 담배를 집어 들었다. 계속 내버려둔 탓에 거의 필터에 닿을 정도로 타 들어간 상태였다. 그는 마지막 쓴 연기를 빨아들이고 담배를 비벼 껐다. "왜 저를 택하셨습니까?" 부국장의 방문이 자신의 개인적인 비밀 때문이 아니라는 사실을 깨달은 뒤로 프랭크의 맥박은 느려졌지만, 이번 임무로 주목받는 것은 여전히 내키지 않았다.

　"프랭크, 난 자네를 잘 알아. 자넨 러시아어가 모국어이고 눈썰미도 좋아. 그리고 난 자네의 판단을 신뢰하네. 자네가 이번 일을 잘 처리한다면 자네 경력에도 큰 도움이 될 거야." 로버트는 짐짓 엉큼한 표정을 지으며 프랭크를 향해 눈을 찡긋해 보였다.

　"감사합니다." 프랭크는 미소를 지어 보이려고 노력했다.

◆

　프랭크가 집에 돌아온 것은 그날 밤 11시였다. 최대한 조용히 열쇠로 자물쇠를 열고 문을 연다. 그러나 아내는 아직도 깨어 있었다. 잠옷 가운과 슬리퍼 차림으로 거실 창문을 내다보며 손톱을 씹고 있었다. 소

*　남아메리카 원주민들이 살촉에 칠하는 신경독.

피아는 그가 들어오자마자 몸을 돌렸다. 바부시카 인형을 연상시키는 둥근 얼굴에 안도하는 기색이 떠올랐지만, 그 즉시 그것은 분노로 바뀌었다. "도대체 어디 있었어?" 그녀는 굳은 목소리로 힐문했다.

"**코하니에**[*], 늦어서 정말 미안해." 프랭크는 고개를 숙이고 그녀의 뺨에 입을 맞췄다. "오늘 새로운 임무를 배정받았어. 그걸 처리하느라고 너무 바빠서 전화하는 걸 깜박했어." 사실을 말하자면 그는 오늘 대부분을 전화선도 통해 있지 않은 아쿠아톤의 금고실에서 보냈다.

소피아는 그를 꼭 껴안았다. "**세르두슈코**[**], 당신이 너무 걱정이 되어서 견딜 수 없었어." 그녀는 그의 어깨에 대고 속삭였다. "혹시 SCARE 한테 잡혀간 건 아닐까 두려웠어."

"오늘은 아냐, **코하니에**. 우리 비밀은 지킬 수 있을 거야…… 당분간은."

프랭크는 그 비밀이 발현한 날의 모든 세부를 뚜렷하게 기억하고 있었다. 1952년의 맑게 갠 봄날이었다. 프랭크는 신호등에 파란불이 들어온 것을 보고 C가(街)의 횡단보도를 건너고 있었다. 그러면서 왼쪽을 흘끗 보자, 1950년형 녹색 패커드가 그를 향해 돌진해 오는 광경이 눈에 들어왔다. 몇 초 뒤면 프랭크는 도로에 쓰러져 피투성이의 팬케이크가 될 운명이었다. 그러자 갑자기 머릿속에서 뭔가 좌르르하는 소리가 들리더니 자동차가 기어가는 듯한 속도로 움직이기 시작했다.

프랭크는 마치 아교 속을 헤치고 움직이는 듯한 느린 동작으로 억지로 뒷걸음질 쳤다. 숨도 쉴 수 없었다. 다음 순간 자동차가 휙 하고 지

---

[*]   폴란드어로 연인을 부르는 호칭.

[**]   폴란드어로 '내 사랑'을 의미한다.

나갔다. 프랭크는 몸을 부들부들 떨며 보도에 서 있었다. 방금 도대체 무슨 일이 일어났는지 의아해하면서 땀에 젖은 머리를 손으로 훑었다. 그런 다음 손바닥을 보니 뽑혀 나온 머리카락이 잔뜩 묻어 있었다. 언젠 가는 아버지처럼 대머리가 되리라는 사실을 알고는 있었지만, 이렇게 이른 시기에 그렇게 될 줄은 몰랐다.

몇 달 뒤에 또 그런 사건이 일어났다. 아내가 가장 아끼는 꽃병이 탁 자에서 굴러떨어졌을 때의 일이다. 그리고 그로부터 한 달 뒤에 조카딸 한 명이 사나운 개한테 물리려고 했을 때 또다시 그런 일이 일어났다. 프랭크가 분석가로 성공한 것은 데이터를 무시해서가 아니었다. 설령 그 데이터가 아무리 엉뚱하거나 직관에 반한다고 해도 말이다. 그가 경 험한 사건들이 단지 주관적인 것이 아니라는 점을 확신하는 데는 오래 걸리지 않았다. 그는 놀라운 능력을 가지고 있었다.

에이스였다.

그러나 당시는 '테일거너' 조 매카시가 다수의 비밀 에이스들이 미 국 정부에 침투해 있다는 주장을 하며 예의 청문회를 시작했던 시기였 고, 세간에서도 에이스들에 대해 부정적인 감정이 생겨나고 있었다. 프 랭크가 맡은 업무 일부는 외국의 정세 추이를 이해하고 예상하는 것이 었기 때문에, 미국 정부에서 일하는 에이스들의 삶이 곧 극도로 힘들어 지리라는 것을 예상하는 것은 어렵지 않았다. 볼셰비키들이 러시아를 장악했을 때 그는 여덟 살에 불과했으며, 폴란드 출신의 부유한 그의 부 모가 러시아혁명 탓에 미국으로 도망쳐 왔음에도 불구하고, 이런 역경 의 시대에 사회 주류에서 이분자(異分子)로 낙인찍히는 것은 치명적일 수 있다는 사실을 그는 잘 알고 있었다.

처음에는 아내에게도 이 능력에 관해 털어놓지 않았다. 그러나 그녀는 머리가 좋은 데다가 관찰력이 있었고, 남편이 스트레스를 받는 순간에 이따금 '깜박인다'는 사실을 깨달은 뒤에는 그녀에게 비밀을 털어놓는 수밖에 없었다. 아이러니하게도 그녀는 그가 CIA 직원이라는 사실을 그때까지도 모르고 있었지만 말이다.

매카시의 악명 높은 청문회는 끝났지만 에이스들에 대한 공포와 불신은 여전히 남아 있었다. 누구든 특이한 능력을 가진 사람들은 SCARE에 자진 신고할 법적인 의무를 가지고 있었다. 그러면 SCARE는 그들의 능력이 국익에 부합하는 방향으로 쓰일 수 있는 일자리를 할당해준다는 식이었다. 그러나 SCARE가 실제로 공인한 에이스는 단 두 명, 텔레파시 능력을 가진 증권중개인 로런스 헤이그와 특사라는 이름으로 알려진 데이비드 하스틴뿐이었다. 그리고 두 사람 모두 다시는 대중 앞에 모습을 드러내지 않았다.

소피아는 훌쩍이며 잠옷 가운의 소매로 눈을 닦았다. "아까 그런 식으로 따져 물어서 미안해." 그녀는 말했다. "당신이 집에 오는 것이 늦을 때마다 혹시 당신이…… 알잖아, 네바다로 잡혀간 게 아닌가 걱정이 되어서." SCARE에 의해 실종된 에이스들의 행방에 관한 가장 황당한 가설 하나는 그들이 네바다주의 사막에 있는 극비 시설로 압송되었다는 것이었다. 거기서 그들은 임무를 수행하라는 명령을 받을 때를 제외하면 절대로 나오지 못한다고 한다.

"그건 단지 뜬소문인 거 알면서." 프랭크는 말했다.

그러나 그는 러시아인들이 수감되는 강제 노동 수용소가 실제로 존재한다는 사실을 알고 있었다. 소련 정부는 자기 국민들에게조차도 그 사실을 비밀로 하고 싶어 하지만 말이다. 미합중국은 결코 그런 일을 하지 않을 것이다……. 아니, 그럴까?

♥

자동차가 또 집 앞 도로를 지나가면서 창문의 베니션블라인드를 훑은 전조등 빛이 침실 천장에 줄무늬를 그렸다. 프랭크는 한숨을 쉬고 몸을 일으켜 침대에 앉았다. 피로로 녹초가 되어 있었지만, 늦은 시간임에도 불구하고 영 잠이 오지 않는다.

소피아가 옆에서 나직하게 코를 고는 소리를 들으며 프랭크는 나이트가운을 걸치고 슬리퍼를 신은 다음 서재로 느릿느릿 갔다. 따뜻한 느낌을 주는 목재 패널 벽으로 둘러싸인 이 방은 아이들의 침실이었고, 그가 켠 전등의 갓에는 여전히 만화에 나오는 비행기들이 그려져 있었다. 그러나 막내인 예나도 이미 3년 전에 결혼해서 집에서 나갔기 때문에 이 집에는 이제 그들 부부만 살고 있었다.

그는 체스판 앞에 앉아, 체스 세계 챔피언이었던 미하일 보트비니크의 《유명 체스 경기 100선》의 서표를 꽂아둔 페이지를 열었다. '89번 게임, 톨루시 대 보트비니크, 1945년'이다. 그는 숙련된 손길로 재빨리 체스 말들을 배치했고, 기보를 읽으며 이 경기를 복기하기 시작했다. 흰색의 10수째에서 잠시 멈추고, 여기서 보트비니크가 언급했던 대안들을 검토했다. 처음에는 그냥 이 책을 읽으며 머릿속에서 게임을 해보려고 시도했지만, 이렇게 직접 체스 말들을 만지고 움직여보는 쪽이 체스 플레이어들의 전략과 공격을 훨씬 더 잘 이해할 수 있었다.

체스는 이해가 가능했다. 플레이어들의 전략과 계획은 숨겨져 있다 해도 게임의 규칙 자체는 누구나 알고 있었고, 체스 말의 움직임도 만천하에 공개되는 데다가 체크메이트조차도 직접 자기 입으로 선언해야 한다. 그러나 현실의 삶은 눈에 보이지 않는 위험으로 가득 차 있었다.

만약 SCARE가 프랭크를 감시하고 있다면, 머리 위로 해머가 떨어질 때까지 그는 그 사실을 까맣게 모르고 있을 것이다.

게임을 끝내자 프랭크는 하품을 했고, 체스 말들을 케이스에 집어넣고 책을 책장에 꽂은 다음 다시 침실로 갔다. 복도의 거울 앞을 지날때, 또 집 앞을 지나가던 자동차의 전조등이 그의 말라빠진 팔다리와 점점 튀어나오는 뱃살을 언뜻 비췄다. 그는 멈춰 섰다.

능력이 발현한 지 그리 오래되지 않았을 무렵, 프랭크는 SCARE에 자수하는 안을 검토했던 적이 있었다. 대담무쌍한 에이스 비밀 요원으로 발탁되어 암호명을 받고, 멋진 모험을 한다는 어린아이 같은 상상을 하곤 했던 것이다. 그러나 그때도 그는 모험을 하기에는 이미 너무 나이를 먹은 데다가 가정이 있는 상태였다. 그리고 지금 거울에 비친 사내는 52세였다. 겉보기에는 60세는 되어 보이지만 말이다.

프랭크는 자기 모습을 보며 고개를 절레절레 흔들었고, 등 뒤로 침실 문을 닫았다.

♣

프랭크는 그의 아버지가 그랬던 것처럼 면도칼과 면도용 비누와 비누 거품을 담는 머그잔과 오소리 털로 된 면도솔을 써서 면도를 했다. 프랭크가 다니는 이발소의 이발사조차도 요즘은 질레트 면도날과 스프레이식 면도 크림을 써서 면도를 해주는데도 말이다. 이발사는 그것들을 쓰는 쪽이 더 쉽고 깔끔하며 안전하다고 했지만, 프랭크는 수염을 확실하게 밀 수 있는 면도칼의 손맛을 선호했다. 옛날 방식이 가장 좋다. 더 싸기도 하고.

그러나 5월 5일 목요일 아침 8시 15분, 욕실 라디오에서 터져 나오는 니키타 흐루쇼프*의 목소리를 들으며, 프랭크는 자신의 이런 습관을 후회했다. 흐루쇼프는 "날강도들의 비행기"가 "격추"되었다는 식의 이야기를 하고 있었다. 소련 수상이 러시아어로 말하는 즉시 영어 통역의 목소리가 겹쳐졌지만, 프랭크는 이미 충분히 내용을 파악했다⋯⋯. 사실, 너무 많이 파악했다고 해야 할 것이다.

면도하다가 난 목의 상처를 연필 모양의 지혈약으로 톡톡 치며 프랭크는 러시아어와 폴란드어와 영어로 작게 욕설을 내뱉었다. 수요일에는 무려 열네 시간을 일했지만, 그가 검토한 모든 정보 소스를 통틀어 보아도 소련인들이 격추당한 U-2기의 존재에 대해 알고 있다는 징후는 전혀 없었다. 그래서 그는 어젯밤 9시에 사무실에서 나오기 전에 그런 내용의 보고서를 제출했던 것이다.

큰 실수였다.

수염을 제대로 밀지도 못해서 여전히 거품이 묻어 있는 목 위로 넥타이를 조이면서, 프랭크의 머리는 억측과 자기 비난으로 핑핑 돌았다. 그는 무엇을 간과했던 걸까? 그가 검토한 데이터 중에서 모호한 요소가 하나 있기는 했다. 블라디미르주의 주도인 블라디미르 시에서 보안 병력의 수가 증가하고 있다는 정보였는데, 이 부분이 자꾸 마음에 걸리기는 했지만 다른 정보와의 연관성을 확립할 수 없었던 고로 보고서에서 제외했던 것이다. 그 정보를 더 깊이 파헤쳐봤어야 하는 것인지도 모른다.

라디오에서 흐루쇼프는 미국인들의 "공격적인 침략 행위"에 대한

---

*   소비에트연방의 군인, 정치가. 스탈린이 사망한 1953년부터 1964년까지 공산당 제1서기나 수상을 역임하며 최고 지도자로 군림했다.

비난을 계속했다. 그는 미국인들이 위험천만한 "불장난"을 하고 있으며, 5월 중순에 참석할 예정인 파리 정상회담을 "격침시키겠다"고 위협했다. 프랭크는 다이얼을 돌려 다른 방송국에 주파수를 맞췄다.

원시인 같은 엘비스 프레슬리의 노래가 흘러나오며, "불곰보다 더 꽉 당신을 껴안을래"라고 협박했다.

프레슬리와 흐루쇼프 중 어느 쪽이 더 미국에 위협인지 프랭크는 확신할 수 없었다. 그는 넌더리를 내며 라디오를 껐다.

♠

프랭크가 모자걸이에 모자를 걸기도 전에 사무실 동료인 갤런은 출근하는 즉시 출두하라는 로버트 에이머리의 지시를 전달했다. 로버트의 비서는 북적거리는 회의실로 그를 안내했다. 회의실 공기는 자욱한 담배 연기로 뿌옇게 물들어 있었다. 참석자의 반수는 프랭크가 모르는 사람들이었다.

그래도 프랭크가 단박에 알아본 사람들 중 하나는 CIA 국장인 앨런 W. 덜레스였다. 흰 머리카락과 콧수염에 무테안경을 끼고 구식 셔츠 깃을 단 덜레스는 스파이라기보다는 은행가처럼 보였다. 지금은 음울한 표정으로 담배 파이프를 꽉 물고 있었지만 말이다.

"와줘서 고마워, 프랭크." 로버트는 소개가 끝난 후 말했다. "지금으로부터―" 그는 와이셔츠 소매를 당기고 손목시계를 흘끗 보았다. "―25분 뒤에 대통령에게 브리핑을 할 예정이네. 자네도 그 브리핑에 참석해줘."

프랭크는 입안이 바싹 마르는 것을 느꼈다. "죄송합니다, 그 보고서에서……."

로버트는 손을 흔들어 프랭크의 말을 끊었다. "뭐가 잘못됐는지는 나중에 얘기하자고. 지금은 우선 상황 파악을 해야 해."

◆

브리핑에는 웨스트윙의 회의실이 이용되었다. 식민지풍의 벽지와 독립전쟁 당시 장군들의 초상화들이 걸려 있는 회의실은 프랭크의 눈에는 치과 대합실을 연상케 했다. 그러나 아이젠하워 대통령이 회의실에 들어오자 프랭크는 전기 충격을 받은 것처럼 정신이 번쩍 들었다. 이것은 현실이다. 그리고 이곳은 진짜 역사가 이루어지는 장소인 것이다.

대통령과 같은 방에 있어본 것은 난생처음이었다. 대머리 아래의 낯익은 얼굴은 피곤해 보였다. 아이젠하워는 걸을 때도 조금 다리를 절뚝였지만, 두꺼운 투명 테 안경 뒤의 두 눈은 치밀하고 지적인 느낌을 주었다. "흠, 제군." 그는 방 안의 사람들을 향해 말했다. "약간 문제가 생긴 것 같군."

이 회의의 목적은 실종된 비행기가 첩보 임무에 종사 중이었다는 사실을 인정 — 대통령의 말을 빌리자면 "실토" — 할지, 아니면 U-2기는 사고로 항로를 이탈해서 부득이하게 러시아 영공에 들어간 NASA의 연구용 비행기라는 기존의 커버스토리를 그대로 유지할지를 정하기 위한 것이었다. 회의에 참석한 CIA 측 인사는 모두 커버스토리를 유지할 것을 강경하게 주장했다. 덜레스 국장 역시 "모든 국가가 첩보 활동을 하지만 그걸 인정하는 국가는 없습니다"라고 말했다. 그러나 국방장관인 토머스 게이츠는 흐루쇼프가 물리적 증거를 가지고 있을 경우, 미합중국이 거짓말을 했다는 사실이 탄로 날 가능성에 대해 우려하고 있었다. "얼굴에 계란을 맞은 채로 파리 정상회담에 참석할 수는 없습니다"라는 것이 그의 의견이었다.

그러나 대통령은 사람들의 말에 정말로 귀를 기울이고 있지는 않다는 인상을 주었다. "내가 알고 싶은 건 이거야. 조종사는 어떻게 됐나? 혹시 살아남았을 가능성은 없을까?" 프랭크는 과거에 연합군 총사령관 자격으로 몇십만 명의 장병들을 지휘하며 그들의 목숨을 좌지우지했던 대통령이 단 한 명의 사내를 그토록 걱정한다는 사실에 내심 놀라움을 느꼈다.

록히드사에서 온 기술자가 입을 열었다. 엷은 색조의 머리카락과 눈에, 장밋빛 피부를 가진 켈리 존슨이라는 사내였다. "흐음, 대통령 각하." 존슨은 손수건으로 이마를 닦으며 말했다. "U-2기는 비상 탈출용 사출 좌석과 생존 키트를 구비하고 있습니다……. 하지만 솔직하게 말해서 그것들 대부분은 실제적이라기보다는 조종사를 안심시키기 위한 겁니다." 아이젠하워는 이 고백을 듣고 낙담한 기색이 역력했다. "보안상의 이유에서, U-2기의 운용 규정은 기체가 러시아 영공에 머무는 동안은 줄곧 최대 상승 한도 또는 그것에 가까운 고도로 비행할 것을 요구하고 있습니다. 아시다시피 U-2기의 최대 상승 한도는 2만 미터에 달하는데, 지금까지 그런 높이에서 비상 탈출을 해서 살아남은 조종사는 없었습니다."

아이젠하워 대통령은 눈을 질끈 감고 잠시 고개를 숙였다. 다시 고개를 들자 열 살은 더 나이를 먹은 것처럼 보였다. "좋아." 그는 회의실 안에 있는 모든 사람을 빠르게 훑어보며 말했다. "상황이 그렇다면 커버스토리를 견지하기로 하겠네. 시간을 내줘서 고맙네, 제군."

회의실에 있던 사람들이 일제히 일어나면서 리놀륨 바닥에 의자가 끌리는 소리가 났다. 아이젠하워는 고개를 설레설레 젓고 중얼거렸다. "우리 모두에게 하느님의 가호가 있기를." 2미터만 더 멀리 앉아 있었어도 프랭크는 이 말을 듣지는 못했을 것이다. 그는 대통령의 인간적인 면에 감명을 받았다.

♥

금요일이 되자 프랭크의 상사들은 그의 실패를 잊어버린 듯 보였다. 그러나 프랭크 본인은 스스로를 용서하지 못했고, 소련인들이 U-2기에 관해 무엇을 알고 있느냐는 질문의 해답을 얻기 위해 하루 종일 쉬지도 않고 일했다. 기체 잔해를 찍은 사진들은 공산당 기관지인 〈프라우다〉에 실렸고, 소련의 국방 제1차관인 그레치코는 소비에트 최고회의에서 연설하며 "미국의 공중 해적"이 "격추"당했다고 주장했다. 그러나 러시아인들이 U-2기의 임무나 성능에 관해 알고 있다는 징후는 아직 없었다.

그러나 마음에 걸리는 단편적인 정보 ― 아니, 정보의 부재라고 하는 쪽이 더 정확할 것이다 ― 가 하나 있었는데, 이것은 그를 고민하게 만들었다. 최근 KGB에서 출세 가도를 달리는 장교가 하나 있었는데, CIA에서 아이시클(ICICLE)*이라는 코드명을 부여한 이 야심적인 인물이 5월 1일에 지구상에서 아예 자취를 감춘 것처럼 보였던 것이다. 문제의 U-2기가 실종된 바로 그날에 말이다. 물론 이 시점에서는 이 사내와

---

*   영어로 '고드름'이라는 뜻도 된다.

U-2기를 연결해줄 데이터는 전혀 없었다. 프랭크의 모호한 육감을 제외하면 말이다. 프랭크는 퇴근하기 직전 금고에 서류를 보관하면서, 주말이 지나 월요일이 되면 그 부분을 더 깊이 파헤쳐보려고 마음먹었다.

♣

5월 7일 토요일, 프랭크가 아파트 건물 뒷길에 애지중지하는 1956년형 램블러를 세워두고 세차를 하고 있을 때, 소피아가 침실 창문을 열더니 그를 불렀다. "프랭크, 로버트라는 사람한테서 전화가 왔어. 당장 통화를 하고 싶다는데."

프랭크는 비눗물이 담긴 양동이에 스펀지를 떨어뜨리고 층계를 두 단씩 한꺼번에 뛰어 올라갔다. 그는 헐떡이면서 여전히 비눗물을 뚝뚝 흘리는 손으로 서재의 전화 수화기를 집어 들었다. "프랭크, 지금 **당장** 내 사무실로 오게." 로버트는 전혀 기쁜 기색이 아니었다.

"알겠습니다." 비밀 대화가 안 되는 일반 전화로 상세를 물어보는 것은 무의미하다.

♠

프랭크가 로버트의 방으로 가자 부국장은 아무 말도 하지 않고 얄따란 텔레팩스 용지 다발을 건넸다. 몇 시간 전에 흐루쇼프가 소련 최고회의에서 했던 연설의 사본이었다.

"동지들." 소련 수상은 이렇게 운을 뗐다. "지금부터 비밀을 하나 밝혀야겠네. 내가 처음에 그 사건을 보고했을 때, 나는 그 항공기의 조종사가 살아 있으며 건강한 상태이고, 또 우리가 그 항공기의 잔해를 확보했다는 사실에 대해 의도적으로 언급하지 않았네." 프랭크는 아연실색한 얼굴로 고개를 들었다.

"계속 읽어보게." 로버트가 말했다.

"그것은 의도적인 행동이었다네." 흐루쇼프는 말을 이었다. "우리가 처음부터 사건의 전모를 밝혔다면 미국인들은 다른 거짓말을 날조했을 것이 뻔하니까 말일세. 조종사는 멀쩡하고 안전한 상태이고, 지금은 모스크바에 와 있는데, 이름은 프랜시스 G. 파워스라고 했네. 본인이 진술한 바에 의하면 그는 미 공군의 중위로 복무하다가 1956년에 CIA의 요원이 되었다고 하더군……."

그런 다음 흐루쇼프는 그 밖의 정보를 열거하기 시작했다. 훨씬 많은 정보를. 관계자들의 이름, 날짜, 비행 계획 따위였고, 이것들 모두 정확했다. U-2기의 카메라로 찍은 사진들도 증거로 제시되었고, 흐루쇼프는 이것들을 "나쁘지 않다"고 평했다. 원래는 파워스가 자살용으로 쓸 예정이었던 쿠라레 독침 얘기까지 나왔다. 기상 관측을 위한 비행기가 우발적으로 항로에서 벗어났다는 미국 정부의 커버스토리는 완전히 박살이 나버렸다.

파워스는 스파이 혐의로 재판을 받을 것이다. 만약 관대함과는 거리가 먼 소련의 법정에서 유죄판결을 받는다면, 그 즉시 파워스는 총살형에 처해질 것이 뻔했다.

프랭크는 연설 사본을 앞의 책상 위에 떨어뜨리고 양 관자놀이를 문질렀다. 담배 한 개비가 절실했지만 서둘러 집에서 나오느라고 가져오는 것을 잊었다. 이런 생각을 한 순간, 문이 확 열리더니 파이프를 꽉 문 앨런 델레스가 방 안으로 성큼성큼 걸어 들어왔다. 그는 로버트에게 뭐라고 말하려고 하다가, 그제야 프랭크가 와 있다는 사실을 깨닫고 힐난하듯이 물었다. "**이 친구**는 도대체 여기서 뭘 하고 있나?"

프랭크는 CIA 국장의 시선을 받고 의자 위에서 얼어붙었다. "프랭크는 우리가 보유한 가장 우수한 소련 분석가 중 한 명입니다." 로버트가 항의했다.

덜레스는 부국장의 말을 가로막고, 입에서 파이프를 떼더니 파이프대 끝으로 프랭크를 가리켰다. "이자는 흐루쇼프가 파워스는 둘째 치고 U-2기를 확보했다는 사실조차도 알아내지 못했잖아! 당장 이번 임무에서 **배제**하게. 러시아에서 정말로 무슨 일이 일어나고 있는지를 내게 제대로 알려줄 수 있는 인물을 대신 배치하라고!"

덜레스는 마지막으로 한 번 더 프랭크를 잡아먹을 듯이 쏘아본 다음 몸을 돌려 성큼성큼 방에서 걸어 나갔다.

아연실색한 침묵의 순간이 잠시 지속된 후, 로버트는 의자에 풀썩 앉았다. "저렇게 화가 난 걸 보는 건 처음이야. 정말로." 그가 말했다.

프랭크는 책상 가장자리를 꽉 잡았다. "부국장님, 입수할 수 있었던 정보를 가지고 저는 최선을 다했습니다." 프랭크는 말했다. 떨지 않고 그렇게 말할 수 있었다는 사실을 내심 놀라워하며.

로버트는 책상 서랍에서 말보로 한 갑을 꺼냈다. 프랭크도 기꺼이 한 개비를 받아 들었다. "이건 프랭크 자네만의 문제가 아냐." 로버트는 담배에 불을 붙이고 뻐끔뻐끔 피우며 말했다. "지금 이 건물 안에서도 뭔가 다른 일이 진행 중인데, 그게 뭐든 간에 내게도 상세를 알려주지 않고 있어." 로버트는 길게 연기를 뿜었다. "미안하네, 프랭크. 자넨 정말로 최선을 다했어. 하필 이럴 때 운 나쁘게도 앨런 눈에 띄었을 뿐이야."

프랭크는 깊이 연기를 빨아들였지만 별로 도움은 되지 않았다. 아까보다는 심장 고동이 느려지기는 했지만, 방금 자기 경력에 큰 상처를 입었다는 사실을 알고 있었다. 로버트의 경력에도 누가 되었을지도 모른다. "유감입니다."

적어도 더는 주목의 대상이 되지는 않겠군. 프랭크는 마음속에서 되뇌었다.

◆

향후 며칠 동안 위기는 더 심화되었다. 백악관은 애당초 U-2기의 정찰비행을 필요하게 만들었던 러시아인들의 "과도한 비밀주의"를 비난했고, 그들이 "비무장 민간항공기"를 공격했다고 질타했다. 흐루쇼프는 아이젠하워가 미국을 실제로 지배하는 "펜타곤의 군국주의자들"과 그들의 "독과점 패거리"의 꼭두각시에 불과하다고 쏘아붙였다.

한편 워싱턴 정가의 민주당 의원들은 이것을 약화된 공화당 대통령을 괴롭힐 호기라고 보고, 파리 정상회담 직전에 소련 영공으로 스파이 정찰기를 보낸 것은 "거의 믿기 힘들 정도로 멍청한" 짓이었다고 비난했다. 한 민주당 상원의원은 파워스가 이중간첩이라고 주장하기까지 했다. 그 즉시 아이젠하워는 이것은 사실이 아니라고 직접 부인했지만 말이다.

이런 일들이 벌어지는 동안 국무부는 파워스를 석방하기 위해 소련인들과 교섭을 하고 있었다. 그러나 소련인들은 자기들이 체스판에서 유리한 중앙을 차지했다는 사실을 잘 안다는 점은 명백했다―그들은 협상 자체를 거부했고, 파워스의 스파이 재판을 신속하게 진행했다.

소련의 국방장관 말리높스키는 U-2의 소련 영공 침범을 돕기 위해 미국의 "공범" 국가들이 제공한 공군기지들을 쉽게 "쓸어버릴" 수 있다고 위협했다. 미 국방장관인 게이츠는 신중하게 작성된 성명서에서 미국이 "공격받을 경우 동맹국들을 방어할" 것임을 강조했다.

마지막으로, 아이젠하워는 뉴스영화와 텔레비전 카메라의 눈부신 조명 탓에 눈을 깜박이면서 이렇게 선언했다. "나는 무거운 마음으로, 우리 미국이 5월로 예정된 파리 4자 회담에 불참한다는 것을 선언합니다. 현 국제 정세를 감안하면, 평화의 전망은 오히려 멀어진 것으로 보입니다."

대통령이 이런 선언을 하는 동안, 미 전략 공군 사령부는 준비 태세를 조용히 데프콘 3*으로 격상시켰다.

♥

5월 10일 화요일 밤—수요일 새벽이라고 해야 할지도 모르겠다—에 프랭크는 체스판을 응시하고 있었다. 손가락 사이에 끼운 담배에서 연기가 피어오른다. 그는 보트비니크의 90번 게임의 종반전을 고찰하는 중이었다. 1945년, 로마놉스키 대 보트비니크. 프랭크는 로마놉프키를 동정했다. 로마놉스키는 10수에서 명백한 실수를 저질렀지만 그랜드마스터인 보트비니크의 잇따른 기습에 허둥거리다가 완전히 판을 망쳐버렸다. 냉정을 잃지 않고 침착하게 대처했더라면 상황은 달라졌을 수도 있지만, 로마놉스키는 그러지 못했다. 그는 집중력을 잃고 결국 패

---

*　　미국의 단계적 방위 준비 태세의 하나. 준전시 상태에 해당한다.

배했다. 승자인 보트비니크는 소련 챔피언 자리에 올랐고, 3년 뒤에는 체스 세계 챔피언으로 등극했다.

서재 문이 삐걱거리며 열리는 소리에 퍼뜩 현실로 돌아왔다. 소피 아였다. 비행기 그림으로 장식된 실내등의 불빛에 눈이 부신지 눈을 깜박이고 있었다. "이제 침실로 와서 자, **세르두슈코**." 그녀는 말했다. "밤이 깊었어."

프랭크는 한숨을 쉬고 담배를 비벼 껐고, 전용 케이스에 체스 말들을 집어넣기 시작했다. "미안해, **코하니에**. 그 U-2 조종사가 자꾸 걱정이 되어서 말이야." U-2 임무에서는 배제되었지만, 프랭크는 파워스 생각을 머리에서 떨쳐낼 수가 없었다. 소련인들은 어디에 그를 구금하고 있는 것일까? 그에게서 무엇을 알아냈을까? 정말로 스파이 혐의로 그를 처형할 작정인 걸까? 행방이 묘연한 KGB 장교 아이시클은 마치 이를 뺀 자리처럼 프랭크를 괴롭혔다. 이 사내에 관해 새로 들어온 정보는 전무했지만, 프랭크는 아이시클과 파워스가 어떤 식으로든 연결되어 있다는 직감을 도저히 무시할 수가 없었다.

"밀타운*을 먹으면 어떨까."

프랭크는 고개를 가로저었다. "그 불쌍한 녀석은 우리 아들보다 몇 살 더 먹었을 뿐이야."

"돕고 싶어도 당신이 할 수 있는 일이 없잖아."

"흠." 프랭크는 마지막 흰색 폰을 집어 들었다. "나도 그렇게 생각하고 있었는데……."

"프랭크!" 충격을 받은 기색이 역력한 그녀의 목소리에 그는 뒤를

---

*　　신경안정제인 메프로바메이트의 상품명.

핵 돌아보았다. 그녀의 얼굴은 두려움과 분노로 딱딱하게 굳어 있었다. "설마 SCARE에 자수하려는 생각은 아니겠지!"

"**코하니에**, 난 아무도 갖고 있지 않는 능력을 지니고 있어. 어쩌면 그걸 쓸 때가 되었는지도 몰라. 국익을 위해서 말이야." 프랭크는 안심시키려고 손을 뻗어 소피아를 안으려고 했다.

"미쳤어!" 소피아는 그의 팔을 피했고, 굳게 팔짱을 낀 채로 방 안을 빠르게 돌아다녔다. "프랭크, 당신은 '골든보이'가 아냐. 손자들이 있는 할아버지라고! 머리가 다 빠져가는, 중년의 공무원이잖아! 자기 앞가림도 제대로 못 하면서!" 소피아가 프랭크 쪽으로 몸을 돌리자 얼굴의 주름을 따라 흘러내리는 눈물이 보였다. "우리 아이들은 또 어쩌고! 자기 아버지가…… **그중** 한 명인 게 알려진다면 사람들이 어떻게 생각할 것 같아?"

프랭크는 여전히 손에 쥐고 있던 마지막 폰과 안감으로 벨벳 천을 댄 오목한 구획을 내려다보았다. 모든 체스 말에는 고유한 자기 자리가 있고, 졸에 해당하는 폰을 퀸에게 할당된 자리에 끼울 수는 없다. 프랭크는 한숨을 쉬었다. "물론 당신 말이 옳아."

소피아는 슬리퍼를 끌며 방을 가로질렀고, 뒤에서 그를 꼭 껴안으며 따뜻한 몸을 밀착시켰다. 프랭크는 폰을 내려놓고 몸을 돌려 그녀를 껴안았다. 그들은 좌우로 천천히 몸을 흔들며 잠시 그렇게 서 있었다.

"이제 침대로 와." 이윽고 소피아가 말했다.

프랭크는 불을 끄고 방에서 나왔다. 어둠 속에서, 빈 체스판 옆에 홀로 서 있는 폰을 내버려두고.

♣

5월 13일 금요일, 프랭크는 홀로 사무실에 앉아 있었다. 길거리에서 사서 반쯤 먹다 남긴 기름진 소시지가 차갑게 식은 채로 책상 모퉁이에 놓여 있었다. 2주 동안 그는 제대로 된 점심을 먹지 못했다. 조금이라도 짬이 나면 파워스 건을 조사하는 일에 몰두했기 때문이다.

최근 며칠 새에 이미 긴장 상태에 놓여 있던 국제 정세가 꾸준히 악화되고 있었다. 소련 공군의 폭격기들이 알래스카와 캐나다의 방공 식별 구역으로 잇달아 침입했고, 미국의 동맹국인 터키와 파키스탄을 위협하는 소련군의 중거리 미사일 기지들에서의 활동도 증가하고 있었다. 그러나 프랭크는 행방이 묘연해진 후 좀처럼 꼬리를 잡히지 않는 아이시클에게 모든 주의를 집중하고 있었다. 자취를 감춘 KGB 요원은 그뿐만이 아니었고, 다른 KGB 요원들도 무대에서 사라진 상태였다. 프랭크는 이 정보를 소련 국내의 수송 및 보안 예산에 관한 통신 감청 보고서와 대조해보았고, 이 불가사의한 활동의 중심점을 추론해냈다. 러시아의 블라디미르 시에 위치한, 경비가 삼엄하기로 유명한 블라디미르스키 중앙교도소였다.

파워스는 그곳에 있는 것이 틀림없다.

프랭크는 상사들에게 이 조사 결과를 보고할 준비가 거의 되어 있었다. 그의 직감을 뒷받침해줄 사실 몇 개만 더 확인하기만 하면 되는 상태였다. 덜레스는 프랭크가 파워스 건을 계속 조사했다는 사실을 알면 불쾌해하겠지만, 충분히 신빙성이 있는 보고서를 올린다면 프랭크가 내린 결론을 받아들이는 수밖에 없을 것이다. 덜레스가 그 결론을 바탕으로 행동에 나설지의 여부는 보고서의 결론과는 전혀 다른 차원의 문제였지만, 어차피 그것은 프랭크의 통제력을 벗어난 일이었다.

프랭크는 확실한 증거를 찾기 위해 빨간색의 2급 및 1급 기밀 도장이 잔뜩 찍힌 분홍색과 황갈색과 노란색의 얇은 문서들을 뒤졌다. 이것은 방금 들어온 최신 정보이다…… 문서 담당관들은 프랭크의 거듭되는 요구에 진절머리를 내고 있었고, 지금은 단지 프랭크를 떨쳐내고 싶은 일념으로 손에 잡히는 대로 서류를 넘겨주고 있었다. 따라서 CIA에서 이 정보를 훑어본 사람은 프랭크가 처음일 가능성이 있었다.

그래서 모스크바의 한적한 교외에 있는 노긴스크 시에 있는 정보원이 보내온 보고서를 읽었을 때, 프랭크는 입안이 바싹 마르는 것을 자각했다. 보고서는 소비에트연방의 검찰총장인 로만 안드레예비치 루덴코가 소련군 장성인 보리소글렙스키와 보로비에프와 자하로프와 함께 동쪽으로 가는 특별 열차에 타고 있는 광경을 목격했다고 주장하고 있었다.

루덴코는 미국의 법무장관에 해당하는 연방 검찰총장이었다. 보리소글렙스키와 보로비에프와 자하로프는 소비에트연방 대법원의 군사 부문을 담당하고 있었다. 그리고 노긴스크 시는 모스크바에서 블라디미르 시로 이어지는 경로상에 있었다.

소련에서 첩보 행위에 대한 재판은 비밀리에 진행된다. 만약 이 네 사람이 블라디미르 시에 있다면, 지금 이 순간에도 파워스의 재판에 참여하고 있을 가능성이 있었다. 그리고 이 사실을 아는 사람은 오직 프랭크뿐이었다.

그러나 노긴스크에 있는 정보원은 지금까지 극소수의 보고밖에는 하지 않았다. 따라서 프랭크는 이 정보원의 보고를 얼마나 신뢰해도 될지 확신할 수가 없었다. 확신하려면 데이터가 더 필요했다. 그는 서류

뭉치에서 문서를 한 장씩 뽑아내서 최대한 빨리 훑어보며 불필요한 것들을 제외하는 작업을 시작했다. 곧 그의 발치에는 그가 떨어뜨린 문서가 잔뜩 쌓였다.

그렇게 서류 한 장을 떨어뜨린 직후에 뭔가 마음에 걸리는 것을 느꼈다. 그는 황급히 허리를 굽혀 방금 떨어뜨린 서류를 찾아냈다. 그러는 와중에 다른 서류들이 구겨지고 찢어져도 개의치 않았다. 마침내 그것을 집어 들고, 조명등에 대고 자세히 들여다보았다. 러시아 교정국에서 붉은 군대 오케스트라 및 합창단 사령관 앞으로 보낸 전보를 감청한 내용을 기록한 것이었다.

유감이지만 1960년 5월 17일로 예정된 귀하의 공연을 부득이 취소합니다. 키릴문자의 대문자로 쓰인 전보는 이렇게 시작되고 있었다. 공연 장소인 운동장은 당일 사용이 불가합니다.

블라디미르스키 교도소. 대법원. 검찰총장. 비밀재판. 운동장.

총살형 집행.

사소하고 미묘한 증거임은 부인할 수 없다. 그러나 프랭크가 과거에 직감을 무시했을 때, 나중에 돌아온 결과는 불명예와 수치밖에는 없었다. 프랭크의 정보 분석가로서의 전문 분야—그의 **전 인생**—는 언뜻 보면 전혀 관계가 없어 보이는 사실들을 조합해서 개연성이 높은 추측을 내놓는 것이었다. 그리고 이번만큼이나 자신이 내놓은 결론이 옳다고 확신한 적은 일찍이 없었다.

전보에 명기된 날짜는 나흘 후였다. 워싱턴과 모스크바 사이의 시차를 감안하면 사흘 후다. 파워스를 구할 수 있는 기회를 얻으려면, 지금 **당장** 상사들에게 보고해야 한다.

프랭크는 그가 내린 결론을 뒷받침해줄 서류들을 끌어모은 다음 문을 박차고 나갔다. 멈춰 서서 모자를 쓰는 일조차도 잊고.

♠

　부국장인 로버트는 NATO 회의에 참석하기 위해 제네바행 비행기를 탄 뒤였다. 그래서 프랭크는 마른 침을 삼키고 국장인 덜레스에게 갔다.

　"국장님은 백악관 회의에 참석 중이신데요." 그의 비서가 말했다. "내일에나 돌아오실 겁니다."

　프랭크는 직접 백악관으로 갔지만, 웨스트윙의 보안 데스크에서 경호원에게 제지당했다. "죄송합니다만 덜레스 국장님은 지금 대통령 각하와 회의 중이십니다. 저기서 대기해주십시오."

　"얼마나 오래 걸립니까?" 프랭크는 서류가 잔뜩 들어 있는 서류철을 마치 그의 운명을 결정할 조타륜이라도 되는 듯이 꽉 움켜잡고 물었다.

　"그건 모릅니다."

　프랭크는 경호원이 가리킨 의자에 앉았지만, 그러자마자 벌떡 일어나서 복도를 왔다 갔다 하기 시작했다.

　그는 벽시계를 흘끗 보았다. 오후 4시 15분. 모스크바 시간으로는 오후 11시 15분이다. 현지에서는 45분 후 토요일이 된다는 얘기다. 만약 프랭크의 직감이 옳다면 파워스의 처형은 화요일 새벽으로 예정되어 있을 공산이 컸다. 지금으로부터 약 80시간 후다.

　저 시곗바늘을 되돌릴 수만 있다면…….

　프랭크는 퍼뜩 멈춰 섰다. "미안하네." 그는 경호원에게 말했다. "더는 기다릴 수가 없어. 다른 방법을 찾는 수밖에 없겠군."

　그는 복도 모퉁이를 돌았다. 또 다른 경호원이 지키고 있었지만, 그

경호원의 주의는 바깥쪽을 향해 있었고 프랭크는 그의 뒤에 있었다.

미친 짓이었다. 프랭크가 지금 고려하고 있는 일을 정말로 실행한다면, 그의 삶은 영원히 바뀔 것이다. 아내나 자식들을 다시는 못 볼 수도 있다. 게다가 파워스는 단지 한 명의 인간에 불과하지 않는가. 게다가 파워스는 U-2기에 탑승했을 때 자신이 귀환하지 못할 수도 있다는 사실을 숙지하고 있었다.

그러나 프랭크는 국내외에 있는 모든 적으로부터 그의 조국인 미합중국을 지키겠다는 선서를 했다. 그리고 파워스는 단지 한 명의 인간이 아니었⋯⋯. 파워스 한 사람의 생명은 그보다 훨씬 더 큰 것을 상징하고 있었고, 그런 그를 구한다면 훨씬 더 큰 대립을 방지할 수 있을 것이다. 프랭크의 아내는 이런 행동을 이해 못 할지도 모른다. 그러나 프랭크가 자기 나라를 위해 하는 일은 아내, 나아가서는 그의 자식들을 위해 하는 일이었다.

그는 서류철을 꽉 쥐고 정신을 집중했다.

세찬 바람이 포효하는 듯한 소리가 귀에 들려오며 똑딱거리는 시계 소리를 포함한 모든 소리를 앗아 갔다. 창밖에 보이던 깃발이 펄럭이던 중에 얼어붙었다.

프랭크는 젤리를 연상케 하는 두꺼운 공기를 억지로 가르면서 책상 앞에 눈 하나 깜짝하지 않고 앉아 있는 웨스트윙 경호원 곁을 지나갔다. 경호원 뒤의 문은 납처럼 무겁게 느껴졌지만, 그것을 여니 일직선의 긴 복도가 나타났다. 왼쪽 벽에서 세 번째 문 앞에서 미동도 않고 차려 자세를 취하고 있는 무장한 해병대원 두 명을 제외하면 복도에는 아무도 없었다.

세 번째 문 뒤에는 프랭크가 추측했듯이 작고 어두운 회의실이 있었다. 회의실 안에는 세 명의 사내가 탁자 앞에 미동도 않고 앉아 음울한 표정으로 천장에 걸린 영사 스크린을 응시하고 있었다. 프랭크는 영사기 불빛 덕에 덜레스와 아이젠하워를 알아볼 수 있었다. 세 번째 사내는 어딘가에서 본 듯했지만 이름이 생각나지 않았다.

프랭크는, 밝은 직사각형 스크린의 빛이 반사된 안경을 번득이며 의자에 얼어붙어 있는 대통령을 응시했다. 다음 순간 프랭크가 대통령 앞에서 모습을 드러낸다면, 민간인으로서의 프랭크의 삶은 끝난다.

혹은 지금 당장 되돌아갈 수도 있다. 아무도 모를 것이다.

프랭크를 제외한 그 누구도.

프랭크가 훅 하고 숨을 들이켜자, 귓전을 울리던 포효는 영사기의 팬이 돌아가는 나직한 소리로 바뀌었다. 다음 순간 또다시 훅 하는 소리가 들렸다. 갑자기 나타난 프랭크를 본 덜레스의 입에서 나온 소리였다. "하느님 맙소사!" 그 즉시 그는 펄쩍 일어나서 손으로 영사기 렌즈를 가리려고 했다.

덜레스의 예기치 않은 움직임에 프랭크는 무의식중에 스크린을 보았다. 덜레스가 영사기 불빛을 완전히 차단하기 직전, 프랭크는 '아쿠아톤', '생포된', '램파트(RAMPART)' 그리고 '조종사'라는 글자를 읽었다.

아쿠아톤이 U-2기의 암호명이라는 사실은 이미 알고 있었다. 그리고 'RA'라는 두 글자로 시작되는 단어는 와일드카드 바이러스와 관련이 있다는 뜻이다. '램파트'가 생포된 U-2기 조종사의 암호명이라고 한다면…….

"문제가 생겼습니다." 세 번째 사내가 방의 조명을 켜며 말했다. "이 사내는 램파트가 누군지, 또 무엇인지를 알고 있습니다."

갑자기 프랭크는 세 번째 사내를 알아보았다. 로런스 헤이그,

SCARE에 처음으로 합류한 전직 증권중개인이자 텔레파시 능력자였다. 프랭크가 본 뉴스영화에 등장한 헤이그보다는 다섯 살 더 나이를 먹었지만, 날카로운 눈매와 넓은 이마는 못 알아보려야 못 알아볼 수가 없었다. 프랭크가 자기 정체를 밝힐 결심을 하고 이 방에 들어와서 다행이었다.

"예. 저는 방금 저 슬라이드 화면을 보고 프랜시스 게리 파워스는 에이스라는 결론을 내렸습니다." 프랭크는 말했다. 의외로 침착한 목소리가 나왔다. "제가 여기 온 건 파워스가 이미 재판을 받고 사형선고를 받았다는 걸 알려드리기 위해서입니다."

아이젠하워의 표정은 음울했다. "어떻게 여기로 들어왔나?"

"저도 에이스입니다." 자, 말해버렸다. 이젠 돌이키고 싶어도 돌이킬 수 없다.

"에이스급 멍청이라고 해야 하지 않을까." 덜레스가 사납게 내뱉었다.

아이젠하워는 일어서서 덜레스의 말을 끊었다. "파워스가 사형선고를 받았다는 얘긴 뭔가?"

프랭크는 지금까지 알아낸 정보와 그의 분석 결과를 재빨리 설명했다. 그러나 덜레스는 회의적인 기색이 역력했다.

"이 사내는 지도와 회중전등을 손에 쥐여줘도 자기 엉덩이조차 찾아내지 못할 겁니다." 덜레스는 이렇게 말하고 콧방귀를 뀌었다.

"방금 말씀드린 분석의 연결 고리들에 문제점이 많다는 건 저도 압니다." 프랭크는 대답했다. "하지만 저번에 제가 실패한 것은 제 직감을 충분히 믿지 않아서였습니다." 그는 몸을 돌려 아이젠하워에게 직접 말했다. "대통령 각하, 저는 혁명 전에 러시아에서 태어났습니다. 그래서 아주 이른 시기부터 줄곧 볼셰비키들을 봐왔습니다. 저는 그들이 어떻게 행동하는지 압니다. 그들이 어떻게 생각하는지도 알고, 지금까지 평생을 바쳐 그들의 정치 형태와 정부를 연구해왔습니다. 파워스가 이미 스파이 죄로 유죄 선고를 받았는가, 아니면 곧 선고를 받을 것이고, 5월 17일 화요일에 블라디미르스키 중앙교도소의 운동장에서 총살형에 처해질 거라는 제 말을 제발 믿어주십시오."

"그게 자네의 에이스 능력인가?" 아이젠하워가 물었다. "일종의…… 초인적인 추리력?"

"아닙니다, 대통령 각하. 정보 분석은 제 **직업**입니다. 제 **능력**은 시간을 멈추는 것입니다. 그걸 쓰면 저를 제외한 모든 것이 멈춥니다. 각하의 관점에서 본다면 저는 순간 이동을 한 것처럼 보일 겁니다." 이것은 머릿속에서 이미 천 번은 예습한 말들이었다. "그걸 시연해봐도 될까요?"

덜레스는 한심하다는 듯이 눈을 굴렸지만, 아이젠하워는 헤이그를 보았다. 헤이그는 고개를 끄덕였다.

프랭크는 정신을 집중했다. 세계가 또다시 포효에 휩싸이면서 세 사내는 또다시 제자리에서 얼어붙었다. 프랭크는 그에게 저항하는 무거운 공기 속을 억지로 움직이며 각 사내의 앞으로 갔고, 웃옷 안주머니에서 그들의 지갑을 하나씩 꺼냈다. 그는 방 모퉁이까지 간 다음에야 시간의 흐름을 정상으로 되돌려놓았다.

"여기 있습니다." 프랭크가 말하자, 세 사내 모두 화들짝 놀라며 목소리가 난 쪽으로 고개를 돌렸고, 그를 빤히 바라보았다. 세 사내는 안주머니에 손을 넣으며 동요하는 기색이 역력했다. 이윽고 헤이그는 프랭크를 바라보며 수긍하는 듯이 천천히 고개를 끄덕였다.

이것은 프랭크가 5년이나 고대해오던 순간이었다. 그래서 승리감을 맛보려고 했지만…… 실제로는 그냥 피곤했을 뿐이었다. 뼛속까지 피곤했고, 열 살은 더 늙은 듯한 느낌이었다. 서 있는 것조차도 고역이었다. "대통령 각하." 프랭크는 쉰 목소리로 말했다. "파워스가 각하에게 얼마나 중요한 인물인지 압니다. 그러니 제발, 제발 제 말을 믿어주십시오……. 제가 뭘 알고, 뭘 알아냈으며, 뭘 할 수 있는지를 말입니다. 어떤 식으로든 제가 도울 수 있게 해주십시오."

가장 먼저 정신을 차린 사람은 덜레스였다. "각하, 이건 말도 안 되는 폭거입니다." 그는 식식거리며 말했다.

그러나 대통령은 덜레스를 무시하고 헤이그 쪽을 돌아보았다. "이 친구는 진실을 말하고 있나?"

"예. 적어도 본인은 그렇게 믿고 있습니다."

"경력에 오점은 없나?" 이 질문은 덜레스를 향한 것이었다.

"이자는 소련인들이 파워스를 생포했다는 사실을 알아내지 못했습니다."

"그건 이 친구에게만 국한된 실수가 아니잖나. 그것 말고는 문제가 없나?"

텔레스는 프랭크를 쏘아보다가 마지못해 "제가 아는 한은 없습니다"라고 대답했다.

아이젠하워는 한참 동안 프랭크의 눈을 들여다보며 생각에 잠겼다. 피로로 녹초가 된 상태에서도 프랭크는 눈앞의 이 사내가 정말로 세계의 무거운 짐을 양어깨로 떠받쳐왔다는 사실을 깨달았다. 그것도 8년 가까운 세월 동안 말이다. "알았네." 마침내 아이젠하워는 입을 열었다. "……마예르스키라고 했나?"

"마예프스키입니다, 각하."

아이젠하워는 등을 폈다. "미스터 마예프스키, 이능자 능력 통제법과 특별징집법에 의거해서, 나는 지금부터 자네를 상원 에이스 자원 근로 위원회 SCARE의 지휘하에 놓겠네. 앞서 말한 법규가 규정하는 자네의 권리와 의무를 이해하나?"

"예, 각하. 이해합니다."

"여기 있는 헤이그 씨는 SCARE의 국장이니 앞으로는 그의 지휘를 받게. 래리, 마예프스키 씨에게 램파트에 대한 보안 접근권을 부여하게."

헤이그는 서류 가방에서 종이 한 장을 꺼내더니 이름과 생년월일과 사회보장번호를 써넣으라고 프랭크에게 지시했다. SCARE의 공식 문장이 인쇄된 이 문서는 CIA의 기밀 정보 취급 허가서와 흡사했지만, 기밀 내용란에는 아직 잉크도 채 마르지 않은 손 글씨로 "프랜시스 게리 파워스, 능력과 경력"이라고 짤막하게 쓰여 있었을 뿐이었다. 허가를 받지 않고 이 정보를 누설할 경우, "어떤 방식의 정보 누설도 반역죄로 간주"되며, 당사자는 "재판을 거치지 않고 즉결 처형의 대상이 된다"는 문구가 포함되어 있다는 것도 차이점이었다. 프랭크는 마른 침을 삼키고 서식에 서명했다. 헤이그와 딜레스와 아이젠하워도 이 문서에 차례로 서명했다.

그런 다음 헤이그는 '이글아이(Eagle Eye)'라는 식별부호를 가진 게리 파워스는 에이스가 맞으며, 미국의 가장 중요한 정찰 자원임을 프랭크에게 알렸다. "파워스의 에이스 능력은 먼 곳을 보는 경이로운 능력이라네." 헤이그가 말했다. "그의 원시 능력은 우리가 보유한 가장 좋은 망원 카메라의 성능을 능가하지. 그리고 파워스는 자기가 보고 있는 것이 무엇인지 식별할 수 있도록 몇 년이나 철저한 훈련을 받았어. 파워스는 대체 불가능한 인재이고, 따라서 무슨 수를 써서라도 무사히 귀환시켜야 해."

아이젠하워는 헤이그에게 수고했다고 말하고, 중단되었던 회의를 재개했다. "이 회의의 목적은 이글아이의 대안을 알아보고 그를 잃었을 경우의 수습책을 강구하기 위한 것이었네." 그는 운을 뗐다. "그러나 이제 프랭크 자네가 여기 와준 덕에 그를 구조할 기회가 생겼다고 생각하네. 러시아에 관한 지식, CIA의 훈련, 그리고 에이스의 능력이라는 유일무이한 재능을 가지고 있는 자네가 나타나준 건 그야말로 천운인 것 같군. 아까 자네는 러시아어가 모국어라고 했던가?"

"다*." 프랭크는 대답했다. 아이젠하워가 곧 무슨 제안을 할지 깨달은 그는 가슴이 두망방이질 치는 것을 자각했다.

그러나 말없이 앉아 억지로 분을 삭이고 있던 덜레스가 마침내 폭발했다. "대통령 각하! 설마 이 사내를 러시아로 보낼 생각은 아니시겠죠! 이자는 현장 요원이 아니라 분석가이잖습니까! 기만이나 회피, 심문에 저항하는 훈련 따위도 전혀 받은 적이 없습니다."

"앨런." 아이젠하워가 말했다. "입 다물게." 형언하기는 힘들지만 절대적인 명령이 깃든 대통령의 말에 덜레스는 얼어붙었다. "이글아이는 우리 미국의 안전보장에 너무나도 중요한 존재이기 때문에, 그를 구출하기 위해서라면 나는 우리의 최신 인적자산조차도 희생할 용의가 있네." 프랭크는 대통령이 말한 최신 인적자산이 다름 아닌 자신이라는 사실을 깨닫고 뱃속이 서늘해지는 느낌을 받았다. "그 결과 부수적인 피해가 야기될 경우에도 마찬가지야. 어차피 마예프스키 씨는 더 이상

---

*   러시아어로 '예'라는 뜻이다.

자네의 지휘를 받고 있지도 않고." 아이젠하워는 이렇게 말하고 고개를 홱 돌렸다. 프랭크가 보기에 이것은 암묵적인 질타에 가까웠다.

"마예프스키." 아이젠하워는 프랭크에게 주의를 돌리고 말을 이었다. "그런 무거운 짐을 자네에게 지우고, 그렇게 위험한 상황에 빠뜨려야 하다니 유감이지만, 자네도 알다시피 우리 미국은 자네와 자네의 유일무이한 능력을 필요로 하고 있네. 자네가 임무 수행을 위해 출발하기 전에, 여기 있는 헤이그 씨가 최대한의 훈련과 조력을 제공해줄 걸세."

프랭크는 입을 열었지만, 아무 말도 나오지 않았다. 두 번 말을 해보려다가, 결국 포기하고 그냥 고개를 끄덕였다.

체스판의 마지막 줄에 도달하는 폰은 퀸으로 변신할 수 있어. 그는 되뇌었다.

◆

헤이그는 프랭크를 F가(街)에 있는 사무실 건물로 데려갔다. 부동산법을 전문으로 하는 변호사 사무소라는 명목이었지만 실제로는 SCARE의 본부였다. 그곳의 의료진은 프랭크를 상대로 예의 바르지만 단호하고 능률적인 태도로 수없이 많은 의료 검진을 수행했다. 의료진 중에는 120센티미터 단신에 체모가 전혀 없고 개구리의 배를 연상시키는 새하얀 피부, 노랗고 가는 눈과 날카로운 송곳니를 가진 닥터 새처라는 사내가 있었는데, 그는 주사기로 프랭크의 피를 뽑더니 그것을 혀로 **맛본** 다음 속기로 긴 메모를 갈겨썼다. 조커와 함께 같은 방에 있는 것은 난생처음이었지만, 프랭크는 가급적 냉정을 유지하려고 노력했다.

검진이 끝나자마자 프랭크는 그가 가진 에이스 능력의 한계를 확인하기 위해 고안된 일련의 운동 테스트를 받았다. 프랭크는 스톱워치를 쥐고(그와 접촉한 모든 물체는 그와 함께 시간의 흐름을 벗어난다) 최대한 오랫동안 시간을 멈춰보았는데, 그 결과 11분이 한도라는 사실이 판명되었다. 본인에게는 훨씬 더 긴 시간처럼 느껴졌지만 말이다. 시간을 멈춘 채로 계속 달리기도 해보았고, 역기를 15킬로그램까지 들어보기도 했다. 그리고 예전에는 생각조차 하지 않았던 일도 해보았다. 다른 인간을 그와 함께 시간 밖으로 데려갔던 것이다. 프랭크는 테스트에 자원한 직원의 손을 잡고 이끌며 천천히 걷게 했다. 이 실험에 자원한 직원은 이것이 기이하고 무시무시한 경험이었다고 술회했다. 마치 섬망 상태에 빠져 비몽사몽 헤매는 듯한 기분이었고, 자기 의지가 없는 상태로 자각몽을 꾸거나 최고 속도로 차를 모는 듯한 느낌에 가까웠다고 한다. 그러나 실험이 끝난 후에도 부작용은 전혀 없는 듯했다. 같은 실험에 한 명이 아닌 두 명이 참가한 경우, 프랭크는 한 걸음을 내딛는 것조차 힘들다는 사실을 발견했다.

이런 테스트들이 끝난 뒤에는 다시 건강 검진을 받았다. 이 모든 테스트를 통해 무엇이 판명되었는지에 대해서는—판명되었다면 말이지만—아무도 프랭크에게 말해주지 않았다. 그런 다음 프랭크는 아내에게 전화를 걸어도 된다는 허락을 받았다. 완전한 감시 상태에서였고, 특별 임무를 위해 적어도 며칠 동안은 집에 못 들어간다는 얘기밖에는 하지 못했지만 말이다.

모든 것이 끝나고 보니 거의 새벽 2시가 되어 있었다. SCARE 건물에는 작은 수면실이 몇 개 있었는데, 창문도 없고 검소하다는 점을 제외하면 상당히 안락해 보였다. 문은 밖에서든 안에서든 잠기지 않았다. 프랭크는 넥타이를 풀고 신발을 벗은 다음 몸을 뻗고 침대에 누워 조금이라도 휴식을 취해보려고 했다. 의문점이 너무 많았고 새로운 경험까지 한 터라 잠을 잘 수 있을 것이라고는 기대하지 않았다.

그러나 정신을 차리고 보니 남자 비서가 정중한 태도로 세상모르고 자고 있던 그를 깨우고 있었다. 아침 6시라고 했다. 비서는 프랭크에게 키릴문자로 Ya.G.라고 각인된 상처투성이의 커다란 여행 가방을 건넸다. 가방 안에는 갈아입을 옷 몇 벌—러시아어 상표가 붙은 이 옷들은 무겁고 제봉 상태가 안 좋은 데다가 몸에 잘 맞지도 않았다—과 구두, 손수건 따위가 들어 있었다. 프랭크의 사진이 붙어 있는 야체크 그라보프스키라는 사내 명의의 여권도 하나 있었는데, 아무리 보아도 진품으로밖에는 보이지 않았다.

펜 자국투성이의 무딘 면도칼과 꺼끌꺼끌한 비누를 써서 수염을 깎으며, 프랭크는 그의 이발사가 한번 써보라고 그렇게 권하던 분무식의 부드럽고 매끄러운 면도 크림에 익숙해지지 않아서 오히려 다행이라고 생각했다.

비서는 프랭크가 욕실에서 나오자마자 헤이그와 심각한 표정을 한 몇몇 사내들이 기다리고 있는 방으로 그를 데려갔다. 그들은 프랭크에게 읽어보라며 두꺼운 서류철을 건넸다. 파워스를 구출하기 위한 상세한 계획서였다. 이 계획의 시간에 맞추려면 프랭크는 한 시간 내에 앤드루스 공군기지를 향해 출발해야 했다. 뭔가 질문은 없는지?

프랭크는 끔찍하게 맛없는 커피 한 잔과 묵은 도넛 한 조각으로 아침 식사를 하며 계획서를 읽었다. 탈출 계획은 어제 그와 SCARE가 테스트를 통해 그의 능력에 대해 알아낸 정보를 빠짐없이 감안해서 작성된 것처럼 보였다. 프랭크가 능력을 절대적인 한계치까지 발휘한다는 전제하에서 말이다. 예기치 않은 사고가 일어나지 않고, 프랭크가 같은 수준의 능력을 계속 발휘할 수 있다면 이 계획은 성공할 것이다.

그러나 이 계획에는 프랭크가 용인할 수 없는 부분이 하나 있었다. 프랭크는 경험이 풍부한 현장 요원의 도움을 받고 몰래 잠입해서 탈출할 예정이었다. 그러나 계획에 따르면 문제의 현장 요원은 프랭크와 함께 교도소로 들어가야 하고, 프랭크가 와일드카드 능력을 써서 파워스와 함께 탈출한 뒤에는 자기 힘으로 교도소를 탈출해야 했다.

"저는 탈출이 절대 불가능하다는 감옥에 갇힌 사내를 탈출시키려고 러시아에 가려는 겁니다." 프랭크는 검지로 교도소의 지도를 쿡 찌르며 말했다. "다른 사내를 그 자리에 대신 놓아두고 올 생각은 없습니다."

헤이그는 책상 위에 올려놓은 한쪽 손으로 다른 쪽 손을 잡았다. "프랭크, 그건 그 친구가 알아서 할 일이야. 내 명령에 따르는 것이 자네 일이고."

프랭크는 헤이그의 차가운 시선을 똑바로 받아쳤다. "그럴 생각은 없습니다."

그들은 잠시 서로를 쏘아보았다. 두꺼운 소련제 양복 윗도리를 입은 프랭크는 옆구리에서 식은땀이 흘러내리는 것을 느꼈다. 그러나 먼저 눈을 깜박인 것은 프랭크였다. "알았네." 헤이그는 이렇게 말하고, 함께 있던 SCARE의 기획 담당자들 중 한 명에게 고개를 돌렸다. "프랭크가 혼자서 교도소에 들어갔다가 나오는 대체안을 채택하겠어."

프랭크는 헤이그가 이토록 빠르고 완전하게 자기주장을 굽혔다는 사실에 아연실색했다.

"그렇게 놀라지 말게." 프랭크가 아직 아무 말도 하지 않았음에도 불구하고 헤이그는 대답했다. "난 자네가 어느 선까지 타협할지를 정확하게 알고 있어." 그는 의자에서 일어나 프랭크에게 악수를 청했다. "난 자네가 감상적인 명칭이라고 생각하지만, 신의 가호가 있기를 비네."

기획 담당자들도 자리에서 일어났다.

무릎이 덜덜 떨리는 통에 몸을 지탱하기도 힘들었지만, 프랭크는 가까스로 몸을 일으키는 데 성공했다. "감사합니다, 국장님. 최선을 다 하겠습니다."

♥

앤드루스 공군기지에서 프랭크가 탑승한 비행기는 거대한 C-130 허큘리스 수송기였다. 승객은 프랭크 혼자였다. "나 혼자를 위해서 이걸 띄우는 건가?" 프랭크는 호리호리하고 강인해 보이는, 파란 눈의 해군 조종사에게 물었다. 가슴의 명찰을 보니 A. 디어본이라는 이름이었다.

"저는 명령받은 곳으로 갈 뿐입니다." 디어본은 어깨를 으쓱했다.

텅 빈 수송칸이 덜컥거리며 네 개의 거대한 엔진이 토네이도처럼 굉음을 발하는 통에 이륙 과정은 거칠었지만, 수송기는 곧 통상적인 비행에 들어갔다. "헬싱키에는 15시간 뒤에 도착합니다." 디어본이 말했다. "중간에 아이슬란드의 케플라비크 공항에서 재급유가 한 번 있습니다."

프랭크는 잠시 눈을 붙였다. 그러나 피로에 지친 데다가 귀마개를 꽂고 소련제의 두꺼운 모직 양복을 입고 있었음에도 불구하고, 몇 시간 뒤에는 엔진 소음과 추위 탓에 잠에서 깼다. 그래서 그는 구출 계획서를 샅샅이 읽어보고 모든 세부를 완전히 뇌리에 새겼다. 여행 가방의 내용물을 모두 확인하고 모든 셔츠에 단추가 몇 개 달렸는지 세어보았다. 부조종사에게 조종간을 맡기고 잠시 휴식을 취하러 온 디어본이 프랭크에게 샌드위치를 내밀었을 때, 프랭크는 두려움과 따분함을 뛰어넘어 필사적으로 할 일을 찾고 있었다. "혹시 이 비행기에 체스 세트는 없을까?"

"운이 좋군요." 디어본은 자기 더플백에서 체스판을 하나 꺼냈다. 목제 말들을 체스판에 난 구멍에 끼우는 식의 조그만 여행용 체스 세트였다. "이런 장거리 비행에서 함께 체스를 둘 수 있는 플레이어가 있다는 건 저로서도 행운입니다." 디어본은 체스 말들을 배치하며 말했다. "레이팅이?"

"그건…… 잘 모르겠군. 다른 사람들하고는 거의 두지를 않아서."

"아, 그럼 우편으로 체스를 두는군요?" 백을 잡은 디어본은 이렇게 말하며 자기 퀸 앞의 폰을 전진시켰다.

"아니. 난, 뭐랄까, 그냥…… 챔피언들의 기보를 연구한다네. 체스판에 말을 늘어놓고 말이야. 분석하는 거지." 자기 취미를 남에게 고백하는 일은 놀랄 정도로 힘들었다. 체스는 단지 지적인 소일거리가 아니라는 사실은 알고 있었다. 체스는 게임이기도 하다. 다른 사람들을 상대로 플레이하는 사회적 교류의 한 형태인 것이다. 그러나 프랭크는 체스의 그런 측면에는 전혀 매력을 느끼지 못했다. "정말로 남과 체스를 둔 건…… 10년 만인 것 같군." 그는 디어본의 수에 대항하기 위해 자기 퀸 앞의 폰을 전진시켰다.

"그럼 지금이야말로 좋은 기회일지도 모릅니다." 디어본은 자기 퀸쪽의 비숍 앞 폰을 전진시킴으로써 고전적인 퀸스 갬빗 오프닝을 시전했다.

이 시점에서 프랭크는 자기 킹 앞의 폰을 전진시켜 상대의 퀸스 갬빗을 거절함으로써 중앙의 통제권을 유지하든가, 아니면 디어본이 방금 전진시킨 폰을 잡음으로써 갬빗을 수락하고, 나중에 더 자유롭게 움직일 공간을 확보할 수도 있었다.

프랭크는 마음을 정할 수 없었다.

체스판으로 손을 뻗었다가…… 다시 손을 뺐다. 그러고는 똑같은 일을 되풀이했다. 그는 불확실한 상황에 동요하며 몸을 떨었다.

역사상 가장 위대한 체스 게임들을 그토록 오랫동안 상세하게 연구하고 분석했음에도 불구하고, 같은 인간을 상대로 한 심심풀이 게임에서 그는 고전적인 오프닝조차도 제대로 처리하지 못하고 쩔쩔매고 있었다.

덜레스 말이 옳았다. 프랭크는 분석가이지 현장 요원이 아니었다. 나는 도대체 무슨 생각을 하고 여기 온 걸까?

"어." 디어본이 말했다. "어디 아프기라도 한 겁니까?"

"난 괜찮네." 프랭크는 거짓말을 하고 눈물을 감추기 위해 코를 풀었다. 러시아제 손수건은 딱딱하고 거칠었다. 그는 손수건을 접어서 호주머니에 집어넣었고, 깊게 숨을 들이쉰 뒤에 디어본의 폰을 잡았다.

그는 이미 인생에 대한 통제권 대부분을 포기했다. 그런 상황에서 체스판 중앙의 통제권을 포기하는 것이 무에 대수일까? 막판에는 그게 오히려 도움이 될지도 모른다.

게임은 계속되었다. 디어본은 갑갑할 정도로 보수적인 플레이어였고, 그가 단지 몇 수 앞밖에 내다보지 못한다는 점은 명백했다. 그러나 어떤 이유에서인지 디어본의 말들은 언제나 프랭크의 공격을 족족 막을 수 있는 위치에 있었다.

"그냥 운이 좋은 거겠죠." 디어본은 프랭크의 나이트를 잡으며 말했다.

"체스에 운 따윈 없다네." 프랭크는 하나 남은 나이트를 전진시켰다. "체크."

"그럴지도 모르겠군요. 하지만 저는 왠지 언제나 운이 좋았습니다. 감옥에는 프랜시스 게리 파워스 대신 제가 갇혀 있었을지도 모르는 일이니." 디어본은 이렇게 말하며 자기 비숍으로 프랭크의 나이트를 잡았다.

"정말인가?" 프랭크는 디어본의 비숍을 견제하기 위해 퀸을 한 칸 전진시켰다.

"예. U-2 계획에 참가하지 않겠느냐는 제안을 받았습니다. 시험과 인터뷰를 모두 통과했고, 보안 등급이나 그 밖의 모든 필요조건을 충족했습니다. 하지만 그 직후에 볼거리에 걸려버렸습니다. 세상에 **볼거리**라니, 말이 됩니까? 하여튼 그 탓에 제때 훈련을 받지 못했고, 다시 비행 허가가 떨어졌을 때는 이미 자리가 다 차 있었습니다." 디어본은 위협받고 있는 자신의 비숍을 체스판 위에서 대각선으로 휙 움직였지만, 말에서 손을 놓자마자 낙담한 표정을 지었다. "오…… 여기 놓으려던 게 아닌데. 빌어먹을." 그는 얼굴을 찌푸리고 체스판을 찬찬히 훑어보다가, 갑자기 등을 펴고 앉았다. "어! 체크메이트!"

프랭크는 이것이 불길한 징조가 아니기를 빌었다.

♣

헬싱키에서 프랭크를 맞은 사람은 큰 덩치에 웃음기라고는 전혀 찾아볼 수 없는 넙적한 얼굴을 한 사내였다. 사내는 러시아어로 자기 이름이 표트르 안드레이비치 말리노프임을 밝혔고, 프랭크의 여행 가방을 넘겨받아 칙칙한 잿빛 볼보 세단에 실었다. 사내가 문을 닫고 확인 암호를 입 밖에 낼 때까지 프랭크는 그가 그냥 운전사인 줄 알았다. 바로 이 말리노프가 프랭크를 안내해줄 현지 요원이었다. 말리노프는 긴 경력을 가진 신뢰할 만한 CIA 요원이었고, SCARE와도 곧잘 협력해서 일해왔다. "가명이 뭐요?" 프랭크가 물었다. "어떤 이름으로 불러야 하는지?"

"표트르 안드레이비치 말리노프라고 부르면 돼. 처음부터 내 본명을 모른다면 실수로 그걸 밝힐 가능성도 없으니까 말이야. 그리고 내가 아는 한 당신 이름은 야체크 그라보프스키야. 당신은 내 아내의 약간 덜떨어진 사촌이고, 나는 아내의 부탁을 받고 모스크바에서 개최 중인 농업 박람회로 당신을 데리고 가는 중이지. 만약 껄끄러운 질문을 받는다면, 그냥 칠푼이처럼 행동하라고." 마치 프랭크라면 별 힘 들이지 않아도 그럴 수 있겠다는 투였다.

항의가 입 밖까지 나오려고 했지만—그는 CIA의 분석가이고, 경제학과 외교학 석사학위까지 가지고 있지 않은가—결국은 침묵을 지켰다. 프랭크는 이 사내에게 목숨을 맡겨야 하고, 이 사내가 전문가라는 사실은 명백했기 때문이다. 그런 인물의 반감을 사는 것은 어리석은 짓이었다.

말리노프는 차를 몰고 헬싱키 역으로 가는 도중에도 프랭크에게 거의 말을 하지 않았고, 2등차의 딱딱한 좌석에 앉자마자 모자를 눈까지 내리고 잠들었다. 프랭크는 무겁고 축축한 외투 아래에서 부글부글 끓고 있었다. 이게 나를 지켜준다는 사내란 말인가? 그러나 프랭크 역시 뼛속까지 피로가 사무친 상태였다. 좌석은 불편했고 머릿속은 걱정거리로 가득 차 있었지만, 그도 곧 눈꺼풀이 무거워지는 것을 자각했다.

스르르 잠에 빠져들었을 때, 프랭크는 잘 자라고 말하는 말리노프의 목소리를 언뜻 들은 듯한 느낌을 받았다. 이 사내는 실은 전혀 자고 있지 않았던 것인지도 모르겠다.

프랭크는 갈비뼈를 누가 쿡 찌르는 것을 느끼고 화들짝 놀라며 깨어났다. 철모를 쓰고 등에 자동소총을 멘 긴 녹색 외투 차림의 소련 국경 경비대원 네 명이 객차 통로로 걸어오고 있었다. "여권." 말리노프가 낮게 내뱉었다.

그러나 외투의 앞 호주머니를 뒤져도 프랭크의 여권은 나오지 않았다. 그는 재빨리 다른 외투 호주머니들을 뒤졌고, 바지 호주머니들을 뒤졌고, 급기야는 좌석 아래까지 확인했다. "어…… 미안하네." 귀가 욱신거리며 심장이 두근거리는 소리가 들릴 지경이었다.

"빨리 찾아." 말리노프는 작게 중얼거렸다.

국경 경비대원 두 명이 다가오더니, 그중 한 명이 "여권"이라고 짤막하게 말했다.

말리노프는 자기 여권을 건네더니 말했다. "죄송합니다. 하지만 내 사촌 처남은 그걸 어디 넣었는지 잊은 모양입니다." 그는 의미심장하게 자기 관자놀이를 톡톡 쳐 보이며 씩 웃었다. "폴란드인이라서."

공황 상태에서 설마 다른 감정까지 느낄 여유가 있으리라고는 예상 못 했지만, 프랭크는 황급히 호주머니들을 더듬으면서도 폴란드인에 대한 이런 민족적인 중상에 대한 분노가 치밀어 오르는 것을 자각했다. 말리노프와 경비대원들은 그런 프랭크를 비웃는 표정으로 쿡쿡댔고, 행방이 묘연했던 여권이 결국 프랭크의 셔츠 호주머니에서 나오자 참지 못하고 폭소를 터뜨렸다.

경비대원은 프랭크의 가짜 여권을 펼쳤다. "당신 생년월일을 말해 봐."

그 말을 듣자마자 프랭크의 심장은 얼어붙었다. 위조 여권에 쓰인 생일 날짜가 생각나지 않는다. 그의 진짜 생일과 똑같았던가? 그게 아니라면, 몇 월 며칠이었을까? 고뇌에 찬 순간들이 기어가는 듯한 속도로 흘러갔다……. 이번에 얼어붙은 것은 그였고, 바깥세상은 움직이고 있었지만 말이다.

"폴란드인이라서." 말리노프가 또다시 이렇게 말하며 어깨를 으쓱하자 이번에는 통로 건너편 좌석에 앉아 있던 사내까지 웃음을 터뜨렸다. 경비대원도 계속 웃으면서 프랭크에게 여권을 돌려주었고, 다시 통로를 나아갔다.

"그런 식으로 나를 모욕할 필요는 없었잖아." 경비대원들이 다음 객차로 간 후에 프랭크는 말했다. 맥박은 이제 평소보다 두 배 정도로만 빠르게 뛰고 있었다.

"웃음은 의심을 줄이는 효과가 있어." 말리노프는 대꾸했다. "그 덕에 당신도 궁지에서 빠져나올 수 있었고." 그는 어깨를 으쓱했다. "달리 내가 어떻게 해줬으면 좋았겠다는 거야?"

♠

좀 시간이 흐르자 프랭크는 예의 능력을 써서 여권을 찾거나, 경비대원이 쥐고 있던 여권을 들여다볼 수도 있었다는 사실을 깨달았다. 그러나 그의 능력이 어느 정도 도움이 되어줄 수 있었던 시점에서는 아예 그런 생각조차도 하지 못했다. 8년 동안이나 자기 능력을 숨기고, 다른 사람과 하등 다르지 않은 일반인이라는 연기를 해온 탓에, 결정적인 순간에 자신이 뭘 할 수 있는지를 까맣게 잊고 있었던 것이다.

나는 도대체 무슨 배짱으로 여기까지 온 걸까?

결국은 덜레스 말이 옳았는지도 모르겠다.

◆

5월 17일 화요일, 모스크바 시간으로 새벽 3시. 프랭크는 블라디미르스키 중앙교도소의 정문 밖에 서서 비를 맞으며 떨고 있었다. 왜소해진 기분으로.

교도소의 담장은 까마득하게 높았다. 프랭크의 얼굴로 후드득 떨어지고 있는 빗방울들은 담 위에 일정 간격으로 설치된 투광 조명등 주위에 눈부신 후광을 형성하고 있었다. 외곽 경비를 담당한 무장 경비병들은 경비견을 대동하고 외벽 주위를 순찰하는 중이었다. 원격조작되는 문들로 이어지는, 미로처럼 복잡한 교도소 내부는 탈출이 아예 불가능하도록 설계되어 있었다. 이곳은 러시아에서 가장 경계가 엄중한 감옥이었다.

프랭크는 그런 곳으로 걸어 들어가서 파워스를 데리고 다시 걸어 나와야 한다.

프랭크의 와일드카드 능력만으로는 모자랐고, 내부 첩자가 예전부터 이미 교도소에 잠입해 있던 덕에 가능했던 일이었다. 내부 첩자가 보내온 교도소의 상세한 약도에는 시간 정지 능력을 소진한 프랭크가 남의 눈을 피해 휴식을 취할 수 있는 몇몇 장소가 포함되어 있었다. 지금 프랭크가 손에 꼭 쥔 채로 외투 호주머니 깊숙한 곳에 찔러 넣은 종이쪽지에는 그런 식의 침입을 가능하게 해주는 특정 시점들이 기입되어 있었다.

첫 번째 시점은 오전 3시 5분이었다. 아직 5분 더 남았다. 프랭크는 손목시계를 보았지만, 그의 능력조차도 초침을 더 빠르게 가도록 할 수는 없었다.

모스크바의 비에서는 콘크리트와 유황 맛이 났다.

마침내 3시 5분이 되었다. 프랭크는 깊이 숨을 들이켜고 정신을 집중했다.

정지된 시간의 포효가 그의 지친 귀를 직격했다. 아래를 향해 후드득 떨어지던 빗방울들이 공중에서 정지했다. 개개의 빗방울은 불규칙하고 납작한 원반 모양을 하고 있었고, 평소 생각하던 빗방울 모양과는 전혀 달랐다. 프랭크가 아교처럼 끈적거리는 공기를 헤치고 나아가자 공중에 정지한 빗방울들은 그의 얼굴을 미끄러지듯이 훑거나 그가 입은 외투에 부딪쳐 흡수되었다.

프랭크는 바깥쪽 출입 게이트를 그대로 지났다. 비스듬한 줄무늬가 있는 가동식 차단봉 뒤에 서 있는, 우비 차림의 두 무장 경비병은 정지한 비 아래에서 얼어붙어 있었다. 교도소 본관 건물의 출입문 자체는 잠겨 있지 않았고, 그 뒤로 이어진 두 개의 출입문 역시 잠겨 있지 않았다. 각 출입문을 지키고 서 있는 경비병들은 아무런 장애도 되지 않았다. 그러나 출입문들을 열고 닫기 위해서는 큰 힘이 필요했다. 일반 주택의 문보다 훨씬 더 육중하고 뻑뻑했기 때문에, 여닫을 때마다 마치 50킬로그램은 되는 물건을 움직이는 기분이었다. 이것은 글자 그대로 시간과의 싸움이었다.

프랭크는 이마의 땀을 훔치며 계속 나아갔고, 건물 내부로 점점 더 깊숙이 들어갔다.

주요 장애물들 중 첫 번째가 모습을 드러냈다. 금속과 유리로 만들어진 육중한 문들로, 앞과 뒤를 봉인한 기밀 에어로크였다. 앞뒤 문의 빗장식 자물쇠는 에어로크 안에 위치한 경비소에서 버튼을 눌러야만 풀리게 되어 있었다. 그러나 내부 첩자는 양쪽 문의 자물쇠를 1분 동안 풀어놓을 수 있다고 약속했다. 정확하게 3시 5분에서 3시 6분 사이에만 열어놓으면 아무도 눈치채지 못할 거라고 했다.

프랭크는 이 에어로크의 바깥쪽 문에 접근하면서 반사적으로 손목 시계를 보았다가 화들짝 놀랐다. 시계 바늘은 3시 13분을 가리키고 있었기 때문이다. 그러나 그는 이내 이것이 그의 주관적인 시간을 반영한다는 사실을 깨달았다. 교도소의 벽시계는 3시 5분에서 몇 초 지난 시각을 가리키고 있었다. 프랭크가 온 힘을 다해 첫 번째 문을 밀자 문은 주저하듯이 천천히 열렸다. 천만다행히도 두 번째 문도 잠겨 있지 않았지만, 그것을 여는 데는 한층 더 큰 노력이 필요했다.

두 번째 문을 밀어 닫은 다음, 프랭크는 몇 번 가쁜 숨을 헐떡이며 차가운 콘크리트 벽에 기대고 서 있었다. 그러나 시간의 흐름 밖에 나와 있는 지금 진짜 휴식은 불가능하다. 숨 쉬는 일조차도 그의 체력을 가차 없이 앗아 가기 때문이다. 피로로 더 이상 전진할 수 없게 되기 전에 첫 번째 은신처에 도달해야 한다.

그의 움직임에 저항하는 걸쭉한 공기를 뚫고 은신처인 유지보수용 벽장을 향해 힘겹게 걷는 프랭크의 눈을 보안 구획 조명등의 강렬한 빛이 난타했다. 벽장에 도달했을 무렵에는 눈앞이 어른어른했다. 걸쇠를 풀고 벽장문을 잡아당기는 것만도 벅차다. 벽장문을 닫고 축복받은 어둠이 찾아오자마자 프랭크는 능력을 발휘하는 것을 멈췄다. 그는 벽장문에 등을 댄 채로 부들부들 떨면서 미끄러지듯이 주저앉았고, 최대한 소리를 내지 않고 헐떡였다. 더럽고 어두운 벽장 내부는 추웠고 염소 소독제 냄새가 났다. 그러나 이조차도 시간 밖 세계의 섬뜩한 포효와 정지 공간에 비하면 나았다.

내부 첩자가 지정한 다음 시점은 3시 15분이었다. 10분 동안의 휴식만으로는 충분하지 않았다. 10분 동안이나 무방비 상태로 어두운 벽장 안에서 기다리며, 누군가가 쿵쾅거리며 벽장문 옆을 지나칠 때마다 두려움에 떠는 일 또한 참기 힘들었다.

문이 갑자기 홱 열리며 좁다란 벽장 안에 빛이 쏟아져 들어오고, 경악에 찬 고함 소리가 들리는 광경을 상상해보았다. 실제로 그런 일이 일어난다면 다시 시간을 정지시켜 탈출할 수 있겠지만, 그런다면 구조 계획에 차질이 생기는 데다가 경보가 발동될 가능성도 있었다. 게다가 다음 탈출 시점까지 그는 어디에 숨어 있으란 말인가?

마침내 손목시계의 야광 바늘이 3시 15분을 가리켰다. 지독하게 고약한 냄새를 풍기는 이 벽장을 떠날 수 있어서 정말 다행이었지만, 또다시 얼어붙은 시간의 포효를 마주하는 것은 정말 두려웠다. 프랭크는 정신을 집중하고 능력을 소환했다.

얼어붙은 듯이 꿈쩍도 하지 않는 벽장문을 열기 위해서 그는 혼신의 힘을 다해야 했다.

프랭크는 시간 밖에서 이토록 오랫동안 시간을 보낸 적이 없었다. 한 걸음 한 걸음이 산을 넘는 듯한 경험이었다. 여닫는 문들 모두가 시시포스의 바위였다.

다음번 시점이 지정한 문에는 스텐실로 찍은 키릴문자로 **최대 보안 구역**이라고 표시가 되어 있었다. 전기로 작동하는 미닫이식 문이었는데, 내부 첩자가 약속한 대로 자물쇠가 풀려 있긴 했지만, 프랭크에게 남아 있는 힘 가지고서는 도저히 옆으로 밀 수가 없었다. 복도 구석에 강철제 경봉이 세워져 있는 것을 보고, 그것을 지렛대 삼아 그가 겨우 비집고 지나갈 수 있는 틈새를 만드는 데 성공했다. 그런 다음에는 경봉을 그가 기억하는 원래 자리에 신중하게 세워놓아야 했다. 빌어먹을. 어느 쪽이 위였더라? 정상적으로 생각하는 일이 점점 더 어려워지고 있었다.

프랭크는 문을 지나 모퉁이를 돌았고…… 그러자마자 잔뜩 얼굴을 찌푸린 가무잡잡한 얼굴과 정면으로 마주쳤다. 그는 당황한 나머지 뒷걸음질 치다가 등 뒤의 금속 문에 머리를 부딪쳤고, 그제야 정신을 차리고 이성을 되찾았다. 어깨가 넓은 근육질의 사내는 소련 육군 대령의 제복을 착용하고 있었고, 가슴의 명찰에는 폴랴코프라고 쓰여 있었다. 물론 이 사내는 교도소 안에 있는 다른 사람들과 마찬가지로 정지된 시간 속에 얼어붙어 있었고, 프랭크가 방금 열고 나온 문을 향해 잔뜩 화난 기색으로 돌진해 오는 것처럼 보였다. 프랭크는 잠시 문에 몸을 기댄 채로 머리를 문질렀고, 자신의 멍청한 행동을 자책했다.

잠깐. 폴랴코프라고? 귀에 익은 이름이다.

폴랴코프는 CIA가 아이시클이라는 코드명을 붙인 이름 모를 KGB 장교의 후보 목록에 올라 있던 이름이었다. 그리고 그는 지금 블라디미르스키 중앙교도소 내부의, 파워스가 갇혀 있는 최대 보안 구역에 와 있었다. 프랭크의 추측은 처음부터 옳았다. 게다가 지금은 상대의 이름까지 알고 있다.

프랭크는 잠시 우쭐한 승리감을 맛보며 미동도 않는 KGB 요원의 코 아래에서 손가락을 딱 튕겨 보였고, 그 곁을 지나 복도를 계속 나아갔다. 파워스가 수감된 37호 독방은 오른쪽 첫 번째 방이었다. 독방 문 위쪽에는 분필로 Пауэрс — 이것은 키릴 문자로 '파워스(Powers)'에 해당한다 — 라고 쓰여 있었다.

이제 프랭크와 작전 성공 사이를 가로막는 것은 아무것도 없었다.

그러나 독방 문은 열리지 않았다.

프랭크는 혼신의 힘을 다해 군데군데 녹이 슨 강철제 문손잡이를 아래로 내리려고 했다. 꼼짝도 하지 않는다.

내부 첩자는 3시 10분에서 3시 40분 사이에 이 문이 열려 있도록 해놓을 예정이었다. 그 부분을 제외하면 지금까지 모든 것이 정확하게 계획대로 진행되었다.

프랭크는 다시 한번 손잡이를 움직여보았다. 여전히 꼼짝도 하지 않는다.

문을 열 다른 방법을 찾아 주위를 둘러보았다. 그러나 독방 문은 무겁고 견고한 강철제였고, 자물쇠 내부와 경첩도 안전하고 확실하게 보강되어 있었다. 문을 부수고 싶어도, 주위의 텅 빈 콘크리트 복도에는 쓸 만한 물건이 아예 없었다. 이토록 멀리까지 와서, 이토록 많은 장애를 극복했는데, 단순한 자물쇠 하나에 좌절하다니!

아니, 잠깐 기다려. 열쇠. 파워스의 독방이 있는 복도에서 바깥 복도를 향해 성큼성큼 걸어 나가다가 그대로 얼어붙은 폴랴코프, 바로 그가 독방 열쇠를 가지고 있는 것이 틀림없다.

프랭크는 전보다 한층 더 조밀해진 느낌을 주는 공기를 헤치고 미동도 하지 않는 KGB 요원을 향해 걸어갔다. 폴랴코프의 불룩한 바지 호주머니 속에 딱딱한 열쇠 뭉치가 들어 있는 것을 알아내는 데는 별로 시간이 걸리지 않았다. 그러나 석상처럼 굳어 있는 팔과 다리의 위치 관계상 프랭크가 그것을 뽑아내는 것은 불가능했다. 폴랴코프의 팔을 억지로 움직이거나, 펜나이프로 호주머니를 찢고 열쇠를 꺼내는 것을 고려해보았지만, 그런 일을 하면 폴랴코프는 깜짝 놀라 경보를 발할 것이다. 그리고 프랭크는 파워스를 데리고 이곳을 탈출하면서 또 10분 길이의 휴식을 가져야 한다.

따라서 **무슨 수를 써서라도** 폴랴코프가 지닌 열쇠를 손에 넣어야 했다. 당사자가 눈치채지 못하는 방법으로 말이다.

프랭크는 폴랴코프 바로 뒤로 가서 섰고, 얼어붙은 타인들의 시선이 자신을 향하고 있지 않다는 것을 확인했다. 아까 경봉으로 비집고 들어온 미닫이문은 여전히 20센티미터쯤 열려 있는 상태였지만, 폴랴코프의 시선은 그 문이 아닌 복도 바닥을 향하고 있었다. 위험을 감수하는 수밖에 없다.

프랭크는 시간의 흐름을 정상으로 되돌려놓았다.

"─독방 문을 열어놓은 그 멍청이를 요절내─" 폴랴코프는 걸음을 내디디며 중얼거렸다.

이렇게 빨리 시간을 다시 멈추는 것은 오랫동안 오줌을 세차게 누다가 중간에서 오줌 줄기를 멈추는 행위나 마찬가지였지만, 프랭크는 가까스로 성공했다. 그는 포효하는, 아교처럼 끈적끈적한 공기 속에서 헐떡이며 숨을 들이켰고, 억지로 발을 움직여 폴랴코프 곁으로 갔다.

폴랴코프의 호주머니는 이제 프랭크가 손을 집어넣을 수 있는 위치에 있었다. 하느님, 감사합니다! 프랭크는 열쇠 뭉치를 끄집어내며, 막 발을 디디려는 상태에 있는 폴랴코프가 그런 감촉을 느끼지 못하기를 희망했다. 37이라고 각인된 열쇠가 열쇠 구멍에 맞았다. 자물쇠를 열고 문을 여는 일은 단신으로 객차를 오르막으로 끌어 올리는 것만큼이나 힘들었지만 말이다.

파워스는 침대 위에 옆으로 누워 있었다. 참담한 몰골이었다. 눈은 푹 꺼지고, 꽉 다문 입가는 절망한 듯이 일그러져 있었다. 그러나 틀림없이 파워스 본인이었다.

프랭크의 심장이 방망이질하며 눈앞이 흐릿해지기 시작했다. 귓가에 울려 퍼지던 포효는 이제 돌진해 오는 기관차의 굉음처럼 압도적으로 변해 있었다. 휴식이 절실하게 필요했다.

그러나 두 문이 열려 있고 손에 열쇠 뭉치를 쥐고 있는 상태에서는 도저히 그럴 수 없었다. 어떻게든 계속 움직여야 한다.

프랭크는 파워스를 순전히 물리력으로 일으켜 세웠다. 나중에 온몸에 멍이 들겠지만 달리 대안이 없었다. 뒷걸음질을 치면서, 아무것도 의식하지 못하는 조종사를 양손으로 잡고 독방 문밖으로 이끌었고, 얼어붙은 폴랴코프 곁을 지나 미닫이문을 통과했다. 그런 다음 그는 혼자 독방으로 되돌아가서 독방 문을 닫고 자물쇠를 잠갔고, 폴랴코프의 호주머니 안에 열쇠 뭉치를 되돌려놓은 다음, 감방이 있는 구획을 차단하는 미닫이문을 닫았다. "파워스가," 프랭크는 미닫이문의 손잡이를 혼신의 힘으로 누르며 헐떡였다. "자물쇠가 잠긴 독방에서 홀연히 사라진 걸 알면 폴랴코프 당신이 어떤 얼굴을 할지 정말 궁금하군."

원래 계획대로라면 프랭크는 여기로 오던 중에 휴식을 취했던 유지 보수용 벽장까지 파워스를 데려가야 했지만, 지금과 같은 상태에서 거기까지 가는 것은 아마 무리일 것이다. 파워스를 이끌고 복도를 나아가면서도 파워스에게 반쯤 몸을 기대고 있는 지경인 것이다. 시야도 흐릿해졌고, 걸음도 불안정했다.

복도에 화장실이 하나 있었다. 이걸 쓰는 수밖에 없다.

프랭크는 파워스를 화장실 안으로 이끌었다. 복도에 걸린 시계의 시각에 손목시계의 시간을 맞춘다. 화장실 문을 잠가야 한다는 점을 자칫 잊을 뻔했다.

정말로, 정말로 피곤하다…….

아니, 아직은 긴장을 풀 수 있는 시점이 아니다.

프랭크는 인간 크기의 꼭두각시처럼 경직한 파워스를 화장실 바닥에 뉘었다. 온몸으로 파워스의 가슴을 누르고, 한쪽 손으로는 파워스의 입과 코를 꽉 틀어막았다.

시간이 흐르도록 놓아주었다.

"으으으으으읍!" 파워스는 경련하며 프랭크의 손에서 벗어나려고 몸부림쳤다. 파워스의 관점에서 보면 독방에서 다른 장소로 순간 이동해서, 낯선 사람에게 제압당한 채로 질식하기 직전의 상태임을 깨달은 것이나 마찬가지였다. 게다가 소련 당국에 17일 동안이나 구금되어 쇠약해진 상태임에도 불구하고, 그는 프랭크보다 힘이 셌다.

"가만있어!" 프랭크는 파워스의 귀에 대고 영어로 나직하게 내뱉었다. "난 자네를 구출하러 왔어!"

파워스는 몸부림치는 것을 멈췄다. 전신의 근육이 긴장으로 부들부들 떨리고 있었지만 말이다. "으읍?"

"난 SCARE에서 왔네." 그는 속삭였다. "날 여기로 보낸 사람은 로런스 헤이그이고, 난 아쿠아톤하고 램파트에 관해서도 알아. 우린 아직도 교도소 안에 있고, 발견당한다면 우리 둘 다 죽은 목숨이야. 이해했나?"

파워스는 천천히 고개를 끄덕였다. 프랭크의 떨리는 손 위로 보이는 두 눈을 크게 뜨고 있다.

프랭크는 파워스를 놓아주고 벽을 등진 채로 축 늘어졌다. 눈꺼풀이 절로 감겼다. 100만 년은 나이를 먹은 듯한 느낌이다.

"당신도 에이스입니까?" 파워스가 속삭였다. 버지니아 주민 특유의 느리게 끄는 듯한 말투였다.

"응. 시간을 멈출 수 있지. 하지만 오래 그러지는 못해……."

"나처럼 훔쳐보기 전문인 것보다는 쓸모가 있군요." 쓰디쓴 말투였다. 이윽고 파워스는 깊이 숨을 들이켜고, 내쉬었다. "어, 이름이 뭡니까?"

"프란치셰크 마예프스키라고 하네. 폴란드어의 프란치셰크는 영어의 프랜시스에 해당하니까 자네하고 같은 이름이라고도 할 수 있겠지."

파워스는 눈을 굴렸다. "부탁이니 게리라고 불러주십쇼. 나를 프랜시스라고 부르는 건 우리 엄마와 아빠뿐입니다."

"난 프랭크일세."

그들은 악수를 했다.

♥

5월 20일 금요일 오전 11시에 프랭크가 백악관의 대통령 집무실로 들어가자 대통령은 책상 뒤에서 걸어 나와 직접 그를 맞이했다. 집무실에 있던 덜레스와 헤이그는 그 자리에 그대로 서 있었다. 프랭크는 대통령의 이런 제스처에 내심 감동하면서도 그가 악수를 청하지 않았다는 사실을 놓치지 않았다. "괜찮습니다, 대통령 각하." 프랭크는 말했다. "무슨 전염병에 걸리거나 한 것이 아닙니다."

프랭크는 자신이 처참한 몰골을 하고 있다는 사실을 잘 알고 있었다. 돌아오는 중에는 거의 자고 있었고, 앤드루스 공군기지에서 리무진에 몸을 싣고 백악관으로 오는 도중에도 줄곧 자고 있었음에도 불구하고 여전히 쇠약한 상태였다. 남아 있던 머리카락 다수가 빠진 데다가 관절을 움직일 때마다 둔한 통증을 느꼈고, 걸을 때도 노인처럼 발을 끌고 있었다.

며칠이나 몇 주 더 휴식을 취함으로써 과거의 활력이 되돌아온다면 좋겠지만, 솔직히 말해서 그럴 것 같지는 않았다. 일단 능력을 발휘한 뒤에는, 시간의 흐름 밖에서 경험한 주관적 시간에 비해 부자연스러울 정도로 노화가 진행되었기 때문이다. 프랭크는 이번에 파워스를 구출하기 위해 유례가 없을 정도로 무리를 했고, 그에 상응하는 대가를 치르고 있었다. 그 끔찍한 밤을 겪으면서 아마 5년은 수명이 줄어들었을지도 모른다.

"미국으로 돌아온 걸 환영하네, 프랭크." 아이젠하워는 이렇게 말하고 난로 옆에 놓인 안락의자로 그를 안내했다. "조국을 위해 자네가 해준 일에 모두가 감사하고 있네." 이러면서 아이젠하워는 덜레스와 헤이그 쪽을 흘끗 보았다. 헤이그는 만족한 듯이 씩 웃으며 고개를 끄덕였다. 덜레스는 잔뜩 찡그린 얼굴로 자신의 검은 윙팁스 구두를 내려다보고 있었다.

아이젠하워는 헛기침을 하고 "앨런?"이라고 말했다.

덜레스가 고개를 프랭크의 눈을 똑바로 쳐다보기까지는 조금 시간이 걸렸다. "잘했네." 마침내 그는 시인했다.

"감사합니다." 프랭크는 이렇게 말하며 대통령이 직접 건넨 커피 잔을 받아 들었다. "파워스의 탈출이 알려진 후, 혹시 무슨…… 부작용은 없었습니까?" 이것은 귀국하면서 줄곧 프랭크를 괴롭혔던 의문이었다. 자국 영공에 스파이기가 침입했다는 사실에 이미 분노하고 있던 흐루쇼프는 자국에서 가장 보안이 엄중하다는 교도소에서 파워스가 불가사의하게 사라졌다는 보고를 받고 한층 더 분노를 터뜨리지 않을까? 프랭크의 임무 성공이 지구 종말 시계의 바늘을 자정을 향해 한층 더 가깝게 움직인 것에 불과했다면?

아이젠하워는 고개를 가로저었다. "그치들은 파워스가 자기들 손에서 빠져나왔다는 걸 인정했네. 헬싱키에서 파워스가 기자회견을 한 뒤에는 그러는 수밖에 없었지. 하지만 공식적으로는 파워스가 **어떻게** 탈출했는지에 대해서는 일언반구도 없었고, 비공식적인 대화에서도 예전보다는 조금 덜 호전적이었어."

헤이그는 프랭크 반대편의 안락의자에 앉았다. "그자들은 파워스 탈출을 도운 게 에이스라는 사실을 알고 있는 게 틀림없어." 헤이그가 말했다. "하지만 정치적인 이유에서 우리 에이스들이 자기들의 에이스보다 유능하다는 걸 인정할 수가 없는 걸세. 그러니 자존심을 죽이고, 조용히 입을 다물고 있을 수밖에 없는 거지."

그러나 딜레스는 그보다는 덜 낙관적이었다. "U-2기의 자국 영공 통과를 알면서도 2년이나 입을 다물고 있었던 작자들입니다."

아이젠하워는 딜레스를 힐끗 보았다. "앨런, 그런 비관주의는 지금 어울리지 않아. 이건 성공을 축하하는 자리잖나." 그는 호주머니에서 접힌 서류 한 장을 꺼내 프랭크에게 건넸다. SCARE의 편지지에 쓰인 공식 표창장이었다. 대통령의 서명이 되어 있고 빨간 리본으로 봉인되어 있었다. "프랭크, 이것은 자네의 인사 파일에 포함될 걸세. 마음 같아서는 대대적으로 표창식을 열고 싶지만……." 그는 어깨를 으쓱했다. "자네도 알아줄 거라고 생각하네." 아이젠하워는 손바닥을 내밀었다.

프랭크는 잠시 후에야 대통령이 왜 손바닥을 내밀었는지를 깨닫고 서류를 건넸다. 물론 프랭크는 이 표창장을 보관하지 못한다. SCARE 요원이 된 지금, 그는 더 이상 존재하지 않는 사람이 되었기 때문이다.

프랭크는 마른 침을 삼켰다. "각하가 제가 한 일을 공식으로 인정하실 수 없다는 건 압니다. 하지만……." 목소리가 떨리는 탓에 프랭크는 일단 말을 멈추고 일단 평정을 되찾아야 했다. 아이젠하워는 참을성 있게 기다렸다. "제가 각하에게 원하는 건 딱 하나, 제가 나라를 위해 영웅적으로 분투하다가 죽었다는 사실을 제 아내에게 알려주시는 일입니다." 프랭크는 네바다사막에 있다는 비밀 시설에는 적어도 에어컨이 있으면 좋겠다고 생각했다.

헤이그는 눈을 깜박였다. "우리가 자네를 워터타운 스트립*으로 보낼 거라고 생각하고 있었던 거야?" 그는 히죽 웃으며 고개를 설레설레 흔들었다. 그제야 프랭크는 헤이그가 그의 마음을 읽을 수 있다는 사실을 떠올렸다. "아냐, 프랭크. 그건 뜬소문에 불과해." 헤이그와 덜레스는 눈빛을 교환했다. "흠, 에이스들이 거기 갇혀 있다는 부분은 말이네. 자넨 그냥 사라지거나 하지는 않아. 사실, 우리에게 보고를 마치는 즉시 귀가해도 좋네."

"자네는 앞으로도 계속 CIA에서 일하게 될 거야." 덜레스가 말했다. 내키지 않는 투가 역력했지만 말이다. "CIA 직원이라는 건 위장이고, 필요할 때만 SCARE의 임무를 수행하는 식이지. 예전 못지않게 정시에 퇴근해서 집에 갈 수 있네. 오히려 집에서 더 많은 시간을 보내게 될지도 모르겠군."

"자기 나라에서 스파이 노릇을 하는 것과 비슷하다고 해야겠지." 헤이그가 말을 이었다. "자네의 경우에는 이미 비밀을 지킬 수 있다는 걸 아니까 아무 문제도 없네."

체스판의 마지막 줄에 도달하는 폰은 퀸으로 변신할 수 있어. 프랭크는

---

*   네바다주에 있는 그룸레이크 공군기지의 별칭. '51구역'으로 지칭된다.

생각했다. 물론 퀸조차도 상대편에게 잡힐 수 있고…… 5년 안에 노쇠로 죽을 수도 있다. 모든 것은 그 말을 어떻게 다루는지에 달려 있다. 그러나 지금은 일단 집에 돌아갈 수 있다. 체스판을 떠나, 그에게 꼭 맞는 자리 안에 안전하게 자리 잡을 수 있는 것이다. "감사합니다." 프랭크는 말했다.

"아냐, 감사해야 할 사람은 **우리**라네." 아이젠하워가 말하며 손을 내밀었다. 이번에는 프랭크와 악수하기 위해서였다. "SCARE의 일원이 된 것을 환영하네. 특수요원 '스톱워치'."

(2권으로 이어집니다.)

와일드카드 1

1판 1쇄 발행 2021년 8월 9일

지은이 · 조지 R. R. 마틴 외
옮긴이 · 김상훈
펴낸이 · 주연선

총괄이사 · 이진희
책임편집 · 심하은
저작권 · 이혜명
표지 및 본문 디자인 · 박민수
마케팅 · 장병수 김진겸 강원모 정혜윤 유정연
관리 · 김두만 유효정 박초희

(주)은행나무
04035 서울특별시 마포구 양화로11길 54
전화 · 02)3143-0651~3 | 팩스 · 02)3143-0654
신고번호 · 제 1997 — 000168호(1997. 12. 12)
www.ehbook.co.kr
ehbook@ehbook.co.kr

잘못된 책은 바꿔드립니다.

ISBN 979-11-6737-047-1 (04840)
ISBN 979-11-6737-046-4 (세트)